SPICA
VERLAGS- & VERTRIEBS GMBH

1. Auflage Dezember 2011

Friedrich-Engels-Ring 6, 17033 Neubrandenburg
Umschlagillustration: Henrik Miers
Satz: SPICA Verlags- und Vertriebs GmbH
Druck und Bindung: CPI - Clausen & Bosse, Leck

Printed in Germany
ISBN 978-3-943168-00-6

KATHRIN KOLLOCH

DER NEID

www.spica-verlag.de

Meinem Mann Peter;
für seine aufrichtige Liebe, sein Vertrauen und
seine immerwährende Unterstützung.

1
KAPITEL

»Ich bin traurig, wegen dieses sonderbaren Planeten, den ich bewohne. Wegen all der Dinge, die ich nicht begreifen kann.«
Antoine de Saint-Exupéry

Januar 1989

Die Mutter beugte sich über das Bett und küsste ihre Tochter auf die Stirn. »Gute Nacht, mein Schatz.«
»Gute Nacht, Mutti.«
Die Mutter richtete sich auf, drehte sich um und beugte sich über die Couch. Sie lächelte das andere Mädchen an und streichelte sanft dessen Wangen.
»Gute Nacht, Steffi.«
»Gute Nacht, Frau Scriba.«
Die Frau ging zur Tür. »Schlaft schön und erzählt nicht mehr so lange.«
Die Antwort kam wie aus einem Munde. »Nein.« Beide Mädchen kicherten.
»Schließlich müsst ihr morgen zur Schule. Das bedeutet, früh aufzustehen.«
»Ja, Mutti.«
»Ja, Frau Scriba.«
Wieder kicherten die beiden. Die Frau lächelte wissend und löschte ohne ein weiteres Wort das Licht. Leise zog sie die Tür ins Schloss und verharrte noch einen Augenblick. Sie lauschte, doch aus dem Zimmer der Mädchen drang kein Laut an ihr Ohr. Zufrieden ging sie in ihre Küche. Sie musste

noch die Schulbrote für den morgigen Tag vorbereiten. Als die Mädchen sie in der Küche rumoren hörten, begannen sie zu flüstern.
»Leni?«
»Ja.«
»Ich finde deine Mutter total nett.«
»Ist sie auch, nur manchmal etwas streng.«
»Ja? Wirklich? Ich habe noch nie erlebt, dass sie streng oder böse war.«
»Oh doch. Mein Vater sagt auch immer, dass man sich dann lieber verziehen sollte, bis das Donnerwetter vorüber ist.«
»Das kann ich gar nicht glauben. Sie hat so ein freundliches Gesicht.«
»Glaub es nur. Und wie ist dein Vater so?«
»Der ist zwar oft traurig und streng, aber trotzdem lieb zu mir. Ich glaube, das hängt mit dem Tod meiner Mutter zusammen.«
Beide Mädchen schwiegen.
»Wahrscheinlich werde ich im nächsten Schuljahr zu ihm ziehen müssen. Bis jetzt ist mein Umzug immer verschoben worden, aber nun scheint es ernst zu werden.«
Kathleen hörte die Traurigkeit aus der Stimme ihrer Freundin. Sie hatte deren Vater gelegentlich getroffen. Er erschien ihr zurückhaltend und verschlossen. Allerdings, wenn er zu seiner Tochter etwas sagte, erwartete er auch Folgsamkeit von ihr. Selbst bei Weisungen des Vaters, von denen Kathleen wusste, dass diese ihrer Freundin nicht genehm waren, fügte die sich widerspruchslos. »Steffi?«
»Ja?«
»Nimm deine Decke und komm zu mir ins Bett.«
Stefanie kam der Aufforderung ihrer Freundin gerne nach. Das Licht der Straßenlaterne schien von draußen in das Zimmer der Mädchen und tauchte es in ein trübes Licht. Eng aneinander gekuschelt, setzten sie flüsternd ihre Unterhaltung fort.

»Denkst du manchmal an deine Mutter?«
»Ja.«
»Kannst du dich noch an sie erinnern?«
»Ein wenig. Wenn ich an sie denke, sehe ich sie auch immer mit einem freundlichen Gesicht vor mir. Manchmal kann ich sogar noch ihr Lachen hören. Ich glaube, sie hat oft gelacht. Wenn sie gelacht hat, war auch mein Vater immer fröhlich. Er redet nicht mehr viel von ihr, aber ich denke schon, dass er sie geliebt hat und nicht über ihren Tod hinwegkommt.«
»Aber du hast mir doch erzählt, dass sie geschieden waren?« Kathleens Stimme klang erstaunt. »Meinst du, dass er sie auch nach ihrem Tod noch liebt?«
»Ja, das meine ich.«
»Hat er dir das gesagt?«
»Nein, er spricht fast gar nicht von ihr. Aber ich merke es an seinem Verhalten.«
»Erzähl mal.« Kathleen richtete sich ein wenig auf und drehte sich zu ihrer Freundin. Sie winkelte den Arm an und legte den Kopf in ihre Handfläche.
»Ich habe dir doch schon erzählt, dass ich eine Halbschwester habe.«
Kathleen nickte. »Die Tochter, die dein Vater mit seiner Freundin hat.«
»Genau.«
»Was ist mit der?«
»Mit der ist nichts. Aber, wenn man ein Kind zusammen hat, sollte man vielleicht heiraten, oder?«
»Quatsch. Man kann doch auch so zusammenleben.«
»Sicher kann man das, aber das ist es ja gerade. Mein Vater hat eine Beziehung zu seiner Freundin, aber er lebt mit ihr nicht zusammen. Heiraten will er sie auch nicht, obwohl sie das bestimmt gerne möchte. Ich denke, dass er sie nicht heiratet, weil er irgendwie immer noch an meiner Mutter hängt.«

»Vielleicht nimmt er aber auch bloß Rücksicht auf dich?«
»Das glaube ich nicht. Ich finde seine Freundin nett.«
»Und mag sie dich auch?«
»Keine Ahnung. Jedenfalls versucht sie immer, wie eine Mutter zu mir zu sein. Aber ich glaube, mein Vater will das nicht. Ich denke, dass ihm das nicht gefällt.«
»Sagt er ihr das?« Kathleen stand die Neugier im Gesicht geschrieben. Sie setzte sich auf.
Stefanie schüttelte energisch ihren Kopf. »Ach wo. Aber er macht selten auf Familie. Wenn ich bei ihm bin, holt er auch meine Halbschwester zu sich, und dann verbringen wir meistens das Wochenende nur mit ihm. Gerade mal an den Feiertagen kommt seine Freundin dazu.«
»Habt ihr im letzten Jahr Weihnachten und Silvester zusammen gefeiert?«
»Nur Weihnachten. Am Heiligabend war ich mit ihm alleine. Den ersten und zweiten Weihnachtsfeiertag haben wir zusammen mit seiner Freundin und der Kleinen gefeiert.«
»Hast du in der Nacht bei ihr in der Wohnung geschlafen?«
»Nein. Nach dem Abendbrot sind wir zurück in die Wohnung meines Vaters gegangen. Ich glaube, dass der immer noch sauer auf sie ist.«
»Wieso? Was hat sie gemacht?«
Stefanie richtete sich ebenfalls auf und nahm die gleiche Stellung wie ihre Freundin Kathleen ein. »Sie hat meiner Halbschwester das von meiner Mutter erzählt.«
»Sie hat was?« Kathleen beugte sich vor, um besser in das Gesicht ihrer Freundin sehen zu können.
»Meine Halbschwester hat sie gefragt, wo meine Mutter ist. Darauf hat sie ihr erzählt, dass die ertrunken sei. Das ist der Kleinen dann in einem Gespräch mit mir rausgerutscht.«
»Aber sie ist doch gar nicht ertrunken.« Kathleen vergaß zu flüstern, als sie erschrocken fragte: »Oder doch?«

Stefanie legte den Zeigefinger vor ihren Mund. »Pst.« Dann nickte sie und sagte: »Doch, ist sie.«
»Aber dein Vater hat dir doch erzählt, dass sie im Krankenhaus einen Schlauch schlucken musste und dann gestorben ist.«
»Das stimmte aber nicht. Als ich ihn zur Rede gestellt habe, hat er mir die Wahrheit erzählt. Er hat mir gesagt, dass sie durch Alkohol krank geworden ist und ihrem Leben ein Ende gesetzt hat. Sie ist ins Wasser gegangen.«
»Dann hat er dich so lange belogen?«, fragte Kathleen ungläubig.
»Ja. Er sagte, dass sie dadurch sogar oft vergessen hat, mich vom Kindergarten abzuholen. Sie soll sich mit anderen Männern herumgetrieben haben.«
Kathleen hörte an der belegten Stimme von Stefanie, dass der Tod ihrer Mutter ihr noch heute nahe ging. Sie legte den Arm um ihre Freundin und drückte sie. Bemüht um einen möglichst gleichgültigen Ton sagte sie: »Mensch, Steffi. Das ist doch nun schon zehn Jahre her. Außerdem hast du doch eine liebe Oma, die alles für dich tut, und deine Onkel tun doch auch alles für dich. Ich möchte auch so einen Onkel Klaus haben, der im Handel arbeitet und mir immer so schöne Sachen schenkt.«
Stefanie löste sich sanft aus dem Arm ihrer Freundin und legte sich wieder auf den Rücken. Kathleen sollte die Tränen, die ihr in die Augen schossen, nicht sehen. Sie versuchte sie zu unterdrücken und sagte wie nebenbei: »Den habe ich schon eine ganze Zeit nicht besucht.«
Auch Kathleen legte sich auf den Rücken und plauderte im Flüsterton weiter. Gekonnt wechselte sie das Thema. »Als wir heute auf dem Weg zum Gemeindehaus waren, haben Silke und ich uns über unsere Klassenfahrt zur Vorbereitung auf die Jugendweihe unterhalten. Ich habe sie gefragt, ob sie schon weiß, was sie zur Jugendweihe anziehen wird und wie ihre Frisur aussehen soll. Sie hat mir gesagt, dass sie einen

Minirock anziehen will. Also, ich finde, dass ihre Beine dazu viel zu dick sind und sie lieber eine Hose anziehen sollte.«
»Hast du ihr das etwa gesagt?« Stefanie strich sich ihre Haare glatt und bemühte sich dabei, unauffällig ihre Tränen wegzuwischen.
»Nein, natürlich nicht direkt. Ich habe darauf gesagt, dass ich selbst noch immer überlege, ob ich einen Rock oder doch lieber eine Hose anziehen werde. Dann habe ich gesagt, dass das aber schließlich jeder selber wissen müsse, weil so etwas davon abhängt, ob man seine Beine zeigen solle oder nicht. Weißt du eigentlich schon, was du anziehen willst?«
»Ja. Am liebsten ein langes Kleid. Kommt darauf an, ob wir einen Stoff bekommen, der mir gefällt. Meine Oma näht es dann. Ansonsten ziehe ich eine Hose an.«
»Ich möchte auch lieber ein langes Kleid anziehen. Aber bei mir wird es schwieriger. Ich habe keinen, der es mir näht.« Wieder wechselte Kathleen das Thema. »Wie fandest du eigentlich unser Programm heute?«
»Ich finde, dass das gut gelaufen ist. Ich kam nur einmal aus dem Rhythmus.«
»Beim Tanzen? Mir ist gar nichts aufgefallen.«
»Nein, nicht beim Tanzen. Beim Gedichtaufsagen.«
»Hattest du den Text vergessen?«
»Hatte ich auch nicht. Ich habe mich nur ein bisschen gegruselt.«
»Du hast dich gegruselt? Ja, worüber denn? Da war doch nichts, wovor man Angst haben konnte.« Neugierig drehte sich Kathleen wieder auf die Seite. Sie wollte in das Gesicht ihrer Freundin sehen. »Oh doch. Da war wieder dieser Mann. Ich hatte ihn schon einmal an Henrys Höhle gesehen. Als ich ihn da gesehen habe, hatte er nur einen Stoppelbart. Aufgefallen ist der mir, weil er so einen merkwürdigen Hut aufhatte. Als ich ihn heute gesehen habe, hatte er schon einen Vollbart.«
»Und wieso hast du vor dem Angst gehabt?«

»Der stand da und hat mich so komisch angestarrt. Ich habe mich richtig beobachtet gefühlt.«
»Vielleicht hast du ihm gefallen. Oder er findet dich schick.«
»Aber der ist doch schon älter.«
»Dann findet er dich vielleicht süß.« Kathleen konnte in dem trüben Licht des Zimmers erkennen, wie sich Stefanies Stirn in Falten legte. Sie strich darüber und sagte: »Mach dich nicht verrückt. Du bist schließlich süß.« Dann legte sie sich wieder auf den Rücken und zog sich die Bettdecke bis zum Kinn. Um Stefanie abzulenken, fragte sie: »Weißt du eigentlich schon, was du jetzt in den Winterferien machen wirst?«
»Eigentlich wollte ich arbeiten gehen, aber daraus wird nichts.«
»Warum nicht?«
»Ich fahre mit meinem Vater in den Winterurlaub zum Skifahren ins Riesengebirge.«
»Du hast es gut.«
»Na ja. Ich wäre auch gerne arbeiten gegangen.«
»Du darfst doch noch gar nicht.« Kathleen drehte ihren Kopf in Richtung ihrer Freundin. Im selben Augenblick fiel es ihr ein. »Klar, darfst du. Du hast ja noch vor den Ferien Geburtstag.«
Stefanie stieß ihre Freundin mit ihrem Ellenbogen leicht in die Seite. »Ich komme nächsten Sonnabend nicht zur Schule. Mein Vater holt mich ab. Wir wollen dann meinen Personalausweis abholen.«
Kathleen seufzte. »Du hast es gut. Bei mir dauert das noch ein viertel Jahr länger.«
Von draußen klopfte es an der Tür. Die Mädchen verstummten für eine kurze Zeit. Dann fing Kathleen von Neuem an zu flüstern. »Hattest du denn schon eine Arbeitsstelle?«
»Ja. Gerade letzte Woche habe ich Post vom Krankenhaus bekommen.«
»Die hätten dich genommen? Die nehmen Schüler?«
Kathleen gähnte. »Ja. Zum ersten Mal. Für alle Schüler, die

einen medizinischen Beruf ergreifen wollen, findet in den Winterferien ein Lager für Erholung und Arbeit statt. Ich hätte daran teilnehmen können. Ich sollte im Feierabendheim eingesetzt werden.«

»Dann hättest du also bei den Omas und Opas gearbeitet?«

»Ja. Es lag sogar ein Arbeitsvertrag dabei. Ich habe aber bereits in der Schule Bescheid gesagt, dass ich nicht kann. Die haben mich bestimmt schon wieder abgemeldet.« Nun gähnte auch Stefanie. »Ich gehe jetzt wieder in mein Bett.«

»Ja, mach das. Schlaf schön, Steffi.« Kathleen legte sich auf die Seite und drehte ihrer Freundin den Rücken zu.

»Du auch, Leni.« Stefanie nahm ihre Decke und legte sich wieder zurück in ihr Bett.

Als sich kurze Zeit später die Tür fast lautlos öffnete und Kathleens Mutter in das Zimmer trat, schliefen beide Mädchen bereits tief und fest. Die Mutter beugte sich noch einmal zu ihrer Tochter hinunter und küsste sie auf die Wange. Dann ging sie zum Fenster und öffnete es. Auf dem Weg zurück zur Tür sah sie, dass Stefanies Bettdecke verrutscht war. Sie zog die Decke glatt und strich dem Mädchen über das Haar. Nach einem letzten Blick auf ihre Tochter verließ sie das Zimmer der Mädchen und schloss leise die Tür.

2
KAPITEL

Fünfzehn Jahre später

Friederike Jalaß saß in ihrem Büro am Schreibtisch und war in das Studium einer Akte vertieft. Sie hatte den Kopf in ihre Hand gestützt. Zwischen zwei Fingern klemmte ihr Kugelschreiber. Mit der anderen Hand blätterte sie die Seiten der Akte um. Vor ihr lagen mehrere aufgeschlagene Gesetzbücher. Ihre handschriftlichen Notizen hatte sie über den restlichen Schreibtisch verteilt.
Als das Telefon klingelte, schreckte sie hoch. Sie nahm den Hörer ab und meldete sich mit: »Ja bitte.«
»Eweleit hier. Guten Tag, Frau Jalaß.«
Friederikes Haltung straffte sich automatisch. »Guten Tag, Herr Doktor Eweleit.«
»Seien Sie so nett und kommen Sie bitte in mein Büro.«
»Selbstverständlich. Jetzt gleich?«
»Wenn es Ihnen nichts ausmacht, jetzt gleich.«
»Nein, es macht mir nichts aus. Ich bin schon auf dem Weg.«
»Schön, dann bis gleich.«
Friederike hörte das Knacken in der Leitung und überlegte, aus welchem Grund Burghard Eweleit sie zu sich in sein Büro bestellte. Schnell stand sie auf und zog sich ihre Kostümjacke an, die sie über ihre Stuhllehne gehängt hatte. Sie hielt einen kurzen Augenblick inne und griff nach ihrem Notizblock und einem Bleistift. Auf dem Weg aus ihrem

Büro strich sie sich ihr Haar zurück. Dann öffnete sie die Tür und sagte zu ihrer Sekretärin: »Silvie. Ich bin auf dem Weg zum Chef.«
Die nickte und fragte mit einem gespielt sarkastischen Unterton in ihrer Stimme: »Korritter?«
Friederike, die bereits an ihr vorbeigeeilt war, rief über ihre Schulter: »Nein. Doktor Eweleit höchstpersönlich hat mich in sein Büro bestellt.
»Wird es länger dauern?«
»Ich habe keine Ahnung. Er hat nicht gesagt, worum es geht.«
Mit diesen Worten schloss Friederike die Tür, durch die das ihr und ihrer Sekretärin zugeteilte Büro vom Flur abgegrenzt war. Sie eilte den Gang zur Treppe entlang. Wie immer, wenn sie in Eile war, nahm sie zwei Stufen auf einmal. Die Zimmer, in denen Burghard Eweleit sein Büro eingerichtet hatte, lagen eine Etage höher als ihr eigenes. Sie erinnerte sich noch an das erste Mal, als sie diesen Weg gegangen war. Vor ihr eine der netten Damen vom Empfang und sie hinterher bis zum Sekretariat von Doktor Eweleit. Dort angekommen, wurde sie der Sekretärin des Chefs vorgestellt. »Guten Tag, Frau Heuzeroth. Ich freue mich Sie kennen zu lernen.«
Nach einem Blick auf das Namenschild hatte Friederike der Sekretärin mit einem freundlichen Lächeln die Hand gereicht und sich über deren Reaktion gewundert.Die Sekretärin hatte verwundert auf Friederikes Hand gesehen, bevor sie zögerlich den Handschlag erwiderte. Offensichtlich erstaunt über diese Geste, antwortete sie mit jenem unverbindlichen Ton, der in diesem Hause üblich war: »Guten Tag, Frau Jalaß. Sie werden schon erwartet.« Dann hatte sie die Sprechtaste an ihrem Telefon betätigt und pflichtgemäß Friederikes Erscheinen gemeldet. Als sie die Stimme des Kanzleichefs vernommen hatte, war sie ohne weitere Umschweife aufgestanden, um Friederike sogleich in sein Zimmer zu führen. Erstmals mit

der Andeutung eines Lächelns, hatte sie das Zimmer, in dem der Seniorpartner einer der bekanntesten Anwaltskanzleien des Landes praktizierte, geöffnet.
Damals wie heute, immer, wenn sie aufgeregt war, spürte Friederike ihr Herz bis zum Hals schlagen. Dabei wusste sie, dass es keinen Grund gab, aufgeregt zu sein.
Nach dem Studium hatte sie überlegt, für welchen Weg sie sich entscheiden sollte. Sicher hätten ihre Noten es ihr ermöglicht, als Richterin oder als Staatsanwältin zu arbeiten, aber sie hatte sich nun einmal für den Beruf als Rechtsanwältin entschieden. So musste sie sich nach erfolgreichem Abschluss ihres Studiums nur noch überlegen, ob sie allein oder aber mit mehreren Kollegen zusammenarbeiten wollte. Wie so oft in ihrem Leben nahm ihr das ihr vorbestimmte Schicksal die Entscheidung ab. Gerade zu dem Zeitpunkt, als sie sich bewerben musste, war in der renommierten Anwaltskanzlei Dr. Eweleit, Korritter, Kadgien und Partner eine Stelle frei. Schon der Stellenanzeige konnte Friederike entnehmen, dass die Kanzlei jemand suchte, der Strafverteidiger werden wollte. Das kam ihr gelegen. Eine solche Stelle würde ihr die Garantie geben, dass sie ihren Beruf auf dem Gebiet ausüben konnte, das am meisten ihren Wünschen entsprach. Sie war sich sicher, dass sie gleichzeitig auch von dem Wissen und der Erfahrung von Doktor Eweleit profitieren würde. Schließlich gab es im ganzen Lande nur wenige Strafverteidiger, die bekannter als er waren. So hatte sie in ihrem Vorstellungsgespräch ihre anfängliche Scheu überwunden und ihm unumwunden ihre Bewunderung zum Ausdruck gebracht. Ihre Hochachtung hatte er zwar nicht kommentiert, aber mit einem wohlwollenden Lächeln quittiert.
Nun vor seinem Sekretariat angekommen, überlegte Friederike, ob sie damals wegen dieser Begeisterung unter allen Bewerbern ausgewählt worden war. Sie verwarf den Gedanken aber

sofort wieder. Schließlich hatten auch seine anderen Partner ein Mitspracherecht, und zumindest einer von denen konnte sie nicht leiden. Allerdings beruhte die Antipathie, die für sie schon im Vorstellungsgespräch spürbar gewesen war, auf Gegenseitigkeit. Friederike hatte seine Abneigung von Anfang an gespürt und sich darüber gewundert. Dennoch beschloss sie, sich nicht abschrecken zu lassen. Da sie beruflich immer nur wenig mit dem Rechtsanwalt Korritter zu tun haben würde, hatte sie sich sehr über ihre Anstellung gefreut. Seither trafen sie immer mit kalter, unpersönlicher Freundlichkeit aufeinander, wann immer sie sich begegneten.

Sie klopfte und wartete auf die Aufforderung, eintreten zu dürfen.

Nach dem erwarteten »Herein« trat Friederike ein.

»Guten Tag, Frau Heuzeroth.«

Heute stand die Sekretärin auf und begrüßte Friederike mit einem freundlichen Lächeln. Die Frauen gaben sich die Hand.

»Guten Tag, Frau Jalaß. Der Chef erwartet Sie schon. Sie gehen am besten gleich hinein.« Ihr Blick wies verschwörerisch in die Richtung, in der sich das Zimmer von Burghard Eweleit befand.

Frauke Heuzeroth hatte ihre Zurückhaltung gegenüber Friederike längst aufgegeben. Die Sekretärinnen der einzelnen Anwälte pflegten untereinander guten Kontakt. Schon lange war daher bekannt, dass Friederike jedermann gleich behandelte. Es machte für sie keinen Unterschied, ob ein Mandant der Kanzlei vermögend war oder nicht. Für sie zählten nur die Menschen, die Probleme hatten und gezwungen waren, ihre Hilfe in Anspruch zu nehmen. Diese Probleme mussten gelöst werden. Durch ihre Herzlichkeit und ihr freundliches Wesen nahm sie die Mandanten für sich ein. Sie bildete sich nichts darauf ein, als Anwältin in dieser großen Kanzlei tätig zu sein. Friederike, die vor ihrem Studium selbst eine

Ausbildung zur Rechtsanwaltsgehilfin abgeschlossen hatte, kannte die Belastungen dieses Berufes und hatte allein darum die Achtung vor Leuten, gleich welchen Standes, nie verloren. Wirklich kluge Leute würden sich ohnehin auf ihre Klugheit nichts einbilden. So war es auch nicht verwunderlich, dass Friederikes erste Erfolge nicht lange auf sich warten ließen. Nach einem »In Ordnung«, und einem erneuten kurzen Klopfen, marschierte Friederike, nach dem »Herein« von Burghard Eweleit, mit einem freundlichen Lächeln im Gesicht, in sein Zimmer.

»Schön, dass Sie gleich kommen konnten.« Burghard Eweleit erhob sich und begrüßte sie. »Herr Heech, ich möchte Ihnen Frau Jalaß vorstellen.«

Nur ein kurzer Blick von Friederike in das Zimmer von Burghard Eweleit hatte genügt, um die Situation zu erfassen. Vor dem Schreibtisch des Kanzleichefs saß ein Besucher. Da sich auf dem Tisch Aktenordner stapelten, wusste sie, dass Burghard Eweleit sie mit einem Fall vertraut machen wollte. Sie lächelte den Besucher höflich an und reichte ihm ihre Hand.

»Friederike Jalaß. Guten Tag, Herr Heech.«

Der Besucher erhob sich schwerfällig aus seinem Stuhl. »Guten Tag, Frau Jalaß.«

»Bitte nehmen Sie Platz«, sagte Burghard Eweleit zu Friederike und wies auf die Stühle vor seinem Schreibtisch. Schon wieder seinem Besucher zugewandt, fragte er: »Herr Heech, möchten Sie etwas trinken?«

»Nein danke. Ich hatte schon einen Kaffee bevor ich herkam.«

»Darf ich Ihnen etwas anbieten?«

Friederike schüttelte den Kopf. »Nein, danke.« Sie sah ihren Chef erwartungsvoll an und schwieg.

Burghard Eweleit bemerkte ihren Blick und sagte, wie entschuldigend, in Richtung seines Besuchers: »Wir warten noch auf Frau Hohmuth. Sie müsste jeden Augenblick hier sein. Ich konnte sie zwar nicht selbst sprechen, weil sie gerade telefonierte, aber ihre Sekretärin sagte mir zu, dass sie sie sofort informiert.« Mit einem bedeutungsvollen Blick auf Friederike fuhr er fort: »Sicher hatte sie ein wichtiges Gespräch, das sie nicht sofort beenden konnte.«

Friederike nickte und legte sich ihren Schreibblock auf die Knie. Mit den Daumen und den Zeigefingern beider Hände drehte sie ihren Bleistift. Nur wer sie kannte, konnte dadurch ihre Anspannung bemerken. In diesem Augenblick klopfte es erneut.

»Das wird Frau Hohmuth sein.«

Ohne das »Herein« abzuwarten, stand Anjuta Hohmuth im Zimmer und sprudelte los: »Guten Tag, Herr Doktor Eweleit. Entschuldigen Sie bitte, dass Sie warten mussten. Ich hatte ein langwieriges Telefonat und konnte das bedauerlicherweise nicht eher beenden.«

»Keine Ursache.« Burghard Eweleit hatte sich erneut erhoben und begrüßte Anjuta Hohmuth. Dann wandte er sich erneut an seinen Besucher und sagte: »Herr Heech. Darf ich vorstellen. Das ist unsere Kollegin Frau Hohmuth.«

»Angenehm. Rechtsanwältin Hohmuth.« Anjuta streckte ihren Arm aus und gab Konrad Heech die Hand. Erst jetzt schien sie Friederike zu bemerken. Sie nickte ihr zu mit einem Gesicht, in dem die Freundlichkeit eingefroren zu sein schien.

»Hallo, Anni.« Friederike nickte freundlich zurück.

»Frau Hohmuth. Bitte nehmen Sie doch Platz. Dann kann ich beginnen und Ihnen beiden mitteilen, warum ich Sie hergebeten habe.«

Friederike beobachtete aus ihren Augenwinkeln, dass sich Anjuta, als sie die Worte des Kanzleichefs vernahm, sichtlich entspannt, aber dennoch mit verkniffenem Gesicht, in ihrem Stuhl zurücklehnte. Sie kannte Anjuta und wusste, dass die innerlich von Ehrgeiz zerfressen war und niemandem, außer

sich selbst, Anerkennung und Erfolg gönnte, und sich jetzt wahrscheinlich gerade darüber ärgerte, dass es ihr nicht gelungen war, als erste von ihnen beiden im Büro von Doktor Eweleit zu erscheinen.
»Meine Damen. Ich habe Sie hergebeten, weil ich Sie mit einer ganz ungewöhnlichen Aufgabe betrauen möchte.« Burghard Eweleit legte bedeutungsvoll seine Hand auf den Stapel Akten, der vor ihm lag. »Vorab: Der Fall liegt über fünfzehn Jahre zurück. Dieser Berg Unterlagen betrifft den Vorgang Stefanie Heech. Stefanie ist die Tochter unseres Mandanten. Sie ist kurz vor Vollendung ihres vierzehnten Lebensjahres, im wahrsten Sinne des Wortes, spurlos verschwunden. Es gab seit dem Tag, an dem sie verschwand, kein Lebenszeichen mehr von ihr. So schlimm sich das auch anhören mag.« Burghard Eweleit senkte seine Stimme. »Man hat weder ihre Leiche gefunden, noch gibt es Anhaltspunkte dafür, ob sie noch lebt oder nicht. Herr Heech weiß daher nicht, ob er um seine Tochter trauern muss oder nicht.«
Während er sprach, beobachtete Burghard Eweleit unauffällig seine Anwältinnen. Sie waren im gleichen Alter. Sie hatten zeitweise sogar die gleiche Schule besucht, wie in den Lebensläufen ihrer Bewerbungen zu lesen war. Mehr als diese Gemeinsamkeiten fiel ihm dann zu ihnen augenblicklich nicht mehr ein. Beide Frauen waren so verschieden, dass sie unterschiedlicher nicht sein konnten. Während Anjuta Hohmuth mit der ihr eigenen Art und ihrer zarten Gestalt das Schutzbedürfnis vor allem beim männlichen Geschlecht zu wecken wusste, ließ die sportlich durchtrainierte Figur von Friederike Jalaß deren Selbstbewusstsein erahnen. Allein der Schein täuschte. Zwar mangelte es Friederike nicht an Selbstbewusstsein, jedoch war Anjuta alles andere als schutzbedürftig. Burghard Eweleit hatte schon mehrfach verfolgen können, dass sie bereit war, ohne Skrupel alle Hindernisse,

die sich ihr entgegen stellten, aus dem Weg zu räumen. Auch jetzt konnte er beobachteten, wie Friederike Konrad Heech betreten und voller Mitleid ansah, während der Blick von Anjuta Hohmuth eher sachlich interessiert war. Er wusste, dass er sich sicher sein konnte, die richtige Wahl getroffen zu haben. »Herr Heech will, dass wir das Schicksal seiner Tochter aufklären.«
Die Köpfe seiner Anwältinnen wandten sich ihm fast synchron zu. Beide sahen den Kanzleichef fragend an.
»Ja. Wenn ich sage wir, meine ich unsere Kanzlei. Aus diesem Grund habe ich Sie heute auch zu mir bestellt.«
»Dass Rechtsanwälte als Ermittler fungieren, ist aber sehr ungewöhnlich«, ließ Anjuta in der einsetzenden Stille verlauten. Unter dem Blick von Burghard Eweleit senkte sie die Augen und verstummte.
»Frau Hohmuth, Sie haben Recht. Sicher ist das ein ungewöhnliches Anliegen, aber finden Sie nicht auch, dass der ganze Fall ungewöhnlich ist?«, erwiderte der Kanzleichef höflich, aber in einem Ton, der jeglichen Widerspruch ausschloss.
»Ich meinte ja nur, dass mit der Aufklärung eines Verbrechens ansonsten die Polizei und im Höchstfall noch die Staatsanwaltschaft befasst ist.« Anjuta hob ihren Kopf wieder.
»Offensichtlich sind die genauso mit ihrem Latein am Ende, wie auch die von Herrn Heech eingeschalteten Privatdetektive. Die Staatsanwaltschaft hat das Verfahren eingestellt und jetzt sind wir gefragt.«
»Aber, wenn die schon nicht mehr weiterwissen, was können wir dann noch tun?«
»Das, liebe Frau Kollegin, hatte ich bereits gesagt. Wir treten an, um das Schicksal von Stefanie Heech aufzuklären.« Burghard Eweleits Stimme hatte nun einen unduldsamen Ton angenommen.
Friederike sah ihn überrascht an. Was war es, das ihn so

ärgerlich machte? Sie sah zu Anjuta. Deren Gesichtsmuskeln zuckten. Als Friederike spürte, wie aufgeregt Anjuta jetzt war, versuchte sie, die Situation zu entspannen. Mit einem Blick auf die Akten fragte sie: »Ergeben sich für uns aus den Akten Anhaltspunkte, mit denen wir anfangen sollten?«

Diese Frage schien Burghard Eweleit erwartet zu haben, setzte sie doch zugleich voraus, dass er selbst bereits mit dem Fall Stefanie Heech vertraut war. Augenblicklich bekam seine Stimme wieder den normalen warmen tiefen Klang. »Es ergeben sich viele Punkte, mit denen Sie beide sich beschäftigen werden. Ich selbst bin leider aus Zeitgründen dazu nicht in der Lage.«

Friederike nickte. »Wenn ich Sie recht verstehe, bedeutet das für uns nicht nur, dass wir die bisherigen Ermittlungen noch einmal nachvollziehen, sondern auch, dass wir eigene anstellen. Welche Mittel und welche Zeit stehen uns dabei zur Verfügung?«

Konrad Heech hatte dem Gespräch scheinbar teilnahmslos beigewohnt. Nun schien er aus seiner Erstarrung zu erwachen. »Sehen Sie, Frau Jalaß, eigentlich bin ich an dem Tag, an dem meine Tochter verschwand, gestorben.« Er lachte ein bitteres Lachen. »Aber wie Sie sehen, lebe ich noch. Dennoch ist mein Leben seit diesem Tag vorbei. Nun hat ein kinderloser Bruder meines Vaters meinen Brüdern und mir eine dicke Erbschaft hinterlassen. Ich will das Geld aber nicht. Ich will, dass das Schicksal meiner Tochter endlich aufgeklärt wird.«

Nur mühsam um Fassung ringend, konnte Konrad Heech den Satz beenden. Er begann lautlos zu weinen.

Umständlich suchte er in seiner Hose nach einem Taschentuch. Friederike griff in ihre Jackentasche und reichte ihm wortlos eine Packung Papiertaschentücher. Konrad Heech nahm die Taschentücher mit einem dankbaren Blick an und behielt sie in seiner Hand.

Burghard Eweleit hatte diese kleine menschliche Geste genau

registriert. Sie bestätigte ihm erneut, dass seine Entscheidung, Friederike einzustellen, die richtige gewesen war. Er hatte sich zu Recht gegen die Meinung seiner Partner durchgesetzt. Es war ihre Natürlichkeit und auch das Feuer, das in ihr brannte, als sie ihm erklärte, warum sie ausgerechnet Strafverteidigerin werden wollte. »Herr Heech hat es auf den Punkt gebracht. Das Honorar, das er der Kanzlei zahlt, wird unsere Bemühungen abdecken. Es gewährt uns Handlungsfreiheit in jederlei Hinsicht.«

Das war es also.

Anjutas Blick löste sich von der unscheinbaren Gestalt ihres Mandanten. Nein, wie jemand, der sich einen der besten Strafverteidiger leisten konnte, sah Konrad Heech wirklich nicht aus. »Bedeutet das, dass Zeit und Kosten keine Rolle spielen?« Ungläubig wanderte ihr Blick zu Burghard Eweleit. Der Kanzleichef atmete einmal deutlich hörbar aus. Dann antwortete er mit einem Lächeln, das Erleichterung vermuten ließ, in Richtung der beiden Frauen: »Ich freue mich, dass Sie unsere Aufgabe erfasst haben.« Er wäre nicht der berühmte Anwalt Eweleit gewesen, wenn er anders auf Anjutas Frage reagiert hätte. Er beherrschte perfekt die Kunst, Kollegen zu maßregeln, indem er mit seinen Worten spielte. Allerdings ließ er ihnen immer ihre Würde. Niemals hätte er Anjuta öffentlich gedemütigt. »Damit können wir dann voller Tatendrang ans Werk gehen.« Burghard Eweleit klatschte in seine Hände und rieb sie aneinander. »Wir werden uns regelmäßig treffen, um die Angelegenheit zu besprechen.«

Anjuta konnte nicht anders. Sie musste sich nach der erlittenen Schlappe wieder in Szene setzen. Darum lächelte sie ein liebenswürdiges Lächeln und fragte schmeichelnd: »Doktor Eweleit, benötigen Sie die Akten noch?«

»Nein, die stehen zur Verfügung.«

»Also Friederike, dann werde ich zuerst die Akten nehmen

und sie heute noch lesen. Du kannst sie dann morgen haben.« Sie wartete das Einverständnis von Friederike nicht ab, sondern erhob sich, um den Aktenstapel an sich zu nehmen. Burghard Eweleit schob ihr die Akten zu. Wer ihn kannte, wusste, dass er gespannt auf Friederikes Reaktion wartete.
»Gut, Anni. Du bringst sie mir dann morgen«, erwiderte die gleichgültig, ohne Anjuta anzusehen. » Doktor Eweleit. Ich habe noch eine Frage.«
Anjuta, die den Aktenberg bereits im Arm hatte, verharrte.
»Ja, bitte.«
»Ist Ihr Gespräch mit Herrn Heech für heute beendet?«
»Ja. Ich denke schon. Warum fragen Sie?« Burghard Eweleit sah fragend zu Konrad Heech. Der nickte.
»Es wäre schön, wenn ich mich noch einmal mit ihm unterhalten könnte. Wäre Ihnen das Recht, Herr Heech?«
»Ja.«
»Schön.« Friederike stand auf. »Dann lassen Sie uns bitte in mein Büro gehen.«
Anjuta erstarrte für einen Augenblick. »Ich habe aber jetzt noch einen anderen Termin«, sagte sie in einem ungehaltenen Ton in Friederikes Richtung.
Die erwiderte gelassen: »Kein Problem. Ich mache das auch alleine und berichte dir morgen, wenn du die Akten bringst.«
Anjuta legte die Akten noch einmal auf den Schreibtisch, um auf ihre Uhr zu sehen. »Nein. Ich schaffe das nicht mehr. Also gut. Wir sehen uns morgen.« Sie griff wieder nach den Akten und verließ nach einem kurzen Abschiedsgruß und einem bösen Blick auf Friederike das Büro. Friederike wartete geduldig bis Konrad Heech seine Jacke angezogen und sich von Burghard Eweleit verabschiedet hatte. Seine Schiebermütze behielt er in der Hand. Dann verabschiedete auch sie sich und nahm Konrad Heech mit in ihr Büro.
Burghard Eweleit, der beide zur Tür begleitet hatte, blieb mit

einem zufriedenen Gesichtsausdruck zurück. Das Wechselspiel der Gegensätze hatte begonnen. Er war sich sicher, dass am Ende der gewohnte Erfolg stehen würde.

3
KAPITEL

»Nehmen Sie doch bitte Platz, Herr Heech.« Friederike deutete auf die Besucherstühle und setzte sich hinter ihren Schreibtisch. Während sie die auf dem Tisch liegenden Akten, die sie in der Eile zurückgelassen hatte, zusammenschob und sich Papier bereitlegte, sagte sie mitfühlend: »Sicher ist Ihnen das alles schon oft abverlangt worden. Trotzdem, wenn es Ihnen nichts ausmacht, fangen Sie an und erzählen mir die Sache mit Ihrer Tochter einfach von Beginn an.«

Konrad Heech zog seine Jacke wieder aus und legte sie zu seiner Mütze auf den Stuhl. Dann setzte er sich und sah Friederike mit leeren Augen an. »Sie sind meine letzte Hoffnung.« Er senkte den Kopf.

Sie drang nicht in ihn, sondern ließ ihm Zeit, seine Gedanken zu ordnen.

Als Konrad Heech leise, fast zögerlich begann, hielt er noch immer den Kopf gesenkt: »Seit Januar neunundachtzig ist sie verschwunden. Sie lebte damals schon zehn Jahre bei meiner Mutter. Meine Frau und ich hatten uns scheiden lassen, als sie vier war.« Er hob den Kopf. »Obwohl meine Frau gerne feierte und dann immer Alkohol im Übermaß trank, ist das Erziehungsrecht für Steffi ihr zugesprochen worden. Ulla war eine lebenslustige Frau, die nichts anbrennen ließ.« Er bemerkte Friederikes fragenden Blick und ergänzte: »Das allein hätte mich vielleicht noch nicht einmal gestört. Aber dann kamen die anderen Männer ins Spiel.« Seine Stimme zitterte. Er räusperte sich.

»Sie haben sie sehr geliebt?« Friederikes Frage klang wie eine Feststellung.

»Ja.« Wieder rang Konrad Heech um Fassung. »Heute mache ich mir Vorwürfe, dass ich nicht mehr um unsere Ehe gekämpft und ihr nicht geholfen habe, als sie mich so sehr brauchte.« Er schluckte. »Ja, ich habe sie sehr geliebt.« Dann atmete er tief durch und fuhr mit fester Stimme fort: »Trotz der Scheidung mussten wir zunächst noch in einer Wohnung bleiben. Das war damals nichts Ungewöhnliches. Ausreichend Wohnraum gab es schließlich nicht. Ich empfand das auch gar nicht als so schlimm, denn so hatte ich Steffi trotzdem noch fast ein Jahr bei mir. Ich hatte immer Angst um sie. Deshalb bin ich auch oft zum Jugendamt gegangen. Geholfen haben die mir allerdings nicht.« Er sah Friederike an und fragte: »Wie alt sind Sie eigentlich?«

»Nicht viel älter, als Ihre Tochter jetzt wäre.«

»Das dachte ich mir schon.« Er blinzelte und sah an Friederike vorbei.

Sie konnte in seinem Gesicht lesen und sehen, dass er mit den Gedanken bei seinem kleinen Mädchen war. Leise fragte sie: »Was geschah, dass Steffi dann zu Ihnen kam?«

»Ich habe sie nach dem Tod meiner Frau wieder zu mir genommen. In dieser Zeit war ich in der Woche, wegen meiner Arbeit, viel unterwegs. Aus diesem Grunde habe ich Steffi zu meiner Mutter gegeben. Sie fühlte sich dort wohl. Meine Mutter und Steffi waren ein Herz und eine Seele.«

»Wusste Steffi damals, wie ihre Mutter gestorben war?«

»Ja. Allerdings hatte ich sie über die wahren Begebenheiten erst kurz vor ihrem Verschwinden informiert.«

»Hatte das einen Grund?«

Konrad Heech nickte. »Als kleines Kind hat sie nie viel nach ihrer Mutter gefragt. Sie vermisste scheinbar nichts. Ihre Oma brachte ihr alles bei. Steffi konnte stricken und backen. Sie lernte tanzen und viele andere Sachen. Sie vermisste nichts. Aus diesem Grund habe ich auch von mir aus nicht über ihre Mutter gesprochen. Ich habe ihr damals einfach gesagt, dass ihre Mutter krank war und dann gestorben ist. Das stimmte in gewisser Weise auch.« Seine Stimme erstickte. »Meine Frau muss sehr verzweifelt gewesen sein, als sie sich ertränkte. Vielleicht war es aber auch nur das Schamgefühl wegen ihrer Alkoholkrankheit.«

Friederike ließ ihm Zeit, sich wieder zu sammeln. »Und welchen Anlass hatten Sie dann, mit Steffi über den Tod ihrer Mutter zu reden?«

»Nach der Scheidung und dem Tod meiner Frau bin ich zunächst allein geblieben. Irgendwann bin ich aber dann doch noch wieder eine Beziehung eingegangen. Meine damalige Lebensgefährtin schenkte mir eine weitere Tochter. Die wollte, als sie alt genug war, wissen, warum Steffi keine Mutter hat und fragte ihre Mutter danach.«

»Die ihr dann die Wahrheit erzählte?« Friederike stützte ihren Kopf in die Handfläche und zog ihre Augenbrauen sorgenvoll hoch.

»Ja.« Konrad Heech nickte bedächtig. »Mit dem Ergebnis, dass die Kleine ihre Schwester trösten wollte. Schließlich war ja deren Mutter ertrunken.« Er seufzte. »Das war ungefähr ein halbes Jahr, bevor Steffi verschwand.«

»Oh, je.«

»Sie können sich sicher denken, dass Steffi mich sofort zur Rede stellte und die Wahrheit wissen wollte.«

Friederike angelte nach ihrem Kugelschreiber und fragte: »Was haben Sie ihr erzählt?«

»All das, was man mir gesagt hat und das, was ich in der

Zeitung gelesen habe.«
»Das war?«
»Ich habe ihr erklärt, dass ihre Mutter durch Alkohol krank geworden ist und ihrem Leben ein Ende gesetzt hat, indem sie ins Wasser gegangen ist.«
»Wie hat Steffi es aufgenommen?« Friederike begann zu schreiben.
»Sie hat das einfach registriert und auch nicht weiter gefragt.«
»Hat sie Ihnen Vorhaltungen gemacht, weil sie die Wahrheit erst so spät erfuhr?«
»Nein, das Thema war für sie dann erledigt, zumindest nach außen.«
Friederike sah von ihren Notizen auf und blickte direkt in seine Augen. »Geschah noch etwas Ungewöhnliches in der Zeit vor ihrem Verschwinden?«
»Ja. Auf ihrem Schulweg hat sie aus Angst vor irgendwem oder irgendwas immer ein Küchenmesser mitgenommen. Davon habe ich aber erst später erfahren.« Konrad Heech musterte Friederike. Ihr dunkles Haar fiel ihr in großen Wellen bis auf die Schultern. Es nahm ihrer Kleidung die Strenge und machte sie fraulich. Sie hatte ein kluges Gesicht. Dieses Gesicht konnte sich verändern. Er hatte Mitleid und echte Anteilnahme darin gesehen, aber auch Freundlichkeit und Überraschung. Die Stirn in Falten gelegt, lauschte sie jetzt konzentriert seinen Worten und schrieb Notizen auf ihr Blatt Papier. Sie trug einen Ehering an ihrer rechten Hand.
»Außergewöhnlich war auch, dass sie meine Mutter in der Woche, bevor sie verschwand, angeschwindelt hatte. Sie hat der Oma erzählt, dass sie nicht zum Kegeln geht, weil die Punktanzeige der Kegelanlage defekt ist.«
»Das stimmte nicht?«
»Nein, denn in der Schule sagte sie einfach, dass sie zum Kegeln nicht mitkommt. Eine Begründung gab sie nicht an.

Sie ist dann nach der Schule alleine nach Hause gefahren. Dort suchte sie leere Flaschen zusammen, um sie abzugeben. Das Flaschengeld durfte sie behalten. Danach fuhr sie zum nahe gelegenen Wald, um ihre kleine Freundin zu fragen, ob sie sie zum Flaschenabgeben begleitet.« Als Konrad Heech Friederikes fragenden Blick bemerkte, fügte er erklärend hinzu: »Diese Freundin ist die Enkeltochter meiner Tante, der Schwester meiner Mutter. Sie müssen wissen: Die Familie meiner Mutter gehörte zu den Vertriebenen. Sie und ihre beiden Schwestern hat der Krieg nach Mecklenburg in dieses kleine Dörfchen verschlagen, und alle sind dort geblieben. So kam es, dass die drei Schwestern damals in Sichtweite wohnten. Tante Lina wohnte allein. Ihr Mann ist nicht aus dem Krieg zurückgekehrt. Im Haus der Tante Mine wohnten noch ihr Mann, der Lorenz und ein Sohn der beiden mit Frau und Tochter.«

»Also die Freundin von Steffi?«

»Ja. Sie heißt Undine und ist fünf Jahre jünger als Steffi. Trotzdem haben sie immer gut zusammen gespielt. Sie sind in der Woche auch gemeinsam mit ihren Fahrrädern in die Schule gefahren. Nur an den Sonnabenden ist Undine von ihrer Mutter mit dem Moped in die Schule gebracht worden. Damals war ja auch samstags noch Unterricht.« Konrad Heech seufzte.

Friederike unterbrach ihre Mitschrift und sah auf. »Ist Steffi an einem Sonnabend verschwunden?«

»Ja. Aber an jenem Donnerstag, als sie die Undine zum Flaschenwegbringen abholte, fragte sie sie unterwegs, ob sie am Sonnabend mit dem Fahrrad mit zur Schule kommt. Sie soll gesagt haben, dass das besser sei. Wenn irgendeiner kommt, könnte die andere Hilfe holen. Sie drohte ihr an, ihr eine zu ballern, wenn sie nicht mitkommen würde.« Konrad Heech schüttelte den Kopf. »Genauso drückte sie sich aus.

Das sah ihr überhaupt nicht ähnlich.«
»Wie reagierte Undine darauf?«
»Als Steffi sie am Freitag abholte, fragte die ihre Mutter und die gab schließlich ihr Einverständnis.«
»Was geschah dann?«
»Beide sind an diesem Freitag wie gewöhnlich in die Schule gefahren. Steffis Verhalten war völlig normal. Sie soll sogar lustig gewesen sein. Als sie nach Hause kam, erzählte sie meiner Mutter, dass sie am nächsten Tag mit Undine zur Schule fahren wird. Sie machte Hausaufgaben und packte ihren Schulranzen. Zum Abendessen erschien dann mein Bruder Klaus.«
Die eintretende Stille wurde unterbrochen von dem ratschenden Ton, das ein Blatt Papier beim Abreißen vom Schreibblock verursacht. »Welches Verhältnis hatte Steffi zu ihrem Onkel?« Friederike begann einen Stammbaum zu malen und zu beschriften.
»Ein sehr gutes. Genauso wie zu meinem Bruder Kurt. Beide sind unverheiratet und haben ihre Wochenenden immer im Haushalt meiner Mutter verbracht. Allerdings war es wohl eher ein geschwisterliches Verhältnis. Sie nannte beide auch nicht Onkel, sondern sprach sie nur mit Klausi und Kuddi an.« Er beobachtete Friederike und sagte: »Es fehlt noch mein älterer Bruder. Er heißt Karl.«
»Ihre Eltern liebten Vornamen mit dem Buchstaben K?«
»Ja.« Er sah zur Seite und rieb sich den Nacken.
»Was berichtete Ihr Bruder Klaus über diesen Abend?«
»Nichts Besonderes. Sie aßen gemeinsam zu Abend und sahen anschließend fern. Dann schauten sie sich noch ein Fotoalbum an. Ins Bett ist Steffi dann wohl gegen neun gegangen. Morgens ist sie von meiner Mutter geweckt worden. Sie machte sich fertig und aß Frühstück. Kurz nach sieben hat sie dann das Haus verlassen. Von da ab verliert sich ihre

Spur.« Konrad Heech knetete seine Hände.
Friederike legte ihren Kugelschreiber aus der Hand. »Wenn ich Sie richtig verstanden habe, befindet sich doch aber das Haus Ihrer Tante, in dem Undine wohnte, in Sichtweite. Steffi kam dort nie an?«
»Das Haus steht hundert Meter weiter. Auf dem Weg dorthin hätte man Steffi beobachten können. Meine Mutter hat ihr auch häufig nachgesehen, nur an diesem Tag nicht.« Konrad Heech drehte seinen Kopf ruckartig zur Seite, um vor Friederike die Tränen zu verbergen, die ihm ein weiteres Mal an diesem Tag in die Augen schossen. Scheinbar interessiert schien er für eine kurze Zeit das Gemälde an der Wand zu betrachten. Dann wandte er sich wieder Friederike zu. »Jedenfalls kam Steffi im Haus von Undine nie an. Ihre Mutter brachte Undine dann doch mit ihrem Moped in die Schule.« Dann sagte er in einem Anflug von Verzweiflung: »Ich verstehe das nicht. Sie waren verabredet. Als Steffi nicht kam, hätten sie doch nach ihr fragen müssen. Aber nichts dergleichen.« Wieder sah er zum Bild an der Wand.
»Haben Sie denen das irgendwann einmal vorgehalten?«
»Nein. Diese Familie hätte sowieso nichts gesagt. Die hält zusammen. Die würden selbst einen Verbrecher schützen, wenn er aus ihrer Familie stammt.«
Sein verächtlicher Ton ließ Friederike aufhorchen. »Gibt es etwas, was ich wissen müsste?« Sie lauschte in die Stille und beobachtete die Reaktion ihres Mandanten.
Wieder räusperte er sich, bevor er begann. »Dieser Lorenz Seiffe ist vorbestraft. Er hat vier Jahre im Knast gesessen, weil er sich an kleinen Jungs vergangen hat.«
Friederike sah ihn prüfend an. Konrad Heech wich ihrem Blick aus, rutschte in seinem Stuhl hin und her und beeilte sich hinzuzusetzen: »Als er später wieder draußen war und ein kleines Mädchen tot aufgefunden wurde, hat sein eigener

Vater zu ihm gesagt: ›Das warst du.‹ Der Mörder von dieser Kleinen ist nie gefunden worden.«

»War Ihre Tante zu diesem Zeitpunkt schon mit ihm verheiratet?«

»Ja. Sie hielt zu ihm und nicht nur das. Die beiden Söhne, die sie bekamen, kamen erst danach. Einer, der Jüngere, ist jetzt auch schon tot. Der hat sich zu Tode gesoffen. Das war aber noch der bessere von beiden. Der andere ist genauso wie sein Vater.«

»Und wie ist der?«

»Wie war der, wäre richtiger. Auch der Vater ist tot. Man soll ja über Tote nichts Schlechtes sagen, aber zu dem fällt mir nichts Gutes ein. Der war brutal. Er hatte Spaß am Töten. Manchmal hat er das sogar vor unseren Augen gemacht und Tiere umgebracht, einfach nur aus Spaß.«

»Welche Tiere hat er getötet?«

»Kleine Vögel und Mäuse. Denen hat er mit seiner Hand einfach so die Kehle durchgedrückt und wir mussten zusehen.«

Die abgearbeitete Hand von Konrad Heech schloss sich zur Faust. Sein Daumen presste sich gegen das untere Glied seines Zeigefingers.

Friederike stellte sich einen kleinen Vogel, dessen Herz aufgeregt schlug, in seiner Hand vor und schüttelte sich.

»Genauso ist sein älterer Sohn. Steffi hatte immer Angst vor dem und machte um ihn einen Bogen. Den habe ich einen Tag, nachdem sie verschwand, gesehen. Er ist mit seinem Auto an mir vorbeigefahren. Seinen Blick werde ich nie vergessen.«

»Herr Heech, ich habe an dieser Stelle noch eine Frage an Sie. Die betrifft den Lorenz Seiffe.« Friederikes Augen hatten den Blick von Konrad Heech eingefangen und fixiert.

»Ja?« Er wechselte seine Sitzhaltung in kürzester Zeit.

»Die Straftaten, die Ihr Onkel begangen hat, betrafen die auch Sie?«

Er löste seinen Blick und sah an ihr vorbei. »Mich, meine

Brüder und auch noch andere kleine Jungen.«
»Das habe ich mir gedacht. Was hat er mit Ihnen gemacht?«
Die Röte schoss ihm ins Gesicht. Auf seiner Stirn bildeten sich Schweißperlen. Konrad Heech drehte sich zur Seite und rieb sich mit der Hand den Nacken. Friederike konnte spüren, dass ihm die Antwort körperliches Unbehagen verursachte. »Er hat sich vor uns befriedigt und wir mussten dabei zusehen.«
»Wie alt waren Sie damals?«
»Vier oder fünf. Ich weiß das nicht mehr so genau.«
»Hat er Sie auch angefasst?«
Er wischte sich mit der Hand über die Stirn. Leise, kaum hörbar, antwortete er: »Erst hat er sich nur vor uns selbst befriedigt. Später wollte er, dass wir das tun. Er hat unsere Hand genommen und sie dahin geführt.« Dann räusperte er sich und ergänzte mit fester Stimme: »Jedenfalls hat einer der Jungen geredet. Die Eltern von dem haben ihn angezeigt, sodass die Dinge ihren Lauf genommen haben.«
»Ist bei Ihnen zu Hause jemals über die Straftaten von Lorenz Seiffe gesprochen worden?«
Ein bitteres Lachen erklang. »Wo denken Sie hin? Niemals. Mit meiner Mutter hätten wir nie darüber reden können. Sie hätte es nicht ertragen. Diese Schande und dann noch in ihrer eigenen Familie.«
»Konnten Sie oder ihre Brüder denn mit jemand anders darüber reden?«
»Nein, psychologische Hilfe hatte ich damals nicht und auch nicht, als Steffi verschwand. Ich musste immer mit allem allein klarkommen. Vielleicht verstehen Sie mich jetzt, wenn ich sage, dass ich zwar noch lebe, aber eigentlich schon tot bin.«
Friederike nickte und sagte mitfühlend: »Ich habe selbst eine kleine Tochter und kann mir nichts Schlimmeres vorstellen, als das, dass sie nicht mehr da ist.«
Konrad Heech nickte. »Wenn ihre Leiche gefunden werden

würde, könnte ich um sie trauern. So weiß ich aber nicht, ob ich vielleicht um eine Lebende trauere. Es ist alles so mysteriös. Erst verschwindet sie auf einer Strecke von hundert Metern. Dann finden sich ihr Fahrrad, ihre Schultasche und der Sportbeutel an, unter Ästen versteckt, ebenfalls in der Nähe des Hauses.«

Friederike, die wieder begonnen hatte, sich Notizen zu machen, unterbrach ihn: »Fehlte etwas aus der Schultasche?«

»Ja. Ihr Hausaufgabenheft, das Frühstücksbrot und ein Brief. Alles andere war da.«

»Das ist aber ungewöhnlich. Was war das für ein Brief?«

»Der kam vom örtlichen Krankenhaus und bestätigte Steffis Einsatz. Der war in den Winterferien als Lager für Arbeit und Erholung geplant.«

»Was hatte es damit auf sich?«

»Dieser Brief enthielt einen befristeten Arbeitsvertrag. Steffis Schuldirektor und ich hätten ihn nur unterschreiben müssen. Sie musste aber absagen, weil ich mit ihr in den Winterurlaub fahren wollte.«

Friederike kritzelte etwas auf ihr Blatt, riss es ab und legte es neben ihren Schreibblock.

»Wann haben Sie erfahren, dass Steffi vermisst wird?«

»Am Abend des gleichen Tages bin ich durch die Polizei informiert worden.«

»Wer hat Sie denn eigentlich als erster vermisst und wann?«

»Das war meine Mutter.«

»Kann sie heute noch befragt werden?«

»Nein, sie ist zwei Jahre nach Steffis Verschwinden gestorben. Ich würde sagen, an gebrochenem Herzen.« Konrad Heech atmete schwer. »Was hat Ihre Mutter Ihnen erzählt?«

»Sie hat ihr eine Scheibe Brot mit Butter und Teewurst bestrichen. Die nahm Steffi und steckte sie in ihre Schultasche. Während sie frühstückte sagte sie ihrer Oma, dass sie am Nachmittag einen Apfelkuchen backen wollte. Dann verabschiedete sie sich bis zum Mittag.«

»Wobei sie aber zum Mittag nicht kam.«

»Richtig. Meine Mutter stellte Steffis Essen warm und schaute dann eine Zeit lang auf den Weg. Sicher um festzustellen, ob sie nun kommt. Mein Bruder wollte meine Mutter beruhigen. Er meinte, dass Steffi bestimmt nachsitzen müsse.« Konrad Heech schüttelte energisch seinen Kopf. »Das hat meine Mutter jedoch sofort ausgeschlossen, weil Steffi noch nie nachsitzen musste. Dann kam Undine und erzählte ihr, dass Steffi sie morgens nicht abgeholt hatte.«

»Das versetzte ihre Mutter sicher sofort in Aufregung, oder?«

»Ja. Sie entschloss sich mit dem Fahrrad zur Lehrerin zu fahren. Die erzählte ihr dann, dass Steffi an diesem Tag gar nicht in der Schule gewesen war. Darüber erschrak meine Mutter so sehr, dass sie das Weitere gar nicht mehr so richtig wiedergeben konnte. Sie muss völlig verzweifelt zurückgefahren sein. Am Haus der Seiffes berichtete sie dann völlig aufgelöst weinend der Tante Mine, dass Steffi verschwunden sei. Ihr Gesundheitszustand verschlechterte sich an diesem Tag jedenfalls so, dass meine Brüder einen Arzt holen mussten. Der gab ihr eine Beruhigungsspritze, damit sie überhaupt schlafen konnte.« Konrad Heech presste seine Lippen zusammen.

»Hat an diesem Tag gleich jemand nach Steffi gesucht?«

»Als ich im Haus meiner Mutter eintraf, hatten die Dorfbewohner schon spontan die Suche aufgenommen. Ein Polizeibeamter hat erst meine Mutter und dann mich vernommen. Nachdem unsere Vernehmung beendet war, haben alle Männer noch im Dunklen weitergesucht. Gefunden hat man sie allerdings bis heute nicht. Deshalb bin ich hier.«

Friederike sah ihn an und atmete hörbar ein und aus. »Ich kann Ihnen nicht versprechen, dass wir sie finden. Versprechen

kann ich Ihnen aber, dass wir unser Bestmögliches tun werden, an der Aufklärung mitzuwirken.« Sie sah ihm direkt in die Augen. »Ich denke, dass wir es hier mit einer Beziehungstat zu tun haben. Ihre Tochter wäre bestimmt nie mit einer fremden Person mitgegangen, oder?«
Wieder füllten sich seine Augen mit Wasser.
»Nein.« Dicke Tränen kullerten über seine Wange. Konrad Heech bemühte sich nicht mehr, sie zu verbergen. »Ich habe meine Tochter verloren. Nur ein Milchzahn ist mir von ihr noch geblieben.« Er wischte die Tränen mit dem Handrücken ab. »Sie müssen mich wirklich für eine Heulboje halten.«
»Wenn ihr jemand Gewalt angetan hätte, hätte das Lärm verursacht. Also werden wir uns auf Personen aus Steffis Umfeld konzentrieren, auf Personen, zu denen sie Vertrauen hatte.«
»Einige dieser Personen sind aber längst tot. Meine Mutter, aber das sagte ich ja schon, und auch mein jüngerer Bruder Kurt. Er ist vor zwei Jahren an Krebs gestorben.«
»Vielleicht ist es gar nicht so schlecht, dass seit damals so viel Zeit verstrichen ist. Wir werden sehen. Ich werde mir jedenfalls erst mal die Akten ansehen und dann mit meiner Kollegin besprechen, wie und wo wir anfangen.«
Konrad Heech erhob sich, nahm seine Sachen an sich und sagte: »Ich bin mir sicher, dass die Angelegenheit bei Ihnen gut aufgehoben ist.« Er gab Friederike die Hand und behielt sie einen Augenblick länger als gewöhnlich in seiner. »Ich habe nicht mehr viel Kraft. Mir bleibt nur noch die Hoffnung, dass Sie den Fall lösen, so oder so. Bitte melden Sie sich, wenn Sie Neuigkeiten haben oder ich Ihnen helfen kann.«
»Dessen können Sie gewiss sein. Auf Wiedersehen, Herr Heech.«
Noch lange nachdem er den Raum verlassen hatte, spürte Friederike, während sie die Blätter auf ihrem Schreibtisch ordnete, den Druck seiner schwieligen, abgearbeiteten Hand. Die ganze Hoffnung in ihm, seine Tochter wiederzufinden, ihr

Schicksal aufzuklären, hatte er in diesen Händedruck gelegt. Wieder atmete sie hörbar ein und aus.

4
KAPITEL

»Nun, meine liebe Kollegin. So recht bei der Sache sind wir heute wohl nicht.«
Anjuta drehte sich auf den Bauch, faltete ihre Hände und legte ihren Kopf so darauf, dass sie ihn ansehen konnte. Sie hasste seinen anzüglichen Ton und überlegte, in welcher Form sie diesem begegnen sollte. Dann seufzte sie und sagte: »Ach, ärgere du mich nicht auch noch.«
Er begann ihren Rücken zu streicheln. »Das, meine Süße, liegt mir doch völlig fern. Erzähle, was gibt es?«
»Gewiss hast du schon von meiner neuesten Aufgabe gehört, mit der mich unser verehrter Kollege Eweleit betraut hat?«
»Nein. Darüber haben wir noch nicht gesprochen.«
»Das habe ich mir gedacht. Gut, dann erfährst du es eben von mir.« Insgeheim freute sich Anjuta, dass er es noch nicht wusste. Das eröffnete ihr die Möglichkeit, ihn zu manipulieren. Möglichst gleichgültig sagte sie: »Ich gehöre ab sofort zu den Ermittlungsorganen.«
Er lachte. »Wozu gehörst du?«
»Ja, du hast schon richtig gehört. Seit heute Nachmittag bin ich Ermittler.« Nun klang Empörung aus ihrer Stimme.
»Schön.« Er lachte wieder.
Sie schmollte. »Du hast gut lachen. Schließlich bist du Partner und wirst nicht nach Leistungen bezahlt.«

»Dafür bin ich auch schon etwas länger Anwalt als du.«
»Ich glaube, dass ich nie Partner werde. Schon gar nicht, wenn ich mir überlege, womit ich ab sofort meine kostbare Zeit verbringen soll.«
»Du scheinst ernsthaft verärgert zu sein?« Er hörte auf, sie zu streicheln. Sein Interesse war geweckt.
»Das darfst du annehmen.« Anjuta lächelte und schwieg.
Ihm stand die Neugier im Gesicht geschrieben. »Na los, erzähl mal.«
Sie lächelte weiter.
Ungeduldig drehte er sich auf den Rücken. »Dann eben nicht. Morgen ist ohnehin Besprechung. Er wird es mir dann sicher selbst sagen.«
Sie rückte heran und legte sich mit ihrem Oberkörper über seinen Brustkasten. Dann kraulte sie seine Brust und sagte: »Nun sei doch nicht gleich säuerlich. Ich erzähle es dir doch.« Sie küsste ihn auf sein Kinn. »Er hat mich heute zu sich bestellt. Als ich eintraf...«
»Hat er dir erst mal auf den Busen gesehen«, ergänzte Edzard Korritter und amüsierte sich über ihr ungläubiges Gesicht.
Anjuta hatte sich aber sofort wieder unter Kontrolle. »Das wäre schön gewesen.«
Sein eben noch schelmenhaftes Gesicht veränderte sich. »Das meinst du nicht ernst?«
Sie küsste ihn wieder. »Selbstverständlich nicht, du Dummerchen.«
»Nun ja. Das kann man bei dir nicht so genau wissen. Schließlich bist du fast zwanzig Jahre jünger als ich. In dem Alter und bei deinem Aussehen liegen einem die Männer zu Füßen.«
»Nicht, wenn man festgelegt ist.«
Er kokettierte. »Bist du?«
»Selbstverständlich.«
»Du meinst auf deinen Ehemann?« Damit hatte er ihren

wundesten Punkt berührt. »Du bist gemein.« Anjuta schmollte wieder. »Ich glaube, ich gehe jetzt und mache mit ihm da weiter, wo wir gerade aufgehört haben.« Sie machte Anstalten, sich zu erheben.

Edzard Korritter hielt sie fest und zog sie wieder zurück. Er hielt sie mit seinen Armen umklammert und sagte: »Entschuldige, mein Liebling. Das war nicht böse gemeint. Aber du weißt, ich bin total eifersüchtig auf ihn.«

Anjuta hatte sich gerne in seine Arme zurückfallen lassen. Sie genoss seine Eifersucht. Dadurch hoffte sie, ihn an sich zu binden. Trotz ihres Altersunterschiedes war Edzard Korritter für Anjuta immer noch ein attraktiver Mann und das in jederlei Hinsicht. Das Sorgerecht für seine vier Kinder wurde nach der Scheidung seiner damaligen Frau zugesprochen. Für alle musste er zwar kräftig Unterhalt bezahlen, aber darüber hinaus hatte er seine Freiheit wiedergewonnen. Diesen Umstand nutzte er auch aus. Sicher, er arbeitete viel, aber nur, um auch genügend Freizeit für sich zu haben. Die verbrachte er mit Sport. Er lief mehrmals die Woche, nicht nur, um einmal im Jahr an einem Marathon teilnehmen zu können, sondern auch, um seine Figur in Form zu halten. Ansonsten genoss er sein Leben in vollen Zügen.

Anjuta hatte oft darüber nachgedacht, ob er sie heiraten würde, wenn sie frei gewesen wäre. Sie war sich aber nicht sicher.

»Nun erzähl schon, womit er dich heute geärgert hat.« Edzard Korritter sah auf den Wecker auf seinem Nachttisch und stellte fest: »Wir haben noch genügend Zeit. In welcher Sache sollst du was ermitteln?«

Sie lag von ihm abgewendet und konnte daher sein Gesicht nicht sehen. Seine tiefe Stimme klang versöhnlich. Anjuta lächelte ein kaltes Lächeln und fragte scheinheilig: »Interessiert dich das wirklich?«

»Selbstverständlich. Mich interessiert alles, was mit dir zu-

sammenhängt.«
»Nun gut.« Nun zeigte auch sie sich versöhnlich. Sie drehte sich zu ihm um und schmiegte sich an ihn. »Als ich zu ihm kam, saß meine Lieblingskollegin schon bei ihm.«
»Die Jalaß?«
»Ja.«
»Wir hätten unser Telefonat eben gleich beenden müssen, als er dich zu sich bestellte.«
»Dann würden wir wohl jetzt nicht hier liegen«, gab Anjuta schlagfertig zurück.
»Das stimmt auch wieder.«
»Jedenfalls war nicht nur meine Freundin bei ihm, sondern auch der Mandant, um den es geht.«
Nun war das Interesse von Edzard Korritter endgültig geweckt. Er wusste, dass es ein wohlhabender Mandant gewesen sein musste, wenn Burghard Eweleit sich persönlich um ihn bemühte. Erst recht, wenn er zwei der bestbezahlten Anwältinnen der Kanzlei hinzuzog. Sicher würde Burghard Eweleit am nächsten Tag von selbst die Rede auf diesen Mann bringen, solange wollte er aber nicht warten. Anjuta zu heiraten, kam für Edzard Korritter nicht in Betracht. Aber verlieren wollte er sie auch nicht. Die Beziehung zu ihr war schließlich sehr bequem für ihn. Aus seiner Sicht bestand eine ernsthafte Gefahr sie zu verlieren dann, wenn Anjuta auf Männer mit Vermögen treffen würde. So spöttelte er jetzt, obwohl er es aber durchaus ernst meinte: »Und war es ein attraktiver Mann?«
»Quatsch. Das ist ein einfacher alter Mann. Der sah aus wie einer, der sich nicht mal ordentliche Klamotten leisten kann.«
»Aber?«
»Aber er hat offensichtlich genügend Geld, um sich einen der teuersten Anwälte Deutschlands leisten zu können. Jedenfalls hat Eweleit gesagt, dass Zeit und Geld keine Rolle spielen.

Ich denke, der weiß, wovon er spricht.« Anjuta setzte spitz hinzu: »Da er die Arbeit aber nicht selber macht, sondern uns damit beauftragt hat, würde mich schon interessieren, was der Mann dafür bezahlt. Den Gefallen könntest du mir eigentlich erweisen.« Sie tätschelte sanft seine Wange.
»Nichts lieber als das. Das interessiert mich auch. Aber worum geht es eigentlich?«
Anjuta schien die letzte Frage überhört zu haben. »Ich weiß sowieso nicht, wie er sich das denkt. Ich werde schließlich nach meinem Umsatz entlohnt und frage mich ernsthaft, was es mir bringt, wenn ich Polizeiarbeit leiste.«
»So wie ich ihn kenne, wird er sich schon Gedanken um dein Honorar gemacht haben.«
»Hoffentlich, denn sonst müsste ich mich anderweitig orientieren. Du weißt ja, dass ich dazu gezwungen wäre.«
Anjuta stieß einen gekünstelten Seufzer aus. Sie konnte nicht anders, sie musste ihm einen Stich versetzen. Dass diese Drohung ihre Wirkung nicht verfehlt hatte, sah sie an Edzard Korritters Gesichtsausdruck.
»Ich kümmere mich darum«, sagte er böse.
Anjuta hatte von ihm keine andere Reaktion erwartet. Nur so konnte sie sich sicher sein, dass er ihr nicht entglitt. Schließlich war sie verheiratet und er nicht. Ihr Ehemann, den sie blutjung geheiratet hatte, kam ihr in den Sinn. Ursprünglich war er der Freund ihrer Schwester gewesen. Doch Anjuta wollte ihn unbedingt haben. So hatte sie ihn auch bekommen. Schon damals wusste sie genau, wie sie es anstellen musste, einen Mann zu umgarnen. Schließlich war er nicht ihr erster gewesen. An allen, die vor und vor allem an allen, die nach ihm kamen, hatte sie sich ausprobiert. Nun beherrschte sie die ganze Kunst des Verführens. Doch heute fragte sie sich oft, was ihr damals an ihm so attraktiv erschienen war. Ihre Schwester hatte ihn mit in das Elternhaus gebracht. Zu dem Zeitpunkt

studierte er bereits Jura. Die Stasi finanzierte sein Studium. Da auch sein Vater Angehöriger der Stasi war und es dort zum ranghohen Offizier gebracht hatte, stand für Birger Hohmuth der berufliche Weg schon früh fest. Seine Studienwahl war auch für die von Anjuta entscheidend gewesen. Als die Wende kam und mit ihr der berufliche Absturz von Birger Hohmuth, der zu dieser Zeit schon lange als Vernehmer arbeitete, schloss Anjuta als Jahrgangsbeste ihr Studium ab. Obwohl sie mehrere Stellen in Aussicht hatte, entschied sie sich, eine Tätigkeit in der Kanzlei Doktor Eweleit, Korritter, Kadgien und Partner aufzunehmen. Sie wollte wie auch bisher ihr Leben in vollen Zügen genießen. Dazu brauchte sie Geld und das würde sie dort schon verdienen. Zumindest das hatte sich dann auch bestätigt. Mit der in Aussicht gestellten Partnerschaft taten sich die jetzigen Partner zwar schwer, wobei sie überzeugt war, sich auch diese zu erarbeiten. »Also, ich hatte noch keine Zeit, die Akten zu lesen. Ich habe mir vorhin erst mal nur den Bericht eines Detektivs durchgelesen. Den hatte der Vater beauftragt, als die Polizei ihre Ermittlungen eingestellt hatte. Details wie sonst kann ich dir deshalb auch noch nicht berichten.« Sie hatten es sich zur Angewohnheit gemacht, sich wechselseitig über ihre Fälle auszutauschen. Anjuta fand es ganz praktisch, mit ihm über ihre Arbeit reden zu können. Selbst bei scheinbar aussichtslosen Fällen hatten sie bisher gemeinsam immer eine Lösung gefunden. »Es geht um ein Mädchen, das kurz vor der Wende spurlos verschwand. Sie wollte in die Schule fahren, kam dort aber nie an. Man fand bisher keine Leiche, sondern nur ihr Fahrrad, ihren Schulranzen und ihren Sportbeutel.«

»Fehlte etwas von ihren Schulsachen?«, fragte Edzard Korritter immer noch leicht verstimmt, aber doch schon wieder versöhnlich.

»Ja, ihr Frühstücksbrot, das Hausaufgabenheft und ein Brief,

den sie mit in die Schule genommen hatte.«
»Für ein Tötungsverbrechen recht ungewöhnlich.«
»Das waren auch meine ersten Gedanken. Die Polizei hat ihre Ermittlungen offensichtlich nur in Richtung Sexualstraftat und Tötungsverbrechen geführt.«
»Und dann hat der Täter, als er das Verbrechen ausgeführt hatte, erst einmal in Ruhe gefrühstückt und sich ihr Hausaufgabenheft angesehen? Quatsch, das glaube ich nicht«, fiel Edzard Korritter, nun wieder endgültig interessiert, Anjuta ins Wort.
»Ich auch nicht.« Anjuta bewunderte seine schnelle Auffassungsgabe. »Der Detektiv im Übrigen auch nicht. Er schreibt, dass völlig außer Acht gelassen worden ist, dass die Mutter des Mädchens ungefähr zehn Jahre früher ebenfalls als vermisst galt.«
»Das kann aber Zufall sein. Manche Familien ziehen so etwas an.«
»Stimmt. Das wäre möglich. Was dem Detektiv aber aufgefallen war, ist, dass die Bevölkerung erst dann zur Mithilfe aufgerufen wurde, als das Mädchen schon zwei bis drei Monate verschwunden war. Der Aufruf zur Mithilfe, die Mutter zu finden, erschien jedoch deutlich früher.«
»Es gibt immer Ausnahmen.«
»Ja. Aber ungewöhnlich ist, dass damals keiner der Angehörigen die Leiche der Mutter identifizieren durfte, als sie später gefunden wurde.«
»Was heißt durfte? Das hört sich gerade so an, als ob die darum gebeten haben.«
»Haben die auch. Und nicht nur das. Sie haben auch um die Rückgabe von Sachen gebeten, die mit der Leiche aufgefunden worden sind. Selbst die Herausgabe dieser Sachen ist ihnen verweigert worden.«
»War das bei euch früher so statthaft?«
»Das kann ich dir auch nicht sagen. Zu diesem Zeitpunkt

habe ich noch mit Puppen gespielt.« Anjuta lachte hämisch und richtete sich auf. Nach einem Blick auf die Uhr legte sie sich wieder neben ihn. »Die Frau ist nach der Scheidung von unserem Mandanten in eine Wohnung gezogen, in der vorher Leute wohnten, die dann später in den Westen ausgereist sind. Sie soll trotzdem auch weiterhin den Kontakt zu diesen Personen gehalten haben. Der Detektiv gelangte zu der Auffassung, dass sie für die Stasi gearbeitet haben könnte.«

»Dann solltest du sehen, dass du an die Akten herankommst. Die werden schon Aufschluss bringen, so wie die gearbeitet haben.«

»Das wollte ich sowieso.«

»Ich weiß, meine Schöne.« Edzard Korritter strich mit seinem Zeigefinger über Anjutas Stirn. »Hinter dieser Stirn verbirgt sich ein kluger Verstand.«

Anjuta fühlte sich geschmeichelt. »Danke für die Blumen, aber in diesem Fall habe ich sie gar nicht verdient. Unser Detektiv fand schon vor mir heraus, dass ein gewisser Hauptmann Abraham, der in dieser Sache ermittelte, vor der Wende für die Stasi und danach für die Polizei ermittelte.«

»Was willst du denn? Das hört sich doch nach einer spannenden Sache an.«

»Das schon.«

»Aber?«

»Das Problem an der Sache ist, dass wichtige Zeugen und vor allem einige der damaligen Tatverdächtigen schon tot sind.«

»Ja, das erschwert die Sache zwar, aber das muss nicht unbedingt von Nachteil sein.«

»Wie meinst du das?« Anjuta sah Edzard Korritter erwartungsvoll an.

»Ich denke, dass sich die Zunge unter Umständen lockert, wenn ein Zeuge etwas über einen toten Täter sagen kann.«

»Daran habe ich noch gar nicht gedacht. Aber ich glaube, dass du Recht haben könntest. Einen Lebenden – und vor allem, wenn es ein Familienangehöriger ist – würde man sicher eher schützen als einen Toten.«

»Du sagst es.«

»Na, dann haben wir ja einiges vor.« Anjuta ließ offen, wen sie meinte. Sie sah wieder zur Uhr und erhob sich, um zu duschen. Edzard Korritter, der im Bett geblieben war, hörte aus dem Bad nebenan ihre Stimme. »In dem Dorf, in dem das Kind lebte, standen vor der Wende gerade einmal vier Häuser. In einem davon soll ein konspiratives Objekt der Stasi gewesen sein.«

»Dann muss auf jeden Fall Einsicht in die Stasiakten genommen werden.«

»Das sowieso. Wenn es sich bestätigt, dass so ein Objekt vorhanden war, können wir aufklären, welche Personen sich in diesem getroffen haben.«

Edzard Korritter überlegte und rief dann: »Ein Ansatz wäre auch herauszufinden, wer das Objekt gesichert hat, wer der Führungsoffizier für dieses Dorf und wer Spitzel war.« Er hörte, wie sie auf dem Flur mit ihrer Handtasche hantierte.

»Du meinst informeller Mitarbeiter.« Anjuta trat frisch geduscht und gekämmt in das Zimmer. Er konnte ihr zartes Parfüm riechen.

»Ach ja, du als Frau eines Stasioffiziers kennst dich ja besser mit diesem Vokabular aus.«

In Anjuta schossen Ärger und zugleich ohnmächtige Wut hoch. Bevor sie zu dem Stuhl ging, auf den sie sorgsam ihre Sachen abgelegt hatte, beugte sie sich noch einmal zu Edzard Korritter hinunter und küsste ihn auf den Mund. Ohne sich ihre innerlichen Gefühle anmerken zu lassen, sagte sie lächelnd, in zuckersüßem Ton: »Eines ehemaligen Stasioffiziers, mein Liebling.« Dann, während Edzard Korritter ihr dabei zusehen konnte, begann sie sich aufreizend langsam anzuziehen.

Als er daran dachte, dass sie jetzt zu ihrem Mann und ihren

Kindern fahren würde, stieg wieder Eifersucht in ihm auf. Er winkelte seinen Arm an und stützte den Kopf in die Hand. »Ich habe eine Frage an dich?«
»Frag.«
»Wenn du dich heute Nacht neben ihn legst, schläfst du dann auch mit ihm.«
Anjuta, die sich noch immer über Edzard Korritter ärgerte, streifte sich vorsichtig ihre Strumpfhose über ihr linkes Bein und beantwortete seine Frage mit einer Gegenfrage. »Hättest du das gerne?«
Für den Bruchteil einer Sekunde fehlten Edzard Korritter die Worte. Dann polterte er los. »Natürlich nicht. Oder meinst du, dass es schön für mich ist, hier die Nacht allein und mit dieser Vorstellung zu verbringen?«
»Na siehst du.« Gelassen streifte Anjuta die Strumpfhose auch über ihr rechtes Bein und streckte dieses absichtlich provokant in die Höhe. »Warum fragst du überhaupt so etwas? Willst du mich etwa heiraten?«
Edzard Korritter merkte, wie das Blut in seinen Adern zu kreisen begann. Mit einem wohldosierten Maß an Empörung sagte er: »Du Teufelin. Du weißt doch, dass wir, selbst wenn wir wollten, an dem momentanen Zustand nichts ändern könnten.«
Anjuta schlüpfte in ihren Rock. »Ich schon.«
»Dann würdest du deine Kinder verlieren und obendrein noch kräftig für alle zahlen.« Edzard Korritter schoss ein Gedanke ein. Breit lächelnd fragte er: »Das würdest du wirklich für mich tun?«
Anjuta wusste, dass er recht hatte. Birger Hohmuth war sofort nach der Wende arbeitslos geworden. Dann hatte sich ein Kollege erbarmt. Die Einstellung als Mitarbeiter resultierte aus einer gemeinsamen Vergangenheit. Den Lohn, den er Birger Hohmuth zahlte, konnte man nur als Hungerlohn ansehen.

Aber immer noch besser als arbeitslos zu sein, hatten Anjuta und ihr Mann beschlossen, denn schließlich verdiente sie genug, um sich ihre Wünsche erfüllen zu können.
Seine Arbeit brachte aber auch Vorteile. Er konnte pünktlich Feierabend machen und sich um die Kinder und den Haushalt kümmern. Das verschaffte Anjuta genügend Freiraum, den sie für sich auch gerne in Anspruch nahm. Birger Hohmuth hatte die neue Situation klaglos akzeptiert und sich gefügt.
Sie lächelte Edzard Korritter an. »Ich würde für dich alles tun, wenn es für uns beide einen Sinn ergäbe. Allerdings denke ich, dass das jetzt nicht der richtige Zeitpunkt ist, darüber nachzudenken. Ich würde ihm die Kinder selbstverständlich nie überlassen. Wie sähe das wohl aus. Außerdem habe ich mein Ziel, Partnerin in der Kanzlei zu werden, noch nicht aufgegeben.« Anjuta griff nach ihrem Blazer und sprach weiter. »Da ich davon ausgehe, dass du aber noch ein paar Jahre arbeitest, werde ich zuerst die Kinder auf ihren Weg bringen.« Sie knöpfte sich die Jacke zu. »Es sei denn…« Geräuschvoll strich sie sich über die Jacke.
»Es sei was?«
»Ihr ändert das ungeschriebene Gesetz der Kanzlei.«
Edzard Korritter wusste, was sie meinte. Er lachte. »Ich glaube, dass es eher Erbsen regnet.«
Anjuta stimmte in sein versöhnliches Lachen ein. »Das glaube ich auch und in diesem Sinne, mein lieber Kollege, werde ich mich jetzt von Ihnen verabschieden.« Sie beugte sich wieder zu ihm, um ihn zum Abschied noch einmal zu küssen.
Edzard Korritter zog Anjuta zu sich herunter. Sie ließ es zu. Nach einem innigen Kuss riss sie sich los und stand auf. Während sie ihre Kleidung wieder glatt zupfte, sagte sie: »Es fällt mir jedes Mal schwerer, mich von dir zu verabschieden.« Dann drehte sie sich um und ging. An der Tür blieb sie stehen und fragte: »Was machst du heute eigentlich noch?«

»Ich werde wohl noch ein Läufchen machen. Du weißt doch, ich habe eine anspruchsvolle junge Geliebte. Da muss ich mich fit halten.«
»Kokettiere nicht immer so mit deinem Alter. Und was ich dir schon lange sagen wollte, um deinen Körper beneiden dich sicher viele deutlich Jüngere.«
»Danke. Du bist lieb.«
»Also Herr Kollege Korritter, bis morgen.« Anjuta warf ihm ein Kusshändchen zu und ging.
Als das Motorengeräusch vor seinem Haus verstummte, schnupperte Edzard Korritter noch einmal an dem Kopfkissen, auf dem Anjuta gelegen hatte. Dann erhob er sich mit einem Schwung, den ihm ein Außenstehender wegen seines Alters schwerlich zugetraut hätte.

5
KAPITEL

»Dürfen wir schon?« Anjuta steckte den Kopf zur Tür herein und stand kurz darauf im Konferenzsaal der Kanzlei.
»Selbstverständlich. Bitte, meine Damen, nehmen Sie Platz.« Burghard Eweleit wies auf zwei der noch freien Stühle am Tisch, um den sich einige der Partner versammelt hatten.
Friederike betrat nach Anjuta den Raum und grüßte in die Runde, bevor sie neben Anjuta, die sich schräg gegenüber von Edzard Korritter postiert hatte, Platz nahm.
Burghard Eweleit wartete, bis sich beide gesetzt hatten, ehe er begann. »Kommen wir nun also zu dem Punkt, den ich am Anfang unserer Besprechung bereits angekündigt hatte. Die Kanzlei ist seit kurzem mit einem außergewöhnlichen Mandat betraut.«
Schweigend lauschten alle seinen Worten. »Konrad Heech, unser Mandant, hat uns beauftragt, das Schicksal seiner Tochter Stefanie aufzuklären. Das Mädchen ist kurz vor der Wende verschwunden. Sie war auf dem Weg in die Schule. Da eine Leiche bis heute nicht gefunden wurde, sie faktisch spurlos verschwand, gerieten die Ermittlungen der Polizei schon kurze Zeit später ins Stocken. Aktuell ist das Verfahren eingestellt.«
»Und jetzt sollen wir die Wiederaufnahme der Ermittlungen erreichen?«, fragte einer der Juniorpartner.

Burghard Eweleit nickte. »Nicht nur das, sondern er will, dass wir das Schicksal seiner Tochter aufklären.«
»Das heißt, die Kanzlei soll kriminalistisch tätig werden?«, fragte Edzard Korritter.
Friederike hatte den wissenden Blick, den er und Anjuta sich zuvor zugeworfen hatten, bemerkt. Sie ahnte, dass er bereits über den Fall informiert war.
»Ja.«
»Für Rechtsanwälte reichlich ungewöhnlich, meinst du nicht?«
»Allerdings, aber sein Ansinnen ist völlig legal. Darüber hinaus, die Aufklärung des Schicksals seiner Tochter wäre gute Werbung für die Kanzlei.«
»Das schon. Aber ich dachte eher an Aufwand und Nutzen.«
Wieder wechselten Edzard Korritter und Anjuta einen unübersehbaren wissenden Blick.
»Dazu komme ich später. Vorerst würde ich gerne alle Kollegen mit der Sache vertraut machen und dann die Herangehensweise besprechen.« Burghard Eweleit leitete die Besprechung mit der ihm eigenen Souveränität. »Ich selbst kann aus Zeitgründen die Ermittlungen nicht führen. Darum habe ich die Kolleginnen Hohmuth und Jalaß damit beauftragt.« Er wandte sich beiden zu und fragte: »Hatten Sie beide Gelegenheit, sich in den Fall einzuarbeiten?«
»Ja.« Ihre Antwort kam wie aus einem Munde.
»Schön, dann führen Sie bitte die Anwesenden in die Sache ein.«
»Wenn du nichts dagegen hast, fange ich an und wir wechseln uns dann ab. Du kannst auch ergänzen, wenn ich etwas vergessen sollte«, riss Anjuta in einem freundlichen Ton, der aber keinen Widerspruch duldete, sofort das Gespräch an sich.
Friederike nickte. »Gerne.«
Alle Augen richteten sich auf Anjuta. Sie genoss es, im Mittelpunkt zu stehen und begann: »Man schreibt das

Jahr neunundachtzig. In einem einsamen kleinen Dorf in Mecklenburg lebt Stefanie Heech bei ihrer Großmutter. Ihr Vater hat sie in die Obhut seiner Mutter gegeben, nachdem Stefanies Mutter, seine Frau, zehn Jahre zuvor auf mysteriöse Art und Weise ums Leben kam. In dem Dorf lebten auch die Schwestern der Großmutter, zum Teil mit ihren Familien. Aber auch noch weitere Personen, die zu den konspirativen Objekten gehörten, die die Staatssicherheit der DDR betrieb, wohnten hier. In dem Dorf standen damals insgesamt vier Häuser. Ringsherum befindet sich Wald.« Sie sah zu Friederike. »Jetzt du.«

»Stefanie spielte, obwohl ein Altersunterschied von fünf Jahren besteht, gerne mit einem Mädchen namens Undine Seiffe. Das ist die Enkelin ihrer Großtante. Während sie ihren täglichen Schulweg mit dem Fahrrad zu bewältigen hat, wird Undine sonnabends von ihrer Mutter mit einem Moped zur Schule gefahren. Stefanie verlangte in der Woche, bevor sie verschwand, von ihrer Freundin, dass sie sie an diesem Sonnabend begleiten sollte.«

»Sie drohte ihr sogar Schläge an, um ihre Forderung durchzusetzen«, unterbrach Anjuta Friederike.

»Hatte sie ihre Forderung gegenüber dem Mädchen begründet?«, fragte einer der Anwälte, mit Blick auf Friederike.

»Ja, sie begründete diese Forderung damit, dass es besser wäre, zu zweit zu sein, wenn einer kommen würde. Der andere sollte dann Hilfe holen«, erwiderte Friederike.

»An diesem Tag wird Undine Seiffe letztlich doch von ihrer Mutter zur Schule gebracht, weil Stefanie, trotz der getroffenen Verabredung, nicht erscheint. Erst nach Schulschluss fällt auf, dass Stefanie in der Schule nie ankam. Zuerst nahmen die Dorfbewohner spontan die Suche nach ihr auf, später die Polizei.« Anjuta hatte das Gespräch wieder an sich gerissen. »Sogar mit einer Hundestaffel ist alles abgesucht worden.

Gefunden wurden nur ihr Schulranzen, der Sportbeutel und das Fahrrad. Alles lag im Wald unter Ästen versteckt, das Fahrrad allerdings an einer anderen Stelle.« Wie immer, wenn sie aufgeregt war, zuckte ihre Wangenmuskulatur. »Es fehlt ihr Hausaufgabenheft, ihr Adressbuch und ihr Frühstück. Von da ab verliert sich jede Spur des Mädchens. Die Polizeibeamten verhören zunächst den Vater, danach die Großmutter und beginnen dann akribisch in alle erdenklichen Richtungen zu ermitteln.« Anerkennung heischend sah sie zu Burghard Eweleit.

Der sagte nachdenklich. »Stefanie verschwand im Januar. Sie sollte im Februar ihren Personalausweis erhalten. Die Ermittlungen dauerten bis kurz nach der Wende und wurden dann eingestellt.«

»Dann muss wohl jetzt geklärt werden, was es mit dem Verschwinden von Stefanie auf sich hat. Fiel sie einem Gewaltverbrechen zum Opfer oder wurde sie entführt?« Edzard Korritter ließ eine Pause eintreten und sah in die Runde. Erst als er sich vergewissert hatte, dass alle Kollegen bereit waren, ihm aufmerksam zuzuhören, sprach er weiter. »Ich gehe davon aus, dass im Januar der Waldboden gefroren war. Wenn das Mädchen also ermordet worden wäre, hätte man ihre Leiche nicht einfach im Wald vergraben können. Mit Sicherheit wäre so eine Stelle auffällig gewesen und gefunden worden.« Er sah zu Friederike und fragte in einem unüberhörbaren schulmeisterlichen Ton: »Was sagt uns das, liebe Kollegin?«

»Hieraus können mehrere Hypothesen abgeleitet werden.«

»Die da wären?« Es sollte ein Lächeln sein, doch die Lippen von Edzard Korritter hatten sich zu einem Strich zusammengepresst.

»Es besteht zwar die Möglichkeit, dass Stefanie entführt wurde, aber vielleicht ist sie auch freiwillig in ein Fahrzeug eingestiegen. Wenn wir annehmen, dass sie ermordet wurde, müssen wir davon ausgehen, dass ihre Leiche entweder in eines der Häuser gebracht oder aber mit einem Fahrzeug woanders hin transportiert wurde.«

Burghard Eweleit gefiel die souveräne Art, mit der Friederike die Attacke von Edzard Korritter abgewehrt hatte. Er sagte: »Schon kurze Zeit später geraten mehrere Tatverdächtige ins Visier der Polizei. So wird festgestellt, dass der Schwager von Stefanies Großmutter eine dunkle Vergangenheit hat. Wir müssen herausfinden, ob er Stefanie missbraucht und dann getötet hat.«

»Gibt es dafür Anhaltspunkte?« Zum ersten Mal mischte sich Arnulf Kadgien, der bis dahin geschwiegen hatte, in die Diskussion ein.

Friederike schätzte ihn sehr. Sie mochte seine ruhige sachliche Art. Er war der dritte Seniorpartner der Kanzlei und gehörte zu deren Gründungsmitgliedern. »Er hat sich an kleinen Jungen vergangen.« Aus den Augenwinkeln sah sie wie Anjuta ihren Kopf herumriss und sie anstarrte. Gleichmütig setzte sie hinzu: »Zu denen gehörten auch seine Neffen.«

Arnulf Kadgien fragte weiter: »Gehört unser Mandant auch dazu?«

»Ja.« Burghard Eweleit hatte an Stelle von Friederike geantwortet. In das sich anschließende betretene Schweigen hinein sagte sie: »Dieser Onkel unseres Mandanten, Lorenz Seiffe, war vier Jahre inhaftiert. Unmittelbar, nachdem er entlassen wurde, fand in der Gegend ein Tötungsverbrechen an einem kleinen Mädchen statt. Das ist nie aufgeklärt worden. Allerdings hat sein Vater ihm ins Gesicht gesagt, dass er ihn für den Mörder des Mädchens hält.« Friederike übersah den bösen Blick von Anjuta und fügte hinzu: »Das hat mir unser Mandant in dem persönlichen Gespräch erzählt.« Dann wandte sie sich wieder an die Runde und sagte: »Was in diesem Zusammenhang bedeutsam erscheint, ist, dass das alles die Frau dieses Onkels nicht zu stören schien. Sie hielt bedingungslos zu ihm. Die

beiden gemeinsamen Söhne gebar sie ihm erst danach. Er trat dann nie mehr strafrechtlich in Erscheinung. Es bleibt also zu klären, ob er Stefanie Heech – wie damals die kleinen Jungen – missbraucht und dann getötet hat.«
»Er hätte jedenfalls die notwendigen Ortskenntnisse gehabt, ihre Leiche zu verstecken. Er wäre einer von denen gewesen, die sie nicht vergraben mussten. Er hätte sie zum Beispiel ins Haus, in einen Schuppen oder wohin auch immer bringen können.« Anjuta, die schon auf die Möglichkeit gewartet hatte, wieder in die Gesprächsrunde einzugreifen, griff den Gedanken von Edzard Korritter auf. »Aus dem Inhalt der Akte ist ersichtlich, dass Lorenz Seiffe an dem Tag des Verschwindens des Mädchens eine große Holzmiete gebaut hat. Es ergibt sich jedoch nicht daraus, dass die Polizei unter der Fläche dieser Miete gesucht hat.« Sie sah triumphierend in die Runde. »Nach dem Studium der Akten bleiben auch viele andere Fragen offen.« Anjuta war in ihrem Element. »War es vielleicht einer von Stefanies Onkeln, die ihre Wochenenden regelmäßig im Haushalt ihrer Mutter verbrachten? Warum belastet eine Dorfbewohnerin Stefanies Vater? Will sie damit von ihrem Lebensgefährten und seiner Tätigkeit für die Stasi ablenken?« Sie holte kaum Luft. »Warum ist die Notiz, die Stefanies Vater kurz nach deren Verschwinden von seiner Lebensgefährtin erhielt, schwarz umrandet? War der Zeitpunkt, an dem Stefanie verschwand, geplant oder war es Zufall, dass sie kurze Zeit später ihren Personalausweis erhalten sollte? Eine Leiche wurde jedenfalls nie gefunden.« Anjutas Blick blieb bei Burghard Eweleit hängen. Wieder sah sie ihn an, als ob sie sein Lob erwartete.
Anstatt die von Anjuta erwartete Anerkennung auszusprechen, sagte Burghard Eweleit gleichgültig: »Es besteht keine Veranlassung anzuzweifeln, dass zum Zeitpunkt des Verschwindens alle Möglichkeiten ausgeschöpft wurden, um

das Mädchen zu finden.« Mit diesem Satz hatte Burghard Eweleit Anjuta erneut in die Schranken gewiesen, ohne sie anzugreifen.

Aber alle Anwesenden, allen voran Edzard Korritter, empfanden seine Worte als harsche Kritik ihr gegenüber. Darum sagte er schnell, bemüht um einen möglichst gleichmütigen Ton: »Ich denke, dass Frau Hohmuth mit ihrer Stellungnahme auch nichts dergleichen im Sinn hatte. Im Gegenteil, sie wollte sicher nur mögliche weitere Ermittlungsansätze präsentieren.«

»Davon bin ich überzeugt«, entgegnete Burghard Eweleit freundlich und fuhr fort: »Wir können heute mit fast absoluter Sicherheit die Aussage treffen, dass Stefanie Heech in guter psychischer Verfassung war. Sie war zu keiner Zeit in einem Zustand, in dem sie sich entschlossen hätte, ihrem Leben ein Ende zu setzen. Würden Sie das bestätigen?«

Friederike und Anjuta nickten.

»Sie hatte weder Probleme in der Schule, noch zu Hause.« Anjuta hatte ihre Fassung wiedergewonnen und nutzte die kleine Pause von Burghard Eweleit, um einzuwerfen: »Wir können sogar vom Gegenteil ausgehen. Sie freute sich auf ihren bevorstehenden Geburtstag, den Schulfasching und ihre Jugendweihe. Nahe und fernere Zukunftspläne prägten ihr damaliges Verhalten. Sie war ein sehr selbstbewusstes Mädchen.«

»Das sehe ich an und für sich genauso«, ergänzte Friederike, als Anjuta den Satz beendet hatte.

»Nur mit welchen Einschränkungen?« lächelte Burghard Eweleit, der das Gespräch höflich, aber bestimmt wieder an sich zog.

»Wir wissen schon, dass sie ein sehr gutes Verhältnis zu ihren beiden Onkeln besaß. Einer davon, Kurt Heech, arbeitete im Handel. Er verstand es, ihre Wünsche zu erkennen und später dann zu erfüllen. Er war auch häufiger der Ansprechpartner,

wenn es galt, der dörflichen Einsamkeit zu entfliehen. Das führte sicher zu einer sehr vertrauten Beziehung, die zwar keinen negativen Aspekt voraussetzt, aber diesen auch nicht ganz ausschließt«, antwortete Friederike.
Burghard Eweleit nickte. »Ich denke auch, dass ihr Verhältnis zu den Onkeln noch einmal genauer betrachtet werden muss.«
»Ausgangspunkt unserer Überlegungen sollte aber die Angst sein, die das Mädchen offensichtlich hatte. Wir sollten klären, wovor sie sich fürchtete.« Mit diesen Worten mischte sich Arnulf Kadgien erneut in das Gespräch ein. »Ist hierzu etwas Genaueres bekannt?«
»Ja. Die Angst, über die sie sprach, bezog sich nicht schlechthin auf Männer, sondern diese Angst war personifiziert. Sie bezog sich auf eine Person mit Vollbart und Pudelmütze«, entgegnete Burghard Eweleit.
»Dann hatte also ihre Angst weder einen Bezug zum Vater, noch in irgendeiner Art und Weise zur Mutter«, sagte Arnulf Kadgien nachdenklich und verstummte wieder.
»Nein. Nach Aktenlage ist an ihrem Verhalten nur auffällig, dass sie nicht weiter nachfragte, nachdem ihr der Vater die wahren Umstände des Todes der Mutter mitteilte. Dieses erscheint mir auffällig, zumal sie an der Erklärung ihres Vaters zweifelte. Sie war alt genug, um persönlich bei anderen Verwandten nachzufragen.« Anjuta ließ keine Gelegenheit aus, um ihre Meinung kundzutun. Friederike kannte das. Sie wusste, dass Absicht dahintersteckte. Zwar war Anjuta dadurch angreifbar, allerdings beschwor sie damit ständig Widerspruch herauf. Dies half ihr, sich mit der Sache, mit der sie gerade befasst war, auseinanderzusetzen und brachte ihr größtenteils Erfolg. Friederike wartete gespannt auf die Reaktion der Kollegen. Sie hatte sich nicht geirrt.
»Ich denke, dass Frau Hohmuth Recht hat. Der Tod der Mutter gewinnt unter diesen Umständen erneut eine gewisse

Bedeutung. Sicher gibt es hierzu auch eine Ermittlungsakte. Ich nehme an, dass sich in dieser Anhaltspunkte finden werden, die es durchaus wert sind, erneut überprüft zu werden«, warf einer der Juniorpartner, die dem Gespräch bislang interessiert gefolgt waren, ein.

»Das ist ein guter Gedanke. Ich habe die Akte bereits angefordert«, antwortete Burghard Eweleit und fügte nachdenklich hinzu: »Auffällig an dem Verhalten des Mädchens war, dass sie seit Weihnachten achtundachtzig überhaupt ein verändertes Verhalten gegenüber Erwachsenen zeigte. In der Akte findet sich nichts, was eine derartige Verhaltensänderung begründen könnte.«

»Wir müssen jedoch im Auge behalten, dass es kurz vor ihrem Verschwinden zu einem Gespräch zwischen Stefanie und ihrer Freundin Kathleen Scriba kam. In diesem Gespräch ging es um den Tod ihrer Mutter«, gab Friederike zu bedenken. »Außerdem zeigte sie nicht nur gegenüber Erwachsenen ein verändertes Verhalten.«

»Was meinen Sie?«, fragte Edzard Korritter, der sich immer fast genau dann zu Wort meldete, wenn Friederike gesprochen hatte.

»Möglicherweise stehen die Ereignisse um die Weihnachtszeit und die vor ihrem Verschwinden in einem Zusammenhang.«

»Ich verstehe nicht.« Edzard Korritter blickte hilfesuchend in die Runde.

»Ich meine das Gespräch mit der Freundin, die Nichtteilnahme an einem Kegelnachmittag und die zeitgleiche Absprache, sonnabends gemeinsam zur Schule zu fahren«, fuhr Friederike unbeeindruckt fort.

»Ich verstehe immer noch nicht«, setzte Edzard Korritter mit dümmlichem Blick nach. »Es schließt aus meiner Sicht nicht aus, dass Stefanie um die Weihnachtszeit Kontakt mit einer Person gehabt hat, die mehr oder andere Dinge über ihre

Mutter wusste. Möglich wäre auch, dass diese Person die Mutter selbst kannte. Vielleicht sogar eine Person, die sich als ihre Mutter ausgab. Möglicherweise wollte sich diese Person mit Stefanie an diesem Sonnabend noch einmal treffen oder mit ihr irgendwo hinfahren.«

Edzard Korritter sah nun Beifall heischend in die Runde. »Das scheint mir aber doch etwas weit hergeholt zu sein.« Es pflichtete ihm jedoch niemand bei.

Stattdessen meldete sich Burghard Eweleit wieder zu Wort. »Ich finde die Gedanken von Frau Jalaß gar nicht so abwegig. Es ist jedenfalls heute nicht auszuschließen, dass diese drei Fakten durchaus Zusammenhänge aufweisen oder in einer Beziehung zu ein und derselben Sache stehen.«

Friederike lächelte ihm dankbar zu.

Er sah Edzard Korritter an und sagte: »Eindeutig ist jedenfalls, dass das eigentliche Tatgeschehen lautlos und ohne Gewalt geschah. Es gab keinerlei Kampfspuren. Dieses könnte durchaus auf eine geplante Handlung hinweisen. Der oder die beteiligten Personen müssen die Zeit, in der das Mädchen zur Schule geht, gekannt haben.«

Edzard Korritter gab sich jedoch noch nicht geschlagen. »Das besagt aber noch lange nicht, dass die besagte Person oder mehrere wussten, dass sich das Mädchen verabredet hatte.«

»Allerdings ist es von den örtlichen Gegebenheiten schon denkbar, dass Stefanie nur in Abhängigkeit von der jeweiligen Situation angesprochen werden sollte. Ich meine damit folgendes.« Burghard Eweleit vergewisserte sich zunächst der Aufmerksamkeit seiner Kollegen, ehe er fortfuhr: »Das Haus der Großmutter liegt an einer Kreuzung. Sie muss also in der Nähe des Hauses angesprochen worden sein. Wenn sie von dort mitgenommen wurde, musste sie nicht durch den Ort, in dem sie zur Schule ging. Das Auffinden der Gegenstände würde für eine solche Annahme sprechen.«

»Nun, dann haben unsere beiden Kolleginnen aber viel Arbeit vor sich«, sagte Arnulf Kadgien und gab damit Edzard Korritter das Stichwort.

»Sicherlich interessiert unsere Kolleginnen in diesem Zusammenhang das Honorar, das sie für ihre Tätigkeit erhalten.«

Friederike beschloss, sich für seine Gemeinheiten ihr gegenüber zu revanchieren. Sie sah ihm gerade in die Augen und sagte freundlich, aber bestimmt: »Wissen Sie, Herr Kollege Korritter, was mich angeht, fühle ich mich für die Leistungen, die ich erbringe, gut bezahlt.« Sie ahnte nicht, dass sie sich mit diesen Worten einen Feind für immer geschaffen hatte.

Edzard Korritter ließ sich nicht anmerken, dass kalte Wut in ihm hochstieg.

Allerdings blieb Friederike der hasserfüllte Blick, den er mit Anjuta wechselte, nicht verborgen. Gleichwohl unbeeindruckt fuhr sie fort: »Herr Doktor Eweleit selbst hat entschieden, dass die Kanzlei diesen Auftrag übernimmt. Selbst wenn es ein Auftrag ist, der nicht wirtschaftlich sein sollte, werde ich mich trotzdem bemühen, ihn ordentlich zu erledigen.«

Noch ehe Edzard Korritter mit einer seiner Boshaftigkeiten darauf erwidern konnte, ergänzte Burghard Eweleit: »Sicher ist es richtig, gelegentlich einen Auftrag zu übernehmen, der sich nicht rechnet. Aber wenn die Kollegin Jalaß annimmt, dass dieser Auftrag für die Kanzlei unwirtschaftlich ist, irrt sie. Das Gegenteil ist der Fall. Konrad Heech hat mit mir eine Honorarvereinbarung geschlossen.« In die diesem Satz folgende Stille hinein ergänzte er: »Abgerechnet wird nach dem Zeitaufwand, den die Kanzlei hat. Er zahlt für jede Anwaltsstunde den Höchstsatz und die weiteren Kosten für Fahrten, Übernachtungen und Sonstiges extra. Unsere Kolleginnen werden also gut bezahlt.« Dieser Erklärung folgte ein allgemeines Gemurmel. Die anwesenden Partner

unterhielten sich untereinander.
»Aber es ist doch überhaupt nicht absehbar, wie viele Stunden die beiden benötigen werden«, warf Arnulf Kadgien ein.
Die Gespräche der Partner ebbten ab. Alle warteten interessiert auf die weitere Erklärung ihres Seniorchefs.
»Das interessiert ihn auch nicht. Er und seine Brüder haben einen Onkel beerbt. Der war kinderlos und sehr vermögend. Das Geld aus seiner Erbschaft würde er in vollem Umfang einsetzen, wenn es nötig wird.«
»Aber diesen Fall aufzuklären, kann Jahre dauern.« Edzard Korritter bedachte Friederike mit einem bösen Blick.
»Ich bin jederzeit dafür, gutes Geld zu verdienen. Andererseits gehört es zu den Grundsätzen dieser Kanzlei, die Kosten für den eigenen Mandanten so gering wie möglich zu halten. Aus diesem Grund habe ich mir etwas ausgedacht, um die Aufklärung zu beschleunigen.« Alle Augen richteten sich erwartungsvoll auf Burghard Eweleit. »Die Kolleginnen sind zu zweit auf den Fall angesetzt. Die erste, die mir die Lösung des Falles präsentiert, erhält eine Prämie. Klären sie die Sache gemeinsam auf, unterschreiben sie beide. Dann müssen sie sich die Prämie, die Herr Heech auf die lückenlose Aufklärung ausgesetzt hat, teilen. Bleibt der Fall unaufgeklärt, gibt es keine Prämie.«
Damit war die Neugier von allen geweckt. Hätte Friederike eine Wette abgeschlossen, wer sich als erster nach der Höhe dieser Prämie erkundigen würde, hätte sie diese gewonnen. Allerdings fragte er nicht direkt. »Aber ist ein Erfolgshonorar nicht heute noch ungesetzlich?«
»Edzard, du weißt doch, dass alles immer eine Frage der Formulierung ist«, entgegnete Burghard Eweleit.
»Alter Fuchs.« Aus den Worten von Korritter war Anerkennung zu hören. Dann fragte er mit einem scheinheiligen Lächeln: »Worauf dürfen die Damen denn überhaupt hoffen?«

»Auf Fünfzigtausend netto, unabhängig von den sonstigen Vereinbarungen.«
Die Antwort von Eweleit verschlug nicht nur Edzard Korritter für einen Moment die Sprache. Dann brach ein Tumult los, in den Burghard Eweleit mitten hinein erneut seine Stimme erhob. »Und da für unseren Mandanten Zeit Geld ist, schlage ich vor, dass sich unsere Kolleginnen an die Arbeit machen.«
Er erhob sich als Zeichen zum allgemeinen Aufbruch.
Friederike und Anjuta standen ebenfalls auf. Burghard Eweleit verabschiedete beide mit den Worten: »Wir werden uns regelmäßig abstimmen. Bitte notieren Sie sich nicht nur Ihre geleisteten Stunden, sondern rechnen Sie auch Ihre sonstigen Kosten ab.«
Die Rechtsanwältinnen nickten und verließen den Raum.
Nachdem sich die Tür hinter beiden geschlossen hatte, sagte Edzard Korritter bissig: »Bei einer Prämie in dieser Höhe würde ich schon gerne wissen, in welcher Größenordnung er bezahlen kann.«
Die Antwort, die er darauf erhielt, ließ nicht nur ihn, sondern auch alle anderen Partner in ehrfürchtigem Schweigen verstummen.
»Zunächst eine Million aus dem Erbe. Allerdings sagte Herr Heech, dass, wenn die nicht ausreichen sollte, er sein eigenes Erspartes einsetzen werde.«

6
KAPITEL

»Silvie, was ich dir gleich erzähle, wirst du nicht glauben.« Gutgelaunt schloss Friederike die Tür.
Silvia Dyba sah auf die Uhr. »Du warst aber lange weg. Kommst du jetzt erst aus der Sitzung?«
»Nein. Unsere Freundin Anjuta hatte mich danach noch zu sich beordert. Sie wollte die weitere Strategie mit mir besprechen.«
»Na, dann hol' erst mal Luft. Willst du was trinken?«
Friederike nickte.
»Einen Cappuccino?«
»Machst du mir einen?«
»Klar.«
»Das wäre fantastisch.«
Silvia Dyba stand auf und ging zum Schrank. Während sie ein Metallkännchen entnahm und Milch eingoss, sagte sie: »So, nun erzähl mal. Was werde ich nicht glauben?«
»Der Fall Heech ist wirklich was Besonderes.«
»Das stimmt. Dass ein Anwalt dafür bezahlt wird, die Arbeit von Polizei und Staatsanwaltschaft zu machen, ist tatsächlich etwas Ungewöhnliches«, bestätigte Silvia. Sie rührte zwei Stückchen Zucker in die Milch. Sie wusste, dass Friederike ihren Cappuccino gerne süß trank.
»Und dabei wären wir beim Punkt, den Doktor Eweleit gerade verkündet hat.« Friederike, die halb stehend, halb sitzend an

Silvia Dybas Schreibtisch lehnte, beobachtete ihre Sekretärin beim Aufschäumen der Milch. Seit dem Beginn ihrer Zusammenarbeit ging ihre freundschaftliche Beziehung weit über ein kollegiales Verhältnis hinaus. Es gehörte zu den Grundsätzen der Kanzlei, dass sich deren Anwälte die Sekretärinnen, mit denen sie zusammenarbeiten wollten, alleine aussuchen durften. Friederikes Wahl war auf Silvia Dyba gefallen. Sie hatte es nie bereut, dass sie sich für sie entschieden hatte. Zwar besaß Silvia keine Ausbildung als Sekretärin, hatte dafür aber ein Jurastudium hinter sich. Sicherlich wäre sie selbst eine gute Anwältin geworden, wenn sie ihre Abschlussprüfungen bestanden hätte. »Also, Frau Dyba.« Friederike machte eine bedeutungsvolle Pause.

Silvia Dyba, die gerade den Knopf gedrückt hatte, durch den der Kaffee in die Tasse lief, sah auf.

»Doc Eweleit hat für die Aufklärung des Falls eine Prämie ausgesetzt. Nun raten Sie mal, in welcher Höhe.«

»Zwei Monatsgehälter extra?«

»Das kannst du vergessen. Fünfzigtausend.«

»Nein, das wären ja für euch beide jeweils fünfundzwanzig.« Silvia Dyba sah Friederike ungläubig an und übergab ihr die Tasse. »Da muss ich mich erst mal setzen.« Sie ließ sich in ihren Stuhl fallen.

»Fünfundzwanzig für beide dann, wenn wir beide gemeinsam den Abschlussbericht unterschreiben. Unterschreibe ich ihn alleine, gehören die Fünfzigtausend uns.«

Immer noch staunend sah Silvia Dyba Friederike von unten herauf an.

»Es geht darum, dass nachgewiesen werden muss, wer den Fall gelöst hat. Hast du das verstanden?«

»Na klar.« Silvia Dyba verschränkte ihre Arme. »Dann kannst du mit deinen Lieben erst einmal einen ausgedehnten Urlaub machen und dich erholen.«

»Silvie, sei nicht albern. Ich meinte nicht Ulli und mich, sondern mit uns, meinte ich uns beide, also dich und mich.« Friederike schlürfte genüsslich ihren Cappuccino und freute sich über Silvia Dybas fassungsloses Gesicht. Nachdem sie sich den Milchschaum von den Lippen geleckt hatte, sagte sie: »Weißt du, ich teile ja sehr gerne, aber wenn es möglich ist, lieber mit dir als mit Anjuta. Vielleicht ist es nicht zu verhindern, dass wir nur die Hälfte bekommen, aber du wirst trotzdem was davon abbekommen.«
Silvia Dyba stand auf und umarmte Friederike.
»Vorsicht, ich habe noch Kaffee in der Tasse.«
»Entschuldigung, aber das musste eben mal sein.« Silvia Dyba setzte sich wieder in ihren Stuhl. »Ich freue mich so.«
»Hoffentlich nicht zu früh, denn es besteht immerhin noch die Möglichkeit, dass Anjuta die ganze Prämie erhält.«
»Nicht mit legalen Mitteln.« Aus Silva Dybas Stimme klang Überzeugung.
»Was meinst du?«
»Ach Rike, nun stell dich nicht so an. Du weißt genau, was ich meine.«
»Nein, weiß ich nicht.«
»Ihre Liaison ist ein offenes Geheimnis.«
Der Schalk stand in Friederikes Gesicht geschrieben, als sie empört sagte: »Aber Frau Dyba, das ist eine Verleumdung. Wie kommen Sie dazu, so etwas zu behaupten. Frau Hohmuth ist glücklich verheiratet.«
»Wer es glaubt...«
»Aber im Ernst. Sag mal, was du meinst.«
»Ich denke, dass der Korritter und sie sich nur deshalb nicht zueinander bekennen, weil der jetzige Zustand für beide viel günstiger ist.«
»Du meinst, weil nach dem ungeschriebenen Kanzleigesetz ein Paar hier nicht erwünscht wäre.«

»Das meine ich. Außerdem eröffnet ihnen ihr Verhältnis ungeahnte Möglichkeiten. Denk nur mal an den Fall Heech. Die kann dich doch immer über Korritter ausspionieren lassen.«
»Das würde sie nicht wagen. Außerdem ist der Auftrag nicht ihm, sondern Doc Eweleit erteilt worden. Wenn er das tatsächlich machen würde, müsste er damit rechnen, dass es auffällt. Ich denke nicht, dass Doc Eweleit es hinnehmen würde, wenn sich ein anderer in seine Angelegenheit mischen würde.«
»Wir sollten trotzdem vorsichtig sein.«
»Schließt das Wir dich mit ein?«
»Natürlich.«
»Silvie, du hast zu viele Krimis gesehen.« Friederike lachte.
»Mag sein. Aber im Ernst. Unwichtiges schreiben wir in die Akte und Wichtiges sollten wir vielleicht auf deinem Laptop speichern.«
Friederike lachte immer noch. »Aber wir haben doch noch gar nicht begonnen.« Sie stellte ihre leere Tasse auf den Tisch.
»Dann wird es Zeit.«
»In Ordnung, Chefin. Lass uns anfangen. Hast du die Akte zwischenzeitlich schon gelesen?«, fragte Friederike amüsiert.
»Habe ich.«
»Dann sag mal, was du denkst.«
»Ich denke, dass der Täter nach seiner Tat, also nach der Beseitigung des Mädchens, über genügend Zeit verfügte, um die aufgefundenen Gegenstände zu verstecken.« Silvia Dyba überlegte. »Vielleicht waren es aber auch mehrere Personen, die beteiligt waren. Sie könnten arbeitsteilig vorgegangen sein. Möglich ist aber auch, dass Stefanie freiwillig mitgeholfen hat, die Gegenstände zu verstecken. Sie könnte natürlich auch gezwungen worden sein.«
»Das würde aber bedeuten, dass sie, unter Vortäuschung eines Grundes, zunächst zum Mitgehen und dann zum Verstecken der Gegenstände veranlasst wurde.«

Silvia Dyba wippte gedankenlos mit ihrer Stuhllehne, während sie sagte: »Nicht unbedingt. Es könnte sich auch um das bewusste Auslegen einer Fährte handeln. Denk mal daran, dass Stefanie auch von selbst aus dem großmütterlichen Haushalt weggelaufen sein kann.«
»Zumindest würde das dann nicht auf ein unfreiwilliges Handeln von Stefanie hinweisen.« Nun verschränkte Friederike ihre Arme vor der Brust. »Sollte dieses mit der Spurenlegung beabsichtigt worden sein und nimmt man ihre veränderten Verhaltensweisen hinzu, so bedeutet das, dass sie etwas geahnt oder sogar gewusst hat.«
»Aber, warum sollte dann ihre Freundin sie an diesem Tag begleiten?«
»Keine Ahnung. Vielleicht ist sie unsicher geworden und wollte das, was geschah, durch die Mitnahme ihrer Freundin vereiteln.«
»Ich halte die Möglichkeit, dass der Täter an diesem Tag zufällig vorbeikam, jedenfalls für sehr unwahrscheinlich, sogar für ausgeschlossen.«
»Ich auch. So wie es jetzt aussieht, ist die Tat durch den oder die Täter vorbereitet, ich würde fast sagen, nahezu konzeptionell durchgeführt worden.«
»Auf jeden Fall scheint es so, dass die Handlung sehr besonnen und abgesichert erfolgte.«
Friederike strich sich die Haare aus der Stirn und sagte nachdenklich: »Alle, die sich bisher mit dieser Sache befasst haben, gelangten zu der Auffassung, dass damals die Ermittler alle ihnen zu Verfügung stehenden Mittel ausgeschöpft haben. Sie haben allerdings nur in Richtung einer Beziehungsstraftat ermittelt.«
»Das Opfer haben sie trotzdem bis heute nicht gefunden«, warf Silvia Dyba ein.
»Du sagst es. Deshalb sollten wir uns vielleicht auf eine neue,

damals nicht denkbare Richtung konzentrieren.«
»Und was stellst du dir so vor?«
»Eine, die damals mit Sicherheit tabu war.« Friederike lachte ihr glucksendes Lachen.
»Jetzt kann ich dir nicht folgen.«
»Na überleg mal.« Friederike hielt sich mit beiden Händen an der Tischkante fest und beugte sich zur Seite, um direkt in die Augen von Silvia Dyba sehen zu können. »Hast du es immer noch nicht?«
»Nein. Was findest du bloß so lustig?«
»Ich lache gerade über mich selbst. Erinnere dich. Ich habe gesagt, dass die Ermittlungsrichtung, die ich meine, mit Sicherheit tabu war. Na?«
»Du meinst die Stasi?« Silvia Dyba schlug sich mit der Hand gegen die Stirn. »Alles klar.«
Friederike richtete sich wieder auf und sagte spöttisch. »Na endlich.« Die beiden Frauen lächelten sich an. »Sag mal, Silvie. Hältst du es für möglich, dass sich unter den Augen der Stasi etwas abgespielt hat, wovon die nichts wussten?«
»Nach dem bisherigen Klischee eher nicht.«
»Ich auch nicht. Weißt du, worüber ich bereits beim ersten Aktenstudium gestolpert bin?«
»Nein.«
»Schon bald, nachdem Stefanie verschwunden war, kam die Stasi ins Spiel.«
Silvia Dyba sah Friederike überrascht an. »Woher weißt du das denn?«
»Herr Heech und seine Mutter, ich glaube sogar auch seine Brüder, sind kurze Zeit später von einem Hauptmann Abraham vernommen worden.«
»Das habe ich gelesen.«
»Hast du dabei auch festgestellt, dass dieser Abraham vor der Wende für die Stasi gearbeitet hat und danach als

Polizeibeamter aufgetreten ist?«
»Nein, das habe ich dann wohl übersehen.«
»Siehst du, das war der Punkt, durch den mir klar wurde, dass unsere Anjuta nicht beabsichtigt, die Prämie mit mir zu teilen.«
Silvia Dyba schien nicht überrascht zu sein. »Das hätte ich dir auch schon vorher sagen können. Sie will Karriere machen Dazu braucht sie Erfolg. Den wiederum gönnt sie keinem, außer sich selbst. Was denkst du, wie ihre Sekretärin über sie schimpft. Nicht mal die hat sie hinter sich.«
»Gibt es etwas Neues?«
»Es gibt. Stell dir vor, sie und Korritter kommen zufällig gemeinsam vom Mittag.«
»Zufällig?« fragte Friederike amüsiert.
»Natürlich nicht zufällig, sondern wie immer gemeinsam. Kadgiens Perle hatte wegen der Hitze im Haus die Tür auf. Damit haben aber beide nicht gerechnet. Hören konnten sie sie auch nicht, weil die gerade ihr Brot gegessen hat. Stell dir vor, sie hat gesehen, wie sich unsere Anni von Korritter mit einer Kusshand verabschiedete.«
»Nein. Das ist ja ein Ding.« Friederike unterdrückte mühsam ein schadenfrohes Grienen, als sie fragte: »Ihr ist bestimmt der Bissen im Hals stecken geblieben, oder?«
»Darauf kannst du wetten. Jedenfalls weiß es jetzt die ganze Kanzlei. Aber im Ernst.« Silvia Dyba übersah das breite Grinsen von Friederike und fragte: »Und wie bist du ihr auf die Schliche gekommen?«
»Ganz einfach, ich habe gesagt, dass ich es für nicht ausgeschlossen halte, dass die ganze Sache was mit der Stasi zu tun hat. Sie hat mich zunächst ganz scheinheilig gefragt, wie ich denn darauf komme.«
»Und?«
»Ich sagte, dass ich es doch als sehr merkwürdig empfinde,

wenn die Stasi so schnell in die polizeilichen Ermittlungen eingreift. Das hat sie sich noch angehört. Als ich aber sagte, dass ich es nicht für ausgeschlossen halte, dass die Mutter Mitarbeiterin der Stasi war, kanzelte sie mich ab und fragte, ob ich an Verfolgungswahn leide. Sie meinte, dass ich diese Richtung alleine, ohne sie, weiter verfolgen kann.«

»Eine blöde Kuh.«

»Das habe ich erst auch gedacht. Aber denk mal nach, in einer Sache, die so hoch angebunden ist, will sie mich alleine ermitteln lassen. Nicht Anjuta Hohmuth. Ich glaube, dass sie selbst die Fährte aufnehmen und mich kaltstellen will.«

»Das kannst du aber leicht verhindern.«

Friederike sah Silvia Dyba an und zog ihre linke Augenbraue hoch.

»Na sicher. Du lässt dir von Konrad Heech eine Vollmacht geben und beantragst für ihn, Einsicht in die Stasiakten von sämtlichen Verdächtigen nehmen zu können.«

»Ich muss erst mal prüfen, welche Akten er überhaupt einsehen darf.«

»Das kann ich dir auch nicht sagen, aber die Akte seiner Frau und die seiner Tochter, wenn es eine gibt, wird er bestimmt lesen dürfen. Sicher gibt es dort Ansatzpunkte, die man weiter verfolgen könnte.«

»So werde ich es machen.« Friederike stand auf, blieb aber an dem Schreibtisch ihrer Sekretärin stehen.

»Du darfst nur nicht vergessen, Konrad Heech einzubläuen, dass er die Akte nicht einsieht, ohne dich vorher darüber zu informieren.«

»Jawohl, Chefin«, sagte Friederike scherzhaft und fuhr ernsthaft fort. »Die Akten sind der Ausgangspunkt. Wenn sie tatsächlich hinter meinem Rücken in die Richtung ermitteln wollte, würde sie dazu die Stasiakten brauchen. An die kommt sie aber nur mit Hilfe von Herrn Heech, und der sagt mir sicher

Bescheid, wenn ich ihn darum bitte.«
»Das glaube ich auch. So gut wie ihr miteinander umgegangen seid, ist ausgeschlossen, dass sie etwas in der Richtung vor dir verheimlichen kann.«
»Gut, das haben wir geklärt. Dann können wir jetzt anfangen. Ist die Akte in meinem Zimmer?«
»Ja, wenn du den Aktenberg meinst.«
»Dann marsch zu mir. Wir haben einen Auftrag von Frau Hohmuth abzuarbeiten.« Friederike setzte sich in Bewegung. Silvia Dyba kam hinter ihr her. »Was will sie denn von uns?«
»Wir sollen Termine mit den Zeugen und den Verdächtigen von damals vereinbaren. Dazu brauchen wir aber deren Telefonnummern und ihre Adressen. Hier hast du was zu schreiben. Darum musst du dich kümmern.« Friederike reichte ihr ihren Block und einen Bleistift.
»Warum kann ihre Sekretärin das nicht machen?«
»Die hat so viel zu tun?«
»Ach, ich nicht?«, unterbrach Silvia Dyba ihre Chefin.
»Doch, du auch, aber sie sagte, dass du besser die Termine vereinbaren könntest.«
»Dann bin ich ja mal auf ihre Begründung gespannt.«
»Die willst du nicht hören.«
»Doch, will ich.«
»Na gut.« Friederike seufzte. »Erstens, weil die Akte mit den Namen und Adressen gerade bei uns ist.«
»Und zweitens?«, fragte Silvia Dyba böse.
»Weil sie ihrer Sekretärin das nicht zutraut. Die wird unsere Anfahrt und die Übernachtungen regeln, wenn es soweit ist.«
»So hat sie das bestimmt nicht gesagt.«
»Aber so ähnlich. Schließlich kann ich mir ihre Sprüche auch nicht alle merken«, log Friederike, mit dem unschuldigstem Gesicht, zu dem sie fähig war.
»Sicher willst du sie mir bloß nicht sagen«, schmollte Silvia

Dyba. Friederike wechselte das Thema. Silvia sollte nicht wissen, dass Anjuta ihre Sekretärin als unfähig und blöd bezeichnet hatte. Sie setzte sich an ihren Schreibtisch, schlug die Akte auf und begann, darin zu blättern. »Ich denke, dass wir mit den Leuten aus dem Dorf anfangen. Hier sind verschiedene Adressen und Telefonnummern, die sich der Detektiv, der von Herrn Heech beauftragt wurde, notiert hat. Mit denen fängst du am besten an.«
»Mit dem Detektiv solltest du vielleicht auch noch einmal reden.«
»Ja. Mit dem sollten wir sogar beginnen. Ruf ihn an und frage, ob er herkommen würde. Seine Reisekosten können wir ihm erstatten.«
»Gut, mach ich.« Silvia Dyba kritzelte etwas auf ihren Block. »Seine Telefonnummer und Adresse finde ich in der Akte?«
»Ja, sein Abschlussbericht liegt hier in diesem Hefter.« Friederike klopfte auf eine rote Mappe. »Ich gebe sie dir gleich.« Sie übergab Silvia Dyba den Bericht.
»In Ordnung. Um welche Personen soll ich mich dann kümmern?«
»Zuerst das Mädchen, mit dem Stefanie kurz vor ihrem Verschwinden über ihre Mutter gesprochen hat. Wie hieß sie noch?«
»Kathleen Scriba.«
»Ja. So heißt sie. Sie heißt heute auch noch so. Das steht aber auch in den Unterlagen des Detektivs. Bei allen anderen Personen, die du in seinem Bericht findest, machst du auch Termine für uns.«
»Gut. Wie viel Zeit soll ich immer einplanen?«
»Ich denke, mindestens zwei Stunden. Vergiss auch nicht die Wegstrecke dazwischen.«
»Nein, die werde ich mir am Computer ausdrucken und euch in die Akte legen.«

»Siehst du, das ist das, was Anjuta meinte. Du denkst mit.«
»Ach komm. Das macht ihre Sekretärin auch.«
»Ja, aber erst, nachdem sie genauestens instruiert worden ist«, sagte Friederike nachdenklich.
»Ich glaube, das liegt daran, dass sie Angst hat, Fehler zu machen.«
»Wahrscheinlich. Aber wenn sie nicht den Ansprüchen ihrer Chefin genügen würde, wäre sie wohl schon lange weg.«
»Mir tut sie jedenfalls leid. Tauschen möchte ich nicht mit ihr.«
»Da bin ich aber froh. Ich würde dich auch gerne behalten.«
»Mir reichen schon die Anweisungen, die ich jetzt von ihr erhalte.«
»Ich habe noch eine, damit du es dir nicht doch noch anders überlegst.«
Silvia Dyba schnaufte. »Spuck sie aus.«
»Sie hat mich beauftragt, die wichtigen Teile der Ermittlungsakte zu kopieren.«
»Nein.« Es klang wie ein Aufschrei. »Nicht die fünf Aktenordner. Da kann ich einen ganzen Tag nichts anderes tun.«
»Doch, Silvie. Tröste dich mit der Prämie, die winkt. Außerdem muss ich sie auch noch einmal lesen, damit ich dir überhaupt sagen kann, was du kopieren sollst.«
»Na dann.« Schicksalsergeben ging Silvia Dyba mit hängenden Schultern zurück an ihren Schreibtisch. Die Tür zwischen den Büros hatte sie offen gelassen.
Friederike sah ihr mit einem forschenden Blick nach. Als Silvia Dyba sich an ihren Schreibtisch gesetzt hatte, lächelten sie sich gegenseitig zu.
Kurz darauf waren beide Frauen wieder in ihre Arbeit vertieft.

7
KAPITEL

Anjutas Gesicht versteinerte sich. Demonstrativ hakte sie sich bei ihrem Mann ein und lächelte ihn verliebt an.

»Guten Tag, Frau Hohmuth.«

Sie erwiderte den freundlichen Gruß mit einem sehr unpersönlichen »Guten Tag.«

Birger Hohmuth wunderte sich. Nachdem ihr bisheriger Spaziergang recht einsilbig verlaufen war, begann Anjuta nun fröhlich eine Anekdote aus dem Gerichtssaal zu erzählen. Er ließ sie ausreden und fragte, als das Pärchen vorbei gegangen war: »Wer war das denn eben?«

»Das war die Sekretärin von der Jalaß.«

»Und was hat sie dir getan? Du hast so zugeknöpft reagiert.«

»Die hat mir überhaupt nichts getan. Ich kann sie nur einfach nicht leiden.«

Birger Hohmuth gab sich mit der Antwort seiner Frau nicht zufrieden. »Hat das einen bestimmten Grund oder einfach eben mal so?«

Anjuta dachte nicht daran, auf seine Frage zu antworten. »Das ist das Dumme daran, wenn man so viele Leute kennt. Da denkst du, dass du wenigstens einmal am Wochenende deine Ruhe hast und entspannt einen Spaziergang am Wasser genießen kannst, aber nichts da.«

»Sie scheint dir tatsächlich die Stimmung verdorben zu haben.«

»Nein, da müssen schon ganz andere Leute kommen.«
»Zum Beispiel?«
Anjuta schoss ein Gedanke durch den Kopf. »Zum Beispiel ihre Chefin mit ihren bescheuerten Ideen.«
»Von der hast du mir ja lange nichts erzählt.« Eigentlich hatte er noch hinzufügen wollen: ›Du erzählst mir sowieso seit langem nur noch sehr wenig‹, schwieg dann aber lieber. Schließlich wollte Birger Hohmuth seine Frau nicht reizen.
»Das stimmt.« Anjuta kuschelte sich an ihren Mann. »Das liegt aber nicht an dir. Ich habe einfach so viel zu tun.«
»Weiß ich doch. Ich mache dir auch überhaupt keinen Vorwurf.« Er küsste sie aufs Haar und legte seinen Arm um ihre Schultern.
»Wenn ich dann abends nach Hause komme, bin ich meist so kaputt, dass ich nicht mehr reden, sondern nur noch schlafen will.« Sie schlang ihren Arm um seine Hüfte. »Ich bin dir wirklich dankbar, dass du mir den Rücken freihältst und dich so rührend um unsere Lieblinge kümmerst.«
Beide blickten in Richtung der Kinder, die vor ihnen den Bootsanlegesteg betraten.
»Du wolltest mir erzählen, auf welchen blöden Gedanken Friederike gekommen ist«, nahm Birger Hohmuth den Gesprächsfaden wieder auf.
»Stimmt. Aber dazu muss ich ein bisschen ausholen.«
»Gerne. Wir haben ja Zeit.«
Sie waren am Ende des Stegs angekommen und beobachteten, wie die Kinder die Enten und Schwäne fütterten.
»Eweleit hat einen Auftrag angenommen, den er selbst nicht abarbeiten will. Angeblich hat er keine Zeit.«
»Er ist ein viel beschäftigter Strafverteidiger«, stellte Birger Hohmuth missmütig fest.
»Das mag schon sein. Wobei ich denke, dass er in diesem Fall zwar gerne das Honorar einstreichen will, aber die Arbeit

jemand anders machen soll.« Birger Hohmuth erkannte bereits an ihrem ärgerlichen Tonfall, dass die Stimmung seiner Frau zu kippen drohte. »Jemand, der Anni genannt wird?« Er bemühte sich, sie zu beschwichtigen. »Eweleit weiß eben, dass er damit nur seine beste Anwältin beauftragen kann. Schließlich hat er einen Ruf zu verlieren.«

»Weiß er das?« Anjuta löste sich aus der Umarmung. »Er hat nicht nur mich ausgewählt, sondern auch die Jalaß.« Sie runzelte die Stirn. »Stell dir vor, wir sind beauftragt, das Schicksal eines Mädchens aufzuklären, das seit der Wende vermisst wird. Das Mädchen heißt Stefanie Heech.«

»Aber das sollte doch eigentlich die Aufgabe von Ermittlern sein.«

»Richtig, nur haben die versagt.«

»Ein sehr ungewöhnlicher Auftrag. Bringt er der Kanzlei was?«

»Davon darfst du ausgehen, denn sonst hätte Eweleit ihn wohl nicht angenommen.« Anjuta hatte beschlossen, ihrem Mann nichts von der Prämie zu erzählen. Das Geld würde sie beiseiteschaffen. Etwas anderes, als dass die Prämie allein ihr gehören würde, kam ihr überhaupt nicht in den Sinn. Notfalls könnte sie sich auch der Hilfe von Edzard Korritter bedienen. Sie war sich nicht sicher, ob sie tatsächlich mit ihrem Mann gemeinsam alt werden wollte. Aus diesem Grund hatte sie bereits Überlegungen angestellt, wie sie ihr Geld am besten zur Seite bringen konnte. Sie musste sich eingestehen, dass das ein schwieriges Unterfangen war. Schließlich war sie gezwungen, gemeinsam mit ihrem Mann eine Steuererklärung abzugeben. Egal, noch war Zeit, darüber nachzudenken. Freiwillig teilen würde sie jedenfalls weder mit ihrem Mann, noch mit der ihr verhassten Friederike Jalaß.

Anjuta sah auf ihre Kinder. Es waren pflegeleichte Kinder, die ihr viel Freude bereiteten. Es gab in der Schule keine Beanstandungen. Ihre Noten waren gut und die beiden gingen ihr

nicht auf die Nerven. Jetzt warfen sie brav den Vögeln das Brot zu, das Birger Hohmuth zu kleinen Häppchen geschnitten hatte. Sie war stolz auf ihre Kinder und wollte sie niemals vermissen. Bis sie sich dafür entscheiden musste, mit wem sie ihr künftiges Leben teilen wollte, würden vielleicht noch Jahre vergehen. Sicher hatten die Kinder bis dahin längst ihre Schule beendet. Egal wie lange es noch dauern würde, ihren Mann brauchte sie bis zu diesem Zeitpunkt. Als Anjuta bemerkte, dass er gespannt auf ihre Erklärung wartete, strahlte sie ihn an. »Die Sache läuft wie immer. Die Kleinen machen die Arbeit und die Großen kassieren.«
Den tiefgründigen Blick, mit dem sie ihre Worte begleitete, bemerkte Birger Hohmuth nicht, denn er konzentrierte sich jetzt auf die Kinder. »Nicht so weit über das Geländer beugen. Geht bitte etwas zurück.« Beide Kinder traten einen Schritt zurück.
Anjuta beobachtete das mit Wohlwollen und fuhr fort: »Unsere Arbeit besteht vorerst darin, sämtliche Zeugen noch einmal zu befragen. Wenn wir das erledigt haben, werden wir uns die Tatverdächtigen vornehmen. Zu diesem Zweck werden wir wohl oder übel zu dem Wohnort des Mädchens fahren müssen.« Sie sah ihren Mann forschend an.
Er nickte.
»Das kann unter Umständen Tage und vielleicht sogar Wochen dauern, denn es sind doch einige Personen zu befragen.«
»Wenn ich mir überlege, wie lange früher die Vernehmungen dauerten, glaube ich dir das gerne.«
»Es macht dir doch sicherlich nichts aus, wenn wir dort vor Ort übernachten?«
»Nein, natürlich nicht. Das spart doch enorm Zeit.«
»Du sagst es.« Wieder strahlte sie ihn an. Er schöpfte keinen Verdacht. So könnte sie vielleicht einige Male bei Edzard Korritter übernachten. »Ich denke, dass wir dem Täter durch

die erneuten Befragungen auf die Spur kommen werden.«
»Hast du schon eine Idee?«
»Sicher. Ich gehe davon aus, dass es sich um eine Beziehungstat handelt. Es gab keine Spuren von Gewalt. Wir haben es also mit einem Täter zu tun, den das Mädchen kannte. Denkbar wäre aber auch, dass sie aus Pflichtbewusstsein mitgegangen ist. Mal sehen.« An dieser Stelle verstummte Anjuta bewusst. Sie hatte sich nicht geirrt.
»Und was hat Friederike getan, was dich so ärgert?«
»Sie hat vorgeschlagen, dass wir unser Augenmerk in eine neue Richtung lenken sollten.«
»Die da wäre?«
»Sie glaubt, dass die Stasi was damit zu tun hat.«
»Wie kommt sie denn darauf?«
»Das kann ich dir genau sagen.« Anjuta holte tief Luft. »Vor der Wende hat in der Sache ein Hauptmann Abraham ermittelt. Aus seinen Berichten ging hervor, dass er Mitarbeiter der Staatssicherheit war. Derselbe hat nach der Wende weiter ermittelt und rate mal, als was?«
»Das ist ganz einfach.« Birger Hohmuth schien überhaupt nicht überrascht. »Sicher als Polizeibeamter.«
»Das weißt du?« Anjuta spielte die Erstaunte. Sie wusste, dass ihr Mann sich nun freute, ihr Neues mitteilen zu können.
»Klar. Das ist relativ einfach. Es gab vor der Wende innerhalb der Polizei eine Mordkommission. Diese setzte sich aus zwei Abteilungen zusammen. Der einen davon gehörten Beamte an, die zwar als Polizeibeamte bezahlt wurden, tatsächlich aber für die Firma arbeiteten. In der zweiten Abteilung waren Kriminalisten, die nichts mit der Stasi zu tun hatten.«
»Das wusste ich nicht.«
»Konntest du auch nicht, denn öffentlich war das natürlich nicht bekannt.«
»Wenn dieser Abraham vor der Wende für die Stasi arbeitete,

wie kann es denn sein, dass er hinterher noch im Polizeidienst arbeitete. Ich dachte, dass alle, die einmal für die Stasi gearbeitet haben, nach der Wende aus dem Dienst entlassen wurden.«
»Sind sie auch.«
Anjuta wurde ungeduldig. »Was soll das denn? Alle sind weg, nur dieser Abraham nicht?«
»Ach wo. Dieser Abraham ist kein Einzelfall. Man hat nur die entfernt, die eine Verpflichtungserklärung abgegeben haben und die, die auf der Gehaltsliste der Firma standen. Die anderen hatten Glück.«
»Hat nicht jeder, der für die Stasi gearbeitet hat, eine Verpflichtung unterschrieben?«
»Eben nicht. Das ist ja der Witz an der Sache. Alle, die sich offiziell oder inoffiziell verpflichtet hatten, für die Stasi zu arbeiten, sind rausgeworfen worden. Die Anderen, die ebenfalls Mitarbeiter waren, sind im Polizeidienst geblieben. Es gab eine Lücke im Gesetz.« Birger Hohmuth zuckte mit den Schultern. »Wie du siehst, sollte man sich immer überlegen, was man unterschreibt.«
»Moment mal, das heißt ja, dass es theoretisch möglich ist, dass solche Leute bis heute als Polizeibeamte arbeiten. Das glaube ich nicht.«
»Doch, das kannst du glauben. Es gibt eben kein Gesetz, das vorsieht, solche Leute zu entfernen. Wenn du so willst, ist dieser Sachverhalt schlicht und einfach übersehen worden.«
Anjuta dachte angestrengt nach. Die Kinder hatten das Brot zwischenzeitlich verfüttert und gaben ihrem Vater die leeren Tüten. Birger Hohmuth faltete sie zusammen und sagte: »Kommt, meine Süßen, wir gehen.«
Fröhlich hopsend setzten sich die beiden in Bewegung.
Birger Hohmuth nahm Anjuta wieder in den Arm und zog sie sachte mit sich.

»Auf, meine Schöne, lass uns gehen. Was überlegst du?«
»Ich denke darüber nach, was du mir gerade erzählt hast. Bedeutet das, dass dieser Abraham erst für die Stasi als Kriminalbeamter tätig war und dann als ein solcher im normalen Polizeidienst?«
Selten hatte Birger Hohmuth seine Frau so erstaunt gesehen.
»Ja. So kann man es sagen.«
Anjutas Gesicht hellte sich wieder auf. »Dann ist mir alles klar.«
»Was ist dir klar geworden?«
»Ich sage doch, die Jalaß spinnt.«
»Weil sie glaubt, das die Stasi was mit dem Verschwinden des Mädchens zu tun hatte?«
»Ja.«
Die Kinder hatten das Ende des Anlegestegs erreicht und kamen zurückgelaufen.
»Langsam«, rief Anjuta in einem Ton, der keinen Widerspruch duldete.
Die Kinder drosselten ihren Lauf.
»Sie denkt, dass die Mutter was mit der Stasi zu tun hatte und meint, dass ihr Tod im Zusammenhang mit dem Verschwinden der Tochter eine andere Bedeutung erhält. Tatsächlich haben die Ermittlungen der Beamten, ob nun Stasimitarbeiter oder nicht, nicht zur Aufklärung geführt.«
»Papa, dürfen wir noch ein bisschen auf dem Spielplatz spielen?«
Birger Hohmuth zog seinem Sohn den Reißverschluss seiner Jacke hoch. »Na klar.« Er gab ihm einen Kuss auf seine erhitzte Wange. »Abmarsch.« Sanft drehte er das Kind um und gab ihm einen freundschaftlichen Klaps.
»Los komm.« Der Junge stupste seine Schwester an. »Wer als erster da ist, hat gewonnen.« Schon rannten beide Kinder in Richtung des Spielplatzes.
Anjuta und ihr Mann folgten ihnen langsamen Schrittes.

»In der Akte war zu lesen, dass die Ehe der Eltern des Mädchens ungefähr zwei Jahre gut verlaufen sein soll. Zumindest sagten es die Nachbarn«, fuhr Anjuta fort. »Harmonisch, trotz einer relativ kleinen Wohnung, die sie mit dem Kind bewohnten.«
»Wo befand sich die Wohnung?«
»In einem Neubau.«
In Birger Hohmuth erwachte die Neugier. Wehmütig dachte er an seinen früheren Beruf. Er war gerne ein Vernehmer gewesen. Obwohl er für die Stasi tätig gewesen war, hatte sich seine Arbeit wenig von der eines normalen Polizeibeamten unterschieden. Die Wende beendete seine Karriere abrupt. Sicher wäre er heute schon zum Oberst befördert worden.
»Dann wird das mit der harmonischen Ehe stimmen. Die Leute wohnten ja früher so eng, dass alles andere aufgefallen wäre. Aber sag mal, woran ist denn ihre Ehe gescheitert?«
»In dem Haus wohnte damals eine Frau, die mit einem Grenzoffizier in den Westen flüchtete. Die Stasi hat alle Leute im Haus zu dieser Frau befragt. Später ist die Familie Heech dann in deren Wohnung eingezogen. Nach Aussage des Herrn Heech nahmen die ehelichen Streitigkeiten in dieser Zeit ihren Anfang.«
»Hat er gesagt, wie diese Streitigkeiten zum Ausdruck kamen?«
»Ja. Der übermäßige Alkoholgenuss seiner Frau soll eine Rolle gespielt haben. Er erzählte sogar, dass sie zu einer Entziehungskur sollte.«
»Du sagst das so, als hättest du Zweifel?«
»Habe ich auch. Die Verwandtschaft der Frau und auch andere Personen konnten keinen Alkoholmissbrauch bei der Frau Heech feststellen. Sie wurde als lebenslustig und kontaktfreudig beschrieben. Wer weiß, woran die Ehe wirklich gescheitert ist und warum die dann Selbstmord begangen hat.« Anjuta verstummte. Sie gingen schweigend nebeneinander her. Am Rande des Spielplatzes blieben sie stehen und

beobachteten ihre Kinder, die wartend vor einem besetzten Trampolin standen.
»Hat er noch was gesagt?«, nahm Birger Hohmuth die Unterhaltung wieder auf.
»Ja. Er sagte, dass sie nach der Trennung zu unterschiedlichen Männern Kontakte unterhalten haben soll.«
»Kannte er die?«
»Offensichtlich, denn er behauptete, dass der eine der Grund für die Scheidung gewesen sein soll.«
»Ist zu diesem Mann etwas Genaueres bekannt?«
»Ja. Er war verheiratet, zwanzig Jahre älter als sie und hatte einen deutlich niedrigeren Bildungsstand.«
Birger Hohmuth fragte nachdenklich: »Wie alt war die Frau Heech damals?«
»Ich glaube dreißig.«
»Dann hat sie sicher kein Verhältnis mit dem gehabt. Die hat sich doch keinen Kerl geangelt, der so viel älter war als sie!«
»Ja, warum denn nicht?«, fragte Anjuta entgeistert.
»Was sollte sie denn mit so einem anfangen.«
»Sicher hatte der seine Reize«, konnte sich Anjuta nicht verkneifen.
»Kann ich mir kaum vorstellen, du etwa?«
Für den Bruchteil einer Sekunde erschrak Anjuta. Was sollte sie darauf antworten.
»Hast du dir die Ermittlungsakte der Mutter schon angesehen?«
Birger Hohmuth schien keine Antwort erwartet zu haben.
»Noch nicht. Aber die ist schon auf dem Weg zu uns.«
»Sieh nur, jetzt sind unsere dran.« Die Kinder kletterten auf das Trampolin. »Sind sie nicht süß?«
Anjuta war froh, dass Birger Hohmuth das Thema gewechselt hatte. »Das sind sie. Meinst du, dass was passieren kann?«, fragte sie besorgt.
»Ach wo. Lass sie hüpfen. Sie halten sich doch an den Händen«,

beruhigte Birger Hohmuth seine Frau. »Aber wie kommt die Jalaß darauf, dass die Stasi was mit dem Verschwinden des Mädchens zutun hatte?«

»Steffi Heech lebte in einem kleinen Dorf mit exakt drei oder vier Häusern. An dieses Dorf grenzten riesige Waldflächen. In den anderen Häusern lebten die Schwestern der Großmutter. Die Stasi soll aus einem dieser Häuser ein konspiratives Objekt gemacht haben. Unsere Frau Jalaß geht also davon aus, dass die Stasi damit über alle Vorgänge im Dorf informiert gewesen ist.«

Birger Hohmuth lachte ein spöttisches Lachen. »So ein Krake, wie die Stasi immer hingestellt wird, war sie denn doch nicht. Schließlich waren die Mitarbeiter auch nur Menschen.«

»Das ist genau meine Meinung.«

»Allerdings könnte an ihren Argumenten etwas dran sein.«

»Da bin ich aber gespannt«, sagte Anjuta böse.

»Die Außensicherung solcher Objekte erfolgte durch so genannte inoffizielle Netze.«

»Ich verstehe überhaupt nichts. Würdest du mir das freundlicherweise erklären?«

»Sicher.« Birger Hohmuth küsste seine Frau erneut aufs Haar, um sie versöhnlich zu stimmen. »Diese inoffiziellen Netze bestanden aus hauptamtlichen Mitarbeitern, den Führungsoffizieren und inoffiziellen Mitarbeitern.«

»Klar.« Der zynische Ton in Anjutas Stimme war unüberhörbar. »Dieses unsichtbare Netz fiel überhaupt nicht auf.«

»Nein«, sagte Birger Hohmuth gleichgültig, »und zwar deshalb nicht, weil eine hervorragende Tarnung vorhanden war. Hauptamtliche Mitarbeiter der Stasi arbeiteten zum Beispiel als wissenschaftliche Mitarbeiter in größeren Betrieben. Sie könnten aber wie in eurem Fall zum Beispiel auch in der staatlichen Forst tätig gewesen sein.«

»Ja, einen Forstbetrieb gab es dort.«

»Siehst du, zur Aufrechterhaltung der Außensicherung und damit die inoffiziellen Mitarbeiter sich konspirativ treffen konnten, wurden solche Objekte geschaffen. Geht aus eurer Akte hervor, welches Haus so ein Objekt gewesen sein soll?«
»Ja. In so einem Haus wohnte eine der Schwestern.«
»Dann müsstet ihr klären, wer Eigentümer des Hauses war und wie oft das Mädchen sich bei seiner Großtante aufgehalten hat.«
»Wieso das denn?« Anjutas Frage wirkte verärgert. Es wollte ihr überhaupt nicht gefallen, dass Friederike Jalaß möglicherweise Recht behalten sollte.
»Sicher ist, wenn der Eigentümer des Hauses die Forst war, dass ein leitender Mitarbeiter Kenntnis von diesem konspirativen Objekt hatte. Der Umgang mit solchen Objekten ist eigentlich immer sehr gewissenhaft dokumentiert worden.«
»Nun ja. Wir werden sehen«, blockte Anjuta frustriert weitere Erklärungen ihres Mannes ab. »Fakt ist, dass der Vater bereits einen Antrag auf Einsicht in seine Stasiakte, in die der verstorbenen Mutter und in die des Mädchens gestellt hat. Daraufhin ist ihm mitgeteilt worden, dass weder zu ihm und seiner Mutter und auch nicht für das Kind eine Akte vorhanden ist. Es gab bestimmt wichtigere Akten, als dass sie noch von den Mitarbeitern der Stasi vernichtet worden wären. Aus diesem Grunde glaube ich auch nicht, dass die Stasi etwas mit dem Verschwinden des Mädchens zu tun hatte.«
»Das muss auch nicht zwangsläufig so gewesen sein. Du solltest das, was ich dir erzählt habe, nur in deinem schönen Hinterkopf behalten.« Birger Hohmuth streichelte seiner Frau über den Kopf.
»Das werde ich auf jeden Fall.« Anjuta schmiegte sich an ihn. »Da sich das Kind vor einem Mann mit Pudelmütze und Bart fürchtete, werde ich mal sehen, ob das der Ansatz ist, mit dem wir unsere Ermittlungen beginnen.«

»Ich bin mir sicher, dass es dir gelingt, den Fall zu lösen.«
»Mit dir an meiner Seite bin ich davon überzeugt.«
Ihre Lippen verschmolzen zu einem innigen Kuss.
»Wollen wir es uns nachher noch ein bisschen vor dem Kamin gemütlich machen? Wir könnten eine gute Flasche Wein öffnen«, fragte Birger Hohmuth hoffnungsvoll.
»Ich habe noch an einer Akte zu arbeiten.«
»Aber, wenn ich für uns das Abendbrot zubereite und die Kinder zu Bett bringe? Du könntest zwischenzeitlich an deiner Akte arbeiten.«
»So können wir es machen. Also, lass uns unsere Kinder rufen und gehen.«

8
KAPITEL

»Dann haben wir jetzt alles das, was heute zu besprechen war, besprochen?«

»Ich denke schon. Das, was noch offen bleibt, sollten wir dann in der großen Runde klären«

Edzard Korritter nickte. Er wusste, dass Burghard Eweleit mit der großen Runde die Seniorpartner aus den Kanzleien der anderen Städte meinte. Allerdings gab es doch noch etwas, was er heute unbedingt klären musste. »Weißt du, Burghard, es gibt da doch noch etwas, was ich gerne mit dir besprechen würde. Ich wollte dich das neulich nicht vor den anderen fragen.«

»Und, was wäre das?« Burghard Eweleit ahnte schon, was kommen würde. Er hatte die Diskussion mit Edzard Korritter bereits erwartet und sich darauf vorbereitet.

»Könntest du mir bitte einmal erklären, warum die Kanzlei fünfzigtausend Euro Prämie bezahlen soll, nur weil zwei Damen ihre Arbeit so machen, wie man es von ihnen erwartet?«

»Warum denn nicht? Das ist ein Ansporn und der dürfte sie motivieren.«

»Kann schon sein, aber eigentlich sollten sie schon genug motiviert sein.«

Burghard Eweleit beschloss, seinen Partner zu provozieren. Er setzte ein verschmitztes Lächeln auf. »Wodurch zum Beispiel?«

Edzard Korritter glaubte, sich verhört zu haben. Argwöhnte sein Partner etwas? »Zum Beispiel dadurch, dass sie in einer der angesehensten Kanzleien dieses Landes arbeiten dürfen und auch ohne diese Prämie eine Menge Geld verdienen.«
»Das schon, aber ich dachte, dass ein zusätzlicher Anreiz sie noch mehr motivieren würde.«
Entweder sein Partner konnte oder aber er wollte ihn nicht verstehen. Edzard Korritter setzte nach. »Eigentlich meinte ich, dass es ein bisschen weniger für die Damen und stattdessen den Rest an die Kanzlei auch getan hätte.«
»Sicher.«
»Sicher? Also, ich will dir in deine Mandate nicht hineinreden…« Edzard Korritter kam nicht dazu, den angefangenen Satz zu beenden.
»Das, mein lieber Edzard, wäre nach unserem Vertrag sowieso ausgeschlossen.« Burghard Eweleits Ton, der an Schärfe zugenommen hatte, verlor diese wieder, als er etwas milder fortfuhr: »Du brauchst aber keine Angst zu haben, dass die Kanzlei durch diese Prämie belastet wird. Diesen Betrag wird Herr Heech ohnehin nur zahlen, wenn der Fall aufgeklärt ist. So lukrativ wie diese Sache auch sein mag, ich persönlich habe keine Zeit, mich darum zu kümmern. Sonst hätte ich den Auftrag auch gar nicht erst angenommen.«
»Ich dachte ja nur, dass für die Kanzlei etwas abfallen sollte, wenn hier schon einer den Höchstsatz zahlt«, maulte Edzard Korritter.
»Da kannst du beruhigt sein. Herr Heech zahlt zwar den Höchstsatz. Den erhalten aber nicht die Kolleginnen. Da die nach Umsatz bezahlt werden, erfolgt zwar eine Anrechnung, nicht aber die Auszahlung.«
»Das hättest du doch gleich sagen können. In der Sitzung habe ich es jedenfalls anders verstanden.«
»Dann bist du jetzt beruhigt?«

»Noch nicht so ganz. Ich frage mich ernsthaft, wie die Sache laufen soll. Rechtsanwälte haben doch eigentlich mit Ermittlungen nichts zu tun. Hast du dir das wirklich gut überlegt?«
»Habe ich. Sieh mal. Seit dem Verschwinden des Mädchens ist jetzt mehr als ein Jahrzehnt vergangen, in dem nichts passiert ist. Wenn wir nicht das Verstauben der Akte verhindern, zählt sie eines Tages zu den ungelösten Fällen und wird weggelegt.« Die Pause, die Burghard Eweleit seinen Worten folgen ließ, verlieh ihnen Nachdruck. »Du weißt doch wie das ist. Sie wird zwar nicht vernichtet, denn schließlich ging es da um ein Verbrechen, aber es fasst sie auch keiner mehr an. Es besteht dann nur noch die Möglichkeit, dass ein Zufall Licht ins Dunkel bringt«, nahm er das Gespräch wieder auf.
»Nun ja. Der Vater ist sicher auch nicht mehr der Jüngste, oder?«, räumte Edzard Korritter kleinlaut ein.
»Nein, das ist er nicht und er will um jeden Preis das Schicksal seiner Tochter aufklären. Lass ihn doch sein Geld ausgeben, wofür er es für richtig hält.«
»In Ordnung. Aber sag mal, wie soll das eigentlich ablaufen?«
»Was meinst du?«
»Na, wenn an dem Fall Polizei, Staatsanwaltschaft und ein Detektiv gescheitert sind, was macht dich so zuversichtlich, dass die beiden Kolleginnen den Fall lösen werden?«
»Erstens sind das alleine schon zwei brillante Anwältinnen und zweitens werde ich sämtliche Kollegen in die Aufklärung mit einbeziehen.«
»Willst du unsere wöchentliche Besprechung dazu nutzen?«
»Auch. Ich selbst werde mich von ihnen immer auf dem Laufenden halten lassen und, je nachdem wie ich die Zeit dazu finde, mitarbeiten. Heute zum Beispiel ist die Akte über die Mutter des Kindes eingetroffen. Die habe ich mir angesehen, bevor du kamst. Daraus ergeben sich doch schon wieder einige neue Ansätze.«

»Ach. Erzähl mal«, forderte Edzard Korritter interessiert. Burghard Eweleit zog aus dem Stapel der Akten, die auf seinem Schreibtisch lagen, zielgerichtet eine heraus, legte sie vor sich hin und begann in ihr zu blättern. Dann murmelte er, wie zu sich selbst: »Irgendetwas stimmt an dieser Sache nicht.« Edzard Korritter richtete sich auf, um einen Blick in die Akte zu erhaschen.

»Kannst du dir vorstellen, dass sich eine Frau, die einen Brief schreibt, in dem sie ihre Liebe zu einem Mann und eine vermeintliche Schwangerschaft offenbart, ein paar Tage später umbringt?«

»Wenn der Mann ihre Liebe nicht erwidert, schon.«

»Das war aber nicht der Fall. Sie schrieb, und das offenbar im besten Einvernehmen mit diesem Mann, von einem künftigen gemeinsamen Leben.«

»Dann verstehe ich das auch nicht.«

»Es kommt aber noch dicker. Meinst du, dass jemand, der vorhat, sich umzubringen, dazu seine Tasche mit Kontoauszügen, Portemonnaie, Ausweis und einem Konsumausweis mitnimmt?«

»Eher nicht.«

»Sie hatte sogar die Versicherungskarten von sich und der Tochter, Westgeld und eine Kohlenkarte bei sich, als man sie fand. Ihre Leiche wurde in Bauchlage aufgefunden.«

»Vielleicht hat sie den Entschluss, sich umzubringen spontan in die Tat umgesetzt.«

»Das glaube ich nicht. Eine Nachbarin will gehört haben, wie sie durch die Kellertür nach draußen gegangen ist. Hinter dem Haus begann die Wiese und an die grenzte das Wasserloch, an dessen Rand man sie fand. Neben ihr lag ihre Tasche wie hin drapiert.«

»Sind Bilder von der Leiche in der Akte?«, fragte Edzard Korritter neugierig. Er saß noch immer kerzengerade in seinem Stuhl.

»Ja, aber du kannst nur die Umrisse sehen, weil sich die Leiche in einem hochgradigen Verwesungszustand befand.«
Burghard Eweleit drehte die Akte so, dass Edzard Korritter die Bilder von der Leiche sehen konnte. »Das ist die Person, die einmal Ursula Heech gewesen sein soll.«
»Bezweifelst du das?«
»Wenn ich ehrlich sein soll, ja.«
Edzard Korritters Nasenflügel weiteten sich. »Nun ja, einen Schönheitswettbewerb kann sie nicht mehr gewinnen.« Er verzog angewidert den Mund. »Die Lippen und die Haare sind weg, sicherlich von den Maden.«
Burghard Eweleit drehte die Akte wieder um und begann, erneut zu blättern. »Auffällig ist die Oberflächlichkeit, mit der ermittelt wurde. Sieh her. Das ist der Leichenöffnungsbericht.« Er wendete die Akte wieder, um es Edzard Korritter zu ermöglichen, selbst zu lesen.
Der warf einen kurzen Blick darauf und sagte angewidert: »Nein, lass mal, das mit den Fliegenmaden finde ich nicht so appetitlich. Ich glaube, das muss ich nicht lesen. Erzähl mal, was du mir sagen wolltest.«
»Hier steht, dass der rechte obere Schneidezahn fehlt.«
»Der ist ihr vielleicht herausgefallen, wenn sie so lange im Wasser lag.«
»Könnte schon sein. Aber in der Akte befindet sich die Behandlungskarte ihres Zahnarztes. Die ist verglichen worden mit dem Gebiss der Leiche.«
»Sag bloß, dass beides nicht übereinstimmte.«
»Doch. Eine Übereinstimmung ist durch den Gerichtsmediziner bescheinigt worden. Allerdings bringt er in seinem Bericht sein Erstaunen darüber zum Ausdruck, dass über neun Zahnlücken nichts vermerkt war.«
»Weist die Behandlungskarte noch Einträge kurz vor ihrem Tod auf?«

Burghard Eweleit schüttelte den Kopf und vertiefte sich in die Akte.
Edzard Korritter beobachtete ihn dabei interessiert und sagte: »Ich glaube, dass die im Osten das mit dem Zahnarzt nicht so gehandhabt haben wie bei uns. Vielleicht ist sie zwischenzeitlich bei einem anderen Zahnarzt gewesen, der ihr ein paar Zähne gezogen hat. Das würde weitere Lücken erklären.«
»Kann möglich sein. Aber auch das ist noch nicht alles. Die Frau wurde nicht nur von unserem Mandanten als Alkoholikerin eingeschätzt. Es fanden sich bei der Toten auch tatsächlich zwei Schnapsflaschen. Eine war halb und die andere völlig entleert.«
»Da hast du doch deine Erklärung gefunden«, sagte Edzard Korritter triumphierend. »Sie hatte sicher überhaupt nicht vor, sich umzubringen. Bestimmt hat die den Schnaps getrunken und war danach so voll, dass sie in das Wasserloch gekippt ist. Was schreiben die denn zur Todesursache?«
»Die war wegen des Verwesungszustandes nicht mehr festzustellen.«
»Siehst du, dann ist sie bestimmt erstickt. Vielleicht ist ihr auch Wasser in die Stimmritze gelaufen, so voll wie die war?«
»Die Obduktion hat aber weder Alkohol noch Tabletten bei ihr ergeben.«
»Was?«
»Du hörst richtig.«
»Aber, warum lagen denn die Schnapsflaschen neben der Leiche?«, fragte Edzard Korritter dümmlich.
»Möglicherweise sollten sie das Bild von einer Alkoholikerin, die Selbstmord begangen hat, abrunden.«
»Du glaubst nicht, dass sie Alkoholikerin war?«
»Das weiß ich noch nicht.« Burghard Eweleit hob die Hand und klopfte mehrfach auf die Akte. »Hierin steht in einem Vermerk des Untersuchungsführers, dass er den Arzt, bei

dem sie sich behandeln ließ, danach gefragt hat. Der will ihr an dem Tag, an dem sie verschwand, eine Alkoholentwöhnungskur empfohlen haben.«

»Also, auf dessen Urteil werden wir uns doch wohl verlassen können«, sagte Edzard Korritter voller Überzeugung. Er wartete auf die Bestätigung seines Partners. Der spielte gedankenverloren mit seinem Briefbeschwerer. Edzard Korritter wurde ungeduldig und setzte nach: »Du verschwendest doch nicht deine Zeit damit, anzuzweifeln, dass sich der Arzt geirrt haben könnte?«

»Nein, ich verschwende meine Zeit damit, dass ich darüber nachdenke, ob er das tatsächlich gesagt hat oder nicht«, erwiderte Burghard Eweleit spöttisch.

Gewöhnlich reagierte Edzard Korritter auf den Spott seines Partners ärgerlich. Heute war er so verblüfft, dass er vergaß, wie üblich mit beißenden Bemerkungen zu antworten. »Hast du daran ernsthafte Zweifel?«

»Ja.«

»Aber warum soll ein Polizeibeamter etwas vermerken, das nicht der Wahrheit entspricht?«

»Darüber habe ich gerade nachgedacht.«

»Aber Burghard, wie kommst du denn überhaupt auf so etwas?« Edzard Korritter schüttelte verwundert seinen Kopf.

»Das kann ich dir sagen. In unseren Unterlagen befindet sich eine Kopie der Scheidungsakte der Eheleute Heech. Die habe ich angefordert, weil ich mir mal ein Bild von dem Scheidungsverfahren machen wollte.«

»Aber, was hat ein Polizeibeamter mit einem Scheidungsverfahren zu tun?«

»Nichts, wenn es nicht seine eigenen Belange betrifft.«

Edzard Korritter fühlte Unmut in sich aufsteigen. Er wollte eingeweiht werden in die Überlegungen seines Partners. Aber der sprach in Rätseln zu ihm. Er begann sich zu fragen, ob das

Zufall oder Absicht war. Was bezweckte sein Partner damit? Sicher, Burghard Eweleit brauchte in einem Fall wie diesem nicht das Einverständnis seiner Partner einzuholen. Dennoch war für Edzard Korritters Begriffe die Prämie einfach zu hoch angesetzt. Er konnte nicht glauben, dass das zusätzliche Honorar, welches Konrad Heech bei Aufklärung zahlen wollte, nicht auch von den Partnern hätte vereinnahmt werden können. Eines stand für ihn jedoch fest. Diese Friederike Jalaß sollte auf gar keinen Fall etwas von dieser Prämie abbekommen.
Ihr Bewerbungsgespräch fiel ihm wieder ein. Er gestand sich zwar nicht ein, dass er bereits voreingenommen in dieses Gespräch gegangen war, aber für ihn stand fest, dass er ihre Einstellung verhindern wollte. Zunächst hatte er die ungeliebte Kollegin unverhohlen gemustert. Anjutas Beschreibung war zutreffend gewesen. Als er merkte, dass sie sich nicht verunsichern ließ, hatte er es mit einigen bösartigen Fragen versucht. Sie reagierte jedoch nicht nur souverän, sondern schien ihn innerlich noch zu belächeln. Edzard Korritter kochte bereits vor Wut, als sie auch noch unverblümt Burghard Eweleit ihren Respekt zum Ausdruck brachte. Seine eigenen Verdienste um diese Kanzlei und die von Arnulf Kadgien ignorierte sie dabei völlig. Das allein hätte bereits ausgereicht, sie dauerhaft nicht zu mögen. Dazu kam aber noch, dass sie den Typ Frau verkörperte, den er prinzipiell nicht mochte. Anjuta brachte ihn dazu, sich in sie zu verlieben, weil sie trotz ihrer Klugheit anschmiegsam und schutzbedürftig war. Zwar hatte sie auch Krallen, aber schließlich sah sie zu ihm auf.
Edzard Korritter starrte seinen Partner böse an. Burghard Eweleit sah aus dem Fenster, seinen Kopf in den Handteller gestützt und beobachtete das rege Treiben auf der Straße. Während Edzard Korritter seine Antipathie für Friederike Jalaß pflegte, stand die offensichtlich hoch in der Gunst seines Partners. Ein Verhältnis zwischen beiden konnte Edzard

Korritter aber ausschließen. Burghard Eweleit war seit Jahren glücklich mit seiner Frau verheiratet. Er sprach voller Stolz über sie und seine zwischenzeitlich erwachsenen Töchter. Möglicherweise hegte er väterliche Gefühle für die Jalaß. Egal, aber die Prämie sollte sie auf keinen Fall erhalten. Wenn er selbst schon von der Prämie nichts abbekommen sollte, so beschloss Edzard Korritter in diesem Augenblick, würde er alles unternehmen, damit diese in voller Höhe Anjuta zufiel. Wer weiß, wie sich ihrer beider Zukunft noch entwickeln würde. Vorerst musste er in jedem Fall über alle Schritte, die die Ermittlungen betrafen, informiert sein. So schluckte er seinen Ärger hinunter und sagte betont freundlich: »Also Burghard, wenn du andere mit einbeziehen möchtest, musst du deine Gedanken schon mitteilen.« Als ihn der verwunderte Blick seines Partners traf, beeilte er sich schnell hinzuzusetzen: »Sonst kann man dir nicht helfen.«
»Entschuldige, was hast du gerade gesagt«, schreckte Burghard Eweleit aus seinen Gedanken.
»Du wolltest mir sicher erklären, was der Polizist mit der Scheidung der Heechs zu tun hat.«
»Der? Gar nichts.«
»Aber was wolltest du mir denn in Bezug auf die Scheidungsakte sagen?«
»Ach so.« Burghard Eweleits Stirn hellte sich auf. »Herr Heech blieb in all unseren Gesprächen dabei, dass seine verstorbene Frau alkoholabhängig war. Trotzdem ist ihr mit der Scheidung das Sorgerecht übertragen worden. Ich habe mir also die Frage gestellt, ob es im Osten tatsächlich keine Rolle spielte, wenn ein ein Kind betreuender Elternteil Alkoholprobleme hatte.«
»Und hast du dazu in der Scheidungsakte etwas finden können?«
»Habe ich. Und zwar mehrere Aussagen, nach denen Frau Heech absolut keine Alkoholikerin war.«
»Glaubst du denen etwa?« Burghard Eweleit zuckte mit den

Schultern. »Aber Burghard. Denk doch mal daran, worüber wir uns früher immer amüsiert haben.«
»Was meinst du?«
»Ich meine die Berichterstattung im Osten. Die hatten doch in ihren Zeitungen und im Fernsehen nur gute Sachen zu berichten. Haben die jemals von irgendwelchen Verbrechen berichtet oder Missstände öffentlich angeprangert?«
»Nicht, dass ich wüsste.«
»Na, siehst du. Glaubst du, dass die öffentlich zugegeben hätten, dass bei ihnen eine Frau säuft?«
»Sicher nicht. Aber eine Scheidungsakte war auch damals nicht öffentlich.«
»Da gebe ich dir Recht. Aber, wenn das Kind dem Vater zugesprochen worden wäre, wäre das Versagen der Mutter wieder öffentlich gewesen«, beendete Edzard Korritter triumphierend seinen Gedanken.
»Das schon, aber das Gericht hat damals einen Bericht vom Jugendamt angefordert. Der stützt sich auf die Aussagen der Eheleute Heech, auf die von Leuten aus den Betrieben, in denen sie gearbeitet haben und auf Aussagen des Arztes, von dem Frau Heech behandelt wurde.«
»Und was steht darin?«
»Frau Heech hat gegenüber der Mitarbeiterin des Jugendamtes zugegeben, dass sie des Öfteren Alkohol getrunken hat. Dennoch hat sie durchaus glaubhaft versichert, dass das Kind darunter nie leiden musste. Allerdings behauptete sie zum Zeitpunkt des Gesprächs, nicht mehr zu trinken.«
»Wann war das?«
»Ein halbes Jahr vor ihrem Tod. Als sie sagte, dass ihr behandelnder Arzt das bestätigen könnte, hat sich die Jugendamtsmitarbeiterin mit diesem in Verbindung gesetzt. Der versicherte dann, dass sie absolut keine Alkoholikerin sei.«
»Dann sollten unsere Damen ihn noch einmal zu den wi-

dersprüchlichen Aussagen befragen.«

»Das wollte ich persönlich schon. Geht aber nicht mehr. Der ist schon tot.«

»Selbst wenn, mit irgendeinem Problem wird sie ja wohl bei ihm gewesen sein. Das müsste doch in der Krankenakte stehen.« Edzard Korritter ließ nicht locker.

»In der Krankenakte finden wir keinen Aufschluss. Die ist nach Ablauf der Frist für ihre Aufbewahrung vernichtet worden. Im Jugendamtsbericht stand dazu, dass sie wegen einer Nervensache bei dem Arzt in Behandlung war. Das hat die Mitarbeiterin nicht als Hinderungsgrund angesehen. Sie hat dem Gericht vorgeschlagen, dass der Mutter das Sorgerecht zugesprochen werden soll.«

»Du sagtest, dass auch Arbeitskollegen von ihr befragt wurden. Was sagten die denn? Stand von denen was im Bericht?«

Burghard Eweleit klappte die Akte zu. »Ja. Die haben eingeschätzt, dass Frau Heech sich nie so weit gehen lassen würde, dass das Kind vernachlässigt würde. Sie bezeichneten sie als gute Fachkraft.«

»Wo hat die gearbeitet?«

»Im Krankenhaus.«

»Dann dürfen wir wohl davon ausgehen, dass die wussten, wovon sie reden.«

»Das sehe ich auch so. Aber gerade das stimmt mich nachdenklich. Warum soll ein Arzt erst grundlos die Alkoholabhängigkeit von Frau Heech bestreiten und ihr dann, ein halbes Jahr später, genau an ihrem Todestag, eine Entwöhnungskur empfehlen?«

»Jetzt habe ich verstanden, was du meinst. Wenn wir annehmen, dass die Aussagen von dem Arzt tatsächlich gemacht worden sind, bleibt die Frage, ob sie nun alkoholabhängig war oder nicht«, ergänzte Edzard Korritter.

»Ansonsten wäre aufzuklären, warum der Polizist so etwas

in der Akte vermerkt hat.« Burghard Eweleit zog ein Blatt Papier zu sich heran und schrieb etwas darauf. Dann legte er den Bogen in die Akte und fragte: »Gehst du am Büro von Frau Hohmuth vorbei?«
»Ja. Warum?« Wieder beschlich Edzard Korritter das Gefühl, dass sein Partner etwas von Anjuta und ihm ahnte.
Der schob gerade die Akte über den Tisch. »Wenn sie fertig ist, soll sie die Akte an Frau Jalaß weitergeben. Aber das habe ich ihr auch hineingeschrieben.« Burghard Eweleit klopfte mit dem Finger auf den Aktendeckel. »Wärst du bitte so nett und würdest die Akte mitnehmen?«
Obwohl sie gleichberechtigte Partner waren, hätte Burghard Eweleit ein ›Nein‹ von ihm kaum akzeptiert. Edzard Korritter forschte in dem Gesicht seines Partners. Doch der ließ keine Regung erkennen. Wahrscheinlich bildete er sich alles nur ein und Burghard Eweleit hatte keine Ahnung von seiner Beziehung zu Anjuta. Edzard Korritter kannte seinen Partner und wusste, dass Burghard Eweleit ihr Gespräch nun als beendet ansah. Er stand auf und nahm die Akte an sich.
»Selbstverständlich.«
»Sag aber Frau Heuzeroth Bescheid, dass du sie mitnimmst.«
»Mach ich«, erwiderte Edzard Korritter. An der Tür drehte er sich noch einmal um und sagte: »Ich finde den Fall sehr spannend. Wenn du willst, helfe ich gerne.« Mit Wohlwollen registrierte er das Nicken seines Partners. »Also, ruf mich an, wenn du die Sache mit den beiden besprichst. Vielleicht sollte ich mir die Akte doch noch einmal genauer ansehen.« Dann verließ er den Raum, ohne sich noch einmal umzudrehen.
So blieb ihm das wissende Lächeln seines Partners verborgen.

9
KAPITEL

»Da kamen die Kammerfrauen und taten ihr die prächtigsten Kleider an, und ihr Vater kam und der ganze Hof und wünschten ihr Glück zu ihrer Vermählung mit dem König Drosselbart und die rechte Freude fing jetzt erst an. Ich wollte, du und ich, wir wären auch dabei gewesen«, schloss Friederike. Sie saß auf der Bettkante ihrer Tochter und klappte das Märchenbuch zu. Dann beugte sie sich vor und gab ihrer Tochter einen dicken Kuss.

»Ach, Mamilein, lies mir noch ein Märchen vor«, bat die Kleine. »du hast so eine schöne Stimme.«

»Es ist schon so spät. Du musst jetzt schlafen. Gute Nacht, mein Schatz.«

»Nur noch ein klitzekleines Märchen«, bettelte die Kleine.

»Nein, es ist schon so spät.« Friederike zog die Bettdecke glatt und beugte sich erneut vor, um ihre Tochter zu küssen. Die Kleine streckte ihre Arme aus und schlang sie um den Hals ihrer Mutter. »Mutti, ich hab dich so lieb.«

»Ich dich auch.«

»Kannst du nicht noch einen Augenblick mit mir kuscheln?«

»Na gut, zwei Minuten.« Friederike legte sich vorsichtig zu der Kleinen ins Bett.

»Warum nur zwei Minuten?«

»Weil Mutti noch eine wichtige Akte mit Vati besprechen muss.«

»Krabbelst du mir den Rücken?« Die Kleine drehte ihrer Mutter den Rücken zu.
Friederike schob ihre Hand unter den Schlafanzug der Kleinen und begann, ihr den Rücken zu streicheln.
»Das ist aber schön, mach weiter«, forderte die Kleine.
»So, die Zeit ist um. Jetzt schreibe ich dir mit meinem Finger etwas auf deinen Rücken. Wenn du herausbekommst, was ich geschrieben habe, mache ich weiter, sonst höre ich auf. Einverstanden?«
»Ja.«
»Also, los geht es.« Friederikes Finger malte Buchstaben auf den Rücken ihrer Tochter.
»Das gilt nicht. Das war viel zu schnell.« Die Kleine drehte sich blitzschnell zu ihrer Mutter.
»War es nicht. Du weißt es nur nicht«, lachte Friederike und stand auf.
»Sag mir wenigstens, was du geschrieben hast.«
»Rate doch mal.«
»Weiß nicht.«
»Ich habe geschrieben...«, Friederikes Hand fuhr unter die Bettdecke und kitzelte die Kleine so, dass sie zu lachen begann.
»Ich habe geschrieben, ich liebe dich.« Friederike zog die Hand weg und gab ihrer Tochter einen weiteren Kuss. »Jetzt musst du aber wirklich schlafen und Mutti muss arbeiten.«
Die Kleine zog einen Schmollmund. »Schickst du mir Vati? Der muss mir auch noch gute Nacht sagen.«
»Lass ihn uns gemeinsam rufen.«
»Vati, komm her.«
»Vati, herkommen.« Beide kicherten und lauschten.
Das Knarren der Treppe verriet die Schritte. Ullrich Jalaß stand in der Tür und brummte. »Ich bin der Bär. Wer hat mich gerufen? War das ein kleines Mädchen mit dem Namen Karoline und ein großes, das Friederike heißt?«

Die Kleine quietschte vor Vergnügen. »Ja, großer Bär, komm her.«
Ihr Vater tapste ins Zimmer.
»Aber Großvater, warum hast du so große Augen?«
»Nein, das war die Großmutter«, berichtigte Karoline ihre Mutter.
Die schien nicht zu hören. »Aber Großvater, warum hast du so ein entsetzlich großes Maul?«
»Damit ich dich besser fressen kann.« Ullrich Jalaß umarmte seine Frau und küsste sie auf den Mund.
»Nein, das stimmt nicht«, protestierte das Kind. »Erst kommt das mit den großen Ohren.«
»Du hast ja Recht. Das hat deine Mutter vergessen. Deshalb muss Mutti gleich noch ein bisschen lernen. Schlaf schön.« Friederike streichelte ihrer Tochter über die Wange und legte ihr ihren Teddy in den Arm.
»Ich wünsche dir auch eine gute Nacht. Träum was Schönes.« Ullrich Jalaß drückte der Kleinen einen dicken Schmatz auf die Wange und fragte: »Krieg ich keinen?«
»Doch.« Karo küsste ihren Vater und winkte mit der Pfote von ihrem Teddy, als ihre Eltern in der Tür standen. »Lasst ihr die Tür ein bisschen auf?«
»Na klar«, sagte ihr Vater und fragte, während beide die Treppe hinabstiegen, seine Frau »und was machen wir jetzt?«
Friederike lächelte ihren Mann an. »Ich brauche erst mal noch einen Kaffee, damit ich munter bleibe?«
»Hast du heute noch etwas vor?«, fragte Ulli Jalaß nicht ohne Hintergedanken.
»Sicher.«
»Bin ich daran auch beteiligt?«
»Auf jeden Fall. Ich muss mit dir noch eine Sache besprechen.«
»Ich Armer, denn eigentlich habe ich heute diensfrei.« Er lächelte schelmisch. »Gehört die Sache zu dem Fünfzigtausend-Euro-

Fall?«
»Ja.«
»Das ist ja spannend. Erzähle mal. Ich setze uns einen Kaffee an.« Beide betraten die Küche ihres Hauses. Während sich Friederike an den Tisch setzte und gähnte, bediente Ullrich Jalaß die Kaffeemaschine. Dann setzte er sich zu seiner Frau.
»Ich brauche mal deinen fachlichen Rat. Mir sind heute schon beim ersten Durcharbeiten ein paar Ungereimtheiten aufgefallen.« Ein Lächeln huschte über ihr Gesicht.
Ullrich Jalaß hatte seine Frau genau beobachtet und fragte interessiert: »Woran hast du gerade gedacht?«
»Ach, an nichts Besonderes. Ich habe mich nur gerade über meine Silvie amüsiert.«
»Erzähl mal.«
»Weißt du, ich werde das Gefühl nicht los, dass mit diesem Fall alles aus den Fugen gerät.«
»Wieso?«
»Ich hatte schon eine Kopie von der Akte, noch bevor Doc Eweleit sie zu Gesicht bekam.«
»Wie das denn?«
»Frau Heuzeroth, das ist die Perle von Doc Eweleit, und Silvie haben offenbar einen guten Draht zueinander gefunden. Als die Akte im Sekretariat von Doc Eweleit eintraf, hat Frau Heuzeroth sofort einen Auszubildenden organisiert und die Akte für mich kopieren lassen.«
»Das ist doch super. Offenbar haben sich in der Kanzlei zwei Lager gebildet. Zumindest das eine davon will wohl, dass du die Prämie erhältst.« Ullrich Jalaß war jede Regung im Gesicht seiner Frau vertraut.
»Das glaube ich auch. Als Doc Eweleit die Akte gelesen hatte, hat er sie dem Kollegen Korritter gegeben. Der sollte sie Anjuta oder mir geben.«
»Sicher hat er sie dir gebracht.«

»Hattest du daran ernsthafte Zweifel?« Ulli Jalaß mochte das herzliche Lachen seiner Frau. Der aromatische Duft des frischen Kaffees strömte durch die Küche. »Nein natürlich nicht.« Sein breites Grinsen verlieh seinem Gesicht etwas Jungenhaftes. »Aber woher weißt du, dass er sie zu Anjuta gebracht hat?«

»Frau Heuzeroth hat gleich, nachdem er das Büro von Doc Eweleit verlassen hat, Silvie angerufen und ihr alles erzählt.«

»Korritter sollte sein Personal nicht unterschätzen.«

»Aber gerade das ist sein Fehler, und auch der von Anjuta.«

»Das kann ich mir vorstellen. Die steht sowieso über allen Dingen.« Das Blubbern der Maschine erinnerte Ulli Jalaß an den Kaffee. Er stand auf, um die Tassen zu holen. »Aber du wolltest mich um meinen Rat bitten. Worum geht es denn?«

»Bei der besagten Akte, von der wir gerade geredet haben, handelt es sich um die Ermittlungsakte von Frau Ursula Heech. Das ist die Mutter des vermissten Mädchens.«

»Ja, du hattest mir erzählt, dass die zehn Jahre, bevor das Mädchen verschwand, auf mysteriöse Art ums Leben kam.« Ulli Jalaß stellte zwei Becher dampfenden Kaffees auf den Tisch und setzte sich zu seiner Frau.

»Mit der Akte wird jetzt noch alles mysteriöser.«

»Inwiefern?«

»Nicht nur Frau Heech selbst soll Alkoholprobleme gehabt haben, sondern sie ist nach der Scheidung eine Beziehung mit einem Mann eingegangen, der ebenfalls Alkoholprobleme gehabt haben soll. Der Mann, namens Hein, der zwanzig Jahre älter war als sie, hatte mit seiner Frau fünf Kinder. Vorbestraft war er auch noch.«

»Nun ja. Wie heißt es doch? Wo die Liebe hinfällt…«

Friederike ignorierte den Einwurf ihres Mannes und unterbrach ihn. »Während er als Hilfskraft in der Bahnhofsgaststätte arbeitete, war seine wesentlich ältere Frau bereits Rentnerin.«

»Was schließt du daraus?«, fragte Ulli Jalaß nun wieder ernsthaft.
»Frau Heech besaß das Abitur. Also, entweder war sie tatsächlich Alkoholikerin und tief gesunken oder beide wollten nur den Anschein erwecken, dass sie ein Paar sind.«
»Wer sagt überhaupt, dass sie ein Paar waren?«
»Das ist eine gute Frage. Eigentlich ist das nur aus zwei Briefen, die die Frau Heech geschrieben hat und aus der Aussage einer Nachbarin ersichtlich.« Friederike zog einen Becher Kaffee zu sich heran und beugte sich darüber. »Hmm, wie der duftet.« Sie trank einen kleinen Schluck. »Der Brief lag in doppelter Ausführung in der Akte. Sie schrieb sinngemäß an den ABV, dass sie vermutlich schwanger sei und ein gemeinsames Leben mit diesem Hein plane.«
»ABV, der gute alte Abschnittsbevollmächtigte. Wie lange ist das schon her.« Nun zog auch Ulli Jalaß einen Kaffeebecher zu sich heran. »Prost. Darauf trinken wir einen.« Er hob den Becher.
»Du Spinner.«
»Wieso bin ich ein Spinner. Nur, weil ich einen ABV wiederhaben will? Der könnte der Bevölkerung auch heute noch gute Dienste erweisen.« Ulli Jalaß stellte den Becher wieder ab, ohne getrunken zu haben. »Hör nur mal, was uns heute passiert ist. Als ich Karo von der Schule abgeholt habe und mit ihr zum Parkplatz wollte, kam ein Radfahrer um die Ecke geschossen.«
»Was? Auf dem Gehweg?«, fragte Friederike entsetzt.
»Auf dem Gehweg. Und nicht etwa ein Kind, sondern ein Erwachsener. Ich habe Karo schnell weggerissen, sonst hätte er sie angefahren.«
»Ein Glück, dass nichts passiert ist.«
»Und was hat Frau Anwältin jetzt zum Thema ABV zu sagen? Hat sich vor der Wende einer getraut, auf dem Gehweg zu fahren?«

»Nein.«
»Nun, dann wird die Beklagte zu einem Schäferstündchen mit dem Kläger verurteilt.«
Beide lachten. Dann tranken sie Kaffee.
»Aber sag mir mal, warum schreibt sie so etwas an den ABV?« fragte Ulli Jalaß, nachdem er den Becher wieder abgestellt hatte.
»Weil Hein vorbestraft war. Zum Schluss des Briefes teilte sie noch mit, dass sie künftige Straftaten seinerseits verhindern werde.«
»Wie vorbestraft war er denn?«
»Das ist die nächste Merkwürdigkeit. Das stand nicht in der Akte. Darin habe ich nur gefunden, dass er unter polizeilicher Kontrolle stand.«
»Du, Rike, ich habe Medizin und nicht Jura studiert. Kannst du mir das mal erklären?«
»Das hat nichts mit dem Studium zu tun. Ich musste selber auch erst mal nachsehen. Auf jeden Fall war es eine vorsätzliche Straftat. Die kann noch nicht länger als drei Jahre zurückgelegen haben. Die Kontrolle durfte im Höchstmaß so lange dauern.«
An ihren zusammengezogenen Augenbrauen konnte Ulli Jalaß erkennen, dass Friederike nachdachte. »Aber das allein war nicht das Merkwürdige?«
»Nein. Sie haben ihn nicht verhört, und ich frage mich, warum nicht. Sowohl in der Akte von Frau Heech als auch in der ihrer Tochter ist lediglich ein Aktenvermerk darüber enthalten, was dieser Hein gesagt haben soll.«
»Und dieser Aktenvermerk? Ist der wenigstens nicht zu beanstanden?«
»Doch, ist er, denn er gibt nicht den Inhalt dessen wieder, was dieser Hein zum Verschwinden der Frau Heech zu sagen hatte.«
»Sondern?«
»An diesem Tag ist Frau Heech von ihren Arbeitskollegen zur

Arbeit abgeholt worden. Eine Kollegin hat ausgesagt, dass dieser Hein in der Wohnung gewesen sein soll. Er soll zu ihr gesagt haben, dass sie es so, wie sie es besprochen haben, machen soll.«

»Und was hat sie darauf geantwortet?«

»Sie soll darauf mit ›ja, ja‹ geantwortet haben.«

»Aber er muss doch eine Erklärung geliefert haben.«

»Hat er auch.«

»Was hat er gesagt?«

»Er will das gesagt haben, um sie zur Arbeit zu bewegen. Sie sollte ihre Arbeit als Diätassistentin aufgeben und als Hilfsköchin weiterarbeiten.«

»Hilfsköchin mit Abitur? Das bestärkt sicher deine Annahme, dass sie entweder alkoholkrank war oder dass das alles Teil einer Legende ist, oder?«, fragte Ulli Jalaß, der aufmerksam zugehört hatte.

»In der Akte war zu lesen, dass Hein die Frau Heech nach ihrem Verschwinden in Berlin gesucht hat. Dadurch verstärkt sich mein Gefühl, dass die Sache hinten und vorne nicht stimmt. Ganz abgesehen von dem angeblichen Abschiedsbrief, den sie geschrieben hat.«

»Was hat sie geschrieben?«

»Nur, dass dieser Hein berechtigt sein soll, ihre Tochter vom Kindergarten abzuholen. Auf dem gleichen Zettel stand noch, dass er sehr gut auf die kleine Stefanie aufpassen sollte.«

»Das war alles?«

»Ja.«

»Nichts weiter?«

»Nein, das ist ja das Eigenartige. An diesem Tag war sie nüchtern. Sie schreibt fürsorglich eine Vollmacht, mit der sie den angeblich ebenfalls alkoholabhängigen Hein beauftragt, ihre Tochter abzuholen und sich um sie zu kümmern. Was würdest du daraus schließen?«

»Sie musste davon ausgehen, dass er kommt, den Zettel liest, nüchtern ist und das Kind holt.«
»Du sagst es. Aber woher konnte sie diese Gewissheit nehmen? Warum hat sie diesen Zettel nicht für Herrn Heech geschrieben. Den hielt sie für zuverlässig. Noch als es in dem Scheidungsverfahren um das Sorgerecht ging, sagte sie, dass sie ihren Mann für geeignet halte, die Tochter zu erziehen.«
»Wann war das?«
»Das war ein halbes Jahr vorher.« Friederike leerte ihren Becher und fragte: »Kann ich noch einen haben?«
»Klar. Bleib sitzen, ich schenk dir noch mal nach. Ich trinke auch noch einen.« Ulli Jalaß stand auf, um die Kanne zu holen. Friederike sah ihm nach. »Als Zeugin in dieser Sache haben sie nur eine Nachbarin, die Tür an Tür mit Frau Heech wohnte, befragt. Die erzählte, dass Frau Heech kurze Zeit vorher einen Selbstmordversuch hinter sich gehabt haben soll. Kollegen sollen sie leblos auf dem Boden gefunden haben. Sie soll ins Krankenhaus gebracht, aber schon am Abend zurück in die Wohnung gekommen sein.«
Ulli Jalaß kam mit der Kanne zurück an den Tisch, goss die Becher wieder voll und sagte nachdenklich. »Das ist bei einer tatsächlichen Vergiftung kaum anzunehmen. Damit hätte man sie mit Sicherheit noch im Krankenhaus behalten.«
»Ehrlich gesagt, hätte mich das auch gewundert. Morgens findet man sie leblos auf dem Boden und abends sieht man sie schon wieder zu Hause herumlaufen.«
»Vielleicht hat sie den Selbstmordversuch nur vorgetäuscht.«
»Wie meinst du das? Meinst du, dass es vielleicht überhaupt keinen gab?«, fragte Friederike überrascht. »Das würde ja bedeuten, dass sie entweder ihren Kollegen und der Nachbarin etwas vorgespielt hat oder die Aussage der Nachbarin getürkt war.«
»So muss man es wohl sehen. Wenn sie tatsächlich Tabletten

eingenommen hat, dann nur eine geringe Dosis, die sowieso keinen Schaden anrichten konnte. Anderenfalls hätten die Ärzte sie sicherlich im Krankenhaus behalten. Zum einen, um festzustellen, was sie genommen hat und zum anderen, um ihren Gesundheitszustand weiterhin zu beobachten.«

»Ich sage doch, dass in dieser Sache die Merkwürdigkeiten nicht enden.« Friederike schüttelte staunend den Kopf. »Jedenfalls kam der Hein an dem Tag ihres Verschwindens wieder und fragte die Nachbarin, ob Ursula Heech schon wieder da sei.«

»Wie spät war es da?«

»Da war es gerade mal Mittag. Trotzdem kommt keiner auf die Idee, diesen Herrn zu vernehmen. Ich hätte doch wissen wollen, wie es an diesem Tag mit seiner Arbeitszeit war und warum er die Nachbarin nach Ursula Heech fragte.«

»Kannst du mit der Aussage der Nachbarin was anfangen?«

»Weiß ich noch nicht. Sofort aufgefallen ist mir, dass sie dem Polizisten bekannt war. Das stand in der Akte. Sie, eine damals fast siebzig Jahre alte Rentnerin, und er, Hauptmann der Kriminalpolizei.«

»Zufall?«

»Zu viele eigenartige Zufälle. Zufall ist offensichtlich auch, dass zwar generalstabsmäßig nach Ursula Heech gesucht, sie aber trotzdem nicht gefunden wurde. An der Stelle, wo ihre Leiche später gefunden wurde, hätte sie aber schon bei dieser Suche gefunden werden müssen.«

»Du sagst, dass sie nur die Nachbarin vernommen haben?«

»Ja, warum?«

»Spannend wäre doch auch gewesen, was die Kollegen zum Tagesablauf der Frau Heech zu sagen hatten.«

»Stimmt. Aber auch das hat offensichtlich niemanden interessiert. Interessant erschien einem Polizisten nur die Aussage, dass sie einen Monat vor ihrem Verschwinden mit einem Westauto bis vor das Krankenhaus gefahren worden ist. Das

hat er als die Aussage der einen Kollegin protokolliert.« Friederike konnte mühsam ein erneutes Gähnen unterdrücken.
»Ich weiß auch nicht. Andere Leute halten sich mit Kaffee munter. Bei mir hat er gegenteilige Wirkung.« Sie trank einen weiteren Schluck.
»Du arbeitest zu viel.«
»Das sagt der Richtige. Ich bewundere euch Ärzte. Wie du deine Nachtschichten überstehst und dann nach kurzem Schlaf wieder fit bist, wird mir immer ein Rätsel bleiben.« Friederike streichelte die Hand ihres Mannes, mit der er seinen Becher hielt.
»Solange unsere Maus so klein ist, werde ich wohl weiter in Schichten arbeiten. Dann habe ich wenigstens an meinen freien Tagen was von ihr. Wir wollen doch vermeiden, dass sie das Kind deiner Mutter wird.« Beide lachten sich an.
»Ja, das wollen wir. Aber höre ich da eine Beschwerde?«
»Ach wo. Ich bin froh, dass wir sie haben, wenn wir beide verhindert sind. Außerdem liebt Karo ihre Omi über alles.« Ulli Jalaß überlegte. »Was wolltest du eigentlich für einen fachlichen Rat von mir?«
»Ich wollte mit dir den Obduktionsbericht der Leiche von Ursula Heech besprechen und die Auswertung des Zahnstatus'.« Friederike sah auf die Küchenuhr. »Ich habe die Akte zwar extra mit nach Hause gebracht, aber du kannst sie dir auch ein anderes Mal durchlesen. Heute ist es schon so spät.«
»Ist es wichtig? Das wäre kein Problem für mich.«
»Nein, es ist nicht so wichtig. Ich wollte nur mit dir darüber reden und mir einiges erklären lassen.«
»Sind darin noch ein paar Ungereimtheiten enthalten?«
»Mehr als ein paar.« Friederike erhob sich und räumte die Becher in die Geschirrspülmaschine. »Der Leiche fehlen zufällig ein paar Zähne mehr als von ihrem Zahnarzt registriert. Dafür hat sie andererseits einen Zahn zu viel. Aber mich interessiert

deine Meinung zum Verwesungszustand der Leiche.«
Ulli Jalaß, der jetzt neben Friederike stand, legte den Arm um seine Frau. »Ich verspreche dir, dass ich morgen meine freie Zeit mit deiner Akte verbringen werde.«
»Du bist ein Schatz.« Friederike küsste ihren Mann auf die Wange.
»Komm, lass uns noch mal nach unserer Maus sehen.« Eng umschlungen stiegen Ullrich Jalaß und seine Frau die Treppe hoch.

10
KAPITEL

»Hallo, Frau Dyba.«

Silvia Dyba, die konzentriert auf den Bildschirm ihres Computers gesehen hatte, erschrak und fuhr herum. »Frau Hohmuth. Entschuldigung, ich habe es gar nicht klopfen gehört.« Sie nahm ihre Kopfhörer ab.

»Ich habe auch nicht geklopft«, sagte Anjuta mit einem süffisanten Lächeln und fügte hinzu: »Da ich davon ausgehen konnte, dass Sie bei der Arbeit sind, bin ich gleich hereingekommen. Das ist Ihnen doch recht?«

»Selbstverständlich.«

»Fein. Dann können wir dieses Thema jetzt beenden, nicht?«

Silvia Dyba überhörte den spitzen Ton und nickte.

»Was mich vielmehr interessiert – wie sieht es mit den Zeugen in der Sache Heech aus. Haben Sie schon deren aktuelle Adressen ausfindig gemacht?«

»Ja.« Silvia Dyba hatte ihre Fassung wiedergefunden. »Von einigen fehlt zwar noch die Telefonnummer, aber da bin ich dran.«

»Gut gemacht.« Anjuta tätschelte ihr freundschaftlich die Schulter und lehnte sich gegen den Schreibtisch. »Ich werde heute mit unserer Friederike die Tage abstimmen, an denen wir uns die Zeugen vornehmen. Die genauen Zeiten können Sie dann mit denen vereinbaren. Das bekommen Sie doch

hin, oder?«
»Natürlich.«
»Sehr schön. Es wäre doch schade, wenn der Herr Heech unnütz sein Geld ausgibt.«
Silvia Dyba sah Anjuta fragend an. »Ich fürchte, dass ich Sie nicht so ganz verstehe.«
»Nun, meine Liebe. Das ist doch einfach. Denn, wenn wir schon in seinem Auftrag unterwegs sind, dann sollten wir doch unproduktive Zeiten, so gut wir können, vermeiden.«
»Selbstverständlich.«
»Was ich fragen wollte, hat meine Sekretärin die Akte von Frau Heech gebracht?«
»Ja. Gleich heute morgen.«
»Gut. Hat Friederike sie schon gelesen?«
»Ich denke schon.«
Anjuta sah sich interessiert im Zimmer um. Ihr Blick blieb am sauber aufgeräumten Schreibtisch von Silvia Dyba hängen. »Sie haben ihre Arbeit hier aber gut durchorganisiert.« Sie nickte Friederikes Sekretärin anerkennend zu. »Also, wenn ich an das Chaos denke, das immer auf dem Tisch und im Zimmer meiner Sekretärin herrscht...«
Irgendetwas an der Schmeichelei störte Silvia Dyba. »Also, jeder Tag ist ja nicht gleich. Hier sieht es auch nicht immer so aus.«
»Nur keine falsche Bescheidenheit, Frau Dyba. Mir machen Sie nichts vor. Sie haben schließlich ein Studium absolviert und meine Sekretärin nicht.«
Silvia Dyba schoss die Röte ins Gesicht. Es war die heuchlerische Art von Anjuta, durch die sogar deren Schmeicheleien verletzend wirkten. »Dafür kann sie aber wesentlich schneller schreiben als ich.« Es klang wie eine Entschuldigung.
»Davon habe ich aber auch nicht mehr viel, seit wir in der Kanzlei mit der Spracherkennung arbeiten.«

Silvia Dyba begann das Gespräch unangenehm zu werden. Warum kam Anjuta Hohmuth in das Büro, wenn Friederike gerade einen Gerichtstermin wahrnahm? Ein Blick in den Computer hätte genügt, um festzustellen, dass sie Friederike nicht antreffen würde. Sie beschloss, dem Erscheinen von Anjuta auf den Grund zu gehen und sagte betont sachlich: »Frau Jalaß ist nicht da.«
»Ach, nein?«
»Nein. Der Termin ist aber in Ihrem Kalender eingetragen.«
»In den habe ich nicht hineingesehen. Ich hatte im Haus zu tun und kam zufällig an ihrem Büro vorbei. Da dachte ich, dass ich mich mal nach dem aktuellen Stand der Dinge erkundige.« Anjutas Blick verweilte auf dem Bildschirm. »Wann kommt sie denn wieder?«
»Das kann ich auch nicht so genau sagen. Sie wusste es selbst noch nicht. Jedenfalls hat sie heute keinen weiteren Termin vereinbart.« Silvia Dyba bemerkte, dass Anjuta immer noch auf ihren Bildschirm sah. Sie hatte all ihren Mut zusammen genommen, als sie sagte: »Das Diktat gehört nicht zu dem Heechfall.«
Anjuta fühlte sich ertappt. Schnell sagte sie: »Das habe ich auch nicht angenommen. Mich würde aber einmal ihr Ablauf hier interessieren.« Sie beugte sich vor, um noch näher an den Bildschirm heranzukommen.
»Welcher Ablauf?«, fragte Silvia Dyba sichtlich irritiert.
»Sie wollen nicht verstehen?«
»Was will sie nicht verstehen?«
Anjuta drehte sich lächelnd um und trat einen Schritt zurück. »Friederike. Du hast uns zu Tode erschreckt. Du schleichst dich hier herein und sprichst uns ohne Vorwarnung an.«
»Ich frage mich ernsthaft, warum man sich in sein eigenes Büro schleichen sollte.« Friederike stellte ihre Tasche ab und hängte ihre Robe in den Schrank. Dann hob sie mit der ihr

eigenen Gelassenheit die Tasche hoch und entnahm ihr eine Akte. Die legte sie vor Silvia Dyba auf den Schreibtisch und sagte: »Die Sache ist erledigt. Das Verfahren ist eingestellt.« Sie rollte mit den Augen und blinzelte ihrer Sekretärin verschwörerisch zu. Danach drehte sie sich mit einem versteinerten Gesicht zu Anjuta um. »Du wolltest mir noch sagen, was Silvia nicht verstehen will.«

»Ich kam zufällig vorbei. Als ich dann in dein Büro kam, war ich als erstes von der Ordnung, die hier herrscht, fasziniert. Damit kann ich leider nicht konkurrieren.« Anjuta seufzte. »Deshalb wollte ich Frau Dyba bewegen, mich in ihre Abläufe einzuweihen. Vielleicht hätte ich noch etwas mitnehmen können, was meiner Sekretärin hilft.«

Friederike und Silvia Dyba warfen sich einen fragenden Blick zu.

»Ich hätte auch versucht, sie dir abzuwerben. Aber gerade in diesem Augenblick kamst du und hast uns erschreckt.« Anjutas Lachen klang für eine natürliche Fröhlichkeit zu künstlich. »Da du aber dazwischen kamst, hast du meinen Abwerbungsversuch vereitelt.« Mit einem gespielten Augenaufschlag sah sie Friederike gerade ins Gesicht.

Die dachte nicht daran, den Gesprächsfaden aufzunehmen. »Nun sag schon, was du wirklich willst. Wir beide haben noch zu tun.«

»Nicht nur ihr. Ich auch«, antwortete Anjuta spitz. »Also, ich dachte, dass wir gleich unsere Reisetermine abstimmen, wenn ich hier schon einmal vorbeikomme.«

»Das können wir machen. Aber zuvor müssten wir uns noch unterhalten, in welche Richtung wir unsere Ermittlungen führen.« Friederike sah auf ihre Uhr. »Eine halbe Stunde habe ich noch. Also los, komm. Lass uns anfangen.« Sie zeigte auf ihre Bürotür. »Bitte.«

Anjuta setzte sich in Bewegung und stolzierte hocherhobenen Hauptes in Richtung Friederikes Büro. Die schüttelte hinter ihrem Rücken den Kopf und warf Silvia Dyba noch einen weiteren fragenden Blick zu, bevor sie hinter sich ihre Bürotür schloss.

In Friederikes Büro angekommen, warf sich Anjuta lässig in den Besucherstuhl und lehnte sich zurück. »Na, dann schieß mal los und sag, wie wir deiner Meinung nach anfangen sollten.«

»Vielleicht sollten wir erst mal hierüber sprechen.« Friederike zog ihren Aktenschrank auf und entnahm ihm eine Akte. Die legte sie vor Anjuta auf den Tisch.

Anjuta beugte sich vor. »Die Ermittlungsakte der Frau Heech.« Sie zog die Akte zu sich heran und begann, darin zu blättern.

»Ja. Du kannst sie wieder mitnehmen. Ich habe sie bereits kopiert.« Friederike griff erneut in ihren Schrank und holte eine weitere Akte heraus. Dann setzte sie sich und schlug die Akte auf. »Ich denke, dass wir zwei Spuren verfolgen sollten.«

»Die da wären?«

»Die erste Spur ist, dass wir klären müssen, ob es sich bei dieser Leiche tatsächlich um Frau Heech handelt.«

Anjuta fragte belustigt: »Willst du sie wieder ausbuddeln lassen und dich selbst davon überzeugen, dass sie es ist?«

»Wenn es sein muss. Ja.«

»Das meinst du nicht im Ernst?«

»Doch, das meine ich. Erst wenn ich mich davon überzeugt habe, dass in dem Grab von Frau Heech auch deren Leiche zu finden ist, kann ich die Möglichkeit ausschließen, dass Stefanie noch lebt.«

»Wie kommst du nur auf solche Gedanken?«, fragte Anjuta sichtlich empört. »Ich kann mir schon denken, was du meinst. Du denkst, dass die Stasi bei diesem Verbrechen die Fäden gezogen hat.«

Friederike antwortete nicht.

»Aber eine solche Spur zu verfolgen, erscheint mir im Fall der Familie Heech völlig absurd. Ich gebe dir ja Recht, dass es auch in der DDR Kriminalität gegeben hat, von der die Bevölkerung nichts geahnt hat. Aber überleg doch mal, bestimmt nicht im Fall der Heech.«

»Was macht dich denn da so sicher?«

»Die Frau war asozial und alkoholabhängig. Sie hatte Verhältnisse mit mehreren Männern. Also war sie bereits aus Sicht eines Durchschnittsbürgers ein nicht berechenbares Risiko. Und diese Frau soll etwas mit der Stasi zu tun gehabt haben. Mach dich nicht lächerlich. Bei denen war wohl eher eine absolute Zuverlässigkeit oberster Grundsatz für eine Mitarbeit.« Anjuta schnaufte überlegen und starrte ihre Kollegin an.

Friederike nickte und fragte betont gleichgültig: »Was macht dich eigentlich so sicher, dass alles das, was wir über Frau Heech gelesen und gehört haben, auch stimmt? Hast du auch nur mal ansatzweise darüber nachgedacht, dass sie alles das, was sie getan hatte, nur zum Schein tat?«

»Sie schwänzte ihre Arbeit, soff nur zum Schein und täuschte ihre Verhältnisse nur vor?« Anjutas Stimme nahm einen schrillen Klang an. »Wenn du das wirklich glaubst, wirst du dir sicherlich auch überlegt haben, welchen Grund sie dafür hatte.«

»Sie könnte den Leuten eine logische Erklärung für ihren vermeintlichen Selbstmord geliefert haben. Denk nur an die Aussage der Nachbarin.« Friederike blätterte in der Akte. Ihr Gesicht hellte sich auf, als sie die Stelle, nach der sie suchte, gefunden hatte. »Hier auf Seite fünfundvierzig steht die Aussage der Nachbarin. Lies selbst.« Als sie sah, dass Anjuta ebenfalls die Seite ihrer Akte aufschlug, begann Friederike laut zu lesen. »Ich nehme an, dass Frau Heech mit ihrem Leben nicht mehr fertig werden konnte. Sie war schon zu tief gesunken. Angeblich hatte sie den Vorschlag ihres Betriebs, zur Alkoholentwöhnungskur zu gehen, immer wieder abgelehnt.« Sie sah hoch, konnte aber keine Regung in Anjutas

Gesicht erkennen. »Deshalb schöpfte auch niemand Verdacht, als eine Leiche gefunden wurde, die nur durch den Inhalt ihrer Handtasche identifiziert worden ist.«
»Du vergisst in deinem Übereifer den Zahnstatus. Dadurch, und nicht durch ihre Papiere, die in ihrer Tasche gefunden wurden, ist sie identifiziert worden«, sagte Anjuta kalt.
»Es war aber gerade der Zahnstatus, der mich zweifeln lässt, dass sie es ist. Der Gerichtsmediziner bestätigte nur eine mögliche Identität.« Wieder blätterte Friederike in ihrer Akte. »Hier steht es.« Ihr Finger zeigte auf die Stelle. »Es kann keine Sicherheit bestätigt werden.«
»Das will nichts heißen.«
»Wenn er schreibt, dass auf der Behandlungskarte von Frau Heech das Fehlen eines Zahns vermerkt ist, der im Gebiss der Leiche noch vorhanden ist?«
»Vielleicht ein Versehen des Personals?« Anjuta zog ihre Mundwinkel nach unten und zuckte mit der Schulter.
In Friederike kroch langsam die Wut hoch. Sie schluckte und sagte: »Selbst, wenn es sich dabei um ein Versehen handeln sollte, fehlen der Leiche immer noch neun weitere Zähne.«
»Und wenn schon. Die letzte Eintragung auf der Karte lag Jahre vor ihrem Tod zurück.«
»Ich habe heute schon mit Konrad Heech telefoniert.«
»Schön, dass du mich auch schon darüber informierst.« Der Hals von Anjuta begann sich zu röten. »Dann wollen wir doch jetzt gleich einmal die Form unserer Zusammenarbeit klären. Soviel wie ich weiß, sind wir beide zum Lösen dieses Falls abgestellt. Für mich bedeutet das, dass wir die Schritte, die wir beide unternehmen, abstimmen.« Ihre Stimme bebte vor Wut. »Wenn du aber dazu keine Lust hast, werde ich mich an die Kanzleiführung wenden und darum bitten, von dieser Aufgabe entbunden zu werden.«
»Du musst dich nicht aufregen. Selbstverständlich werden wir

alle Schritte abstimmen und gemeinsam an der Aufklärung des Falls arbeiten.« Friederikes Stimme klang versöhnlich.
»Na also. Dann berichte doch mal, was du hinter meinem Rücken mit Herrn Heech besprochen hast.«
»Gerne. Aber erst müssen wir noch klären, was zu tun ist, wenn er wie heute anruft und nach mir verlangt. Soll ihm dann ausgerichtet werden, dass er sich gedulden soll bis du eingetroffen bist und mithören kannst?«, fragte Friederike spöttisch.
»Spar dir deinen Zynismus für jemand anderes auf. Natürlich sprichst du dann ohne mich mit ihm und berichtest mir später.«
»So soll es geschehen. Schließlich ist es ja auch möglich, dass er oder jemand anderes dich anruft. Dann will ich doch auch informiert werden.«
»Ich dachte, dass du nur noch wenig Zeit hast. Also, können wir zur Sache kommen?«
»Können wir. Dazu müsstest du dir aber den Leichenöffnungsbericht ansehen.« Friederike hatte sich gerade wieder in ihre Akte vertieft, als die Tür aufflog.
»Hallo, Mutti.« Karoline lief durch das Zimmer geradewegs auf ihre Mutter zu und umarmte sie.
»Nicht so stürmisch, meine Kleine.« Behutsam löste Friederike die Arme ihrer Tochter von ihrem Hals und sagte: »Karo, darf ich dir Frau Hohmuth vorstellen. Sie ist Muttis Kollegin.«
Freudig lächelnd ging Karoline um den Tisch auf Anjuta zu.
»Guten Tag, Frau Hohmuth.«
Nachdem Anjuta den Gruß der Kleinen erwidert hatte, sagte sie: »Du meine Güte. Du bist aber groß geworden. Bist du schon ein Schulkind?«
»Schon lange. Ich gehe schon in die zweite Klasse.«
Mit einem stillen Lächeln hatte Friederike ihrer Tochter hinterhergesehen. Ihr Blick wanderte erst zur Tür, als sie die Stimme ihres Mannes hörte.

»Guten Tag, die Damen.«
Anjuta drehte sich um. »Hallo, Ullrich.« Ihre schlechte Laune schien wie weggeblasen zu sein, als sie erfreut sagte: »Na, wir haben uns ja auch lange nicht gesehen.« Schnell erhob sie sich, um Ullrich Jalaß nicht nur die Hand zu reichen, sondern sich mit ihrer Schulter an seinen Körper zu schmiegen.
Mit einem unverbindlichen Lächeln antwortete Ullrich Jalaß: »Leider macht eure Kanzlei jährlich nur eine Weihnachtsfeier. Da bleibt das nicht aus.« Langsam zog er seine Hand, die Anjuta mit ihren beiden Händen fest zuhielt, zurück und drehte sich zur Seite, um so zwischen sich und Anjuta einen Abstand zu bringen.
Anjuta seufzte. »Du hast so Recht. Eigentlich sollte man arbeiten, um zu leben. Bei uns ist das wohl schon umgekehrt.« Sie ließ bewusst offen, wen sie meinte. Es interessiert auch niemanden.
Friederike war zwischenzeitlich aufgestanden und auf ihren Mann zugegangen. »Schön, dass du schon da bist. Anjuta und ich besprechen gerade die Sache, von der ich dir erzählt habe. Wir könnten deinen fachmännischen Rat gebrauchen.« Sie küssten sich flüchtig.
»Kein Problem. Den sollt ihr haben.«
Friederike rief durch die geöffnete Tür: »Silvie, kannst du dich einen Augenblick um Karo kümmern?«
»Aber sicher.« Silvia Dyba betrat den Raum. »Ich hoffe doch schon die ganze Zeit, dass du mir wieder so ein schönes Bild malst.« Sie legte Karo ihren Arm um die Schulter und zog sie sanft mit sich.
Als Anjuta sich wieder in ihren Stuhl fallenlassen hatte, setzte sich Ullrich Jalaß neben sie und sagte: »Ich bin im Übrigen voll im Bilde. Ich habe gestern in meinen Pausenzeiten…«
»Schlafen können?«, unterbrach Friederike ihren Mann.
Ullrich Jalaß verstummte und sah verwundert seine Frau an.

»Das ist aber schön.« Friederike warf ihm einen warnenden Blick zu. »Ich habe es dir so gegönnt, dass du dich in deinen Pausen ausruhen konntest.« Dann wandte sie sich Anjuta zu und sagte, mit einem entschuldigenden Ton in ihrer Stimme: »Ulli hatte gestern seinen Vierundzwanzigstundendienst. Er ist erst heute Morgen wieder nach Hause gekommen.«
Anjuta hatte keinen Verdacht geschöpft. »Du Armer.« Das Bedauern in ihrer Stimme klang echt. »Und trotzdem hast du jetzt schon wieder ausgeschlafen?«
»Du kommst gerade richtig. Du bist Fachmann. Dann können wir mit dir gleich einen Obduktionsbericht besprechen.« Friederike hatte die Seite ihrer Akte mit dem Obduktionsbericht bereits aufgeschlagen. Nun drehte sie die Akte und schob sie über den Tisch zu ihrem Mann. »Sei so lieb und sieh dir den mal an. Das dürfte schnell gehen, denn so lang ist der nicht. Anjuta und ich können ja zwischenzeitlich noch andere Sachen besprechen.« Wieder warf sie ihm einen warnenden Blick zu. Ullrich Jalaß hatte verstanden. Er zog die Akte zu sich heran und schien sich darin zu vertiefen.
»Wir beide waren bei meinem Telefonat mit Herrn Heech stehen geblieben. Er wollte sich nach dem Stand der Dinge erkundigen.«
Anjuta beschränkte sich auf ein kurzes »Aha.«
»Ich habe ihm den Teil des Obduktionsberichtes vorgelesen, der die Zähne betraf.«
»Und was sagt er dazu?«
»Nicht viel. Allerdings glaubt er, dass sie anstelle der vorderen Schneidezähne bereits eine Brücke gehabt hat. Genau konnte er es aber nicht sagen.«
Anjuta hatte ihre Akte in ihren linken Arm gelegt und blätterte mit der rechten Hand. »Hier steht, dass der erste Schneidezahn eine glasstecknadelgroße Füllung aufweist. Das wäre dann wohl keine Brücke.«

»Das habe ich auch so gesehen und Herrn Heech gefragt, ob er sich noch daran erinnert, bei welchem Zahnarzt sie in Behandlung war.«

»Na, das müsste doch auf ihrer Behandlungskarte stehen.« Anjuta blätterte wieder. Dann sah sie überrascht auf. »Darauf ist der Name des behandelnden Arztes nicht vermerkt.«

»Du sagst es.«

»Wusste er noch, welcher Zahnarzt sie behandelt hat?«

»Er war der Meinung, dass die ganze Familie den gleichen Zahnarzt hatte und gab mir dessen Telefonnummer. Als ich anrief, bin ich auch gleich zu ihm durchgestellt worden. Er konnte sich an Frau Heech zwar noch gut erinnern, sagte aber, dass sie nicht seine Patientin war.«

»Woher will er das noch so genau wissen. Schließlich liegt ihr Tod schon mehr als fünfundzwanzig Jahre zurück.«

»Ich habe ihm die Feststellungen zu den Zähnen vorgelesen. Er fand die Farbe der Zahnfüllungen ungewöhnlich für diese Zeit. Außerdem waren sie einmal Nachbarn.«

»Trotzdem. Hat er in seinen Unterlagen nachgesehen?«

»Nein, das hat er nicht. Er sagte aber, dass diese Patientenkarten so lange Zeit nicht archiviert werden.«

»Also kann er es überhaupt nicht so genau wissen.«

»Doch. Er hat sie noch genau vor Augen, denn er erzählte mir eine Begebenheit, die er mit ihr erlebt hatte.«

»Na, da bin ich aber gespannt.« Anjuta legte sich die Akte auf den Schoß und lehnte sich mit verschränkten Armen abwartend zurück.

»Er hat sie beim Einkaufen getroffen. Sie hat sich eine Flasche Schnaps gekauft. Ohne, dass er etwas zu ihr gesagt hätte, glaubte sie, sich dafür entschuldigen zu müssen. Sie sagte, dass sie den Schnaps zum Kuchenbacken benötigt.«

Anjuta begann albern zu lachen. »Wer das glaubt...« Schlagartig wurde sie wieder ernst und sagte: »Du siehst, wenn sie sich an die Frau Heech erinnern, sogar völlig Unbeteiligte sich zuerst an ihr Alkoholproblem erinnern. Ich glaube, dass wir unsere schöne Zeit vergeuden, wenn wir annehmen, dass es nicht die Leiche der Heech ist.«

»Diese Hypothese solltet ihr aber auch nicht ganz aus den Augen lassen«, mischte sich Ullrich Jalaß in das Gespräch der beiden Anwältinnen ein.

Beide verstummten und sahen ihn überrascht an.

»Das Datum des Obduktionsberichtes ist der zehnte Juli. Hier steht, dass sie seit Anfang Mai vermisst wurde. Das sind ungefähr zwei Monate. Wo hat man sie gefunden?«

»Sie könnte ertrunken sein, denn man hat sie am Rand eines Wasserloches gefunden«, beeilte sich Friederike zu antworten. Anjuta sollte nicht merken, dass ihr Mann längst über alle Einzelheiten des Falls informiert war. Er hatte ihr die Akte am Morgen nach seinem Dienst ins Büro gebracht.

»Wenn das die Leiche einer Frau sein soll, die zwei Monate im Wasser gelegen hat, dann stimmt daran etwas nicht.«

»Das ist ja interessant. Und warum nicht?« Anjuta hatte erneut ihre Arme vor der Brust verschränkt.

»Diese Leiche hier weist eine deutliche Fettwachsbildung auf. Das wäre ungewöhnlich, wenn sie tatsächlich die ganze Zeit im Wasser gelegen hat.«

»Das musst du uns erklären«, forderte Friederike ihren Mann auf.

»Eine Fettwachsbildung erfolgt immer dann, wenn eine Leiche luftdicht abgeschlossen ist. Wenn diese Leiche aber nur zwei Monate alt ist, teilweise im Wasser und teilweise außerhalb lag, ist eine Fettwachsbildung eher unwahrscheinlich.«

Es widerstrebte Anjuta, sich geschlagen zu geben. »Aber angenommen, sie lag die ganze Zeit im Wasser und ist erst kurz bevor man sie fand an die Oberfläche gespült worden? Dann wäre sie doch luftdicht abgeschlossen gewesen.«

»Nur dann, wenn sie in Tiefen gelegen hätte, in die kein Sauerstoff mehr gelangt.«
»Ich glaube trotzdem, dass sie es ist«, sagte Anjuta trotzig. »Sieh dir beispielsweise nur die Feststellungen zur Leber an. Es ist von stärkerer Leberverfettung die Rede. Das deutet doch wohl auch auf Alkohol hin.«
»Ja, auszuschließen ist es nicht, dass diese Verfettung vom Alkohol kommt. Allerdings könnten auch andere Dinge dafür ursächlich sein.«
»Zum Beispiel?«
»Es könnte eine Diabetes sein oder einfach nur eine falsche Ernährung vorgelegen haben.«
Friederike ergänzte nachdenklich: »Denk nur daran, dass im Blut der Leiche kein Alkohol und in ihrem Gewebe keine Arzneimittel vorgefunden wurden.«
Anjuta unterbrach das darauf eintretende Schweigen als Erste. »Also gut. Ich gebe auf. Du verfolgst diese Spur weiter und hältst mich auf dem Laufenden. Ich würde vorschlagen, dass wir nicht nur unsere Zeit aufschreiben. Wir sollten auch Vermerke über das, was wir getan haben, anfertigen.« Sie stand auf. »Ich will euch nicht länger aufhalten. Außerdem muss ich jetzt auch los. Ich habe noch einen auswärtigen Termin.« Mit einem anzüglichen Lächeln reichte sie Ullrich Jalaß die Hand. »Mach's gut.« Friederike nickte sie zu und sagte: »Ich habe im Kalender gesehen, dass für dich morgen früh keine Termine eingetragen sind.«
»Das stimmt.«
»Ich habe auch keine. Dann können wir also morgen unsere Reisepläne besprechen?«
»Ja, gerne.«
»Sehr schön. Also, dann wünsche ich euch einen schönen Feierabend.« Anjuta hatte es plötzlich sehr eilig.
»Den wünschen wir dir auch«, riefen Friederike und Ullrich ihr

wie aus einem Munde hinterher. Als sie hörten, dass Anjuta sich im Vorbeigehen von Silvia Dyba und Karoline nur mit einem kurzen »Bis morgen« verabschiedete, konnten beide nur mit dem Kopf schütteln.

11

KAPITEL

Ein reges Treiben verdeckte den von ihnen gewählten Platz in der Tiefe des Restaurants und gab ihnen die Sicherheit des Unentdecktseins.

Anjuta und Edzard Korritter bevorzugten dieses Lokal aus unterschiedlichen Gründen für ihre regelmäßigen gemeinsamen Mittagessen. In einem waren sie sich jedoch einig. Obwohl er im Gastraum stand, blieb der Tisch, den der Wirt ihnen immer reservierte, anderen neugierigen Augen verborgen. So konnten sie auch in der Öffentlichkeit einander nahe sein, wenn ihnen der Sinn danach stand.

Nach der rechtzeitigen Absprache, mit der sie sich zur gemeinsamen Mahlzeit verabredeten, übernahm Edzard Korritter die Tischreservierung. Er verfügte über ein Spesenkonto, das ihm monatlich Gaststättenbesuche ermöglichte. Selbstverständlich wären viele kleine Rechnungen bei der Abrechnung in der Kanzlei aufgefallen. Auch hätten sie unter Umständen Fragen nach sich gezogen, die weder Edzard Korritter noch Anjuta beantworten wollten.

Die Häufigkeit, mit der sie sich trafen, und die Höhe ihrer Rechnung hatten sie für den Wirt zu guten Gästen werden lassen, auf die er nicht verzichten wollte und auch nicht konnte. Für Edzard Korritter war es daher ein Leichtes gewesen, ihn zu überreden, ihm die Bewirtungskosten mit einem oder zwei monatlichen Belegen in Rechnung zu stellen. Die konnte Edzard Korritter, mit Namen seiner Mandanten versehen, in die Buchhaltung geben. Selbst wenn Burghard Eweleit auf die Idee gekommen wäre, Einsicht in die Belege zu nehmen, hätte er niemals vermutet, dass sich hinter diesen Rechnungen die Mittagessen mit Anjuta verbargen. So zahlte die Kanzlei den beiden ihre Essen, ohne dass sich bei einem von ihnen das schlechte Gewissen geregt hätte.

»Also, nun informiere mich mal über unseren Heechfall. Habt ihr euch schon überlegt, wie ihr vorgehen wollt?«

Es gehörte zu ihren Absprachen, während des Essens nicht über berufliche Dinge zu sprechen. Das Essen war aber nun beendet. Die Kellnerin hatte ihnen zum Abschluss gerade einen Kaffee gebracht.

Anjuta rührte in ihrer Tasse. »Ja, nächste Woche geht es los. Wir werden uns ein bisschen vor Ort umsehen.«

»Das habe ich schon in euren Terminkalendern gesehen.«

»Kontrollierst du mich?«

»Nein. Aber ich wusste von Burghard, dass ihr euch jetzt mit den Zeugen unterhalten werdet.« Edzard Korritter nahm Anjutas Hand und hielt sie fest. »Ich habe Sehnsucht nach dir und muss dich sehen.« Dann ließ er ihre Hand wieder los, lehnte sich zurück und sagte: »Ich habe mir überlegt, dass ich dich besuchen werde.«

»Du weißt, dass Frau Jalaß im gleichen Hotel übernachten wird?«

»Und? Stört sie dich?«

»Mich nicht. Aber dich vielleicht. Stell dir vor, sie läuft dir zufällig über den Weg?«

»Dann wird mir sicher etwas einfallen. Aber das glaube ich nicht. Ich werde spät kommen und früh wieder fahren.«

»Schade. Und ich dachte, dass wir wenigstens noch zusammen frühstücken.« Anjuta lachte ein sarkastisches Lachen.

Edzard Korritter ignorierte das. »Ich weiß, du bist sauer, weil ich unser letztes Treffen nicht einhalten konnte. Aber meine Frau hatte angerufen. Es gibt Probleme mit unserem Jüngsten in der Schule. Ich musste hin. Es ging nicht anders.«
»Ich dachte, du bist geschieden.«
»Bin ich auch. Warum?«
»Weil du von deiner Frau sprichst.«
»Nun ja. Ich meinte natürlich meine geschiedene Frau.« Edzard Korritter lächelte versöhnlich. »Höre ich da etwa Eifersucht aus deiner Stimme?«
»Sei nicht albern. Als ob mir das zustehen würde.« Der ganze Groll einer aussichtslosen Beziehung lag in ihren Worten.
Edzard Korritter beugte sich zu Anjuta und gab ihr einen flüchtigen Kuss. »Warte es ab. Unsere Zeit kommt noch.«
»Ich hoffe es«, erwiderte sie etwas besänftigt und legte den Löffel auf die Untertasse. Dann umschloss sie mit beiden Händen die Tasse, als wollte sie sich daran wärmen. »Jedenfalls kommt jetzt erst einmal unsere Reisezeit. Es tut mir gut, dass ich mal wieder dem Alltag entfliehen kann.«
»Wie meinst du das?«
»Also, du Frauenkenner. Meinst du eigentlich, dass mich das kalt lässt, wenn ich mit meinem Mann im Bett liegen muss und dabei an dich denke?«
»Mir tut es genauso weh. Glaubst du etwa, dass ich Lust habe, dich dauerhaft zu teilen?« Ärgerlich nahm Edzard Korritter sein Zuckertütchen und riss es auf. Während er den Zucker in seinen Kaffee rieseln ließ, warf er Anjuta einen bösen Blick zu. »Wir sollten aufhören, uns zu zerfleischen.«
»Du hast Recht.« Und wie, um sich zu entschuldigen, fügte sie hinzu: »Manchmal fliegt mich der Kummer eben so an.«
»Ich weiß.« Edzard Korritter vergewisserte sich, dass niemand sie beobachtete und küsste sie auf den Mund.
Anjuta erwiderte diesen langen Kuss. Dann rissen sie sich

abrupt voneinander los. Edzard Korritters Hand verschwand unter dem Tisch und streichelte ihr Bein. Das stimmte Anjuta vollends friedlich. Sie trank einen Schluck Kaffee und fragte: »Hast du in letzter Zeit mit Eweleit über den Heechfall gesprochen?«

»Nein.«

»Gut. Dann kann ich dir ja jetzt das Neueste erzählen.« Wie unabsichtlich legte sie ihre Hand in den Schoß und ließ sie dort liegen. Als sich ihre Hände unter dem Tisch berührten, behielt sie seine Hand fest in ihrer. »Nachdem wir die Reihenfolge abgestimmt hatten, nach der wir die Zeugen und die Tatverdächtigen befragen wollten, hatten wir einen Termin bei ihm.«

»Wie ich Burghard kenne, war danach bestimmt alles anders.«

»Du kennst ihn gut. Wir wollten die Vernehmungen eigentlich zu zweit führen. Das hatten wir noch gar nicht ganz ausgesprochen, als er uns die doppelten Kosten, die dadurch entstehen, vorgehalten hat.«

»Ich dachte, dass Heech genügend Geld hat?«

»Hat er auch. Trotzdem ist dein Partner der Auffassung, dass unserem Mandanten die Kosten so gering wie möglich gehalten werden sollen.«

»Verstehe ich zwar nicht, aber erzähle weiter.« Edzard Korritter schüttelte missbilligend den Kopf. Er zog seine Hand zurück und begann, an seinem Kaffee zu nippen.

»So kommt es also, dass jeder einer Spur nachgeht und wir nur, wenn es zeitlich nicht anders möglich ist, zu zweit arbeiten. Eigentlich ist mir das auch fast lieber. So musste sich die Vorzimmerdame meiner Freundin eben noch einmal bemühen. «

»Allerdings birgt das die Gefahr in sich, dass der Krug an dir vorbeigeht.«

»Wenn du meinst, dass ich von der Prämie nichts sehen werde, irrst du dich aber gewaltig. Erstens hat uns Eweleit verpflichtet, über alle Schritte, die wir gehen, einen Bericht zu schreiben.«

»Und zweitens?«, unterbrach Edzard Korritter Anjuta. Ihn faszinierte nicht nur dieser außergewöhnliche Fall, sondern auch die Herangehensweise, mit der sein Partner die Lösung dieser Sache betrieb. Abgesehen davon ging es im Übrigen um viel Geld, das an die Kanzlei und damit nicht zuletzt auch an ihn floss.

»Und zweitens begibt sie sich aufs Glatteis.«

»Was macht dich so sicher?«

»Die Logik. Schon in der Besprechung ging sie davon aus, dass die Stasi was mit der Sache zu tun hatte.«

»Ist mir noch in Erinnerung.« In Edzard Korritter regte sich erneut der Groll auf Friederike Jalaß. »Sie behauptete, dass das Dorf von der Stasi überwacht wurde. Daraus leitete sie ab, dass die Stasi auch wusste, was mit dem Mädchen geschah.« Er schnaufte verächtlich.

»Es kommt aber noch schlimmer.«

»Sag bloß, dass es auf diese Verschwörungstheorie noch eine Steigerung gibt.«

»Oh ja, die gibt es.« Anjuta machte eine Pause und nahm einen Schluck aus ihrer Tasse.

»Nun erzähle schon. Was hat sich unsere geschätzte Kollegin jetzt wieder ausgedacht?«

Anjuta konnte aus seinem Tonfall Neugier entnehmen. Doch bevor sie antwortete, musste sie erst sicher sein, dass Edzard Korritter bedingungslos alles daran setzen würde, um zu verhindern, dass Friederike Jalaß die Prämie erhalten würde. Anstatt zu antworten, fragte sie betont gleichgültig: »Was passiert eigentlich, wenn man sich den Anweisungen von Eweleit widersetzt?«

»Was meinst du?«

»Nun, wenn zum Beispiel Informationen nicht preisgegeben, sondern zurückgehalten werden.«
»Das kommt ganz darauf an. Ich denke, dass er sich von demjenigen trennen würde, der sein Vertrauen missbraucht.« Edzard Korritter horchte auf. Fand sich da gerade ein Grund, gegen Friederike Jalaß vorzugehen? »Warum fragst du so etwas?«
»Angenommen, eine von uns findet eine heiße Spur, aber sie teilt die Informationen nicht mit, sondern gibt sie erst im Abschlussbericht preis. Was passiert dann?«
»Ich habe keine Ahnung, wie Burghard dann reagiert. Die versprochene Prämie könnt ihr beide ohnehin nicht einklagen.«
»Das ist mir auch klar«, antwortete Anjuta schnippisch.
Edzard Korritter wurde neugierig und wiederholte seine Frage. »Aber sag mal, warum fragst du das eigentlich?«
»Ich war neulich im Sekretariat. Unsere liebe Kollegin hatte gerade eine Verhandlung. Da habe ich ihrer Sekretärin ein bisschen zugesehen. Die schien mir im Umgang mit der Technik sehr vertraut.« Anjuta seufzte und setzte hinzu. »Das kann ich von meiner leider nicht behaupten. Die macht ohnehin nicht einen Handschlag mehr als notwendig.«
In Edzard Korritters Augen glimmte es böse auf. »Arbeitet nicht die, die den Abschluss nicht geschafft hat, für unsere geschätzte Kollegin?«
»Genau die.«
»Und die hat Ahnung von Computern?«
»Ich fürchte, mehr als wir beide zusammen. Was mache ich eigentlich, wenn die ihre Berichte verschlüsseln oder hinter meinem Rücken an Eweleit senden?« Anjutas Gesicht drückte ehrliche Ratlosigkeit aus.
»Hältst du so etwas für möglich?«
»Bei fünfzigtausend halte ich noch viel mehr für möglich.«
»Tja. Das weiß ich auch nicht. Du weißt doch, dass ich im Umgang mit dem Computer nicht so bewandert bin.« Edzard

Korritters Stirn legte sich in Falten. Doch dann leuchtete es in seinen Augen. »Ich habe es. Ich werde mal ein längeres Gespräch mit unserem Computerspezialisten führen. Der wird mir schon auf die Sprünge helfen. Schließlich wird er ja von uns bezahlt.« In seinem Gesicht strahlte wieder der eitle Sonnenschein. »Ich will genauso wenig wie du, dass sie etwas von der Prämie bekommt.«

Anjuta hauchte ihm einen Kuss auf die Wange. »Ich glaube zwar sowieso nicht, dass sie den Fall klärt. Aber ich muss sicher sein.« Sie leerte ihre Tasse. »Stell dir vor, sie will die Leiche der Mutter des Mädchens exhumieren lassen.«

Edzard Korritter fing an, lauthals zu lachen. »Was fällt der denn ein?«

»Sie nimmt an, dass die gefundene Leiche nicht die der Mutter ist.«

Edzard Korritter hatte sich wieder beruhigt. »Woraus schließt sie das?«

»Der Zahnstatus ist etwas ungenau.«

»Ja. Das ist mir beim Lesen der Akte aufgefallen. Außerdem haben Burghard und ich auch schon darüber gesprochen. Aber ich habe dazu meine eigene Meinung.« Selbstgefällig strich sich Edzard Korritter seine Krawatte zurecht.

»Dürfte ich die vielleicht erfahren?«

»Aber sicher. Dass der Leiche ein paar Zähne fehlen, wundert mich nicht. Sieh dir nur mal die Behandlungskarte an. Die letzte Eintragung ist Jahre vor ihrem Tod vorgenommen worden.«

»Das sehe ich eigentlich genauso. Außerdem ist auf der Karte kein Name des Zahnarztes eingetragen. Ich gehe davon aus, dass das sowieso nicht die Originalkarte ist. Die Karte in der Akte hat sicher ein Polizist abgeschrieben. Wie leicht kann es dabei vorkommen, dass dabei etwas vertauscht oder sogar weggelassen wird.«

»Dafür liebe ich dich.« Edzard Korritter streichelte Anjuta mit seinen Augen und flüsterte ihr zu. »Ich habe selten so eine kluge Frau wie dich getroffen. Du vereinst all das in dir, was ein Mann braucht. Du siehst gut aus, hast einen klugen Verstand, eine tolle Figur und im Bett bist du unschlagbar.«
Es tat Anjuta zwar gut, sich so begehrt zu fühlen. Dennoch konnte sie nicht anders. Sie musste seiner Seele einen Stich versetzten. »Da du, was Frauen angeht, über ausreichend Erfahrungen verfügst, fühle ich mich sehr geschmeichelt.« Sie strahlte ihn an und sagte: »Im Übrigen kann ich dir das Kompliment, was mich und die Männer angeht, zurückgeben.«
Durch ihre nun bereits über mehrere Jahre währende Affäre kannte Anjuta Edzard Korritter genau und wusste, dass er ihre Beziehung, so wie sie war, genoss. Zwar wollte er sie und sie ihn, aber beide scheuten die sich hieraus für sie ergebenden Konsequenzen. So redeten sie sich ein, dass gerade die Heimlichkeit den Reiz in ihrer Beziehung ausmachte. Schlimm wurde es für beide nur dann, wenn Urlaube oder Feiertage anstanden. Dann vermissten sie einander und sehnten den Alltag wieder herbei. Er brauchte zwar einen gewissen Freiraum für sich, aber Anjuta wusste, dass ihn der Gedanke, sie zu teilen, quälte.
»Selbst dann, wenn ich dir eine Liebeserklärung mache, werde ich das Gefühl nicht los, dass du mich schlagen musst.«
»Wie meinst du das?«
»Nun spiel bloß nicht die Ahnungslose.« Edzard Korritter reckte sich, um nach der Kellnerin Ausschau zu halten. Als sie zu ihm herübersah, winkte er sie heran. Dann lehnte er sich erneut zurück und sah Anjuta böse an.
»Was hast du denn. Ich weiß wirklich nicht, was du meinst.«
»Denkst du eigentlich, dass ich keine Gefühle habe?« Er hatte seinen ganzen Kummer in seine Worte gelegt.
»Selbstverständlich hast du Gefühle«, sagte Anjuta kleinlaut.

Sie spürte, dass sie zu weit gegangen war.
»Na also. Dann könntest du wenigstens so taktvoll sein und mich nicht immer daran erinnern, dass es außer mir noch andere Männer in deinem Leben gibt.« Edzard Korritter unterbrach sich, weil die Kellnerin erschien. »Machen Sie mir bitte die Rechnung fertig?«
»Wie immer?«
»Ja.«
Die Kellnerin nickte und entfernte sich wieder.
»Entschuldige bitte, aber ich wollte dich wirklich nicht verletzen.« Anjuta beugte sich über den Tisch und legte ihre Hand auf seinen Arm.
Schon wieder halb versöhnlich zog er den Arm zurück und sagte: »Du Hexe. Du weißt ganz genau, wo du mich immer wieder treffen kannst.«
Anjuta lehnte sich zurück und sagte: »Tut mir leid. Aber mir geht es genauso. Ab und zu packt mich eben die Eifersucht auf alle Frauen, die es irgendwann in deinem Leben gab.« Sie küsste ihre Fingerspitzen, blies dann den Kuss in Edzard Korritters Richtung und hauchte leise: »Ich liebe dich.«
Ebenso leise erwiderte er: »Ich dich auch.« Im selben Augenblick sah er die Kellnerin kommen. Geschäftsmäßig fuhr er fort: »Aber wir wollten uns noch über die Tote unterhalten. Ich persönlich finde den Stil ihres Abschiedsbriefes etwas eigenartig.« Er unterbrach sich, um der Kellnerin die Rechnung zu quittieren. Dann zog er seine Geldbörse aus der Tasche und übergab ihr ein Trinkgeld. Erfreut über seine Großzügigkeit bedankte sie sich und zog sich diskret zurück. Während Anjuta zusah, wie Edzard Korritter den Beleg sorgfältig faltete und in sein Portemonnaie steckte, sagte sie: »Von einem Abschiedsbrief kann wohl nicht die Rede sein. Ich sehe das eher als eine Vollmacht an, mit der ihr Lebensgefährte das Kind abholen sollte.«

»Kann sein. Aber warum schreibt sie, dass er sehr gut auf das Kind aufpassen soll?«
»Vermutlich, weil sie darauf vertraut hat, dass er sich nach ihrem Tod um das Mädchen kümmert.«
»Dann solltest du die Möglichkeit, dass sie noch lebt, im Auge behalten.« Edzard Korritter steckte seine Geldbörse in seine Tasche. »Sie schreibt ein paar Tage vor ihrem Tod, dass sie ihren Lebensgefährten über alles liebt und ihn heiraten will. Im selben Brief berichtet sie über eine mögliche Schwangerschaft.«
»Ja und? Dann hat sie sich eben geirrt. Durch die Obduktion konnte eine Schwangerschaft ausgeschlossen werden.«
»Nun, das passt trotzdem nicht. Die Briefe zeigen, dass sie Zukunftspläne hatte. Sie schreibt an einen Polizeibeamten, dass sie ihren Lebensgefährten nie wieder hergeben und ihn auf den richtigen Weg führen will. Und dann bringt sie sich ein paar Tage später um?« Edzard Korritter ignorierte Anjutas fragenden Blick.
»Ich gebe dir Recht. Stress mit ihrem Lebensgefährten kann sie nicht gehabt haben, denn sonst hätte sie ihm nicht ihre Tochter anvertraut«, sagte Anjuta nachdenklich. »Hinzu kommt noch, dass etwas an dem Verwesungsgrad der Leiche nicht stimmt.«
»Redest du davon, dass sie schon bis zur Unkenntlichkeit entstellt war?« Edzard Korritter erinnerte sich an sein Gespräch mit Burghard Eweleit und verzog angewidert das Gesicht. »Das lag zum einen daran, dass es so heiß war. Zum anderen hatten sich die lieben Tierchen schon an ihr zu schaffen gemacht.« Er schluckte, blähte die Nasenlöcher auf und zog seine Mundwinkel angeekelt herunter.
»Genau das sollte uns zu denken geben. Alles passt da noch nicht zusammen«, erwiderte Anjuta und fuhr ohne eine Regung im Gesicht fort. »Die eigentliche Todesursache konnte

nicht mehr festgestellt werden. Im Zusammenhang mit den Briefen können wir aber einen natürlichen Tod und einen durch Fremdeinwirkung ausschließen. Käme also nur noch ein Selbstmord in Betracht. In ihrem Gewebe fanden sich aber keine Medikamente und in ihrem Blut kein Alkohol.«
Edzard Korritter hatte aufmerksam zugehört. »Nun. Vielleicht hat sie sich selbst ertränkt?«
»So wie sie aufgefunden wurde, würde ich das ausschließen. Sie lag halb in dem Tümpel und halb draußen.«
»Sie könnte da hingetrieben sein, denn das Wasserloch dürfte schließlich im Sommer austrocknen.«
»Siehst du, und genau das stört mich, denn das passt nicht.«
»Jetzt kann ich dir nicht folgen.«
»Deiner Reaktion nach zu urteilen, bist du über den Verwesungsgrad der Leiche im Bilde«, sagte Anjuta spöttisch. »Sie war nicht zu identifizieren, weil sich schon Fettwachs gebildet hatte. Soviel ich weiß, bildet sich das aber nur, wenn die Leiche über längere Zeit luftdicht abgeschlossen ist.« Selbstverständlich behielt sie für sich, dass dieses Wissen von Ullrich Jalaß stammte. »Selbst wenn wir unterstellen, dass sie diesen Zustand im Tümpel erreichte, muss sie wieder aufgetaucht sein und sich mit einem Bein über ihre Handtasche gelegt haben. Denn, wie wir wissen, fand man sie im Trockenen. Schließlich lebte sie ja schon wieder.« Wieder war der Spott in ihrer Stimme unüberhörbar.
Edzard Korritter war von ihrem Wissen beeindruckt. »Igitt, wie unappetitlich. Du bist unmöglich. Ich glaube es zwar immer noch nicht, aber du solltest die Hypothese, dass es sich möglicherweise nicht um die Leiche von der Frau Heech handelt, wohl wirklich im Auge behalten.«
»Selbstverständlich.« Anjuta erhob sich. »Es ist Zeit. Lass uns ins Büro zurückfahren. Ich werde auf jeden Fall wachsam sein.« Sie sah sich unauffällig um und vergewisserte sich, dass

niemand sie sehen konnte. Dann beugte sie sich zu Edzard Korritter herunter und küsste ihn auf den Mund.

12
KAPITEL

»Guten Tag, Frau Dyba. Störe ich?« Er kannte die Namen aller Kanzleimitarbeiter.
»Herr Doktor Eweleit.« Silvia Dyba sprang auf. »Nein, Sie doch nicht.«
Er gab ihr die Hand. »Nehmen Sie doch wieder Platz.«
Unschlüssig blieb Silvia Dyba stehen.
»Ich wollte zu Frau Jalaß. Ist sie im Haus?«
Silvia Dyba löste sich aus ihrer Erstarrung und sah auf das Telefon. »Ja. Sie hat bis eben noch telefoniert. Aber jetzt ist sie fertig.« Sie drückte auf eine Taste. Als sie Friederikes Stimme vernahm, sagte sie atemlos: »Herr Doktor Eweleit ist hier und will dich sprechen.«
»Gerne.«
»Ich finde den Weg. Machen Sie hier ruhig weiter.« Burghard Eweleit sah sich noch wohlwollend um, als die Tür sich bereits öffnete und Friederike ihm entgegenkam.
»Guten Tag, Herr Doktor Eweleit. Bitte kommen Sie doch herein.«
»Darf ich Ihnen etwas anbieten?« Silvia Dyba hatte die Sprache wiedergefunden.
»Nein, danke. Ich habe gerade zu Mittag gegessen.« Burghard Eweleit sah sie freundlich an. »Sie führen das Büro genauso wie ich es mir vorstelle.«

Silvia Dyba errötete und murmelte: »Vielen Dank.«
»Ja, ich habe Glück gehabt, dass Frau Dyba für mich arbeitet. Ihre Arbeit ist von unschätzbarem Wert«, lobte Friederike. Der Ton von Silvia Dybas Haut färbte sich in noch intensiverem Rot.
»Aber bitte, Sie wollten mich sprechen. Kommen Sie doch herein.«
Mit einem freundlichen Lächeln wandte sich Burghard Eweleit ab und betrat hinter Friederike deren Büro. Nachdem er die Tür hinter sich geschlossen hatte, musterte er auch hier interessiert den Raum. Er fand Friederikes Schreibtisch genauso ordentlich aufgeräumt vor, wie den von Silvia Dyba. Sie hatte ihr Büro betont sachlich eingerichtet. Dennoch wirkte der Raum nicht kalt. Eine große Zimmerpflanze strotzte vor Gesundheit. Auch die Pflanzen auf den Fensterbänken zeugten von intensiver Pflege. Der halbhohe Schrank gegenüber von Friederikes Schreibtisch barg in seinen Fächern eine Vielzahl von Büchern. Auf ihm hatte Friederike neben einer geschmackvollen Uhr Bilder ihrer Familie aufgestellt.
Burghard Eweleit setzte sich auf einen der Besucherstühle. »Ich bin gerade an Ihrem Büro vorbeigekommen. Da dachte ich, dass ich Sie über mein heutiges unerfreuliches Gespräch mit dem Staatsanwalt, der für den Heechfall zuständig ist, informiere.«
»Ich bin schon informiert, dass durch Ihre Anregung die Ermittlungen wieder aufgenommen wurden.« Friederike hatte sich dem Kanzleichef gegenüber auf ihren Stuhl gesetzt. Burghard Eweleit nickte. »Leider habe ich nicht allzu große Hoffnungen, dass diese Ermittlungen auch zur Aufklärung des Verbrechens führen.«
Friederike schwieg und sah ihn fragend an.
»Nach mehrfachem Wechsel in der Vergangenheit ist es schon wieder ein neuer Staatsanwalt, der jetzt die Sache bearbeitet.

Nachdem er sich in den Fall eingearbeitet hatte, erzählte er mir, dass die sichergestellten Asservate nicht auffindbar sind.«

»Wie kann denn so etwas passieren?«, fragte Friederike entgeistert.

»Keine Ahnung. Ich hoffe aber, dass das nur mit der Wende zusammenhängt.«

Wieder schwieg Friederike.

»Ich denke ganz einfach, dass es an der Zusammenlegung der Polizeidienststellen nach der Wende gelegen hat. Da kann man wirklich nur hoffen, dass sie sich wieder anfinden und nicht vernichtet wurden. Aber erst mal ist eben nichts mehr da.

»Wirklich nichts?«

»Nein. Weder die sichergestellten Sachen des Mädchens noch ihre Sporttasche. Dabei war ich schon frohen Mutes. Der Staatsanwalt versicherte mir in unserem ersten Gespräch, dass er sämtliche Spuren noch einmal auf ihren genetischen Fingerabdruck untersuchen lassen will.«

»Warum das denn?«

»Oh. Er hatte große Pläne. Nachdem er mich darüber informierte, welche Möglichkeiten die Wissenschaft heute schon bietet, sagte er, dass er einen Datenabgleich vornehmen lassen will.« Burghard Eweleit schlug seine Beine übereinander und lehnte sich entspannt zurück. »Er wollte die zentrale Datenbank, die die Angaben von unbekannten Toten speichert, abgleichen mit den Daten von Stefanie Heech.« Seine Finger trommelten rhythmisch auf die Stuhllehnen. »Also müssen wir uns jetzt gedulden, bis die Herrschaften die Asservate gefunden haben.«

»Nicht, wenn es um den genetischen Fingerabdruck von Steffi Heech geht.«

»Wie meinen Sie das?«

»Herr Heech hat mir erzählt, dass er noch einen Milchzahn von seiner Tochter besitzt.«

»Das ist ja ganz fantastisch. Das sollten Sie unserem Staatsanwalt mitteilen. Wenn ich wieder in meinem Büro bin, werde ich Frau Heuzeroth gleich bitten, Ihnen seine Telefonnummer mitzuteilen. Er heißt Bukow.« Der Kanzleichef hatte aufgehört nervös mit seinen Fingern zu trommeln. »Jetzt würde ich gerne Ihre Meinung zu dem Fall hören. Was denken Sie?«
»Möchten Sie das wirklich hören?«
»Darum bin ich hier.«
»Ich bin überzeugt, dass wir unsere Ermittlungen in zwei Richtungen führen sollten.«
»Und die wären?«
Friederike begann gerade heraus: »Ich würde eine Selbsttötung ausschließen. Sie hatte Zukunftspläne. Ich gehe daher von einer Beziehungstat aus. Sie war kein Kind, das mit jedem mitging. Ganz im Gegenteil. Ich denke, dass sie entweder entführt wurde oder freiwillig mitgegangen ist.«
»Schließen Sie ein Gewaltverbrechen aus?«
»Nein, natürlich nicht. Aber heute, nach Lage der Akten, würde ich eher sagen, dass sie freiwillig mitgegangen ist.«
Burghard Eweleit sah prüfend in das dezent geschminkte Gesicht seiner Mitarbeiterin. Friederike hatte ihre Haare heute durch eine Spange am Hinterkopf zusammengehalten. So konnte er in ihr klares Gesicht sehen. »Worauf stützen Sie Ihre Annahme?«
»Als das Fahrrad gefunden wurde, war der Dynamo ausgeschaltet. Dass sie ohne Licht fuhr, ist wegen der Dunkelheit am Morgen eher unwahrscheinlich. Schließlich befuhr sie einen Sandweg. Dann fanden sich an sämtlichen Gegenständen, also auch an den Ästen, mit denen das Fahrrad und der Schulranzen bedeckt waren, nur Geruchsspuren, die von Steffi Heech stammen.«
»Sie könnte doch gezwungen worden sein, den Dynamo auszuschalten und Äste über das Fahrrad zu legen?«

Friederike ließ sich nicht beirren. »Ich denke zwar, dass sie sich gewehrt oder zumindest geschrien hätte, aber ausschließen kann ich das selbstverständlich jetzt noch nicht.«
»Nein? Aber wann?«
»Dann, wenn ich mir sicher bin, dass tatsächlich ihre Mutter und niemand anderes beerdigt worden ist und jetzt in dem Grab von Ursula Heech liegt.«
Burghard Eweleit schien überhaupt nicht überrascht. »Genau das habe ich von Ihnen erwartet. Darum bin ich hier.«
Einen Moment lang war sich Friederike unsicher. Wie hatte ihr Chef das gemeint? Sie brauchte auf seine Erklärung nicht lange zu warten.
»Ich finde, dass die Ermittlungen in diesem Fall doch erheblich von denen abweichen, die zu Vorwendezeiten geführt worden sind.«
»Da gebe ich Ihnen Recht. Auch mir sind so viele Ungereimtheiten aufgefallen, dass ich Zweifel habe, dass sie es ist.«
»Ich habe den Herrn Staatsanwalt darauf angesprochen und ihm die Möglichkeit aufgezeigt, dass sie noch lebt und ihre Tochter entführt hat. Zwar sprach er in unserem ersten Telefonat noch davon, sie zu exhumieren. Leider war in dem Gespräch vorhin davon nicht mehr die Rede.«
»Aber warum nicht?«
»Er war der Ansicht, dass das erst dann Sinn hat, wenn das genetische Material von Stefanie vorliegt.« Burghard Eweleit lächelte Friederike verschmitzt an. »Eine Möglichkeit, ihn zu bewegen, die Exhumierung vorzunehmen, sehe ich allerdings noch.« Dann sagte er mit einem breiten Grinsen: »Ich könnte Frau Hohmuth bitten, ihn dazu zu veranlassen.«
Friederike, sichtlich bemüht ein Lächeln zu verbergen, antwortete: »Nun, das halte ich für eine ausgezeichnete Idee. Selbst für den Fall, dass ihr das nicht gelingen sollte, bekommt er ja in Kürze den Zahn. Ich bin mir sicher, dass Herr Heech den

zur Verfügung stellt.« Als sie den Satz beendet hatte, wirkte sie nachdenklich.
Dem Kanzleichef war die Veränderung in Friederikes Gesicht nicht entgangen. »Was ist mit Ihnen?«
»Im Gegensatz zu der Staatsanwaltschaft ist die Polizei sehr stabil.«
»Das verstehe ich jetzt nicht.«
»Mich stört, dass der Polizeibeamte, der damals die Ermittlungen leitete, auch jetzt wieder der zuständige Beamte ist.«
»Das ist mir überhaupt nicht bewusst geworden.« Burghard Eweleit war die Überraschung anzumerken.
»Mir wäre das auch nicht aufgefallen. Frau Dyba hat es bemerkt, als sie mir die Akte kopiert hat, und jetzt habe ich Angst, dass der Zahn abhandenkommt.« Als Friederike den ungläubigen Blick ihres Chefs sah, schränkte sie ein: »Es muss ja keine Absicht sein. Aber, wenn der weg ist? Herr Heech hat jedenfalls nur den einen.«
»Dann kann der Abgleich der Daten erst später erfolgen, wenn sich ihre Haarbürste mit den Haaren wieder angefunden hat. Was aber die Identifizierung von Frau Heech angeht, liegt es an uns, den Staatsanwalt zu überzeugen, dass er die Exhumierung vornehmen lässt. Es leben schließlich noch viele Verwandte von ihr.«
»Ich fürchte, dass dann unsere Probleme erst anfangen.«
»Ich verstehe nicht?« Burghard Eweleit sah Friederike fragend an.
»Wenn es tatsächlich nicht ihre Leiche ist, stellt sich nicht nur die Frage, wessen Leiche es dann ist. Das würde bedeuten, dass sie eventuell noch lebt. Auf jeden Fall hat sie aber dann eine neue Identität. Die viel schwierigere Frage wäre doch, wie und wo finden wir sie dann?«
»Sie haben Recht. Wenn ihr die Stasi die neue Identität verschafft haben sollte, werden wir vielleicht in den Akten fündig.«

»Herr Heech hatte schon einmal einen Antrag gestellt.«
»Und?«
»Es wurde ihm mitgeteilt, dass keine Akten vorhanden sind.«
»Das kann nicht sein. Dann sind wir wieder beim alten Thema.« Burkhard Eweleit war die Empörung anzumerken. Er schlug mit der Hand auf die Stuhllehne. »Sind tatsächlich keine vorhanden oder sind die im Nachhinein vernichtet worden? Es ist doch ein Ding der Unmöglichkeit, dass ehemalige Stasimitarbeiter auch heute noch in der Behörde arbeiten, die diese Unterlagen verwaltet. Wer garantiert denn eigentlich, dass diese Mitarbeiter tatsächlich loyal sind?« Er unterbrach sich, verschränkte seine Arme und schien mit einem Mal interessiert die Bilder an der Wand zu betrachten.
Friederike hatte ihn schon oft beobachtet und wusste, dass der große Strafverteidiger Burghard Eweleit jetzt intensiv nachdachte. Sie schwieg, überließ ihn seinen Gedanken und sah ihn an.
Burghard Eweleit war trotz seines Alters noch immer eine sehr auffällige Erscheinung. Seine braune Haut bildete einen schönen Kontrast zu den vollen, ehemals pechschwarzen Haaren. Die waren fast weiß geworden und ringelten sich in großen Locken auf seinem Kopf. Er trug sie stets zurückgekämmt. Dadurch beherrschten die großen stahlblauen Augen über einer wohlgeformten Nase und einem schön geschwungenen Mund sein Gesicht. Als ob er es spürte, dass Friederike ihn betrachtete, drehte er sich zu ihr. »Unter diesem Gesichtspunkt stellt sich natürlich die gleiche Frage auch für die Polizeibeamten. Wer gibt uns die Garantie, dass die tatsächlich an der Aufklärung der Verbrechen interessiert sind? Wenn es damals in irgendeiner Weise eine Zusammenarbeit mit der Stasi gab, werden die selbstverständlich heute nicht davon berichten.«
»Davon ist auszugehen, denn es hängt wohl nicht nur deren eigene berufliche Existenz von ihrem Schweigen ab.« Friederike

war seinem Blick nicht ausgewichen.
»Umso mehr müssen wir jeder einzelnen Spur, die sich uns aufzeigt, nachgehen. Wir hatten zwar besprochen, dass die Vernehmungen der Zeugen einzeln geführt werden sollten. Aber, was die möglichen Täter angeht, sollten Sie die Vernehmungen vielleicht doch besser gemeinsam führen. Ich denke da vor allem an den Handtke.«
»Wenn der sich überhaupt bereit erklärt, mit uns zu reden. Sein ursprünglich einmal abgegebenes Geständnis hat er jedenfalls kurze Zeit später widerrufen und das psychiatrische Gutachten spricht ihn von einer möglichen Täterschaft frei.«
»Ich bin mir sicher, dass Sie beide ihn zum Reden bringen werden.«
»Wir werden uns jedenfalls die größte Mühe geben«, erwiderte Friederike und nickte. »In dem Zusammenhang fällt mir noch eine Frage ein.«
»Ja?«
»Gehört die Jacke von Handtke auch zu den Asservaten, die verschwunden sind?«
»Leider ja.«
»Dann kann ich wirklich nur hoffen, dass die sich wieder anfindet.«
»Wegen des Blutflecks aus seiner Arbeitsjacke, der zu der gleichen Blutgruppe gehört, wie die von Stefanie Heech?«
»Ja. Ich denke, dass die Wissenschaft heute schon eine genauere Zuordnung ermöglicht als damals.«
»Davon ist auszugehen.« Burghard Eweleit nickte. »Er selbst behauptet, dass die Jacke vorher von seiner Arbeitskollegin getragen worden ist.«
»So steht es auch in dem Gutachten, das über ihn gefertigt worden ist. Obwohl er in Stefanie Heech eine mögliche Partnerin für sich sah und eine Übereinstimmung der Blutgruppen schon damals festgestellt worden ist, geht der Gutachter davon

aus, dass er es nicht war«, sagte Friederike nachdenklich.
»Das habe ich auch gelesen. Er hatte Stefanie Heech mehrmals in der Woche aus respektvoller Ferne beobachtet. Sie anzusprechen hätte er sich nur getraut, wenn er Alkohol getrunken hätte. Ihm kam es darauf an, dass sie ihn bemerkte. Er hat sie als visuelle Vorlage gebraucht, um sich im Anschluss daran selbst zu befriedigen. Dem Gutachter hat er erklärt, dass er sie beschützt hätte, wenn er an dem Morgen ihres Verschwindens am Tatort gewesen wäre.«
Friederike beugte sich nach unten und öffnete den Aktenschrank unter ihrem Schreibtisch. »Außerdem hat seine Mutter ihm ein Alibi verschafft. Sie will zur Tatzeit von der Arbeit nach Hause gekommen sein und ihn dann in der Wohnung gehört haben. Da sie keine emotionale Bindung zu ihrem Sohn aufgebaut hatte, ist der Gutachter zu der Auffassung gekommen, dass sie ihn auf keinen Fall geschützt, sondern eher noch belastet hätte. Bei ihm dagegen ist vom Gegenteil auszugehen. Er verehrte seine Mutter und seinen zwischenzeitlich schon verstorbenen Stiefvater.« Während sie schwungvoll die Heechakte auf ihren Tisch beförderte, sagte sie fast atemlos: »Der Gutachter sprach sogar davon, dass er während seiner Untersuchungshaft, in der für ihn typischen infantilen Weise, versuchte, seiner Mutter versteckt mitzuteilen, dass er nicht der Täter ist. Handtke war beeindruckt von der tiefen Bereitschaft seiner Mutter, den Kontakt zu ihm abzubrechen, wenn er der Täter sein sollte. Er wollte sie nicht verlieren.« Dann schlug sie die Akte auf. Kleine bunte Zettel, die sie sorgfältig beschriftet hatte, halfen ihr, das Gutachten schnell zu finden. »Mir erschien das Gutachten durchaus logisch.«
»Mir auch. Aber jetzt, wo Sie es gerade aufgeschlagen haben, fällt mir wieder ein, was ich Sie die ganze Zeit fragen wollte.«
»Ja?«

»Das Gutachten ist eindeutig Teil einer Stasiakte.« Burghard Eweleit griff in sein Jackett und zog sein Brillenetui hervor. Er nahm seine Brille heraus und setzte sie auf. Dann beugte er sich nach vorne, zog Friederikes Akte zu sich heran und begann in ihr zu blättern. »Die Stempel weisen das Gutachten als Kopie aus Stasiunterlagen aus.« Burghard Eweleit blätterte an den Anfang zurück. »Und nun sehen Sie sich das an. Offensichtlich hat die Stasi das Gutachten in Auftrag gegeben. Dennoch hat es der Gutachter nach Fertigstellung an den Leiter der Morduntersuchungskommission geschickt. Es muss also hier eine Verflechtung gegeben haben.«

»Davon ist auszugehen. Aus welchem Grund sollten sonst so viele Polizeibeamte nach der Wende entlassen worden sein. Das waren bestimmt nicht die Dümmsten.«

»Wie meinen Sie das?

»Wenn ich an den Polizeibeamten und unser heutiges Gespräch denke, stören mich mehrere Dinge.«

Burghard Eweleit nahm seine Brille wieder ab und lehnte sich in seinen Stuhl zurück. »Und das wären welche?«

»Er hat die Sache vor der Wende nicht aufgeklärt. Nach der Wende schliefen seine Ermittlungen fast vollständig ein. Erst als der Kollege vor uns nicht locker ließ, kam zwar wieder etwas Bewegung in die Angelegenheit. Allerdings kann ich mich des Eindrucks nicht erwehren, dass er entweder nicht der Hellste ist oder aber...« Friederike unterbrach sich und sah ihren Chef prüfend an.

»Oder aber?« Seine Frage kam prompt.

»Oder aber, er hat die Aufklärung bewusst verhindert.«

»Da bin ich aber gespannt, was Sie zu einer solchen Annahme führt.«

Es war sein Tonfall, der Friederike aufhorchen ließ. Ihr schien es, als ob ihn ihre Aussage nicht überraschte. Ihr Finger glitt über die kleinen Zettel, die Seiten ihrer Akte markierten.

Sie hatte in kurzer Zeit die gesuchte Markierung gefunden. Noch während sie blätterte, sagte sie: »Es gab doch eine Beratung zwischen dem Polizeibeamten, dem damals die Sache bearbeitenden Staatsanwalt und dem Gutachter. Über diese Beratung existiert ein Protokoll.« Friederike hatte die Stelle, die sie suchte, in der Akte gefunden. »Hier ist es.«
Burghard Eweleit setzte seine Brille wieder auf und beugte sich erneut vor. »Ach ja. Das ist die Beratung gewesen, in der der Gutachter den Herrschaften seine Versionen entwickelt hat.« Friederike rückte in ihrem Stuhl, setzte sich seitwärts und schob die Akte so, dass sie beide darin lesen konnten.
Auch ihr Chef rückte sich seinen Stuhl zurecht. »Genau. Hier steht es. Der Gutachter benennt doch tatsächlich den Vater, Konrad Heech, als den nahen Angehörigen, der gegebenenfalls als Beziehungstäter in Betracht kommt. Aber er hat sowohl den Nachbarn Petrussow, als auch den Seiffe, als mögliche Verdeckungstäter und einen unbekannten Zufallstäter parat.« Burghard Eweleit legte seinen angewinkelten Arm lässig auf Friederikes Schreibtisch und stützte seinen Kopf in die Hand. Dabei sah er Friederike über seinen Brillenrand an. »Aber es waren bestimmt nicht seine Täterversionen, die Sie zu Ihren Überlegungen führten.«
»Nein, selbstverständlich nicht. Aber sehen Sie hier.« Friederike blätterte eine Seite um und wies mit ihrem Zeigefinger auf eine Unterschrift. »Diese Unterschrift stammt von dem Staatsanwalt, der Protokoll bei der Beratung führte. Sehen Sie hier. Er hat protokolliert, dass Frau Heech eines unnatürlichen Todes gestorben ist.« Die flüchtige Geste, mit der sich Friederike Daumen und Zeigefinger befeuchtete, verriet ihrem Chef, wie sehr sie bei der Sache war, als sie die Seite der Akte wieder zurück blätterte. »Die Umstände des Todes wurden nie vollständig aufgeklärt, da die Leiche erst viel später gefunden wurde und die Todesursache nicht mehr

feststellbar war. Es wurde seinerzeit von einem Selbstmord ausgegangen. Die Bewertung des damaligen Vorgangs lässt diese Schlussfolgerung nicht als einzige zu.«

»Das ist es. Die Besprechung fand kurz nach dem Verschwinden von Stefanie Heech statt. Er hätte schon damals und nicht erst Jahre später, auf unser Betreiben, eine mögliche Verbindung herstellen müssen.«

Wieder schien es Friederike, als hätte ihr Chef diese Aussage von ihr erwartet. Sie nickte. »So sehe ich das auch. Hätte er sich die Ermittlungsakte von Ursula Heech angesehen, wären ihm nicht nur die ganzen Ungereimtheiten darin aufgefallen. Allerdings gibt es da noch die Sache mit der Holzmiete, die der Seiffe ausgerechnet an dem Tag gebaut hat, an dem Stefanie Heech verschwand. Zwar sind Suchhunde eingesetzt worden, aber bis heute hat sich keiner veranlasst gesehen, die Miete abzureißen und darunter zu graben. Nach Aussage von Herrn Heech war es eine große Holzmiete, die noch sehr lange stand.«

Mit einem empörten Schnaufen nahm der Kanzleichef seine Brille ab und steckte sie zurück ins Etui. »Hinzu kommt noch, dass einem die Unprofessionalität, mit der der Polizist bis heute vorgeht, ins Auge springt. Ich denke zum Beispiel daran, dass er, als er die Schwiegertochter und die Enkelin von dem Seiffe vor Kurzem noch einmal besuchte, es nicht für nötig hielt, noch einmal eine Zeugenvernehmung vorzunehmen.«

Seine Mundwinkel waren verächtlich heruntergezogen, als er langsam aufstand und mit vor Entrüstung angeschwollener Stimme sagte: »Nein, und dessen nicht genug. Lediglich einen nichtssagenden Aktenvermerk hat er über seinen Besuch angefertigt. Bei so vielem Unvermögen fällt mir wirklich nichts mehr ein.«

Kopfschüttelnd pflichtete Friederike ihrem Chef bei.

Der hatte seine Stimme wieder auf ihre gewohnte Lautstärke

reduziert, als er sich mit einem Handschlag von Friederike verabschiedete. »Ich wollte mich heute nur vergewissern, dass ich in Ihnen eine Gleichgesinnte gefunden habe. Aber ich sehe, dass ich mir keine Sorgen machen muss. Sie werden die Aufgabe meistern.«

Friederike, die sich ebenfalls erhoben hatte, freute sich über seine Anerkennung. Ihr verlegenes Lächeln bemerkte ihr Chef jedoch nicht.

Burghard Eweleit hatte sich bereits umgedreht und zeigte auf die Bilder in Friederikes Büro. »Diese ausdruckstarken Kunstwerke passen zu Ihnen. Solche Bilder ertragen nur starke Menschen.« Noch einmal stoppte er auf seinem Weg zur Tür, als er vor den von Friederike aufgestellten Fotos stehen blieb. »Ihren Mann kenne ich. Ist das Ihre Tochter?«

»Ja.«

»Beide werden Sie sicher vermissen, wenn Sie in dem Heechfall unterwegs sind.«

»Und ich sie.«

»Das glaube ich Ihnen.« Burghard Eweleit drehte sich noch einmal zu Friederike um. »Meine Töchter sind zwar schon größer, aber das geht mir mit ihnen und vor allem mit meiner Frau noch heute so, wenn ich unterwegs bin.«

Nach diesen Worten schloss der Kanzleichef die Tür von Friederikes Büro hinter sich endgültig.

13
KAPITEL

»Hallo, Anni. Guten Morgen. Hast du gut geschlafen?«
»Nicht besonders.« Mürrisch löst Anjuta den Blick von ihrer Zeitung. »Aber trotzdem guten Morgen.« Sie vertiefte sich wieder in ihre morgendliche Lektüre.
Friederike stellte ihre Tasche ab. Das benutzte Geschirr und die Eierschalen im Eierbecher ließen unschwer erkennen, dass Anjuta bereits gefrühstückt hatte. Trotzdem fragte sie freundlich »Soll ich dir noch etwas mitbringen?«
»Nein, danke. Ich bin bereits fertig.« Anjuta machte sich nicht einmal die Mühe, ihre Kollegin anzusehen.
Friederike schüttelte den Kopf und ging zum Büfett, stellte sich ihr Frühstück zusammen und setzte sich zu Anjuta. Eigentlich war Friederike so früh aufgestanden, um sich nach dem Frühstück noch einmal mit ihrer Akte zu beschäftigen und sich in Ruhe vorzubereiten. Um so erstaunter war sie, dass sie bereits jetzt auf Anjuta traf. Da Silvia Dyba für die Termine zuständig war, wusste Friederike, dass ihnen bis zum ersten Termin noch genügend Zeit blieb. Nachdem sie sich einen Kaffee eingegossen hatte, verzehrte sie schweigend ihren Toast. Während Anjuta weiterhin intensiv mit ihrer Zeitung beschäftigt schien, fragte sie sich, was deren schlechte Laune verursacht haben könnte. Sie konnte nicht einmal ahnen, dass Edzard Korritter, der eigentlich die Nacht mit Anjuta

verbringen wollte, kurzfristig abgesagt hatte. Gerade, als sie sich mit ihrem Frühstücksei beschäftigen wollte, legte Anjuta ihre Zeitung zur Seite.
»Also ehrlich gesagt, im Studium hat mich dieses Völkerrecht nicht sonderlich interessiert. Dennoch habe ich behalten, dass Angriffskriege zu den ungerechten Kriegen gehören.«
»Du sagst es«, pflichtete Friederike ihr bei. »Wie kommst du gerade jetzt darauf?«, fragte sie höflich und begann ihr Ei zu löffeln.
»Ich habe gerade einen Bericht über den Irakkrieg gelesen. Als Deutschland den Amerikanern eine Luftbrücke ermöglichte, gab es auch kritische Stimmen. Ich erinnere mich an einen Hochschulprofessor, der im Fernsehen die Meinung vertrat, dass das Beihilfe zum Völkermord sei. Von dem hat man dann nichts mehr gehört.«
Friederike schluckte ihren Bissen herunter. »Das ist doch normal. Warum soll denn solchen kritischen Stimmen in den Medien eine Plattform eingeräumt werden? Entscheidungen der Regierung sind dazu da, dass sie nicht in Frage gestellt werden.« Der Spott in ihrer Stimme war unüberhörbar.
»Na, hör mal.« Anjutas schlechte Laune war wie weggeblasen. Sie stieg auf Friederikes Ton ein. »Schließlich leben wir in einer Demokratie.«
»Richtig. Und deren Charakter definiert sich durch die jeweils herrschende Klasse. Alles klar?«, konterte Friederike.
»Alles klar. Und da wir ja nicht hier sind, um Grundsatzdiskussionen zu führen, werden wir uns jetzt unserer eigentlichen Aufgabe widmen.« Anjutas Ton duldete, wie so häufig, keinen Widerspruch.
»In Ordnung. Aber ich finde, es verhöhnt all die getöteten Menschen, die man als Kollateralschäden bezeichnet.«
»Da gebe ich dir Recht. Das ist unerträglich.« Anjuta griff nun doch zu der auf dem Tisch stehenden Kaffeekanne und

goss sich einen Kaffee ein. »Wenn ich das richtig sehe, muss heute jeder mit seinem Auto fahren«, sagte sie, während sie sich Milch und Zucker einrührte.
Friederike nickte. »Ja. Erst die Termine morgen machen wir gemeinsam.«
Anjuta griff in ihre Tasche, die auf dem Stuhl neben ihr stand und entnahm ihr ein kleines Gerät.
»Ich beginne heute mit der Freundin von Stefanie, Kathleen Scriba, und bin dann noch mit einer der ehemaligen Nachbarinnen verabredet.«
Während Anjuta mit einem kleinen Stift ihren elektronischen Terminplaner bediente, sagte sie erneut in dem Ton, der keinen Widerspruch duldete: »Wir müssen uns auf jeden Fall den Wohnort des Mädchens und die Umgebung ansehen, damit wir informiert sind.«
»Je nachdem, wie wir heute fertig werden, könnten wir das vielleicht heute Abend machen. Wir treffen uns ohnehin bei den Nachbarn. Auch ich habe heute einen Termin dort.«
»Nein. Heute Abend auf keinen Fall.«
Überrascht sah Friederike über den Rand ihrer Kaffeetasse zu ihrer Kollegin. Anjuta hatte für ihre Begriffe etwas zu schnell geantwortet.
Anjuta bemerkte die Verwunderung in Friederikes Blick und beeilte sich zu erklären: »Selbst, wenn wir beide so früh fertig werden, dass es noch reichen könnte, geht es heute nicht.«
Als sie sich wieder ihrem Kalender widmete, sagte sie betont gleichgültig: »Ich habe ein paar Akten dabei, die unbedingt noch bearbeitet werden müssen. Eine davon ist besonders eilig. Du weißt doch, wie das mit den Fristen ist. Hältst du sie nicht ein, verlierst du unter Umständen den Prozess.«
»Es muss ja auch nicht heute sein«, wandte Friederike beschwichtigend ein.
»Eben.« Anjuta legte das Gerät auf den Tisch und sah auf

ihre Uhr. »Jetzt werden wir es auch nicht schaffen, obwohl wir beide viel zu früh aufgestanden sind.«

Friederike stellte ihre leere Tasse ab. »Nein. Die Fahrt würde einfach zu viel Zeit in Anspruch nehmen. Ich habe aber einen anderen Vorschlag. Auf dem Weg ins Hotel bin ich an einem Krankenhaus vorbeigefahren. Ich habe an der Rezeption nachgefragt und erfahren, dass dieses Krankenhaus seit jeher existiert. Also muss es das sein, in dem Ursula Heech gearbeitet hat. Die Fahrt dorthin dauert nicht mehr als zehn Minuten. Wir könnten versuchen, dort ehemalige Kollegen zu befragen.«

Anjuta schnaufte. »Ich halte deine Annahme, dass Ursula Heech noch lebt, zwar weiterhin für recht unwahrscheinlich, aber schaden kann es auch nicht. Ich hatte zwar schon überlegt, mich jetzt mit meinen Akten zu beschäftigen. Aber dazu brauche ich Ruhe. Ich könnte mich ohnehin nicht konzentrieren.« Sie schürzte die Lippen. »Also gut, lass uns fahren.«

Die beiden Anwältinnen ergriffen ihre Sachen und verließen gemeinsam das Hotel.

Mit einem Blick auf Autos, die nebeneinander geparkt auf dem Parkplatz standen, sagte Friederike fröhlich: »Mit uns ist das wie mit dem Hasen und dem Igel. Als ich gestern eintraf, warst du schon da. Heute morgen beim Frühstück schon wieder«,

Anjuta dachte an die Prämie. »Ich bin nun mal gerne pünktlich. Daran ist doch nichts Schlechtes, oder?«

»Nein, selbstverständlich nicht.«

»Dafür darfst du jetzt vorfahren und ich fahre hinterher.«

Anjuta stieg in ihr Auto, schloss die Tür und startete den Motor. Unterwegs ärgerte sie sich darüber, dass der Wagen, den ihre Kollegin fuhr, nicht nur neuer, sondern auch größer als ihr eigener war. Doch der Gedanke, dass sich das spätestens mit der zugesicherten Prämie alles ändern würde, versöhnte sie

wieder. Sie war davon überzeugt, dass diese in voller Höhe ihr zufallen würde. Plötzlich fiel ihr ein, dass Edzard Korritter ihr noch nichts über sein Gespräch mit dem Computerspezialisten erzählt hatte. Sie nahm sich vor, ihn danach zu fragen, wenn er in der Nacht zu ihr kommen würde. »Dann kannst du mit deinem Arzt erst mal ein Weilchen sparen, bevor du wieder ein größeres Auto als ich fährst.« Anjuta erschrak über ihre eigene Stimme, als sie der vor ihr herfahrenden Friederike diesen Satz hinterherschleuderte. Fröhlich schaltete sie ihr Radio ein und sang in der Vorfreude auf die kommende Nacht einen Schlager mit. Auf dem Parkplatz vor dem Krankenhaus parkte sie ihr Auto neben Friederike und stieg aus. »Hast du die Akte von Ursula Heech dabei?«
»Ja.«
»Dann sieh mal nach, ob darin Namen von ehemaligen Kolleginnen notiert sind.«
»Das können wir auch noch später. Lass uns erst mal die Küche suchen.«
Eigentlich hätte ihnen die freundliche Dame der Rezeption den Weg gar nicht zu beschreiben brauchen. Als sie mit dem Fahrstuhl in den Keller gefahren waren, hätten sie nur ihrer Nase folgen müssen.
Die Tür des Pausenraumes neben der Küche stand offen. In dem Raum saßen drei Frauen beim Frühstück.
»So, bitte, jetzt hast du deinen Auftritt«, flüsterte Anjuta Friederike zu und schob sie voran in den Raum.
Völlig ungezwungen ging Friederike auf die Frauen zu. »Guten Morgen die Damen und guten Appetit.«
Da die Frauen nur nickten und weiter aßen, entschied sich Friederike, die älteste der Frauen anzusprechen. Sie zeigte auf Anjuta und sagte: »Meine Kollegin und ich sind Rechtsanwältinnen. Wir bearbeiten einen Fall, der mehr als fünfundzwanzig Jahre zurückliegt. Wir suchen jemanden, der genauso lange

und vielleicht auch noch länger hier in der Küche arbeitet.«
»Tut mir leid. Ich bin erst seit zehn Jahren dabei«, erwiderte die Frau freundlich. »Die beiden sind noch nach mir gekommen.«
»Ist vielleicht noch jemand in der Küche, der uns weiter helfen könnte?«
Alle drei Frauen nickten. »Unsere Chefin. Die hat gleich nach dem Ende ihrer Ausbildung hier angefangen. Das müssten jetzt bestimmt schon mehr als fünfundzwanzig Jahre sein«, antwortete die älteste der Frauen.
»Ist sie zu sprechen?«
»Sie hat noch nicht gefrühstückt. Eigentlich müsste sie jeden Augenblick rauskommen.«
Jetzt mischte sich Anjuta in das Gespräch ein. »Würde es Ihnen etwas ausmachen, wenn Sie sie informieren, dass wir gerne mit ihr reden wollen.«
Die Frau biss noch einmal kräftig in ihr Frühstücksbrot, und während sie Anjuta kauend fixierte, erhob sie sich langsam.
»Das ist aber nett von Ihnen. Wir haben nämlich nicht allzu viel Zeit«, säuselte Anjuta hinter ihr her, als beide Anwältinnen ihr auf dem Weg in die Küche folgten.
Die Frau öffnete die Tür mit dem Ellenbogen und schob sie mit ihrem Körper auf. Ihre schrille laute Stimme gellte in Friederikes und Anjutas Ohren, als sie in die Küche rief: »Reni. Hier sind zwei Anwältinnen, die dich sprechen wollen.«
Ihre füllige Figur versperrte Anjuta und Friederike den Blick in das Innere der Küche, aus der ihnen ein heißer, unangenehmer Essengeruch entgegenströmte. Topfgeklapper und zischende Dämpfe verhinderten, dass beide die Antwort darauf verstanden.
»Sie kommt gleich. Sie wollte sowieso eine rauchen.« Die Frau drehte sich um und ging wieder zurück ihren Kolleginnen. Während sie wortlos weiter aß, würdigte sie Anjuta und Friederike keines weiteren Blickes.

Beide waren wartend auf dem Flur stehen geblieben. Es dauerte nicht lange, bis sich die Tür zur Küche wieder öffnete und eine Frau mittleren Alters heraustrat. Zielgerichtet schritt sie auf die beiden zu. »Sie warten auf mich?«
»Wir denken schon«, antwortete Anjuta gleich für Friederike mit.
»Vielleicht können wir uns Ihnen erst einmal vorstellen. Mein Name ist Friederike Jalaß und das ist meine Kollegin Anjuta Hohmuth.«
»Angenehm. Ich heiße Renate Wiehle. Sagen Sie mir jetzt, worum es geht?«
»Selbstverständlich, wenn Sie uns sagen, wie lange Sie hier schon angestellt sind«, gab Anjuta schnippisch zur Antwort.
Die Küchenleiterin, eine dünne Frau mit grauen Haaren und faltigem Gesicht, zuckte unter dem barschen Ton zusammen. Sie rieb ihre Hände aneinander und stand unschlüssig da. »Es werden jetzt einunddreißig Jahre.«
»Sehr gut«, lobte Anjuta. »Dann sind Sie diejenige, die wir suchen.«
Noch bevor sie weitersprechen konnte, fiel ihr Friederike ins Wort. »Wir sind mit dem Fall Stefanie Heech befasst. In diesem Zusammenhang haben wir uns auch die Akte ihrer Mutter angesehen. Wenn Sie schon so lange hier Ihren Dienst verrichten, dann haben Sie auch ihre Mutter gekannt. Ursula Heech war doch eine Zeit lang Ihre Kollegin, oder?«
Es dauerte nicht länger als den Bruchteil einer Sekunde. Doch Friederike hatte es gesehen. Panik trat in die Augen von Renate Wiehle. Dann hatte sie sich wieder unter Kontrolle. Sie straffte sich und antwortete betont gleichgültig. »Ja, aber das ist lange her.«
Anjuta, die sich damit beschäftigt hatte das Äußere von Renate Wiehle zu taxieren, erwiderte: »Mehr als fünfundzwanzig Jahre. Haben wir die Möglichkeit, uns irgendwo ungestört zu unterhalten?«

»Ja. Ich wollte sowieso eine Zigarette rauchen. Wir können in die erste Etage fahren. Dort gibt es einen Bereich für Raucher. Da gibt es Sitzgelegenheiten, und dort können wir uns ungestört unterhalten. Ich hole nur kurz meine Zigaretten und mein Feuerzeug.«
Friederike und Anjuta sahen ihr hinterher, als sie den Gang entlang eilte und hinter einer Ecke verschwand. Kurze Zeit später tauchte sie wieder auf. Sie hatte ihre Schürze abgelegt und trug nun einen weißen Kittel. »Ich bin soweit. Wollen wir gehen oder mit dem Fahrstuhl fahren.«
»Wir können auch laufen, wenn es Ihnen nichts ausmacht«, antwortete Friederike.
»Es macht mir nichts aus.«
Alle drei setzten sich in Bewegung. Sie schwiegen, bis sie den Raucherbereich des Krankenhauses erreicht hatten.
Anjuta warf einen Blick in den Raum und sagte, angeekelt durch den Geruch von abgestandenem Zigarettenqualm: »Also, wenn es Sie nicht stört, können wir uns auch nach draußen setzen. Ich habe vor dem Krankenhaus Bänke gesehen. Da sind wir nicht nur unbehelligter, sondern können auch gleich noch die warme Frühlingssonne genießen.«
Renate Wiehle nickte.
Ohne sich des Einverständnisses von Friederike zu versichern, drehte sich Anjuta wortlos um und strebte dem Ausgang entgegen. Die beiden Frauen folgten ihr langsam und fanden sie vor der Tür damit beschäftigt, eine Bank freizuräumen. Mit zuckersüßer Stimme säuselte sie: »Junger Mann, macht es Ihnen etwas aus, sich auf eine andere Bank zu setzen? Meine Kollegin und ich sind Anwältinnen und müssen eine wichtige Zeugenvernehmung durchführen. Sie verstehen sicher, dass die nicht für fremde Ohren bestimmt ist.«
Der ältere Herr, den sie angesprochen hatte, räumte kopfschüttelnd seinen Platz und humpelte wortlos eine Bank

weiter. »Danke schön«, flötete Anjuta ihm hinterher. Als sie saß, dirigierte sie Friederike und Renate Wiehle mit Blicken heran. Friederike wartete bis Renate Wiehle neben Anjuta Platz genommen hatte und setze sich so, dass ihre Zeugin in der Mitte saß. Renate Wiehle fingerte in ihrem Kittel noch nach der Zigarettenschachtel und ihrem Feuerzeug, als Anjuta ungeduldig mit der Vernehmung begann. »Wir haben ja schon festgestellt, dass die Sache einige Jahre zurückliegt. Vielleicht erinnern Sie sich aber trotzdem noch, wann sie Ursula Heech zum letzten Mal gesehen haben.«

»Das war an dem Tag, als sie verschwand. Sie erschien an diesem Tag nicht zur Arbeit. Ein Fahrer vom Krankenhaus, eine Kollegin aus der Küche und ich haben uns dann auf den Weg gemacht, um sie abzuholen. Wir sind zu ihrer Wohnung gefahren. Ihr Freund hat uns geöffnet. Sie lag noch im Bett.« Renate Wiehle zündete sich eine Zigarette an und inhalierte einen tiefen Zug. Die Zigarettenschachtel hatte sie zurück in ihre Tasche gesteckt. Das Feuerzeug behielt sie in der Hand. »Sie hat zu mir gesagt, dass sie krank ist und nicht arbeiten kann. Ich habe dann erwidert, dass sie dann zum Arzt gehen und sich krankschreiben lassen muss. Daraufhin sagte sie, dass sie das gerne machen würde, sich dazu aber nicht in der Lage fühle.«

»Was geschah dann?« Wieder war am Tonfall die Ungeduld von Anjuta zu hören.

»Ich habe ihr dann die Pistole auf die Brust gesetzt und gesagt, dass wir sie hinbringen werden. Gleichzeitig habe ich ihr angedroht, dass ich Maßnahmen ergreifen müsste, wenn sie keinen Krankenschein bringen würde.« Renate Wiehle vergaß die brennende Zigarette zwischen ihren Fingern und spielte mit dem Feuerzeug in der Hand. Ihr Blick ging in die Ferne. »Sie hat sich und die Kleine dann fertig gemacht. Wir haben sie zu ihrem Arzt gefahren und dann die Kleine in den

Kindergarten gebracht. Ich persönlich habe sie an die Kindergärtnerin übergeben. Hätte ich gewusst, dass sie ihre Mutter das letzte Mal sieht…« Wieder nahm sie einen tiefen Zug.
»Als ihre Mutter sich von ihr verabschiedete, ist Ihnen da etwas aufgefallen?«, fragte Friederike teilnahmsvoll.
»Sie sind die Erste, die sich dafür interessiert.«
»Das hat man Sie noch nicht gefragt?«
Beide Frauen sahen einander an.
»Nein.« Renate Wiehle schüttelte ihren Kopf. »Wir sind mit dem Auto bis vor die Poliklinik gefahren. Dort praktizierte ihr Arzt. Sie hat das Kind nur flüchtig geküsst und ist dann ausgestiegen. Ulla hat sich nicht einmal mehr umgedreht.«
»Das alles konnten Sie beobachten?«
Renate Wiehle drehte sich zu Anjuta. »Selbstverständlich. Der Fahrer und meine Kollegin saßen vorne im Auto, Ulla, die Kleine und ich auf dem Rücksitz. Kurz vor dem Aussteigen hat sie mich so hilflos angesehen. Sie stieg dann aus, ohne sich noch einmal umzudrehen. Ich dachte, dass sie beleidigt ist.«
»Warum sollte sie sich denn beleidigt gefühlt haben?«
»Ich hatte ihr gesagt, dass sie mich zwinge, sie als Hilfsköchin einzusetzen, wenn sie so weitermachen und nicht zur Arbeit kommen würde.«
»Da hätte sie doch weitaus weniger Verantwortung gehabt. Wäre das denn überhaupt eine Strafe für sie gewesen?«
»Ja, selbstverständlich. Sie hatte das Abitur und den Abschluss als Diätassistentin. Ulla war eine kluge Frau. Wenn wir Sowjetsoldaten im Krankenhaus hatten, wurde sie immer zum Übersetzen geholt. Sie sprach ausgezeichnet russisch.«
Anjuta konnte nicht anders. »Ach, hat sie ihren Abschluss in Moskau erhalten?« Schon Anjutas Ton allein provozierte. Renate Wiehle bedachte sie mit einem sonderbaren Blick, drehte sich von ihr weg und lehnte ihren Rücken an die Bank. Friederike konnte beobachten, wie sie ihre Lippen zusammen

kniff und dann an der Oberlippe kaute. Sie schnipste die Asche von ihrer Zigarette und nahm einen weiteren Zug. Während sie den linken Arm vor der Brust verschränkte und ihren rechten Ellenbogen darauf stützte, presste sie heraus: »Nein, natürlich nicht. Sie sprach Schulrussisch und hat sich den Rest dann selbst beigebracht.« In schneller Folge zog sie an ihrer Zigarette.

›Deutlicher als es Renate Wiehle in Worten und in ihrer Körpersprache zum Ausdruck bringt, kann man Ablehnung nicht zeigen‹, dachte Friederike. »Ging Ihr Verhältnis zu Ursula Heech über ein kollegiales hinaus?« Sie beobachtete, wie sich der Mund von Renate Wiehle öffnete und wieder schloss, ohne dass sie einen Ton herausbrachte.

»Ja. Wir waren befreundet. Deshalb ließ sich die Kleine von mir auch problemlos in den Kindergarten bringen.« Nach einem weiteren Zug beugte sie sich nach vorne und drückte ihre Zigarette auf dem Erdboden aus. Dann holte sie ihre Zigarettenschachtel hervor und steckte den Zigarettenstummel hinein. Die Schachtel behielt sie in der Hand. Ihr Daumen begann unentwegt darüber zu streichen.

Ein Gedanke schoss Friederike in den Kopf. Doch bevor sie ihn aussprechen konnte, meldete sich Anjuta wieder zu Wort.

»Wann erfuhren Sie, dass sie vermisst wird?«

»Am nächsten Tag. Ihr Freund erschien bei mir in der Küche und erzählte mir, dass sie vermisst wird.« Renate Wiehle drehte ihren Kopf müde in Anjutas Richtung.

Schon kam die nächste Frage von ihr. »Hat Sie das überrascht?«

»Nein.«

»Warum nicht?«

»Sie kam mit ihrer Scheidung nicht klar.« Renate Wiehle überlegte. »Soweit ich mich erinnere, begann alles, als ihr Mann die Scheidung eingereicht hatte. Sie brachte oftmals einen Krankenschein und kam zum Schluss nur noch unregelmäßig

zur Arbeit. Ich hatte das Gefühl, dass ihr Leben außer Kontrolle geriet. Sie lebte jeden Tag, als ob er der Letzte wäre. Sie hatte ständig wechselnde Männerbekanntschaften und begann, regelmäßig Alkohol zu trinken.«
»Trank sie auch während der Arbeit?«
»Nein. Eigentlich nicht.«
»Woher wussten Sie denn, dass sie regelmäßig trank?«
»Sie hat es mir erzählt. Wir waren schließlich Freundinnen.«
»Sie meinen, dass Sie niemals selbst gesehen haben, dass Ursula Heech Alkohol trank?«, fragte Anjuta verwundert.
»Natürlich habe ich gesehen, wenn sie zu Feiern und anderen Anlässen Alkohol trank. Aber eben nicht bei der Arbeit. Sie kam auch nie betrunken zur Arbeit.«
»Trotzdem sollte sie Hilfsköchin werden?«
»Ja. Ich habe es ihr angedroht.«
»Und warum?«
»Weil sie aus meiner Sicht grundlos der Arbeit fernblieb und ich sie erziehen wollte. Die Stelle, die sie besetzte, ist im Krankenhaus wichtig. Schließlich geht es um die Ernährung von Kranken, denen schnellstmöglich geholfen werden soll.« Aus Renate Wiehles Stimme klang Überzeugung.
Friederike beobachtete, dass ihre Hände noch immer unablässig Feuerzeug und Zigarettenschachtel bewegten. »Hat sie mit Ihnen über ihre Beziehungen gesprochen oder woher wussten sie von ständig wechselnden Männerbekanntschaften?«
Renate Wiehle hielt inne. Sie hatte aufgehört ihre Hände zu bewegen. Dann öffnete sie ihre Schachtel erneut und zog eine Zigarette heraus. Friederike schien es, als ob sie sie betont langsam anzündete, um genügend Zeit für ihre Antwort zu haben. Ebenso langsam ließ sie ihr Feuerzeug in die Tasche ihres Kittels gleiten, während sie Friederike direkt ins Gesicht sah. »Teilweise erzählte sie mir davon, teilweise habe ich sie selbst gesehen.«

»Können Sie mehr von denen erzählen, von denen Sie wussten?«

Renate Wiehle zog zweimal an ihrer Zigarette, bevor sie antwortete. »Der Letzte war mehr als zwanzig Jahre älter. Er war verheiratet, hatte fünf erwachsene Kinder und war vorbestraft.«

»Von dem wissen wir bereits.«

Es ging wie ein Ruck durch den Körper von Renate Wiehle, als sie Anjutas Stimme in ihrem Rücken vernahm. Schnell sog sie erneut an ihrer Zigarette. Dann richtete sie sich auf. »Kurz vor ihrem Verschwinden ließ sie sich von einem Mann im Westauto bis hier vor das Krankenhausportal fahren. Sie betonte aber, dass das ihr Cousin gewesen sei.« Gekonnt schnipste sie die Asche von der Zigarette, sah Friederike fest in die Augen und sagte lächelnd: »Einmal hatte sie sich sogar in einen von den Sowjetsoldaten verliebt. Er sagte zu ihr immer Malenkaja und sie zu ihm Saschenka.« Renate Wiehle drehte sich zur Seite, um wieder einen tiefen Zug ihrer Zigarette zu inhalieren. Noch während sie den Rauch ausatmete, drehte sie sich zu Friederike zurück und sagte: »Als ich sie einmal besuchte, kam ein bärtiger Mann aus ihrer Tür. Sie hat es zwar abgestritten, aber so rot wie sie im Gesicht aussah, hatte sie kurz vorher bestimmt gerade Sex mit ihm. Dann hat sie noch einen Freund in Berlin gehabt. Wahrscheinlich hat man deshalb im Ort nach ihrem Verschwinden herumerzählt, dass sie in den Westen geflüchtet ist. An mehr kann ich mich jetzt nicht erinnern. Aber für die Zeit von knapp einem Jahr reicht die Anzahl an Beziehungen wohl auch.«

Anjuta hob hinter Renate Wiehles Rücken den Arm auf Augenhöhe und tippte für Friederike deutlich sichtbar auf ihre Uhr. Die hatte verstanden und nickte kaum merklich, als sie zu Renate Wiehle gewandt fragte: »Können Sie sich an die Namen der Männer erinnern?«

»Den von ihrem letzten kennen Sie ja. Der Soldat hieß Wolkow. Nein. Ich glaube eher Wolkowski. Den Bärtigen hat sie mir nur als einen Freund vorgestellt und den Berliner auch. Den Wessi bezeichnete sie nur als ihren Cousin.«
»Hatten Sie daran Zweifel?«
»So wie die sich küssten, ja.« Ein flüchtiges Lächeln huschte über das verhärmte Gesicht von Renate Wiehle.
»Hatte sie mehrere Beziehungen gleichzeitig?«
Friederike biss sich auf die Lippen. Diese Frage konnte nur von Anjuta kommen.
Renate Wiehle zog an ihrer Zigarette. »Nein. Ich glaube nicht. Der Soldat lag ungefähr sechs Wochen hier.« Fast widerwillig drehte sie sich zu Anjuta. »Den Bärtigen habe ich nur einmal gesehen. Von dem Berliner hat sie auch nicht lange erzählt. Das mit dem Cousin war ungefähr ein Monat vor ihrem Verschwinden, und den Letzten hatte sie danach bis zu ihrem Verschwinden.«
»Gut. Ich habe dann keine weiteren Fragen an Sie.« Anjuta sah an Renate Wiehle vorbei und fragte mit einem Blick zu Friederike in drohendem Unterton: »Möchtest du noch etwas wissen?«
Friederike ließ sich nicht beirren. »Ja, ich habe eine letzte Frage an Sie. Frau Wiehle, hatte Ursula Heech bereits während ihrer Ehe ein Verhältnis?«
»Als sie die Beziehung zu dem Sascha hatte, lief die Scheidung schon. Ein Verhältnis während der Ehe? Nein, nicht dass ich wüsste.« Renate Wiehle nahm noch einen letzten Zug und beugte sich dann erneut vor, um ihre Zigarette auszudrücken. Während Anjuta Friederike anstarrte, bedeutete sie ihr wortlos mit einem Kopfnicken, aufzustehen.
Die Anwältinnen standen beide gleichzeitig auf.
Auch Renate Wiehle erhob sich. Wortlos ließ sie den Rest ihrer Zigarette in der Schachtel verschwinden, bevor sie diese zum

Feuerzeug in ihre Tasche schob. Friederike gab ihr die Hand und sagte: »Vielen Dank, dass Sie uns Ihre Pause geopfert haben. Auf Wiedersehen und alles Gute.«
»Ihnen auch. Auf Wiedersehen.« Als Renate Wiehle Anjuta die Hand zum Abschied reichte, presste die ein aufgesetztes: »Auf Wiedersehen« heraus, ehe sie sich ohne ein weiteres Wort mit schnellen Schritten in Richtung ihres Autos in Bewegung setzte.
Friederike lächelte Renate Wiehle entschuldigend an, bevor sie sich schnellen Schrittes beeilte Anjuta einzuholen.

14

KAPITEL

›Anjuta hat die abgearbeitete Hand von Renate Wiehle angesehen, als ob sie ein hässliches Insekt betrachten würde.‹ Als sie eine halbe Stunde später die Treppe hochstieg, ärgerte Friederike sich noch immer. Fast wäre sie dadurch an der Tür von Ilga Möckel vorbeigelaufen. Auf der ersten Stufe der nächsten Treppe blieb sie stehen und las von dort die Namensschilder der Mieter dieser Etage. Sie schalt sich selbst als trottlig und ging zurück. Jedoch schon in dem Moment, als sie den Klingelknopf drückte, war Friederike bereits wieder hoch konzentriert.

Die kleine, etwas rundliche Frau, die ihr die Tür öffnete, empfing sie mit einem höflichen Lächeln. Nachdem sie einander vorgestellt hatten, bat die Frau Friederike in ihre Wohnung.

»Darf ich Ihnen etwas anbieten?«

»Nein. Vielen Dank. Ich hatte im Hotel ein ausgiebiges Frühstück.«

»Dann nehmen Sie doch bitte Platz.« Ilga Möckel wies auf die Couch und setzte sich, als Friederike ihrer Aufforderung nachkam, selbst sehr aufrecht in ihren Sessel.

Während Friederike ein kleines Aufnahmegerät aus ihrer Tasche zog, musterte sie ihre Zeugin verstohlen. »Schön, dass Sie sich für mich Zeit genommen haben. Hätten Sie

etwas dagegen, wenn ich unser Gespräch mitschneide?«
Als sie den verwunderten Blick von Ilga Möckel sah, beeilte sich Friederike zu erklären: »Ich arbeite nicht allein an dem Heechfall. Um Zeit zu sparen, und um die Sache möglichst schnell aufklären zu können, befragt meine Kollegin gerade weitere Zeugen. Damit nichts in Vergessenheit gerät und auch die jeweils andere Kollegin informiert ist, sollen alle Befragungen aufgenommen und dann abgeschrieben werden.«
»Nun ja. Sie können auf die Taste drücken. Wer hilft nicht gerne, wenn er kann. Außerdem glaube ich, dass es auch für mich von Vorteil wäre, wenn endlich ein bisschen Licht ins Dunkle kommen würde.«
»Wie darf ich das verstehen?«, fragte Friederike und betätigte langsam die Aufnahmetaste, bevor sie das Gerät endgültig zwischen sich und Ilga Möckel legte.
»Sie haben Recht.« Ilga Möckel lachte. »Dazu müsste ich Ihnen erst einmal ein bisschen über die Beziehung zwischen Konrad Heech und mir erzählen.«
Friederike stimmte in das Lachen ein, und das Eis zwischen den beiden Frauen begann zu schmelzen.
Ilga Möckel rutschte zurück und setzte sich entspannt in ihren bequemen Sessel. »Herr Heech und ich haben uns über eine Annonce kennengelernt. Ich war zwar schon über dreißig, wohnte damals aber noch bei meinen Eltern. Er hat mich dort auch besucht. Aber auf die Dauer war das natürlich kein Zustand. Deshalb bin ich dann ausgezogen.«
»Sind Sie zu ihm gezogen?«
»Nein.« Der Anflug von Verbitterung in der Stimme von Ilga Möckel war für Friederike deutlich hörbar, als sie nach einer kleinen Pause hinzufügte. »Das hätte ich zwar gerne gehabt, aber er wollte es nicht. Ich hätte ihn auch gerne geheiratet. Aber auch dazu konnte er sich nicht entschließen.« Sie seufzte. »Er ist schon immer ein sehr verschlossener Mensch gewesen,

ein Einzelgänger. Es gingen wenige Impulse von ihm aus. Ich hatte meine eigenen Vorstellungen vom Leben und dabei kam es häufig zu Meinungsverschiedenheiten. Die gipfelten darin, dass unterschiedliche lange Zeiträume zwischen unseren Begegnungen lagen.«

Friederike hatte den Eindruck, dass Ilga Möckel froh war, mit jemand über ihre Beziehung zu Konrad Heech reden zu können. Deshalb unterbrach sie sie nicht.

»Nach der Geburt unserer Tochter Mandy kam er regelmäßig. Er hat ein gutes Verhältnis zu ihr entwickelt und ist sehr stolz auf sie, auch wenn er es ihr nicht immer so zeigen kann. Zurzeit ist sie Referendarin. Sie wird Lehrerin, genau wie ihre Mutter.« Ilga Möckel legte ihre Arme auf die Sessellehnen.

Friederike hörte den Stolz, der in ihrer Stimme mitschwang und fragte mehr aus Höflichkeit als aus Neugier: »Hat Ihre Tochter auch die gleichen Fächer wie Sie gewählt?«

»Nein. Sie hat Sprachen gewählt, während ich Mathematik und Chemie unterrichte.«

»Oh, dann mussten Sie sich heute für unser Treffen extra freinehmen?«

»Wo denken Sie hin. Mir sind durch dieses Lehrerpersonalkonzept meine Stunden deutlich reduziert worden. Nein. Sie brauchen sich keine Sorgen zu machen. Ich habe in jeder Woche um diese Zeit frei.« Wieder war die Verbitterung, die aus Ilga Möckels Stimme klang, unüberhörbar.

Friederike begann, ihre Zeugin unauffällig zu mustern. Ilga Möckel hatte ein rundes Gesicht mit ersten tiefen Falten, das von großen braunen Augen über einer kurzen, kräftigen Nase dominiert wurde. Die Lippen ihres vollen Mundes waren, wie auch die Augen, dezent geschminkt. Sie trug ihre kurzen braunen Haare als Bob. Weite Hosen und ein legeres Oberteil kaschierten ihre frauliche Figur. Die war nur durch den vollen Busen und die kräftigen Arme zu erahnen. Künstlich

verlängerte Fingernägel streckten ihre kleinen gepflegten Hände optisch. Sie trug, mit Ausnahme der Daumen, an jedem Finger ihrer Hände goldene Ringe.
Friederike hatte im Gefühlsleben von Ilga Möckel ganz offensichtlich einen wunden Punkt berührt.
Sie wartete erst gar nicht auf eine weitere Aufforderung von Friederike, sondern erzählte ungefragt weiter: »Dabei kann ich froh sein, dass ich überhaupt noch Arbeit habe. Das ist schließlich heutzutage auch nicht mehr selbstverständlich. Ich will ja nicht jammern. An Geld hat es mir glücklicherweise nie gefehlt und das, obwohl ich meine Tochter sozusagen alleine großgezogen habe.«
»Hat Herr Heech sich nicht daran beteiligt?«
»Doch. Aber ich hatte immer das Gefühl, dass ihm seine Tochter Steffi schon allein deshalb mehr bedeutete, weil sie aus einer ihm wichtigeren Beziehung stammte, als es unsere ist. Das sehe ich aus meiner Sicht so. Wie gesagt, zur Hochzeit und zur Ehe konnte er sich nicht durchringen. Unsere Beziehung hat ihm wohl nicht so viel bedeutet.« Ilga Möckel schluckte. Ihre Stimme begann zu zittern und ihre Augen wurden feucht. »Jedenfalls nicht so viel wie mir.« Nach dem kurzen Moment, in dem sich Ilga Möckel ihrer Traurigkeit hingab, atmete sie tief durch, richtete sich auf und fuhr mit fester Stimme fort. »In der ersten Zeit unserer Bekanntschaft kam er ungefähr einmal die Woche zu mir. Auch nach der Geburt von Mandy besuchte er uns regelmäßig. Wenn wir getrennt waren, und das war manchmal ein Jahr, hat er sich einmal im Monat Mandy geholt. Steffi war dann dabei. Wir verlebten dann ein paar gemeinsame Stunden.« Sie unterbrach sich und massierte mit den Fingern ihre Schläfen. »Ich möchte natürlich klarstellen, dass ich auch bestimmte Anforderungen an meinen zukünftigen Ehemann stelle. Herr Heech konnte diese, auf Grund seiner eigenen Verhaltensweisen, allerdings

nicht immer erfüllen.«

»Nein?«

»Nun, ja. Nach der Scheidung und dem Tod seiner ersten Frau, vor allem jedoch, nachdem Steffi verschwand, war er sehr depressiv gestimmt. Ich denke schon, dass er über den Tod seiner ersten Frau niemals hinwegkommt.« Ilga Möckel ließ ihre Hände sinken und fixierte ihre Besucherin.

»Kannten Sie seine erste Frau?«, fragte Friederike interessiert.

»Ich stamme zwar aus dieser Stadt, habe sie aber persönlich nie kennengelernt. Alles, was ich dazu sagen kann, weiß ich von Herrn Heech. Er brachte mir gegenüber sinngemäß zum Ausdruck, dass er sich die Schuld am Tod seiner Frau gibt.«

»Hat er das so gesagt?«

»So direkt natürlich nicht. Er meinte damit, dass er durch sein Wesen und sein Verhalten dazu beigetragen hätte, dass sie zur Alkoholikerin geworden ist. Dass sie dann starb, bedrückte ihn sehr. Er nahm seine Tochter wieder zu sich. Steffi richtete ihn dann wieder auf. Ich fühlte mich sehr gekränkt, dass die Kleine mehr Erfolg dabei hatte als ich.«

»Was für ein Verhältnis hatte Herr Heech zu seiner Tochter Steffi?«

»Es war ein sehr liebevolles. Er hätte alles für sie getan. Aber er konnte seine Liebe nicht zum Ausdruck bringen. Allerdings hat er alles dafür getan, um möglichst oft mit ihr zusammen zu sein. An den Wochenenden holte er sie von seiner Mutter hier in die Stadt.«

»Wie würden Sie ihr eigenes Verhältnis zu Steffi beurteilen?«

»Als ich Konrad kennenlernte hoffte ich, dass ich für sie eine Mutter werden könnte. Anfangs sah es auch so aus. Ich habe ihr all das, was ihr fehlte, gegeben. Ich hatte ja noch kein eigenes Kind. Dann bin ich schwanger geworden. Trotzdem trennten wir uns und kamen erst kurz vor der Geburt von Mandy wieder zusammen. Bis Mandy fünf Jahre war, trafen wir uns nur unregelmäßig. Konrad hatte den Kontakt regelrecht unterbunden.« Ilga Möckel drehte die Ringe an ihren Fingern. »In den fünf Jahren waren Herr Heech und ich oft monatelang voneinander getrennt. Es verging immer sehr viel Zeit, bis ich Steffi mal wieder sah. Sie war dann immer recht scheu und zurückhaltend. Selbstverständlich vertraute sie mir nicht mehr so viel an wie früher. Auf der anderen Seite boten sich hierzu auch nicht so viele Gelegenheiten. Ich habe zwar versucht, sie auszufragen, aber da ihr Vater meist zugegen war, gelang mir das nie.« Misstrauisch sah Ilga Möckel auf das Aufnahmegerät und strich dann gedankenlos eine Falte aus dem Tischläufer glatt. »Steffi nannte mich dann Frau Möckel. Sicherlich spürte sie, dass nun etwas Anderes im Mittelpunkt meines Lebens stand. Ich hatte allerdings nie die Absicht, sie von mir zu weisen, nur weil ich jetzt ein eigenes Kind hatte. Die Beziehung zwischen ihrem Vater und mir billigte sie trotzdem. Sie schrieb mir Briefe und Karten. Steffi hat überhaupt gern geschrieben. Sie war es auch, die ihren Vater an meinen Geburtstag erinnerte. Sie spielte oft mit ihrer Schwester, als Konrad und ich unsere Trennung wieder beendet hatten. Steffi war sehr anpassungsfähig. Das zeigte sie im Umgang mit Mandy.«

»Wie würden Sie sie beschreiben?«

»Steffi steckte voller Ideen und hatte für gewisse Sachen auch Talente. Sie war intelligent und lebenslustig.«

»Glauben Sie an einen Selbstmord?«

»Nein.« Nachdenklich sah Ilga Möckel Friederike aus ihren großen dunklen Augen an. »Steffi war ein lebensfrohes Menschenkind und konnte jede Situation meistern. Außerdem hatte sie Pläne. Sie freute sich auf ihre Jugendweihe.« Sie schüttelte energisch den Kopf. Die goldenen Kreolen in ihren Ohrläppchen bewegten sich. »Nein, bestimmt nicht.«

»Wann und von wem sind Sie von Steffis Verschwinden

informiert worden?« Beide Frauen sahen einander fest in die Augen.

»Ich kam am Dienstag nach ihrem Verschwinden von der Beerdigung meines angeheirateten Cousins zurück. Als ich bei mir zu Hause in die Zeitung sah, las ich die Suchmeldung. Mein erster Gedanke galt ihrem Vater.« Ilga Möckel legte die Hände in den Schoß und wendete ihren Blick ab, um aus dem Fenster zu sehen.

Dennoch blieb Friederike ihr kummervoller Blick nicht verborgen.

»Ich ging zu seiner Wohnung. Dort brannte aber kein Licht. Dann habe ich einen Arbeitskollegen von ihm aufgesucht und erfuhr, dass er sich freigenommen hatte. Einen Tag später bin ich noch mal in die Wohnung von Herrn Heech gegangen. Dort traf ich ihn dann.« Ilga Möckel atmete schwer und schluckte, bevor sie weiter sprach. »Als er mich sah, war er fertig und brach fast zusammen. Ich habe ihn getröstet. Zumindest habe ich es versucht.« Ein bitteres Lächeln umspielte ihren Mund. Sie presste ihren Atem mit einem hörbaren Stoß aus der Nase. »Er sprach von Selbstmord.« Erneut kam ein heftiger Atemstoß aus ihrer Nase. »Ich habe auf ihn eingeredet und gesagt, dass er an so etwas überhaupt nicht einmal denken dürfte. Schließlich sind wir ja auch noch da. Aber er bildet sich ein, dass er alles, was er anfasst, falsch macht.« Dann schwieg sie und besah sich wiederum ihre Nägel.

Bewusst das Thema wechselnd, fragte Friederike: »Wie erfuhr Steffi Näheres darüber, wie ihre Mutter gestorben war?«

»Ich selbst habe nie mit ihr darüber gesprochen.« Renate Möckel sah auf. Als sie Friederikes fragenden Blick bemerkte, fügte sie zögerlich hinzu: »Auch nicht, nachdem sie durch ihren Vater darüber informiert wurde. Er teilte mir mit, dass er mit Steffi über den Tod ihrer Mutter gesprochen hatte. Was genau er gesagt hatte, erzählte er mir nicht. Ich weiß nur, dass er ihr die genauen Umstände wohl nicht erzählte.« Ihre Stirn legte sich in kummervolle Falten, als sie ihre Augenbrauen zusammenzog. »Herr Heech hat mir aber zum Vorwurf gemacht, dass ich ihn dazu gezwungen habe, gegenüber Steffi Farbe zu bekennen.« Mitleid heischend sah sie zu Friederike.

Die hatte einen undurchdringlichen Blick aufgesetzt und schwieg.

»Das war aber durch Mandy gekommen. Sie hat mich gefragt, warum Steffi keine Mama hat. Ich habe ihr darauf erzählt, dass die ertrunken ist. Bei der nächsten Gelegenheit erzählte Mandy es Steffi.« Als Ilga Möckel von ihrer Tochter sprach, hatte sich ihre Stirn bereits wieder geglättet und ein kurzzeitiges Leuchten war in ihre Augen getreten. Das verschwand, als sie mit einem bitteren Zug um ihren Mund fortfuhr: »Herr Heech meinte, dass Steffi aus ihrer Erinnerung sicher noch viele Dinge, die ihn und seine erste Frau betreffen, wissen würde. Er wollte nicht, dass die noch einmal bei ihr aufgewühlt werden. Aus diesem Grund wollte er ihr nicht alles erzählen.«

»Wissen Sie, was er ihr erzählt hat?«

»Nur, dass ihre Mutter getrunken hat und im Wasser gefunden wurde. Wo, hat er ihr nicht gesagt. Ich glaube aber schon, dass sie den nötigen Abstand zu ihrer Mutter hatte, dass ihr das nicht sonderlich nahe ging.«

Friederike hatte den Mund schon geöffnet, als Ilga Möckel die Frage, die sie gerade stellen wollte, von sich aus beantwortete.

»Erfahren hat sie es ein halbes Jahr, bevor sie verschwand und zwar in den Sommerferien. Sie besuchte mich noch einmal, bevor die Schule wieder begann. Sie war durch die Stadt gebummelt und schaute dann bei mir herein.«

»War dieses Treffen einer der Momente, in denen sie sich ungestört unterhalten konnten?«

»Ja. Sie war ganz locker und erzählte von ihrer besten Freundin.«

»Kathleen Scriba?«

Ilga Möckel nickte. »Kann sein. An den Namen erinnere ich mich nicht mehr so genau. Sie war jedenfalls in Steffis Klasse.« Wieder erschien der bittere Zug um ihren Mund. »Trotzdem hatte ich den Eindruck, dass ihr ein Mensch fehlte, dem sie sich auch einmal voll anvertrauen konnte. Schließlich vertraut man einer Gleichaltrigen auch nicht alles an. In der Familie fehlte eine weibliche Bezugsperson. Ihre Großmutter war zu alt und ansonsten waren dort alles Männer.« Die Verbitterung von Ilga Möckel wich ihrer Nachdenklichkeit. »Vielleicht hat Steffi dadurch vieles mit sich herumgetragen, wovon keiner wusste.«

»Hatten Sie versucht, ihr eine große Freundin zu sein?«

»Das wollte ich. Aber mit den Jahren habe ich es aufgegeben, mich um sie zu bemühen. Ich sah keine Zukunft in meiner Beziehung zu Herrn Heech. Aus diesem Grunde wollte ich keine falschen Hoffnungen in Steffi wecken.«

»Sie haben sich aber trotzdem einmal endgültig von Herrn Heech getrennt?«

Ilga Möckel rutschte aus ihrem Sessel und stand auf. »Ich hole mir erst einmal ein Glas Wasser. Möchten Sie jetzt auch eins?«

»Gerne.« Friederike betätigte die Stopptaste ihres Aufnahmegerätes.

Während Ilga Möckel in der Küche hantierte, hatte sie Zeit, sich in dem liebevoll eingerichteten Wohnzimmer umzusehen. Offenbar hatte die Bewohnerin eine Vorliebe für teure Eichenholzmöbel. Der Inhalt der Anbauwand zeugte von der Sammelleidenschaft ihrer Besitzerin. Sie war gefüllt mit wertvollen, in Leder gebundenen Büchern und teurem Porzellan. In der Ecke stand eine große Standuhr, deren Westminstergong ihrer Besitzerin, schon während des Gespräches, die Zeit verkündet hatte. An den Wänden hingen Lithografien in schweren Goldrahmen. Auch sonst schien Ilga Möckel Goldtöne zu bevorzugen. Als sie zur Tür hereinkam, hatte

Friederike gerade aufgegeben, die von ihr aufgestellten Krüge, Schalen und Kerzenhalter aus Messing zu zählen. Sie beobachtete die Hausherrin, wie sie vorsichtig das Tablett abstellte, Untersetzer auf den Tisch legte und zwei schwere Kristallgläser mit Goldrand darauf stellte.

Als Ilga Möckel schweigend die Flasche öffnete und eingoss, bedankte sich Friederike und sagte: »Sie haben eine wunderschöne Koralle in der Anbauwand.«

Ilga Möckel nickte und stellte die Flasche ab. »Ich reise sehr gerne. Meine Tochter und ich verbringen unseren Urlaub meistens im Ausland.« Sie sah zu der riesigen Koralle und sagte fast schuldbewusst. »Die haben wir von einer unserer Reisen mitgebracht.« Dann nahm sie ihr Glas und trank einen großen Schluck.

Während sie ihr Glas vorsichtig zurück auf den Untersetzer stellte, schaltete Friederike das Aufnahmegerät wieder ein.

Ilga Möckel lächelte. »Aber Sie wollten von mir wissen, warum ich mich nie von Konrad Heech lösen konnte.« Sie stützte ihren linken Ellbogen auf die Sessellehne und spielte an ihrem Ohrring. »Ich habe es immer und immer wieder versucht. Es war dann Herr Heech, der mir die Tür einlief und seine Fehler eingestand. Er gab mir immer das Gefühl, dass er sich ändern will und mich braucht. Dadurch gelangte ich auch zu der Auffassung, dass sie mich beide brauchen. Nicht zuletzt brauchte auch meine Tochter einen Vater. Leider musste ich immer wieder die Erfahrung machen, dass sich nichts änderte.«

Nach einer kurzen Pause fügte sie hinzu: »Ich brauche nur das letzte Mal zu nehmen. Er hatte mich davon überzeugt, dass es besser sei, wenn jeder sein Leben alleine weiterlebt und dass ich nicht mehr zu ihm kommen soll. So fing das Jahr an und ging bis in den März. Er hatte mich praktisch abgewiesen.« Ilga Möckel kaute an ihrer Oberlippe. »Ich dachte mir, dass ich ihn eben in Ruhe lasse. Ich konnte bei ihm nichts erreichen, und er selbst wollte auch nicht mehr. Also ließ ich ihn tatsächlich in Ruhe. Als ich dann wieder zu ihm ging, um wegen unserer Tochter etwas zu klären, machte er mir den Vorwurf, dass ich mich von ihm getrennt hätte und ihn jetzt allein lassen würde.« Sie presste ihre sonst vollen Lippen zu einem Strich zusammen und schwieg.

»Wann haben Sie Steffi das letzte Mal gesehen?«

»Das war zu Weihnachten, in dem Jahr, bevor sie verschwand. Genauer gesagt, am zweiten Weihnachtstag. Meine Eltern waren auch zu Besuch.«

»Ist Ihnen zu diesem Zeitpunkt an Steffi etwas Besonderes aufgefallen?«

»Sie war sehr verschlossen und sprach kaum etwas. Während Herr Heech, meine Eltern und ich uns unterhielten, spielte sie mit Mandy. Als Herr Heech den Aufbruch bestimmte, konnte ich an ihrem Gesicht sehen, dass sie gerne noch etwas bleiben wollte. Aber sie fügte sich. Ich glaube, dass Steffi sich sehr auf ihren Vater eingestellt hatte.«

»Heißt das, dass sie sich voll auf die Eigenheiten ihres Vaters eingestellt hatte?«

»Genau das meinte ich. Ihr Vater mochte meine Eltern nicht besonders. Im Kreise von Erwachsenen war Steffi sehr zurückhaltend. Vielleicht war sie deshalb so sonderbar?« Ilga Möckel sah Friederike ratlos an. »Sie reagierte nicht einmal auf das Weihnachtsgeschenk, das ich für sie vorbereitet hatte. Wir verabredeten uns noch für einen Tag nach Weihnachten. Allerdings kam es zu keinem weiteren Treffen, denn ich musste an diesem Tag zum Arzt und so verfehlten wir uns. Ich habe Steffi nicht mehr gesehen und auch nichts mehr von ihr gehört.« Sie nahm ihr Glas, setzte es aber nicht an, sondern behielt es in den Händen und drehte es gedankenlos. Dann murmelte sie leise, so als wenn sie zu sich selbst sprechen würde: »Selbst meinen Geburtstag am sechsten Januar vergaß

sie. Sie schrieb nicht mal eine Karte.« Dann trank sie wieder einen großen Schluck und stellte es auf den Tisch zurück.
»Was hat es mit dem Zettel auf sich, den Sie Herrn Heech in die Tür steckten, als Steffi verschwand?« Friederike sah, während sie trank, über den Rand ihres Glases und behielt Ilga Möckel so genau im Auge.
In deren Gesicht zeigte sich keine Regung. Wieder drehte sie die Ringe an ihren Fingern, zog sie ab und steckte sie wieder an. »Ich hatte Herrn Heech noch niemals vorher um etwas gebeten, was unsere Tochter angeht, außer an dem Tag, bevor Steffi verschwand. Ich bat ihn, am Tag der Beerdigung meines Cousins auf Mandy aufzupassen. Er sagte mir dieses auch sofort zu. Der Termin stand zu diesem Zeitpunkt noch nicht fest.«
»Wie sind Sie verblieben?«
»Ich sollte ihn benachrichtigen, sobald der Termin feststand. Das wollte ich auch tun. Ich ging Sonnabendabend oder am Sonntagvormittag zu seiner Wohnung, traf ihn aber nicht an. Auf dem Zettel, den ich an die Tür steckte, bat ich ihn zu mir zu kommen, damit wir uns wegen Mandy absprechen konnten. Am Abend des gleichen Tages oder einen Tag später fuhr ich noch mal zu seiner Wohnung. Der Zettel steckte immer noch. Jetzt machte ich mir schon Gedanken, dass etwas passiert sein könnte.«
»Warum war der Zettel schwarz umrandet?«
Die Antwort von Ilga Möckel kam schnell und war logisch. »Ich hatte nur die Beileidskarte dabei, die ich meiner Cousine schreiben wollte. Er sollte auch unterschreiben.«
»Was hatten Sie ihm geschrieben?«
»Dass er sich bei mir melden soll«, antwortete Ilga Möckel und sah Friederike verwundert an.
»Konrad Heech schließt nicht aus, dass Steffi nicht mehr lebt. Hat er Ihnen jemals in diesem Zusammenhang einen

Vorwurf gemacht?« Erstaunt ließ Ilga Möckel vom Spiel mit den Ringen an ihren Fingern ab und starrte Friederike mit großen Augen an. »Nein, er machte mir nur den Vorwurf, dass ich ihn nicht beeinflusst habe, sie zu sich zu nehmen und hier in der Stadt einzuschulen. Heißt das etwa, dass Sie annehmen, dass Steffi noch lebt?«

»Dazu kann ich heute noch nichts sagen.« Friederike schaltete ihr Gerät ab und steckte es wieder in ihre Tasche. »Denkbar wäre es aber.«

»Wie meinen Sie das?« Die Augen von Ilga Möckel weiteten sich.

»Zum Zeitpunkt von Steffis Verschwinden sind die Ermittlungen nur in bestimmte Richtungen geführt worden. Wir stehen zwar noch ganz am Anfang, wissen aber schon, dass die Stasi in dem Dorf eine gewaltige Präsenz hatte. Daher gehen wir davon aus, dass wir über den Bundesbeauftragten für die Unterlagen des Staatssicherheitsdienstes etwas über die Sache herausfinden werden.« Friederike entnahm ihrer Tasche eine Visitenkarte, bevor sie sie sorgsam wieder verschloss. Dann erhob sie sich. »Aber, wie gesagt, wir stehen noch ganz am Anfang.« Sie lächelte Ilga Möckel zu.

Ilga Möckel war ebenfalls aufgestanden. Ihr frisches Gesicht sah mit einem Mal alt und müde aus. »Es ist zwischen Herrn Heech und mir zu keinem vernünftigen Gespräch über das, was Sie für ihn tun, gekommen. Ich weiß auch, dass ich keinen Anspruch habe, etwas zu erfahren. Falls Sie aber auf etwas stoßen, würde ich mich trotzdem freuen, eine Nachricht von Ihnen zu erhalten. Meine Telefonnummer haben sie ja.«

»Sie verstehen sicher, dass ich Ihnen das nicht versprechen kann. Anwälte unterliegen einer Verschwiegenheitsverpflichtung. Aber, wenn Ihnen noch etwas einfallen sollte, hier ist meine Visitenkarte. Rufen Sie mich doch einfach an.«

Ilga Möckel bedachte Friederike mit einem dankbaren Blick.

15
KAPITEL

›Apotheken sind eigentlich immer leer‹, dachte Anjuta, als ein wohlklingender Türgong ihr Eintreten signalisierte. Sie überlegte noch, woher dann wohl der den Apothekern nachgesagte Wohlstand stammt, als ihr aus einem Durchgang zwischen vollgestopften Arzneiregalen eine junge Frau in einem weißen Kittel entgegentrat.

»Guten Tag. Mein Name ist Hohmuth. Ich bin hier mit Frau Scriba verabredet.«

»Das bin ich. Guten Tag.« Kathleen Scriba streckte Anjuta ihre Hand entgegen. »Lassen Sie uns nach hinten gehen. Meine Kollegin weiß Bescheid.« Sie wies mit ihrem Kopf auf den hinteren Bereich der Apotheke, drehte sich ohne ein weiteres Wort um und ging voran in den Raum, aus dem sie gekommen war.

Während Anjuta hinter ihrer Zeugin herging, nutzte sie die Gelegenheit sie zu mustern. Die junge Frau hatte ihre blonden glatten Haare streng gescheitelt und am Hinterkopf hochgesteckt. Unter dem blütenweißen Kittel trug sie einen engen Rock, der über ihren Knien endete, sodass Anjuta ihre wohlgeformten Beine sehen konnte. Kathleen Scriba war mittelgroß und hatte eine schlanke Figur. »Chefin, die Anwältin ist da.«

Als Anjuta den Durchgang passiert hatte, konnte sie sehen,

dass eine weitere Apothekerin im hinteren Raum Arzneien in die Schubladen sortierte.
Die Frau sah kurz auf, nickte und sagte: »In Ordnung, gehen Sie ins Büro. Da haben Sie mehr Ruhe.«
Kathleen Scriba drehte sich zu Anjuta um und sagte: »Hier entlang.« Ihre glatte Hand mit auffallend weißen Fingernägeln wies in die Tiefe der Apotheke. Wieder ging sie voran und öffnete die Tür zu einem weiteren Raum.
Nachdem sie das Licht angeschaltet hatte, war für Anjuta ersichtlich, dass hier der Bürokram der Apotheke erledigt wurde. In dem winzigen, fensterlosen Raum befanden sich ein Schreibtisch, ein Kopierer und viele Regale, die mit Aktenordnern vollgestopft waren. Genau neben der Tür stand ein kleiner Tisch, an den zwei bequeme Stühle gestellt waren.
»Bitte, setzen Sie sich. Ich nehme den Stuhl, der genau neben der Tür steht. Dann höre ich, wenn die Chefin ruft.«
Anjuta öffnete ihr Jackett und nahm wortlos Platz. Dabei stellte sie ihre Tasche auf den Schoß und öffnete sie. Als sie ihr Aufnahmegerät zwischen sich und Kathleen Scriba platziert hatte, bemerkte sie, dass die sie nicht einen Moment aus den Augen gelassen hatte und nun mit einem fragenden Blick ansah. Während Anjuta ihre Tasche neben sich auf dem Boden zurecht rückte, sagte sie in einem Ton, der keinen Widerspruch duldete: »Ich muss unser Gespräch mitschneiden. Mit dieser Sache sind noch einige andere Anwälte in unserer Kanzlei befasst. Selbstverständlich befragt nicht jeder alle Zeugen. Damit nichts verloren geht, werden die Befragungen hinterher abgeschrieben.« Sie drückte den Aufnahmeknopf. »Ich gehe davon aus, dass Sie daran interessiert sind, das Schicksal Ihrer Freundin aufzuklären und keine Einwände gegen die Aufnahme unseres Gesprächs haben.« Anjuta ignorierte den nun misstrauischen Blick der jungen Frau. »Wie gut waren Sie mit Stefanie Heech befreundet?«

»Wir waren das, was man wohl beste Freundinnen nennt. Es handelte sich um eine feste, dauerhafte Freundschaft. Steffi hat sich oft bei mir zu Hause aufgehalten.«
»Wann haben Sie Ihre Freundin das letzte Mal gesehen?«
»Das war einen Tag vor ihrem Verschwinden und zwar nach dem Verlassen der Schule. Ich bin in den Bus gestiegen, und sie ist dann mit ihrem Fahrrad losgefahren.«
»Haben Sie an diesem Tag ein verändertes Verhalten ihrer Freundin bemerkt?«
»Nein, sie verhielt sich so wie auch sonst immer. Wenn sie irgendwelche Probleme gehabt hätte, dann wäre ich die Erste gewesen, der sie diese mitgeteilt hätte. Es hat auch in der Schule an diesem Tag keine Probleme gegeben. Sie hätte an dem nächsten Tag normal zur Schule kommen müssen. Als sie nicht kam, dachte ich, dass sie krank geworden sei.«
»Es gab also weder an dem Tag vor ihrem Verschwinden noch an den Tagen davor irgendwelche Veränderungen in ihrem Verhalten?«
»Nein, sie war auch nicht bedrückt. Im Gegenteil, sie war lustig wie immer.« Wieder wanderte der Blick von Kathleen Scriba argwöhnisch vom Aufnahmegerät zu Anjuta.
Die hatte ihre Unterarme gekreuzt, die Ellbogen auf den Tisch gestützt, während sie der jungen Apothekerin nun lange prüfend in die Augen sah und schwieg.
»Ach ja, da fällt mir ein, dass ich ein paar Tage zuvor doch über ihr Verhalten erstaunt war. Wir waren beide im Kegelverein, Arbeitsgemeinschaft hieß das früher, organisiert. Wir hatten an dem Donnerstag, also zwei Tage bevor sie verschwand, Kegelnachmittag. Am Vormittag sagte sie mir so beiläufig in der Schule, dass sie am Nachmittag nicht komme. Das war sonst nicht so ihre Art. Sie hat eigentlich immer regelmäßig am Kegeln teilgenommen.«
»Wenn sie regelmäßig teilnahm, muss sie Ihnen doch gesagt

haben, warum sie ausgerechnet an diesem Tag nicht kommen wollte.«

»Mir hat sie nichts gesagt. Allerdings waren wir zu dritt. Als sie das sagte, stand noch ein Mädchen aus der Klasse daneben. Die hat Steffi dann auch noch gefragt, warum sie nicht kommt. Steffi gab aber keine Erklärung ab, sondern sagte einfach, dass sie eben nicht kommen würde.«

»Und das gab Ihnen nicht zu denken?«

»Nein. Ich habe mir darüber keine Gedanken gemacht. Da die Woche schon komplett verplant war, bin ich damals davon ausgegangen, dass sie einfach mal zu Hause bleiben und ihrer Oma helfen wollte.«

»Was heißt verplant?«

»Montags fand ein Lehrgang vom Deutschen Roten Kreuz statt. Dienstags hat sie nach einem Auftritt bei mir übernachtet.«

»Daran können Sie sich heute noch so genau erinnern?«

Kathleen Scriba saß kerzengerade auf ihrem Stuhl. Sie hatte die Hände in ihren Schoß gelegt. Die Haut in ihrem Gesicht war glatt und von natürlicher Frische. Sie trug eine modische randlose Brille, hinter der ihre hellblauen Augen jegliche Regung in Anjutas Gesicht aufmerksam beobachteten. Anjutas Ton hatte Argwohn in ihr geschürt. Ihre Augenbrauen hatten eine schön geschwungene Form und zogen sich zusammen, wenn sie nachdachte. »Sie haben Recht. Es liegen Jahre dazwischen. Aber ich bin in meinen Gedanken alles wieder und immer wieder durchgegangen. Daher ist mir alles noch sehr genau in Erinnerung geblieben.« Ihre Hand fuhr über die Tischplatte und fegte einen winzigen Papierschnipsel herunter. »In der Woche war noch einmal nachmittags Jugendstunde zur Vorbereitung auf die Jugendweihe, einmal Kegeln, und PA-Unterricht in der Werkstatt der LPG fand auch noch statt.« Kathleen Scriba sah Anjuta fragend an. »Wissen Sie, was das bedeutet?«

»Klar, Unterricht in der Produktion und Landwirtschaftliche Produktionsgenossenschaft.« Anjuta verzog ihren Mund und dachte erfreut: ›Jedenfalls sieht man mir den Ossi nicht mehr an.‹ »Und das wissen Sie alles noch so genau?«, sagte sie laut.
»Nur weil ich das alles schon mehrfach ausgesagt habe.«
»Stimmt. So ähnlich stand es auch in der Akte«, bestätigte Anjuta. »Aber Sie geben mir das Stichwort. Was hatte Stefanie Heech für ein Verhältnis zu ihrer Großmutter?«
»Ein sehr gutes. Sie hätte sie nie enttäuscht.«
»Was heißt das?«
»Das heißt, dass sie mit Sicherheit nie ausgerissen wäre.«
»Ist das irgendwann einmal in einem Gespräch zwischen Ihnen thematisiert worden?«
»Wie meinen Sie das?« Kathleen Scriba sah Anjuta verständnislos an.
»Ich meine, ob sie einen Grund gehabt hätte, wegzulaufen?«
»Ach so. Nein, den hatte sie nicht.«
»Wenn sie aber trotzdem ausgerissen wäre, zu wem wäre sie dann gegangen?«
»Keine Ahnung. Aber warum sollte sie ausreißen?« Kathleen Scribas Mundwinkel zogen sich nach unten. Sie zuckte mit den Schultern. »Steffi hatte eine gute Familie. Sie liebte ihren Vater und ihre Oma. Ihre Onkel hätten alles für sie getan. Die waren wie ihre großen Brüder, und einen Freund, mit dem sie durchbrennen könnte, hatte sie nicht.«
»Hat sie sich denn vor irgendwas gefürchtet?«
»Nicht in der Zeit, als sie verschwand.«
»Davor?«
»Ja. Ungefähr zwei Jahre früher. Es ging das Gerücht herum, dass sich im Dorf ein Sowjetsoldat herumtreibt. Steffi hatte Angst vor einer Begegnung. Sie hat in der Zeit immer ein Küchenmesser bei sich gehabt. Aber ich glaube, das hat sie später wieder gelassen. Ich habe es dann jedenfalls nicht

mehr bei ihr gesehen. Steffi ist ihm ja auch nie begegnet.«
Kathleen Scriba hörte auf das Geräusch des Türgongs.
»Gab es noch andere Dinge, die Stefanie Heech beunruhigten?«
»Ja. Das muss so um die Weihnachtszeit des Jahres, bevor sie verschwand, gewesen sein. Da erzählte sie mir, dass sie mit ihrem Onkel im Wald gewesen sei. Sie haben dort ein Auto gesehen, in dem mehrere Personen saßen. Steffi sagte, dass ihr ganz unheimlich geworden sei und sie weg wollte.«
»Hat sie noch Näheres dazu gesagt?«
»Ja, sie sagte, dass die bestimmt von der Stasi gewesen seien. Wir beide haben uns da was zusammengereimt.«
»Was denn?«, fragte Anjuta mit einem Mal sichtlich interessiert.
»Was genau kann ich heute auch nicht mehr sagen. Das ist schon so lange her. Sicher alles Mögliche. Haben Sie sich den Ort schon angesehen?«
»Nein, noch nicht. Das werde ich aber in Kürze nachholen.«
Kathleen Scriba nickte. »Dann werden Sie verstehen, dass es normal war, wenn sie sich auf dem Schulweg durch den Wald immer etwas unwohl fühlte. Dort kommen nur wenige Leute hin. Selbst Pilzsammler traf man dort fast nie. Wenn sich dann fremde Leute mitten in einem stillen Wald treffen, kann einem schon unheimlich werden. Schließlich waren wir damals Kinder und hatten Angst, wenn uns einer beobachtete.«
»Hat Sie jemand beobachtet?«
»Mich nicht, aber Steffi. Da war immer einer mit Bart. Sie sagte, dass der angezogen war wie ein Jäger. Von dem fühlte sie sich andauernd beobachtet.«
»Kannte Steffi den?«
»Ja. Er heißt Jürwitz und arbeitete offiziell in der LPG.«
Anjuta horchte auf. »Was meinen Sie mit offiziell?«
»Ich denke, dass der zur Stasi gehörte.«
»Wie kommen Sie denn darauf?«
»Die Oma einer Freundin war seine Sekretärin. Die hat erzählt,

dass er in seinem Büro mehrere Kennzeichentafeln für sein Auto in der Schrankwand in seinem Büro liegen hatte. Das dürfte wohl nicht nur für die damalige Zeit ungewöhnlich gewesen sein.«

Wieder ertönte der Türgong, dieses Mal mehrfach hintereinander.

»Was ist nach der Wende aus ihm geworden?«

»Keine Ahnung, der war gleich weg. Jedenfalls soll er an dem Tag, als Steffi verschwand, in einem Auto mit fremdem Kennzeichen durchs Dorf gefahren sein.«

»Woher wissen Sie das?«

»Das erzählten damals die Leute.«

»Hat sie gesagt, wann sie sich beobachtet gefühlt hat?«

Kathleen Scriba nickte. »Es waren unterschiedliche Situationen. Es ist schon so lange her.« Ihre Augenbrauen zogen sich wieder zusammen. »Ich meine, dass sie einmal vom Wald sprach. Vor allem aber, wenn ihr Vater sie zu sich in die Stadt nahm. Ganz sicher bin ich mir, was die eine Rentnerweihnachtsfeier angeht. Wir haben da ein Programm aufgeführt.« Sie überlegte. »Dieses Programm haben wir noch einmal aufgeführt und zwar kurz vor ihrem Verschwinden.«

»Wie haben Sie eigentlich erfahren, dass Ihre Freundin verschwunden war?«

»Unser Schulfreund Henry kam zu mir nach Hause und erzählte mir, dass Steffi verschwunden sei. Er hatte es von ihrem Onkel erfahren, als der nach Steffi suchte. Henry erzählte mir auch noch, dass er und andere Jungen eine Höhle gebaut hätten, die auch Steffi kennen müsste. Dort hätte er an diesem Tag auch schon gesucht. Er sagte, dass sie ihm erzählte, dass sich in der Woche vor ihrem Verschwinden ein kleiner, dicker Mann mit einem Bart dort aufgehalten hätte. Ich bin mir aber nicht sicher, dass sie immer den Jürwitz meinte.«

Wieder ertönte das unerbittliche Läuten des Türgongs.

»Ist zu diesem Mann etwas Näheres bekannt geworden? War es der Jürwitz?«
»Das kann ich nicht sagen. Er soll wie ein Jäger ausgesehen haben und fuhr mit einem Moped. Anstatt eines Sturzhelms trug er eine Pudelmütze. Weiteres weiß ich nicht. Da müssten sie mit Henry reden.« Das erneute Läuten des Türgongs versetzte Kathleen Scriba offenbar in Unruhe. Unauffällig, doch für Anjuta erkennbar, schob sie ihren Oberkörper um einige Zentimeter zurück und drehte ihren Kopf ein wenig zur Seite, ohne Anjuta aus den Augen zu lassen.
Anjutas geschultem Blick entging nicht, dass die Ohrläppchen ihrer kleinen enganliegenden Ohren nicht durchstochen waren. Um ihren schlanken Hals trug Kathleen Scriba eine weiße Perlenkette. Anjuta schob sich automatisch etwas vor und fragte in einem vertraulichen Ton: »Halten Sie es für möglich, dass sich Steffi Heech selbst das Leben genommen hat?«
»Nein, auf gar keinen Fall. Sie hatte keinen Grund. Sie hatte zwar keine Mutter mehr, aber über fehlende Liebe konnte sie sich wirklich nicht beschweren. Sie ist von allen verwöhnt worden.«
»War das wirklich so?«, provozierte Anjuta. »Ich erinnere mich, dass irgendwer gesagt hat, dass ihr Vater sehr streng mit ihr umgegangen sein soll. Hatte sie Angst vor ihm?«
»Nein. Steffi liebte ihren Vater und er sie.« Kathleen Scriba schüttelte so heftig den Kopf, dass sich eine Haarsträhne löste. »Sicher konnte sie mit ihm nicht machen, was sie wollte. Wenn er etwas sagte, dann musste sie es tun. Aber das heißt noch lange nicht, dass sie Angst vor ihm hatte.« Sie strich sich die Haarsträhne aus dem Gesicht. »Steffi vertraute sich ihm voll an und sprach mit ihm über ihre Probleme. Er wollte sie seit einigen Jahren zu sich in die Stadt holen. Das ist aber immer wieder verschoben worden.«
»Hat sie sich irgendwann einmal über das Verhalten ihres

Vaters beschwert?«
»Ja.« Die Antwort kam spontan. »Sie hatten das Weihnachtsfest gemeinsam mit der Frau Möckel und ihrer Tochter gefeiert. Als Herr Heech kurz nach dem Kaffee aufbrechen wollte, wäre Steffi gerne noch geblieben. Aber er duldete keinen Widerspruch. Das hat sie total aufgeregt.«
Anjuta stützte den Kopf auf ihre Handfläche und sagte. »Das meinte ich nicht. Meine Frage ging eher in die sexuelle Richtung.«
»Sie meinen, ob er sich ihr einmal unsittlich genähert hat?« Kathleen Scriba vergaß vor Schreck, sich auf den Türgong zu konzentrieren. Ihre Augen hinter den Brillengläsern weiteten sich vor Erstaunen. »Nein, niemals.« Vor Empörung schüttelte sie den Kopf so heftig, dass die Haarsträhne erneut in ihr Gesicht rutschte. »Im Gegenteil. Wenn er sie von seiner Mutter zu sich holte, gingen sie vorher immer noch in die Schwimmhalle. Die lag auf dem Weg. Im Haus ihrer Oma gab es keine Badewanne und auch keine Dusche. Ich nehme an, dass er mit ihr immer aus hygienischen Gründen in die Schwimmhalle gegangen ist.« Wieder strich sie sich die Strähne zurück. »Als sie kleiner war, hat er sie immer mit in die Männerumkleidekabine genommen. Später, als sie in die Pubertät kam, musste sie alleine in die Damenumkleidekabine. Er hat sie immer ermahnt, sich ordentlich zu duschen.« Kathleens Scribas Stimme wurde leiser. Ihr Blick verlor sich neben Anjuta irgendwo in der fernen Vergangenheit.
»Woran denken Sie gerade?«
Kathleen Scriba sah durch Anjuta hindurch. »Er hat ihr auch nicht mehr erlaubt, bei seinem Bruder zu übernachten.« Dann sagte sie wie zu sich selbst: »Das müsste auch so um die Weihnachtszeit gewesen sein.«
»Welchen Bruder meinen sie?«
»Kuddi. Also ihren Onkel Kurt. Den mochte sie besonders

gerne.«
»Und was war mit dem? Könnte er oder sein Bruder Klaus sich an ihr vergriffen haben?«
»Nein, die auch nicht. Kuddi arbeitete damals im Handel und konnte Sachen besorgen, die man ohne Beziehungen nicht bekam.« Kathleen Scriba seufzte. »Den hätte ich damals auch gerne als Onkel gehabt. Heute würde ich sagen, dass er sie vergötterte und alles für sie getan hätte.«
»Was war mit dem anderen Onkel?«
»Meinen Sie Klausi?«
»Ja.« Anjuta setzte bereits zu einer spöttischen Erwiderung an, als ihr einfiel, dass Konrad Heech noch einen Bruder besaß.
»Mit dem hat sie immer umhergealbert und ihre Späße getrieben. Der war wie ihr Kumpel. Sie hat auch oft mit ihm gestänkert.«
»Hatte sie auch Kontakt zu dem anderen Bruder.«
»Jetzt meinen Sie den Onkel Karl?«
»Genau den.«
»Selten, denn der wohnte weiter weg und besuchte seine Mutter nicht oft.«
»Aber Sie kennen ihn trotzdem?«
»Ja, und zwar deshalb, weil Steffi mit seiner Tochter Gundula in regem Briefwechsel stand. Davon hat sie mir immer erzählt.« Wieder wie für sich selbst bestimmt, murmelte Kathleen Scriba vor sich hin: »Sie schrieb sowieso gerne und viel.«
»Angenommen einer von ihren Onkeln hätte sich an ihr vergriffen und ihre Großmutter hätte das gewusst. Hätte sie geschwiegen?«
»Nein, auf keinen Fall. Sie hätte sich für Steffi eingesetzt und sich gegen ihre eigenen Söhne gestellt.«
»Das gleiche kann man von ihrer Schwester nicht sagen, oder?«
»Meinen Sie die Tante Mine?«
Anjuta beugte sich zur Seite und zog ein Blatt Papier aus ihrer

Tasche. Nach einem kurzen Blick darauf sagte sie: »Ich meine Wilhelmine Seiffe.«

»Ja. Das ist die Tante Mine. Tante Lina hieß anders.«

Wieder warf Anjuta einen Blick auf die Notizen in ihrer Hand. »Die hieß Seegert und ist vor fünf Jahren gestorben.« Sie lehnte sich zurück, ließ aber ihre Hand, in der sie immer noch das Blatt Papier hielt, auf dem Tisch liegen und musterte Kathleen Scriba unverhohlen. »Gibt es zu der etwas zu sagen?«

»Ja. Steffi war oft bei ihr. Sie mochte sie. In ihrem Haus trafen sich immer eine Menge Leute. Da hatte die Stasi eine Wohnung. Das war unter den Dorfbewohnern ein offenes Geheimnis. Heute denke ich, dass sie selbst auch was mit der Stasi zu tun gehabt hat.«

»Wusste Ihre Freundin auch davon.«

»Klar. Sie hat es mir selbst erzählt.«

»Was ist mit den Leuten, die in deren Haus wohnten?«

»Das waren nette junge Leute. Steffi hat mir mal erzählt, dass die Christine in früheren Zeiten eine Ausreisekandidatin gewesen sein soll. Aber sonst hat sie nur gut von denen gesprochen. Der Norbert arbeitete in der Forst und hat Steffi und Undine mal zum Zapfenpfücken mit in den Wald genommen.«

»Zapfenpflücken?« fragte Anjuta dazwischen.

»Ja, um Saatgut zu gewinnen, sind damals Zapfen geerntet worden«, erwiderte Kathleen Scriba. »Zu der Christine ist Steffi immer zum Erzählen gegangen. Sie hatte gerade entbunden, als Steffi verschwand. Mehr fällt mir zu denen allerdings nicht ein.«

»Dann möchte ich noch einmal auf die Familie Seiffe zurückkommen. Fällt Ihnen spontan zu denen etwas ein?«

»Ja. Der Onkel Lorenz war ein komischer Mensch. Undine hat Steffi erzählt, dass ihr Großvater sie beim Fernsehen auf seinen Schoß geholt hat. Dabei hat er seine Hand in ihren Schritt gelegt und sie da wie unabsichtlich angefasst. Steffi

fand ihn immer ein wenig sonderbar. Ihre Oma hatte nur eine Außentoilette am Haus. Sie fühlte sich da öfter von ihm beobachtet.«
»Das ist ja interessant. Davon steht nichts in der Akte. Hat Sie dazu niemand befragt?«
»Nein.«
»Hat sich Steffi jemals über die Söhne von den Seiffes geäußert?«
»Ja. Den Vater von Undine mochte sie ganz gerne. Seinen Bruder dagegen nicht.«
Anjuta warf wieder einen Blick auf ihre Notizen. »Der Vater von Undine hieß Winfried und ihr Onkel Wilhelm.«
»Richtig. Jetzt fällt es mir wieder ein. Vor dem Wilhelm hatte sie immer Angst. Den mochte sie nicht. Sie sagte, dass sie sich vor seinem Blick fürchtete. Er hat sie immer so komisch angesehen.«
»Was meinen Sie mit komisch?«
»Ich meine, dass er auf ihre Brüste gestarrt hat. Sie war schließlich erst dreizehn und noch nicht einmal voll entwickelt«, empörte sich Kathleen Scriba.
Der Türgong tönte sein hartnäckiges Läuten.
»Hat sie gesagt, dass er ihr auf die Brüste gestarrt hat?«
»Das hat sie.«
»Ist das auch anderen aufgefallen?«
»Das glaube ich nicht. Ich habe sie jedenfalls gefragt, ob sie das ihrer Oma erzählt hat.«
»Und?«
»Nein. Sie wusste nicht, wie die reagieren würde. Schließlich war seine Mutter die Schwester ihrer Oma.«
»Hat Sie Ihnen häufiger etwas von dem erzählt?«
»Nur dieses eine Mal. Sie regte sich darüber auf, dass der ihr auf die Brust gestarrt hat. In dem Zusammenhang erzählte sie auch, dass der sie schon immer so eigenartig angesehen hat.«
Anjuta schob ihren Zettel wieder zurück in die Tasche. »Erinnern

Sie sich noch an die Schultasche von Steffi Heech?«
»Ja, das war so eine große braune Tasche.«
»Wissen Sie, wo sie ihr Frühstücksbrot hinsteckte?«
Kathleen Scibas Antwort kam prompt. »Sicher. Sie hatte ihr Frühstück immer in einem der großen Fächer.«
»Kam es vor, dass sie ihr Pausenbrot nicht aß?«
»Ja.«
»Warf sie es dann weg?«
Kathleen Scriba lachte. »Nein, niemals, nicht Steffi. Sie nahm es dann immer wieder mit nach Hause.«
»Gab es in ihrer Schultasche etwas Außergewöhnliches, an das Sie sich noch heute erinnern?«
»Nein. Woran sollte ich mich denn erinnern?«
»Zum Beispiel an ihr Hausaufgabenheft oder so etwas?«
»Ja, an das erinnere ich mich noch.« Unbeeindruckt von Anjutas hochgezogenen Augenbrauen und ihrem zweifelnden Lächeln fuhr Kathleen Scriba unbeirrt fort: »Ich erinnere mich unter anderem deshalb, weil dieses Heft einen durchsichtigen Umschlag besaß. Darunter steckte eine sogenannte Wackelkarte. Die hatte sie aus dem Westen. Ehrlich gesagt habe ich sie darum immer beneidet.« Sie lächelte. »Hinten in unserem Hausaufgabenheft hatten wir eine Zensurenkarte. Ich hatte auch so eine. Die haben wir selbst gemacht und darauf immer unsere Noten notiert.« Sie lächelte wieder und zog ihre rechte Schulter hoch. »Aber warten Sie mal. Da fällt mir noch was ein. Sie hatte in ihrer Tasche immer so ein dickes Heft. Darin haben sich alle Schulfreundinnen mit Passbild vorgestellt.«
»So ähnlich wie ein Poesiealbum?«
»Nein. Es handelte sich bei diesen Eintragungen um eine Art Steckbrief, persönliche Daten, Anschriften und so weiter. Das gibt es heute schon vorgedruckt und heißt ›Meine Schulfreunde‹. Damals haben das die meisten Mädchen gemacht. Später hörte das dann auch wieder auf. Da so ein Heft nicht

zu den Schulsachen gehörte, haben die Lehrer das natürlich nicht gerne gesehen.«
Anjuta sah auf ihre Uhr. »Jetzt habe ich Ihre Zeit aber sehr in Anspruch genommen.« Sie griff erneut in ihre Tasche und zog eine Visitenkarte heraus.
Wie auf Bestellung läutete der Türgong.
»Ich will Sie nicht länger aufhalten.« Anjuta erhob sich, stellte ihre Tasche auf den Tisch und schloss sie. »Sonst wird Ihre Chefin noch sauer.«
Kathleen Scriba war ebenfalls aufgestanden.
»Ich lasse Ihnen meine Visitenkarte da. Wenn Ihnen noch etwas einfällt, würde ich mich freuen, wenn Sie mich anrufen.«
Kathleen Scriba nahm die Karte und warf einen Blick darauf. »Mach ich.« Dann ließ sie die Karte in die Tasche ihres Kittels gleiten und nickte. »Wenn Sie wissen, was aus ihr geworden ist, würden Sie mich informieren?«
»Nein, denn Anwälte haben Schweigepflicht.« Als Anjuta sah, wie sich Kathleens Gesicht verschloss, tat ihr der schroffe Ton, kaum, dass sie ihn angeschlagen hatte, leid. »Allerdings werde ich in diesem Fall Herrn Heech bitten, Sie zu informieren.«
Die Miene von Kathleen Scriba hellte sich auf.
Die beiden Frauen besiegelten ihr Versprechen mit einem Handschlag.

16
KAPITEL

›Jetzt fehlt wirklich nur noch, dass sie – ick bün all door – sagt‹, dachte Friederike, als sie einparkte. Sie stellte den Motor ab, beugte sich zum Beifahrersitz hinüber, griff nach ihrer Tasche und stieg aus. »Nanu. Wo kommst du denn her. Hast du beide Vernehmungen schon hinter dir?«
»Quatsch. Hexen kann ich auch nicht«, giftete Anjuta bissig. »Hier lies. Den habe ich an der Wohnungstür vorgefunden.« Sie hielt Friederike einen Zettel vor die Nase.
»Na ja. Sie kann auch nichts dafür, wenn ihr Enkelkind krank geworden ist und sie es beaufsichtigen muss, während ihre Tochter arbeitet.«
»Du hast auch für alles immer eine Entschuldigung.« Anjuta zerknüllte den Zettel und stopfte ihn in ihre Jackentasche. »Da mein Termin damit geplatzt ist und ich sowieso hier bin, machen wir deinen eben zusammen.«
Friederike nickte. »Gut, dann lass uns gehen.« Ihren Widerspruch hätte Anjuta ohnehin nicht akzeptiert.
Zielstrebig stöckelte Anjuta voran. Den Klingelknopf an der Eingangstür des Hauses brauchten die Anwältinnen nicht lange zu suchen.
›Selbstverständlich ist sie schon wieder informiert. Wie immer‹, dachte Friederike.
Auf das freundliche: »Ja, bitte?«, das aus der Lautsprecher-

anlage ertönte, antwortete Anjuta, in geschäftigem Ton, mit »Hohmuth und Jalaß, von der Rechtsanwaltskanzlei Dr. Eweleit und Partner«.

Nachdem ein Summen ertönte, Anjuta die Tür öffnete und in das Haus stürmte, ohne sich überhaupt um die Gegenwart ihrer Kollegin zu kümmern, stieg Friederike schicksalergeben nach ihr die Treppe hinauf.

»Guten Tag, Frau Alms. Vorgestellt habe ich uns ja gerade. Mein Name ist Hohmuth und das ist meine Kollegin Jalaß.« Anjuta sah mit einem flüchtigen Blick über ihre Schulter zu Friederike. Die nickte freundlich.

»Bitte kommen Sie herein.« Eine kleine schlanke Frau in mittleren Jahren gab den Anwältinnen den Weg in ihre Wohnung frei. »Sie müssen entschuldigen, aber wir haben gerade die Maler.« Die Frau ging voran, zurück in das Innere der Wohnung und nickte im Vorbeigehen zwei Männern in Malerkleidung durch eine offenstehende Tür zu. »Tut mir leid. Ich hoffe, dass es Ihnen nichts ausmacht, das Gespräch in der Küche zu führen«, sagte sie mit einem Blick über ihre Schulter, während sie ihre Besucherinnen mit ihren sehr hellen blauen Augen taxierte.

»Nein, natürlich nicht«, antwortete Friederike, dieses Mal bevor Anjuta etwas erwidern konnte. Während sie der Wohnungsinhaberin über einen mit Folie abgeklebten Fußboden in die Küche folgten, amüsierte sie sich insgeheim über Anjutas süßsäuerlichen Gesichtsausdruck.

Unterdessen sich Anjuta und Friederike hinter den Küchentisch auf die ihnen angebotene Sitzbank zwängten, zog die Wohnungsinhaberin die Küchentür leise zu und setzte sich zu den beiden Anwältinnen. Anjuta hatte bereits ihr Aufnahmegerät aus der Tasche geholt und legte es nun zwischen sich und Dörthe Alms. »Es macht Ihnen sicher nichts aus, dass wir das Gespräch mitschneiden. Aber jedes auch noch so kleine

Detail ist wichtig und darf nicht vergessen werden.« Ohne eine Antwort abzuwarten, drückte sie auf die Aufnahmetaste. »Frau Alms. Sie wissen, warum wir hier sind. Es geht um das Verschwinden von Stefanie Heech. Sie und die Familie Heech waren jahrelang Nachbarn. Bitte schildern Sie, was Sie zu den Heechs berichten können.«

›Einen blöderen Einstieg hätte sie nicht wählen können', ärgerte sich Friederike, als sie in das verständnislose Gesicht von Dörthe Alms sah. »Vielleicht können Sie damit beginnen, wie Sie sich überhaupt kennengelernt haben.« Friederike erahnte Anjutas bösen Blick und vermied es daher tunlichst, sie anzusehen. Stattdessen lächelte sie ihrer Zeugin aufmunternd zu.

»Ich lebe mit meinem Mann seit neunundsiebzig hier in diesem Haus. Wir haben zwei Söhne. Unseren Paul, der ist siebzehn und Robert, der ist zehn Jahre älter.« Ein Strahlen erhellte das Gesicht von Dörthe Alms, als sie den Anwältinnen voller Stolz berichtete: »Er studiert auch Jura. Zurzeit ist er Referendar.«

»Sehr schön.« Anjuta fiel es sichtlich schwer ihre Ungeduld zu verbergen. Da die beiden Anwältinnen eng nebeneinander saßen, konnte Friederike ihr einen Stoß versetzen, ohne dass es der ihnen gegenüber sitzenden Dörthe Alms auffiel.

»Ja. Wir sind sehr stolz auf ihn. Er war mit Steffi befreundet.« Das Gesicht von Dörte Alms verdunkelte sich. »Aber als das Mädchen vermisst wurde, bin ich nie von der Polizei befragt worden.«

»Das stimmt. Es war unsere Idee, die ehemaligen Nachbarn zu befragen«, reagierte Anjuta sofort. »Wer wohnte denn zum Zeitpunkt, als Stefanie verschwand, noch in diesem Haus?«

»Im Erdgeschoss wohnten die Frau Anton und ihre Mutter, in der Mitteletage Herr Heech und die Familie Bartz, und wir im Obergeschoss. Wir sind zu dem Zeitpunkt eingezogen, als

die Frau Heech gerade vermisst wurde.«
»Kannten Sie sie?«, fragte Friederike interessiert.
»Ja. Vom Sehen her. Sie war als Diätköchin im Krankenhaus beschäftigt. Ich hatte sie als eine sehr gebildete Frau in Erinnerung.« Dörthe Alms legte ihre Hände auf den Tisch und faltete sie. »Persönliche Kontakte pflegten wir aber nicht.« Dörte Alms betrachtete ihre rissigen Hände. »Von den damaligen Hausbewohnern habe ich erfahren, dass Frau Heech nach der Scheidung alkoholabhängig wurde. Es soll häufig Streit zwischen ihr und ihrem Mann gegeben haben. In der Woche war der Konrad Heech nicht zu Hause, sondern nur an den Wochenenden. Dann soll es auch Streit gegeben haben.« Sie rieb ihre Daumen aneinander und ließ sie kreisen. Es waren verfärbte Daumen, mit Rissen und Entzündungen am Nagelbett. »Die Hausbewohner erzählten, dass es auch zu körperlichen Auseinandersetzungen zwischen den beiden gekommen sei. Frau Heech war auf einmal vermisst, und im Herbst fand man dann ihre Leiche.«
»Es war noch im Sommer«, berichtigte Anjuta.
Friederike konnte wieder die Ungeduld aus Anjutas Stimme vernehmen. Schnell fragte sie: »Was wissen Sie noch über den Tod von Ursula Heech?« Sie beobachtete aus den Augenwinkeln, wie Anjuta sich neben ihr aufrichtete. Anjutas tiefes Atmen war unüberhörbar.
»Damals erzählte man im Haus, dass sie sich das Leben selber genommen habe, angeblich mit Tabletten und Alkohol. Sie soll wohl im Wald aufgefunden worden sein. Die kleine Steffi lebte dann bei ihrer Oma. Der Konrad Heech holte sich das Mädchen alle vierzehn Tage an den Wochenenden. Auch in den Ferien war das Kind häufig bei ihm.«
Als Anjuta bemerkte, dass sich Dörthe Alms in ihren Erinnerungen nun auf Stefanie Heech konzentrierte, wich die Spannung aus ihrem Körper. Entspannt lehnte sie sich zurück,

verschränkte ihre Arme und begann die Zeugin zu musterten. Dörthe Alms trug ihre starken Haare schulterlang. Das Grau an den Haaransätzen ließ erkennen, dass ihr Haar gefärbt war. Während sie ihre Augen nur dezent geschminkt hatte, hatte sie ihre vollen Lippen durch ein knalliges Rot betont. Beim Sprechen umspielten die ersten Fältchen ihren Mund und die Augen. »Unser Sohn Robert ist kurz bevor wir hierherzogen geboren worden. Als er etwas älter war, spielte er gelegentlich mit Steffi.« Dörte Alms schien angestrengt zu überlegen. Sie richtete ihre Daumen auf und ließ sie aneinander klopfen. »Ich habe es so in Erinnerung, dass er etwa zehn und Steffi ungefähr dreizehn Jahre alt war, als sie sich dann auch an den Wochenenden trafen. Sie kam dann auch gelegentlich mit in unsere Wohnung.« Als Dörthe Alms bemerkte, dass Anjuta sie unentwegt anstarrte, drehte sie sich weg und schaute hilfesuchend zu Friederike.
Die nickte ihr aufmunternd zu. »Das wäre dann in der Zeit kurz vor ihrem Verschwinden gewesen?«
»Ja, das könnte sein.«
»Wie würden Sie ihren körperlichen Zustand beschreiben?«
»Eigentlich eher kindlich, obwohl sie schon in der Pubertät gewesen ist. Sie hat mit meinem Robert gespielt und ihm sogar das Stricken beigebracht.«
»Hatte sie hier in der Stadt noch andere Freunde außer Ihrem Sohn?«
»Nein. So hat es sich wohl auch ergeben, dass sie dann mit Robert spielte.«
»Was haben sie denn so gespielt?«, fiel ihr Anjuta, ohne ihre Sitzhaltung zu verändern, ins Wort.
Ohne sie eines Blickes zu würdigen, fuhr Dörte Alms, allein Friederike zugewandt, fort: »Robert war damals sehr aufgeschlossen und ich glaube auch, dass er Steffi sehr mochte. Sie haben hier in der Wohnung gespielt und gelegentlich auch

auf dem Klavier geklimpert.« Friederikes staunender Blick auf die Hände von Dörthe Alms war nur flüchtig gewesen. Doch die hatte ihn bemerkt und lachte auf. »Mit diesen Händen komme ich ohne Eintrittskarte in jede Gartenschau, denn die Gärtner erkennen sich an den Daumen.« Sie besah sich wieder ihre Hände. »Selbstverständlich kann man damit kein Klavier spielen.« Dörte Alms sah zu Anjuta. »In diesem Haushalt sind die Männer die Musiker. Mein Mann ist Musikschullehrer und ich bin Floristin.« Ihr spöttischer Ton war unüberhörbar. Doch dann wurde sie wieder ernst. »Mir ist damals aufgefallen, dass Steffi stark unter dem Druck ihres Vaters stand.«

»Und wie kam das zum Ausdruck?«, fragte Anjuta, mit einem Mal sichtlich interessiert und beugte sich leicht nach vorne.

»Das zeigte sich beispielsweise darin, dass sie spontan ihr Spiel unterbrechen musste. Ich erinnere mich daran, dass sie einmal vergessen hatte, die Kartoffeln pünktlich um halb zwölf aufzusetzen. Sie hatte panische Angst, dass sie deshalb Ärger mit ihrem Vater bekommen würde.«

»Sie scheinen sie tatsächlich sehr gut gekannt zu haben.« Die Provokation in Anjutas Stimme war zu deutlich, als dass ihre Zeugin sie hätte überhören können.

»Ja, das stimmt.« Dörthe Alms ließ sich nicht aus der Ruhe bringen. »Sie wirkte auf mich sehr scheu und stark zurückhaltend. Steffi hat nie über ihre Familie erzählt, weder Gutes noch Schlechtes. Ich hatte immer das Gefühl, dass sie unter dem Druck des Vaters stand. Ich habe auch noch in Erinnerung, dass sie auch die Schule wechseln sollte. Genaueres dazu weiß ich aber nicht.«

»Hatten Sie Kontakt zu Herrn Heech?«, fragte Friederike.

»Nein. Wir haben uns lediglich auf dem Flur gegrüßt, wenn wir uns trafen. Persönliche Gespräche hat es nur selten gegeben. Er war immer sehr in sich gekehrt und verschlossen, ein sehr eigenartiger Mensch. Wir haben ihn in seiner Wohnung auch nie gehört.«

»Was meinen Sie, wenn Sie sagen, dass er eigenartig war?«, bohrte Anjuta nach.

»Er hatte damals eine Beziehung zu einer jungen Frau. Die war nach meiner Erinnerung Lehrerin.« Die Stirn von Dörte Alms legte sich in Falten. »Mit ihr hatte er damals ein kleines Kind.« Ihre Daumen begannen wieder zu kreisen. »Das Verhältnis zwischen beiden empfand ich als sehr sonderbar.«

»Wie meinen Sie das?« Anjutas Interesse war nun endgültig geweckt.

»Wenn sie zu ihm kam, war er oft nicht da. Die Frau hatte keinen Schlüssel zu seiner Wohnung und stand dann oft vor seiner Tür und wunderte sich, dass er nicht da war.« Dörte Alms schüttelte ihren Kopf. »Immerhin war er der Vater des kleinen Mädchens.« Sie unterbrach sich. »Jetzt habe ich Ihnen gar nichts angeboten. Möchten Sie etwas zu trinken.«

Das »Nein, danke«, von Anjuta und Friederike kam fast wie aus einem Munde.

Dörte Alms nickte. »Andere Freunde oder Verwandte sind nie gekommen. Herr Heech besaß damals einen weißen Wartburg. Den stellte er immer in die Garage. Wenn Sie aus dem Fenster sehen, zeige ich sie Ihnen.« Sie erhob sich und ging zum Fenster.

Während sich Friederike und Anjuta hinter dem Tisch wieder hervor zwängten, knipste Dörthe Alms von einer der vielen Orchideen, die auf der Fensterbank standen, eine verblühte Blüte ab.

»Ihre Orchideen sind eine Pracht«, lobte Friederike. »Ich bin immer wieder über die Farbvielfalt dieser schönen Gewächse erstaunt.« Plötzlich spürte sie einen Stoß im Rücken. Ärgerlich drehte sie sich um. Hinter ihr stand Anjuta und deutete auf das Aufnahmegerät in ihrer Hand. Friederike bedachte

sie mit einem bösen Blick, bevor sie sich wieder der Hausherrin zuwandte.
»Ihr Haus steht ja direkt am Waldrand. Das ist mir gar nicht so bewusst geworden. Wissen Sie, wo genau man Frau Heech gefunden hat?«
Dörthe Alms hob bedauernd ihre Schultern. »Nein, wie ich schon sagte, man erzählte, dass sie irgendwo im Wald gefunden wurde.« Sie zeigte auf die Garagen. »Die zweite von links gehörte Herrn Heech. Mir ist damals immer das merkwürdige Verhalten von Steffi aufgefallen.«
»Wieso?« Anjuta hatte sich näher heran geschoben und hielt nun das Aufnahmegerät in Richtung von Dörthe Alms.
»Wenn er Steffi mit nach Hause brachte, hat er häufig noch etwas am Auto repariert, geputzt oder gebastelt. Das Mädchen ist immer sofort aus dem Auto raus und in den Hausflur gegangen. Dort hat sie vor der verschlossenen Wohnungstür im Dunklen auf ihren Vater gewartet. Er hat unterdessen noch da unten seine Arbeiten am Auto verrichtet.«
»Wenn Sie das alles so schön beobachtet haben, können Sie uns sicher auch erzählen, wie Herr Heech reagierte, wenn er dann endlich fertig war?« Es schien, als ob Anjutas Hand mit dem Aufnahmegerät die Brust von Dörthe Alms durchbohren wollte.
»Ja, das kann ich.« Dörte Alms wich etwas zurück. »Ich hatte ja schon erzählt, dass er ein schweigsamer Mensch ist. Er hat auch mit ihr auf der Treppe kaum gesprochen. Beide waren immer sehr ernst. Es fehlte einfach die Lockerheit, die eigentlich zwischen Vater und Tochter bestehen sollte. Schließlich hatte das Mädchen ihre Mutter verloren.«
»Nun, ja. Die Charaktere der Menschen sind eben unterschiedlich.«
»Das schon. Aber ich meine, dass er einfach zu streng mit ihr war. So erinnere ich mich an die Jahreswende achtundachtzig,

neunundachtzig. Robert hatte Silvester mit Steffi gespielt. Sie war bei uns in der Wohnung und musste eine Stunde vor Mitternacht nach unten zu ihrem Vater.«

»Das ist doch normal, wenn er mit ihr in das neue Jahr feiern will.« Anjuta schüttelte verständnislos ihren Kopf.

»Ja, aber Steffi schien mir bei uns sehr glücklich. Sie war ausgelassen und fröhlich. Als sie dann zu ihrem Vater sollte, wurde sie traurig.«

»Wissen Sie, warum sie zu ihrem Vater sollte?«, fragte jetzt Friederike dazwischen.

»Nein. Aber lassen Sie uns wieder hinsetzen.« Als alle drei Frauen wieder saßen, fuhr Dörte Alms unaufgefordert fort: »Soweit ich es in Erinnerung habe, holte er sie alle vierzehn Tage zu sich. Er holte sie sonnabendvormittags von seiner Mutter ab und brachte sie am Sonntagmittag wieder zurück. Am Sonntag sind sie oft essen gegangen. Gekocht hat er nicht.«

»Wann haben Sie das Mädchen das letzte Mal gesehen?« Anjuta schob das Aufnahmegerät etwas näher zu Dörte Alms heran.

»Ich denke, dass es Silvester war.«

»Wissen Sie, ob das Mädchen sich vor etwas gefürchtet hat?«

»Sie war uns gegenüber sehr ernst und verschlossen. Darum hat Steffi auch nie gesagt, ob sie sich vor irgendetwas gefürchtet hat oder nicht. Sie brachte aber zum Ausdruck, dass sie sich bei der Oma wohler fühlt.«

»Können Sie sich noch an die Situation und den Zeitpunkt, zu dem sie verschwand, erinnern?«

»Ganz genau nicht mehr. Ich weiß aber noch, dass wir an diesem Tag von einem Verwandten erfahren haben, dass Steffi nicht nach Hause zu ihrer Oma kam. Dieser Verwandte wollte Herrn Heech sprechen und erfuhr von Frau Bartz, dass er nicht da ist. Ich selber habe Herrn Heech an diesem Tag

nicht gesehen.«
»Aber Herr Heech sagte, dass er an diesem Tage seine Hauswoche verrichtet hat.« Obwohl Anjutas Ton keinen Widerspruch duldete, erwiderte Dörthe Alms: »Wenn er tatsächlich den Flur gereinigt hätte, hätte ich ihn auch gesehen. Ich habe ihn aber nicht gesehen. Da bin ich mir sicher. Ob Frau Bartz ihn an diesem Tag gesehen hat, kann ich nicht sagen.«
»Und Sie wissen genau, dass es sich um den Sonnabend handelt, an dem Stefanie Heech verschwand?«
»Ja. Eine Verwechslung ist ausgeschlossen. Der Verwandte hat gegenüber Frau Bartz sogar noch geäußert, dass er sich wunderte, dass Herr Heech nicht da war, zumal er angerufen habe, dass er an diesem Wochenende nicht zu seiner Mutter kommen könne. Sein Auto sei in der Werkstatt. Das war wohl noch nicht fertig.«
»Wenn Ihnen der Tag noch so genau in Erinnerung ist, können Sie uns doch bestimmt sagen, wann Herr Heech das Haus verlassen hat.«
»Nein. Ich hatte keinen Grund darauf zu achten. Ich weiß weder, wo er sich vormittags noch, wo er sich nachmittags aufgehalten hat. Ich weiß auch nicht, ob er mit dem Auto weggefahren ist.«
Friederike begann sich über die Art und Weise, mit der Anjuta die Zeugin vernahm, zu ärgern. »Können Sie uns etwas zu dem Verhalten von Herrn Heech sagen, nachdem seine Tochter verschwunden war?« Sie hatte abgewartet, bis Dörthe Alms ihren Satz beendet hatte, bevor sie sich wieder in das Verhör von Anjuta einmischte.
»Er wurde noch verschlossener als vorher.« Dörte Alms sah Friederike an. »Ehrlich gesagt, wussten wir im Haus auch nicht so genau, wie wir mit dieser Situation umgehen sollten. Ich weiß, dass der Herr Bartz kurz auf seiner Arbeitsstelle aufgesucht und befragt wurde. Wir haben uns damals ge-

wundert, warum wir von der Polizei nicht befragt wurden.«
»Hat man das später einmal nachgeholt? «, fragte Friederike erstaunt.
»Nein. Sie sind die Ersten.«
»Haben die Nachbarn untereinander einmal darüber gesprochen?«
»Sicher. Kurze Zeit später hat mich Frau Bartz in ihre Wohnung geholt. Sie erzählte mir, dass es in der Wohnung so komisch riechen würde. Das Wohnzimmer von Herrn Heech befand sich unmittelbar neben dem Zimmer von Frau Bartz.«
»Wie müssen wir uns das denn vorstellen?«, mischte sich Anjuta wieder ein.
Dörthe Alms begann, mit ihrem Zeigefinger auf der Tischplatte einen Grundriss zu zeichnen. »Wenn das die beiden Wohnungen sind, müssen Sie sich vorstellen, dass das Wohnzimmer von Herrn Heech genau neben dem Zimmer der Familie Bartz lag. Es war nur eine dünne Trennwand dazwischen. Frau Bartz teilte mir mit, dass Herr Heech etwas verbrennen würde. Das wäre aber nicht der übliche Geruch von Holz oder Kohle.«
»Und haben Sie das auch gerochen?«
»Nein. Ich habe nichts Auffälliges gerochen. Aber ich hatte damals auch einen Schnupfen.«
»Vielleicht hat sie sich das auch nur eingebildet?«
»Das weiß ich nicht. Jedenfalls hat sie immer wieder gesagt: Riech doch mal, es riecht so komisch hier. So riecht doch mein Zimmer nicht.« Dörte Alms zuckte mit den Schultern. »Was er verbrannt hat, weiß ich nicht. Wir heizten jedenfalls mit Gas. Aber seine Wohnung hatte noch eine Ofenheizung.«
»Haben Sie irgendwann einmal mit Herrn Heech über das Verschwinden seiner Tochter gesprochen?«
Wieder zuckte Dörte Alms ratlos mit ihren Schultern. »Kann sein, dass ich ihm einmal mein Bedauern zum Ausdruck

gebracht habe. Mich hat die ganze Sache jedenfalls ganz schön mitgenommen.«
»Das glaube ich Ihnen.« Friederike drehte sich zu Anjuta. »Ich habe keine weiteren Fragen an Frau Alms. Willst du noch etwas wissen?«
»Nach unseren Erkenntnissen war Stefanie das letzte Mal eine Woche, bevor sie verschwand, bei ihrem Vater. Können Sie sich erinnern, ob Ihr Sohn an diesem Wochenende mit ihr zusammen war?«
»Nein. Das weiß ich nicht mehr, aber ich kann ihn fragen.«
»Gibt es sonst noch etwas, das Sie für wichtig halten?«
»Eigentlich nicht.«
Anjuta drückte auf die Taste des Aufnahmegerätes. »Gut. Dann habe ich auch keine Fragen mehr.« Sie griff nach ihrer Tasche. Während sie sich von ihrer engen Sitzposition gespielt mühselig in den Stand quälte, gab sie ein ächzendes Geräusch, gleichsam als Zeichen des Aufbruchs der Anwältinnen, von sich.
Mit einem verschwörerischen Blick und einem versteckten Grinsen erhoben sich die beiden anderen Frauen ebenfalls. Während Friederike ein freundliches »Auf Wiedersehen« in den Raum, in dem die Maler gerade Tapeten anklebten, rief, ging Anjuta grußlos an ihnen vorbei.
»Wir bedanken uns bei Ihnen, dass Sie sich trotz der widrigen Umstände Zeit für uns genommen haben und wünschen Ihnen noch ein fröhliches Malern«, verabschiedete sich Friederike an der Wohnungstür von Dörthe Alms.
Die nickte und wiederholte traurig: »Das hat mich wirklich sehr mitgenommen.«
»Wenn Ihnen doch noch etwas einfällt, rufen Sie uns einfach an. Hier ist unsere Karte.« Anjuta schob ihre Visitenkarte in die Hand von Dörte Alms.
›Deine‹, dachte Friederike, als sie kurz darauf die Treppe

hinunterstiegen. ›Es könnte sein, du verpasst etwas.‹ Plötzlich fiel ihr etwas ein. Sie sah auf ihre Uhr. Hätte sich Anjuta in diesem Augenblick umgedreht, hätte sie für einen Augenblick den Schalk, der in Friederikes Augen aufblitzte, gesehen. »Du sag mal, Anni. So spät ist es doch noch gar nicht. Was hältst du davon, wenn wir einen Blindbesuch machen würden?«
Anjuta fuhr herum. »Was meinst du?«
»Die Familie von Frau Heech wohnt hier ganz in der Nähe. Silvia hat ihre Adresse herausgefunden. Wir könnten die noch besuchen, obwohl sie eigentlich nicht auf unserer Liste stehen.«
»Und was soll das bringen? Was willst du die denn fragen?«
»Nichts Besonderes.«
»Dann musst du da auch nicht hin.« Anjuta sah auf ihre Uhr. »Ich habe dir doch schon heute Morgen gesagt, dass ich unbedingt noch Akten bearbeiten muss. Ich habe dafür keine Zeit. Außerdem weiß ich wirklich nicht, was das bringen soll.«
»Schaden kann es jedenfalls auch nicht.«
»Mach, was du willst. Aber ich komme nicht mit.«
Friederike nickte gleichmütig.
Offensichtlich wurde Anjuta das Schweigen von Friederike dann doch unbehaglich, denn sie versuchte, den Gesprächsfaden wieder aufzunehmen. »Hast du gesehen, wie unordentlich ihre Küche war? Abgesehen davon, dass schmutziges Geschirr herumstand, die Sauberste scheint sie auch nicht zu sein. Sie hätte den Fußboden auch mal fegen und wischen können.«
Die Anwältinnen waren bei ihren geparkten Autos angekommen.
»Ich war ja froh, dass du auch keinen Kaffee getrunken hast. Sie hatte keine Geschirrspülmaschine. Wer weiß, wie ihre sauberen Tassen ausgesehen hätten. Die wird sie sicher in der Schüssel, die in der Spüle stand, abwaschen und dann

mit dem ekligen Lappen, der dort neben ihrem Kühlschrank hing, trocknen.«

Friederike öffnete ohne zu erwidern ihr Auto und stellte ihre Tasche auf den Rücksitz.

»Geschirrtuch kann man dazu nun wirklich nicht sagen«, unternahm Anjuta einen weiteren vergeblichen Versuch Friederike in ein Gespräch zu verwickeln.

Die dachte aber nicht daran zu erwidern, sondern setzte sich wortlos in ihr Auto. »Also dann bis morgen.« Ohne Anjuta eines weiteren Blickes zu würdigen, warf Friederike die Autotür hinter sich zu und startete den Motor.

17
KAPITEL

Friederike musste sich nach dem schrillen Klingelton nicht lange gedulden. Sie hörte das Klappern der Haustür. Mit ein paar Schritten war die Frau an der Gartentür und fragte in einem unpersönlichen Ton: »Sie wünschen?«

»Guten Tag. Mein Name ist Friederike Jalaß. Ich bin Rechtsanwältin in der Kanzlei Dr. Eweleit und Partner. Wir sind mit dem Fall Stefanie Heech befasst. In diesem Zusammenhang habe ich ein paar Fragen, die Ursula Heech betreffen. Ich wollte mit Frau Srama über ihre Tochter reden.«

»Dann wollen Sie zu meiner Mutter.« Die Frau öffnete die Tür.

»Das habe ich fast vermutet.«

»Aus welchem Grund?«

»Sie haben Ähnlichkeit mit Ursula Heech.«

»So?«

»Ja. Ich schätze, dass Sie so um die einsfünfundsiebzig groß sind.« Friederike ließ sich nicht beirren. »Damit sind Sie etwa genauso groß wie sie, haben dunkelblondes gewelltes Haar und eine etwas blasse Gesichtsfarbe. Auch die Form Ihrer Lippen und die Ihrer Nase ähnelt der von Ursula Heech. Vor allem sind es jedoch Ihre großen grauen Augen, die mich sofort an sie erinnert haben.« Friederike lächelte der Frau ins Gesicht.

»Woher wissen Sie das alles? Sie können sie nicht gekannt

haben. Dazu sind Sie zu jung.«
»Sie haben Recht. Ich kannte sie nicht persönlich. Meine Informationen über sie stammen aus der Ermittlungsakte, die im Zusammenhang mit ihrem Tod geführt wurde. Darin war auch ein Foto von ihr.«
»Ich bin ihre Zwillingsschwester. Mein Name ist Kordula Srama. Kommen Sie herein.« Die Frau trat zur Seite.
Schweigsam gingen beide den Weg zum Haus.
»Lassen Sie uns in den Wintergarten gehen. Dort sitzen wir am liebsten.«
»Gerne.« Beide gingen um das Haus herum.
»Ich wollte gerade einen Kaffee machen. Trinken Sie einen mit?«
»Ja, gerne.«
Kordula Srama schob die Tür des Wintergartens auf. »Bitte nehmen Sie Platz. Ich hole meine Mutter.«
Friederike wollte sich gerade einen Platz am Tisch aussuchen, als ihr aus einer Ecke des Wintergartens ein kleiner Hund entgegensprang. Sie bückte sich und hielt ihm ihren Handrücken hin. »Na, du Kleiner, haben wir dich beim Schlafen gestört?« Der Hund hörte auf zu bellen und schnupperte an Friederikes Hand. Dann drehte er sich zur Seite und ließ sich von ihr streicheln. »Ja siehst du. Das magst du gerne.« Sie kraulte ihn unter der Schnauze.
»Das stimmt. Das mag er. Jetzt werden Sie ihn bestimmt nicht mehr los.«
Friederike sah hoch und bemerkte, dass Kordula Srama, die sie offensichtlich die ganze Zeit beobachtet hatte, jetzt lächelte, bevor sie hinter der Tür verschwand. Das Eis war getaut. Friederike setzte sich auf einen Stuhl und stellte ihre Tasche neben sich. Der Hund wich ihr tatsächlich nicht mehr von der Seite. Er setzte sich neben sie. Sie lehnte sich zurück, sah ihn lächelnd an und ließ ihren Arm herunterhängen, um

ihn zu streicheln. Als sich die Tür des Hauses wieder öffnete, kraulte sie ihn gerade hinter seinen Ohren.

»Das ist meine Mutter.«

Friederike erhob sich. »Guten Tag, Frau Srama. Mein Name ist Friederike Jalaß.« Sie schüttelte der kleinen Frau mit den schlohweißen Haaren die Hand.

»Meine Tochter sagte, dass Sie Staatsanwältin sind.«

»Nein, Mutter, ich habe Rechtsanwältin gesagt«, wurde die alte Dame sanft, aber bestimmend, von ihrer Tochter unterbrochen. »Ich decke jetzt erst mal den Tisch. Ihr könnt euch derweil ja schon unterhalten.« Kordula Srama verschwand wieder hinter der Tür.

»Nehmen Sie doch bitte wieder Platz.« Die alte Dame setzte sich an die Stirnseite des Tisches. »Na, mein Süßer, hast du ausgeschlafen.« Sie beugte sich zur Seite, um den Hund zu streicheln. »Er ist schon sehr betagt und schläft den ganzen Tag dahinten in seinem Körbchen.« Die alte Dame deutete in die Ecke, aus der der Hund gekommen war. »Aber, wenn wir hier sitzen, ist er wach und will gestreichelt werden.«

Nach einem leidensfähigen Laut, aus der Tiefe seines Herzens, vollzog der Hund einen Richtungswechsel und trottete zurück zu Friederike.

»Sie kommen wegen Ulla.«

»Ja.«

»Nach so langer Zeit?«

»Ja.«

»Warum jetzt?«

»Ihr Schwiegersohn hat unsere Kanzlei beauftragt.«

»Konrad?«

»Ja.«

»Was will er damit bezwecken.«

»Er will das Schicksal seiner Tochter aufklären.«

»So, will er das?« Kordula Srama hatte unbemerkt den Raum

betreten. Sie legte für jeden ein goldenes Platzdeckchen und eine Serviette auf den Tisch. »Aber was hat das mit uns zu tun?«
»Mit Ihnen sicher nichts. Möglicherweise aber mit Ihrer Schwester.«
»Wir hatten all die Jahre solche Gedanken. Irgendetwas stimmt da nicht. Erst scheidet die Mutter auf eine äußerst mysteriöse Art und Weise aus dem Leben und dann verschwindet die Tochter auf eine ebenso mysteriöse Art.« Kordula Srama drehte sich um und ging zurück in das Haus.
»Nehmen Sie ihr bitte ihr Auftreten nicht übel. Sie war nicht immer so.« Es klang wie eine Entschuldigung. »Der Tod ihrer Schwester hat sie sehr verändert. Sicher liegt es daran, dass sie eineiige Zwillinge waren.«
Friederike nickte verständnisvoll. »Man sagt Zwillingen immer eine ganz besondere Bindung nach.«
»Oh ja. Die hatten sie. Die Mädchen waren lebenslustig und temperamentvoll.« Die alte Dame seufzte. Wenn ihr Gesicht bisher durch die hellwachen Augen jung wirkte, sah man ihr nun ihr eigentliches Alter an. »Kordi glaubt bis heute nicht an den Selbstmord von Ulla. Sie wollte ihre Schwester sehen, als man sie gefunden hatte.«
»In der Akte stand, dass man das nicht zugelassen hat.«
»Richtig.«
Der Hund stupste Friederike an. Sie hatte aufgehört, ihn zu kraulen. »Frau Srama, ich habe eine große Bitte.«
»Was für eine?«
»Ich arbeite nicht alleine an dem Fall.« Sie zog ihr Aufnahmegerät aus der Tasche. »Hätten Sie etwas dagegen, wenn ich unser Gespräch mitschneide?« Das Geschirrklappern aus der Küche verstummte.
»Wozu soll das denn gut sein?«
»Unser aufgezeichnetes Gespräch wird dann für die Akte übertragen, so dass es alle Anwälte, die mit dem Fall befasst

sind, lesen können.«
»Das heißt, wenn ich während unseres Gesprächs mit dem Hund schimpfe, steht das hinterher auf dem Papier?«
Friederike lachte ihr fröhliches Lachen. »Nein, das natürlich nicht. Es wird nur das, was zur Sache gehört, übertragen.«
»Na, dann mal los. Ich habe nichts dagegen.«
Friederike drückte die Aufnahmetaste und legte das Gerät auf den Tisch. Aus der Küche drang wieder das vertraute Geschirrklappern. »Wie wurden Sie vom Tod Ihrer Tochter informiert?« Der Hund verzog sich beleidigt in seinen Korb.
»Durch die Gerichtsmedizin. Die riefen an und sagten, dass sie Ulla anhand der Zähne identifiziert hätten. Kordi ist daraufhin mit ihrem Mann sofort dahin und wollte sie sehen. Sie haben sie nicht gelassen.«
»Hat man das begründet?«
»Nein.« Wieder war Kordula Srama unbemerkt in den Raum getreten. »Die haben einfach gesagt, dass das nicht gestattet sei. Ich habe gedacht, dass ich sie austricksen kann. Ich wollte die Leute vom Beerdigungsinstitut überreden, mir den Sarg zu öffnen.« Sie stellte ein Tablett auf den Tisch und sagte wie nebenher: »Vorher wusste ich gar nicht, wo sie war. Die haben es mir nicht gesagt.« Mit schroffen Bewegungen verteilte sie das Geschirr und stellte Milch und Zucker auf den Tisch. »Wir haben den Sarg mit ihrer Leiche erst zur Beerdigung zu Gesicht bekommen.« Kordula Srama stand unschlüssig, mit dem leeren Tablett in der Hand, neben Friederike. »Ich war zwar früh genug da, aber die Leute vom Bestattungsinstitut weigerten sich, den Sarg noch einmal zu öffnen. Sie sagten, dass der Sarg schon fest verschraubt und das Material nicht dafür geeignet sei, den Sarg mehrfach auf- und zuzuschrauben. So ein Quatsch. Die hatten bestimmt ihre Anweisungen.«
»Ach Kordi. Das weißt du doch nicht. Vielleicht stimmte das ja. Zu DDR-Zeiten verwendete man für die Särge kein

richtiges Holz.«
»Egal, selbst wenn es nur Hartfaserplatten waren. Denk doch nur an die Möbel. Die mussten auch verschraubt werden und hielten trotzdem mehrere Umzüge aus«, wies Kordula Srama in einem barschen Ton ihre Mutter zurecht, bevor sie sich umdrehte und ohne ein weiteres Wort wieder in der Tiefe des Hauses verschwand.
»Da sehen Sie es. Sie ist verbittert. Sogar ihre Ehe ist daran gescheitert. Sie hat mit der Scheidung noch gewartet bis die Kinder aus dem Haus waren und sich dann von ihrem Mann getrennt. Nach der Scheidung hat sie sogar ihren Mädchennamen wieder angenommen. Sie ist ein ganz anderer Mensch geworden, nach dem Tod ihrer Schwester. Sie hat das wohl nie verkraftet. Noch heute hält sie einen Selbstmord ihrer Schwester für ausgeschlossen.«
»Es heißt, dass Ursula nach der Scheidung Probleme hatte.«
In diesem Moment betrat Kordula Srama mit einem beladenen Tablett erneut den Wintergarten. »Wenn es so war, haben wir jedenfalls nichts davon mitbekommen.« Wortlos nahm sie die Kaffeekanne und einen Kuchenteller vom Tablett. Nachdem sie beides auf den Tisch gestellt hatte, goss sie immer noch schweigend den Kaffee ein. Als sie die Kaffeekanne auf den Tisch gestellt hatte, brach es aus ihr heraus: »Sie waren vier Jahre glücklich verheiratet. So aus heiterem Himmel hat Konrad ihr auf einmal vorgeworfen, dass sie zu viel trinke und sein Geld ausgäbe.« Mit einem bösen Schnaufen setzte sie sich an die andere Stirnseite des Tisches. Doch dann huschte ein flüchtiges Lächeln über ihr Gesicht, als sie sich Friederike zuwandte. »Den da habe ich selbst gebacken und der ist gekauft. Frisch sind sie beide. Bitte bedienen Sie sich.« Sie zeigte auf den Kuchen.
Erst jetzt verspürte Friederike ihren Hunger. »Vielen Dank. Ich habe seit heute Morgen nichts mehr gegessen.« Sie griff

zu, nahm sich ein dickes Stück Streuselkuchen und biss herzhaft hinein.
Auch Kordula Srama und ihre Mutter nahmen sich Kuchen vom Teller. »Für wen arbeiten Sie eigentlich?«
»Kordi.« Der Vorwurf war unüberhörbar. »Nun lass sie doch erst mal essen.«
Friederike schluckte den Bissen herunter. »Für Ihren Schwager.«
»Das wundert mich nicht. Ich hätte darauf gewettet.«
»Ja?«
»Ich glaube, dass er ihren Verlust niemals verwunden hat. Auch nicht, obwohl sie geschieden waren.«
»Das ist durchaus möglich.«
»Ach, ja? Erzählen Sie mal.«
»In dem Gespräch, in dem wir über sie gesprochen haben, wirkte er sehr emotional. Als ich ihn daraufhin gefragt habe, ob er sie sehr geliebt hat, bejahte er dieses.« Friederike nahm einen Schluck Kaffee und sagte in das betretene Schweigen. »Unter Tränen.«
»Das sieht ihm ähnlich. Eigentlich habe ich das immer gewusst.«
»Ja? Woher?«
»Nach der Scheidung war Steffi nicht oft hier. Vielleicht alle ein oder zwei Jahre mal. Sie lebte ja bei ihrer anderen Oma. Obwohl er sie vor uns abschottete, glaube ich, dass er nur das Beste für sie wollte. Sicher sollte sie sich nicht andauernd mit dem Tod ihrer Mutter auseinandersetzen.«
»Wusste sie, was mit ihrer Mutter passiert war?«
»Steffi hat uns nie gefragt und wir haben nie mit ihr darüber geredet. Wir wollten sie nicht belasten. Sie war so ein freundliches, unbeschwertes Kind.«
»Auch noch in der Zeit, bevor sie verschwand?«
»Dazu können wir nichts sagen. Vor ihrem Verschwinden hatten wir sie auch schon fast ein Jahr nicht mehr gesehen.«
»Ich denke, Konrad wollte das nicht. Er sagte mir dazu, dass er,

wenn er dich ansehe, immer an Ulla denken müsse. Stimmt ja auch.« Die alte Dame lächelte, während sie mit beiden Händen ihre Serviette knebelte. »Einmal, als Steffi mich besuchte, erzählte sie von ihrer Halbschwester und deren Mutter. Sie sagte, dass die ihren Vater gerne geheiratet hätte. Aber er wollte nicht. Steffi hat mir erzählt, dass die andere Oma die Frau nicht leiden konnte und sie sie auch nicht mochte. Ich denke wirklich, dass er Ulla über den Tod hinaus liebt.«

»Dabei waren sie eigentlich grundverschieden.«

»Kordi, wie heißt es doch: Gegensätze ziehen sich an.«

Kordula Srama ignorierte den Einwurf ihrer Mutter und fuhr unbeirrt fort: »Das fing schon bei ihrer Weltanschauung an. Er ist streng katholisch erzogen worden und sie lebte den sozialistischen Trend.«

»Inwiefern?«

»Meine Schwester hatte Ideale. Sie wollte die Welt verändern.«

»Allerdings war sie kurz vor ihrem Tod recht desillusioniert.«

»Mutter fang doch nicht schon wieder davon an.«

»Was wahr ist, muss wahr bleiben«, sagte die alte Frau, in einem energischen Ton, und klopfte mit der Hand auf den Tisch.

»Ich muss Ihnen das erklären.« Kordula Srama lächelte Friederike über den Rand ihrer Kaffeetasse zu. »Meine Schwester lebte das sozialistische Gedankengut.« Sie stellte ihre Tasse ab. »Sie brannte für die Ideen von Marx und Engels, bis sie sich mit ihrer Nachbarin anfreundete.«

»Mit welcher?«

»Mutter, weißt du noch wie die hieß?«

»Nein, das habe ich vergessen.«

»Ist ja auch egal. Jedenfalls wohnten Ulla, Steffi und Konrad zunächst im Obergeschoss. Es geht um die Nachbarin, die in der mittleren Etage wohnte.«

»Die war doch Zahnärztin und mit einem Pastor verheiratet«, erinnerte sich die alte Dame.

»Genau, die meine ich.«
»Allerdings ging ihre Ehe mit ihm in die Brüche. Vielleicht fällt mir der Name doch noch ein.«
Kordula Srama nickte und sagte wieder an Friederike gewandt: »Sie ist dann mit einem anderen Mann in den Westen gegangen. Sie sollen über die Elbe geschwommen sein. Den kleinen Sohn der Zahnärztin nahmen sie mit.« Sie schüttelte verständnislos ihren Kopf. »Unfassbar, was die dem Kind zugemutet haben. Der Junge war damals erst drei oder vier Jahre alt.«
»Nun, sicher war ihr Risiko überschaubar. Schließlich diente ihr Liebhaber an der Grenze und hatte genügend Zeit und Informationen, ihr Fluchtrisiko zu minimieren. Er war ein Grenzoffizier«, meldete sich die alte Dame wieder zu Wort.
»Nach der Flucht kam die Stasi und hat alle Nachbarn im Haus befragt. Ulla haben sie besonders in die Zange genommen. Irgendwer von den Nachbarn hatte verraten, dass Ulla mit ihr befreundet war.« Die Mutter wandte sich an die Tochter. »Weißt du noch, wie sie sich bei uns darüber beschwert hat, dass ihr die Stasimitarbeiter untersagen wollten, den Kontakt zu dieser Frau aufrechtzuerhalten.«
»Ja. Sie haben ihr sogar den Haftbefehl für ihre Freundin gezeigt und ihr gesagt, dass damit ihre Rückkehr in die DDR endgültig ausscheidet. Gleichzeitig haben sie ihr angedroht, dass es auch für sie Konsequenzen haben würde, wenn sie weiterhin den Kontakt mit ihrer Freundin aufrechterhalten sollte.«
»Ließ sie sich dadurch beeinflussen?« Friederike hatte den Frauen aufmerksam zugehört.
»Nicht unsere Ulla. Sie dachte nicht daran, den Kontakt abzubrechen, sondern schrieb und telefonierte regelmäßig mit ihrer Freundin.«
»Hat das tatsächlich Konsequenzen für Ihre Schwester nach sich gezogen?«

»Sie hat nie von welchen berichtet. Vielleicht war die Zeit auch zu kurz. Kurze Zeit später, vielleicht ein halbes oder ein dreiviertel Jahr später, war sie dann ja schon tot.« Kordula Srama schluckte. Dann sagte sie hart: »Ihren Posten hat sie jedenfalls bis zum Schluss behalten.«
»Was für einen Posten? War sie in einer Partei?«
»Nein, in einer Partei war sie nicht. Sie war Vorsitzende der Gewerkschaftsleitung. Von ihrer Einstellung her war meine Schwester jedenfalls wesentlich roter als die meisten Parteigenossen. Gerade das machte es ihr aber auch schwer. Ulla konnte nicht einsehen, warum gerade den Menschen, die sich für die sozialistische Idee begeisterten und sich dafür einsetzten, misstraut wurde.«
»Wie hat Ihre Schwester das zum Ausdruck gebracht?«, fragte Friederike interessiert.
»Zum Beispiel konnte meine Schwester auch nie verstehen, warum Parteigenossen nicht in den Westen reisen durften, während dieses Leuten, die nicht in der Partei waren, gestattet wurde.« Kordula Srama trank den letzten Schluck Kaffee aus ihrer Tasse und tupfte sich den Mund ab. »Jedenfalls wollte sie nicht einsehen, dass man von ihr verlangte, den Kontakt zu ihrer Freundin abzubrechen. Konrad und Ulla sind dann in die Wohnung der Zahnärztin gezogen und Ulla hat den Kontakt weiterhin einfach aufrechterhalten.« Sorgfältig faltete sie ihre Serviette und legte sie neben ihren Teller.
»Wahrscheinlich haben sie deshalb zunächst vermutet, dass auch sie in den Westen geflüchtet ist, als sie vermisst wurde.«
»In der Akte steht, dass ihr Lebensgefährte nach Berlin gefahren ist und sie dort gesucht hat.«
»Von welchem Lebensgefährten sprechen Sie?«
»Von Fritz Hein.«
»Wenn das ihr Lebensgefährte gewesen wäre, hätte sie es mir erzählt.« Kordula Srama schüttelte den Kopf. »Er war

vielleicht ihr Freund, aber ich glaube nicht, dass sie mit ihm geschlafen hat.«

»Sie schreibt aber in einem Brief von ihrem Lebensgefährten und dass sie möglicherweise von ihm schwanger wäre.« Friederike sah in die verdutzten Gesichter von Mutter und Tochter. Als Erste fand Kordula Srama ihre Fassung wieder. »Niemals. Ich wäre die erste gewesen, der sie von einer Schwangerschaft berichtet hätte. Das hat sie aber nicht. Hat sie dir gegenüber mal von Hein als ihrem Lebensgefährten gesprochen?«

»Nein. Nicht, dass ich wüsste.«

»Wissen Sie überhaupt von einer Beziehung Ihrer Schwester, außer ihrer Ehe mit Konrad Heech?«

Das »Nein« kam wie aus einem Munde.

»Haben Sie irgendwann einmal bemerkt, dass Ihre Schwester Alkoholprobleme hatte.«

»Auch nicht. Der Polizeibeamte, der in ihrer Sache ermittelt hat, sprach davon. Er sagte mir auch, dass es stadtbekannt sei, dass sie ein Verhältnis mit Hein, dem Säufer, habe. Ich kann das allerdings nicht bestätigen.«

»Hat er Ihnen erzählt, wie man Ihre Schwester gefunden hat?«

»Ulla wurde beim Hexenweiher gefunden, als der Eigentümer den Zaun ausbessern wollte. Der Hexenweiher das ist eine Wiese mit einem Teich. Ulla soll über den Zaun gestiegen sein. Sie lag dahinter. Neben ihr haben sie eine leere Flasche Alkohol gefunden.«

»Ihr Blut ist untersucht worden. Darin hat man keinen Alkohol gefunden.«

»Auch das wundert mich nicht. Sie hatte keine Alkoholprobleme. Ich habe mir damals den Zaun genau angesehen. Es war ein Schutzzaun. Eine angetrunkene Person hätte niemals über diesen Zaun steigen können.« Nachdenklich stützte Kordula Srama das Kinn in ihre Handfläche. Dann sah sie Friederike mit einem eindringlichen Blick an. »Aber ich muss mich mit den Ungereimtheiten abfinden. Schließlich hat man sie anhand ihrer Zähne identifiziert.«

»Man hat das zwar eindeutig gesagt, aber so eindeutig war es nun auch wieder nicht.«

»Wie meinen Sie das?«

»Die Leiche hatte bedeutend mehr Zahnlücken als auf der Behandlungskarte ihrer Schwester vermerkt waren.« Wenn Friederike nach dieser Mitteilung auf eine Reaktion von Mutter und Tochter gewartet hätte, wäre sie jetzt enttäuscht gewesen. Beide Frauen sahen sie mit versteinerten Gesichtern an.

»Also, ich gebe ja zu, dass das alleine nichts heißen will. Es war schließlich kein Datum auf der Karte vermerkt. Sie hätte sich die anderen Zähne auch bei einem anderen Zahnarzt ziehen lassen können.« Wieder blieb eine Reaktion von beiden Frauen aus. »Allerdings hat mich irritiert, dass die Leiche einen Zahn mehr hatte als sie nach der Behandlungskarte hätte haben dürfen.«

»Wissen Sie, was mich interessieren würde?« Kordula Srama schien über die Ungeheuerlichkeit, die in Friederikes Aussage lag einfach hinwegzugehen.

»Nein.«

»Ich konnte mich damals mit dem Tod meiner Schwester nicht abfinden.«

»Du kannst es bis heute nicht.«

Kordula Srama sah ihre Mutter traurig an. »Sicher hast du Recht. Aber das wollte ich Frau Jalaß nicht erzählen.« Sie wandte sich wieder Friederike zu. »Ich glaube nicht an ihren Selbstmord. Egal, wie schlecht es ihr ging. Sie hätte ihre kleine Tochter nie im Stich gelassen, denn sie liebte Steffi über alles. Ich wollte, dass die Umstände ihres Todes aufgeklärt werden. Stattdessen sagte mir der ermittelnde Polizist, dass das Verfahren eingestellt worden ist.« Sie klatschte mit ihrer Hand auf den Tisch. »Ich habe mich die ganzen Jahre gefragt,

wie so etwas möglich ist.«
Friederike verfolgte betreten den Ausbruch von Kordula Srama.
»Ich gebe Ihnen Recht. Als ich die Akte las, war das auch für mich nicht so recht nachvollziehbar. Ich habe daraufhin ein paar Telefonate geführt und dann Kontakt zu dem ermittelnden Beamten aufgenommen.«
»Ist der etwa immer noch im Dienst?« Die Empörung, die in ihrem Inneren tobte, war Kordula Srama deutlich anzumerken.
»Nein. Er ist zwischenzeitlich pensioniert. Das Erstaunliche für mich war, dass er sich sofort an die Sache erinnern konnte.«
»Ja?«
»Und was sagt er?« Beide Frauen starrten Friederike wie gebannt an.
»Er hatte eine logische Erklärung dafür, dass das Verfahren damals auf seine Empfehlung eingestellt worden ist. Er sagte, dass die Gesamtumstände keinen anderen Schluss zuließen. Ehrlich gesagt, weiß ich aber noch nicht, was ich von dieser Aussage halten soll.«
»Sie hegen Zweifel?«
Friederike drückte auf die Taste ihres Aufnahmegerätes, um die Aufzeichnung zu beenden. »Oh ja, und zwar ganz gewaltige.« Sorgsam steckte sie das Gerät in ihre Tasche. Ganz offensichtlich war das für den Hund ein Aufbruchzeichen. Verschlafen kam er aus seinem Körbchen und trottete langsam auf Friederike zu. »Ich kann Ihnen auch erklären, welche Zweifel ich habe.« Sie kraulte den Kopf des alten Hundes. »Ein erfahrener Kriminalist hätte sich nicht nur über den Verwesungszustand der Leiche gewundert, sondern auch über die weiteren merkwürdigen Umstände, die mit dem Verschwinden Ihrer Schwester zusammenhingen. Für mich lässt der Abschluss dieses Verfahrens nur zwei Schlüsse zu.«
»Da bin ich aber jetzt gespannt.«
Friederike las aus dem Gesicht der alten Dame ehrliches

Interesse. »Entweder war er tatsächlich so blöd...«
»Oder?« unterbrach Kordula Srama Friederike bestürzt.
»Oder, er bekam eine ausdrückliche Anweisung, in der Sache nicht mehr weiter zu ermitteln.«
Die Stille, die ihren Worten folgte, wurde nur durch den rasselnden Atem des alten Hundes unterbrochen.

18

KAPITEL

»Das hat aber gedauert. Als es dunkel wurde, habe ich mir dann doch Sorgen gemacht.«
Edzard Korritter drängte Anjuta zurück in das Zimmer. Schnell verschloss er die Tür. »Ich habe den langen Weg nicht auf mich genommen, um mir Vorwürfe von dir anzuhören.«
»Das ist kein Vorwurf, Edzard «, rechtfertigte sich Anjuta. Fürsorglich nahm sie ihm die Tasche ab und legte sie auf die Ablage, die in dem Hotelzimmer eigens dafür vorgesehen war. »Du hattest schon vor einer ganzen Weile angekündigt, dass du gleich da seien würdest.« Schnell drehte sie sich um, umarmte ihn und presste ihren Körper an ihn. Anjuta konnte spüren, wie die Anspannung nach und nach aus seinem Körper wich. Nachdem sie sich ausgiebig geküsst hatten, sagte sie in einem schmollenden Ton: »Ich habe mir wirklich Sorgen um dich gemacht. Deshalb habe ich auch versucht, dich telefonisch zu erreichen. Aber es war andauernd besetzt. Hast du telefoniert?«
»Ja.« Edzard Korritter streifte Anjutas Pulli hoch und zog ihn ihr über den Kopf.
Sie schlang ihre nackten Arme um seinen Hals und legte ihr Gesicht an seine Wange.
Edzard Korritter küsste sie wieder. »Ich wollte ganz sicher sein, dass mir unsere liebe Kollegin nicht über den Weg läuft.

Deshalb habe ich mich mit ihrem Zimmer verbinden lassen.«
»Und?« Anjuta drückte ihn mit beiden Händen weg und sah ihm ins Gesicht.
»Na, nichts. Als ich das erste Mal angerufen habe, war sie nicht in ihrem Zimmer.«
»Nein?«
»Ich habe dann gewartet und noch mal angerufen. Wieder nichts.«
»Wo kann die denn so spät noch gewesen sein?« Anjutas Stirn legte sich besorgt in Falten.
»Keine Ahnung. Jedenfalls war sie erst nach dem fünften oder sechsten Versuch dran.« Edzard Korritter nahm Anjuta wieder in seine Arme. »Jetzt weißt du, warum du so lange warten musstest.«
Sie löste die Krawatte von seinem Hals und begann sein Hemd aufzuknöpfen. »Hast du mit ihr gesprochen?«
»Na, klar. Ich habe sie gefragt, ob sie Lust auf eine Nacht mit mir hat.« Edzard Korritter zog Anjuta wieder zu sich heran und schob seine Hand in ihre Hose.
»Ganz offensichtlich hat sie dir einen Korb gegeben«, sagte Anjuta spitz und öffnete seine Hose. »Glück für mich und Pech für dich, dass du jetzt mit mir vorlieb nehmen musst.« Sie strich sanft über seinen ersteiften Penis.
»Na, wie du siehst, ist das nun auch wieder nicht so schlimm.« Edzard Korritter streifte sein Hemd ab und zog sein Unterhemd aus. Während er Anjutas Hals küsste, streichelte er über ihren BH.
»Ich glaube, dass diese Vorsichtsmaßnahme nicht nötig gewesen wäre«, keuchte Anjuta. »Sie wohnt zwei Etagen höher.« Sie ließ seine geöffnete Hose fallen und zog seinen Slip herunter. Edzard Korritters geballte Männlichkeit reckte sich ihr entgegen. »Lass mich dich verwöhnen.« Sie kniete sich vor ihn hin.

Er stöhnte auf. »Ja, du weißt, wie man einen Mann verwöhnt. Ich habe dich vermisst.« Er streichelte ihr Haar und sah zu, wie sie sich rhythmisch vor ihm bewegte.
»Hör auf. Wir waren so lange nicht zusammen. Ich kann es nicht halten. Ich will, dass du auch etwas davon hast.«
»Später, oder willst du heute wieder nach Hause?«, murmelte Anjuta versonnen und umspielte mit ihrer Zunge sein Glied.
»Nein, ich bleibe die ganze Nacht bei dir.«
»Endlich. Darauf habe ich solange gewartet.« Sie bewegte sich rhythmisch weiter.
Edzard Korritter spürte wie seine Erregung wuchs. Er genoss den festen Griff ihrer Hand und Anjutas warme sanfte Zunge. Sie wusste um ihre Macht über ihn und nutzte sie skrupellos aus. Doch jetzt war ihm das egal. Er ließ sich treiben. Eine Welle zog ihn fort. Nun war er ihr bedingungslos ausgeliefert. Sein Becken zuckte. Er explodierte mit einem gurgelnden unterdrückten Schrei in ihrem Mund. Anjuta schlängelte sich wie eine Schlange an ihm hoch. Er zog sie mit sich, als er ermattet auf das Bett sank und drückte sie fest an sich. »Das war ein fantastisches Begrüßungsgeschenk.«
»Man tut, was man kann.« Anjuta richtete sich auf und zog ihre Hose aus.
Edzard Korritter streichelte ihren Rücken und gähnte wohlig. »Und, wie sind die ersten Ermittlungen gelaufen?«
»Nichts Sensationelles.« Anjuta zog an der Bettdecke und legte sie über sich und Edzard Korritter. »Wir haben uns die ehemalige Arbeitskollegin von Ursula Heech angehört und dann habe ich mit der besten Freundin von Steffi Heech gesprochen. Unsere Superanwältin hat derweil die Lebensgefährtin von Herrn Heech befragt und zum Schluss waren wir noch bei einer ehemaligen Nachbarin.«
»Gemeinsam?«
»Ja. Die andere Nachbarin, die ich vernehmen sollte, hat mich

versetzt. Sie musste ein Enkelkind beaufsichtigen. Da bin ich einfach mit zu dem Termin unserer Kollegin Jalaß gegangen, bevor ich mich für dich freigemacht habe.«

»Was heißt freigemacht?«

»Sie wollte mich überreden, noch zu den Verwandten von der Frau Heech zu fahren.«

»Was soll das denn?«

»Keine Ahnung, was sie sich davon verspricht. Sicher jagt sie wieder ihren Hirngespinsten nach. Du weißt doch, dass sie unbedingt herausfinden will, ob Ursula Heech nun tot ist oder nicht.« Anjuta schnaufte verächtlich. »Aber dazu braucht sie nicht die Verwandten zu fragen. Das kann sie wirklich einfacher erfahren.«

»Erzähl mal, was sich dein hübsches Köpfchen wieder ausgedacht hat.«

»Ich werde den zuständigen Staatsanwalt überreden, sie zu exhumieren. Dann wissen wir es ganz genau und müssen nicht weiter den Ammenmärchen unserer lieben Kollegin lauschen.«

»Aber was machst du, wenn es tatsächlich nicht die Leiche von Ursula Heech ist, die da unten liegt.«

»Darüber denke ich nach, wenn es soweit ist.«

»Du bist zurzeit auf einer anderen Spur?«

»Nicht unbedingt. Nach meinem Gespräch mit der Freundin von Stefanie Heech denke ich, dass die Stasi bei der Sache ihre Finger im Spiel hatte.«

Edzard Korritters Müdigkeit schien auf einmal verflogen. »Da bin ich aber gespannt.« Mit einem Mal war er hellwach.

»Du weißt doch, dass eine der Schwestern von Hilde Heech, die Lina Seegert, in einem der Häuser im Dorf wohnte?«

»Ja. Das konspirative Objekt.« Edzard Korritter sog alles, was mit der früheren DDR zusammenhing, auf, wie ein Schwamm. Er hatte den Ausdruck nicht vergessen.

»Die Freundin behauptete in dem Gespräch mit mir, dass auch die was mit der Stasi zu tun hatte.«
»Aber die war doch damals schon Rentnerin.«
»Na und? Trotzdem konnte sie doch Stasispitzel sein. Aber nun setze das Puzzlespiel mal zusammen.«
»Das Einzige, was mir dazu einfällt ist, dass die Stasi sehr umfangreich an der Sache mitgearbeitet hat. In der Akte stand, dass sie sogar Mitarbeiter aus Berlin eingesetzt haben.«
»Da bist du schon mal auf dem richtigen Weg.« Anjuta drehte sich zur Seite und streichelte mit ihren Fingerspitzen die Innenseiten von Edzard Korritters Oberschenkeln. »Wir können davon ausgehen, dass sich Stefanie Heech oft bei der Tante Seegert aufhielt. Dadurch stand sie immer im Blickfeld der Stasi.« Ihre Hand ruhte nun auf Edzard Korritters Penis. Anjuta schob sich dichter an ihn heran. »Zudem gab es dort einen Mann, mit dem Namen Jürwitz, vor dem das Mädchen Angst hatte. Dieser Kerl ist recht ominös. Es ist nicht ausgeschlossen, dass es sich um einen Führungsoffizier der Stasi handelte.« Als Anjuta spürte, dass sich etwas in ihrer Hand regte, schloss sie ganz sanft die Hand und begann, sie rhythmisch zu bewegen. »Hinzu kommen seine Aktivitäten unmittelbar vor dem Verschwinden von Steffi Heech und die danach.«
»Was hat er gemacht?« Edzard Korritters Stimme klang belegt.
»Er hat sie beobachtet und zwar so, dass sie Angst vor ihm bekam.« Der Druck in Anjutas Hand verstärkte sich. »Als sie verschwand, ist er gesehen worden. Er fuhr ein Auto mit einem Kennzeichen, das nicht zum Ort gehörte. Völlig untypisch für diese Zeit.«
Edzard Korritter rollte sich zur Seite und schob seine Hand in Anjutas Slip. Er fühlte die seidige Haut ihres flachen Bauchs und rutschte tiefer, bis er ihre feuchte Wärme spürte. »Unser sachliches Gespräch scheint sehr erregend auf dich zu wirken.«

»Das darfst du annehmen. Diese Reaktion ist typisch für mich, wenn ich sachliche Gespräche mit Männern führe«, entgegnete Anjuta spitz und lachte.
»Du Biest.« Edzard Korritter zog ihr ihren Slip aus und legte sich auf sie. Anjuta wollte gerade noch etwas erwidern, als er ihr mit einem wilden, fordernden Kuss den Mund verschloss. Sie liebten sich kurz und heftig. Als er wieder neben ihr lag und sich erholt hatte, sagte er: »Ich hoffe, dass deine sachlichen Gespräche nicht alle so enden.«
Anjuta kuschelte sich in seinen Arm. »Lass dich nicht ärgern.«
»Du weißt, wie eifersüchtig ich bin.«
»Musst du nicht.« Sie küsste ihn und streichelte sein Gesicht.
»Das erwarte ich auch«, brummte Edzard Korritter vor sich hin.
»Schließlich tue ich alles für dich.«
»Wirklich alles?«
»Hmm. Ich werde sogar kriminell für dich.«
»Was soll das denn heißen?«
»Genau das, was ich gesagt habe.«
»Wie meinst du das?«
»Ich habe die Hausaufgabe, die du mir gegeben hast, erledigt«, sagte er geheimnisvoll.
»Welche Hausaufgabe?«
»Ich habe mit jemandem über unsere Computerspezialisten gesprochen.«
»Und? Spann mich nicht auf die Folter.« Anjuta wand sich aus Edzard Korritters Arm und setzte sich auf.
»Natürlich war ich entsprechend vorbereitet.«
»Gründliche Vorbereitung gehört zu deinen Vorzügen. Wie hast du dich denn vorbereitet?«
»Ich habe nach ewig langer Zeit mal wieder am letzten Stammtisch der Juristen teilgenommen. Du glaubst gar nicht wen ich da getroffen habe.« Edzard Korritter griente verschmitzt und verschränkte die Hände unter dem Kopf.

»Nun erzähl doch weiter und lass dich nicht so lange bitten.«Anjuta kitzelte ihn unter den Achseln.
»Na, gut.« Er genoss ihre Spannung. »Ich habe mich neben einen unserer Oberstaatsanwälte gesetzt.«
»Kenne ich den auch?«
»Nein. Das hat er jedenfalls gesagt, als ich ihn nach dir gefragt habe.«
»Ist ja auch egal. Erzähl weiter. Was wolltest du von ihm?«
»Nun. Ich habe ihn in ein Gespräch verwickelt und siehe da, es stellte sich heraus, dass sein Vater, der auch Jurist ist, mit einem Studienfreund von mir regelmäßig Golf spielt.«
»Könntest du langsam auf den Punkt kommen, was der mit unseren Computerspezialisten zu tun hat?«
Edzard Korritter brach in Lachen aus. »Überhaupt nichts. Das habe ich auch nicht gesagt.« Schlagartig war seine Miene wieder ernst. »Ich habe ihn eingeladen und wir haben uns verbrüdert. Jedenfalls haben wir uns den ganzen Abend nett unterhalten. Als ich merkte, dass sein Interesse dem Computer gilt, konnte ich unser Gespräch allmählich geschickt auf das brisante Thema der Datenverarbeitung lenken.« Edzard Korritter öffnete Anjutas BH und streifte ihn ihr ab. Mit einem Schwung warf er ihn auf den Boden. »Unser Oberstaatsanwalt ging in diesem Thema ganz auf. Er tätigt seine ganzen Käufe nur noch über das Internet. Ich habe ihm sehr interessiert zugehört. So fiel es mir leicht, eine Verbindung zu unserem Spezialisten herzustellen.« Edzard Korritter zog Anjuta zu sich herunter und streichelte ihre Brüste. »Ich habe ihm etwas über das Vertrauen, das man diesen Leuten entgegenbringen muss, vorgejammert und zwar vor allem dann, wenn man sich nicht so gut auskennt.« Er beobachtete mit Freude, wie sich Anjutas Brustwarzen aufrichteten. Er beugte sich über sie und begann genießerisch an ihren Brustwarzen zu saugen. Als er sich wieder aufrichtete, lächelte er zufrieden.

»Selbstverständlich gab er mir Recht. Dann baute er selber die Brücke zu dem, wo ich hin wollte.« Er begann Anjutas Brustwarzen sanft zwischen Daumen und Zeigefinger zu kneten. Anjuta entzog sich ihm sanft und rollte sich auf die Seite. Während sie ihren Fuß zwischen seine Beine schob und ihr Bein nachdrückte, hauchte sie ihm ins Ohr. »Jetzt wird es spannend.« Wieder streichelte sie seinen Penis.

Unberührt von Anjutas Zweideutigkeit fuhr Edzard Korritter fort: »Der Staatsanwalt sagte, dass gerade solche Leute meist auch einen Fleck an ihrer weißen Weste haben.« Sachte winkelte er sein Bein an und fühlte die Feuchtigkeit auf seinem Oberschenkel. »Ich habe mich natürlich unwissend gestellt und ihn gefragt, was er denn damit meint.«

»Und was hat er geantwortet?«

»Er sagte, dass eine Geldbuße, wegen des illegalen Herunterladens aus dem Internet, die solchen Leuten auferlegt werden würde, noch die geringste Strafe sei.«

»Und daraufhin hast du ihn gebeten, unsere Computerspezialisten zu durchleuchten.«

»Du sagst es.« Der selbstgefällige Ton in Edzard Korritters Stimme brachte seine Befriedigung zum Ausdruck.

»An deinem freudigen Lächeln erkenne ich, dass du richtig lagst.« Züngelnd küsste Anjuta ihn. Sie wollte ihn dauerhaft an sich binden und darum musste sie ihn nach allen Regeln der Kunst verwöhnen.

»Hmm. Es ist noch gar nicht so lange her, als einer der beiden aus genau diesem Grund eine Geldbuße bekommen hat. Unser Mitarbeiter hatte sich illegal Filme aus dem Internet heruntergeladen und war erwischt worden. Und jetzt rate, was ich dann gemacht habe.«

»Ich nehme an, dass du ihn zur Rede gestellt hast.«

»Aber sicher. Ich habe ihn zu mir ins Büro bestellt und ihn gefragt, ob er sich vorstellen kann, dass Anwaltskanzleien kriminelle Personen beschäftigen. Er wusste natürlich genau, worum es geht.« Wieder lächelte Edzard Korritter zufrieden. Er war mit sich und der Welt im Reinen. »Das machte mir mein weiteres Gespräch sehr einfach.«

Anjuta begann, ihr Becken langsam in seine Richtung zu schieben und es dann wieder zurückzubewegen. Sie spürte in Edzard Korritter eine neue Welle der Erregung aufsteigen, als sie sich mit rhythmischen Bewegungen an seinem Oberschenkel rieb. Mit beiden Händen streichelte sie sein Gesicht.

»Mit anderen Worten, wir sind uns schnell einig geworden. Ich habe ihm Diskretion zugesichert.« Edzard Korritter unterbrach sich, wie immer, wenn er seinen Worten Gewicht verleihen wollte und legte eine kleine Pause ein. »Allerdings nur, wenn er bereit ist und mir zusichert, selbst über unser Gespräch den Mund zu halten.«

»Da sein Arbeitsplatz davon abhängt, nehme ich an, dass er dir alles versprochen hätte.«

»So ist es. Er hat von mir eine Arbeitsanweisung und ich bin jetzt in vollem Umfang informiert.«

»Das heißt was?« Anjutas eine Hand wanderte von seinem Oberkörper wieder in Richtung des Beckens von Edzard Korritter.

»Er hat eine Umleitung der E-Mails vorgenommen.« Sein Atem wurde schwerer. »Sämtliche Post, die unsere gemeinsame Freundin oder ihre Vorzimmerdame an Burghard schicken, fängt er ab. Das gibt uns nicht nur die Möglichkeit, die Post zu lesen, sondern auch zu verhindern, dass sie den Fall an dir vorbei aufklärt.«

»Das ist ja interessant. Wie will er denn das machen?«

»Er sagte, dass die Möglichkeit besteht, alle Mails, die von ihr kommen, abzufangen und dann weiterzuleiten.«

»Wie will er denn das machen?«

»Das ist mir eigentlich egal. Er sprach davon, dass er ihre

Adresse intern noch einmal einrichten könnte. Aber das ist seine Aufgabe. Ich habe ihm gesagt, dass es wichtig ist, dass sämtliche Post von ihr an ihn vorher zu mir kommt.« Die Hand von Edzard Korritter öffnete Anjutas Beine. Dann zog er sie auf sich.

»Aber, wenn sie ihren Abschlussbericht nicht im Büro verfasst?«

»Das habe ich ihn auch gefragt.« Die Stimme von Edzard Korritter klang belegt, als er in Anjuta eindrang.

»Und was hat er gesagt?« Anjuta saß rittlings auf ihm und sah ihn erwartungsvoll an.

Edzard Korritter nahm ihre Hüften in seine Hände und bewegte sie. »Er wird sämtliche möglichen Adressen, die in Betracht kommen könnten, von ihr abfangen.« Er schloss seine Augen und stöhnte auf. »Aus Sicherheitsgründen sozusagen.«

»Meinst du, die schluckt das?«

»Ist das meine Sache?«

»Nein. Natürlich nicht. Und du meinst, dadurch sind wir sicher?« Anjuta ließ ihr Becken kreisen. »Was ist aber, wenn sie es nicht mit einer Mail schickt, sondern den Bericht schreibt, ihn ausdruckt und ihn dann persönlich übergibt.«

Edzard Korritter öffnete sein Augen und begann vorsichtig Anjutas Brüste zu massieren. »Sie wird diesen Bericht ganz sicher nicht zu Hause schreiben. Warum sollte sie auch. Sie denkt ganz sicher nicht, dass wir beobachten, was sie treibt.«

Er schob Anjuta etwas zurück und richtete sich auf. Anjuta saß breitbeinig auf seinem Schoß. Edzard Korritter hielt inne. »Du musst ganz einfach deine Vorzimmerdame etwas unter Druck setzen, dass sie sich darum kümmert, was mit der Akte passiert. Der Vorteil unseres Programms ist doch, dass jeder sich die Akten, die in der Kanzlei geführt werden, aufrufen kann.« Er beugte sich vor und saugte nun fordernd an Anjutas Brustwarzen. Als er sich wieder aufrichtete, bemerkte er offensichtliche Zweifel in Anjutas Augen. »Es wird nur eine

absolute Sicherheit geben, dass sie nicht schneller als wir ist«, beeilte er sich hinzuzufügen.
»Und die wäre?«
»Dass du diejenige bist, die die Erste ist. Und ich verspreche dir eines. Ich werde alles dafür tun, dass du die Prämie erhältst.«
»Ich weiß.« Anjuta knabberte an seinen Ohrläppchen.
Dann ließen sie ihre Körper wieder verschmelzen und liebten sich ausgiebig.
›Sie ist unersättlich. Aber das ist gut so‹, dachte Edzard Korritter, als sie beide zu ihrem Höhepunkt gekommen waren, ermattet nebeneinander lagen und sich an den Händen hielten.
»Möchtest du etwas trinken?«
»Ja. Gerne. Das ist eine gute Idee. Ich hätte gerne ein eiskaltes Bier.«
Anjuta nickte und erhob sich. Edzard Korritter schloss die Augen und lächelte entspannt, während Anjuta an der Minibar hantierte. »Hmm«, stöhnte er im Vorgefühl seiner Erwartungen, als er das Geräusch vernahm, welches ihm das Öffnen einer Bierflasche verriet. »Beim Gluckern des Bieres in das Glas läuft mir das Wasser im Mund zusammen.«
Wieder zischte eine Flasche. Edzard Korritter öffnete seine Augen. Während er beobachtete wie Anjuta sich selbst auch ein Bier eingoss, sagte er: »Im Schein der getönten Lampe siehst du aus wie ein junges Mädchen.« Er richtete sich auf und streckte ihr seinen Arm entgegen. »Ich habe dich selten so entspannt gesehen. Du siehst in deiner Nacktheit wunderschön aus.«
»Das Kompliment kann ich dir zurückgeben.« Anjuta lächelte und reichte ihm sein Glas. »Hier bitte.«
»Worauf stoßen wir an?«
»Auf gutes Gelingen. Prost.«
»Was immer das auch bedeuten mag.«
»Das wirst du schon wissen.«

Der dumpfe Ton der Gläser, die mit dem unteren Ende zusammenstießen, besiegelte ihren Pakt, den sie stillschweigend geschlossen hatten. Während Anjuta nur an ihrem Glas nippte, stürzte Edzard Korritter das eiskalte Bier in zwei Zügen herunter. Dann leckte er sich den Schaum von den Lippen und sagte. »Nun erzähl mir doch mal deine aktuelle Hypothese, wie die Sache gelaufen sein könnte.« Er stellte das Bierglas auf die Erde, schob sich ein Kissen in den Rücken und lehnte sich gegen das Kopfteil ihres Bettes. Erwartungsvoll sah er Anjuta an.
Die nippte nur an ihrem Glas. »Sieh dir die Akte an. Einen Spontantäter haben sie nie in Betracht gezogen.«
»Das stimmt.«
»Ich denke, dass durch die bekannten Tatumstände mehrere Versionen offen sind.«
»Welche Tatumstände meinst du?«
»Nun, ich rede zum Beispiel von ihrem für sie eigenartigen Verhalten vor ihrem Verschwinden. Dann rede ich von den Gegenständen, die aufgefunden wurden und davon, dass man trotz umfangreicher Suchmaßnahmen keine Spur von ihr gefunden hat und das trotz Mitwirkung der Stasi.«
»Hast du eine Ahnung, ob die immer so ein Interesse entwickelten?«
»Das weiß ich auch nicht. Ich glaube aber nicht.« Anjuta beschloss, ihren Mann danach zu fragen. Der musste es wissen und diese Frage beantworten können.
»Woran denkst du?«
»An die starke Präsenz der Stasi in dieser Sache«, log Anjuta. Sie wusste, dass Edzard Korritter es nicht ausstehen konnte, in ihren vertrauten Situationen daran erinnert zu werden, dass sie mit einem anderen Mann verheiratet war. Er war eifersüchtig, obwohl ihm dieses überhaupt nicht zustand. Deshalb sagte sie schnell: »Trotz ihres jugendlichen Alters

war Stefanie Heech schon von sozialistischen Einstellungen geprägt.«
Edzard Korritter schwieg und sah Anjuta fragend an.
»Die Schülerinnen in ihrer Klasse führten Hefte, in die sie ihre sogenannten Steckbriefe eintrugen. Ich habe in der Akte ihren gefunden. Sicher hatte sie den vorbereitet, um nicht jedes Mal neu wieder nachdenken zu müssen.« Anjuta nahm wieder einen Schluck Bier. »In ihrem Steckbrief schreibt sie über sich, dass sie Frieden und fröhliche Kinder mag, Krieg, Verbote und Schule dagegen nicht. Auf so etwas griff die Stasi zurück.« Gedankenlos drehte sie ihr Glas in der Hand. »Ich halte es für möglich, dass sie nach längerem Einfluss der Stasi, mit Versprechen oder konkreten Zielen in den Westen gebracht wurde.« Anjuta übersah bewusst Edzard Korritters Blick. »Die Frage ist dann wirklich, ob der Tod der Mutter vorgetäuscht war und sie mit Hilfe der Stasi eine neue Identität erhielt. Wenn das der Fall war, könnte es durchaus möglich sein, dass die Mutter selbst oder unter Mitwirkung der Stasi ihre Tochter holte, bevor sie einen Personalausweis bekam und damit offiziell registriert war.« In einem Zug trank sie ihr Glas leer. »Schließlich stimmten die Pläne von Vater und Tochter, was ihre Perspektive anging, nicht überein.« Anjuta stand auf und nahm Edzard Korritter das leere Glas aus der Hand. Während sie beide Gläser auf den Tisch stellte, sagte sie beiläufig: »Selbstverständlich halte ich ein Tötungsverbrechen weiterhin für möglich. Allerdings kann nicht ausgeschlossen werden, dass Stefanie Heech seit Weihnachten durch Mitarbeiter der Stasi oder andere Personen, die der Mutter nahestanden, vielleicht sogar durch die Mutter selbst, kontaktiert wurde.« Dann ging sie ins Bad, um gleich darauf mit einer Lotion in der Hand zurück zukommen. »Für heute haben wir erst mal genug gearbeitet.« Sie lächelte zweideutig. »Ich werde dich jetzt massieren und was dann kommt, werden wir sehen.«

19
KAPITEL

Die Fahrt war schweigend verlaufen. Anjuta war pünktlich zum vereinbarten Abfahrtstermin erschienen. Sie hatte ein paar Mal gegähnt und war dann neben Friederike auf dem Beifahrersitz eingeschlafen. Sie erwachte erst, als Friederike auf dem Parkplatz den Motor abstellte.

»Bei dir scheint es ja wirklich sehr spät geworden zu sein.«

Anjuta horchte auf. War das eben Spott in Friederikes Stimme?

»Das kann man wirklich sagen«, antwortete sie mit einem gleichgültigen Ton und setzte, während sie sich ihre Haare vor dem Spiegel ordnete, wie nebensächlich hinzu: »Ich hatte eine wirklich umfangreiche Revisionsbegründung zu fertigen.« Nachdem sie sich die Lippen nachgezogen hatte, griff Anjuta, ohne Friederikes Antwort abzuwarten, nach ihrer Tasche und stieg schwungvoll aus dem Wagen. »Nun lass uns aber gehen. Ich nehme an, die Staatsanwaltschaft wartet nicht gerne.« Sie stürmte in einem Tempo voran, dass Friederike Mühe hatte, ihr zu folgen. »Wir sind von der Kanzlei Dr. Eweleit und Partner und haben einen Termin bei Staatsanwalt Bukow.«

Der Wachmann sah gelangweilt von seiner Zeitung auf. »Zweite Etage. Zimmer zweihundertsieben.«

Anjuta drehte sich wortlos um und setzte sich erneut in Bewegung. Als sie hinter sich Friederikes freundliches »Dankeschön« hörte, sagte sie mit einem Blick über ihre Schulter:

»Ehrlich gesagt verstehe ich nicht, dass du dich für dessen Unhöflichkeit noch bedankst.« Anjutas mürrischer Tonfall sprach Bände.
»Vielleicht ist er einfach nur mit dem verkehrten Bein aufgestanden.«
Durch Friederikes fröhliche Antwort verstärkte sich Anjutas schlechte Laune. Nach einem verächtlichen »Phü« marschierte sie die Treppe hoch. Kurze Zeit später saßen die Anwältinnen vor dem Staatsanwalt, der den Fall von Stefanie Heech bearbeitete. Ihre Begrüßung war kühl und distanziert ausgefallen. Das kleine Büro von Staatsanwalt Bukow, einem jungen drahtigen Mann mit Bürstenhaarschnitt, verursachte Friederike Unbehagen. Aktenberge türmten sich auf seinem Schreibtisch und auf dem Boden. Der Staatsanwalt lehnte gemütlich wippend in seinem Stuhl und wartete darauf, dass eine seiner Besucherinnen das Wort ergriff.
Anjuta dachte nicht daran. Mit der Andeutung eines Lächelns im Gesicht fixierte sie seine Augen und starrte ihn so lange an, bis er seinen Blick abwendete. Er zog seine Stirn in Falten, vollführte mit seinem Stuhl eine halbe Drehung und sagte nun Friederike zugewandt: »Also, Sie hatten um dieses Gespräch gebeten. Was kann ich für Sie tun?«
»Herr Heech, der Vater des vermissten Mädchens, hat unsere Kanzlei beauftragt sich mit der Sache zu befassen.«
Der Staatsanwalt richtete sich merklich in seinem Stuhl auf.
»Würden Sie mir bitte erklären was Sie mit ›befassen‹ meinen?«
»Selbstverständlich. Er hat uns beauftragt, das Schicksal seiner Tochter aufzuklären.« Friederike bemerkte die leichte Röte, die nach ihren Worten, aus seinem Hemdkragen kroch.
»Und was genau erwarten Sie jetzt von mir?«
»Eigentlich haben wir uns vorgestellt, dass wir gemeinsam an der Sache arbeiten, so dass das Schicksal von Stefanie Heech doch noch aufgeklärt wird.«

»Das meinen Sie nicht ernst oder etwa doch?«
»Wenn ein Kind einfach von der Bildfläche verschwindet, keine Spuren hinterlässt und dadurch das Leben seines Vaters völlig zerstört ist, finde ich das persönlich nicht witzig. Ich würde mir also nie erlauben, damit Späße zu treiben.« Friederikes Empörung war echt.
»Das hatte ich Ihnen auch nicht unterstellt. Allerdings hatte ich bereits Ihrem Kollegen mitgeteilt, dass eine Zusammenarbeit ausscheidet.« Der Farbton seiner Röte verfärbte sich um eine weitere Nuance ins Dunkle.
»Das verstehe ich nicht.«
»Ich hatte es zwar schon Ihrem Kollegen mitgeteilt, aber ich will versuchen, es Ihnen noch mal zu erklären«, erwiderte er in einem schulmeisterlichen Ton. Wie, um seinen Worten Nachdruck zu verleihen, schlug er seine Beine übereinander und begann erneut zu wippen. »Rechtsanwälte sind zwar Organe der Rechtspflege, aber sie sind eben keine Ermittlungsorgane. Wie Sie sicher wissen, ermitteln in solchen Sachen immer Polizeibeamte und natürlich die Staatsanwaltschaft.« Selbstgefällig setzte er ein breites Grinsen auf. »Das sagte ich auch schon zu Ihrem Kollegen. Wie hieß er gleich noch?«
»Sein Name ist Burghard Eweleit.« Friederike unterbrach sich, um ihren Worten Nachdruck zu verleihen. »Offensichtlich sind Sie Dr. Eweleit persönlich in einem Strafverfahren noch nicht begegnet.«
Der Staatsanwalt schüttelte den Kopf.
»Und auch sonst haben Sie noch nichts von ihm gehört?«
»Nein.« Er setzte ein betont ratloses Gesicht auf.
Friederike sah auf seine heruntergezogenen Mundwinkel und wusste, dass er log. Sie beschloss zum Gegenschlag auszuholen. »Nun. Das ist auch nicht so schlimm. Er kann sich seine Prozesse aussuchen, denn er ist einer der bekanntesten Strafverteidiger unserer Republik.« Mit einer Unschuldsmiene

im Gesicht ließ sie ihren Blick über seine Aktenberge schweifen. »Daher hat er es auch nicht mehr nötig, sich mit jedem Kleinkram zu befassen.«
Jetzt war die Röte in das Gesicht des Staatsanwaltes gekrochen. Sichtlich um Fassung ringend, keuchte er: »Das überlässt er dann wohl Ihnen? Dürfen Sie darum an dem Heechfall arbeiten?«
»So würde ich das nicht sehen. Dieser Fall ist alles andere als das, was ich als Kleinkram bezeichnen würde.« Friederike drehte sich zu Anjuta. »Du etwa?«
Die saß immer noch schweigend, den Kopf auf ihre linke Faust gestützt und die rechte Schulter zurückgezogen in ihrem Stuhl und fixierte den Staatsanwalt. Während Anjuta Friederikes Frage einfach überhörte, strahlte sie ihn an. Dann schob sie langsam die Zunge über ihre Lippen, wie um sie anzufeuchten, beugte sich vor, dass er ihren Brustansatz in der geöffneten Bluse sehen konnte und sagte vertraulich: »Selbstverständlich hatte unser Büro zu keinem Zeitpunkt vor, in Ihre Ermittlungen einzugreifen. Schon gar nicht wollen wir Ihnen Vorschriften machen, wie Sie ermitteln sollen.«
»Darauf hätte ich mich auch nicht einlassen können. Sie sehen doch hier die ganzen Akten und wissen genau, wie das ist.«
»Also, zu beneiden sind Sie wirklich nicht. Und tauschen möchte ich mit Ihnen auch nicht. Heute meinen die Leute wirklich, dass sie nur dann zu ihrem Recht kommen, wenn Sie sich gegenseitig anzeigen.« Immer noch lächelnd lehnte sich Anjuta zurück, kreuzte die Arme vor ihrer Brust und schlug die Beine gekonnt übereinander. »Uns ist schon klar, dass Sie noch andere Fälle zu bearbeiten haben.«
Der Staatsanwalt nickte. »So ist es.«
»Allerdings sind wir von unserem Boss beauftragt worden, an dem Fall zu arbeiten.« Anjuta seufzte laut hörbar. »Wir maßen uns selbstverständlich nicht an zu behaupten, dass

wir Sachen vollbringen werden, die das Schicksal der Kleinen letztlich aufklären werden.« Mit einer Hand strich sie sich nun ganz sanft den Oberarm. Dabei starrte sie dem Staatsanwalt ununterbrochen in die Augen. »Unser Anliegen ist es bestimmte Aktivitäten zu koordinieren.« Sie schenkte ihm ein verführerisches Lächeln. »Unser Treffen heute soll zumindest ein Versuch sein.«

»Dagegen ist nichts einzuwenden. Vielleicht entwickeln Sie mir einfach einmal Ihre Vorstellungen.«

»Gerne. Dass wir alle in diesem Raum die Akte kennen, darf ich wohl voraussetzen.« Anjuta senkte ihren Kopf und sah den Staatsanwalt von unten herauf an. »Daher wissen wir, dass zum Zeitpunkt des Verschwindens des Mädchens die Ermittlungen nur in ganz bestimmte Richtungen geführt wurden.«

»Damit nicht wieder wie am Anfang unseres Gesprächs Missverständnisse entstehen, sollten wir an diesem Punkt klarstellen, worüber wir reden.« Die Röte im Gesicht des Staatsanwaltes kroch zurück in seinen Hemdkragen.

Anjuta hatte jetzt, als sie ihm bestätigend zunickte, ein schüchternes Lächeln aufgesetzt. »Das sollten wir tun.« Scheinbar gedankenlos fasste sie in den Ausschnitt ihrer Bluse und massierte sich ihre Schulter. »Nach unserem Verständnis hat man damals in drei Richtungen ermittelt. Zunächst ging man wohl von einem Beziehungstäter aus, weshalb die nahen Angehörigen des Mädchens verdächtigt wurden.« Langsam zog sie ihre Hand aus der Bluse und zupfte sich den Kragen zurecht.

Friederike sah äußerlich mit regungslosem Gesicht, jedoch innerlich amüsiert, dabei zu, wie Anjuta bemüht unauffällig gleichzeitig den Ausschnitt ihrer Bluse weitete.

»Also Herr Bukow, wenn Sie gestatten, hätte ich in diesem Zusammenhang dann gleich eine Frage an Sie.« Während Anjuta sich bequem zurücklehnte, schlug sie ihre Beine

übereinander und ließ dabei den Rock etwas höher als gewöhnlich rutschen.
Sein »Bitte« klang zwar betont gleichgültig, doch es war augenscheinlich, dass der Staatsanwalt sich geschmeichelt fühlte.
»Verdächtigt die Staatsanwaltschaft heute noch einen Verwandten?«
»Ja.«
»Wäre es vermessen zu fragen, um wen es sich handelt?«
»Wir haben alle Fakten analysiert und können nicht ausschließen, dass der Onkel des Mädchens als Täter in Betracht kommt.«
»Dürfen wir wissen welcher?«, mischte sich Friederike in das Gespräch ein.
Der Staatsanwalt bedachte sie mit einem vernichtenden Blick, bevor er die Akte, die vor ihm auf dem Tisch lag, zu sich heranzog. Während er blätterte, spürte Friederike Anjutas Ellenbogen, der sich in ihren Arm bohrte. Sie wusste, dass die jetzt ungehalten war und nickte ihr entschuldigend zu.
»Hier steht es.« Der Staatsanwalt bohrte mit dem Finger in seine Akte. »Klaus Heech ist es.«
»Klaus Heech?«, entfuhr es Friederike, bevor sie, über sich selbst erschrocken, sofort wieder verstummte.
»Das hätte ich auch nicht gedacht. Ich hätte eher auf den Onkel Kurt getippt«, meldete sich jetzt Anjuta mit dem unschuldigsten Gesicht, zu dem sie fähig war. »Dürfen wir vielleicht wissen, warum Klaus Heech verdächtigt wird?«
Der Staatsanwalt schloss die Akte und lehnte sich wieder zurück. »Es sind die Umstände in ihrer Gesamtheit«, begann der Staatsanwalt bedeutungsvoll. »Die Fundorte ihrer Schultasche und des Sportbeutels lassen darauf schließen, dass beide Gegenstände nicht im Dunklen dorthin gebracht wurden. Wir haben festgestellt, dass diejenige Person, die sie dorthin gebracht hat, eine natürliche Bodenvertiefung

gewählt hat.« Langsam drehte er seinen Stuhl in die Richtung von Anjuta. »Für das Fahrrad des Mädchens wählte die Person eine hochstehende ausgebrochene Baumwurzel. Das Finden dieser Stellen in den jeweiligen Waldstücken setzt vorhandene Sicht voraus. Daraus folgt, « er stützte seine Arme auf die Lehnen seines Stuhls und führte die Spitzen seiner Finger zusammen, »dass diese Gegenstände nach dem eigentlichen Ereignis dorthin gebracht wurden, wenn das Mädchen, wie gewohnt, um kurz nach sieben das Haus verlassen hat. Auch wegen der geringen Entfernung der Häuser schließen wir aus, dass der Täter zu diesem Zeitpunkt die Tat begehen und gleich im Anschluss die Gegenstände verstecken konnte. Es war schließlich dunkel.«

»Und der Dynamo an dem Fahrrad befand sich nicht in Funktionsstellung«, warf Friederike nachdenklich ein.

Einigermaßen überrascht sah der Staatsanwalt über seine Schulter und nickte. Dann wendete er sich aber wieder provokant Anjuta zu. »Festgestellt ist auch, dass aus den Fundsachen ihr Schulbrot und das Hausaufgabenheft fehlen. Wir gehen davon aus, dass sie beides bei sich hatte, als sie am Morgen ihres Verschwindens das Haus verließ. Durch diesen Umstand ist an einen möglichen Situationsfehler des Täters zu denken.«

»Sehen Sie«, unterbrach ihn Anjuta mit einem gekonnten Augenaufschlag, »schon an dieser Stelle wird deutlich, dass Rechtsanwälte niemals die Ermittler ersetzen können.«

»Wie meinen Sie das?«, fragte der Staatsanwalt mit einem liebenswürdigen Lächeln.

»Also ehrlich gesagt, weiß ich mit dem, was Sie unter Situationsfehler verstehen, überhaupt nichts anzufangen.«

»Nun, die Frage ist doch«, in diesem Moment lächelte der Staatsanwalt geschmeichelt, »welcher sexuell motivierte Täter entnimmt dem Gepäck seines Opfers Schulbrot und

Hausaufgabenheft?« Er führte seine Fingerspitzen in schneller Frequenz auseinander und wieder zusammen. »Keiner. Weder ein Fremder noch ein Beziehungstäter.« Seine Stimme verriet seine Überzeugung, von der er sich unter gar keinen Umständen abbringen lassen würde, als er sagte: »Dieser Umstand ist nur dadurch erklärbar, dass sich sowohl das Hausaufgabenheft als auch das Schulbrot überhaupt nicht in ihrer Schultasche befanden. Daraus ist nämlich zu folgern, dass Stefanie Heech an diesem Morgen das Haus überhaupt nicht verlassen hat.«

Friederike glaubte, sich zu verhören. »Aber Hilde Heech, die Großmutter, hat sie doch selbst verabschiedet.«

Der Staatsanwalt ignorierte ihren Einwurf und lächelte Anjuta, deren Augen an seinen Lippen zu kleben schienen, verschwörerisch zu. »Alles das, worüber ich gerade sprach, spricht für eine Beziehungstat. Wenn wir dazu die Aussagen von Klaus Heech und seiner Mutter vergleichen, gibt es auffällige Widersprüche.«

»Diese können aber auch durch die Vernehmung bedingt sein. Vielleicht sind sie sogar durch die Protokollierung entstanden. Da Frau Heech schon tot ist, kann das heute nicht mehr sicher beurteilt werden.«

Offensichtlich äußerst widerwillig drehte der Staatsanwalt seinen Kopf in die Richtung, in der Friederike saß. »Richtig. Aber schon bedingt durch seine Persönlichkeit kommt Klaus Heech als Täter in Betracht.« Dann faltete er salbungsvoll seine Hände, sah Anjuta erwartungsvoll an und lächelte.

Die fragte betont neugierig: »Was ist er denn für eine Persönlichkeit?«

»Zuerst ist er nach wie vor Junggeselle. Das lässt darauf schließen, dass er gegenüber Frauen ausgeprägt gehemmt ist. Haben Sie ihn schon kennengelernt?«

»Nein. Noch nicht.«

»Aber seine Vernehmung von damals haben Sie schon gelesen?«
»Ja.«
»Dann wissen Sie ja, dass er sich durch regelmäßige Masturbation sexuell befriedigt.«
Auf diese Antwort bedachte Anjuta lächelnd den Staatsanwalt mit einem wissenden Blick. »Verraten Sie uns, wie Sie weiter vorgehen wollen, oder ist das Ihr Geheimnis?«
»Wir werden noch weitere Aussagen analysieren und Klaus Heech dann noch einmal vernehmen. Zu dieser Vernehmung werden wir einen Sachverständigen hinzuziehen.« Der Staatsanwalt verschränkte die Arme vor seiner Brust und sagte selbstgefällig: »Aber eigentlich wollten wir uns über die Ermittlungen zum Zeitpunkt des Verschwindens von Stefanie Heech unterhalten.«
»Sie haben Recht. An der Stelle sind wir vom Thema abgekommen.« Anjuta schlug sich leicht auf ihren Oberschenkel. ›Sie beherrscht diesen Augenaufschlag perfekt‹, dachte Friederike. ›Dazu die leicht geöffneten Lippen, und schon schmilzt er dahin.‹ Als sie sah, wie empfänglich der Staatsanwalt auf Anjutas Koketterie reagierte, beschloss sie den Rest des Gespräches ihr zu überlassen und nur noch dann einzugreifen, falls die ihre Unterstützung benötigten sollte.
»Man ging damals nicht nur von einem Beziehungstäter, sondern auch von der Möglichkeit einer Verdeckungstat aus. Ich denke da an diesen Herrn, der in der Forst arbeitete.«
»Sie meinen den Petrussow?«
»So heißt er wohl. Schließlich hatte er seine Frau zur Entbindung ins Krankenhaus gebracht. Er war in einer sexuellen Bedürfnissituation.«
»Nicht zwangsläufig.« Anjuta schürzte die Lippen und wiegte ihren Kopf.
»Aber er schildert penibel und sehr detailgetreu die unwesentlichsten Dinge vom Tag ihres Verschwindens. Wesentliche

Fragen lässt er dagegen unbeantwortet.«
»Zum Beispiel welche?«
Friederike hatte Anjutas Verhalten hinlänglich studiert und wusste nun genau, dass sie den Staatsanwalt jetzt provozierte. Er biss an.
»Was hat er am Abend vorher gemacht? Warum ist er am Tag ihres Verschwindens schon um halb sieben aufgestanden, wenn er nichts Besonderes vorhatte? Warum hat er seinen Wecker zu um acht gestellt?«
»Ich gebe Ihnen Recht. Wir haben noch einiges an Arbeit vor uns.«
Lächelnd belauerten sie sich gegenseitig.
›Wenn du wüsstest, wie wenig Chancen du bei ihr tatsächlich hast‹, dachte Friederike. »Unser Mandant, Herr Heech, verdächtigt seinen Onkel beziehungsweise dessen älteren Sohn«, warf sie ein.
So widerwillig, wie sich der Staatsanwalt zu ihr umdrehte, so schnippisch war auch seine Antwort. »Er hat ein Alibi.«
»Das stimmt. Aber dieses Alibi ist ihm durch seine Familienangehörigen gegeben worden.«
»Wie kommt er denn dazu, seinen Onkel zu verdächtigen? Er stützt wohl seine Verdächtigung vor allem darauf, dass dieser Onkel schon öfter bestraft wurde, weil er sich an Kindern vergriffen hat.«
Friederike ignorierte den ätzenden Ton des Staatsanwaltes und antwortete betont sachlich: »Auch, aber nicht nur. Sein Onkel wohnte damals nicht nur in dem Bereich, in dem Stefanie Heech verschwand. Er hatte auch unzählige Möglichkeiten, ihre Leiche zu verstecken und wegzubringen.«
»Das ist ja nichts Neues. Das hat er schon immer behauptet. Sie wissen doch, dass man damals auch Hunde eingesetzt hat.« Der Staatsanwalt hob auffällig langsam seinen Arm und sah provokant auf seine Uhr. »Gefunden hat man nichts.«

»Allerdings hat er an diesem Tag begonnen, eine große Holzmiete zu bauen. Die ist nicht wieder abgetragen worden. Es weiß also keiner, ob etwas darunter liegt.«
Der Staatsanwalt bedachte Friederike mit einem gelangweilten Blick und wandte sich wieder Anjuta zu. »In der Rangfolge der Verdächtigen kommt Lorenz Seiffe an letzter Stelle. Er war alt und gebrechlich.« Sein hoheitsvoller Ton duldete keinen Widerspruch.
»Und jetzt ist er tot, wie auch sein jüngerer Sohn«, ergänzte Anjuta. »Wir müssen uns sowieso noch mit den restlichen Familienmitgliedern unterhalten. Wenn uns bei deren Aussagen etwas auffallen sollte, dürfen wir uns dann bei Ihnen melden?«
»Selbstverständlich«, lautete die dienstbeflissene Antwort des Staatsanwaltes.
»Schön. Wir wollen Ihre Zeit zwar nicht über Gebühr beanspruchen, aber wir waren noch nicht am Ende.« Anjuta legte alle Glut in ihre Augen.
Der Staatsanwalt hielt ihrem Blick stand.
»Einen Zufallstäter hat man damals auch nicht ausgeschlossen. Was sagen Sie zu einer zufälligen Begegnung?«
Friederike lächelte über seine Antwort.
»Die will ich nicht ausschließen.« Der Staatsanwalt setzte ein gewichtiges Gesicht auf. »Das kann ich auch gar nicht. Schließlich gibt es von Stefanie Heech Aussagen, dass sie sich beobachtet fühlte.«
»Stefanie Heech hat die andere Kleine am Donnerstag aufgefordert sie zu begleiten. So eine Begegnung müsste dann in der Woche, in der sie verschwand, in der Zeit von Montag bis Donnerstag stattgefunden haben«, ergänzte Anjuta, mit ihrer schmeichelnden Stimme.
»Wenn es sich um einen solchen Täter handelt, könnte es sich um einen sexuell abnormen oder anderweitig auffälligen

Menschen handeln. Er muss Stefanie Heech nicht unbedingt gekannt haben. Aber einiges über ihre Lebensumstände muss er gewusst haben.«

»Wir werden Augen und Ohren offen halten und uns melden, wenn wir auf etwas in dieser Richtung stoßen sollten.«

»Ich würde mich über Ihren Anruf freuen.« Nun war es offensichtlich. Sein Blick und seine belegte Stimme hatten ihn verraten.

Anjuta hatte es geschafft und schon spielte sie gnadenlos ihre Trumpfkarte aus. »Ich denke, dass wir uns jetzt über sämtliche Richtungen unterhalten haben, in die damals die Ermittlung geführt wurden, oder?«

»Mir fällt keine weiter ein.«

»Was halten Sie davon, wenn wir uns nun über eine Ermittlungsrichtung Gedanken machen, an die zum damaligen Zeitpunkt überhaupt nicht zu denken war?«

»Ich bin für jede Anregung dankbar.«

Anjuta kam ohne Umschweife zur Sache. »Die Stasi könnte ihre Finger im Spiel gehabt haben. Als Stefanie Heech verschwand, haben Stasimitarbeiter sehr schnell in die Ermittlungen der Mordkommission eingegriffen. Vielleicht sollte man sich zunächst erst einmal die Stasiakten aller Beteiligten ansehen.«

»Ich werde die Sache mit dem zuständigen Polizeibeamten besprechen.«

Friederike wollte sich gerade wieder einmischen, doch Anjuta war schneller. »Ist das eigentlich noch derselbe, der schon damals ermittelt hat.«

»Nein. Es sind jetzt eine junge Polizeibeamtin und ihr Partner. Sie heißt Maas und er Klinge.«

»Ach, ist der andere pensioniert worden?« Anjutas Erstaunen war echt.

»Nein. Warum?«

»Er hatte schon damals einen hohen Dienstgrad und ist

nach der Wende trotzdem im Polizeidienst geblieben. Ich dachte, dass er schon älter gewesen wäre.« Anjuta verstummte gekonnte. Ihre Taktik ging auf.

»Nein. Er hat ein Dezernat bearbeitet, in dem es um Missbrauch und solche Sachen ging.« Der Staatsanwalt biss sich auf die Lippe und sagte langsam: »Dann ist gegen ihn selbst ein Vorwurf in diese Richtung erhoben worden, sodass ermittelt werden musste. Es war natürlich nichts dran. Das Ermittlungsverfahren gegen ihn ist eingestellt worden. Er ist jetzt im Landeskriminalamt.«

Friederike und Anjuta sahen sich für einen Augenblick entgeistert an.

Als Anjuta sich wieder ihm zuwandte, hatte sie ihre Fassung längst wiedergewonnen. So blieb dem Staatsanwalt ihre Überraschung verborgen. »Sicher ist Ihnen auch die Akte von Ursula Heech, der Mutter des Mädchens, bekannt?«

»Nein. So lange ist das noch nicht meine Sache. Ich habe die Sache von Stefanie Heech bekommen, nachdem mein Vorgänger versetzt worden ist.« Der Staatsanwalt sah Anjuta fragend an. »Wieso, was ist mit ihr?«

»Uns sind Unstimmigkeiten aufgefallen, die Zweifel aufkommen lassen, dass das tatsächlich ihre Leiche ist, die da begraben wurde.«

»Das ist ja interessant. Dann muss ich mir die Akte unbedingt kommen lassen.« Er kritzelte etwas auf ein vor ihm liegendes Blatt Papier und fragte, ohne aufzusehen: »Was sind das für Unstimmigkeiten?«

»Zum Beispiel der Zustand, in dem ihre Leiche aufgefunden wurde. Es hatte sich Fettwachs gebildet, obwohl ihre Leiche an der Luft lag. Dazu kommen aber noch andere Merkwürdigkeiten. Es fehlten der Leiche nicht nur mehr Zähne als auf der Behandlungskarte von Ursula Heech vermerkt waren, sondern es war sogar noch einer vorhanden, der als gezogen

vermerkt war.«
»Dazu kann ich jetzt nichts sagen. Ich muss erst ihre Akte lesen.« Der Staatsanwalt griff nach einem Gesetzbuch auf seinem Schreibtisch. »Ich könnte sie exhumieren lassen.« Er begann zu blättern. »Mal sehen, welche Voraussetzungen es dafür gibt.« Wieder sahen sich Friederike und Anjuta an. Diesmal stand ein Frohlocken in ihren Augen.
»Allerdings fehlt uns zurzeit der genetische Fingerabdruck von Stefanie Heech.«
Wie auf Kommando sahen die Anwältinnen den Staatsanwalt an. »Herr Heech hat noch einen Milchzahn seiner Tochter, und Frau Heechs Mutter und Schwester leben auch noch«, antwortete Friederike.
»Nun. Ich werde darüber nachdenken, wenn es soweit ist.« Der Staatsanwalt schlug krachend sein Gesetzbuch zu.
»Zumindest könnten wir dadurch ausschließen, dass Ursula Heech unter einer neuen Identität noch lebt und ihre Tochter zu sich geholt hat.« Anjuta stand auf und reichte dem Staatsanwalt die Hand. »Ich denke, dass wir bald voneinander hören werden. Ihre Telefonnummer kennen wir ja.« Sie entzog ihm sanft ihre Hand. »Und die Telefonnummer unserer Kanzlei finden Sie in der Akte.«
Friederike unternahm erst gar nicht den Versuch, sich von ihm mit Handschlag zu verabschieden. Nach einem höflichen »Auf Wiedersehen« verließ sie, zwei Schritte nach Anjuta, das Büro des Staatsanwaltes.

20
KAPITEL

Er trug die gleiche Kleidung wie auch in der Kanzlei.
»Du hast mir nicht gesagt, dass er auch hier sein wird«, beschwerte sich Anjuta.
»Was macht das für einen Unterschied?«, rechtfertigte sich Friederike und stellte den Motor ab. »Ob wir uns die Gegend alleine ansehen und spekulieren, ob die Orte mit denen auf unserer Karte identisch sind oder…« Sie kam nicht dazu, den Satz zu beenden.
Wütend sprang Anjuta aus dem Auto und schlug die Tür zu. Als Friederike die Wagentür öffnete, hörte sie, wie Anjuta Konrad Heech freundlich begrüßte. »Es kann sofort losgehen. Ich muss nur noch meine Schuhe wechseln.« Sie drehte sich um, ging zurück zum Auto und öffnete die hintere Tür des Wagens.
»Lassen Sie sich ruhig Zeit. Ich habe es nicht eilig.« Er lächelte Friederike zu. »Guten Tag, Frau Jalaß.« Sie gaben sich die Hand. »Das war eine Überraschung, als Sie mich vorhin anriefen.«
»Dafür sollte ich mich wohl entschuldigen. Die Idee, dass wir die Örtlichkeiten gemeinsam ansehen, kam mir spontan.«
»Das geht völlig in Ordnung. Ich habe ja Zeit.«
»Wir waren heute Morgen bei dem Staatsanwalt, der die Sache bearbeitet. Dafür hatten wir eigentlich mehr Zeit eingeplant«, rief Anjuta. Sie saß auf der Rückbank des Autos und schnürte

sich die Schuhe zu.
»Gibt es was Neues?« Konrad Heech sah mit einem fragenden Blick zu Friederike.
»Nein. Wir haben ihn besucht, um zu hören was die Staatsanwaltschaft zur Aufklärung unternimmt.«
»Wahrscheinlich nichts mehr, oder?«
»Ach, so kann man das auch nicht sagen.« Anjuta warf schwungvoll die Wagentür zu. »Sicher, mit Ruhm haben sie sich in den vergangenen Jahren nicht bekleckert.« Sie stellte sich neben Friederike.
Die bemühte sich, ein Grinsen zu verbergen. Die Turnschuhe von Anjuta wollten so gar nicht zu ihrem edlen Kostüm passen. »Aber ich glaube, dass wieder etwas Bewegung in die Sache kommt. Schließlich stehen sie mit uns im Wettstreit.«
»Wissen Sie, nach so ewiger Zeit ist mir eigentlich egal, wie lange es noch dauert. Ich will nur wissen, was passiert ist. Vielleicht finde ich dann meine Ruhe.«
Wie auch schon in der Kanzlei berührte die Traurigkeit Konrad Heechs Friederike und machte sie betroffen. Sie legte ihm die Hand auf den Arm und sagte: »Frau Hohmuth hat es geschafft, den Staatsanwalt davon zu überzeugen, dass er seine Ermittlungen auch in eine Richtung aufnehmen wird, an die bisher noch nicht gedacht worden ist.«
»So?« Er sah überrascht zu Anjuta. »Und in welche?«
»Als Ihre Tochter verschwand, dachte man zunächst an einen Täter aus ihrem unmittelbaren Umfeld. So wurden nicht nur alle nahen Angehörigen verdächtigt, sondern auch die Nachbarn und alle Personen, die sich in irgendeiner Weise auffällig verhielten. Von einem Zufallstäter ging man am wenigsten aus, weil der die Lebensumstände Ihrer Tochter nicht kennen konnte.«
»Und jetzt?«
»Jetzt war er bereit, sich unserer Theorie anzuschließen«,

antwortete Anjuta mit einem vielsagenden Lächeln.
Konrad Heech sah hilfesuchend zu Friederike.
»Theoretisch besteht die Möglichkeit, dass der Tod Ihrer Frau nur vorgetäuscht ist und an ihrer Stelle jemand anders dort begraben liegt«, erwiderte die vorsichtig.
Konrad Heech schüttelte seinen Kopf. »Nein, nein. Das glaube ich nicht.« Er klopfte sich auf den Bauch. »Mein Gefühl sagt mir, dass sie tot ist.«
»Bis das Gegenteil nachgewiesen ist, müssen wir jedenfalls davon ausgehen, dass sie noch lebt.«
»Was meinen Sie damit?« Erschrocken sah Konrad Heech zu Anjuta.
»Bei unnatürlichen Todesfällen wurden auch schon zu Zeiten der DDR Ermittlungsverfahren eingeleitet.« Anjuta hatte es mit Sicherheit nicht so gemeint, aber ihre Erklärung wirkte, allein durch ihren Tonfall, schulmeisterlich. »Das heißt, dass nach dem Tod Ihrer geschiedenen Frau ein solches Verfahren eingeleitet wurde.«
Die Augen von Konrad Heech röteten sich. Er blinzelte.
»Als wir uns ihre Akte angesehen haben, sind uns mehrere Dinge aufgefallen, die uns zu dieser Annahme geführt haben«, griff Friederike ein.
»Sie meinen das mit den Zähnen?«
»Ja, aber nicht nur das.«
»Mit den Zähnen, das kann ein Versehen sein.« Konrad Heech schüttelte wieder den Kopf. »Wer weiß, wer die Karte abgeschrieben hat. Da können Fehler gemacht worden sein.«
»Sicher kann das ein Versehen sein.« Anjuta presste ihre Lippen zusammen und nickte. Dann sagte sie kalt: »Aber neun fehlende Zähne und ein Zahn, der noch da ist, obwohl er schon gezogen sein sollte, finde selbst ich ein bisschen zu viel des Erlaubten.«
»Glauben Sie mir, sie ist tot.« Konrad zeigte wieder auf seinen

Bauch. »Ich habe es im Gefühl.« Die Verzweiflung in seiner Stimme war unüberhörbar. »Sie ist tot.«
»Wir werden ja sehen.«
Hilfesuchend sah Konrad Heech zu Friederike. »Was heißt das?«
»Es steht zwar noch nicht endgültig fest, aber es besteht die Möglichkeit, dass die Leiche exhumiert wird.«
»Aber wozu?« Seine Stimme klang brüchig.
»Um den genetischen Fingerabdruck festzustellen.«
»Aber was soll das bringen?«
»Sie haben mir doch erzählt, dass Sie noch einen Milchzahn von Steffi besitzen.«
»Der wird untersucht, um die Daten Ihrer Tochter zu sichern«, mischte sich Anjuta ein. »Es gibt heute eine Datenbank, in der solche Informationen gespeichert werden. Wenn dann irgendwo ein menschlicher Überrest gefunden wird, der nicht zugeordnet werden kann, ermöglicht ein Abgleich in dieser Datenbank die Identifizierung. Selbstverständlich nur, wenn die Daten registriert sind.«
»Das leuchtet mir ein. Aber was hat meine Frau damit zu tun?« Konrad Heech stand die Ratlosigkeit im Gesicht geschrieben.
»Ihre Daten sind doch auch schon gesichert worden«, sagte Friederike. »Wenn dann die Daten von Steffi vorliegen, kann man feststellen, ob die Leiche, die im Grab ihrer Frau liegt, auch tatsächlich ihre ist. Sollte das der Fall sein, kann ausgeschlossen werden, dass sie damals noch lebte und Ihre Tochter entführt hat. Dann wird man sicher in erster Linie in die Richtungen ermitteln, in die auch damals schon ermittelt worden ist.«
»Das bedeutet also, dass ihr Grab geöffnet wird?«
»Wahrscheinlich, ja.«
»Ich denke trotzdem, dass Steffi ermordet wurde und zwar von jemandem, der sich hier auskannte. Ich muss mir daher

gründlich überlegen, ob ich das Letzte, was mir von meiner Tochter geblieben ist, auch noch hergebe.« Mit den Worten: »Lassen Sie uns gehen«, drehte sich Konrad Heech abrupt um und ging schnellen Schrittes voraus.

Anjuta und Friederike sahen sich fragend an und beeilten sich, ihm zu folgen.

»Das ist das Haus, in dem die Seiffes lebten.« Konrad Heech blieb stehen und zeigte auf ein altes verfallenes Siedlungshaus. »Heute leben nur noch Undine und ihre Mutter hier. Alle anderen sind tot.«

»Das wissen wir«, erwiderte Anjuta. »Wir haben einen Termin mit ihnen.«

»Ich bin überzeugt, dass es einer aus dieser Familie war.« Das Gesicht von Konrad Heech war maskenhaft erstarrt.

»Ja? Und wen genau haben Sie in Verdacht?«

»Lorenz Seiffe oder seinen ältesten Sohn, den Wilhelm Seiffe.«

»Warum gerade diese beiden?« Anjuta zeigte ehrliches Interesse.

»Ich werde diesen Blick von Wilhelm Seiffe nie vergessen. Er kam immer mit seiner Familie angefahren, wenn er seine Eltern besucht hat.« Das Gesicht von Konrad Heech verfinsterte sich zusehends. »Ich habe ihn gesehen. Das war um neun Uhr am Sonntagmorgen, einen Tag nach Steffis Verschwinden. Er ist mit seinem Auto an mir vorbeigefahren. Er war alleine. Was hatte er um diese Zeit hier zu suchen?«

»Für einen Wochenendbesuch wirklich eine ungewöhnliche Zeit«, bestätigte Friederike.

»Die Autos von allen haben sie untersucht. Nur seins nicht. Sie haben ihn nicht einmal befragt.«

»Wir werden darauf dringen, dass sie es nachholen, wenn es nötig sein sollte.«

»Friederike. Wie willst du denn das Auto untersuchen lassen? Das ist doch sicher schon längst Schrott und weiterverarbeitet.« Anjuta konnte über die Dummheit ihrer Kollegin nur

den Kopf schütteln.
»Ich rede nicht vom Auto, sondern von seiner Vernehmung.«
»Auch dazu kannst du niemanden zwingen.«
Friederike begann, sich zu ärgern. »Das habe ich auch nicht gesagt.« Dann besann sie sich, lächelte und sagte: »Oder denkst du, dass er ungeschoren davonkommt, wenn wir ihm etwas nachweisen können und das der Staatsanwaltschaft anzeigen.«
»Sei nicht albern. Natürlich nicht.« Anjuta rollte genervt mit ihren Augen und sah zu Konrad Heech. »Und warum haben Sie den Lorenz Seiffe in Verdacht?«
Er zeigte auf das Nachbarhaus. »Dort hinten wohnte meine Mutter.«
»Das ist tatsächlich in Rufweite«, stellte Friederike fest.
»Ungefähr hundert Meter weg«, bestätigte Anjuta.
»Dort hat er sein Gartengrundstück bewirtschaftet.«
»Das grenzt ja fast an das Grundstück Ihrer Mutter.«
»Ja.« Konrad Heech setzte sich wieder in Bewegung. Die beiden Anwältinnen folgten ihm. »Das Interessanteste ist, dass er, nachdem Steffi verschwunden war, nie wieder allein in seinen Garten gegangen ist. Er ist nur noch in Begleitung seiner Frau gekommen.« Konrad Heech blieb erneut stehen. »Hier hat er an dem Tag, als sie verschwunden war, begonnen seine Holzmiete zu bauen.«
»Hat hier irgendwer einmal gegraben?«, wollte Anjuta wissen.
»Nein. Nachdem sie die Hunde eingesetzt hatten, war für sie die Sache erledigt.«
»Sie selber haben auch nicht gegraben?«, setzte Anjuta nach.
»Nein.«
»Aber warum nicht?«
»Sie hätten dann mich wieder verdächtigt.« Konrad Heech trat von einem Bein auf das andere. »Dabei haben sie nicht einmal das ordentlich gemacht.«

»Was meinen Sie?«
»Bis die Polizei kam, haben mir die Dorfbewohner geholfen und mit mir nach Steffi gesucht. Ich bin dann immer hinter den Polizisten hergegangen. Die Hunde haben zum Beispiel auch dort angeschlagen.« Die abgearbeitete Hand von Konrad Heech zeigte auf einen Teich.
»Also genau neben dem Haus der Seiffes.«
»Ja. Die Polizisten standen in dieser Zeit dort oben und haben sich unterhalten.«
»Das dürften mindestens fünfzig Meter sein, oder? Friederike, was meinst du?«
»Ja. Wenn nicht sogar noch ein bisschen weiter.«
»Ich habe dann zu denen gesagt, dass die aufhören sollen zu reden und sich lieber darum kümmern sollen, was die Hunde machen.« Konrad Heech schien in sich zusammenzusinken. »Die Polizisten haben mich daraufhin weggejagt.« Er straffte sich wieder. »Sie haben einfach schlampig ermittelt.«
»Aber warum haben Sie sich nicht einfach beschwert?« Diese Frage konnte nur von Anjuta kommen.
Verwunderung sprach aus seinen Augen. »Ich hatte in den Verhören oft das Gefühl, dass sie mir drohen. Ich war für sie schließlich ein Verdächtiger.« Dann sagte er traurig: »Es gibt hier noch mehr Plätze, an denen gegraben werden müsste.«
»Ja?«, fragten die Anwältinnen, wie aus einem Munde.
»Ich habe mich hier schon mit einem Hellseher getroffen und bin mit ihm durch das Gelände gelaufen.«
»Das ist ja interessant.«
Die Ironie in Anjutas Stimme war für Friederike unüberhörbar. »Hatten Sie vorher mit dem Hellseher schon über die Angelegenheit gesprochen?«, beeilte sie sich zu fragen.
»Nein. Er wollte nur wissen, worum es geht. Ich habe ihm von Steffi erzählt. Mehr wollte er auch nicht wissen.«
»Was hat er Ihnen gesagt?«

»Am Telefon hat er gesagt, dass sie noch lebt. Er meinte, dass in dieser Sache eine Frau und ein Mann eine Rolle spielen. Näheres wollte er mir dann hier vor Ort mitteilen«, erwiderte Konrad Heech nachdenklich.
»Hat er das auch?«
»Nun. Er hat vor Seiffes Haus gesagt, dass er dort etwas spürt und auch vor dem Haus der Tante Lina.«
»Hatten Sie gesagt, wer da wohnt und welchen Verdacht Sie haben?«, unterbrach Anjuta ihn.
Konrad Heech schüttelte den Kopf und ging langsam weiter. Mit einem Mal zeigte er auf eine Ruine, direkt am Waldrand. »Dort hinten wohnte meine andere Tante. Das war mal ihr Haus.«
»Das wäre dann die Tante Lina?«
»Ja.«
»Dann ist das Haus das konspirative Objekt der Stasi«, schlussfolgerte Anjuta laut für sich und Friederike.
»Wenn überhaupt, dann nur bis Petrussow und seine Freundin dort eingezogen sind«, antwortete Konrad Heech. »Meine Tante hatte da ja nur ein Zimmer.«
»Das will nichts heißen.«
»Was meint sie?« Wieder sah Konrad Heech hilfesuchend zu Friederike.
»Ich glaube, dass wir es Ihnen noch nicht gesagt haben. Aus Steffis Akte ergibt sich, dass Lina Seegert von der Stasi unter dem Decknamen ›Seerose‹ als informelle Mitarbeiterin geführt wurde.«
»Aber sie war doch damals schon Rentnerin. Welchen Nutzen soll denn die Stasi von ihr gehabt haben?« Die Stimme von Konrad Heech klang verzweifelt.
»Sie werden sich von ihr schon etwas versprochen haben. Sonst wäre sie wohl nicht angeworben worden.«
»Vielleicht finden wir darüber in Ihrer Akte Aufklärung«,

bemühte sich Friederike Anjutas schroffe Antwort etwas abzuschwächen, als sie in Konrad Heechs erschrockenes Gesicht sah. »Wir haben inzwischen Einsicht in Ihre Stasiakte beantragt.«

»Im Übrigen denken wir, dass nicht nur Ihre Akte und die von Lina Seegert wichtig sind. Die Akten Ihrer Mutter, Ihrer Brüder und die der Familie Seiffe werden wir uns gemeinsam genauso ansehen, wie die von Ihrer geschiedenen Frau, ihrem letzten Lebensgefährten und die von Petrussow und Handtke.«

»Ich weiß nicht, aber ich glaube nicht, dass ich in dem Leben meiner Mutter und in dem von meinen Brüdern herumwühlen möchte.«

Anjuta ignorierte den warnenden Blick von Friederike. »Ihre Mutter, Ihre geschiedene Frau, Lorenz und Wilhelmine Seiffe sind tot. Die können wir also genauso wenig befragen wie deren Sohn und ihren Bruder Kurt, weil auch die schon gestorben sind. Möglicherweise finden wir also gerade in deren Stasiakten die Lösung des Verbrechens.«

»Das kann schon sein.« Konrad Heech sank wieder in sich zusammen.

»Wir werden ja sehen. Noch ist es jedenfalls nicht soweit. Bevor wir Akteneinsicht erhalten, werden die Namen von Dritten geschwärzt. Aber, wenn es dann soweit ist, sind wir bei Ihnen.«

Konrad Heech sah Friederike dankbar an. »Vielleicht ist das ja auch alles nicht nötig. Vielleicht klären Sie die Sache schon vorher auf.« Als beide Anwältinnen schwiegen, sagte er wie zu sich selbst. »Es wäre jedenfalls schön.«

»Das wäre es. Aber manche Verbrechen klären sich auch nie auf. Denken Sie nur mal an den Mord an dem kleinen Mädchen in den fünfziger Jahren. Man hat zeitlebens Lorenz Seiffe verdächtigt, aber nachweisen konnte man ihm auch nichts.«

»Das ist wohl auch nicht verwunderlich«, bemerkte Friederike

trocken.
»Was meinst du?«, zischte Anjuta sie böse an.
»Na, hast du dir mal die Vernehmung von Lorenz Seiffe durchgelesen?«
»Natürlich.«
»Dann wirst du auch festgestellt haben, dass es dilettantischer nicht mehr ging.«
Anjuta nickte besänftigt. »Du weißt, dass ich dir nur ungern Recht gebe, aber das stimmt.«
»Darf ich auch wissen, worum es geht?«
»Natürlich.« Anjuta holte tief Luft. »Wilhelmine und Lorenz Seiffe sind zu ihrer Vernehmung auf das Polizeirevier bestellt worden. Dort hat man sie bewusst lange im Warteraum sitzen lassen. Das war aber noch nicht alles.« Um ihren Worten Gewicht zu verleihen, legte sie eine Pause ein. Doch dann platzte es aus ihr heraus. »Man hat sie abgehört und ihr Gespräch aufgezeichnet. Hinterher in seiner Vernehmung hat der Polizeibeamte ihn damit konfrontiert und zwar recht plump.«
»Ich wette, dass das der Griebenow war.«
»Ja.«
»Ich habe doch immer gesagt, dass der unfähig ist.« Konrad Heech sah zu Friederike und sagte schuldbewusst: »Das habe ich ihm sogar ins Gesicht gesagt. Deshalb kann er mich nicht leiden.«
»Er hat jetzt nichts mehr mit der Sache zu tun. Jetzt gehört der Fall einer jungen Kriminalistin und ihrem Partner.«
»Aber mich würde trotzdem interessieren, was der Griebenow meinen Onkel gefragt hat.«
»Herr Heech, meine Kollegin hat das schon recht treffend ausgedrückt«, antwortete Friederike mit einem ernsten Blick. »Griebenow hat die Vernehmung in einer sehr plumpen Art geführt. Er sagte zum Beispiel, dass Verdachtsmomente

vorliegen, die ihn, also den Lorenz Seiffe, belasten würden. Dessen Antwort darauf war natürlich, dass er mit der Sache nichts zu tun habe.«

»Dazu hat er ihm noch vorgehalten, dass er an diesem Tag das Haus verlassen habe und mit Stefanie zusammengetroffen sein müsse«, beeilte sich Anjuta hinzuzufügen.

»Und?« Die Ungeduld stand Konrad Heech im Gesicht geschrieben.

»Der Lorenz Seiffe hat sich damit raus gewunden, in seiner Vernehmung zu sagen, dass er bei der Kälte, ohne sich vorher anzuziehen, überhaupt nicht nach draußen gegangen wäre. Anstatt zu antworten, stellte er mit einem Mal selbst Fragen? Beispielsweise hat er gefragt, wo er denn die Leiche oder die Schultasche und das Fahrrad hätte ablegen sollen.« Anjuta schürzte die Lippen und nickte, als wollte sie sagen: geschickt gemacht.

»Und das steht alles in der Akte?«, fragte Konrad Heech erstaunt.

»Ja und dann kam der Griebenow plötzlich und ohne Überleitung auf den unaufgeklärten Mord an dem kleinen Mädchen zu sprechen.« Anjuta nickte wieder, mit einem verächtlichen Lächeln. »Er hat ihren Onkel gefragt, ob er sich noch an die Sache erinnern könne.«

»Der bestätigte das dann zwar, schränkte seine Erinnerung aber zugleich ein, weil der Mord schon so lange her sei«, beeilte sich Friederike einzuwerfen.

»Worauf Griebenow ihn fragte, wann er denn das letzte Mal mit seiner Frau darüber gesprochen habe«, riss Anjuta den Gesprächsfaden wieder an sich.»Als Lorenz Seiffe dann erwiderte, dass er das auch nicht so genau wisse, bezichtigte er ihn der Lüge und hielt ihm vor, dass das am selben Tag gewesen sei. Der Lüge überführt, hat er es schließlich zugegeben. Er behauptete aber, sich an den Inhalt dieses Gesprächs nicht mehr zu erinnern, weil er so aufgeregt gewesen sei.« Anjuta

sah mit einem hilfesuchenden Blick zu Friederike.
»Daraufhin hat unser Griebenow ihm vorgehalten, dass er doch nicht aufgeregt sein müsse, wenn er ein reines Gewissen habe. Seine Antwort darauf war, dass das damit nichts zu tun habe. Er sei aufgeregt, weil das immer noch kein Ende gefunden habe«, erinnerte sich Friederike mühelos an das, was sie in der Akte gelesen hatte.
»Dann versicherte er noch einmal, dass er weder mit dem Mord an dem kleinen Mädchen, noch mit dem Verschwinden Ihrer Tochter etwas zu tun hatte.«
Konrad Heech hatte ungläubig von einer Anwältin zur anderen gesehen. »So ist das abgelaufen?«
Das »Ja« kam von beiden wieder wie aus einem Munde.
»Und worüber haben sie sich im Wartezimmer unterhalten?«
»Ihre Tante hat gejammert und ihren Mann gefragt, was die Polizei denn von ihnen bloß wolle.«
»Darauf hat der Lorenz Seiffe sie angeschnauzt und ihr befohlen, den Mund zu halten. Gleichzeitig hat er gesagt, dass er an diesem Tag die Haustür nicht aufgemacht hat.« Anjutas Ton ließ erahnen, wie sich das Warten auf die Vernehmung abgespielt haben könnte.
»An dieser Stelle hätte Griebenow einhaken müssen. Aber, das hat er natürlich verpasst. Die Frage ist nur, ob er es nicht erkennen konnte oder nicht wollte?«, fügte Friederike mit Blick auf Konrad Heechs verstörtes Gesicht hinzu.
»Ich verstehe nicht.« Das, was die Anwältinnen ihm gerade mitgeteilt hatten, schien Konrad Heech noch mehr zu verwirren.
»Kein Wunder. Man sagt den Anwälten nicht umsonst nach, dass sie ein Deutsch sprechen, dass keiner versteht. Ich erkläre Ihnen, was Frau Jalaß meinte«, erwiderte Anjuta und zeigte damit zum ersten Mal den Anflug von echtem Mitgefühl. »Ihre Tochter hat das Haus Ihrer Mutter verlassen und ist in der Schule nie angekommen.« Anjutas Zeigefinger beschrieb in

der Luft den Weg und wies nun auf die Haustür der Seiffes. »Nach den Aussagen Ihrer Tante und der Mutter von Undine hat einer von ihnen, immer morgens, wenn Stefanie kam, die Haustür aufgeschlossen. Sie ist dann ins Haus gekommen und hat gewartet bis Undine fertig war.« Sie ließ ihren Arm sinken. »Nur an dem Tag, an dem sie verschwand, kann sich keiner von den beiden erinnern, die Tür geöffnet zu haben. Und jetzt kommt Lorenz Seiffe ins Spiel.«

»Wenn es überhaupt so war?« Konrad Heech zuckte mit den Schultern.

»Was meinen Sie?«

»Das sind alles Aussagen dieser Familie. Wer sagt, dass die wahr sind? Dass Steffi die Undine an diesem Tag abholen wollte, weil sie angeblich Angst hatte, sagte das Mädchen.«

»Glauben Sie das nicht?« Anjuta starrte ihn überrascht an.

»Was ich glaube, spielt keine Rolle. Entscheidend ist doch die Frage, warum sich keiner aus dieser Familie nach Steffi erkundigt hat. Als Steffi nicht kam, hat Cornelia Seiffe ihre Tochter mit dem Moped in die Schule gefahren. Warum hat sie sich dann nicht auf dem Rückweg erkundigt, warum Steffi trotz ihrer Verabredung nicht gekommen ist?« Konrad Heech keuchte. »Ich sage Ihnen, was ich glaube. Ich glaube, dass einer aus dieser Familie etwas mit Steffis Verschwinden zu tun hatte und alle anderen diese Person decken. Diese Familie hat schon immer zusammengehalten und Unrecht vertuscht.« Die Verzweiflung in seinem Gesicht ließ die Anwältinnen einen Moment lang betreten schweigen.

Dann fasste sich Friederike ein Herz und sagte: »Sie haben Recht. Es sind noch viele ungeklärte Fragen zu beantworten.«

21
KAPITEL

»Guten Morgen, Silvie.«

Silvia Dyba sah auf und nahm lächelnd ihre Kopfhörer ab. Eine gutgelaunte Friederike kam auf sie zu. »Schön, dass du wieder da bist.«

»Hast du dich ohne mich gelangweilt?«

»Das nicht. Ich hatte ja genügend zu tun.« Silvia Dyba lächelte wieder. »Aber, wenn du mir die Diktate sendest, ist es nicht dasselbe, wie wenn du persönlich anwesend bist.«

»Also hast du dich ohne mich einsam gefühlt.«

Silvia Dyba nickte. »Ein bisschen schon.«

»Das freut mich. Ehrlich gesagt, arbeite ich auch lieber mit dir als mit Anjuta zusammen.« Friederike stellte ihre Tasche ab und lehnte sich wie gewohnt an Silvia Dybas Schreibtisch.

»Willst du was trinken.«

»Wenn ich einen von deinen berühmten Cappuccinos haben könnte? Das wäre es.«

»Na klar.« Silvia Dyba erhob sich und ging zum Kaffeeautomaten. Beiläufig sagte sie schelmisch: »Im Übrigen sitzt du gerade auf den Protokollen.«

»Sag' bloß, dass du die schon fertig hast.« Überrascht drehte sich Friederike um.

»Natürlich. Ich habe auch die deiner Kollegin ausgedruckt und hingelegt.«

»Silvie, du bist die Größte.« Friederike nahm die Blätter an sich. »Ich habe eine Idee. Was hältst du davon, wenn du dir auch eine Tasse Kaffee nimmst und zu mir ins Büro kommst. Dann können wir den Fall einmal durchsprechen.«

»Gerne.«

»Also, dann los.« Friederike griff nach ihrer Tasche und marschierte schnurstracks in ihr Büro. »Oh je, wie sieht es denn hier aus?« Sie legte die Protokolle auf ihren Schreibtisch, stellte ihre Tasche ab und beugte sich zu dem danebenstehenden Wagen, der mit Akten voll bestückt war.

»Was ich dir abnehmen konnte, habe ich bereits erledigt«, rief Silvia aus ihrem Zimmer.

»Das weiß ich.« Schicksalsergeben durchforstete Friederike den Wagen.

Silvia Dyba stellte die Tassen auf den Tisch und setzte sich vor Friederikes Schreibtisch. »Hier sieht es aus, als wärst du nicht nur zwei Tage, sondern zwei Wochen weggewesen.« Wohlriechender Kaffeeduft durchströmte das Zimmer.

»Ist was Dringendes dabei?«

»Nichts, was du unbedingt noch heute erledigen müsstest.«

»Na also.« Friederike ließ sich in ihren Stuhl fallen. »Dann werden wir den Tag in Ruhe angehen lassen.« Sie nahm einen Schluck Kaffee und wischte sich anschließend mit der Zunge den Schaum von ihrer Oberlippe. »Hmm.« Dann stellte sie die Tasse ab und griff nach den Protokollen. »Hast du Anjutas Berichte auch gelesen?« Silvia Dyba nickte. »Und was hältst du davon?«

»Sie schreibt, dass sie nicht ausgeschließen könne, dass Klaus Heech etwas mit der Sache zu tun habe. Das hat sie dem Gespräch mit dem Staatsanwalt als Anmerkung hinzugeschrieben.«

»Hier. Ich sehe schon.« Friederike schnaufte und vertiefte sich in Anjutas Protokoll.

»Also, ich glaube das nicht.« Silvia Dyba nahm einen Schluck Kaffee. »Wenn er tatsächlich etwas mit der Sache zu tun gehabt hätte, hättest du dazu etwas in der Aussage von Hilde Heech gefunden. Sie hat ihre Enkelin nicht nur großmütterlich geliebt, sondern sie hat sie aufgezogen wie eine Tochter. Wenn die etwas gewusst hätte, dann hätte sie es auch gesagt.« Sie stellte ihre Tasse ab und sah ihre Chefin abwartend an.
»Ich denke auch, dass sie gegen ihren eigenen Sohn ausgesagt hätte. Allerdings stand in der Akte, dass sie zum Zeitpunkt ihrer Vernehmung schon leicht verwirrt war. Lass uns doch noch mal die Aussage von Hilde Heech durchgehen.« Friederike zog die Berichte zu sich heran und blätterte darin.
»Ich hole die Akte.« Silvia Dyba stand auf und ging in ihr Büro zurück.
Friederike lauschte beim Öffnen und Schließen dem metallischen Geräusch ihres Aktenschrankes. Als ihre Sekretärin mit der Akte in den Armen zurückkam, sagte sie nachdenklich: »Irgendwo in dieser dicken Akte liegt die Lösung des Falles.« Silvia Dyba schob ihre Tasse zur Seite, legte die Akte auf den Tisch und begann zu blättern. »Hier ist die Aussage von Hilde Heech.« Sie drehte die Akte und schob sie zu Friederike über den Tisch.
»Steffi Heech kam gleich nach dem Verschwinden ihrer Mutter zu ihrer Großmutter. Sie hat also davor in der Wohnung gelebt, die sich ihre Eltern nach der Scheidung weiterhin noch teilen mussten. Herr Heech arbeitete in der Woche auswärts und kam nur an den Wochenenden nach Hause.« Gedankenverloren sah Friederike vor sich hin. »Diese Wohnung bekam Frau Heech zugewiesen, als ihre befreundete Nachbarin die DDR auf dem sogenannten ungesetzlichen Weg verlassen hat.«
»In deinem Bericht steht, dass du das von ihrer Mutter und ihrer Schwester erfahren hast?«
»Ja.« Friederike zog ihre Tasse zu sich heran und nahm

genießerisch einen Schluck. »Als seine Frau verschwand, ist Herr Heech dann alleine in der Wohnung geblieben. Steffi war zu diesem Zeitpunkt vier Jahre. Sie könnte also noch bewusste Erinnerungen an die Wohnung gehabt haben.«
»Das ist anzunehmen. Warum?«
»Nun, das würde erklären, warum sie sich vor dieser Wohnung fürchtete. Die Nachbarin berichtete, dass sie immer, wenn Herr Heech sie zu sich nahm, vor der Tür auf ihn wartete. Das würde auch erklären, warum sie an dem Wohnort ihrer Großmutter zur Schule gehen und nicht zu ihrem Vater ziehen wollte.«
»Sicher hatte sie keine guten Erinnerungen an ihr Leben in dieser Wohnung. Erst die Scheidung ihrer Eltern, dann das veränderte Verhalten ihrer Mutter.«
»Silvie, ich kann dir schlecht folgen. Was meinst du?«
»Frau Heech hatte Männerbekanntschaften. Egal, ob Alkoholprobleme dazukamen oder nicht, ihre letzte Bekanntschaft hieß Hein, und der ging offensichtlich in ihrer Wohnung ein und aus.«
»Darüber habe ich neulich mit Herrn Heech gesprochen. Er hat mir erzählt, dass seine Ehe nicht etwa am Alkohol scheiterte, sondern an den Männerbekanntschaften seiner Frau.« Friederike leerte ihre Tasse. »Ich habe ihn daraufhin gefragt, ob er sie jemals mit einem anderen Mann in einer eindeutigen Situation erwischt hat.«
»Und, was hat er gesagt?« fragte Silvia Dyba neugierig.
»Nein, hat er nicht. Aber er sagte, dass für ihn aber alles darauf hingedeutet hat.«
»Ich glaube auch nicht, dass sie enthaltsam gelebt hat.«
»Nein?« Wie immer, wenn sie überrascht war, zog Friederike ihre linke Augenbraue nach oben.
»Nein. Denk nur an den Brief, den man in der Wohnung von Ursula Heech gefunden hat. Sie schreibt, dass sie den Hein

über alles liebe. Sie glaubte, von ihm schwanger zu sein.« Silvia Dyba lächelte verschmitzt. »Ich tue mich schwer mit einer unbefleckten Empfängnis.«
Friederike lachte. »Ich auch.« Dann fuhr sie ernst fort: »Was aber, wenn es nur Schein und nicht Sein war? Es passt alles nicht. Ursula Heech hat nie während der Arbeit Alkohol getrunken. Wenn sie trank, dann in der Freizeit.« Sie lehnte sich in ihren Stuhl und verschränkte ihre Arme. »Aber in dieser Zeit musste sie Steffi betreuen. Die hätte sie ihrem Mann überlassen und ihr Leben genießen können.«
»Das hat sie aber nicht. Sie hat im Scheidungsverfahren um das Kind gekämpft und das Sorgerecht zugesprochen bekommen«, stellte Silvia Dyba nachdenklich fest.
»Eines ist sicher. Konrad Heech hat nie aufgehört, seine Frau zu lieben.« Friederike runzelte die Stirn und blickte in Silvias ratloses Gesicht. »Er sagte, es waren ihre Männerbekanntschaften, die ihn zur Scheidung veranlasst haben. Also, warum sollte sie gerade dann beginnen, Alkohol zu trinken, wenn ihre Ehe geschieden wird? Fällt dir was dazu ein?«
»Nein«, energisch schüttelte Silvia Dyba ihren Kopf. »Höchstens, dass die Alkoholsucht eine Krankheit ist.«
»Du sagst es.« Friederikes Gesicht hellte sich auf. »Das kann es sein.« Sie begann in der Akte zu blättern.
»Was?«
»Trenne das Wort Alkoholsucht«, sagte Friederike ohne aufzusehen.
»Ich verstehe noch immer nicht. Al-ko-hol-sucht?«
»Du sollst es doch nicht in Silben zerlegen. Ich meinte die einmalige Trennung in Alkohol und -sucht.« Friederike blättert noch immer in der Akte. »Die Stasi hat nach der Republikflucht der Freundin alle Nachbarn befragt. Ursula Heech hatte sozialistische Ideale, während ihr Mann streng katholisch war. Angenommen, dass Ursula Heech in diesem

Zusammenhang angeworben wurde, dann musste sie nach einem Weg suchen, sich aus der Ehe zu lösen. Was liegt also nahe?«

»Alkohol und Männer.«

»Genau.« Friederike sah auf. Offensichtlich hatte sie die Stelle, nach der sie gesucht hatte, gefunden. »Ursula Heech hat den Weg gesucht und mit dem Alkohol gefunden. Ob sie ihn dann tatsächlich getrunken hat, ist eine ganz andere Frage. Die Eheprobleme begannen jedenfalls zeitgleich.«

»Du meinst, dass sie den Alkoholismus vielleicht nur vorgetäuscht hat?«

»Diese Frage beantworte ich dir mit einer Gegenfrage. Warum sollte Ursula Heech ihrem Zahnarzt den Kauf von Alkohol damit erklären, dass sie ihm erzählt, sie benötige die Flasche Schnaps zum Kuchenbacken? Ihr Zahnarzt hatte sie nicht gefragt.«

»Dass sie eine ganze Flasche zum Kuchenbacken benötigt, ist absurd. Jeder würde sagen, dass sie lügt und die Flasche für etwas anderes braucht.«

»Sprich es nur aus. Du meinst, jeder würde denken, dass sie den Alkohol selber trinkt.«

Silvia Dyba nickte. »Wenn er sie also nicht gefragt hat, scheint es, als ob sie gerade diese Gedanken provozieren wollte.«

»Und wenn sie dann noch leicht schwankend durch das Haus ging und viele leere Flaschen in ihrem Müll zu finden waren, glaubten die Nachbarn, dass sie Alkoholprobleme hatte. So konnte sie alle täuschen, sogar ihren eigenen Ehemann, Herrn Heech.«

»Dem werden die vermeintlich besorgten Nachbarn schon davon berichtet haben.«

»Zumindest von Männerbekanntschaften seiner Frau müssen sie ihm erzählt haben, denn in flagranti hat er sie nie ertappt.« Gedankenlos spielte Friederike mit ihrer leeren Tasse. »Ich wette, dass die Leiche, die im Grab von Ursula Heech liegt, nicht ihre ist.«

»Wie man so liest, werden wir wohl bald Klarheit darüber haben.«

»Du sagst es. Unserer Anni kann keiner widerstehen. Ihr Charme bringt sogar einen vertrockneten Staatsanwalt dazu, Leichen zu exhumieren.«

»Und dieser Staatsanwalt meint, dass Klaus Heech der Täter sein könnte?«

»Du hast es ja gelesen. Für ihn passt alles ins Bild.« Friederike schüttelte den Kopf. »Steffi Heech wäre nie mit jemand mitgegangen, den sie nicht kannte. Das hat mir Herr Heech neulich noch einmal ausdrücklich bestätigt.«

»Das ist klar. Sie kannte ihren Täter. Wir alle gehen von einer Beziehungstat aus.«

»Ja. Aber der Staatsanwalt geht noch einen Schritt weiter und siehe da, es passt. Wenn er behauptet, dass sie das Haus nie verlassen hat, erklärt es sich nicht nur, dass das Pausenbrot und ihr Hausaufgabenheft nie gefunden wurden.«

»Als Begründung führt er an, dass beides noch im Haus gewesen sein muss.« Silvia Dyba schlug sich mit der flachen Hand an die Stirn.

»Mit dieser Hypothese erklärt es sich jedenfalls gut, dass keine Spuren von Gewalt festgestellt werden konnten und dass Fahrrad und Schultasche nur Geruchsspuren von Steffi Heech aufwiesen.«

»Ich bin mir sicher, dass wir nichts übersehen haben, aber lass uns jetzt noch mal die Aussage von Hilde Heech ansehen.«

»Sie war zu dem Zeitpunkt, als ihre Enkelin verschwand, fünfundsiebzig Jahre und litt wahrscheinlich schon leicht an einer Altersdemenz. Ich halte es jedenfalls für ausgeschlossen, dass sie noch in der Lage war, sich eine Aussage zurechtzulegen.« Friederike beugt sich zur Seite und öffnete die Tür an ihrem

Schreibtisch. Dann griff sie in den Schrank und holte einen Textmarker heraus. »Hilde Heech wird die Wahrheit gesagt haben. Wenn es anders gewesen wäre, hätte sie sich schon bei der Frage nach dem Verhalten von Steffi kurz vor ihrem Verschwinden etwas ausgedacht.«

»Sie sagte aber gerade, dass die sich verhielt wie immer«, warf Silvia Dyba ein. »Steffi war aufgeschlossen, half, ohne dass ihre Großmutter sie dazu auffordern musste, bummelte nicht herum, sondern kam nach der Schule immer gleich nach Hause. Nichts deutete darauf hin, dass sie so plötzlich verschwinden würde. Steffi hat ihrer Oma von der Schule erzählt und davon, dass sie sich auf die Klassenfahrt freute. Die sollte noch vor der Jugendweihe stattfinden.«

»Du sagst es«, lobte Friederike anerkennend. »Hilde Heech erzählte in ihrer Vernehmung im Zusammenhang mit Steffis Berufswunsch ausführlich von dem Brief, der ihrer Enkelin das geplante Praktikum im Krankenhaus bestätigte. Sie fand es aber wichtig darauf hinzuweisen, dass Steffi das Praktikum absagen wollte, weil in der gleichen Zeit ein Skiurlaub mit ihrem Vater geplant war.«

»Daraus kannst du die Theorie von einem Selbstmord ausschließen. Sie hatte Zukunftspläne.«

»Nicht nur das. Ich würde noch einen Schritt weiter gehen und behaupten, dass sie ein gutes Verhältnis zu den Mitgliedern ihrer Familie hatte.« Friederike klemmte den Textmarker zwischen ihre Finger und begann erneut zu blättern. »Wenn sie sich vor irgendeinem ihrer Onkel fürchtete, hätte sie es ihrer Oma oder ihrer besten Freundin erzählt.«

»Hat sie aber nicht. Im Gegenteil. Sie muss gut von denen gesprochen haben, denn ihre Freundin hat sie um die Onkel beneidet.«

»Wenn sie sich vor ihrem Vater gefürchtet hätte, dann wäre das Praktikum die beste Gelegenheit, einem geplanten Urlaub zu entgehen. Sie hat so etwas aber offensichtlich nie in Erwägung gezogen. Es stand fest, dass sie absagen und mit ihrem Vater in den Skiurlaub fahren würde.«

»Durch das, was Herr Heech bis heute unternimmt, um das Verbrechen aufzuklären, scheidet er für mich als Täter sowieso aus.«

»Silvie, du sagst es. Wenn er es wäre, müsste er damit rechnen, dass man ihm auf die Spur kommt. Das aber könnte er schneller haben, wenn er es zugeben würde.«

»Und auch wesentlich billiger.«

»Das kommt noch dazu«, sagte Friederike, ohne aufzusehen. Während sie langsam Seite um Seite umblätterte, klopfte sie mit dem Ende ihres Textmarkers auf den Tisch und sagte: »Ich weiß, dass ich es gelesen habe.« Dann hatte sie die Stelle in der Akte gefunden. »Hier steht es.« Triumphierend sah sie auf. »Hilde Heech sagt über den Freitag, bevor ihre Enkelin verschwand, folgendes: In der Zeit zwischen achtzehn und achtzehn Uhr fünfzehn traf mein Sohn Klaus ein. Steffi freute sich wie auch sonst immer auf ihren Onkel. Er fährt jedes Mal bei meinem Sohn Kurt vorbei und bringt von ihm Sachen und Lebensmittel mit.« Friederike markierte diese Stelle und las weiter. »Steffi freute sich darauf, denn sie war sehr wählerisch beim Essen von Wurst.« Sie steckte die Kappe zurück auf den Textmarker und sah ihrer Sekretärin ins Gesicht. »Kannst du dir vorstellen, dass sich einer, der etwas verbergen will, so etwas ausdenkt?«

»Nein.«

»Sie bringt unbewusst Details, die sie nicht bringen musste. Dadurch würde sie jeder Sachverständige für glaubwürdig halten. Diese Details könnte man, wenn man wollte, leicht nachprüfen. Hör zu. Sie erzählt sogar noch mehr.« Friederike beugte sich wieder über die Akte. »Als Steffi hörte, dass ihr Onkel kam, ging sie zur Haustür und nahm ihm die Sachen ab. Er hatte sein Auto wie immer im Hof abgestellt. Ob das Hoftor offen war, kann ich nicht sagen. Steffi packte die Sachen in der Küche aus. Soweit ich mich erinnern kann, hatte Klaus Apfelsinen mitgebracht.« Friederike hielt inne. »Hier steht etwas zum Verlauf des Abends. Das ist nicht so wichtig.« Sie fuhr mit ihrem Finger über den Text in der Akte. »Ach ja, ab hier wird es wieder spannend. Sie beschreibt den Ablauf am Morgen.« Friederikes Zeigefinger bohrte ein Loch in die Luft. »Ich schnitt eine Scheibe Brot ab und bestrich diese mit Butter und Teewurst. Diese Scheibe halbierte ich dann, klappte sie zusammen und wickelte sie in einen Bogen Butterbrotpapier. Das Brot legte ich auf den Küchentisch. Steffi nahm es von dort weg und ging damit in die Stube. Dort stand ihre Schultasche. Ich nehme an, dass sie das Brot eingesteckt hat, denn ich habe es später nicht mehr gefunden. Gesehen habe ich es aber nicht.«

»Es hätte keiner widerlegen können, wenn sie gesagt hätte, dass sie selbst das Brot in Steffis Schultasche gesteckt hat.«

»So ist es. Aber warte, hier wird es noch eindrucksvoller.« Friederike angelte, während sie las, wieder nach dem Textmarker. »Ich kann mich noch erinnern, dass Steffi sich die Haare kämmte. Wir haben dann in der Küche zusammen gefrühstückt. Steffi sagte mir, dass sie am Nachmittag einen Apfelkuchen backen wollte. Kuchenbacken mochte sie gerne. Sie hat die Zutaten abgewogen und zusammengerührt, und ich habe ihn dann gebacken. So sollte es auch an diesem Nachmittag sein. Mein ältester Sohn hatte sich mit seiner Familie für den nächsten Tag angekündigt.«

»Das wäre dann Karl Heech?«

»Ja.« Friederike strich mit dem Textmarker über das Papier. »Wieder bringt sie Details, durch die ihre Aussage glaubwürdig wird. Mal sehen, was sie zu ihrem Sohn sagt.«

»Meinst du jetzt Klaus Heech?«, fragte Silvia Dyba.

»Natürlich. Der wird doch von unserem Staatsanwalt verdächtigt.« Die Stille in Friederikes Zimmer wurde nur durch das kratzende Geräusch unterbrochen, das der Textmarker verursachte. »Sie versucht gar nicht erst, ihm ein Alibi zu verschaffen, sondern sie sagt, dass sie nicht bemerkt habe, wie er aufgestanden sei und gefrühstückt habe. Sie will ihn erst gegen Mittag bemerkt haben.«

»Wird Klaus Heech eigentlich wegen seines fehlenden Alibis oder wegen der Stulle und ihrem Hausaufgabenheft verdächtigt?«

»Ich denke, weil er Junggeselle war und in seiner Vernehmung die Frage nach seinem Sexualleben wahrheitsgemäß beantwortet hat.«

»Ist nicht wahr«, empörte sich Silvia Dyba.

»Kannst du dich erinnern, dass er nach den Gründen gefragt wurde, warum er alleine lebt und keine feste Bindung zu einer Frau hat?«

»Ja.« Silvia Dyba nickte. »Ich glaube, dass er antwortete, dass er Frauen zwar möge, aber Schwierigkeiten habe, zu ihnen Kontakt aufzunehmen. Daher hätte er sich an das Alleinsein gewöhnt.«

»Genau. In diesem Zusammenhang hat er seinen Vernehmern wahrheitsgemäß erzählt, dass er sich ein oder zweimal die Woche selbst befriedigt. Das macht ihn nun verdächtig.«

»Aber er sagt, dass er ein Pornoheft benutzt und sich eine Frau vorstellt, um sich zu befriedigen. Ich möchte nicht wissen, wie viele Alleinstehende das auch so machen.«

»Du glaubst nicht an seine Schuld?« Friederike steckte die Kappe auf den Textmarker. »Du verteidigst ihn.«

»Wenn du dir seine Aussage genau ansiehst, gilt für ihn das Gleiche, wie auch für seine Mutter.«

»Was meinst du?«, fragte Friederike und sah in das kluge Gesicht ihrer Sekretärin.

»Du hast mir doch gerade erklärt, dass eine Aussage glaubwürdiger wird, wenn sie bestimmte Details enthält.«
»Ja. Das ist auch so.«
»Dann sieh dir unter diesem Gesichtspunkt seine Aussage an. Du müsstest dich fragen, warum er sich selbst belasten sollte. Denk nur mal an das, was er über ihre körperliche Entwicklung gesagt hat.«
Friederike nickte. »Er hat völlig unbefangen zugegeben, dass sie sich allmählich vom Schulmädchen zum kleinen Fräulein entwickelt hatte.«
»Ich habe mir das auch gemerkt, weil ich seinen Ausdruck so witzig fand.« Silvia Dyba lächelte verschämt. »Ich glaube, dass er den Ausdruck mauserte verwendet hat.«
»Silvie. Ich finde dein Gedächtnis grandios.«
»Wenn er etwas mit der Sache zu tun gehabt hätte, hätte er sicher nicht darüber berichtet, dass sie am Abend vor ihrem Verschwinden vor seinen Augen noch einen Hüfttanz aufgeführt hat. Mit seiner Aussage, dass sie solche Marotten öfter hatte, setzte er noch eins drauf.«
Friederike schwieg. Ihr Gesichtsausdruck verriet ehrliche Anerkennung.
Silvia Dyba wurde verlegen. »Das hat nichts mit meinem Gedächtnis zu tun. Ich habe es mir nur gemerkt, weil ich im Duden nachgeschlagen habe, wie dieses Wort erklärt wird.«
»Du überrascht mich immer wieder.«
Silvia Dyba errötete vor Freude und sagte: »Seine Mutter müsste ihm ein Alibi verschafft haben, wenn er seiner Nichte nachts oder morgens etwas angetan hätte. Nach dem, was wir gerade besprochen haben, glaube ich das aber nicht.«
»Ich auch nicht. Er hat schließlich, bis auf den Vormittag, für den ganzen Tag ein belegbares Alibi. Er hätte also ihre Leiche am Vormittag beseitigen müssen.«
»Dann hätte er aber damit rechnen müssen, dass ihn dabei

einer seiner Verwandten oder einer von seinen Nachbarn erwischt«, kombinierte Silvia Dyba blitzschnell. »Außerdem war der Boden gefroren. Eine frische Stelle im Boden wäre aufgefallen, als alle gesucht haben.«

»Es sei denn, dass sie unter einer Holzmiete versteckt ist.« Friederike lächelte vieldeutig. Dann beugte sie sich wieder zur Seite und legte den Textmarker zurück in ihren Schreibtisch. »Dann sollten wir uns vielleicht die Antwort von Klaus Heech auf die Frage seines Vernehmers merken. Als er gefragt wurde, ob seine Mutter einmal einen Verdacht äußerte, wer etwas mit dem Verschwinden von Steffi zu tun haben könnte.« Sie richtete sich auf, beugte sich vor und schlug eine Seite der Akte um. »Da steht es. Seine Antwort lautete: Nein.« Ihr Finger schien sich wieder in die Akte zu bohren. »Einen Verdacht hat meine Mutter nie geäußert. Ich wüsste auch nicht gegen wen. Mein Bruder Konrad hegt einen Verdacht. Er hält den Opa Seiffe für den Täter, sicher wegen seiner Vorstrafe. Auffällig für uns war, dass Lorenz Seiffe seit Steffis Verschwinden nur noch in Begleitung seiner Familienangehörigen gesehen wurde. Außerhalb seines Grundstücks haben wir ihn seit dem nicht allein gesehen.« Friederike schloss die Akte so schwungvoll, dass es klatschte. »Es sieht so aus, als ob er von seinen Leuten bewacht wurde. Das war der Eindruck von Klaus Heech, und keiner ist bisher dieser Spur nachgegangen.« Sie schob die Akte über ihren Schreibtisch. »Also müssen wir es tun, wenn wir diesen Aktenberg abgearbeitet haben.« Mit einem sorgenvollen Blick betrachtete sie die vielen Akten. »Also, frisch ans Werk, Frau Dyba. Lassen Sie uns beginnen.«

Silvia Dyba stand auf und nahm die dicken Akten des Falles von Stefanie Heech wieder an sich. »Na, dann fröhliches Schaffen.« Kurze Zeit später saßen beide Frauen stumm in die Arbeit vertieft an ihren Schreibtischen und hatten ihre Köpfe über eine Akte gebeugt.

22
KAPITEL

Ungehalten über die ungewollte Unterbrechung riss Anjuta den Hörer ihres Telefons hoch. »Ich habe Ihnen doch gesagt, dass ich für niemanden erreichbar bin. Wie oft soll ich Ihnen das eigentlich noch erklären? Wenn ich sage für niemanden, dann meine ich für niemanden.« Sie blaffte hinein, um gleich danach angestrengt in den Hörer zu lauschen.
»Ich dachte nur...«, kam vom anderen Ende der Leitung die verschüchterte Stimme ihrer Sekretärin.
»Was?« Der ungeduldige Ton von Anjuta wurde ein wenig sanfter.
»Er ist Staatsanwalt...«
»Und wenn es der Papst persönlich wäre...« Anjutas Stimme nahm wieder diesen schneidenden Ton an, » ich hatte gesagt, dass ich nicht gestört werden will. Oder wollen Sie die ganzen Akten, die während meiner Abwesenheit liegengeblieben sind, selbst bearbeiten?«
»Nein, gewiss nicht. Ich dachte nur, dass ich Sie vielleicht informieren sollte. Es ist der Staatsanwalt, der den Fall von Stefanie Heech bearbeitet.«
»Also, das hätten Sie wirklich auch gleich sagen können.« Entnervt rollte Anjuta mit den Augen. »Ich übernehme. Sie können auflegen.« Sie brauchte nicht mehr, als den winzigen Bruchteil einer Sekunde, um sich zu sammeln. Dann hauchte

sie mit einem warmen Ton in der Stimme: »Anjuta Hohmuth am Apparat. Ich grüße Sie, Herr Bukow. Was verschafft mir die Ehre?«
»Hallo, Frau Hohmuth. Ich wollte mich nur erkundigen, ob Sie wieder gut nach Hause gekommen sind?«
»Rufen Sie tatsächlich an, um zu hören, wie es mir geht?«
»Das ist typisch.« Der Staatsanwalt, am anderen Ende der Leitung, lachte ein jungenhaftes Lachen. »So sind die Anwälte. Statt die Frage zu beantworten, antworten sie mit einer Gegenfrage.«
»Nun, wie Sie hören, ist bei mir alles in Ordnung. Aber wie steht es mit Ihnen?«
»Oh, danke der Nachfrage. Bei mir auch.«
»Also, da wir uns nun also über unser Wohlbefinden ausgetauscht haben, können wir jetzt zum Grund Ihres Anrufes kommen«, entgegnete Anjuta sichtlich belustigt.
»Sind Sie in Zeitnot?«
»Nein.«
»Störe ich?«
Anjuta gab einen Gluckser von sich. »Aber nicht doch.«
»Ich hatte gerade das Gefühl.«
»Schade, dass wir kein Bildtelefon haben, sonst könnten Sie sehen, wie entspannt ich hier sitze.« Anjuta klemmte den Telefonhörer zwischen Schulter und Ohr während sie etwas in die Akte, die aufgeschlagen vor ihr lag, schrieb. Dann klappte sie die Akte leise zu und legte sie auf den Aktenberg neben sich auf dem Boden. Auch dabei bemühte sie sich, keine Geräusche zu verursachen.
»Wie entspannt sitzen Sie denn, wenn ich fragen darf?«
»Sie dürfen,« hauchte Anjuta, sah zu dem Aktenstapel vor sich auf dem Schreibtisch und zog vorsichtig die nächste Akte zu sich herunter. »Ich liege hier in meinem Stuhl und habe die Beine auf die Tischplatte gelegt.« Sie schlug die Akte auf

und begann sorgsam Seite für Seite umzulegen. Der Hörer klemmte immer noch zwischen Schulter und Ohr. »Und wie steht es mit Ihnen?«, fragte sie wieder mit einem tiefen Timbre in der Stimme.
»Noch sitze ich«, erwiderte er zweideutig und machte eine Pause.
Sein Ton ließ Anjuta aufhorchen. Sie unterbrach für einen kurzen Moment ihre Arbeit, sah auf und wartete.
»Eigentlich wollte ich mich mit Ihnen einmal über Ihren Mandanten unterhalten.«
»Reden wir von Konrad Heech?«
»Ja, von ihm höchstpersönlich.«
»Wieso? Was ist mit ihm?« Anjuta war mit einem Mal hochkonzentriert. Sie nahm den Hörer wieder in die Hand, zog mit der anderen ihren Schreibblock heran und legte ihn in ihre aufgeschlagene Akte. »Hat er was gemacht?«
»Ich versuche gerade, das herauszufinden.«
»Aber zu diesem Zweck telefonieren Sie doch nicht mit mir, oder?«
»Nein. Natürlich nicht.« Der Staatsanwalt legte eine bedeutungsvolle Pause ein. »Ich hatte nur den Eindruck, dass Sie etwas weniger emotional reagieren als Ihre Kollegin. Schließlich ist das ja auch eine heikle Sache. Konrad Heech ist Ihr Mandant und Sie unterliegen der Verschwiegenheit.« Wieder unterbrach sich der Staatsanwalt, ganz offensichtlich, um seinen folgenden Worten den gebührenden Nachdruck zu verleihen. »Deshalb habe ich zu dieser Sache auch geschwiegen, als Ihre Kollegin dabei war und mir vorgenommen, das doch etwas brisante Thema alleine mit Ihnen zu besprechen.«
»Das war richtig«, erwiderte Anjuta mit warmer Stimme. »Aber jetzt haben Sie mich neugierig gemacht. Also, sagen Sie mir worum es geht?«
»Ich hatte ein Gespräch mit einem der Polizeibeamten, die

unmittelbar nach dem Verschwinden von Stefanie Heech in der Sache ermittelt haben.«
»Sprechen Sie von dem Herrn Griebenow?«
»Nein. Ich spreche von einem der Polizeibeamten, der schon aus dem Dienst ausgeschieden ist.«
»Sie meinen, dass er pensioniert worden ist, oder sprechen wir über ein Entfernen aus dem Polizeidienst?«
»Wir reden über Letzteres.«
»Das heißt also, dass er für die Stasi tätig war?«
»Ja. Spielt das für Sie eine Rolle?«
»Überhaupt nicht. Aber deswegen dürfen wir wohl davon ausgehen, dass das, was er sagt, schon von Bedeutung ist.«
»Davon bin ich überzeugt.«
»Ich auch, denn die Stasi hat bestimmt keine Nieten rekrutiert. Für die war das Beste gerade gut genug.« Anjuta dachte für einen flüchtigen Moment an ihren Mann.
»Wie auch immer. Jedenfalls gehörte unser Beamter zu denen, die am späten Nachmittag und in den frühen Abendstunden die ersten Ermittlungen am Wohnort der Steffi Heech durchgeführt haben, nachdem sie verschwunden war.«
»Das ist ja interessant.« Anjuta legte alle Bewunderung, zu der sie fähig war, in ihre Stimme.
»Nicht wahr?« Die Stimme des Staatsanwaltes hörte sich geschmeichelt an. »Jedenfalls ist er zu diesem Zeitpunkt mit Konrad Heech zusammengetroffen. Der erzählte ihm, dass er gerade aus seiner Wohnung gekommen sei.«
»Ach, ja?«, fragte Anjuta möglichst gleichgültig.
»Stellen sie sich vor, er konnte sich nach so langen Jahren sogar noch an weitere Einzelheiten erinnern, die ihm Konrad Heech damals erzählt hat.«
»So?« Anjuta dehnte das Wort.
»Ja. Herr Heech hatte ihm erzählt, dass er an diesem Wochenende seine Mutter besuchen wollte, weil sein Auto eigentlich

noch in der Werkstatt sein sollte.«

»Das ist aber nichts Neues. Unser Mandant hat damals in seiner Vernehmung gesagt, dass er am Nachmittag zur Schwimmhalle gefahren und dann bei seiner Rückkehr von dort über das Verschwinden seiner Tochter informiert worden sei.«

»Damit steht zumindest fest, dass er ein Auto hatte, mit dem er zum Tatzeitpunkt hätte fahren können.« Die Stimme des Staatsanwaltes klang nun beleidigt.

»Da haben Sie Recht«, bemühte sich Anjuta schnell zu versichern. »Aber bestimmt haben Sie doch noch ein Trumpfass im Ärmel?«, schmeichelte sie.

»Das weiß ich nicht.« Der Staatsanwalt klang versöhnlicher. »Jedenfalls wurde dann die Suche angeordnet. Kennen Sie die Gegend?«

»Ich hatte das Vergnügen.« Anjuta lehnte sich zurück und streckte ihre Beine aus. Sie besah sich ihre eleganten hochhackigen Pumps und dachte an ihre Turnschuhe.

»Das hört sich aber nicht nach Vergnügen an.«

»Das war es auch nicht.« Anjuta seufzte, als sie an ihren Spaziergang dachte. »Es war das Land der sogenannten drei Meere. Kennen Sie das?«

»Nein.«

»Ein Sandmeer, ein Waldmeer und dann gar nichts mehr.« Anjuta stellte ihre Füße wieder auf den Boden. »Und ich mit meinem zweitbesten Paar Schuhen mittendrin.«

»Frauen und Schuhe sind sprichwörtlich.« Der Staatsanwalt lachte ein spöttisches Lachen. »Aber mal im Ernst. Nachdem unser Polizist dann die erste Befragung durchgeführt und die Vermisstenanzeige aufgenommen hatte, begann die Suche nach dem Mädchen. Das war nach zweiundzwanzig Uhr.«

Anjuta sah auf ihre Uhr. Das, was der Staatsanwalt sagte, war ihr bekannt. Doch trotzdem, bemüht ihre Ungeduld zu verbergen, fragte sie höflich: »Die Suche begann nachts im

Dunkeln?«

»Ja. Es war nass, weil es kurz vorher kräftig geregnet hatte, und kalt soll es auch gewesen sein. Trotzdem haben sich die Dorfbewohner an der Suche beteiligt.«

»Und die Suche lief geordnet ab?«

»Im Gegenteil. Es soll alles durcheinander gegangen sein. Genau darauf wollte ich auch hinaus.« Wieder schwieg der Staatsanwalt.

Anjutas Finger trommelten auf die Tischplatte. »Und jetzt wollen Sie mir doch sicher etwas über Konrad Heech erzählen?«

»Woher wissen Sie das?«

›Weil ich eins und eins zusammenzählen kann, du Trottel‹, dachte sie und sagte laut mit liebenswürdiger Stimme: »Zu Beginn unseres Telefonats hatten Sie mir doch mitgeteilt, dass Sie sich mit mir über ihn unterhalten wollen.«

»Ach ja, stimmt.« Der Staatsanwalt lachte wieder sein eitles Lachen. »Jedenfalls hat unser Polizist angeordnet, dass Konrad Heech mitsuchen sollte, während er selbst noch anderen Ermittlungen nachging. Als er dann etwa eine Stunde später zu dem Suchtrupp stieß, kamen einige von den Suchkräften und riefen ihm so sinngemäß entgegen, dass Konrad Heech verschwunden sei.«

»Und wo war er?« Gelangweilt schob Anjuta ihren Schreibblock zur Seite und begann in der darunterliegenden Akte zu lesen.

»Der Polizist fühlte sich verpflichtet ihn sofort zu suchen.«

Anjuta blätterte eine Seite um. »Und? Hat er ihn gefunden?«

»Ja, das hat er. Kurze Zeit später begegnete ihm eine Person, die mit einer Taschenlampe in der Nähe des Hauses der Tante herum leuchtete.«

»Welcher Tante? Es wohnten zwei Tanten im Dorf.«

»Es war nicht das Haus der Familie Seiffe.«

»Dann war es das Haus der Frau Seegert.«

»Richtig.

»Und die Person war Konrad Heech?«
»Ja. Unser Polizeibeamter hat Herrn Heech angesprochen. Er sagte ihm so sinngemäß, dass er schon vermisst worden wäre. Die Antwort von Herrn Heech war, dass er es für wichtiger ansehen würde, in dem Bereich der Häuser zu suchen als im Wald.«
Unvermittelt riss sich Anjuta von ihrer Akte los und sah auf. »Heißt das etwa, dass man in den Häusern und darum nicht gesucht hat?«
»Das weiß ich nicht. Warum?«
»Bisher bin ich davon ausgegangen, dass nur unter der Holzmiete, die Lorenz Seiffe am Tag des Verschwindens von Steffi Heech errichtet hat, nicht gesucht wurde.« Dieses Mal schien es Anjuta, als ob der Staatsanwalt aus Verlegenheit schwieg. »Sind Sie noch da?« Sie lauschte in den Hörer.
»Ja.« Seine Antwort kam zögerlich. »Ich habe gerade darüber nachgedacht, warum Konrad Heech zu diesem Zeitpunkt wissen wollte, welche weiteren Maßnahmen die Polizei noch ergreifen würde, um seine Tochter zu finden.«
›Er lenkt ab‹, dachte Anjuta und fragte, mehr aus Höflichkeit: »Ist seine Frage beantwortet worden?«
»Das weiß ich nicht. Auffällig war nur, dass Herr Heech sich sehr ruhig und gefasst verhalten hat. Er hat keine Zeichen von Nervosität und Unruhe erkennen lassen. Er hat nur darauf bestanden, dass das Wasserloch, das sich in der Nähe des Hauses seiner Mutter befindet, unbedingt abgesucht werden sollte. Finden Sie das nicht ein bisschen eigenartig?«
»Überhaupt nicht. Konrad Heech musste doch damit rechnen, dass seine Tochter getötet worden ist. Schließlich handelte es sich um ein Mädchen, welches folgsam genau das tat, was man von ihm erwartete. Seine Tochter, die nie von ihrem vorgegebenen Tagesablauf abgewichen wäre, war nun verschwunden.«

»Wenn man davon ausgehen muss, dass sein Kind ermordet worden ist, bleibt man ruhig?«
Anjuta beschloss, den Staatsanwalt aus der Reserve zu locken. »Jeder geht mit dem Tod unterschiedlich um. Konrad Heech wird von allen nicht nur als introvertiert beschrieben.« Sie dachte an Friederikes Bericht. »Er ist dazu auch streng gläubig. Sie wissen doch, dass Christen an die Auferstehung glauben.«
»Ja, ja.«
Anjuta lächelte herablassend und dachte: ›Es hört sich an wie blah, blah.‹
»Man müsste sich die Mühe machen und feststellen, wie viele Straftäter christlich sind.«
»Wie kommen Sie denn jetzt darauf?«
»Nun, die zehn Gebote sollten von demjenigen, der für sich in Anspruch nimmt Christ zu sein, wohl als oberstes Gesetz befolgt werden.«
»Soll das etwa heißen, dass Sie das Konrad Heech absprechen?«
»Zumindest hatte er ein Motiv.« Der Staatsanwalt wich aus.
»Da bin ich aber gespannt.«
»Denkbar wäre zum Beispiel ein psychisches Trauma.« Endlich schien der Staatsanwalt auf den Punkt kommen zu wollen. »Das könnte von dem lang andauernden Konflikt mit seiner verstorbenen Frau herrühren oder denken Sie, dass er den jemals überwunden hat?«
›Nein‹, dachte Anjuta, denn dann hätte er sicher Ilga Möckel geheiratet.‹ Sie beschloss ihre Gedanken für sich zu behalten und stattdessen den Staatsanwalt aus der Reserve zu locken. »Ehrlich gesagt, habe ich darüber noch nie nachgedacht«, log sie frech. Ihr Erstaunen musste möglichst echt klingen.
»Darüber muss man auch nicht lange nachdenken. Sehen Sie sich die Akte unter diesem Gesichtspunkt einmal genauer an.« Der Staatsanwalt geriet in Fahrt. Offensichtlich hatte Anjuta ihr Ziel erreicht. »Stefanie Heech entwickelt im Laufe

der Zeit immer mehr Entschlusskraft, selbstverständlich verbunden mit entsprechendem Widerspruchsgeist. Durch verschiedene Umstände erinnerte sie ihn, möglicherweise auch nach langer Zeit, verstärkt an seine verstorbene Frau.«

»Das bestreitet Herr Heech überhaupt nicht.« Es sollte nicht spöttisch auf ihn wirken, deshalb beeilte sich Anjuta, schnell hinzuzufügen: »In einer seiner Vernehmungen sagte er sogar, dass sie in mehrfacher Hinsicht nach ihrer Mutter kam.«

»Sehen Sie. Darum kapselt er sich ab und duldet in seinen Entscheidungen, die nicht nur seine Tochter betreffen, keinen Widerspruch.«

»Konsequenz gehört wohl zu einer guten Erziehung.« Dieses Mal brauchte sich Anjuta den Spott nicht zu verkneifen. Sie meinte es ernst.

»Das wohl. Aber es ist bis heute nicht geklärt, wie seine Tochter reagierte, als sie erfuhr, dass er beabsichtigte, sie im nächsten Schuljahr zu sich zu nehmen. Es könnte doch sein, dass sie sich massiv gegen ihn aufgelehnt hat.«

»Dann hätte sie sich wohl irgendjemandem anvertraut.«

»Nicht unbedingt. Sie könnte ihr Problem auch mit sich abgemacht haben. Eines steht jedenfalls fest. Es kam am Wochenende vorher zu einer Auseinandersetzung zwischen beiden. Aus einer Balgerei hatte sich nach Angaben von Konrad Heech ein ernsthafter Streit entwickelt. Alles endete damit, dass die Tochter vor ihrem Vater demonstrativ die Tür zuschlug.«

»Das steht nicht in der Akte.« Anjuta zog ihren Schreibblock wieder zu sich heran, klemmte den Telefonhörer zwischen Kopf und Schulter und begann zu schreiben.

»Nein. Das hat mir der Polizist erzählt und der muss es wissen. Schließlich hat Konrad Heech es ihm am selben Abend erzählt. Es ist also nicht auszuschließen, dass diese Situation in ähnlicher Weise auf ihn wirkte, wie die, die er früher mit

der Mutter erlebt hatte. «
»Das ist eine sehr interessante Theorie«, lobte Anjuta artig.
»Nicht wahr? Es könnte doch durchaus sein, dass ein länger wirkender Konflikt zwischen Vater und Tochter, den er auf Grund seiner Persönlichkeit hauptsächlich empfand, mit einem Mal in Hass umschlug.«
Anjuta runzelte ihre Stirn, schwieg aber.
»Fest steht doch wohl, dass er seine Tochter aufgefordert hat, sich für einen Sonnabend in der Schule abzumelden.«
»Dafür hatte sie aber auch einen Grund. Sie sollte mit ihm ihren Personalausweis abholen.«
»So lautet die offizielle Begründung. Der Vater kannte ihren Stundenplan und wusste auch, dass das Mädchen nicht vor Ende der Schule im Hause seiner Mutter erwartet wurde. Damit blieben ihm also fünf Stunden.«
»Aber er hätte damit rechnen müssen, dass er gesehen wird«, protestierte Anjuta schwach.
»Sie kennen doch das Dorf. Einem Ortskundigen bietet der Wald genügend Möglichkeiten, nicht entdeckt zu werden. Jedenfalls ist die Stelle, wo das Mädchen wahrscheinlich abgefangen wurde, eine ideale Möglichkeit dafür.«
»Also ich denke, dass sie nicht zum Nachbarhaus gekommen ist.«
»Eben. Ich auch. Wenn der Vater nun auch noch weiß, dass seine Tochter an diesem Sonnabend mit ihrer kleinen Freundin zur Schule fahren will, liegt es doch nahe, dass er sie zwischen zwei Häusern abfängt. Dieser Wegabschnitt ist doch der Geeignetste.
»Ich weiß nicht. Auf jeden Fall konnte der Täter nicht mit seinem Auto dahin fahren, ohne gesehen zu werden.« Anjutas Bleistift kritzelte über das Papier.
»Er konnte sein Auto am Wald oder woanders stehen lassen und zu Fuß gehen.« Wieder geriet der Staatsanwalt in Fahrt.

»Er trifft das Mädchen, teilt ihr mit, dass er sein Auto ein Stück weiter weg stehen gelassen hat und fordert sie auf mitzukommen. Sie soll ihr Fahrrad ruhig mitnehmen und das dann so verstecken, dass es niemand stiehlt.«
»Sie hätte das Fahrrad auch zurück zu dem Haus ihrer Großmutter bringen können.«
Der Staatsanwalt ignorierte Anjutas Einwurf. Er hatte sich in Fahrt geredet. »Es könnte auch sein, dass sie ihre Schultasche ebenfalls versteckt und ihr Schulbrot noch schnell an sich genommen hat, weil sie wusste, dass sie länger wegbleiben würde. Wenn sie ihn dann noch gebeten hat, an der Schule vorbeizufahren, würde das erklären, warum man den Brief nicht aufgefunden hat.«
›An seiner Stimme ist zu erkennen, dass er tatsächlich davon überzeugt ist, was er gerade erzählt‹, überlegte Anjuta. Ihr Bleistift flog jetzt nur so über das Papier.
»Sie nahm also ihr Hausaufgabenheft, in dem sich der Brief befand, und auch das andere Heft aus der Schultasche. Daher wusste Konrad Heech überhaupt, dass sich so ein Heft in ihrer Tasche befunden hat.«
»Angenommen, das stimmt. Wie ging es dann weiter?«
»Er fährt auf Umwegen mit seiner Tochter zu irgendeinem Ziel, ich lasse an dieser Stelle offen, ob er es ihr vorher bekanntgegeben hat oder nicht. Dort führt er die Tat aus und bringt die Leiche weg. Er wird sie in einem Aktionsradius von einer bis zu zwei Autostunden abgelegt haben. Dann fährt er zurück und gestaltet seinen Tag, wie er ihn beschrieben hat.«
Anjuta schüttelte ihren Kopf und legte ihren Bleistift hin. »Gut. Ich gebe zu, dass Konrad Heech für den Sonnabendmorgen kein Alibi hat. Aber das ist auch nicht weiter verwunderlich. Schließlich lebte er allein.«
»Selbstverständlich macht ihn das allein nicht verdächtig. Aber denken Sie einmal an die vielen Fragen, die bis heute

unbeantwortet geblieben sind. Dazu kommt noch, dass er sich in Widersprüche verstrickt.«

»Das ist mir gar nicht aufgefallen«, provozierte Anjuta.

»Nehmen wir nur einmal die geplante Umschulung seiner Tochter. Nachdem er seit mehreren Jahren davon sprach, sie umzuschulen, hatte er sie endlich umgemeldet. Was war aber mit seiner Tochter? War sie einverstanden? War sie in seine Entscheidung überhaupt mit einbezogen?«

»Und Sie meinen, dass die Beantwortung dieser Fragen zur Lösung des Verbrechens führt?«

»Schon wieder haben Sie meine Fragen mit einer Gegenfrage beantwortet.« Dass der Staatsanwalt jetzt wieder mit Anjuta flirten wollte, war offensichtlich.

Allein Anjuta dachte nicht daran, darauf einzusteigen. »Das ist mir vorher gar nicht so aufgefallen.« Sie war jetzt voll bei der Sache, nahm ihren Bleistift und notierte sich etwas auf ihrem Blatt.

»Das glaube ich Ihnen. Wer zieht schon in Betracht, dass der eigene Auftraggeber der Mörder sein könnte.«

›Jedenfalls dann nicht, wenn er so viel Geld bezahlt, um das Schicksal seiner Tochter aufzuklären. Doch das geht dich gar nichts an‹, dachte Anjuta. Schon riss sie sich wieder zusammen und flötete: »Sie haben Recht. Ich nicht. Aber ich verspreche Ihnen, dass ich diese Hypothese im Auge behalten werde.« Sie beendete ihre Notizen, riss das Blatt vom Schreibblock und legte es in ihren Schreibtisch.

»Wie geht es eigentlich weiter?«

»Meine beiden Ermittler, die jetzt für die Sache zuständig sind, werden den Zahn bei ihm abholen und sich gleichzeitig noch ein bisschen mit ihm unterhalten. Dann werde ich den genetischen Fingerabdruck seiner anderen Tochter feststellen lassen.«

»Denken Sie, dass Konrad Heech den Milchzahn seiner Tochter

abgibt?« Anjuta war ehrlich überrascht.
»Ich will ausschließen, dass Spuren verwischt werden«, antwortete der Staatsanwalt ausweichend. »Vor allem will ich feststellen, ob es ihre Mutter ist, die in dem Grab liegt.«
Anjuta jubelte innerlich. »Ich glaube, dass der Fall von Stefanie Heech bei Ihnen in den besten Händen ist.«
»Bitte keine Vorschusslorbeeren.«
Es war unüberhörbar, dass der Staatsanwalt sich geschmeichelt fühlte. Anjuta setzte noch einmal nach. »Nur keine falsche Bescheidenheit.«
»Nun, es liegt noch einige Arbeit vor uns «, der Staatsanwalt seufzte hörbar, »und zwar neben den aktuellen Sachen.«
»Sie werden das schon alles in den Griff bekommen.«
»Wenn Sie meinen.«
»Halten Sie mich informiert?« Anjutas Stimme hatte wieder den warmen schmeichelnden Klang angenommen.
»Gerne. Also, auf bald.«
»Ja. Bis bald.«
Anjuta legte den Hörer auf. Ihr eben noch freundliches Gesicht erstarrte zur Maske. Sie drückte auf einen Knopf und hörte durch ihre Tür im Nebenzimmer das Telefon klingeln. Als das Klingeln verstummte, sagte sie in eisigem Ton: »Würden Sie bitte so freundlich sein und in mein Zimmer kommen.« Das Knacken in ihrem Apparat verriet ihr, dass ihre Sekretärin den Hörer wieder aufgelegt hatte. Als sich die Tür öffnete, blaffte Anjuta los: »Wie oft habe ich Ihnen schon erklärt, wie sich eine gute Sekretärin von einer schlechten unterscheidet?« Anjuta erhielt keine Antwort. Sie erwartete auch keine. »Ich sage es noch ein weiteres Mal.« Es klang aus Anjutas Mund wie das letzte Mal. »Sie hält Störenfriede von ihrer Chefin fern, ohne dass die es bemerken. Dazu muss sie sich eben jedes Mal wieder eine glaubhafte neue Lüge einfallen lassen. Ansonsten ist sie fehl am Platz.« Anjuta beobachtete, wie ihre

Sekretärin die Augen niederschlug und errötete. »Damit hätten Sie verhindert, dass er mir wegen belanglosem Kram die Zeit stiehlt. Ich hätte mich in dieser Zeit schön meinen Akten widmen können.« Sie atmete hörbar ein und aus, bevor sie einen etwas versöhnlicheren Ton anschlug »Normalerweise müsste ich über dieses belanglose Gespräch eine Aktennotiz fertigen. Das würde mich noch mehr Zeit kosten. Wir beide könnten aber auch eine Abmachung treffen.«

»Gerne.«

Anjuta konnte ihrer Sekretärin die Erleichterung ansehen.

»Wir gehen davon aus, dass es dieses Telefonat nicht gegeben hat. Sie sprechen mit niemand darüber und ich vergesse den Vorfall. Haben wir uns verstanden?«

»Selbstverständlich.«

»Gut, dann können wir ja jetzt endlich weiterarbeiten.«

Anjuta beobachtete, wie ihre Sekretärin leise die Tür schloss, bevor sie den Telefonhörer wieder aufnahm und erneut auf eine Taste an ihrem Telefon drückte. Dann lehnte sie sich gemütlich in ihren Stuhl zurück, rutschte etwas zurück und legte ihre Beine auf die Tischplatte.

23
KAPITEL

Dass sie sich nicht mochten, hatte die sich endlos hinziehende Fahrt durch eine wunderschöne Landschaft für beide nicht angenehmer werden lassen. Irgendwann war Friederike auf die Idee gekommen einen Nachrichtensender anzustellen. So konnten die Anwältinnen intensiv den neusten Nachrichten lauschen und sich über belanglose Dinge austauschen. Beide atmeten innerlich auf, als Friederike den Wagen vor dem ihnen nun schon bekannten Haus abstellte.

Anjuta öffnete die Autotür. Dieses Mal war sie praktischer angezogen. Sie trug flache Schuhe zu ihren Jeans. Trotz der Hitze hätte sie niemals auf ihr Jackett verzichtet. Deshalb trug sie nur einen ärmellosen Pulli darunter. Während sie zur Haustür gingen, musterte Anjuta, um Unauffälligkeit bemüht, ihre verhasste Kollegin, die gerade den Autoschlüssel in ihrer Tasche verstaute. Friederike trug unter ihrem leichten Blazer ein geblümtes Sommerkleid. Ihre Füße steckten in flachen Sandaletten. Sie hatte ihre Haare mit einer Spange am Hinterkopf festgesteckt und schob sich in dem Moment, als Anjuta die Klingel betätigte, gerade die Henkel ihrer Tasche über die Schulter.

Eine junge Frau im Jogginganzug öffnete die Tür.

»Sie müssen Undine Seiffe sein.«

Die junge Frau nickte. Anjuta strahlte sie katzenfreundlich

an. »Mein Name ist Hohmuth.« Sie drehte sich zur Seite und zeigte auf Friederike. »Das ist Frau Jalaß.«
Die junge Frau nickte wieder. »Guten Tag. Bitte kommen Sie herein.« Sie schüttelte die Hände ihrer Besucherinnen und trat zur Seite. »Meine Mutter lässt sich entschuldigen. Sie macht einen Lehrgang vom Arbeitsamt mit. Deshalb kann sie heute nicht mit Ihnen reden.«
»Das ist zwar schade«, erwiderte Friederike, »aber der Lehrgang geht vor.«
»Ja. Das hat sie auch gesagt. Sie hofft, dass sie dadurch bald wieder eine Arbeit kriegt. Sie ist schon so lange arbeitslos.«
»Na, das wundert mich nicht.« Als Anjuta den erschrockenen Blick von Undine Seiffe bemerkte, beeilte sie sich hinzuzusetzen: »Ich meinte, dass es in dieser einsamen Gegend sicher schwer ist, Arbeit zu finden.« Auffällig neugierig sah sie sich um.
Im Haus roch es so wie alte Bauernhäuser eben riechen. Zwar hatte das Haus eine neue Haustür und auch neue Fenster bekommen, ansonsten schien sich hier nichts weiter verändert zu haben. Undine Seiffe öffnete die Tür zum Wohnzimmer. Mit einer Handbewegung lud sie die beiden Anwältinnen ein, einzutreten. Das Zimmer war zwar ärmlich eingerichtet, aber blitzblank geputzt. »Wollen wir uns an den Tisch setzen oder möchten Sie lieber auf der Couch Platz nehmen?« Sie zog die Tür hinter sich zu.
»Setzen wir uns an den Tisch.«
Als sie saßen, sagte Undine Seiffe, Anjuta zugewandt: »Sie haben Recht. Ich bin nach meiner Lehre auch nicht übernommen worden. Arbeit haben hier die wenigsten. Man muss schon umziehen, um Arbeit zu bekommen.« Sie legte beide Hände in ihren Schoß und senkte die Augen. »Das wollte ich aber meiner Mutter nicht antun. Sie wäre dann ganz alleine hier im Ort. Alle anderen Nachbarn sind weggezogen oder

verstorben. Wenn mein Vater noch leben würde, wäre ich wahrscheinlich auch schon weg.«

»So? Was haben Sie denn gelernt?« Es sollte höflich klingen, doch aus Anjutas Mund klang es wie der Beginn eines Verhörs.

»Ich habe einen Abschluss als Bürokauffrau.«

»Ach, ja?« Anjuta musterte Undine Seiffe jetzt unverhohlen. ›Wahrscheinlich stört sie sich schon wieder am unvorteilhaften Äußeren dieser jungen Frau‹, überlegte Friederike. ›Zugegeben, sie ist nicht die Schlankeste. Aber sicher kann sie ordentlich zupacken, wenn es darauf ankommt.‹ Das sonnengebräunte runde Gesicht, die kräftigen Hände und die stämmige Figur von Undine Seiffe ließen in der Tat darauf schließen, dass sie eher körperliche als geistige Arbeit verrichtete. »Sie sollten die Hoffnung nicht aufgeben. Es wird sich sicher auch für Sie etwas finden«, sprach sie ihrer Gastgeberin Mut zu.

»Hoffentlich. Ich habe schon über zweihundert Bewerbungen geschrieben und leider nur Absagen erhalten.«

»Wichtig ist, dass Sie immer schön am Ball bleiben.« Damit zog Anjuta das Gespräch wieder an sich. »Aber wir sind ja nicht hier, um Sie über Ihre beruflichen Wünsche auszufragen.« Ihr Lachen klang gekünstelt. »Deshalb sollten wir lieber gleich zum eigentlichen Thema kommen.« Ohne Umschweife legte sie ihr Aufnahmegerät auf den Tisch, zeigte darauf und sagte: »Wir schreiben über jedes unserer Gespräche ein Protokoll. Damit wir nichts vergessen, nehmen wir unser Gespräch heute auf.« Es war selbst Anjuta unmöglich den verängstigten Blick von Undine Seiffe zu übersehen. »Tun Sie einfach so, als ob das Ding gar nicht da ist.« Sie drückte den Aufnahmeknopf. »Am besten, Sie erzählen uns ein bisschen von ihrem Verhältnis zu Steffi Heech.«

Noch immer starrte Undine Seiffe angstvoll auf das Aufnahmegerät. Dann sah sie Anjuta hilflos an.

Die nickte ihr aufmunternd zu. »Erzählen Sie einfach wie

Ihnen der Schnabel gewachsen ist.« Undine Seiffe räusperte sich und begann mit leisen Worten. »Mein Verhältnis zu Steffi war gut. Wir haben immer zusammen gespielt. Allerdings stritten wir uns manchmal auch. Das kam aber selten vor.« Mit einem schüchternen Lächeln im Gesicht sah sie zu Friederike. »Wir haben auch Höhlen gebaut. Die wurden dann aber meist nicht fertig. Wir haben auch vor unseren Häusern oder in den Wohnungen gespielt.« Während sie redete, schien sie langsam aufzutauen. Ihre Stimme wurde fester. »Manchmal besuchten wir auch den Norbert Petrussow und seine Frau Christine. Steffi und ich mochten ihn, weil er immer so lustig war. Wir haben ihn auch im Wald besucht, wenn er Zapfen gepflückt hat. Dann haben wir ihm zugesehen und uns mit ihm unterhalten.«

»So, worüber denn?«

»Ich erinnere mich, dass er uns nach unseren Zensuren gefragt hat. Manchmal hat er auch mit uns gespielt. Zum Beispiel ist er mit uns um die Wette gelaufen. Ich glaube, dass er uns sehr gerne hatte. Er lächelte uns immer an und umarmte uns.«

»Hat er Sie auch geküsst?«

»Nein.«

»Hat er Sie einmal aufgefordert, mit ihm mitzugehen?«

›Warum muss sie die Arme denn andauernd unterbrechen?‹, dachte Friederike und ärgerte sich.

»Nein. Das hat er auch nicht.« Undine Seiffe schüttelte energisch ihren Kopf. »Er mochte uns beide gerne. Allerdings hat er mich immer anders angesehen als Steffi. Die wollte immer schon so erwachsen sein und war dann immer so komisch.

Anjuta sah Friederike bedeutungsvoll an und fragte weiter: »Hat er Sie einmal aufgefordert, wegzugehen, wenn Steffi da war?«

»Nein. Ich weiß nicht, wie ich es beschreiben soll.« Undine Seiffe zögerte. »Er hat mit ihr immer Witze und Späße gemacht

genau wie mit Christine.«
Gerade wollte Friederike ansetzen, um Undine Seiffe eine Frage zu stellen, als Anjutas weitere Frage sie verstummen ließ. »Können Sie sich noch erinnern, dass Steffi Heech Sie, kurz bevor sie verschwand, gefragt hat, ob sie Sie auch am Sonnabend abholen kann?«
»Ja.« Undine Seiffe fuhr sich mit der Hand durch ihr kurzes dunkles Haar.
»Vielleicht erzählen Sie uns dann erst einmal, wie dieses Abholen zur Schule ablief.«
»Steffi kam immer sehr früh. Wenn meine Mutter oder meine Großmutter unsere Haustür schon aufgeschlossen hatten, kam sie immer in die Küche. Wenn die Tür verschlossen war, musste sie klopfen. Warten musste sie nur dann, wenn ich noch nicht fertig war. Ansonsten sind wir zusammen losgefahren.«
»Mit dem Fahrrad?«
Undine Seiffe nickte wortlos.
»Was das Fahrradfahren angeht, gab es eine Abmachung zwischen Ihnen oder eine Besonderheit?«
»Wie meinst du das?«, fuhr Anjuta Friederike an.
»So wie ich es gefragt habe« Friederike lächelte Anjuta freundlich ins Gesicht.
Bevor die Luft geholt hatte und etwas Schnippisches erwidern konnte, antwortete Undine Seiffe: »Es gab tatsächlich etwas Besonderes. An Steffis Fahrrad funktionierte das Fahrradlicht und an meinem nicht. Deshalb fuhr sie immer vorne und ich hinten. Sie fuhr dann immer so schnell, dass ich kaum nachgekommen bin. Deshalb habe ich auch immer zu ihr gesagt, dass sie langsamer fahren soll.«
»Hat sie mal vergessen Sie abzuholen?«
Friederike presste ihre Lippen zusammen. Solche Fragen konnten nur Anjuta einfallen.

»Nein. Nie. Sie hat mich in der Woche immer abgeholt. Nur an den Sonnabenden hat mich meine Mutter mit ihrem Moped gefahren.«
»War das das Moped, das noch da draußen steht?«
Überrascht sah Undine Seiffe Anjuta an. »Ja.«
»Ach, dann fährt Ihre Mutter bis heute damit?«
»Ja. Zwei Autos können wir uns leider nicht leisten und ich kann das Ding nicht fahren.«
»Gibt es von der Woche, in der Steffi Heech verschwand, etwas Besonderes zu berichten?«
»Nein. Wir sind, wie jeden Tag, zusammen zur Schule gefahren. Aufgefallen ist mir nur, dass Steffi am Donnerstag ganz anders als sonst war.«
»Soo?«
»Ja. Sie war nicht mehr so lustig, sondern irgendwie traurig und ernst. Ich erinnere mich auch, dass sie nicht so richtig mit mir spielen wollte. Ich habe mir das nur gemerkt, weil sie am Tag zuvor so lustig war. Wir hatten uns noch über unsere Faschingskostüme unterhalten.«
»Sie hat Sie also am Donnerstag abgeholt, wie an jedem Tag?«
»Ja.«
In diesem Moment polterte es irgendwo im Haus. Die drei Frauen sahen sich an.
»Das sind unsere beiden Katzen. Entschuldigung.« Das Gesicht von Undine Seiffe überzog sich mit einer feinen Röte, als sie schnell hinzufügte: »Mir ist an ihrem Verhalten am Morgen nichts aufgefallen. Es kann aber durchaus sein, dass sie zu diesem Zeitpunkt schon so ernst war.« Sie begann gedankenverloren an ihren Fingernägeln zu kauen. »Ich bin an diesem Tag alleine aus der Schule gekommen. Meine Großmutter entschloss sich, in den Wald zu gehen, um Zapfen zu sammeln. Sie fragte mich, ob ich mitkommen würde. Ich habe eingewilligt. Wir sind gerade an dem Teich

da draußen vorbeigegangen, als Steffi aus der Schule kam.« Wieder knabberte sie an einem Fingernagel. »Während Steffi ihre Schulsachen nach Hause gebracht hat, gingen meine Oma und ich in den Wald und zum Zapfensammeln. Mit einem Mal kam dann Steffi und fragte mich, ob ich mit ihr in den Konsum fahre.« Sie sah die Anwältinnen fragend an. »Wissen Sie, dass das ein Einkaufsladen war?«
Als Friederike Anjutas säuerliches Gesicht bemerkte, lachte sie. »Aber natürlich. Wir beide sind auch im Osten aufgewachsen.«
Undine Seiffe nickte. »Eigentlich hatte ich keine Lust. Ich wollte lieber Zapfen sammeln. Meine Oma meinte aber, dass ich ruhig fahren sollte.«
»Und Sie sind dann gefahren?«
»Ja.« Undine Seiffe nahm den Zipfel der Tischdecke in die Hand und begann, weltentrückt damit zu spielen. »Wir unterhielten uns zunächst über belanglose Sachen. Auf dem Weg in das Dorf mussten wir an einer Sandkuhle vorbei.« Sie drehte den Zipfel der Decke mit ihrem Zeigefinger.
Dabei registrierte Friederike, dass sämtliche Nägel bis auf das Nagelbett herunter gekaut waren. »War das der gleiche Weg, den Sie auch immer fuhren, wenn Sie zur Schule mussten?«
»Ja.« Undine Seiffe hielt inne. »Jedenfalls hat mich Steffi gefragt, ob ich am Sonnabend auch mit dem Fahrrad zur Schule komme. Sie sagte: ›Wenn einer kommt, ist es besser, dass einer da ist, der Hilfe holen kann.‹ Ich war natürlich nicht begeistert. Denn schließlich wollte ich von meiner Mutter mit dem Moped in die Schule gefahren werden.«
»Haben Sie ihr das gesagt?«, fragte Anjuta interessiert.
»Nein. Ich sagte, dass ich meine Mutter fragen werde.« Undine Seiffe holte tief Luft. »Sicherlich hat Steffi aber gemerkt, dass ich keine Lust hatte. Jedenfalls sagte sie plötzlich: Komm mal lieber mit. Sonst kriegst du eine geballert.«
»Haben Sie diese Drohung von ihr ernst genommen?«, wollte

Friederike wissen.
»Steffi hat mich nie geschlagen. Es kam zwar vor, dass sie mir gedroht hat, mich zu hauen, wenn es nicht nach ihrem Willen ging. Getan hat sie es aber nie«, erzählte Undine Seiffe mit bedrückter Miene. »Ich erinnere mich noch gut an ihr Gesicht, als sie mir drohte. Sie war sehr ernst. Deshalb habe ich dann auch meine Mutter gefragt.«
»Hatten Sie Angst vor Steffi oder wollten Sie sie nicht enttäuschen?« Aus Friederikes Stimme klang Mitgefühl.
»Ich hatte in diesem Moment wirklich Angst, dass sie mich schlagen würde, wenn ich nicht mitkomme.«
»Haben Sie sie gefragt, was mit ihr los ist?«, mischte Anjuta sich wieder in das Gespräch ein.
»Nein. Das habe ich nicht. Unsere Unterhaltung war damit erst einmal beendet. Wir sind dann, ohne zu reden, weitergefahren.« Undine Seiffe verstummte. Die beiden Anwältinnen konnten beobachten, wie es hinter ihrer Stirn arbeitete.
»Können Sie sich noch erinnern, wie es an diesem Tag weiterging?« Friederike sah in ein teilnahmsloses Gesicht von Undine Seiffe.
»Wir waren einkaufen und fuhren dann gemeinsam zurück. Am Dorfausgang standen Holzmieten. Da spielten ein paar ältere Jungen. Wir wussten, dass sie uns manchmal ärgerten, indem sie sich in den Weg stellten und uns zum Absteigen zwangen. Steffi sagte daher zu mir, dass wir einfach weiterfahren, ohne auf sie zu achten.«
»Und?« Langeweile klang aus Anjutas Stimme. »Haben die Sie geärgert?«
»Nein. Aber Steffi war auf dieser Rückfahrt anders.«
»Wie anders?«
»Steffi hat nicht so viel geredet wie sonst immer«, antwortete Undine Seiffe leise. »Ich weiß nicht, wie ich das sagen soll. Sie war irgendwie ängstlich.« Ihre Stimme wurde wieder fester.

»Sie ist dann nach Hause gefahren und ich ebenfalls. Ich glaube, meine Großmutter verbrannte gerade Gras.«
»Und was war am nächsten Tag?« Anjuta sah Friederike an und rollte mit den Augen.
»Sie holte mich morgens ganz normal ab, als mir wieder einfiel, dass ich meine Mutter wegen der geplanten Fahrradfahrt am Sonnabend fragen wollte. Steffi saß auf dem Sofa, als ich meine Mutter gefragt habe.«
»War Ihre Mutter überrascht?«
»Nein. Sie sagte nur, dass ich mit dem Fahrrad zur Schule fahren könne, wenn ich wolle.«
»Das hat sie gesagt?«
»Ja.«
»Sonst nichts?«
»Nein.« Undine Seiffe hielt Anjutas eindringlichem Blick stand und schüttelte energisch ihren Kopf. »Aber ich habe auch nicht gesagt, dass Steffi Angst hatte.«
»Hat Steffi die Antwort Ihrer Mutter verstanden?«
»Das weiß ich nicht. Aber ich nehme es an. Ich habe sie jedenfalls später auf dem Weg zur Schule gefragt, ob ich das gut gemacht habe.«
»Und was sagte Steffi dann?«, fragte Anjuta ungeduldig.
»Sie nickte einfach nur.«
»Sind Sie dann von der Schule gemeinsam wieder nach Hause gefahren?«
»Nein. Wir hatten an diesem Tag zu unterschiedlichen Zeiten Schulschluss. Ich wollte sie am Nachmittag zum Spielen abholen. Ich hatte am Waldrand eine Höhle gebaut. Sie hatte aber keine Zeit.«
»Das wissen Sie heute noch so genau?«
»Ja. Sie sagte, dass sie keine Zeit habe, weil sie noch Hausaufgaben für den nächsten Tag machen müsse.«
Anjuta sah Friederike bedeutungsvoll an und nickte ver-

schwörerisch. »Haben Sie sie danach noch einmal gesehen?«
»Ja. Am selben Tag. Ich ging zum Waldrand und baute an der Höhle weiter. Es war schon etwas dunkel, als sie kam. Es könnte so gegen fünf gewesen sein, als sie kam.«
»Zu dieser Zeit wollte sie noch spielen?« Ungläubig starrte Anjuta Undine Seiffe an.
»Nein. Sie schaute sich nur meine Höhle an und sagte, dass ich nach Hause gehen solle, weil es schon dunkel werde.« Undine lächelte ein verlorenes Lächeln.
»Was ist so witzig?«
›Du‹, dachte Friederike und warf einen bösen Blick auf Anjuta.
»Sie hat aus Spaß gesagt, dass sie mir meine Höhle kaputtmachen will.« Wieder verstummte Undine Seiffe und sah mit einem leeren Blick aus dem Fenster in die Weite der Landschaft. Friederike folgte ihrem Blick über ein riesiges Rapsfeld und lächelte. ›Dieses Mecklenburg hat einen ganz eigenen Charme.‹ Bereits während der Fahrt hatte sie sich an dem satten Rot des Klatschmohns und dem tiefen Blau der Kornblumen an den Rändern der Felder und zwischen dem noch unreifen grünen Getreide erfreut.
»Beim Abendbrot habe ich noch einmal mit meiner Mutter gesprochen. Ich habe ihr gebeichtet, dass Steffi doch gesagt habe, dass sie mich am Sonnabend abholen werde. Sie nickte nur. Ich habe ihr dann noch erzählt, dass mir Steffi eine scheuern wolle, wenn ich nicht mitkomme. Darauf mischte meine Oma sich ein. Sie sagte, dass Steffi dann eine gescheuert kriege. Sie sagte, dass ich selber entscheiden solle, ob ich fahre oder ob meine Mutter mich hinbringen solle.« Die bekümmerte Stimme von Undine Seiffe riss Friederike aus ihren Gedanken. Blitzschnell war sie wieder bei der Sache.
»Aus der Akte wissen wir, dass Sie sich entschieden hatten, mit ihr zu fahren. Erinnern Sie sich heute noch an den Morgen des Tages, an dem Steffi verschwand?«

»Ja. Ich bin von meiner Mutter wie immer gegen sieben Uhr morgens geweckt worden. Meine Oma war zu diesem Zeitpunkt bereits angezogen. Sie machte mir Frühstück.«
»War Ihre Mutter zu diesem Zeitpunkt auch schon angezogen?«
Wieder überzog eine feine Röte Undine Seiffes Gesicht. Sie sah Anjuta in die Augen. »Nein. Sie war noch im Nachthemd.« Schnell fügte sie hinzu. »Es war ja schließlich abgemacht, dass sie nicht fahren sollte.« Sie drehte ihren Kopf und sah nun Friederike an. »Ich zog mich an, setzte mich an den Küchentisch und frühstückte.«
»Der Zeit nach muss das alles ja relativ flott gegangen sein.«
Undine Seiffe überhörte Anjutas Provokation. »Ich wartete auf Steffi. Als sie nicht kam, fragte meine Mutter die Oma, ob Steffi schon da gewesen sei.«
»Das würde bedeuten, dass Ihre Großmutter schon aus der Haustür gesehen haben müsste?«, fragte Friederike. »Können Sie sich erinnern, ob sie an diesem Tag die Haustür aufgeschlossen hat?«
»Das weiß ich nicht mehr, ob sie es war oder meine Mutter.«
Undine Seiffe senkte ihren Blick. Sie schüttelte ihren Kopf. »Ich weiß nicht, wie spät es war, jedenfalls hat meine Mutter gesagt, dass sie mich nun doch zur Schule fahren würde.«
»Haben Sie Ihren Vater an diesem Morgen gesehen?«
»Nein. Er schlief noch.«
»Und was war mit Ihrem Großvater?«
»Der kam in dem Augenblick, als wir das Haus verließen, aus dem Schlafzimmer.«
»War er angezogen?«, setzte Anjuta ihre unerbittliche Vernehmung fort.
»Nein. Er hatte noch sein Nachthemd an.«
Friederike griff nach dem Aufnahmegerät, lächelte und schaltete es aus. »Entschuldigung, darf ich einmal Ihre Toilette benutzen?«

»Selbstverständlich. Sie befindet sich am Ende des Flurs.«
Anjuta starrte Friederike fassungslos an. »Frau Hohmuth wird zwischenzeitlich mit Ihrer Befragung fortfahren.« Noch bevor Anjuta ihre Fassung wiedergefunden hatte, schaltete Friederike das Gerät wieder ein und legte es zurück auf den Tisch. Noch während sich Friederike im Raum befand, setzte Anjuta eisern ihre Befragung fort. »Sind Ihnen auf dem Weg zur Schule unbekannte Fahrzeuge oder Personen aufgefallen?«
»Nein.«
»Haben Sie in der Schule nach Stefanie Heech gesehen?«
»Eine Mitschülerin von Steffi fragte mich, ob sie nicht mitgekommen ist. Ich sagte, dass sie bestimmt gleich kommen würde.«
»Aber das hieße ja, dass Sie an ihr vorbeigefahren sein müssten.«
Undine Seiffe schwieg.
»Wie ging es weiter an diesem Tag?«, bohrte Anjuta beharrlich.
»Ich bin nach der Schule wieder alleine nach Hause gefahren.«
»Was heißt alleine? Sie hatten doch gar kein Fahrrad.«
»Ich meinte ohne Steffi. Meine Mutter hat mich wieder abgeholt.«
»Hat sie sich bei Ihnen nach Stefanie Heech erkundigt?«
»Nein.«
Anjuta zog ihre Augenbrauen hoch. »Wann haben Sie denn überhaupt bemerkt, dass sie verschwunden war?«
»Abends. Da kam Tante Linchen und sagte, dass Steffi gar nicht in der Schule gewesen sei.«
»Hat Stefanie Heech Ihnen irgendwann einmal von Personen erzählt, vor denen sie Angst hatte?«
»Nein, nie.«
»Es ist aber bekannt, dass sie eine Zeit lang mit einem Küchenmesser im Ranzen zur Schule fuhr.«
»Ach so. Ja. Das war die Zeit, als die Leute im Dorf erzählt haben, dass sich hier in der Gegend ein Sowjetsoldat aufhal-

ten würde, der abgehauen sein sollte.«
»Hat den irgendjemand mal gesehen?«
Undine Seiffe zog ihre Augenbrauen zusammen und legte ihre Stirn in Falten. »Nicht, dass ich wüsste.«
Anjuta fühlte sich in ihrem Element. Würde die Abschrift des Protokolls doch allen Anwälten der Kanzlei zeigen, wie brilliant sie die Vernehmung geführt hatte. »Sind Ihnen selber Personen aufgefallen, die Sie beobachtet oder angesprochen haben, von denen Sie sich belästigt gefühlt haben?«
»Ja und zwar genau an dem Tag, bevor Steffi verschwand. An diesem Freitag bin ich nach dem Mittagessen in der Schule nach Hause gefahren. Ich sah am Waldrand, hinter der Sandkuhle, einen Mann. Auf dem Weg kamen mir gerade Hortkinder entgegen, die zurück zum Hort gingen.«
»Der Hort befand sich neben der Schule?«
»Ja.« Noch immer waren die Augenbrauen von Undine Seiffe zusammengezogen. »Ich habe den Hortkindern nachgeschaut. Dabei sah ich, wie der Mann vom Weg, der auf den Hauptweg mündet, trat und dann gleich wieder zurückging. Ich hatte den Eindruck, als ob er sich verstecken wollte.«
Die Tür öffnete sich leise und Friederike trat ein. Wortlos setzte sie sich wieder auf ihren Platz. Anjuta bedachte sie mit einem vernichtenden Blick, ehe sie sich Undine Seiffe wieder zuwandte. »Können Sie diesen Mann beschreiben?«
»Nein. Es hat zwar so ausgesehen, als ob er einen Buckel hätte, aber so genau weiß ich es auch nicht mehr. Jedenfalls hatte er braune Sachen an.« Undine Seiffe zuckte mit der Schulter. »Das ist alles.«
»Gibt es sonst noch irgendetwas zu sagen?« Anjutas Stimme klang bedrohlich.
»Nein.« Undine Seiffes Stimme wurde wieder leiser. »Wir haben alle gehofft, dass Steffi eines Tages wieder in der Tür steht. Aber leider.«

Anjuta schaltete das Gerät aus. »Oder hattest du noch eine Frage?«, fragte sie drohend in Richtung von Friederike.
»Nein.«
»Dann wäre das für heute alles.«
Die Frauen erhoben sich.
Als Friederike ihre Tasche nahm, sagte sie freundlich: »Grüßen Sie bitte Ihre Mutter von uns. Wir werden dann bei nächster Gelegenheit einen neuen Termin vereinbaren. Bis dahin alles Gute.« Sie reichte Undine Seiffe die Hand. Als sie den fast widerwilligen Handschlag von Anjuta sah, musste sie unweigerlich lächeln.
Sie lächelte noch, als Anjuta sie vor der Haustür anfuhr. »Jetzt sage mir bitte mal, wieso musstest du in diesem Haus unbedingt die Toilette benutzen?«

24

KAPITEL

»Das ist abartig.« Empörung stand Konrad Heech ins Gesicht geschrieben. »Sehen Sie sich das einmal an.« Er schob Friederike mehrere Blätter zu.

»Dieses Fahndungsblatt ist ein Vordruck, den sie nur ausfüllen mussten.«

»Die dachten, dass ich mich illegal in den Westen absetze. Dabei habe ich nur meinen Halbbruder besucht, als der seinen runden Geburtstag gefeiert hat.« Konrad Heech schüttelte den Kopf. »Ich wäre niemals da geblieben. Schließlich wartete meine kleine Tochter zu Hause auf mich.«

»Tatsächlich. Das sieht aus wie die Vorlage für einen Haftbefehl. Sie haben sogar ein Passbild von Ihnen gehabt.«

»Das ist das Passbild aus meinem Personalausweis.«

»Sehen Sie nur. Hier sind auch Ihre Personalien.« Friederike blätterte. »Hier folgt die Personenbeschreibung. Besondere Kennzeichen haben die für Sie nicht vermerkt, aber Charaktereigenschaften.« Sie schürzte verächtlich ihre Lippen. »Sie wurden als introvertiert bezeichnet, als ein Einzelgänger.«

»Lesen Sie nur, was für die noch von Bedeutung war.« Konrad Heechs Finger schien sich in das Blatt zu bohren.

»Hobbys, wie das Sammeln von Stich- oder Schusswaffen, hatten Sie nicht.«

»Was für ein Quatsch«, ärgerte sich Konrad Heech. »Außer

den Bonzen durfte in der DDR doch sowieso keiner Waffen besitzen.«

Friederike wollte seine Anspannung lockern und ihn aufheitern. Deshalb sagte sie gespielt vorwurfsvoll: »Auch Spezialkenntnisse, wie Tauchen und Funken, hatten Sie auch nicht. Selbst ein Flugzeug konnten Sie nicht führen.«

»Dafür haben sie aufgeschrieben, wann, wo, als was und bei welcher Einheit ich meinen Armeedienst abgeleistet habe.« Konrad Heech schüttelte verständnislos seinen Kopf.

»Und Ihre ganzen Angehörigen und Verwandten haben sie aufgelistet.« Friederike las weiter. »Besitzer eines Grundstücks waren Sie damals nicht.« Jetzt schüttelte auch sie den Kopf. »Was die Stasi alles für wichtig befand. Wochenend-, Wasser- und Gartengrundstück...«

»Es klingt aus Ihrem Mund wie die bekannte Fernsehwerbung. Aber nicht nur das. Sehen Sie hier. Sie hatten sogar eine Rubrik für den Besitz eines Auto, Bootes und Wohnwagens.« Konrad Heechs Finger klopfte nun auf eine weitere Stelle des Blattes, das Friederike in den Händen hielt und das zu zerreißen drohte.

»Welche Hinweise gibt es zur Person? Zum Beispiel Aufsuchen der BRD-Vertretung, Herstellung von Flugkörpern, Ballons, Unterwasserfahrzeugen, Sprengstoff und so weiter.« Friederike sah Konrad Heech nachdenklich an. »Sie hatten alles vorbereitet für den Fall, dass Sie nicht mehr wiedergekommen wären. Nur den letzten Punkt haben sie noch offen gelassen.« Sie senkte den Kopf und las nachdenklich weiter: »Angaben, die erst kurzfristig vor Einleitung einer politisch-operativen Fahndung erarbeitet werden müssen.« Sie schüttelte wieder den Kopf. »Das ist sozialistisches Parteideutsch.« Während sie sorgsam Blatt für Blatt umlegte, murmelte sie halblaut vor sich hin. »Ergänzende Erfassungsangaben. Angaben zur Person und zum Erfassungsverhältnis, Verteiler.« Sie hob ihren Kopf und verweilte mit ihrem Blick einen Moment in Konrad Heechs ebenso fragendem Gesicht, bevor sie sich wieder der Akte zuwandte. »Was ist das denn?« Über die Lautstärke ihres Ausrufs selbst erschrocken, sah Friederike mit einem schuldbewussten Blick in Richtung des Wachmanns. Wenn er Konrad Heech und Friederike seit deren Eintreffen zwar aufmerksam, aber unauffällig beobachtet hatte, sah er nun direkt zu ihnen herüber.

»Sie haben auch Spuren gesichert. Zwar nicht von Ihnen, aber sehen Sie nur, welche möglich waren.« Wieder begann Friederike aufzuzählen. »Biss-, Blut-, botanische, Fahrzeug-, Farb-, Handschuh-, Riss-, Schuh-, Schuss-, Sekret- und Werkzeugspuren. »Hinzu kommt die Druckrille, Papillarleisten, Schrift, die Geruchs- und die Stimmkonserve.« Völlig außer Atem sah Friederike entsetzt zu Konrad Heech. »Ehrlich gesagt, hatte ich bis heute keine Vorstellung davon, welche Spuren gesichert werden konnten.« Als sie die Akte wieder zu Konrad Heech zurückschob, sagte sie: »Sie haben Recht. Das ist wirklich pervers.«

Konrad Heech zuckte gleichgültig mit der Schulter und vertiefte sich wieder in die Akte, die Mitarbeiter der Staatssicherheit der DDR pedantisch über ihn zusammengetragen hatten.

Das gab Friederike die Gelegenheit ihn unauffällig von der Seite zu beobachten. Er hatte Burghard Eweleit gebeten, dass nur sie alleine ihn in die Behörde, die für die Unterlagen des Staatssicherheitsdienstes der ehemaligen DDR zuständig war, begleiten sollte. Als die Akten bereitlagen und der Termin feststand, hatte sie sich den ganzen Tag freigehalten.

Mit einem Mal verlor er die Fassung, um die er bis jetzt sichtlich gerungen hatte und schluchzte auf. »Hören Sie sich das an.« Tränen rollten lautlos über seine Wangen, als er mit zitternder Stimme begann: »Die Familie... ist mir persönlich seit mehreren Jahren bekannt. Wir haben längere Zeit in der gleichen Straße gewohnt. Frau... hatte ein Gespräch mit meiner Ehefrau. Sie erzählte ihr, dass sie vermutlich mit einem Mörder in einem Haus wohnen. Es ist bekannt, dass die Tochter von Heech verschwunden ist. Das Fahrrad und die Schultasche sind gefunden worden. Beides war sauber abgedeckt und versteckt.« Konrad Heech wischte sich die Tränen mit dem Handrücken von der Wange. »Heech selbst ist ein komischer Mensch, ein absoluter Einzelgänger. Es ist zwar traurig, aber ich würde es ihm zutrauen. Vor ungefähr zehn Jahren ist seine Frau ebenfalls auf mysteriöse Art und Weise verschwunden. Sie wurde Wochen später im Schilf aufgefunden.« Er weinte lautlos vor sich hin.

»Gezeichnet Fritz Heilmann.« Friederike griff in ihre Tasche und reichte ihm eine Packung Papiertaschentücher.

»Nein, danke. Heute habe ich selbst eins mit.« Konrad Heech zog ein sauberes Stofftaschentuch aus seiner Hose und wischte sich die Augen. »Ich weiß nicht, wer das über mich gesagt hat. Ich kenne überhaupt niemanden, der Fritz Heilmann heißt.«

»Das ist das, was die Beamtin Ihnen eingangs sagte. Fritz Heilmann ist der Deckname eines informellen Mitarbeiters der Stasi. Wenn Sie die Offenlegung des richtigen Namens beantragen, wird dieser ermittelt und Ihnen, als Klarname, so sagte sie, zu einem späteren Zeitpunkt mitgeteilt.«

Konrad Heech schnäuzte sich die Nase. »Ich weiß nicht, ob ich noch tiefer in den Sumpf gehen möchte.« Mit einer müden Bewegung widmete er sich wieder der Akte und reichte Blatt für Blatt an Friederike weiter, nachdem er dieses vorher langsam und Wort für Wort gelesen hatte. »Nein.« Die Empörung von Konrad Heech verstärkte dieses Wort in der Stille des Raumes wie ein Paukenschlag.

Friederike sah ihn erschrocken an.

Konrad Heech nestelte an seiner Krawatte, um sie zu lockern und seinen Hemdkragen zu öffnen. Wie zu sich selbst sagte

er: »Nicht auch noch der.« Der Wachmann an der Tür sah mitleidig zu ihnen herüber. »Hier bitte. Lesen Sie.« Er schob das Blatt in die Mitte, damit Friederike mitlesen konnte. »Der nannte sich Freund. Jetzt wird mir einiges klar.« Konrad Heech verstummte.
»Nachermittlungen.« Friederike las die Unterschrift und fragte: »Das war Ihr Freund?«
»Ja.«
»Der war aber hauptamtlicher Mitarbeiter der Staatssicherheit.«
»In einem Schnittholzkombinat.« Die Bitterkeit in der Stimme von Konrad Heech war unüberhörbar. Seine Hand beschrieb eine abwinkende Geste.
Friederike überflog das Blatt flüchtig und sagte: »Er schreibt aber eigentlich nur Gutes.«
Konrad Heech antwortete ihr mit einem verächtlichen Schnaufen.
Wieder tat er Friederike leid. Sie wollte ihn trösten und begann laut zu lesen. »H. arbeitete vom Frühjahr bis Herbst halbtags. Dieses hing mit seiner nervlichen Anspannung durch das Vermisstsein seiner Tochter zusammen.« ›Und die Polizeibeamten haben ernsthaft in Erwägung gezogen, dass er der Täter ist,‹ dachte Friederike. »Er macht seine Arbeit und erfüllt die an ihn gerichteten Forderungen. Im Wohngebiet tritt er in keiner Weise in Erscheinung. Er lebt sehr zurückgezogen und hat im Haus keinen Umgangs- und Bekanntenkreis.« ›Die haben sich nie gefragt, welchen Nutzen er vom Tod seiner Tochter gehabt hätte.‹ Friederike schüttelte den Kopf. »Seine Freizeit verbringt er viel in der Garage mit Pflegearbeiten an seinem Pkw Wartburg. Mit den Garagennachbarn ist er auch ab und an im Gespräch.« ›Er hatte auch kein Motiv‹, fuhr es ihr durch den Kopf. »H. ist ein sehr zurückhaltender Mensch, der sich niemandem aufdrängt. Sein Verhalten und Auftreten ist normal. Er wird aber auch als komisch bezeichnet. Über

seine vermisste Tochter spricht er kaum. Es ist ihm aber anzumerken, dass ihn dieses sehr mitgenommen hat.« ›Mit wem sollte er auch sprechen? Sie haben ihm nicht einmal einen Psychologen zur Seite gestellt‹, ärgerte sie sich. »Verkehren tut er mit Möckel, Ilga. Mit ihr hat er auch ein gemeinsames Kind.« ›Was für ein fürchterliches Deutsch. Wahrscheinlich ist dieser Mensch nicht sonderlich intelligent.‹ Wenn Friederike in diesem Moment ihren eigenen Gesichtsausdruck gesehen hätte, sie wäre über dessen Verächtlichkeit erschrocken gewesen. »Auffälligkeiten oder Besonderheiten sind an H. nicht feststellbar. Er lebt bescheiden, aber dennoch in guten sozialen und finanziellen Verhältnissen. Sein Leumund ist positiv. Auch seine politische Grundeinstellung ist positiv.« Friederike hörte neben sich Konrad Heechs schweres Atmen. »H. ist kein Gaststättenbesucher und kein Trinker.«
Konrad Heech legte seine Hand auf Friederikes Arm. »Hören Sie auf. Ich will das nicht mehr weiter hören.« Angewidert schüttelte er den Kopf. »Ich habe ihn in mein Leben gelassen. Sehen Sie das Datum. Kurz vorher hat er bei mir zu Hause Adventsplätzchen geknabbert. Ich dachte, dass der mich nach dem Verschwinden meiner Tochter trösten wollte. Stattdessen gehörte er zur Stasi und hat mich ausspioniert.« Erschüttert über das Gelesenene, sank Konrad Heech in sich zusammen und erstarrte in Reglosigkeit.
Friederike sah hilflos zu dem Wachmann, der gerade intensiv in eine Akte vertieft zu sein schien. Dann sah sie wieder zu Konrad Heech und dachte: ›Es sieht aus, als ob er fröstelt. Dabei ist heute ein warmer Sommertag.‹ Vor ihnen auf dem Tisch lagen ausgebreitet die Unterlagen. Friederike schob ein paar Blätter beiseite. Ihr Gesicht hellte sich auf, als sie fand, was sie gesucht hatte. Nun war sie es, die Konrad Heech sanft am Arm berührte. Er schien sie überhaupt nicht wahrzunehmen. Sie begann, leise zu lesen. »Dies ist kein einfacher Schritt,

können doch alte Verletzungen aufbrechen und schmerzliche Erkenntnisse über menschliches Versagen gewonnen werden. Auf der anderen Seite ist die Akteneinsicht eine Chance, der Vergangenheit zu begegnen, quälende Fragen nach Schuld und Bewährung zu klären, falsches Misstrauen aus dem Weg zu räumen und frei zu werden für die Gestaltung von Gegenwart und Zukunft.« Friederike legte das Merkblatt, das Konrad Heech vor dem Beginn der Einsicht in die von der Staatssicherheit über ihn geführte Akte erhalten hatte, wieder auf den Tisch. Dann verharrte sie, den Blick auf ihn gerichtet, ebenso reglos.

»Ich habe Ihnen doch schon einmal gesagt, dass es seit dem Tag, an dem meine Tochter verschwand, für mich keine Zukunft mehr gab.« Konrad Heech schien wie aus einer Trance zu erwachen.

»Aber vielleicht lebt Steffi noch.« Friederike wusste, dass das für ihn nur ein schwacher Trost war.

»Vielleicht.« Er zog die Akte zu sich heran, warf einen Blick auf den Bericht und blätterte, ohne ein weiteres Wort zu lesen, um. Diese Geste besaß etwas Endgültiges.

Friederike, die ihm dabei zusah, dachte: ›Damit hat er einen Lebensabschnitt für immer beendet. Er wird in diesem Leben mit seinem ehemaligen Freund kein einziges Wort mehr wechseln.‹ Sie hatte den Gedanken noch nicht zu Ende gedacht, als Konrad Heech beide Ellenbogen auf den Tisch stützte und sein Gesicht in die Hände legte. Unsicher sah Friederike zu dem Wachmann. Der hatte Konrad Heech aufmerksam beobachtet und zuckte nun kaum merklich mit den Schultern.

»Was ist?«, fragte sie leise und beugte sich zu Konrad Heech hinüber, um gemeinsam mit ihm in die Akte zu sehen.

Er nahm die Hände aus seinem Gesicht, legte sie auf den Tisch und sagte traurig zu ihr. »Ich weiß nicht, was ich getan habe, aber mir soll wohl nichts erspart bleiben. Bitte lesen

Sie.« Er schob ihr die Akte zu. »Sie hatten Recht. Ich habe es nicht glauben können, aber meine Tante Lina war tatsächlich ein Stasispitzel.«
»Es handelt sich um eine Abschlusseinschätzung aus dem Jahre 1988.«
»Ja. Da war sie schon lange Rentnerin.«
»Sie ist 1985 geworben worden. Bedeutet das nun, dass sie nur drei Jahre Spitzel war oder heißt das, dass man sie dann nicht mehr benötigte?«, fragte Friederike in Richtung des Wachmannes. Der hielt seinen Kopf starr gesenkt und schien an den Inhalt seiner Akte gefesselt zu sein. ›Dann eben nicht.‹ Ihr Gesichtsausdruck verriet ihre Gedanken, als sie sich wieder zu Konrad Heech drehte. »Jedenfalls schreiben sie, dass sich die Einsatzrichtung Ihrer Tante während der inoffiziellen Zusammenarbeit auf zwei Dinge bezog. Sie sollte zum einen konspirative Treffs gewährleisten und zum anderen das Objekt: ›Teich‹ konspirativ sichern.«
»Ist Ihr Haus gemeint?« Jetzt beugte sich Konrad Heech zu ihr, um in die Akte zu sehen.
»Keine Ahnung. Aber ich denke schon.« Friederike notierte sich den Namen. »Das müssen wir ebenfalls noch klären.« Sie schob die Akte wieder in die Mitte zwischen ihnen. Beide begannen zu lesen.
Die sich anschließende Stille wurde wenig später erneut, dieses Mal durch ein lautes »Ha« von Konrad Heech, unterbrochen. »Wenn ich das nicht mit eigenen Augen lesen würde, könnte ich das gar nicht glauben.« Der Wachmann sah besorgt zu ihm herüber. »Da steht doch wirklich, dass sie auf der Grundlage der Einsicht in die Notwendigkeit zur inoffiziellen Zusammenarbeit mit dem Ministerium für Staatssicherheit geworben wurde.« Konrad Heech kaute die Wörter, um sie mit Ekel auszuspucken. »Sie war stets bemüht, die ihr übertragenen Aufgaben in guter Qualität zu erfüllen, was ihr aber nicht in

jeder Hinsicht gelang. In Hinsicht auf die Geheimhaltung und Konspiration konnten Hinweise erarbeitet werden, dass sie sich gegenüber ihrer Schwester, die ebenfalls im Dorf wohnt, dahingehend geäußert hat, dass eine Wohnung in ihrem Haus durch die Stasi genutzt wird.« Er schwieg, um den Sinn des Gelesenen zu erfassen. »Das muss man sich einmal überlegen. Da hat die Stasi Leute angeworben, die für sie arbeiten sollten und selbst die haben sie noch bespitzelt.«

»Wirklich unglaublich«, pflichtete Friederike ihm bei. Sie hatte schon weiter gelesen und zeigte nun auf eine Stelle in der Akte. »Hier, das müssen Sie unbedingt lesen. Aber lesen Sie nur seine Aussage. Er kommt zu dem Ergebnis, dass sich hieraus keine Dekonspiration der Treffdurchführung im Objekt Teich ergibt.«

»Es ist schon Wahnsinn, wie oft die das Wort Konspiration benutzt haben.«

»Hmm.« Friederike las weiter. »Im Zusammenhang mit der Archivierung des ›Teiches‹ hat die ›Seerose‹ für eine weitere inoffizielle Zusammenarbeit mit dem Ministerium für Staatssicherheit keine Perspektive.« Nachdenklich sah sie wieder zu dem Wachmann, der nun intensiv eine Zeitung las. »Was bedeutet das?« Der Wachmann strich seine Zeitung glatt und sah durch Friederike hindurch. Von ihm konnte sie also keine Aufklärung erwarten. In der Hoffnung hierin Aufklärung zu finden, wandte sie sich schicksalsergeben wieder der Akte zu, die vor ihr aufgeschlagen lag und einen Lebensabschnitt von Konrad Heech beinhaltete. »Die Seerose kann als offizielle Quelle im Rahmen der operativen Ermittlungstätigkeit genutzt werden. Verstehen Sie das?«

»Nein.«

»Einerseits schreibt der Verfasser, dass sie keine Perspektive hat. Andererseits soll sie als Quelle genutzt werden?«

Konrad Heech sah kopfschüttelnd zu, wie Friederike sich

erneut etwas notierte. »Wirklich merkwürdig. Ich kann damit auch nichts anfangen.«
»Als Überschrift steht darüber: Grund der Archivierung. Das bedeutet doch eigentlich, dass ein Vorgang erledigt ist und abgelegt wird. Das passt doch alles nicht.« Friederike lehnte sich zurück, um nachzudenken.
Konrad Heech saß still und regungslos neben ihr.
Als sie sich mit einem Ruck nach vorne beugte, schreckte er auf. »Steffi verschwand ungefähr ein halbes Jahr, nachdem der Verfasser diesen Bericht geschrieben hatte. Für unsere Überlegungen bedeutet das, dass die Stasi zu diesem Zeitpunkt auf jeden Fall im Dorf noch präsent war. Damit haben wir nicht nur darüber die Bestätigung, sondern gleichzeitig auch die Sicherheit, dass alle Vorgänge im Dorf bekannt waren.«
Konrad Heech nickte wortlos, zog die Akte wieder zu sich heran und blätterte eine weitere Seite um.
Friederike bemerkte, dass sich seine Augenbrauen zusammenzogen. Sie reckte sich unauffällig und versuchte, möglichst unaufdringlich einen Blick in die Akte zu erhaschen. ›Oh, je. Sie haben seine Brüder befragt.‹ Ihr Blick glitt zwischen dem Gesicht von Konrad Heech und der Akte hin und her.
Mit einem Mal begann er, laut zu lachen. Überrascht sah der Wachmann von seiner Zeitung auf. »Hier lesen Sie, Frau Jalaß. Die Aussage stammt von meinem Bruder. Er ist zu meinen Charaktereigenschaften und denen unserer Brüder ausgehorcht worden.« Unwirsch schob er Friederike die Akte zu.
Nachdem sie die Vernehmung von Karl Heech gelesen hatte, sah Friederike auf und sagte tröstend: »Er sagt, dass alle Brüder untereinander keine nennenswerten Probleme hatten. Aber er fügte hinzu, dass Ihr Charakter anders sei, als der der restlichen Brüder. Er bezeichnet Sie als verschlossen und sagt, dass Sie nicht viel sprechen, selbst dann nicht, wenn sie zusammen sind. Dieses sei ihm beim Geburtstag Ihres

Halbbruders im Westen aufgefallen.«
»Er hat mich in Schutz genommen.« Konrad Heech begann wieder lautlos zu weinen.
»Ja, das hat er. Er hat ausdrücklich klargestellt, dass das nicht erst, seit Steffi verschwand, so war«, pflichtete ihm Friederike bei.
Konrad Heech schnäuzte sich erneut in sein Taschentuch, wischte sich die Augen und vertiefte sich wieder in die Akte. Damit sie in der Kanzlei über den Inhalt seiner Akte Bericht erstatten konnte, notierte sich Friederike das Gelesene gerade, als sie plötzlich durch den Versuch ihres Mandanten, ein lautes Weinen zu unterdrücken, aufschreckte. »Herr Heech. Bitte beruhigen Sie sich. Was ist mit Ihnen?«
Konrad Heech konnte ihr nicht antworten. Aus seiner Kehle drangen gurgelnde Laute.
Friederike hatte noch nie einen Mann so laut weinen gehört. Er schlug die Hände vor sein Gesicht. Hilflos sah sie zu dem Wachmann an der Tür. Der bemühte sich ihren hilfesuchenden Blick zu ignorieren und starrte mitleidig auf Konrad Heech.
»Herr Heech, bitte beruhigen Sie sich doch. Soll ich Ihnen ein Glas Wasser holen?« Friederikes Stimme klang verzweifelt.
Ein Schluchzen wie bei einem Kind, das schon längst aufgehört hatte zu weinen und sich jetzt nicht beruhigen konnte, war die Antwort. Friederike legte ihre Hand auf seinen Arm und ließ sie dort still liegen. Sie spürte, wie er sich allmählich beruhigte.
Mit einem Mal zeigte er auf die Akte. Friederike zog sie heran und las. Dann schob sie sie wieder zurück zu ihm.
Er presste hervor: »Sie müssen schlecht von mir denken. Bestimmt halten Sie mich für einen Waschlappen. Andauernd heule ich in Ihrer Gegenwart.«
»Nein, Herr Heech. Das tue ich nicht.«
Konrad Heech zog sein Taschentuch hervor. »Oh je. Das ist

schon pitschnass.« Er wurde von einem tiefen Schluchzer geschüttelt, als er es wieder wegsteckte. »Ich glaube, ich nehme Ihr Angebot an.« Er wischte seine nassen Handinnenflächen an seiner Hose ab.
Friederike wollte sich erheben, um ihm ein Glas Wasser zu holen.
Konrad Heech hielt sie am Arm fest. »Wasser möchte ich nicht. Ich habe eine Flasche in der Tasche. Ich meine das Angebot mit den Taschentüchern.«
Friederike ließ sich zurück auf ihren Stuhl fallen und griff in ihre Tasche. Mitleidig beobachtete sie, wie er mit zitternden Händen die Packung Papiertaschentücher öffnete. Er zog gleich mehrere Taschentücher heraus.
»Ich kann es nicht glauben, dass meine Brüder und auch meine Schwägerin so schlecht von mir geredet haben«, sagte er tonlos und tupfte sich sein Gesicht trocken.
»Ich kenne Ihre Brüder nicht. Aber, wenn ich mir so die Protokolle durchlese, erinnert mich der Inhalt ihrer Vernehmung sehr an sozialistisches Parteideutsch. Sicher war der Vernehmer der Stasi darauf spezialisiert, ihnen etwas in der Mund zu legen.« ›Ein schwacher Trost‹, dachte Friederike.
»Das kann schon sein. Aber sie haben all das selbst unterschrieben.« Er ließ seine schwere Hand auf die Akte fallen.
»Es waren andere Zeiten.« Friederike wusste, dass diese Worte ihn nicht überzeugten.
»Was ich meiner Schwägerin getan habe, weiß ich nicht. Aber, dass meine Brüder mir das antun.« Seine rotgeweinten Augen füllten sich erneut mit Tränen. »Egal, welche Zeiten herrschten.« Konrad Heech biss sich auf die Lippe. »Dass sie mir zutrauen, dass ich etwas mit dem Verschwinden von Steffi zu tun habe. Das kann ich ihnen nie verzeihen.« Er verstummte.
»Sie müssen sich mit allen aussprechen.«
»Wie denn? Kurt ist darüber hinweggestorben, und zwar ohne,

dass er sich mit mir ausgesprochen hat.« Es war ein falsches, bitteres Lachen, das nun aus dem Munde von Konrad Heech kam. »Nein, das kann ich nicht. Niemals.« Er saß in sich zusammengesunken, wie ein Häufchen Elend. Unentwegt rollten Tränen über seine Wangen.

›Er wird noch einsamer werden, als er es ohnehin schon ist. Was kann ich bloß tun?‹, fragte sich Friederike. Mit einem Male erhellte sich ihr Gesicht. Wieder berührte ihre Hand seinen Arm.

Zutiefst verletzt sah Konrad Heech in Friederikes Augen.

»Wissen Sie, Herr Heech, in meinem Beruf treffe ich oftmals Menschen, die das Gefühl haben, dass das Leben mit ihnen nicht fair umgeht.«

»Das hilft mir auch nicht weiter«, antwortete er trotzig, ohne Friederike anzusehen.

»Ich weiß. Darum möchte ich Ihnen eine wahre Geschichte erzählen, die schon vielen geholfen hat, ihren richtigen Weg zu finden.«

»Haben Sie die Geschichte selbst erlebt?«, fragte Konrad Heech mehr aus Höflichkeit, denn aus Interesse.

»Nein. Sie stammt aus einem meiner Lieblingsbücher. Es trägt den Titel: ›Aus eigener Kraft.‹«

Konrad Heech nickte und sah an Friederike vorbei in eine imaginäre Ferne. Unentwegt liefen Tränen über seine Wangen. Als Friederike begann, wusste sie nicht, ob er ihr überhaupt zuhörte. »Irgendwo auf dieser Welt existierte ein Gefangenenlager, dessen Insassen unter den schlimmsten nur denkbaren Bedingungen leben mussten. Viele von ihnen überlebten die Torturen, die lausige Kost, das verdorbene Wasser und die Seuchen nicht. Nach ihrer Befreiung entdeckte ein junger Arzt unter den Gefangenen einen Mann, der sich äußerlich völlig von den anderen unterschied. Er wirkte gesund und kräftig und arbeitete täglich achtzehn Stunden, um den Arzt bei seiner

Arbeit zu unterstützen und die Überlebenden wieder auf die Beine zu bringen.« Friederike bemerkte mit Freude, wie sich Konrad Heechs Blick ihr langsam zuwandte. Lächelnd, doch ohne sich zu unterbrechen, erzählte sie weiter: »Dieser Mann galt unter allen Häftlingen als deren ›spezieller Freund‹, denn er schlichtete Streit unter den verschiedenen Volksgruppen, sprach sieben Sprachen und war zu allen stets liebevoll, frohgemut und optimistisch. Der junge Arzt gelangte daher zu der Überzeugung, dass dieser Mensch erst vor kurzem ins Lager gebracht worden war. Umso größer war die Überraschung, als der Arzt der Akte des Mannes entnehmen konnte, dass er einer der ersten Insassen gewesen war.« Friederike sah erleichtert, dass sich Konrad Heech beruhigte und auch seine Tränen langsam versiegten. »Er hatte also dieselben Torturen mitgemacht wie alle anderen auch. Fragen des Arztes nach seiner Herkunft und dem Grund für seinen guten Zustand wich der Mann zunächst aus, bis er ihm eines Nachts seine Geschichte erzählte.«
Konrad Heech sah Friederike jetzt direkt in die Augen. Mit ernstem, festem Blick hielt sie ihm stand.
»Er sagte: Doktor, es war nachts, als die Schergen kamen und mich, meine Frau und unsere vier Kinder aus dem Haus holten. Auf der Straße erschossen sie meine Frau und meine Kinder vor meinen Augen, einen nach dem anderen. Ich fiel vor den Kerlen auf die Knie und bettelte, dass sie mich auch erschießen mögen. Ihr Anführer sagte nur kalt, dass man mich wegen meiner Sprachkenntnisse noch brauchen würde und ließ mich fesseln. Das war das Ende meines Lebens. Alles, was mir bis dahin lieb und teuer gewesen war, hatten ein paar Schüsse umgebracht. Ich hatte alles verloren, da war keine Hoffnung mehr und keine Zukunft. Was ich für mein Herz gehalten hatte, war tot.« Friederikes Augen lächelten Konrad Heech an, während sie weitererzählte. »Genau in diesem

Augenblick sagte mir eine innere Stimme, dass es Zeit ist eine Entscheidung zu treffen: Entweder würde ich den Rest meines Lebens dem Hass und der Bitterkeit verschreiben oder ich würde von jetzt an jeden Menschen lieben, ohne Unterschied, bedingungslos, gleichgültig, was er getan hat, was er tut oder noch tun wird. Glaube mir, Doktor, noch niemals im Leben ist mir eine Entscheidung so leicht gefallen.«
Friederike verstummte und lächelte Konrad Heech jetzt offen aufmunternd zu.
»Danke.« Er räusperte sich. »Frau Jalaß, Sie sind eine gute Anwältin. Ich bin froh, dass ich Sie gefunden habe.«

25
KAPITEL

»Ich habe dich so vermisst.« Erdzard Korritter schloss die Tür hinter sich ab. Das Zimmer war erfüllt von ihrem zarten Duft. Er sog ihn hörbar ein.
Anjuta kam ihm entgegen. »Frage mich mal.« Sie küssten sich ausgiebig. Er zog ihr Becken zu sich heran. Sie konnte seine wachsende Erregung spüren. »Ich habe nicht damit gerechnet, dass wir uns heute noch sehen.« Sanft löste sie sich von ihm. »Ich auch nicht, denn ich hatte eine Maschine später gebucht.« Er küsste sie fordernd. »Die Maschine vorher hatte Verspätung. Als ich am Flughafen ankam, waren die noch am Einchecken. Da noch ein Platz frei war, habe ich das Personal überredet, dass ich umbuchen konnte.« Er saugte sich an Anjutas Lippen fest. »Und so bin ich nun schon früher hier.« Zärtlich massierte er ihre Brüste, während er an ihrem Ohrläppchen knabberte. »Ich wollte eigentlich nur meine Akten ins Büro bringen. Aber wen treffe ich da? Meine Schöne.«
Regungslos lag Anjuta in Edzard Korritters Armen.
Er sah sie prüfend an. »Was ist mit dir?«
»Nichts.«
»Doch. Ich spüre es. Mir machst du nichts vor. Du hast etwas. Was ist es? Raus mit der Sprache. Hast du Angst, dass jemand kommt?«
»Um diese Uhrzeit?« Anjuta lachte auf. »Nein. Meine Vorzim-

merdame hat längst Feierabend.«
»Was ist es dann?«
»Ich muss nach Hause. Birger wartet mit dem Abendbrot.«
Jetzt war es heraus.
Edzard Korritters Gesicht verfinsterte sich.
»Du könntest mitkommen.«
»Nein, vielen Dank. Dazu habe ich heute keine Lust.« Allein die Vorstellung, dass Anjuta im Anschluss an das Abendessen mit ihrem Mann und nicht mit ihm ins Bett ging, verletzte Edzard Korritter tiefer, als er es wahrhaben wollte.
»Du hättest anrufen sollen.« Anjuta löste sich aus seinem Arm und lehnte sich an ihren Schreibtisch. »Dann hätte ich nicht gesagt, dass ich in einer Stunde da bin.«
Edzard Korritter begann sich zu ärgern. »Ich konnte nicht. Mein Mandant hing an mir wie eine Klette.« Er musste verhindern, dass Anjuta heute Nacht mit ihrem Mann schlief. Er lächelte sie scheinheilig an und ging einen Schritt auf sie zu. »Wenn du gesagt hast, dass du kommst, musst du auch kommen.«
Überrascht sah Anjuta ihm in die Augen und fragte ungläubig: »Und du bist mir nicht böse?«
»Wie kann ich dir böse sein?« Er trat ganz nahe an sie heran und küsste ihren Hals. Dabei schob er seine Hand unter ihren Rock. Plötzlich hielt er inne. »Hast du dich für deinen Mann so zurechtgemacht?« Seine Stirn legte sich in Falten. Prüfend sah er sie an.
»Nein.« Sie lachte wieder. »Natürlich nicht. Ich habe mir heute Morgen beim Anziehen meine letzte Strumpfhose zerrissen. So habe ich dann eben die Strümpfe angezogen und damit sie nicht rutschen, den Strumpfhalter dazu. Im Übrigen sind die bei der Hitze auch ganz praktisch.«
»Das soll ich dir glauben?«
»Du kannst ja meinen Kleiderschrank kontrollieren«, maulte Anjuta.

Edzard Korritter knurrte.
»Ich mach' dir einen Vorschlag.«
»Da bin ich aber gespannt.«
»Ich arbeite weniger. Stattdessen gehe ich öfter einkaufen.«
Fröhlich schlang Anjuta ihre Arme um seinen Hals.
Edzard Korritter hob sie auf den Schreibtisch und sagte gespielt entrüstet: »Ich dachte, dass man das heute alles im Internet bestellen kann.«
»Kann man auch. Aber nicht mal dazu hatte ich Zeit.«
Er öffnete seinen Gürtel. »Okay. Ich will dir mal glauben.« Dann ließ er seine Hose fallen und zog sich den Slip herunter. Mit einem zufriedenen Lächeln sah sie auf seinen rosafarbenen Phallus, der sich ihr fordernd entgegen reckte. Edzard Korritter schob mit seinem Knie ihre Beine auseinander. Seine Hand streifte den Hauch von Nichts, den Anjuta als Slip trug, beiseite. Dann drang er leise stöhnend in sie ein. Während er in ihr hin und her glitt, klingelte das Telefon. Unmerklich zuckten beide innerlich zusammen. Edzard Korritter, der Anjuta eng umschlungen hatte, hielt in ihr inne. Sie angelte nach dem Hörer. Während dessen knöpfte er ihr die Bluse auf. »Du, tut mir leid. Es dauert noch ein bisschen.« Ihre Brustwarzen richteten sich zwischen Edzard Korritters Fingerspitzen auf. »Ich habe etwas übersehen, was ich vorher noch dringend erledigen muss.« Dabei streichelte sie mit ihrer freien Hand über Edzard Korritters Gesäß und lächelte ihm zu. Er bewegte sich langsam in ihr. »Also dann, bis gleich.«
»Du kannst kalt sein, wie eine Hundeschnauze«, murmelte er zufrieden. »Dein Ton war so sachlich, als ob du wirklich über einer Akte sitzt.« Er wurde schneller.
Anjuta antwortete nicht. Sie atmete schwer. Edzard Korritter war ein guter Liebhaber. Er kannte die Wünsche von Frauen und achtete stets darauf, dass sie ihren Höhepunkt erreichte. Ihrem Mann konnte Anjuta einen Orgasmus vorspielen. Das

hatte sie bei Edzard Korritter nicht nötig. Auch jetzt riss er sie mit. Er kam kurz nach ihr mit einem leisen kehligen Gurgeln. Schnell zog Edzard Korritter seine Hose hoch und schloss den Gürtel. »So kannst du auf gar keinen Fall sofort nach Hause gehen.« Er lächelte sie an.
»Warum nicht?« Anjuta knöpfte ihre Bluse zu
Sein starker Bartwuchs hatte ihr Gesicht gerötet.
»Du siehst aus, als hättest du gerade...«
»Pst.« Ihre Hand verschloss seinen Mund. »Ich weiß, wie ich aussehe, wenn ich mit dir zusammen war.« Anjuta knöpfte ihre Bluse zu. Dann zog sie ihren Rock gerade.
»Komm, lass uns noch einen Augenblick erzählen.« Edzard Korritter schloss die Tür wieder auf und ließ sich entspannt in Anjutas gemütliche Sitzecke fallen.
Während Edzard Korritter zusah, wie sich Anjuta bemühte, an sich die Spuren des Liebesaktes zu beseitigen, brach seine Wunde wieder auf. »Stell dir vor, dass du in dieser Verfassung deiner verehrten Kollegin begegnest.«
Anjuta überhörte seine Provokation und setzte sich zu ihm. »Höre mir bloß mit der auf. Die hat schon wieder den sprichwörtlichen Vogel abgeschossen.«
»Was hat sie denn nun schon wieder angestellt?« Edzard Korritter dehnte die Wörter.
»Wir hatten einen Ortstermin bei Cornelia und Undine Seiffe.«
»Und?«
»Schrecklich.« Anjutas Entrüstung klang ehrlich. »Mutter und Tochter bewohnen ein Dorf ganz für sich alleine. Alle weiteren Verwandten von denen sind weggestorben, und alle anderen Nachbarn sind weggezogen.«
»Stell ich mir furchtbar vor. Alleine in der Einöde.«
»Ist es auch. Es fährt nicht einmal ein Bus dorthin. Beide müssen nun sehen, wie sie mit der Außenwelt Kontakt halten.«
»Aber das wolltest du mir nicht erzählen«, sagte Edzard

Korritter ungeduldig.
»Warte ab. Jetzt kommt es.« Anjuta tat geheimnisvoll. »Du weißt doch, dass die Mutter damals ihre Tochter sonnabends immer mit dem Moped in die Schule gefahren hat.«
Edzard Korritter nickte.
»Dieses Moped ist noch immer im Besitz der Mutter. Ich habe es neben dem Haus stehen sehen.«
»Sozialistische Wertarbeit ist eben unvergänglich«, spottete er, mit einem höhnischen Grienen.
»Darauf kommt es aber in diesem Fall nicht an.«
»Sondern worauf?«
»Darauf, dass uns die Tochter erzählt hat, dass sie selbst nur Auto fahren kann.«
»Aber was ist so schlimm daran?«
»Eigentlich gar nichts.« Anjuta verschränkte lässig die Arme und lehnte sich zurück.
»Nur, dass sie uns erzählt hat, dass ihre Mutter nicht mit uns sprechen könne, weil sie wegen der Teilnahme an einer Maßnahme vom Arbeitsamt verhindert sei.«
»Ihr hattet einen Termin vereinbart und die Mutter war nicht da?«, fragte Edzard Korritter erstaunt.
»Sie hat nicht mit uns gesprochen. Dass sie nicht da war, das ist eine andere Sache.«
»Jetzt verstehe ich gar nichts mehr.«
»Während wir uns mit der Tochter unterhalten haben, polterte es mit einem Male im Haus.« Anjuta rümpfte die Nase. »Im Übrigen ist nicht nur der ganze Ort, sondern auch das Haus scheußlich. Es riecht sehr muffig. Wahrscheinlich deshalb, weil außer den neuen Fenstern und Türen nichts an diesem Haus gemacht worden ist.«
»Liebling, nun komm doch endlich auf den Punkt.« Edzard Korritter stupste mit seinem Zeigefinger auf Anjutas Nase.
»Also, es polterte.«

»Richtig. Undine Seiffe erklärte dieses Poltern damit, dass das ihre Katzen seien.«
»Und, waren sie es?«, fragte Edzard Korritter und schmunzelte im Wissen darum, dass Anjuta Tiere verabscheute.
»Keine Ahnung. Wir haben jedenfalls keine gesehen.« Anjutas zog verächtlich ihre Mundwinkel herab. »Ein Glück«, setzte sie schnell noch hinzu, als sie daran dachte, dass die Katzen ihr wohlmöglich um die Beine gestrichen wären.
»Dann war es sicher der Poltergeist.«
»Oder die Mutter.«
»Die Mutter?«, wiederholte Edzard Korritter skeptisch. Der Spott war aus seiner Stimme gewichen.
»Mit einem Mal, mitten im Gespräch und völlig unmotiviert, fragte unsere verehrte Jalaß das Fräulein Seiffe, ob sie einmal deren Toilette benutzen dürfte.«
Edzard Korritter lachte hämisch auf. »Das kann wirklich nur der einfallen.«
»Stell dir vor, sie musste überhaupt nicht. Stattdessen hat sie sich nicht nur die gesamte untere Etage des Hauses angesehen, sondern darüber hinaus noch einen Blick aus dem Toilettenfenster geworfen.« Anjuta schüttelte sich bei dem Gedanken, die Toilette des alten Hauses benutzen zu müssen. »Also, das hätte ich ihr nun wirklich nicht zugetraut.«
»Höre ich da so etwas wie Anerkennung aus deiner Stimme?«
»Na, das wäre wohl doch etwas zu viel des Guten. Ich würde eher an Respekt, wegen ihres Geistesblitzes, denken.«
»Du hältst es nicht für möglich, aber ihr Toilettengang hatte tatsächlich etwas für sich«, ätzte Anjuta. Sie ärgerte sich, dass ihr dieser kluge Schachzug von Friederike Jalaß nicht selbst eingefallen war. »Sie hat unter anderem den Raum besichtigt, in dem sich zu dem Zeitpunkt, als Stefanie Heech verschwand, das Schlafzimmer von Lorenz und Wilhelmine Seiffe befand.«
»Das ist ja interessant.« Als Edzard Korritter Anjutas vernich-

tenden Blick bemerkte, spottete er: »Brauchte Sie ein paar Anregungen?«
»Wahrscheinlich.« Anjutas Ton klang versöhnlich. »Aber im Ernst, die Fenster im Erdgeschoss sind so niedrig, dass man da jederzeit hinausgelangen kann. Das hätte sogar ein Mann, der so alt und krank wie Lorenz Seiffe war, geschafft und zwar, ohne sich anzustrengen.«
»Damit ist er wieder im Rennen.«
»Genau. Hinzu kommt noch, dass unsere verehrte Kollegin, als sie aus dem Toilettenfenster schaute, hinter dem Haus ein Auto stehen sah.«
»Was ist daran denn Besonderes?«
»Das kann ich dir sagen.« Anjuta bewegte ihren Fuß, ließ ihren Pumps fallen und begann mit ihrem Fuß sein Bein zu streicheln. »Zu Beginn unseres Gesprächs hat mir Undine Seiffe erzählt, dass sie und ihre Mutter sich nur ein Auto leisten können.«
»Das bedeutet, dass, wenn die Mutter in der Stadt an einer Maßnahme vom Arbeitsamt teilnehmen muss und das Dorf nicht an das öffentliche Verkehrsnetz angeschlossen ist, aber Auto und Moped am Haus stehen, sie von anderen Personen abgeholt worden ist.«
»Sollte man denken. Es könnte aber auch sein, dass sie gar nicht gefahren ist.«
»Darauf würde das Poltern im Hause schließen lassen«, sagte Edzard Korritter nachdenklich.
»Daraus könnte man aber auch ableiten, dass es einen Grund geben muss, warum sie nicht mit uns reden will.«
»Das sehe ich genauso.«
Anjuta drehte ihren Kopf in Richtung des Schreibtisches. »Ich habe mich also noch einmal mit ihrer Aussage befasst.« Edzard Korritter folgte ihrem Blick und nahm erst jetzt die dicke aufgeschlagene Akte auf Anjutas Schreibtisch wahr.

»Ach, du hast heute Abend wieder einmal an dem Heechfall gearbeitet.«
»Daran arbeite ich jeden Tag. Bei meinem täglichen Arbeitsanfall kann ich das aber nicht so nebenbei. Ich brauche dazu meine Ruhe.« Anjuta zog ihren Schuh wieder an und schlug die Beine übereinander. Mit einem trotzigen Gesichtsausdruck sagte sie: »Ich weiß, dass ich den Fall lösen kann. Also werde ich ihn auch lösen.«
»Davon bin ich überzeugt, meine Schöne.« Edzard Korritter streichelte Anjutas Knie. »Und ich werde dir dabei behilflich sein und tun, was ich kann.«
»Das weiß ich doch.« Sie lächelte ihn verliebt an und gab ihm einen Luftkuss.
»Aber erzähl mal, was ist dir an der Zeugenvernehmung von der Cornelia Seiffe aufgefallen?«
»Du wirst nicht unbedingt darauf geachtet haben, aber auch ihre Vernehmung hat, wie könnte es anders sein, der Polizeibeamte Griebenow geführt.«
»Der Tonfall in deiner Stimme sagt mir, dass du etwas daran zu beanstanden hast.«
»Du sagst es.«
»Und was ist es?«
»Es ist die Art und Weise, wie er ihre Vernehmung durchgeführt hat.«
»Was hast du daran auszusetzen?«
»Einiges.« Anjuta machte eine bedeutungsvolle Pause. »Aus ihren Antworten geht hervor, dass er ihr Fragen gestellt haben muss, die er nicht protokollierte.« Sie stand auf und ging zu ihrem Schreibtisch. »Zum Beispiel sagt sie folgendes.« Sie beugte sich zu der Akte, die aufgeschlagen vor ihr lag, herunter. »Wenn ich gefragt werde, wie in der Woche das Abholen vor sich ging.« Anjuta sah forschend in das Gesicht von Edzard Korritter. »Sie meinte das Abholen ihrer Tochter

durch Stefanie Heech.«
»Das ist mir schon klar.«
»... so möchte ich sagen, dass ich oft, noch bevor Steffi bei uns eingetroffen ist, die Hauseingangstür aufgeschlossen und das Licht, welches sich über der Tür befindet, angeschaltet habe. Sie kam dann, ohne zu klopfen, herein. Eine Klingel besitzen wir nicht. Allerdings gab es auch Tage, an denen ich noch nicht aufgeschlossen und das Licht auch noch nicht angeschaltet hatte. An diesen Tagen klopfte Steffi dann immer an die Tür.« Anjuta hob ihren Zeigefinger. »Jetzt kommt es.« Sie hob ihren Zeigefinger. »Es gab nie Tage, an denen meine Tochter von Steffi versetzt worden war. Lediglich einmal hatte sie verschlafen. An diesem Tag ist Undine alleine zur Schule gefahren.«
»Dann hätte sie sich an dem Tag, an dem Stefanie Heech verschwand, eigentlich fragen müssen, wo das Mädchen bleibt. Was sagt sie denn zu diesem Tag?«, warf Edzard Korritter ein.
Anjuta nickte ohne aufzusehen und sagte während sie umblätterte, wie zu sich selbst: »Mit ihrer Aussage dazu wird alles noch mysteriöser. Da steht es.« Anjuta nahm die Akte in den Arm und setzte sich wieder zu Edzard Korritter. Vorsichtig legte sie sich die Akte auf ihren Schoß. »Griebenow fragte sie, wann sie davon erfahren habe, dass Stefanie Heech ihre Tochter auch an dem besagten Sonnabend abholen wollte.«
»Und was antwortete sie darauf?«
Anjuta sah in die Akte. »Da steht es.« Ihr Zeigefinger markierte für Edzard Korritter die Stelle. »Es war Freitag, als Steffi Undine wie immer zur Schule abholte. Mit einem Mal fragte mich meine Tochter, ob Steffi sie auch am Sonnabend abholen könne. Ich hatte nichts einzuwenden und erlaubte es ihr. Eine Begründung gab Undine mir nicht. Ich habe auch am Verhalten von Steffi nichts Besonderes festgestellt. Für mich war klar, dass ich Undine somit am Sonnabend nicht zur

Schule bringen muss.« Anjuta verstummte und sah Edzard Korritter nachdenklich an.
»Sie war also nicht darauf eingestellt, ihre Tochter zur Schule zu fahren.«
Anjuta schüttelte den Kopf.
»Ein Grund mehr nachzufragen, warum das Mädchen ihre Tochter dann doch nicht abgeholt hat. Mir ist nicht mehr in Erinnerung, was sie zu dem Sonnabend sagte. Lies noch mal vor.«
Anjuta senkte den Kopf und blätterte in der Akte. »Hier steht es.« Wieder markierte sie mit ihrem Finger die Stelle.. »Ich ließ mich an diesem Tag morgens um sieben durch den Wecker wecken. Durch das Klingeln ist Undine, die ebenfalls in unserem Schlafzimmer schläft, erwacht. Mein Mann, der tags zuvor bis um einundzwanzig Uhr die Gaststätte besucht hatte, blieb liegen. Er wollte ausschlafen.«
»Sicher hatte der einen Kater.«
Anjuta ignorierte Edzard Korritters Einwurf. »Undine und ich sind dann in unser Wohnzimmer gegangen, um uns anzuziehen. Dann gingen wir in die Küche, um uns dort zu waschen. Die Frage, ob ich an diesem Tag die Haustür aufgeschlossen habe, kann ich nicht genau beantworten. Ich weiß es einfach nicht mehr.«
»Wann ist sie vernommen worden?«
»Sieben Tage, nachdem das Mädchen verschwand.«
»Und dann weiß sie das nicht mehr?«
»Es kommt noch besser.«
»Ja, lies nur weiter.«
»Es muss ungefähr zehn nach sieben gewesen sein, als ich meine Schwiegermutter fragte, ob Steffi schon da gewesen sei. Sie verneinte. Um punkt halb acht entschloss ich mich, meine Tochter zur Schule zu fahren, weil ich befürchtete, dass sie sonst zu spät kommt. Ich hatte auf die Uhr geschaut.

Meinem Schwiegervater, der in Nachtwäsche aus dem Schlafzimmer kam, begegnete ich noch. Er war mit Unterhemd und Unterhose bekleidet.« Anjuta hielt inne und fixierte Edzard Korritter, der wohlig auf ihrer Couch lümmelte. »Ich habe ihre Aussage mit der ihrer Schwiegermutter abgeglichen. Dabei kam Erstaunliches zu Tage.«

»So?«

»Ja. Die Aussagen sind in vielen Punkten identisch, aber eben nicht in allen. Die Großmutter kann sich noch genau daran erinnern, dass sie an diesem Tag die Haustür nicht aufgeschlossen hatte. Sie behauptet, dass sie am Küchentisch saß und alleine gefrühstückt hat. Also muss ihre Schwiegertochter die Tür geöffnet haben.«

»Damit wird deren Aussage fragwürdig, denn wieso fragt sie ihre Schwiegermutter, ob Stefanie Heech schon gekommen ist, wenn die Haustür noch zu ist. Sie hätte das Mädchen doch ansonsten klopfen gehört.«

»Nicht unbedingt. Wenn man sich ansieht, was die Großmutter über ihren Mann ausgesagt hat.«

»Na?« Edzard Korritter gähnte ungeniert.

»Sie betonte, dass er noch tief und fest schlief, als sie aufgestanden sei und trotz mehrmaliger Nachfragen von dem Griebenow blieb sie dabei, dass er das Haus nicht verlassen habe.«

»Nun setze mal für einen alten Mann das Puzzle zusammen.«

»Also, von einem alten Mann kann wohl nicht die Rede sein.« Anjutas anzüglicher Blick verriet ihm, was sie meinte.

Edzard Korritter fühlte sich geschmeichelt. Er liebte an ihr die Mischung aus Jugend und Verderbtheit. »Du Schmeichlerin. Ich meine es ernst.«

»Ich auch.« Anjuta warf Edzard Korritter einen ihrer unschuldigsten Blicke zu. »Entweder die Großmutter lügt und sie hat doch die Tür aufgemacht. Dann lügt sie, um ihren Mann zu schützen, denn sie hat in ihrer Aussage weiter behauptet, dass er nicht aus dem Fenster steigen würde, weil er das in Unterwäsche sowieso und auch wegen der Kälte erst recht nicht getan hätte.«

»Damit würde auch die Aussage der Schwiegertochter wieder einen Sinn ergeben.«

»Richtig. Die kann sich zwar nicht erinnern, wer die Tür geöffnet hat. Aber in welcher Bekleidung ihr Schwiegervater aus seinem Zimmer kam, das will sie noch genau wissen. Findest du nicht, dass das mächtig danach aussieht, dem Alten ein Alibi zu verschaffen?«

Edzard Korritter wiegte bedächtig seinen Kopf hin und her. »Jedenfalls reicht sein Alibi nur bis nach dem Frühstück. Seine Frau sagte, dass er danach in den Garten ging und erst zum Mittag wieder erschien. Nach ihren Aussagen war er nach dem Mittag bis zum Beginn einer Sportsendung um fünfzehn Uhr wieder verschwunden.«

»Das reicht, um eine Leiche zu verscharren und Fahrrad und Schultasche zu verstecken«, bestätigte Edzard Korritter und unterdrückte ein erneutes Gähnen. »Was ist eigentlich mit seinem Sohn? Der müsste ja auch irgendwann aufgestanden sein.«

»Zu dem habe ich in der Akte nur gefunden, dass er wegen Schmerzen im Knie ab dem Tag, an dem das Mädchen verschwand, nicht mehr mit seinem Bein auftreten konnte. Er war dann eine Woche krankgeschrieben.«

»Dann konnte er seinem Vater also auch kein Alibi verschaffen?«

»Nein.« Anjuta zog ihre Stirn kraus.

»Was überlegst du, meine Schöne?« Edzard Korritter sah auf seine Uhr und richtete sich auf.

»Eben ist mir etwas eingefallen.« Sie schlug die Akte zu. »Ich denke gerade an das, was Konrad Heech neulich erzählt hat.«

»Was war das?«

»Durch die Aussagen seiner Frau hatte Lorenz Seiffe nur für die Mahlzeiten ein Alibi.«
»Wenn ihn keiner im Garten arbeiten gesehen hat, ja.«
»Also muss er alleine im Garten gewesen sein.«
»Ja.«
»Konrad Heech erzählte, dass er danach nie wieder alleine, sondern immer in Begleitung eines Familienangehörigen im Garten gesehen wurde.«
»Das ist für einen, der nichts zu verbergen hat, tatsächlich ungewöhnlich.« Edzard Korritter sah wieder auf seine Uhr. »Aber lass uns darüber ein anderes Mal weiter reden. Ich glaube, dass du jetzt nach Hause musst.« Dann stand er auf und reichte Anjuta die Hand.
Sie legte die Akte vor sich auf den Tisch und nahm seine Hand. Während sie sich von ihm hochziehen ließ, sagte sie: »Du willst mich loswerden.« Anjuta zog einen Schmollmund.
»Das ist das Letzte, was ich will.« Sein trauriger Blick ließ sie verstummen.

26
KAPITEL

Friederike nahm wie immer, wenn sie in Zeitnot war, zwei Stufen auf einmal. Als sie um die Ecke bog, traf sie auf Arnulf Kadgien.
»Guten Morgen, Frau Jalaß.«
»Oh, guten Morgen, Herr Kadgien«, antwortete sie atemlos.
»Sie brauchen sich nicht so zu beeilen. Ich bin genauso spät dran.« Der Seniorpartner der Anwaltskanzlei lächelte Friederike freundlich an. »Ohne uns können die Herrschaften sowieso nicht anfangen.« Arnulf Kadgien hatte die Hände lässig in seine Hosentasche geschoben.
Friederike verlangsamte ihr Tempo etwas und passte sich seinem Schritttempo an. »Ich hatte schon Angst, dass ich die Letzte bin.« Nebeneinander gehend, setzten sie ihren Weg zum Tagungsraum der Kanzlei fort. »Und immer dann, wenn man es besonders eilig hat, kommt ein Anruf, der noch eiliger ist, und schon ist man in Zeitnot.«
»Das bedeutet doch nur, dass Sie ausreichend zu tun haben.« Dieses Mal lächelte Arnulf Kadgien verschmitzt. »Und? Wie steht es mit dem Kanzleifall des Jahres?«, fragte er mit ehrlichem Interesse.
»Zurzeit sammeln wir Puzzlesteinchen um Puzzlesteinchen, ohne dass sich überhaupt schon eine Lösung abzeichnen würde.«

»Das ist mühsam, oder?«
»Ja. Die Sache ist vor allem so kompliziert, weil wir das Ergebnis nicht kennen. Wir fischen sozusagen im Trüben. Daher wissen wir eigentlich auch nicht, ob der Aufwand, den wir betreiben, für Herrn Heech am Ende überhaupt zu einem Nutzen führt.«
»Nanu. Wer ist denn hier von Selbstzweifeln geplagt?«, ertönte eine Stimme hinter den beiden Anwälten.
»Doktor Eweleit?« Friederike fuhr herum. »Guten Morgen. Ich hatte Sie gar nicht kommen gehört.«
»Guten Morgen, Frau Jalaß.« Burghard Eweleit gab ihr die Hand. »Hallo Arnulf.« Er klopfte seinem Partner auf die Schulter. Während sie nun zu dritt den langen Flur entlanggingen, wandte der Kanzleichef sich wieder Friederike zu. »Ich hatte eigentlich schon auf eine heiße Spur gehofft.« Forschend sah er in ihr Gesicht.
»Heiße Spuren gibt es auch genug. Die Frage in diesem verworrenen Labyrinth ist nur, ob irgendeine davon auch zum Ziel führt.«
Die Anwälte standen nun vor dem Tagungsraum.
»Dann bin ich gespannt, was es heute zu berichten gibt.« Arnulf Kadgien öffnete die Tür. »Bitte nach Ihnen.«
»Danke sehr.« Friederike trat ein. Ihr erster Blick fiel auf Anjuta. Sie hatte sich wie immer bestens postiert.
Nachdem Anjuta Friederikes Blick vorwurfsvoll erwidert hatte, sah sie demonstrativ auf ihre Uhr. Dabei musste sie übersehen, dass hinter Friederike die beiden Seniorpartner in den Raum traten. Beiden war Anjutas geringschätziger Gesichtsausdruck nicht verborgen geblieben.
Während Friederike zwischen zweien der Juniorpartner Platz nahm, setzte sich Burghard Eweleit an die Stirnseite des Tisches. Neben ihm saßen Edzard Korritter und Arnulf Kadgien auf ihren angestammten Plätzen. »Guten Morgen, allerseits.« Das

Gemurmel wich der gewohnte Stille, die immer dann eintrat, wenn der Kanzleichef das Wort ergriff. Burghard Eweleits Blick wanderte auffällig von der Uhr, die an der Wand hing, wie zufällig zu Anjuta und dann in die Runde. »Tut mir leid, dass ich mich um zwei Minuten verspätet habe. Es ging leider nicht eher, denn ich hatte noch ein dringendes Telefonat.«
»Frau Jalaß und mir ging es ebenso«, warf Arnulf Kadgien mit unbeweglicher Miene ein.
»Was im Grunde genommen ja auch nichts Schlechtes ist. Das zeigt, dass wir genügend zu tun haben.« Burghard Eweleit zwinkerte Friederike freundlich zu. Der Schalk in seinem Gesicht war unübersehbar. Während das darauf folgende höfliche Gelächter abebbte, setzte er seine Brille auf. »Unsere heutige Sitzung beginnen wir gleich mit dem Bericht unserer Kolleginnen in dem Heechfall. Ich würde vorschlagen, dass Frau Jalaß uns über die Akteneinsicht in der Behörde, die für die Stasiunterlagen zuständig ist, informiert.«
Noch während Burghard Eweleit sprach, richteten sich die Blicke der Anwesenden erwartungsvoll auf Friederike.
Die nickte, schlug gelassen einen Schreibblock mit ihren Notizen auf und sah mit sehr ernstem Gesicht in die Runde.
»Der Inhalt der Stasiakte von Herrn Heech war für ihn sehr schmerzlich. Was aber das Verschwinden seiner Tochter angeht, war sie wenig ergiebig.«
»War die Akte vollständig?«, fragte einer der Juniorpartner, der offensichtlich schon einmal mit den Stasiakten zu tun gehabt hatte.
»Nein. Leider nicht. Es konnte nur ein Teil zur Verfügung gestellt werden. Das hat uns die Behördenleiterin persönlich mitgeteilt, als sie die Einführung vornahm.«
»Woher weiß sie das?«
»Sie hat uns das Aktenzeichen erklärt. Aus diesem war für sie ersichtlich, dass es sich nur um einen Teil der Akte, die

von der Stasi für Herrn Heech geführt worden ist, handelt«, antwortete Friederike auf die Zwischenfrage eines Kollegen.
»Was bedeutet das denn?«, wollte ein anderer Partner wissen.
»Das bedeutet, dass die Behörde zwar darüber informiert ist, dass die Akte nicht vollständig vorliegt, es aber Erkenntnisse über den Verbleib der fehlenden Teile der Akte nicht gibt.«
Es erhob sich allgemeines Gemurmel.
»Ich entnehme der Reaktion unserer Kollegen Unverständnis über das Verschwinden von Akten. Ich glaube aber, dass wir akzeptieren müssen, dass uns nur ein Teil der Akte zur Verfügung steht«, zog Burghard Eweleit die Gesprächsleitung wieder an sich. Sofort trat wieder die übliche respektvolle Stille ein, die ihm die Kollegen immer dann entgegenbrachten, wenn er das Wort ergriff.
»Es stellt sich an dieser Stelle doch ernsthaft die Frage, wie so etwas passieren kann«, sagte Arnulf Kadgien mit der ihm eigenen Nachdenklichkeit.
»Wenn Akten verschwinden, liegt es in der Natur der Sache, dass jemand Interesse daran hat, dass der Inhalt dieser Akten nicht bekannt oder verwertet wird. Die Frage, die sich uns stellt, ist doch die: Wer hat Interesse daran, Akten entweder verschwinden zu lassen oder zu vernichten?«
Friederike nickte. Sie konnte nicht anders, denn sie musste Edzard Korritter Recht geben. Wie immer genoss er es, dass sich alle Blicke auf ihn richteten. »Dass nur einer die Möglichkeit hat, diese Akten verschwinden zu lassen, der in der Behörde arbeitet, dürfte klar sein. Daher sollten wir uns doch lieber darüber Gedanken machen, was diese Leute antreibt.«
»Ich teile deine Überlegung«, erwiderte Arnulf Kadgien, »zumal bekannt ist, dass es sich bei diesen Mitarbeitern um solche handelt, von denen früher einige selbst Stasimitarbeiter gewesen sind.«
»Du sagst es. Da die Stasi nur sogenannte linientreue Mitarbei-

ter rekrutierte, ist also davon auszugehen, dass diese Leute früher nicht nur zu einhundert Prozent hinter dem System der früheren DDR standen, sondern sich auch mit dem, was die Stasi mit den Leuten gemacht hat, voll identifizierten.«
Burghard Eweleit sah über den Rand seiner Brille in die Runde, schüttelte verständnislos den Kopf und sagte wie zu sich selbst: »Ich frage mich, ob die tatsächlich alle loyal sind.«
»Wir waren für diese Leute früher der Klassenfeind.« Aus Edzard Korritters Stimme war echte Empörung zu hören. »Daher versteht wohl keiner, dass solche Leute heute dort weiter für eben diese Klassenfeinde arbeiten.«
»Mit dieser Aussage bringst du mich auf eine Idee.« Arnulf Kadgien, der bisher zurückgelehnt in seinem Sessel saß, beugte sich vor, um Friederike anzusehen. »Bin ich richtig informiert, dass man seine Akte nur geschwärzt erhält?«
»Ja. Nach dem Stasiunterlagengesetz müssen solche Schwärzungen vorgenommen werden, um Anonymisierungen zu gewährleisten. Geschwärzt werden personenbezogene Informationen zu anderen Betroffenen oder Dritten, deren schutzwürdige Interessen zu wahren sind.«
»Das muss man sich einmal auf der Zunge zergehen lassen«, ätzte Edzard Korritter. »Einer Gehirnwäsche mussten die sich nicht unterziehen.«
»Das heißt doch nichts anderes, als dass zumindest ein Teil dieser Leute sich mit dem vorhandenen Aktenmaterial beschäftigen muss, bevor es die Opfer in die Hand bekommen.«
›Das stimmt. Er ist zu Recht so empört‹, dachte Friederike und nickte Arnulf Kadgien zu.
»Ich will hier keine Schwarzmalerei betreiben, aber glaubt von Ihnen einer ernsthaft, dass mit der Auflösung der Stasi alle Fäden, die gesponnen wurden, zerschnitten worden sind?«
Die Anwälte schüttelten ihre Köpfe.
»Arnulf. Worauf willst du hinaus?«, fragte Burghard Eweleit,

der sich über die Gesprächigkeit seines ansonsten eher introvertierten Partners wunderte.
»Die Antwort auf diese Frage möchte ich noch ein wenig zurückstellen. Hören wir doch erst einmal, was Frau Jalaß uns noch zu berichten hat.« Arnulf Kadgien sah zu Friederike. »Was meinten Sie damit, als Sie sagten, dass es sehr schmerzlich für Herrn Heech gewesen ist?«
»Als er das gelesen hat, was seine Brüder über ihn gesagt haben, war er sehr betroffen. Er fühlte sich zutiefst verletzt, als er in ihren Aussagen lesen musste, dass sie und andere Personen aus seiner Verwandtschaft ihm zugetraut haben, dass er etwas mit dem Verschwinden seiner Tochter zu tun haben könnte.«
»Wenn wir bisher davon ausgehen, dass das Mädchen einer Beziehungstat zum Opfer gefallen ist, ist der Gedanke wohl so abwegig nicht.«
Ein erneuter Blick von Burghard Eweleit über den Rand seiner Brille ließ Edzard Korritter verstummen.
Friederike ignorierte dessen Einwurf. »Er befand sich die ganze Zeit im Wechselbad seiner Gefühle. Die Bandbreite reichte vom lauten Weinen, über stille Nachdenklichkeit und ohnmächtiger Wut, bis hin zum lauten Gelächter.«
»Ernsthaft?«, fragte Burghard Eweleit Friederike verwundert, »Herr Heech hat laut losgelacht? Das kann ich mir gar nicht vorstellen.«
»Doch, das hat er. Ein Stasispitzel hat Herrn Heech in seinem Bericht wortgenau wiedergegeben. Obwohl der Vorfall schon Jahre zurücklag und Herr Heech längst alles vergessen hatte, fiel ihm die Situation sofort wieder ein. Er hatte in seinem Betrieb zwei politische Witze erzählt.«
»Er hat was?« Burghard Eweleit nahm seine Brille ab und legte sie auf den Tisch. »Das hätte ich ihm nicht zugetraut. Haben Sie sich den Witz gemerkt?«, fragte er schelmisch.

Friederike nickte.
»Ich denke, dass wir Herrn Heech keinesfalls unterschätzen sollten«, mischte sich Anjuta ein. Obwohl sie es als ungerecht empfunden hatte, dass Edzard Korritter gemaßregelt worden war, hatte sie sich bis jetzt zurückgehalten. Nun sah sie ihre Chance gekommen, in die Unterhaltung einzugreifen. Es ärgerte sie ohnehin maßlos, dass die ungeliebte Kollegin allein Konrad Heech hatte begleiten dürfen und jetzt im Mittelpunkt der allgemeinen Aufmerksamkeit stand.
»Selbstverständlich unterschätzen wir niemanden. Das ist eherner Grundsatz des Erfolges dieser Kanzlei.« Burghard Eweleit lächelte Anjuta freundlich an. »Aber ein bisschen Spaß gehört zur Arbeit.« Dann wendete er seinen Blick wieder Friederike zu und sagte: »Frau Jalaß, lassen Sie hören, was dem Stasispitzel so berichtenswert erschien.«
»Eigentlich begann die Sache recht harmlos. Herr Heech fragte seine Kollegen, ob sie wüssten, warum in der DDR das Toilettenpapier so hart sei.« Friederike sah in die Runde. »Weiß das einer von Ihnen?« In das allgemeine Kopfschütteln hinein gab sie dieselbe Antwort, wie Konrad Heech es auf der Feier in seinem Betrieb getan hatte. »Damit auch noch der letzte Arsch rot wird.«
Das Lachen von Burghard Eweleit und Arnulf Kadgien platzte in die Stille.
Friederike quittierte mit einem wissenden Lächeln, dass Anjuta gerade die Augen in Richtung von Edzard Korritter verdrehte, ehe beide verhalten in das folgende allgemeine Gelächter einstimmten.
Immer noch lachend, sagte Burghard Eweleit: »Der war so gut, dass wir jetzt auch noch den zweiten Witz hören wollen.«
Friederike nickte höflich und begann ohne Umschweife. »Honecker, Stoph und Mielke saßen in einem Flugzeug, als Mielke sagte: Wenn ich jetzt eine Mark aus dem Flugzeug

werfe, mache ich einen DDR-Bürger, der diese Mark findet, glücklich. Darauf sagte Stoph: Wenn ich zehn Mark aus dem Flugzeug werfe, mache ich zehn DDR-Bürger glücklich. Honecker darauf: Und wenn ich hundert Mark aus dem Flugzeug werfe, mache ich hundert DDR-Bürger glücklich. Kaum hatte er das gesagt, öffnete sich die Tür vom Cockpit. Heraus kam der Pilot, der sagte: Und wenn ich euch drei jetzt aus dem Flugzeug werfe, mache ich siebzehn Millionen DDR-Bürger glücklich.«

Wieder waren es Burghard Eweleit und Arnulf Kadgien, deren Gelächter die aufmerksame Stille zerriss.

Dieses Mal konnte die sonst übliche sachliche Atmosphäre der Beratung der Partner nur schwer wieder hergestellt werden. Burghard Eweleit wartete das Abebben der sich dem Gelächter anschließenden Diskussion ab.

Während er sich sein Haar aus der Stirn strich, sagte er: »Und da soll noch mal einer sagen, dass die DDR-Bürger nichts zu lachen hatten.« Er schmunzelte über seinen zweideutigen Ausspruch, bevor er wie gewohnt schlagartig ernst wurde. »Dass viele der Opfer dieser Staatssicherheit unversöhnlich sind, wundert mich nicht.« Er schüttelte seinen Kopf und setzte seine Brille wieder auf. Für die Anwälte war das ein vertrautes Zeichen dafür, dass er sich jetzt der weiteren Tagesordnung zuwandte. »Frau Jalaß. Sie sagten, dass in seiner Akte nichts stand, was für unseren Fall von Bedeutung wäre. Sie haben aber auch die Akten von anderen Personen eingesehen, die im Zusammenhang mit diesem Fall stehen. Wie sah es da aus?«

»Der Teil der Akte von Ursula Heech, der zur Verfügung stand, datierte von 1970. Darin fanden sich Ermittlungsberichte zu ihren Eltern und Großeltern, die Anträge gestellt hatten, ins Ausland zu reisen.«

»Diese Akte war ebenfalls nicht vollständig?«, wollte Arnulf Kadgien wissen.

»Nein. Der Teil, der uns zur Verfügung stand, enthielt nichts über Stefanie Heech.«
»Hatten Sie denn etwas erwartet?«, unterbrach Edzard Korritter Friederikes Bericht und ergänzte, mit einem Blick in die Runde: »Schließlich war sie ja schon zehn Jahre tot, als ihre Tochter verschwand.«
Friederike, die genau wusste, dass er sie provozieren wollte, erwiderte betont gleichmütig: »Nein, ich wollte nur eine passende Überleitung dazu finden, um mitzuteilen, dass keine der Akten, die Herr Heech und ich einsehen konnten, Unterlagen zu seiner Tochter enthielt.«
»Nicht eine?« Wenn es Edzard Korritter möglich gewesen wäre, hätte er seine Überraschung sicher verborgen.
»Nein.« Friederike zog ihre Notizen heran. »In der Akte des Hein, also des vermeintlichen Lebensgefährten von Ursula Heech, fanden sich zwei Strafanzeigen. Beide führten dazu, dass Hein verurteilt wurde. Einmal ist er wegen Hetze und Verletzung des Passgesetzes zu einer Strafe von zwei Jahren und sechs Monaten verurteilt worden.«
»Die hat er abgesessen?«
»Das ging leider aus dem Teil der Akte, die zu Verfügung stand, nicht hervor. Ich halte das auch nicht für so wichtig?«
»So? Ich dachte immer, dass man das Wesentliche erst dann beurteilen kann, wenn der Fall gelöst ist.« Edzard Korritter ließ nicht locker, was ihm einen unwilligen Blick von Arnulf Kadgien einbrachte.
»Sicherlich haben Sie damit Recht«, parierte Friederike. »Allerdings ist er für diese Straftat im Jahr 1959, also genau dreißig Jahre, bevor Stefanie Heech verschwand, verurteilt worden.« Während sie sprach, bedachte sie Edzard Korritter mit einem unverbindlichen Lächeln.
Burghard Eweleit, der seinen Partner mit einem undurchsichtigen Gesichtsausdruck gemustert hatte, drehte sich

nun zu Friederike. »Darf ich Ihren Worten entnehmen, dass Sie, was die zweite Verurteilung angeht, dazu eine andere Einstellung haben?«

Friederike kannte ihren Chef und wusste daher, dass der ironische Ton in seiner Stimme nicht ihr galt. Wieder lächelte sie, als sie sagte: »Genauso ist es.« Dann fuhr sie mit ernster Miene fort: »Hein hat sich als Offizier der Stasi ausgegeben. Dafür hat er eine Freiheitsstrafe von zwei Jahren erhalten. Dieses Urteil ist genau zwei Jahre vor dem Verschwinden von Ursula Heech verkündet worden.«

»Dann hätte er seine Strafe erst zu dem Zeitpunkt, als sie verschwand, verbüßt haben dürfen?«

»Ja. Hinzu kommt noch, dass in der Ermittlungsakte, die im Zusammenhang des Todes von Frau Heech geführt wurde, zu lesen war, dass er unter ständiger Kontrolle der Polizei stand.«

»Und das sagt uns was?« Burghard Eweleit enthob Friederike einer Antwort auf Edzard Korritters Frage. »Es gab im Strafrecht der DDR einen Paragrafen, der staatliche Kontrollmaßnahmen vorsah. Ich erinnere mich jetzt aber nicht mehr genau, wann der angeordnet wurde. Können Sie was dazu sagen?«

Friederike nickte. »Immer dann, wenn der Täter bereits wegen eines Verbrechens bestraft war oder die Würdigung seiner Tat und seiner Persönlichkeit ergab, dass nach Verbüßung der Strafe seine sogenannte ordnungsgemäße Wiedereingliederung unterstützt werden musste, wurden staatliche Kontrollmaßnahmen angeordnet.«

»Eigenartig. Wenn seine erste Straftat ein Verbrechen war, dürfte dieses längst verjährt gewesen sein, als er das nächste begangen hat. Dann hat er sich als Stasioffizier ausgegeben. Warum hat er das getan?«

»Die Gründe hierfür standen nicht in der Akte. Allerdings war seine Akte noch nicht vollständig. Ich habe mit der Behördenleiterin verabredet, dass ich dann noch einmal

Akteneinsicht erhalte, wenn der restliche Teil der Akten in der Behörde eingetroffen ist.«

Burghard Eweleit senkte seinen Kopf und blickte über den Rand seiner Brille. »Dann müssen wir bis dahin davon ausgehen, dass diese Kontrollmaßnahmen wegen der Person des Herrn Hein oder wegen seines Verhaltens angeordnet wurden.«

»Ja.«

»Wenn das aber der Fall gewesen sein sollte, hätten sie ihn bestimmt nicht vorzeitig entlassen. Aber offensichtlich hat er seine Strafe nicht in vollem Umfang verbüßen müssen.« Burghard Eweleit hob seinen Kopf und sah nachdenklich in die Runde. »Irgendetwas stimmt da nicht.« Seine Stirn legte sich in Falten.

»Das denke ich auch«, pflichtete Friederike ihm bei. »Außerdem fand sich auch in den Akten der Heech-Brüder, der Tanten und des Onkels von Konrad Heech nichts zu Steffi.«

»Was stand denn überhaupt drin?«, fragte Edzard Korritter mit einem lauernden Unterton in seiner Stimme.

»Vor allem Entscheidungen, die über die Anträge der Familie getroffen wurden, ihre Verwandten im Westen zu besuchen«, antwortete Friederike freundlich auf die Frage ihres Widersachers.

»Sonst nichts?«

»Jedenfalls nichts, was uns im Zusammenhang mit dem Verschwinden von Steffi Heech interessieren würde.«

»Das können Sie für alle hier anwesenden Kollegen beurteilen?«

»Frau Jalaß wird hierzu Berichte fertigen, die dann Bestandteil der Heechakte werden. Dann kann jeder selbst entscheiden, was für ihn von Interesse ist und was nicht«, beantwortete Burghard Eweleit, anstelle von Friederike, Edzard Korritters Frage.

Friederike selbst drehte sich für alle auffällig um und sah auf die Uhr an der Wand. Dann wandte sie sich zu Edzard Korritter

und sagte liebenswürdig: »Ich denke, dass Frau Dyba mit der Korrektur meiner ausführlichen Berichte schon fertig ist.«
»Dann dürfen wir gespannt sein, was uns nach unserer Tagung Neues in dem Heechfall erwartet.« Edzard Korritter hätte ihr nie das letzte Wort überlassen.
»Schön«, beendete Burghard Eweleit den Disput. »Dann können wir jetzt hören, was uns Frau Hohmuth zu den Zeugenvernehmungen sagen kann.«
Endlich hatte Anjuta die Möglichkeit, die Aufmerksamkeit aller auf sich zu ziehen. Als sie die Augen aller Kollegen auf sich gerichtet sah, begann sie auch ohne Umschweife mit ihrem Bericht.
›Warum wird sie eigentlich nicht durch ständige Zwischenfragen unterbrochen?‹, dachte Friederike, während Anjutas Worte an ihren Ohren vorbeirauschten und sah auf die geröteten Flecke an Anjutas Hals. ›Sie hat sich geärgert, dass Konrad Heech mich ausgesucht hat ihn zu begleiten. So konnte sie nicht über die Stasiakten reden, sondern musste das mir überlassen. An der ganzen Sache stimmt tatsächlich irgendetwas nicht. Aber was?‹ Friederike spielte gedankenlos mit dem Kugelschreiber in ihrer Hand. Ihre Gedanken glitten ab. ›Mitarbeiter der Stasi hatten unmittelbar nach dem Verschwinden von Stefanie Heech in die Ermittlungen von Griebenow, dem Polizisten, eingegriffen. Was aber hatten ihre Ermittlungen erbracht und wo waren diese dokumentiert?‹
Anjutas Worte rauschten immer noch an Friederikes Ohren vorbei, ohne dass sie deren Inhalt erfasste.
›Haben die zusammengearbeitet oder hat jeder für sich selbst ermittelt?‹ Friederike krallte die Finger ihrer rechten Hand um den Kugelschreiber und drückte den Daumen im Staccato auf dessen bewegliches Ende. ›Aus der Heechakte geht hervor, dass Griebenow schon vor mir Einsicht in die Stasiakten genommen hat. Warum schreibt er, dass die Stasi

keine Hinweise zur Klärung der Vermisstensache erarbeiten konnte? Woher weiß er das? Was ist, wenn doch noch andere Akten existieren? Was stand darin geschrieben?‹ Friederike hatte Griebenows Bericht so oft gelesen, dass sie ihn bildlich vor sich sah. Sie hielt inne. Dann fiel es ihr wieder ein. Ihr wurde heiß. Sie bemerkte nicht, dass sie jetzt laut mit dem Kugelschreiber knackte.

»Frau Jalaß?«

›Hatte da nicht irgendwer ihren Namen genannt?‹

»Frau Jalaß. Was macht Sie so nervös?«

Friederike sah in Burghard Eweleits fragendes Gesicht und bemerkte, dass auch all die anderen Kollegen ihre Blicke auf sie gerichtet hatten. Sie murmelte ein kurzes »Entschuldigung« in Richtung von Anjuta.

Obwohl die gerade mit ihrem Bericht geendet hatte, warf sie Friederike einen vernichtenden Blick zu.

»Hinweise, dass die Stasi gezielt Verdunklungshandlungen vorgenommen hat oder solche, die mit dem Vermisstenstatus in Verbindung zu bringen sind, sind aus den eingesehenen Akten nicht erkennbar.«

»Frau Jalaß. Wir verstehen nicht so recht. Hätten Sie die Freundlichkeit, uns an Ihren Gedanken teilhaben zu lassen?«, ätzte Edzard Korritter.

»Mit diesen Worten endete Griebenows Vermerk in der Heechakte. Ich habe mich gerade gefragt, wie er so etwas schreiben konnte.«

»Ich war der Meinung, dass wir das Thema Stasi für heute schon beendet hatten.« Hilfesuchend sah Edzard Korritter zu Burghard Eweleit.

Der hatte seinen fragenden Blick auf Friederike gerichtet und reagierte nicht.

»Das dachte ich nicht«, ließ sich statt des Kanzleichefs Arnulf Kadgien darauf vernehmen. »Zumindest bin ich noch die

Antwort auf die Frage vorhin schuldig. Und das, was Frau Jalaß gerade beschäftigt hat, steht damit im Zusammenhang.« Der Schalk in seinem Gesicht war unübersehbar, als er Friederike ermutigend zunickte. »Lassen Sie uns an Ihren Gedanken teilhaben.«

»Wenn Griebenow so etwas in die Akte schreibt und dann noch einmal ausdrücklich feststellt, dass Herr Heech zur damaligen Zeit als Tatverdächtiger in Frage kam, ist gewährleistet, dass alle anderen Ermittler, die jemals nach ihm kommen, davon ausgehen und in keine andere Richtung ermitteln.«

»So ist es«, bestätigte Arnulf Kadgien. »Sicher werden wir niemals eine Antwort auf die Frage erhalten, ob die Stasi selbst Griebenow mit den Ermittlungen beauftragt hat oder ob der einfach nur dumm ist.«

»Wir müssen aufpassen, dass wir uns nicht alle mit dem Virus des Verfolgungswahns infizieren«, warf Edzard Korritter bissig ein. Obwohl er Friederike dabei nicht ansah, gab es keinen Zweifel, dass dies ihr galt.

»Ich möchte Burghards Spruch von vorhin noch ergänzen.« Arnulf Kadgien gab sich keinesfalls geschlagen. Mit der unschuldigsten Miene, zu der er fähig war, sagte er: »Der Grundsatz des Erfolges unserer Kanzlei ist nicht nur, dass wir keinen unterschätzen, sondern auch, dass wir niemals mit der Dummheit von anderen rechnen.«

Friederike war froh, dass sie es gelernt hatte, keine Regung zu zeigen. Ansonsten hätte sie vor Lachen laut losgeprustet.

27
KAPITEL

Seitdem die Sitzung beendet war, fand Friederike keine Ruhe. Rastlos wanderte sie in ihrem Büro umher, unfähig sich zu konzentrieren. Sie fand keine Antwort auf die vielen Fragen, die ihr durch den Kopf gingen.
Silvia Dyba kannte diesen Gemütszustand ihrer Chefin. Um sich von deren Nervosität nicht anstecken zu lassen, hatte sie mit einem mitleidigen Blick leise die Tür geschlossen.
Friederike stellte sich an ihr Fenster und beobachtete das rege Treiben vor der Anwaltskanzlei. Leute kamen und gingen. Schwere Limousinen rollten auf den Parkplatz. Andere fuhren wieder davon. Gerade fuhr wieder eine große dunkle Luxuslimousine in langsamem Tempo auf den Parkplatz. Friederike konnte die Insassen des Wagens nicht erkennen. Sie war gespannt, wer diesem Wagen entsteigen würde. ›Sicher ein Ehepaar in mittleren Jahren. Sie in einem edlen Kostüm mit Schmuck behängt, er in einem Anzug aus gutem Tuch und mit einer sündhaft teuren Uhr am Handgelenk.‹
Als sich nur die Fahrertür öffnete, war sie enttäuscht. Der Limousine entstieg ein braungebrannter junger Mann. Er beugte sich zurück in sein Auto. Nachdem er sich wieder aufgerichtet hatte, klemmte ein dicker Aktenordner unter seinem Arm. Der junge Mann schloss die Tür und tippte mit seinem Finger an den Türgriff. Als Friederike das Licht

aufblinken sah, lächelte sie und sagte laut: »Dieser Wagen muss ein Vermögen gekostet haben.« Dann beugte sie sich zu den Blumen auf ihrem Fensterbrett und begann trockene Blätter abzuzupfen. »Ob er sich das alleine erarbeitet hat? Vielleicht hat er geerbt?« Sie hielt inne und sah wieder neugierig aus dem Fenster. Der junge Mann strebte mit großen Schritten der Eingangstür entgegen. Dabei schnitt er einer älteren Dame den Weg ab. Er dachte nicht daran stehen zu bleiben. Die alte Frau schüttelte empört den Kopf und setzte ihren Weg langsam fort.
»Sieh an, sieh an, wie rücksichtslos er ist. Er sieht weder nach links noch nach rechts, sondern marschiert geradeaus seinem Ziel entgegen.« Friederike beugte sich wieder zu ihren Pflanzen. »Und wir wollen ein Verbrechen aufklären und haben das Ende unseres Wegs aus den Augen verloren.« Sie fuhr hoch. »Das ist es.« Sie drehte sich um und ging zu ihrem Schreibtisch. Dort warf sie die trockenen Pflanzenteile in den Papierkorb und rieb ihre Handflächen gegeneinander. »Wir können das Verbrechen niemals alleine aufklären.« Sie ließ sich in ihren Stuhl fallen und dachte an das Buch auf ihrem Nachttisch.
In diesem Augenblick klopfte es leise. Silvia Dyba öffnete vorsichtig die Tür. »Möchtest du einen Cappuccino?«
»Eigentlich ist ein Krimi, in dem eine Hobbydetektivin das Verbrechen aufklärt, totaler Quatsch. Sie besitzt weder die entsprechenden Möglichkeiten und schon gar nicht die notwendigen Kompetenzen.«
»Wie kommst du denn jetzt darauf? Ich dachte, dass du dich mit dem Heechfall beschäftigst.« Verständnislos mit dem Kopf schüttelnd, musterte Silvia Dyba ihre Chefin.
»Nichts anderes tue ich. Aber wir müssen einsehen, dass es uns ohne fremde Hilfe nicht gelingen wird, die Sache aufzuklären. Dazu kommt noch ein weiteres Hindernis.« Nervös

wackelte Friederike mit ihren Beinen. »Was ist, wenn genau die Personen, die an der Aufklärung eines Verbrechens arbeiten, die Aufklärung verhindern wollen? Was ist, wenn gerade diese Menschen Grenzen haben und gar nicht in der Lage sind, das Verbrechen aufzuklären?«

»Rike. Warum stellst du denn jetzt alles in Frage? So kenne ich dich gar nicht.« Silvia Dyba schüttelte nun sichtlich besorgt ihren Kopf.

»Wir sind Anwälte. Uns fehlen einfach die nötigen Kompetenzen, ein Verbrechen aufzuklären.«

Eine Mischung aus Ratlosigkeit und Unverständnis stand Silvia Dyba im Gesicht geschrieben, als sie verwundert fragte: »Was ist denn heute mit dir los?«

»Nichts. Aber wir können uns noch so viel Mühe geben, ohne Hilfe werden wir den Fall nicht lösen«, antwortete Friederike mit sorgenvoll gerunzelter Stirn. Doch dann lächelte sie. »Im Übrigen nehme ich dein Angebot gerne an. Wer könnte zu deinem Cappuccino auch schon nein sagen.«

Kopfschüttelnd schloss Silvia Dyba wortlos die Tür hinter sich.

›Wir haben Herrn Heech versprochen, das Schicksal seiner Tochter aufzuklären.‹ Friederike kam Karo, ihre kleine Tochter, in den Sinn. Sie schlug den Deckel der Heechakte auf und tippte mit dem Finger auf eine Telefonnummer. Dann beugte sie sich über die Tischplatte und zog das Telefon zu sich heran. Während sie die Nummer wählte, sagte sie laut in den Raum hinein: »Versprechen muss man halten.«

Aus dem Telefon erklang das Freizeichen.

»Gerit Maas, Kripo…«, meldete sich eine junge freundliche Frauenstimme. Der Rest ging in einem lauten Knall unter.

»Guten Tag, Frau Maas. Hier ist Friederike Jalaß von der Anwaltskanzlei Dr. Eweleit, Korritter und Kadgien. Ich rufe wegen dem Heechfall an.«

»Hallo, Frau Jalaß. Entschuldigen Sie bitte den Krach. Hier

ist gerade die Tür zugeflogen. Wir mussten ein bisschen Durchzug machen.«
»Etwa aus dem gleichen Grund, warum ich nach einer Besprechung mit einem meiner Mandanten manchmal die Aromalampe anmachen muss?« In Friederikes Nase machten sich imaginäre, beißende Gerüche breit, die von menschlichen Körperausdünstungen wie altem Schweiß, Urin oder Mundgeruch herrührten.
»Das ist sehr wahrscheinlich.«
Beide Frauen lachten. Sie waren sich auf Anhieb sympathisch.
»Frau Jalaß. Ich kenne Ihren Namen schon aus der Akte. Den Fall haben mein Kollege Klinge und ich seit kurzem übernommen. Jetzt arbeiten wir zu zweit daran.«
»Das habe ich schon von Staatsanwalt Bukow gehört.«
»Haben Sie etwas dagegen, wenn Herr Klinge mithört? Er sitzt mir gerade gegenüber.«
»Nein, selbstverständlich nicht.«
»Schön. Dann stelle ich mein Telefon jetzt auf laut.«
»Matthias Klinge hier. Hallo, Frau Jalaß. Ich grüße Sie.«
»Guten Tag, Herr Klinge.«
»Ich hoffe, dass wir Ihnen weiterhelfen können. Zwar habe ich die umfangreiche Akte schon gelesen, aber viel Neues haben wir leider noch nicht zu berichten.«
›Von beiden hat sicher sie das Kommando‹, dachte Friederike und sagte laut in den Hörer: »Das hatte ich auch nicht erwartet.«
»Sicherlich verstehen Sie, dass wir uns immer zuerst den aktuellen Sachen widmen müssen. Wir arbeiten gerade wieder an einem Mordfall.« Es klang wie eine Entschuldigung.
»Natürlich. Das Verschwinden von Stefanie Heech liegt mehr als fünfzehn Jahre zurück.«
»Was aber nicht heißen soll, dass wir uns nicht trotzdem darum kümmern werden. Wir gehen systematisch an die alten Fälle

heran und arbeiten sie ab. Gerade neulich konnten wir so einen Mordfall aufklären, der ebenfalls mehr als zehn Jahre zurücklag.« Die Stimme der jungen Polizeibeamtin klang überzeugt. »Außerdem, was mit Stefanie Heech passiert ist, kann einen schon bewegen.«

»Schön, das zu hören.« Friederike war erleichtert. »Da wir nun sozusagen für die gleiche Sache kämpfen, dachte ich, dass ich mal anrufe und nach dem Stand der Dinge frage.«

»Dank Ihres Hinweises haben wir, als uns der Staatsanwalt Bukow hiervon berichtete, den Milchzahn, der sich noch im Besitz von Herrn Heech befand, geholt und ihn untersuchen lassen.«

»Liegt das Ergebnis schon vor?«

»Ja. Ich habe, was das anbetrifft, eine gute Mitteilung für Sie.«

»Wirklich?«

»Ja. Es konnte ein vollständiger genetischer Fingerabdruck hergestellt werden.«

»Na. Das ist wirklich eine gute Nachricht. Dann kann ja jetzt ein Abgleich mit den Spuren, die damals, als Stefanie Heech verschwand, gesichert wurden, vorgenommen werden«, erwiderte Friederike erfreut und lauschte verwundert in die Stille, die am anderen Ende der Leitung eintrat.

»Das ist zur Zeit leider nicht möglich.«

»Nein?«

»Es gibt da ein Problem.«

»So, welches denn?«, fragte Friederike irritiert.

»Die gesamten Asservate sind verschwunden. Das heißt, sie sind zurzeit nicht auffindbar.«

»Immer noch nicht?«, fragte Friederike nun sichtlich verwundert. »Wie konnte das denn geschehen?«

»Das hat unterschiedliche Gründe. Sie wissen ja, dass Dienststellen zusammengelegt wurden. In diesem Zusammenhang sind die Asservate wahrscheinlich irgendwo zentral gelagert

worden.«
»Und nun?«
»Wir versuchen, sie zu finden.«
»Heißt das, dass auch die Möglichkeit besteht, dass die gesicherten Spuren vernichtet worden sind?«
»Das glaube ich nicht. Wir wissen derzeit nur noch nicht, wo sie hingekommen sind. Da müssen wir noch ein bisschen recherchieren.«
»Hoffentlich finden Sie sie wieder.« Friederike wollte sich gar nicht erst ausmalen, was geschehen würde, wenn die Asservate unauffindbar blieben. »Vor allem die Jacke von dem Handtke.«
»Wissen Sie eigentlich, unter welchen Umständen die Jacke aus der Asservatenkammer herausgegeben worden ist?«
»Nein.«
»Der Handtke ist ungefähr vier Jahre, nachdem Stefanie Heech verschwunden war, verurteilt worden.«
»So? Weswegen denn?«
»Raten Sie mal.«
»Ich habe keine Ahnung.«
»Wegen der Vergewaltigung einer jungen Frau.«
»Nein. Wirklich?«
»Ja.«
»Aber der Gutachter, der ihn damals im Zusammenhang mit dem Verschwinden von Stefanie begutachtet hatte, hat in seinem Bericht doch ausgeschlossen, dass der sich überhaupt Frauen nähern würde.« Friederike war fassungslos. »Stand er damals unter Alkoholeinfluss?«
»Das weiß ich nicht. Warum?«
»Wenn ich mich recht erinnere, schrieb der Gutachter, dass er sich überhaupt nur unter Alkoholeinfluss getrauen würde, sich Frauen zu nähern.«
Obwohl die Polizeibeamtin die Sprechmuschel zuhielt, hörte

Friederike, wie sie ihrem Partner zuraunte: »Wir müssen uns die alte Akte von dem Handtke kommen lassen.« Nachdem sie die Hand wieder von der Sprechmuschel ihres Telefons entfernt hatte, sagte sie zu Friederike: »Sie meinen, dass die Jacke wegen der Blutspuren, die darauf gefunden wurden, untersucht werden müsste?«

»Ja. Schon damals hatte man herausgefunden, dass es sich bei diesem Blut um menschliches Blut handelt.«

»Nicht nur das«, bestätigte die Polizeibeamtin. »Dieses Blut ist der gleichen Blutgruppe zuzuordnen, die auch Stefanie Heech hat. Und da die Technik heute wesentlich weiter ist als damals, wird man sehr genau bestimmen können, ob es ihr Blut ist.«

»Deshalb wäre es auch schön, wenn sich die Haarbürste mit ihren Haaren wieder anfinden würde. Dann wäre auch der Abgleich mit dem Milchzahn möglich.«

»Das stimmt. Aber auch die andere Tochter von Herrn Heech hat zwischenzeitlich eine Speichelprobe abgegeben.«

›Konrad Heech hat Recht. Sie misstrauen ihm immer noch‹, dachte Friederike »Und?« Sie hielt den Atem an.

»Auch hier liegt ein Ergebnis vor. Dieses schließt aus, dass der Zahn von ihr stammt.«

»Das hätte mich auch gewundert. Ihr Kollege Griebenow hielt bis zum Schluss Herrn Heech für den Tatverdächtigen.« Friederike war gespannt auf die Antwort der Kommissarin, als sie nachsetzte: »Sie auch?«

»In Ihrem Beruf heißt es, dass ein Angeklagter solange als unschuldig gilt, bis ihm seine Tat nachgewiesen worden ist.«

›So sollte es sein.‹

Da Friederike nicht antwortete, fuhr die Kommissarin fort. »In unserem Beruf ist es genau umgekehrt. Mein Partner, der Herr Klinge und ich, halten die Tatverdächtigen solange für schuldig, solange ihre Unschuld nicht erwiesen ist.«

›Das war wieder eine sehr diplomatische Antwort. Sie würde mir sicher niemals sagen, ob sie ihn für schuldig oder unschuldig hält‹, dachte Friederike und fragte: »Aber wie geht es jetzt weiter?«

»Wir haben letzte Woche in Erfahrung gebracht, dass das Grab von Ursula Heech noch existiert und werden jetzt bei der Staatsanwaltschaft den Antrag stellen, dass ihre Leiche exhumiert wird. Das haben wir wegen der Arbeit an den anderen Sachen leider noch nicht geschafft.«

Friederike bemühte sich, ihre Freude zu verbergen und fragte betont sachlich. »Haben Sie Erfahrung damit, wann und wie über so einen Antrag entschieden wird?«

»Nein. Ich persönlich habe auch noch nie so einen Antrag gestellt, aber ich weiß, dass in unserer Behörde Exhumierungen früher schon beantragt worden sind. Die sind dann auch immer durchgeführt worden.«

Lautlos öffnete sich die Tür und Silvia Dyba kam mit einem Cappuccino in der Hand herein. Vorsichtig, um nichts zu verschütten, näherte sie sich dem Schreibtisch.

Friederike lachte sie an, streckte ihren Arm in die Luft und zog ihn wie bei einem einarmigen Klimmzug wieder herunter. Dann fragte sie in den Telefonhörer: »Wie geht es eigentlich weiter, wenn festgestellt wird, dass in dem Grab von Ursula Heech nicht deren Leiche gefunden wird?«

Silvia Dyba stellte die Tasse in sicherer Entfernung von Friederikes Akte ab und entfernte sich genauso lautlos wie sie gekommen war.

»Das kann ich Ihnen heute auch noch nicht sagen. Was ich Ihnen heute aber schon sagen kann ist, was passiert, wenn es doch ihre Leiche ist.«

»Das kann ich auch. Dann kann ausgeschlossen werden, dass die Mutter etwas mit dem Verschwinden von Stefanie Heech zu tun hat.«

»Sie sagen es.« Beide Frauen lachten.

»Frau Jalaß.« Die Stimme von Gerit Maas klang wieder ernst und sehr konzentriert. »Haben Sie sich eigentlich einmal den letzten Wohnort von Stefanie Heech persönlich angesehen.«

»Ja. Das habe ich«, antwortete Friederike.

»Dann haben Sie auch gesehen, dass das Dorf damals tatsächlich nur aus drei Häusern bestand.«

»Drei Häuser und eine Ruine, die früher einmal ein Forsthaus gewesen ist. Dazu kommen noch diverse Bunker. Heute ist es dort noch einsamer. Jetzt wohnen nur noch Frau Seiffe und ihre Tochter dort. Haben Sie auch registriert, wie dicht diese Häuser stehen?«

»Ja.«

»Umso mehr verwundert es doch, dass niemand etwas gehört haben will, oder?«

»Ja. Der ganze Fall ist mysteriös.«

»Frau Maas. Darf ich Ihnen eine Frage stellen?«

»Selbstverständlich.«

»Finden Sie es vor diesem Hintergrund nicht seltsam, dass die damaligen Dorfbewohner nicht umfangreicher vernommen wurden?«

»Ehrlich gesagt, ich finde, dass in dieser Sache noch einige ungeklärte Fragen zu beantworten sind«, lautete die diplomatische Antwort der Polizeibeamtin.

»So ist es.« Friederike seufzte. »Eine davon ergibt sich für mich aus dem Bericht von Ihrem Kollegen Griebenow, den ich in der Heechakte gefunden habe.«

»Ja?« Gerit Maas dehnte das Wort.

»Er hat beim Bundesbeauftragten für die Unterlagen der Stasi Akten eingesehen.«

»Ja. Den Bericht habe ich auch gelesen.«

»Darunter waren auch Akten, zu denen wir leider keinen Zugang haben.« Friederike horchte in die Stille. Offensichtlich wartete die Kommissarin auf Friederikes weitere Reaktion. Jetzt durfte sie keinen Fehler machen. Schließlich war Gerit Maas nicht verpflichtet, mit ihr zu reden. Sorgsam auf die Wahl ihrer Worte bedacht, sagte sie: »Er hat einen Ordner angesehen, der Meldungen zu Tötungsverbrechen und sogenannten Grenzdurchbrüchen enthielt. Dazu schreibt er, dass diese Meldungen zwar geordnet, aber nicht vollständig sind. Für auffällig an diesem Ordner befand er, dass der Fall Stefanie Heech nicht gemeldet worden ist.«

Wieder nur Stille am anderen Ende der Leitung.

»In einem zweiten Ordner, den er angesehen hat, befanden sich Arbeitshinweise und eine Innendienst- und Prämienordnung für die Mitarbeiter der Stasi und Meldungen über ausgewählte Tötungsverbrechen. Auch hierin war von dem Fall Stefanie Heech nichts zu finden. Ebenso wenig wie in dem dritten Ordner, der Meldungen der für den Wohnsitz von Stefanie Heech zuständigen Bezirksverwaltung der Stasi über Demonstrationen, Brandanschläge, Grenzverletzungen, Tötungsverbrechen und Vermisstensachen enthielt.«

»Vor dem Hintergrund der umfangreichen Tätigkeit der Mitarbeiter der Stasi ist das wirklich sehr ungewöhnlich. Aber eine Erklärung dafür habe ich auch nicht.« Die Stimme von Gerit Maas klang nachdenklich.

Friederike überlegte kurz, entschloss sich dann aber, sie direkt zu fragen. Vorsichtig begann sie: »Unter den Unterlagen, die Ihr Kollege Griebenow angesehen hat, befand sich auch ein ganz besonderer Ordner.«

»Welchen meinen Sie?«

»Ich meine den, in dem sich Berichte der Polizei und einer Abteilung der Stasi über deren Zusammenarbeit befanden.«

»Kann sein. So tiefgründig habe ich mir die Sache noch nicht angesehen. Worum geht es Ihnen?«

»Diese Zusammenarbeit bezog sich auf die Sicherung eines

Bombenabwurf- und Feldflugplatzes der ehemaligen Sowjetarmee. Ihr Kollege Griebenow berichtet von einer politisch-operativen Durchsetzung des Anwohnerbereiches. Können Sie mir erklären, was dahintersteckt oder was damit gemeint ist?«
»Nein, warum?«
Friederikes Augenbrauen zogen sich zusammen. Sie überlegte blitzschnell. Stimmte es, dass Gerit Maas die Akte tatsächlich erst oberflächlich gelesen hatte oder wollte sie ihr Wissen nicht teilen? »Nun. Die Unterlagen, die der Herr Griebenow eingesehen hat, veranlassten ihn zu der Bemerkung, dass sich darin keine Hinweise zu der Vermisstensache Stefanie Heech befanden. Ich frage mich nun, warum er in diesem Zusammenhang solche Unterlagen einsieht?«
»Die Frage kann ich Ihnen heute leider auch nicht beantworten.«
»Schade, denn ich habe auch keine Erklärung dafür. Dazu bin ich mir nicht sicher, ob wir einmal die Gelegenheit haben werden, uns diese Ordner anzusehen.«
»Auch das kann ich Ihnen leider nicht beantworten.«
»Aber es ist nicht ausgeschlossen, dass Sie die Ermittlungen Ihres Kollegen noch einmal nachvollziehen?«
»Selbstverständlich werden wir das tun. Missverstehen Sie das bitte nicht. Aber heute und morgen wird das nichts.« Es klang ehrlich.
Friederikes Misstrauen verflog. »Bedeutet das, dass Sie sich die Mühe machen werden, die Zeugen und Tatverdächtigen von damals noch einmal zu vernehmen?«
»Wenn wir es für notwendig halten, werden wir das tun. Aber warum fragen Sie?«
Friederike dachte an ihren Mandanten und antwortete: »Herr Heech ist nicht davon abzubringen, dass die Lösung dieses Falls irgendwo in der Familie Seiffe zu suchen ist.«
»So? Und wie begründet er seinen Verdacht?«
»Er bringt verschiedene Sachen vor.«

»Schreib mal mit«, hörte Friederike die Polizeibeamtin ihrem Partner zuraunend. »Entschuldigung, Frau Jalaß. Es kann losgehen.«
»Zum einen ist es der ungewöhnliche Zeitpunkt, zu dem sie verschwand. Sie sollte demnächst ihren Personalausweis erhalten. Wenn Undine zu Hause erzählt hat, dass Steffi demnächst mit ihrem Vater zur Polizei muss, dann könnte ein Mitglied dieser Familie deswegen in Panik geraten sein.«
»Das ist ein durchaus nachvollziehbarer Verdacht.«
»Wenn diese Familie nichts mit dem Verschwinden von Steffi Heech zu tun hat, ist es für ihren Vater nicht nachvollziehbar, warum Lorenz Seiffe, der vorher immer allein im Garten gearbeitet hat, hinterher nur in Begleitung eines Familienmitgliedes gesehen worden ist.«
»Stimmt das wirklich?«
»Er sagt es so. Sie würden diese Aussage anzweifeln?«
Die Kommissarin lachte. Dann antwortete sie wieder ausweichend. »Frau Jalaß. Denken Sie an unseren Leitspruch.«
›Er gehört für Sie nach wie vor zu den Tatverdächtigen. Sie denkt wahrscheinlich, dass er von sich ablenken will‹, dachte Friederike. Laut sagte sie: »Alle Mitglieder der Familie Seiffe kannten sich mit den örtlichen Gegebenheiten bestens aus.«
»Genau wie auch die anderen Dorfbewohner.«
»Genau wie auch die anderen Dorfbewohner«, wiederholte Friederike und setzte hinzu: »zu denen auch der seinerzeit Tatverdächtige Petrussow gehörte.«
»Und die Familie Heech.«
»Auch die«, pflichtete Friederike der Kommissarin bei. »Umso mehr erstaunt es aber den Herrn Heech, dass sein Cousin Wilhelm, der älteste Sohn von Wilhelmine und Lorenz Seiffe, niemals vernommen worden ist. Hinzu kommt noch, dass die Autos von Tatverdächtigen, und das waren fast alle in Frage kommenden Männer, kriminaltechnisch untersucht

wurden, seines hingegen davon verschont blieb.«
»Ich sagte es ja schon. So tief haben wir uns noch nicht eingearbeitet.«
Aus dem ungeduldigen Ton, in dem Gerit Maas das sagte, schloss Friederike, dass sie das Gespräch beenden wollte.
»Als letztes Argument führt Herr Heech an, dass es sich bei seinem Cousin Winfried Seiffe um einen fleißigen, arbeitsamen Menschen gehandelt habe.«
»Das ist doch der, der so früh gestorben ist.«
»Genau der. Er ist an Leberzirrhose gestorben. Nach Kenntnis von Herrn Heech hat er sich totgetrunken, weil er mit irgendetwas nicht fertig geworden ist.«
»Und was glauben Sie?«, fragte die Kommissarin überraschend.
»Gar nichts«, antwortete Friederike ebenso überraschend. »Ich frage mich nur, warum seine Frau nicht mit mir reden will.«
»Sie meinen Cornelia Seiffe.«
»Ja.«
»Wobei es ihr in einem Ermittlungsverfahren auch freisteht, sich zu äußern. Also muss sie nicht mit Ihnen reden.«
»Mit mir nicht«, bestätigte Friederike gleichmütig und fügte hinzu. »Aber mit Ihnen.«
»Das muss sie auch nicht.«
»Stimmt. Aber das würde uns zu denken geben, oder?«
Wieder lachten beide Frauen. Dann verabschiedeten sie sich.
Als Friederike den Telefonhörer aufgelegt hatte, klappte sie die Akte zu und zog die Tasse mit dem erkalteten, süßen Cappuccino zu sich heran. Sie nahm genüsslich einen Schluck und lehnte sich dann nachdenklich in ihren Stuhl zurück.

28
KAPITEL

Allein bei dem Gedanken an die Tagung am Vormittag stieg in Anjuta der Groll hoch. Öffentlich hätte sie es niemals zugegeben. Aber sie ärgerte sich, dass sich Burghard Eweleit dem Willen von Konrad Heech gebeugt hatte. So hatte nur Friederike die Möglichkeit erhalten, ihn zur Einsichtnahme in die Stasiakten zu begleiten. Schon die Aussicht, dass noch weitere Akten eingesehen werden mussten und sie damit auf den Bericht ihrer verhassten Kollegin angewiesen war, ließ ihre Halsschlagader schwellen. Ärgerlich schlug sie die Akte, die sie gerade bearbeitet hatte, zu, als ihr Telefon klingelte und sie inmitten ihrer Überlegungen störte. Unwillig nahm sie den Hörer auf. »Was ist?«, fauchte sie ihre Sekretärin an.

»Ich habe gerade die Zentrale dran.«

»Und?«

»Da unten steht ein Staatsanwalt und lässt fragen, ob Sie Zeit für ein kurzes Gespräch mit ihm haben.«

»Hat er auch einen Namen?«

»Ja, er heißt Bukow.«

»Na also.« Anjutas Stimmung besserte sich zunehmend. »Sagen Sie Bescheid, dass er hochkommen kann. Wenn er oben ist, führen Sie ihn herein. Dann servieren Sie Tee und ein bisschen Gebäck.« Sie sah auf die Uhr. »Wenn Sie uns dann bedient haben, können Sie nach Hause gehen.« Ohne ein weiteres

Wort legte sie auf, ging an ihren Schrank, öffnete ihn, griff hinein und holte einen Parfümflakon heraus. Nachdem sie ihn sorgsam aufgeschraubt hatte, hielt sie mit ihrem Zeigefinger die Öffnung zu. Langsam drehte sie das Fläschchen in der Hand und benetzte ihren Finger mit dem wertvollen Parfüm, das ihr Edzard Korritter in ihrer gemeinsamen Nacht im Hotel geschenkt hatte. Während sie sich das Parfüm an den Hals und hinter die Ohren tupfte, überlegte sie und dachte: ›Ich werde mein Ziel erreichen. Selbst, wenn ich dazu mit ihm ins Bett gehen müsste.‹ Entschlossen schraubte sie das Glasfläschchen wieder zu und stellte es zurück. ›Eigentlich ist er gar nicht so hässlich.‹ Anjuta zog sich die Lippen nach, kämmte sich die Haare und verschloss leise ihren Schrank. Auf dem Weg zurück zum Schreibtisch öffnete sie einen weiteren Knopf ihrer Bluse. Zufrieden setzte sie sich in ihren Stuhl und wartete. Als sie in ihrem Vorzimmer Stimmen hörte, erhob sie sich und sammelte ihre Akten zusammen. Auf ein kurzes Klopfen und ihr ›Herein‹ öffnete sich die Tür. »Herr Bukow. Das ist aber schön, dass Sie mich besuchen.« Strahlend ging sie ihm entgegen. Ihr Ärger war wie weggeblasen. »Und das so unverhofft. Wie kommt das denn?«
»Ich hatte heute hier in der Stadt eine Weiterbildung.«
Sie gaben sich die Hand.
»So?« Anjuta entzog ihm sanft ihre Hand, die er länger als üblich in seiner behalten hatte und deutete mit einer einladenden Bewegung auf ihre Sitzecke.
»Alle, die mir das Leben zurzeit schwer machen, sind Anwälte«, sagte er mit einem zweideutigen Unterton in der Stimme, während er sich auf ihre Couch fallen ließ. Dann sah er sie Mitleid heischend an. »Gerade gestern hat der Verteidiger in meinem Verfahren einen nicht vorhersehbaren Beweisantrag gestellt.«
›Das ist doch sein gutes Recht, du Trottel‹, dachte Anjuta und

erwiderte lächelnd: »Und da Ihre Weiterbildung heute so früh beendet worden ist, dachten Sie, dass Sie mich besuchen könnten.«

»So ist es.«

»Nur für das Protokoll.« Anjuta ging zurück zu ihrem Schreibtisch, nahm die Akte des Heechfalles, die immer darauf lag, und setzte sich zu ihm. »Meine Kollegin und ich arbeiten gemeinsam an dem Fall. Möchten Sie vielleicht, dass ich sie zu unserem Gespräch hinzubitte?« Sie warf ihm einen unschuldigen Blick zu und legte die Akte auf den Tisch.

Prüfend sah er ihr ins Gesicht und antwortete mit einer Gegenfrage. »Möchten Sie sie dabei haben?«

Anjuta zog ihre rechte Augenbraue hoch, sah ihm in die Augen, lächelte und schwieg. Selbstverständlich wollte sie Friederike bei nichts dabei haben. Einen Bericht über dieses Gespräch würde sie auch nur schreiben, wenn die Umstände es erforderlich machten. Anjuta betrachtete ihr Gespräch mit dem Staatsanwalt als ausgleichende Gerechtigkeit. Sie würde es nie verwinden, dass nur ihre schärfste Konkurrentin Konrad Heech in die Behörde für die Stasiunterlagen begleiten durfte.

»Dann sind wir uns ja einig.« Der Staatsanwalt ließ seinen Blick durch ihr Zimmer schweifen. »Schön haben Sie es hier.«

Es klopfte. Die Sekretärin trat ein und servierte den Tee.

»Vielen Dank. Nehmen Sie bitte noch den Stapel Akten mit hinaus?«

»Selbstverständlich. Bis morgen dann.«

»Bis morgen. Schönen Feierabend«, flötete Anjuta in einem solch netten Ton, dass ihre Sekretärin verwundert aufsah.

»Danke, Ihnen auch.« Dann nickte sie dem Staatsanwalt zu.

»Auf Wiedersehen.«

»Auf Wiedersehen.«

Als ihre Sekretärin die Tür leise hinter sich geschlossen hatte, beugte sich Anjuta vor und schenkte den Tee ein. »Bitte

bedienen Sie sich.« Sie schob dem Staatsanwalt das Schälchen mit dem Gebäck zu.
»Nun sind wir allein und können uns sozusagen ungestört unterhalten.« Anjuta lächelte ihn einladend an und dachte: ›Wie witzig. Jetzt wird er doch tatsächlich verlegen.‹
Der Staatsanwalt saß steif auf der Couch. Dann griff er mit einer hölzernen Handbewegung in das Schälchen und nahm sich von dem Gebäck. Bevor er es sich in den Mund schob, sagte er: »Sie hatten in dem Gespräch in meinem Büro den Petrussow und seine damalige Lebensgefährtin, also seine jetzige Frau, ins Spiel gebracht.«
Anjuta zog die zarte Porzellantasse mit dem dampfenden Tee zu sich heran. Aus ihren Augenwinkeln sah sie genau, dass ihr Besucher ihr dabei zusah, wie sie sich den braunen Zucker einrührte. »Ja. Diese beiden stellen für uns ein großes Problem dar.«
»Warum?«
Anjuta legte den Löffel zur Seite und sah dem Staatsanwalt erneut direkt in die Augen. Dieses Mal hielt er ihrem Blick stand. »Nachdem wir ihre jetzige Wohnanschrift herausgefunden hatten, haben wir versucht, einen Termin mit ihnen zu vereinbaren.«
»Und?«
»Sie haben abgelehnt. Angeblich hat der Vorfall damals ihr Leben so tief verändert, dass sie jahrelang damit zu tun hatten. Sie möchten jetzt nicht, dass alles noch einmal aufgewühlt wird.«
»Das ist ja interessant.«
»Nicht wahr?« Anjuta schmachtete ihn mit dem unschuldigsten Augenaufschlag, zu dem sie fähig war, an. »Vielleicht könnten Sie Ihre Autorität ins Spiel bringen und sie einmal vorladen?«
»Mal sehen.«
»Das soll was heißen?« Anjuta nahm einen winzigen Schluck

Tee aus ihrer Tasse und stellte sie vorsichtig wieder ab.
»Wir konnten aus dem Milchzahn einen vollständigen Strang des Erbgutes gewinnen. Wenn es tatsächlich der Zahn von Stefanie Heech war, haben wir damit ihren genetischen Fingerabdruck.«
»Das ist aber eine gute Neuigkeit, die Sie da für mich haben.« Anjuta drehte ihren Körper in seine Richtung. »Gibt es denn immer noch einen Grund, daran zu zweifeln, dass es ihr Zahn ist?« Sie schlug die Beine übereinander, winkelte ihren Arm an und legte ihn auf die Kopfstütze ihrer Couch. Mit dem anderen Arm stützte sie sich auf. Schon oft hatte sie dann, wenn sie es zu ihrem Nutzen wähnte, mit dieser Haltung ihre Brüste vorteilhaft zur Geltung gebracht.
»Meine Meinung über Ihren Mandanten hat sich bis jetzt noch nicht geändert«, antwortete der Staatsanwalt ausweichend.
»Aber er hätte den Zahn doch überhaupt nicht vorlegen müssen.«
»Das stimmt.« Sein Blick wanderte in ihren Ausschnitt. Als er sah, dass Anjuta seinen Blick lächelnd verfolgt hatte, nahm er verlegen einen Schluck Tee. »Eines können wir aber jetzt ausschließen.« Vorsichtig stellte er seine Tasse ab.
»Und das wäre?«
»Dass der Zahn seiner zweiten Tochter gehört.«
»Ach?«
»Ja. Auch ihr genetischer Fingerabdruck ist gesichert. Sie hatte sich zur Abgabe einer Speichelprobe bereit erklärt.«
»Na also.« Anjuta atmete laut aus, um ihrem Besucher ihre Erleichterung zu demonstrieren. »Dann kann der Vergleich mit den ganzen Asservaten von damals jetzt beginnen.«
»Theoretisch ja, praktisch nein.«
»Was soll das denn heißen?«
»Die Asservate müssen erst aufgefunden werden?«
»Heißt das, dass Sie immer noch nicht wissen, wo die

gesicherten Asservate abgeblieben sind?« Das Erstaunen in Anjutas Gesicht war echt.

»Nein.«

»Aber Sie können ausschließen, dass die vernichtet worden sind?«

Wieder antwortete der Staatsanwalt ausweichend: »Solange ein Verbrechen nicht aufgeklärt ist, müssen auch die Asservate aufbewahrt werden.«

Anjuta rutschte etwas näher an ihn heran. »Wissen Sie, was ich nicht verstehe?«

Er schüttelte den Kopf.

»Den Behörden der DDR, egal ob Polizei, Staatsanwaltschaft oder Gericht, von der Stasi will ich erst gar nicht reden, sagt man akribische Genauigkeit nach. Ich kann mir nicht vorstellen, dass die Asservate ausgelagert wurden, ohne dass jemand registriert hätte wohin.«

»Sicher haben Sie Recht, was die Zeit vor der Wende angeht. Aber Sie wissen doch, wie es danach aussah?«

»Nein.« Jetzt schüttelte Anjuta den Kopf. Sie beugte sich nach vorne, so nahe, dass er ihren Duft wahrnehmen konnte und sagte: »Das weiß ich leider nicht.«

Der Staatsanwalt wich ihr nicht aus. »Die Polizeidienststellen sind zusammengelegt worden. Einige Polizisten sind wegen ihrer Zusammenarbeit mit der Stasi entlassen, andere sind versetzt worden. Ich glaube, dass in dieser Zeit alles drunter und drüber ging.«

»Das kann schon sein. Aber trotzdem glaube ich, dass es eine Anweisung gibt, nach der die Asservate dann versandt worden sind.

Der Staatsanwalt zuckte mit der Schulter. »Ich werde mich bei den beiden Kriminalisten, die die Sache bearbeiten, erkundigen.«

»Ein Gutachter kann sich irren. Nicht aber die heutige Technik.

Nur so kann sichergestellt werden, dass Handtke tatsächlich als Täter ausgeschlossen werden kann.«
»Sie meinen die Blutflecke auf der Wattejacke und dem Fausthandschuh von Handtke?«
Anjuta ignorierte seine Frage. »Herr Bukow, treiben Sie eigentlich Sport?«
»Kersten.« Er hob die Tasse und prostete ihr zu.
Anjuta lächelte und neigte den Kopf. »Meine Freunde nennen mich Anni.« Sie erhob ebenfalls ihre Tasse. »Also gut, Kersten. Wie sieht es aus? Treiben Sie Sport?«
Er nickte.
»Gelegentlich spiele ich Tennis.«
»Und wie ist das dann? Verlieren Sie gerne?«
»Nein. Selbstverständlich nicht. Wer verliert schon gerne?«
»Manchen macht das nichts aus. Mir schon. Ich hasse es zu verlieren.« Anjuta stellte ihre Tasse mit einem bösen Klirren ab. »Möchten Sie etwas sehr Privates von mir hören?«
»Das wäre mir eine Ehre«, sagte der Staatsanwalt mit belegter Stimme und rutschte wie unabsichtlich dichter an Anjuta heran.
Sie beugte sich zu ihm und hauchte in sein Ohr. »Ich habe eine sehr unchristliche Eigenschaft.«
»Welche?«, fragte er leise zurück und hielt ihr wieder sein Ohr hin.
»Ich mag nicht teilen.«
Er legte seine Hand auf ihren Unterarm, ließ sie dort liegen und sagte: »Ich auch nicht.«
Anjuta legte ihre Hand auf seine und sagte: »Dann wären wir also schon zwei. Willkommen im Club.« Sie lachte ein glucksendes Lachen. »Darauf trinken wir noch einen.«
Beide nahmen die Teetassen und prosteten sich zu.
»Wenn wir uns nun schon bei den Vornamen nennen und dazu demselben Club angehören, sollten wir uns auch duzen. Ist es dir recht?«, fragte Anjuta mit einem scheinheiligen

Augenaufschlag.
»Gerne.« Der Staatsanwalt strahlte sie an.
»Bevor wir aber völlig ins Private abdriften, sollten wir noch ein paar Dinge in dem Heechfall klären«, kam Anjuta wieder zur Sache.
Der Staatsanwalt hob sein Handgelenk und sah demonstrativ auf seine Uhr.
»Musst du los?«
»Nein. Aber eigentlich ist schon Feierabend. Ich frage mich, ob das Gehirn in deinem hübschen Köpfchen auch einmal Feierabend machen darf oder ob das ununterbrochen arbeiten muss.«
»Weißt du, ich kann nicht nur nicht verlieren, sondern ich muss dazu auch immer noch gewinnen.«
»Das kann ich mir vorstellen.«
»Bei dem Heechfall steht jedenfalls einiges für mich auf dem Spiel.«
»So? Was denn?«
»Ach, weißt du, das erzähle ich dir ein anderes Mal.« Jetzt legte Anjuta ihre Hand vertraulich auf seinen Arm. »Wichtig ist nur, dass du mich und nicht meine Kollegin Jalaß informierst, wenn es Neuigkeiten gibt. Könntest du mir das versprechen?«
»Ohne Probleme. Sie steht nicht so weit oben auf meiner Hitliste, wie du.«
»Da bin ich beruhigt. Du weißt ja, ich muss immer und überall die Erste sein.« Anjuta setzte ein kummervolles Gesicht auf. »Das haben mir meine Eltern so anerzogen. Offensichtlich haben sie mich für das Leben verdorben.«
Wieder lachten beide.
In diesem Augenblick klopfte es im Vorzimmer.
Der Staatsanwalt sah überrascht zu Anjuta. »Hast du heute noch einen Termin?«
»Eigentlich nicht.« Sie hörten die Tür klappen. Anjuta erhob

sich. Erneut ein kurzes Klopfen, die Tür ging auf und Edzard Korritter trat ein.
»Oh, ich hatte gar nicht erwartet, dass Sie noch Besuch haben?« Er taxierte den Gast, der zwischenzeitlich ebenfalls aufgestanden war.
»Guten Abend, Kollege Korritter. Darf ich vorstellen? Das ist Staatsanwalt Bukow. Er bearbeitet den Heechfall.« Dann drehte sie sich zu dem Staatsanwalt und sagte: »Herr Bukow, das ist Rechtsanwalt Korritter, einer der Kanzleiinhaber.«
Edzard Korritter sah erstaunt zu Anjuta und nickte anerkennend. »Wie haben Sie das denn geschafft? So hoher Besuch in unseren Räumen.«
»Ich habe in der Nähe eine Weiterbildungsveranstaltung besucht und noch genügend Zeit, den Heimweg anzutreten. Daher nutzen wir die Zeit, uns noch ein bisschen über den Heechfall auszutauschen.«
»Dann bin ich ja gerade richtig. Das haben wir heute Morgen auch schon getan.« Edzard Korritter nahm wie selbstverständlich neben Anjuta Platz.
»Herr Bukow hat eine gute Nachricht mitgebracht. Der DNS-Test mit dem Milchzahn hatte Erfolg.«
»Desoxyribonukleinsäure, das Erbmolekül, das den einmaligen genetischen Code eines Menschen enthält. Es lässt sich aus Blut, Sperma, Haarwurzeln, Knochen und sogar aus einem Milchzahn extrahieren«, sonnte sich Edzard Korritter in seinem Fachwissen. »Spuren einer DNS bleiben über fünfzig Jahre in einer Leiche enthalten.«
»Darum lasse ich jetzt auch die Leiche der Ursula Heech exhumieren. Ich warte nur noch auf den Antrag der Ermittler.«
Die Blicke von Anjuta und Edzard Korritter streiften sich so flüchtig, dass dem Staatsanwalt die Freude in ihren Augen verborgen blieb.
Anjutas Gesicht hatte schon wieder einen gleichmütigen

Ausdruck angenommen, als sie sich wieder ihrem Gast zuwandte und sagte: »Dann dürfen wir ja gespannt sein, welches Ergebnis uns dann erwartet.«
Der Staatsanwalt nickte. Es war ihm anzusehen, dass Edzard Korritters Gegenwart ihn störte. Während Edzard Korritter es sich bequem gemacht hatte, saß er so steif wie am Anfang auf Anjutas Couch.
Um ihn dennoch an einem vorzeitigen Aufbrechen zu hindern, bemühte sich Anjuta das Gespräch wieder in Gang zu setzen. »Unser Gespräch war vorhin bei dem Tatverdächtigen Petrussow und seiner jetzigen Frau stehen geblieben.« Sie vermied es, ihren Besucher direkt anzusprechen. Edzard Korritter sollte nicht misstrauisch werden. »Ist eigentlich eine erneute Vernehmung von beiden vorgesehen?«
»Das kommt darauf an. Entscheidend ist das Ergebnis, wenn wir die Jacke des Handtke untersucht haben.«
»Ach, hat sich die wieder angefunden?«
»Leider nein«, antwortete Anjuta anstelle des Staatsanwaltes. »Aber Herr Bukow hat versprochen, sofort anzurufen, wenn ein Ergebnis vorliegt.« Ihr Blick bedeutete Edzard Korritter zu schweigen.
Allerdings dachte der nicht daran, sich zurückzuhalten. »Das Mädchen ist schon so lange verschwunden, dass es zwar auf ein paar Wochen auch nicht mehr ankommt, aber könnten Sie nicht zwischenzeitlich einige Nachvernehmungen anordnen oder selbst durchführen?«
Nach dieser fordernden Frage von Edzard Korritter stand endgültig fest, dass sich beide Männer nicht leiden konnten. Der Staatsanwalt bedachte ihn mit einem vernichtenden Blick, während er betont höflich antwortete: »Selbstverständlich könnte ich das. Aber wie Sie selbst schon sagten, kommt es auf ein paar Wochen länger auch nicht mehr an. Da es heute allen Beteiligten freisteht, sich zur Sache zu äußern oder auch

nicht, möchte ich mir erst die Richtung überlegen, in die die weiteren Ermittlungen geführt werden.« Zum zweiten Mal an diesem Tag sah er auf seine Uhr. »Ich halte nichts davon, ziellos im Nebel herumzustochern. Deshalb werde ich die Ergebnisse der noch anstehenden DNS-Tests abwarten.«
»Aber immerhin gehörte Petrussow damals zu den Hauptverdächtigen«, griff Anjuta in die Unterhaltung der Männer ein.
»Das stimmt. Allerdings glaube ich nach wie vor nicht, dass er etwas mit der Sache zu tun hat.«
»Was macht Sie da so sicher?«, wollte Edzard Korritter wissen.
»Er hat ein Alibi.«
»Nicht für die Tatzeit.« Edzard Korritter legte seinen Arm die Kopflehne der Couch entlang in Anjutas Richtung.
Konnte es sein, dass Edzard Korritter mit dieser Geste Besitzansprüche anmeldete? Forschend sah der Staatsanwalt Anjuta an. Ohne eine Regung im Gesicht rutschte die im selben Augenblick an die vordere Kante der Sitzfläche und legte sich die Heechakte auf den Schoss. Während sie in der Akte blätterte, erfreute sich der Staatsanwalt an der Feingliedrigkeit ihrer gepflegten Hände. Er war sich sicher, dass er die Gelegenheit erhalten würde, ihr Verhältnis zu dem Kanzleiinhaber herauszufinden.
»Hinzu kommt noch, dass sich aus den damaligen Vernehmungen von ihm und seiner jetzigen Frau etwas ergibt, was ich für sehr unwahrscheinlich halte«, wurde er von Anjuta in seinen Überlegungen unterbrochen.«
»So?«
»Hier habe ich es gefunden.« Die Finger ihrer linken Hand klemmten als Lesezeichen in der Akte. »Seine damalige Freundin befand sich zur Entbindung im Krankenhaus. Hier beschreibt er zunächst, was er am Morgen gemacht hat. Er hat sich unter anderem mit Klaus Heech verabredet, um mit ihm am Nachmittag in dessen Auto zu seiner Freundin zu fahren.«

»Wenn man einen Trabant als Auto bezeichnen darf«, warf Edzard Korritter ein.
Anjutas rechter Zeigefinger klopfte auf die Stelle in der Akte, als sie seinen Einwand ignorierte und fortfuhr. »Und jetzt kommt es. Seine Freundin gibt an, dass beide sie an dem Tag, an dem Stefanie Heech verschwand, am Nachmittag besucht haben. Angeblich wurden Gespräche nur über rein persönliche Belange geführt. Von dem Verschwinden will sie erst zwei Tage später erfahren haben.« Sorgsam blätterte sie um. »Petrussow selbst sagt dazu, dass er erstmals auf dem Weg vom Krankenhaus zurück nach Hause durch Cordula Seiffe davon erfahren hat. Angeblich soll sie den beiden auf ihrem Moped entgegengekommen sein.«
»Stimmt, sie soll ihnen ein Zeichen gegeben haben, dass sie anhalten«, riss Edzard Korritter das Gespräch erneut an sich.
Der Staatsanwalt würdigte ihn keines Blickes, als er an Anjuta gewandt sagte: »Ich erinnere mich. Erst zu diesem Zeitpunkt will er von dem Verschwinden erfahren haben. Er hat behauptet, dass Klaus Heech ihm weder auf der Hinfahrt ins Krankenhaus noch auf der Rückfahrt davon erzählt hat, dass seine Nichte zum Mittag nicht nach Hause gekommen ist.«
Anjuta nickte. »Daher wäre es interessant zu erfahren, ob Cordula Seiffe das bestätigt. Vernommen worden ist sie dazu damals jedenfalls nicht.«
»Sie nicht. Aber Klaus Heech.« Der Staatsanwalt erhob sich. »Er bestätigt die Aussage von Petrussow.«
Anjuta und Edzard Korritter erhoben sich ebenfalls. Der Staatsanwalt reichte Anjuta die Hand.
Sie lächelte ihn an. »Meine Gäste bringe ich immer bis zu Tür.«
Edzard Korritter trat zur Seite, um ihr den Durchgang zu gewähren. Für den Bruchteil einer Sekunde hatte er sich nicht unter Kontrolle. Dem Staatsanwalt war sein Blick nicht verborgen geblieben. Sich kalt anlächelnd, verabschiedeten

sich die Männer voneinander. Während Anjuta ihren Gast ins Vorzimmer brachte, ließ sich Edzard Korritter ohnmächtig vor Eifersucht und Wut wieder in die Couch fallen. Hier verharrte er mit zu Schlitzen gekniffenen Augen, angestrengt lauschend, damit ihm kein Wort, das die beiden sprachen, entging.

»Die Aussage von Klaus Heech kenne ich wohl. Trotzdem wäre es nicht schlecht, wenn Cordula Seiffe noch einmal zum Nachmittag dieses Tages befragt werden würde.« Anjuta ließ nicht locker. »Auch die will mit uns offensichtlich nicht reden.«

Eine Schranktür klappte, sodass Edzard Korritter nur noch den Rest der Antwort des Staatsanwaltes hören konnte.

»...die Aussage seiner Mutter. Die sagte, dass ihr Sohn Klaus irgendwo auf dem Grundstück war, als Stefanie zum Mittag nicht nach Hause gekommen war. Sie konnte weder genau sagen, wo er war, noch, was er gemacht hatte. Sie konnte aber ausschließen, dass er in ihrer Nähe gewesen war, weil er sonst ihre Besorgnis um Stefanie zur Kenntnis genommen hätte. Für mich gehört er dadurch weiterhin zum Kreis der Verdächtigen. Aber das sagte ich ja schon.«

»Auch Kurt Heech machte sich keine Sorgen, als sie nicht zum Mittag erschien.«

»Nun, wir werden sehen. Ich denke, dass wir telefonieren sollten.«

»Ja, das sollten wir.«

Edzard Korritter horchte auf. Diesen Tonfall von Anjuta kannte er nur zu gut.

Wie zum Hohn klingelte in diesem Augenblick ihr Telefon. Kreidebleich verharrte er in seiner Stellung und erwartete ihre Rückkehr.

29

KAPITEL

Missmutig schaltete Anjuta ihren Computer ein. Sie hatte schlecht geschlafen.

Nachdem sie den Staatsanwalt verabschiedet hatte, war es in der Beziehung zwischen ihr und Edzard Korritter zu der ersten ernsthaften Auseinandersetzung gekommen.

Noch immer dachte Anjuta darüber nach, ob seine Eifersucht auf Birger, mit dem sie telefoniert hatte, nachdem der Staatsanwalt gegangen war, oder auf diesen ihm völlig fremden jungen Mann der Anlass für ihren Streit gewesen war. So sehr sie sich auch bemühte, sie kam zu keinem Ergebnis. Sie hatte widersprochen, als Edzard Korritter ihr Vorhaltungen gemacht hatte, die ihm einfach nicht zustanden. Schließlich waren sie nicht miteinander verheiratet. Als Anjuta Edzard Korritter umarmen wollte, hatte er sie brüsk von sich geschubst und wortlos ihr Büro verlassen.

Während sie auf dem Bildschirm beobachtete, wie sich das Programm aufbaute, lächelte Anjuta böse vor sich hin, denn sie war dennoch die Siegerin geblieben. Als sie nach Hause gekommen war, lagen die Kinder bereits im Bett und schliefen. Ihr Mann hatte sie mit einem schönen Abendessen und einer Flasche guten Weines empfangen. An jedem anderen Tag wäre ihr die Gegenwart ihres Mannes zu viel gewesen und sie hätte Arbeit vorgeschoben, um ihre Zeit nicht mit

ihm verbringen zu müssen. Nicht aber am gestrigen Abend. Ihr Mann liebte sie bedingungslos. Er hatte den ganzen Abend mit ihr über den Heechfall diskutiert. Aus Dankbarkeit hatte Anjuta danach mit ihm geschlafen.
›Für Birger ist die Welt in Ordnung.‹ Voller Groll betätigte sie jetzt die Tastatur ihres Computers, um sich anzumelden. Sie verschränkte ihre Arme, lehnte sich zurück und wartete. Der Blick jeden Morgen, um zu sehen, ob es etwas Neues in der Heechakte gab, war für sie zur Gewohnheit geworden.
›Was er wohl tun würde, wenn er wüsste, dass ich gestern in meinen Gedanken nicht mit ihm, sondern mit Edzard Korritter geschlafen habe?‹ Auch das Gesicht von Edzard Korritter war in ihrer Vorstellung zerronnen. Es war dem von Kersten Bukow gewichen. Anjuta bildete sich ein, dass das an dem Körper ihres Mannes gelegen hatte. Es war der Altersunterschied, durch den sich die Haut ihres Mannes anders anfühlte, als die von Edzard Korritter.
Plötzlich durchfuhr Anjutas Körper ein heißer Schreck. Was wäre, wenn der Streit vom gestrigen Abend nun zum Ende ihrer Beziehung zu Edzard Korritter geführt hätte? Würde er ihr dann trotzdem helfen, eine Mail von Friederike an Burghard Eweleit abzufangen, wenn die zuerst hinter die Lösung des Falles käme?
Sie dachte: ›Ich muss mich wieder mit ihm versöhnen und wenn es nur bis zu dem Zeitpunkt ist, an dem ich den Fall gelöst habe.‹ In diesem Augenblick begannen Anjuta Zweifel zu plagen. ›Was aber, wenn er nicht will?‹ Sie verwarf diesen Gedanken sofort wieder. ›Er braucht mich. Schließlich hat er mir oft genug gesagt, dass so, wie ich ihn verwöhnt habe, es vor mir noch keine getan hat.‹ Sie griff zum Telefonhörer, ließ ihn dann aber doch liegen. ›Nein. Er hat mich weggestoßen. Jetzt soll er den ersten Schritt machen.‹ Sie war überzeugt, dass Edzard Korritter sich noch im Laufe des Tages bei ihr melden

würde und widmete sich nun endgültig ihrem Computer. »Außerdem, von heute auf morgen wird die liebe Friederike den Fall sowieso nicht lösen«, sagte sie laut zu sich selbst in den Raum hinein. »Sieh mal an. Es gibt etwas Neues.«
Nachdem Anjuta interessiert Friederikes Bericht gelesen hatte, öffnete sie mit einem Mouseklick die Terminkalender. Ein kurzer Blick genügte. Dann nahm sie die Heechakte und öffnete ihre Tür. »Wenn einer nach mir fragt, ich bin bei Frau Jalaß.« Noch ehe ihre Sekretärin ein Wort erwidern konnte, hatte sich die Tür hinter Anjuta wieder geschlossen.
Kurze Zeit später befand sie sich in Friederikes Vorzimmer. Ohne sich um den sichtlich verunsicherten Blick von Friederikes Sekretärin zu kümmern, sagte sie im Vorbeigehen: »Guten Morgen, Frau Dyba. Nachdem ich gesehen habe, dass Frau Jalaß heute Morgen keine Termine eingetragen hat, kann ich die Gelegenheit nutzen, um mit ihr den Heechfall zu besprechen.« Anjuta stoppte kurz und kam zurück. »Kann ich einen Ihrer berühmten Cappuccinos haben? Danke. Und bitte schließen Sie die Tür hinter mir.«
Sie übersah absichtlich Silvias Dybas irritiertes Gesicht und öffnete mit ihrem Ellbogen die Tür. »Guten Morgen, Friederike.«
»Guten Morgen, Anni. Soll ich dir was abnehmen?« Friederike stand auf.
»Nein. Es geht schon.« Anjuta schubste mit ihrem Fuß die Tür zu. »Allerdings könntest du mir ein bisschen Platz auf deinem Schreibtisch einräumen. Wir müssen dringend den Heechfall besprechen.«
»Gerne.« Friederike nahm einen Aktenstapel vom Tisch. »Bitte sehr. Hier kannst du deine Akte ablegen. Ich wollte die Akten sowieso gerade nach draußen tragen.«
»Du?« Anjuta dehnte ungläubig das Wort.
»Wer sonst?«
»Na, deine Sekretärin.« Anjutas Stimme klang entrüstet.

Friederike überhörte den empörten Ton in Anjutas Stimme. Sie öffnete, auf die gleiche Weise wie Anjuta es vor ihr getan hatte, die Tür. Als sie Silvia Dybas neugierigen Blick bemerkte, rollte sie mit den Augen, trat auf sie zu und legte ihr die Akten in die Arme.

»Möchtest du auch einen von meinen berühmten Cappuccinos haben?«

Durch ihre tägliche Zusammenarbeit erkannte Friederike den feinen ironischen Unterton in Silvia Dybas Frage.

»Ich wäre eine Närrin, wenn ich ablehnen würde«, antwortete Friederike fröhlich und ging zurück in ihr Zimmer, ohne die Tür hinter sich zu schließen.

»Gibt es was Neues?«, fragte sie Anjuta, die es sich in dem Besucherstuhl vor ihrem Schreibtisch bequem gemacht hatte und setzte sich selbst in ihren Stuhl.

»Ja. Ich hatte gestern Abend Besuch vom Staatsanwalt Bukow. Er hatte hier in der Nähe zu tun und sich dann kurzerhand entschlossen vorbeizukommen.«

»Donnerwetter. Der stand offensichtlich immer noch unter dem Eindruck, den du bei ihm hinterlassen hast?«, spottete Friederike.

›Sie nimmt es gelassen, dass das Gespräch ohne sie stattgefunden hat‹, dachte Anjuta höflich grinsend.

»Hatte er etwas Neues zu berichten?«

»Nichts, was du nach deinem Telefonat mit der Polizistin nicht schon wüsstest.« Anjuta öffnete ihre Akte. »Er verdächtigt nach wie vor Klaus Heech und denkt nicht daran, den Petrussow und seine jetzige Ehefrau zu vernehmen.«

»Nicht einmal du konntest ihn dazu bringen?«

»Was soll das denn heißen?«Anjuta sah Friederike böse an.

»Tue nicht so unwissend. Der steht doch auf dich.«

»Tja, offensichtlich reicht es aber trotzdem nicht dazu, dass er sich einmal intensiv mit diesen beiden befasst. Zumindest jetzt noch nicht.« Wieder versöhnt, lächelte Anjuta ein teuflisches Lächeln. »Und da die Herrschaften nicht mit uns reden wollen und wir auch leider keine Handhabe haben sie zu zwingen, müssen wir uns überlegen, was wir als nächstes unternehmen. Aus diesem Grunde bin ich jetzt hier.« Anjuta setzte einen bekümmerten Gesichtsausdruck auf. »Wir müssen uns einfach überlegen, welche Spur wir weiter verfolgen und welche nicht.«

Friederike sah durch die offene Tür, dass Silvia Dyba mit den beiden Tassen in der Hand auf sie zusteuerte. »Na, dann lass uns den berühmten Dybaschen Cappuccino schlürfen und munter beginnen.«

›Ihre gute Laune schon am frühen Morgen ist unerträglich. Sicher hat die eine bessere Nacht als ich verbracht‹, dachte Anjuta in einem Anflug von Neid und Missgunst.

»Danke, Silvie. Du bist ein Schatz.«

›Auch das noch. Immer muss sie mir demonstrieren wie gut ihre Vorzimmerdame ist‹, ärgerte sich Anjuta. Ihr »Danke« klang gequält.

So lautlos wie sie gekommen war, verließ Silvia Dyba auch das Zimmer wieder und schloss die Tür hinter sich.

Die Anwältinnen tranken ihren Cappuccino und hingen ihren Gedanken nach.

Als Erste beendete Friederike das Schweigen. Sie stellte ihre leere Tasse auf den Tisch und sagte: »Ich persönlich würde Konrad Heech als Täter ausschließen.«

»Er hat für die Tatzeit kein Alibi.«

»Das stimmt. Ihn hat keiner gesehen. Ich denke aber trotzdem nicht, dass er mit der Tat etwas zu tun hat.«

»Wie kannst du dir da so sicher sein?« Anjuta belauerte Friederike.

»Angenommen, er wäre der Täter. Warum sollte er Geld dafür bezahlen, dass er von uns überführt wird?«

»Bildest du dir ein, alle Facetten der menschlichen Perversion zu kennen?«
»Nein.« Friederike schüttelte den Kopf und wiederholte. »Nein.«
»Nein, du kennst sie nicht oder nein, er war es nicht?«
»Er war es nicht. Sieh ihn dir an. Er ist ein Mann, der in seiner Unversöhnlichkeit an seinen eigenen Fehlern zerbrochen ist.«
»Wie meinst du das?«, fragte Anjuta in der Hoffnung, Friederikes Gedanken ausspionieren zu können.
»Er gibt sich alleine für all das, was geschehen ist, die Schuld.« Friederike begann, an den Fingern ihrer linken Hand aufzuzählen. »Schuld daran, dass die Ehe mit seiner Frau geschieden wurde, weil er nicht genügend um sie gekämpft hat. Schuld am Verschwinden von Steffi, weil er sie gegen ihren Willen nicht zu sich in die Stadt holen wollte.«
»Wobei wir genau beim Thema wären«, unterbrach Anjuta Friederikes Aufzählung. »Überleg mal.« Sie schlug ihre Akte auf. »Seine Mutter kommt von der Lehrerin des Mädchens. Zuerst informierte sie ihre Schwester Wilhelmine Seiffe, dass Stefanie Heech nicht in der Schule war. So ist es in der Aussage von Kurt Heech zu lesen.«
»Ja, und zwar am Nachmittag. Bis dahin hat sich außer ihr keiner ernsthaft Sorgen um sie gemacht. Sie fuhr, nachdem ihre Enkelin nicht nach Hause kam, mit dem Fahrrad zur Schule. Als sie zurückkam, musste sie an dem Haus der Seiffes vorbei.«
»Meinst du, dass Klaus Heech deshalb im Krankenhaus bei der Frau des Petrussow nichts gesagt hat?«
»Klar. Aus welchem Grund denn sonst?«
Anjuta wollte sicher gehen. »Du ziehst also nicht in Betracht, dass er etwas mit dem Verschwinden des Mädchens zu tun hat?«
»Nein. Als Kurt Heech an diesem Vormittag zu seiner Mutter kam, fand er seinen Bruder Klaus drechselnd an der

Drechselbank vor. Nach Aussage seiner Mutter ist der nicht vor zehn aufgestanden. Sie sagte, dass ihr Sohn Klaus immer so spät aufstehe.«

»Schade, dass Kurt Heech schon tot ist und wir ihn nicht mehr fragen können.« Anjuta setzte wieder einen bekümmerten Gesichtsausdruck auf. »Also, ich meine, dass der als Täter wohl auch nicht in Frage kommt, oder?«

»Nein. Das glaube ich auch nicht. Er hatte kein Auto, sondern nur ein Moped. Er ist von einer Nachbarin gesehen worden, als er kurz nach zehn losgefahren ist. Sicher hätte man in seinem Wohnhaus bemerkt, wenn er am Sonnabendmorgen gegen sieben davongefahren wäre.« Friederike schüttelte ihren Kopf. »Außerdem, stell dir vor, er wäre der Täter. Es gab vor Ort keine Spuren.«

»Spuren hätte es auch nur gegeben, wenn die Tat vor Ort stattgefunden hätte«, warf Anjuta ein. »Er hätte ihr erzählen können, dass er sie zur Schule oder zu ihrem Vater bringt und wäre dann irgendwohin gefahren?«

»Nicht, wenn du dir seinen weiteren Tagesablauf ansiehst. Auch er hätte maximal zwei Stunden Zeit gehabt, alles zu vertuschen.«

Anjuta ließ nicht locker. »Aber denk an die Bunker in der Nähe oder das verfallene Forsthaus im Dorf.«

»Dann hätte man sicher eine Spur gefunden. Es waren schließlich Hunde eingesetzt.«

Anjuta nickte. Friederike schien recht zu haben. »Ich glaube auch nicht, dass er es war. Schließlich hat keiner etwas von einem Mopedgeräusch berichtet, und gesehen hat ihn an diesem Morgen auch niemand.« Sie setzte nach. »Lass uns doch mal über den wirklich Verdächtigen sprechen.«

»Meinst du Petrussow?«

»Hmm. Auch Petrussow will sich gegen zehn mit Klaus Heech verabredet haben, um sich von ihm nachmittags ins

Krankenhaus zu seiner Frau fahren zu lassen. Ich meinte aber nicht ihn, sondern Klaus Heech.« Anjuta verzog keine Miene. »Du kennst doch die Gründe, warum die Staatsanwaltschaft ihn noch heute als einen der Hauptverdächtigen ansieht.«
»Also, wenn du unterstellst, dass seine Mutter ihn niemals gedeckt hätte und ihre Aussage wahr ist, hätte er sich von ihr unbemerkt nach Steffi aus dem Haus stehlen müssen, um die Tat zu begehen. Für die Tat, und um alle Spuren zu beseitigen, hätte er insgesamt maximal zwei Stunden Zeit gehabt, bevor er sich seelenruhig an seine Drechselbank stellt.« Friederike schüttelte ihren Kopf. »Ich denke nicht, dass einer aus der Familie Heech etwas damit zu tun gehabt hat.«
»Mit einer Ausnahme.« Es sollte spöttisch klingen. Anjuta verzog den Mund. »Ursula Heech.«
»Da hast du Recht«, gab Friederike unumwunden zu. »Die schließe ich bis zu dem Zeitpunkt nicht aus, zu dem mir ein Gutachten bestätigt, dass es ihre Leiche ist, die da im Grab liegt.«
»Das Ergebnis werden wir ja bald erhalten.« Anjuta saß mit verschränkten Armen vor Friederike. Ungeduldig trommelte sie mit den Fingern auf ihre Oberarme. »Und welche Spur verfolgen wir bis dahin?«
Prüfend sah Friederike mit ihren hellwachen Augen Anjuta ins Gesicht. Was sollten diese Fragen? Spuren gab es genügend. Die nächsten Schritte waren auch schon abgestimmt. Konnte es sein, dass Anjuta dieses Gespräch nur führte, um sie auszuspionieren? Friederike beschloss, wachsam zu sein. Mit einer unschuldigen Miene sagte sie: »Ich dachte eigentlich, dass unsere nächsten Schritte klar sind. Du sprichst mit dem Schulfreund von Steffi und versuchst etwas über den Unbekannten im Wald herauszufinden. Ich gehe weitere Stasiakten ansehen. Wenn der Jürwitz der Unbekannte war und er auch noch für die Stasi gearbeitet hat, vielleicht können wir die

Spuren dann zusammenführen. Auf jeden Fall müssen wir uns gemeinsam den Handtke vornehmen.«
»Glaubst du ernsthaft, dass der mit der Sache was zu tun hat?«
Friederike nickte. »Der ist für mich einer der Hauptverdächtigen.«
»Hoffentlich redet der auch mit uns«, sagte Anjuta nachdenklich. »Also die Mutter und der Handtke?«
»Nicht nur die Mutter. Wenn die etwas mit der Stasi zu tun hatte, kann eine Entführung von Steffi, auch ohne dass ihre Mutter beteiligt gewesen wäre, erfolgt sein.«
»Du leidest an Verfolgungswahn.« Es hatte wieder spöttisch klingen sollen. Aber der ungläubige Gesichtsausdruck von Anjuta zeugte vom Gegenteil.
Friederike entgegnete gleichgültig: »Ganz bestimmt nicht. Denk nur einmal an die Nachbarin, die damals mit ihrem kleinen Sohn und dem Grenzoffizier illegal die DDR verlassen hat. Auch die könnte was mit der Sache zu tun haben. Ich habe neulich die Gelegenheit genutzt, um mich mit der Leiterin der Bundesbehörde für die Stasiunterlagen zu unterhalten. Sie selbst sagte zu mir, dass es im Zusammenhang mit der Tätigkeit der Stasi nichts gibt, was sie nicht glauben würde.«
Anjuta machte große Augen, schwieg jedoch.
»Dazu kommt für mich als Täter dieser Petrussow oder auch eine Person aus der Familie Seiffe infrage.«
»Gut. Dann lass uns über Petrussow reden.«
»Meinst du, dass du den Staatsanwalt dazu bringst kannst, den noch einmal zu vernehmen.«
»Sicherlich. Aber ob der Petrussow dann redet?« Anjuta schaut wieder bekümmert drein. »Wir sollten uns auf uns selbst verlassen und davon ausgehen, dass Petrussow von seinem Schweigerecht Gebrauch macht.«
»Guter Vorschlag. Dann bleibt uns nur, die Aussagen von damals auf Übereinstimmung zu untersuchen.« Friederike

beugte sich vor und zog ihre Akte zu sich heran. »Vielleicht finden wir Widersprüche. Lass uns mit der Aussage der Tante Lina beginnen.«

Während Friederike noch blätterte, hatte Anjuta, mit geübtem Griff, in ihrer Akte die Stelle mit der Aussage von Lina Seegert bereits gefunden. »An diesem Morgen ist sie mit dem Petrussow gemeinsam zum Haus der Heechs gegangen. Sie bestätigt, dass Petrussow Klaus Heech fragen wollte, ob der ihn ins Krankenhaus zu seiner Freundin fahren würde.«

»Das steht wohl auch außer Zweifel. Sie sind unterwegs von einem Bekannten gesehen worden, der den Petrussow nach einer Schere zum Bäumebeschneiden gefragt hat«, erwiderte Friederike.

»Stimmt. Petrussow konnte ihm aber nicht helfen, weil seine Schere stumpf war. Der Bekannte ist dann in Richtung des Hauses der Seiffes gegangen und hat gesehen, wie Lorenz Seiffe im Bereich des Birnbaumes seinen Garten umgrub.«

»Und dass im Januar und bei Frost. Hat das für dich Sinn?«

»Ich verstehe zwar nicht sonderlich viel von Gartenarbeit, aber bei Frost sollte der Garten wohl schon umgegraben sein.«

Friederike nickte nachdenklich, bevor sie zögernd fragte: »Vielleicht könntest du den Staatsanwalt tatsächlich dazu bringen, an bestimmten Stellen Grabungen vornehmen zu lassen?«

Anjuta zog ihre Augenbrauen hoch. »Meinst du wirklich, dass das einen Sinn hätte?«

»Wenn sich Herr Heech dadurch nicht wieder verdächtig machen würde, hätte er es bestimmt schon selber getan.«

»Das Graben sollten wir uns bis zum Schluss aufheben. Vielleicht ergibt sich ja noch etwas Anderes. Aber sag mal, was macht den Petrussow für dich eigentlich so verdächtig?«

Wieder konnte sich Friederike des Gefühls nicht erwehren, dass Anjuta dieses Gespräch führte, um sie auszuhorchen.

Sie fand, dass es an der Zeit sei, das herauszufinden. Unbestimmt antwortete sie: »Er hat kein bestätigtes Alibi, kannte die Gegend wie seine Westentasche, mochte Stefanie Heech und hatte bestimmt seit längerer Zeit keinen Sex. Außerdem belastet er durch seine Aussage Konrad Heech.«

Damit hatte sie Anjuta aus der Reserve gelockt. »Aber Lina Seegert hat ihn morgens in seiner Küche rumoren gehört.« Die Entrüstung in Anjutas Stimme war unüberhörbar.

»Das stimmt. Aber die Frage ist, zu welcher Uhrzeit das war. Lina Seegert hat jedenfalls keine genauen Zeitangaben gemacht.«

»Alle Dorfbewohner kannten sich in der Gegend aus, und Stefanie Heech war bei allen beliebt.« Anjuta ließ nicht locker. »Und wenig oder überhaupt keinen Sex vor einer Entbindung ist wohl auch nicht ungewöhnlich, zumal er sich selbst in dieser Hinsicht als inaktiv bezeichnet.«

»Stimmt. Aber warum belastet er Konrad Heech? Er lenkt sauber von sich ab«, beantwortete Friederike ihre eigene Frage. »Und dann lies mal die Feinheiten in der Aussage seiner Freundin genauer. Sie behauptet, dass sie bis zum Beginn ihres Wochenurlaubes alle zwei bis drei Tage miteinander geschlafen haben und dass, als es nicht mehr ging, sie ihn anderweitig befriedigt habe. Nennst du das inaktiv? Sie hat auch erzählt, dass er anders als sonst war, als er ihr vom Verschwinden von Stefanie Heech berichtete.«

»Das war kurz vor ihrer Entbindung im Krankenhaus.«

»Na und? Hier in ihrer Aussage steht es.« Friederike beugte sich über ihre Akte. »Er war ruhiger und sagte, dass er sich darüber Sorgen macht, was mit Steffi ist. Er sprach davon, dass ihr jemand aufgelauert haben könnte und sie dann mit dem Auto mitgenommen hat. Er sagte mir auch, dass er durch die Kriminalpolizei zu ihrem Verschwinden befragt worden ist und sich welche in seiner Wohnung umgesehen haben.« Sie sah hoch. »Jetzt du. Woher kommen solche detaillierten

Vermutungen?«
»Sicher die Gerüchteküche im Dorf«, entgegnete Anjuta gleichgültig ohne aufzusehen.
Friederike zog ihre Stirn kraus, musterte Anjuta und erwiderte: »Sicher. Das ist eine Erklärung.« Dann schwieg sie.
»Viel interessanter ist doch ihre Aussage an einer anderen Stelle.«
»So? Welche denn?« Friederike hatte ihr Kinn in ihre Handfläche gestützt und beobachtete Anjuta.
Die blätterte mit einer stoischen Ruhe in ihrer Akte. »Hier, ich habe die Stelle gefunden. Es ist eine Aktennotiz eines Mitarbeiters der Untersuchungsabteilung.« Anjuta sah triumphierend auf.
Friederike lächelte sie an. »Fragt sich nur von welcher. Der der Stasi oder der der Kriminalpolizei?«
Anjuta schüttelte den Kopf. »Er gibt Folgendes zu Protokoll.« Ohne auf Friederikes Einwurf zu antworten, begann sie zu lesen: »Die Befragte äußerte in einem Gespräch mit der Stefanie Heech, dass sie sich selbst in der Dunkelheit fürchten würde. Vor allem, wenn es irgendwo im Gebüsch raschelte oder knackte. Stefanie Heech hatte ihr bestätigt, dass es ihr ähnlich ergehen würde. Dieses Angstgefühl sei jedoch allgemeiner Natur, ohne dass sich dieses auf eine bestimmte Begebenheit beziehen würde. Sie habe sich niemals geäußert, dass sie sich durch eine bestimmte Person oder durch ein Ereignis auf ihrem Schulweg bedroht gefühlt habe.«
»Wir wissen aber schon etwas Anderes«, provozierte Friederike.
»Das stimmt.« Anjuta nickte. »Vielleicht bringt uns ja mein Gespräch mit ihrem Schulfreund und deine Akteneinsicht weiter.«
Das Telefon klingelte.
»Na, Silvie? Was gibt es?« Friederike sah zu Anjuta. »Für dich. Deine Sekretärin.« Sie reichte den Telefonhörer an ihre

Kollegin weiter. »Ja. Was ist?«
›Sie sicht aus, als wenn sie in eine Zitrone gebissen hat und es klingt, als ob sie in den Hörer bellt‹, dachte Friederike.
Anjutas Gesicht veränderte sich, als sie ein freundliches »Nein« in den Hörer flötete. Noch während sie »Ich komme sofort«, sagte, schloss sie schwungvoll ihre Akte, gab Friederike den Hörer zurück und stand ruckartig auf. »Ich habe jetzt leider keine Zeit mehr.« Auf dem Weg zur Tür sah sie sich noch einmal nach Friederike um. »Wir dürfen nicht vergessen, darüber zu sprechen, dass ein Klopfen an der Wohnungstür die Freundin des Petrussow kurz vor ihrer Entbindung erschreckt hat. Vielleicht hat sich ja tatsächlich eine fremde Person im Dorf herumgetrieben?« Dann öffnete sie in der geübten Art und Weise die Tür, trat ins Vorzimmer und ging, ohne Silvia eines Blickes zu würdigen, an ihr vorbei.
Die Tür zum Flur fiel mit einem lauten Knall hinter ihr ins Schloss.
»Oder es war ein Stasimitarbeiter. Schließlich wohnten sie in einer Wohnung, die vorher ein konspiratives Objekt war«, rief Friederike halblaut hinter ihr her. Dann schloss auch sie ihre Akte.
Als sie aufsah, sah sie in das verwunderte Gesicht von Silvia Dyba.
»Was war denn gerade mit der los?«
»Keine Ahnung? Oder vielleicht doch.« Friederike setzte ein breites Grienen auf. »Am besten, du fragst gelegentlich mal ihre Sekretärin. Dann werde ich dir sagen, ob ich Recht hatte oder nicht.«

30
KAPITEL

Beim Anblick dieses Gebäudes verspürte Friederike körperliches Unbehagen. Langsam ging sie die Stufen hinauf, vorbei an den mit Fragmenten der Vergangenheit eines Teils des deutschen Staates bestückten Wänden. Ihr Blick fiel auf ein gerahmtes Schriftstück. Es war die saubere Handschrift, die ihr ins Auge stach. »Entpflichtungserklärung. So etwas gab es auch?«, murmelte sie und las halblaut weiter. »Hiermit nehme ich meine Verpflichtungserklärung zurück, da ich eine Tätigkeit als informeller Mitarbeiter nicht mit meinem Gewissen vereinbaren kann.« Langsam und nachdenklich stieg sie weiter die Treppen hinauf.
»Guten Tag, Frau Jalaß. Ich habe Sie schon erwartet.« Die Behördenleiterin stand auf der obersten Treppenstufe.
»Guten Tag.«
Die beiden Frauen begrüßten sich.
»Und Entschuldigung. Ich habe gebummelt. Es war Ihre interessante Wandgestaltung, die mich aufgehalten hat.«
»Ja? Was war denn für Sie so interessant?«
»Die Entpflichtungserklärung.«
»Ach ja. So etwas gab es auch.« Die Behördenleiterin lächelte.
»Die ist wirklich etwas Besonderes. Darum haben wir sie auch ausgestellt.« Sie wies in ihr Büro. »Aber bitte, kommen Sie doch herein.«

›Wenn die neuen Möbel nicht wären, könnte man denken, dass die Zeit stehen geblieben ist‹, dachte Friederike. »Dieses Gebäude, in dem Sie hier sitzen, gehörte das früher auch der Stasi?«

»Ja. Warum fragen Sie?«

»Eigentlich nur aus Neugier.« Friederike zuckte mit ihren Schultern. »Für Wohnzwecke erschien mir dieser Block, selbst wenn es sich um einen Plattenbau handelt, etwas zu klein. So drängte sich mir zwangsläufig die Frage auf, wie das Gebäude wohl früher genutzt worden ist.«

»Schon immer als Bürogebäude. Hier haben sie die Vernehmungen durchgeführt.« Die Behördenleiterin setzte sich an ihren Computer. »Aber bitte nehmen Sie doch Platz. Ich beende nur noch schnell mein Programm.«

Friederike setzte sich an einen langen Besprechungstisch, der aus vielen zusammen geschobenen kleinen Tischen bestand und beobachtete die Behördenleiterin, deren Finger gerade über die Tastatur ihres Computers huschten. Im letzten Gespräch hatte Friederike den Eindruck gewonnen, dass sie das Schicksal von Stefanie Heech persönlich berührte. ›Sie ist nicht abgestumpft. Trotz ihrer jahrelangen Tätigkeit als Bundesbeauftragte für die Stasiunterlagen hat sie sich ihre Menschlichkeit bewahrt‹, dachte Friederike, während sie die gepflegte, schlanke Frau beobachtete. ›Sie hat ein schwer schätzbares Alter. Sicher sieht sie wesentlich jünger aus als sie tatsächlich ist. Bestimmt treibt sie regelmäßig Sport.‹

Die beiden Frauen hatten sich gleich beim ersten Zusammentreffen sympathisch gefunden.

»So. Jetzt bin ich fertig. Darf ich Ihnen einen Kaffee anbieten?«

»Gerne.« Mit Verwunderung sah Friederike, wie die Behördenleiterin das Zimmer verließ. ›Sie kocht sich den Kaffee alleine?‹ Aus dem Nebenzimmer ertönte der Ruf: »Nehmen Sie Milch und Zucker?«

»Nein, nur schwarz bitte.«
»Diese Berge von Akten da vor Ihnen gehören zum Heechfall.« Die Behördenleiterin betrat mit zwei Tassen dampfenden Kaffees den Raum und stellte sie auf den Tisch. Dann drehte sie sich um, schloss die Tür und setzte sich gegenüber von Friederike an den Tisch.
»Vielen Dank.« Friederike zog eine Tasse zu sich heran und stellte sie neben sich.
»Ich habe mir sämtliche Akten angesehen.« Die Behördenleiterin winkelte ihren linken Arm an und legte ihn und ihre rechte Hand auf einen Aktenstapel. »Die Recherchen zum Fall von Stefanie Heech bei uns sind mit diesen Akten leider abgeschlossen.«
»Aus Ihrem Tonfall entnehme ich, dass Sie nichts Verwertbares gefunden haben?«
»Das ist richtig. Die Recherche hat ergeben, dass keine Akten für die Brüder von Herrn Heech geführt wurden.«
»Das ist aber sehr merkwürdig.«
»Warum?«
»Ich hatte die Vorstellung, dass sämtliche Personen, die man damals in den Westen reisen ließ, von der Staatssicherheit überprüft worden sind. Die Heechbrüder hatten einen Halbbruder. Ihr Vater war mit der Mutter in zweiter Ehe verheiratet. Der andere Bruder stammt aus der ersten Ehe des Vaters. Als der seinen Sechzigsten feierte, durften alle Brüder zu seiner Feier reisen.«
»Ja, aber trotzdem haben wir keine Akten zu den Brüdern gefunden.«
»Bedeutet das, dass keine vorhanden sind oder nur, dass keine aufgefunden wurden?«
»Es sind keine vorhanden.« Die Behördenleiterin zog die Folie ihres Milchdöschens ab, ließ die Milch in ihren Kaffee laufen und rührte ihn um. Nachdem sie sichtlich genießerisch einen

Schluck getrunken hatte, sagte sie: »Wir haben die Möglichkeit, unter verschiedenen Suchkriterien zu recherchieren.« Sorgsam stellte sie ihre Tasse ab und schob sie vorsichtig zur Seite. »Zunächst haben wir nach einer Akte zu Stefanie Heech gesucht. Es gibt aber auch zu ihr keine Akte.«
Friederike zog ihre Augenbrauen zusammen. »Das finde ich noch merkwürdiger als die Tatsache, dass es zu ihren Onkeln keine Akte geben soll.«
Die Behördenleiterin nickte. »Also haben wir unter dem Namen Stefanie Heech recherchiert. Da sind wir zwar fündig geworden, allerdings hilft uns das auch nicht viel weiter.« Sie zog einen dicken Ordner zu sich heran und legte ihre flache Hand darauf. »Sie müssen wissen, dass das Ministerium für Staatsicherheit für die ehemaligen Bezirke der DDR einzelne Verwaltungen hatte. Diese untergliederten sich dann noch einmal in Kreisverwaltungen.«
»Das undurchlässige Netz war damit gesponnen. Das ist mir bekannt.«
»Hier habe ich den Ordner, in dem sich die Meldungen der Bezirksverwaltungen an die höchste Spitze befinden.« Die Behördenleiterin öffnete den Ordner, blätterte darin und zog ein Blatt heraus. »Sehen Sie. Hierauf befindet sich die eigenhändige Unterschrift von Mielke.« Sie hielt das Blatt so in die Luft, dass Friederike den Namenszug lesen konnte. »So erklärt es sich auch, dass die Herrschaften immer über alles informiert waren.«
»Das ist die Unterschrift von Erich Mielke, dem Minister für Staatssicherheit?«
»Ja.« Die Behördenleiterin legte das Blatt zurück, blätterte und entnahm dem Ordner ein anderes Schriftstück. »Sehen Sie hier. Das ist der Rapport zu Stefanie Heech.« Sie legte das Blatt vor Friederike auf den Tisch. »Leider steht da nichts weiter drauf, als die Meldung, dass sie verschwunden ist.«

»So sieht das also aus«, murmelte Friederike.
»Wie meinen sie das?«
»Herr Griebenow, der Polizeibeamte, der in diesem Fall ermittelt, hat diese Unterlagen schon zu einem früheren Zeitpunkt angesehen. Ich habe seinen Bericht in der Ermittlungsakte von Stefanie Heech gefunden.«
Die Behördenleiterin blätterte zum Anfang des Ordners zurück. »Ja. Das stimmt. Hier ist vermerkt, dass er Akteneinsicht genommen hat.« Interessiert sah Friederike in die Akte. »Wird eigentlich jede Akteneinsicht registriert.«
»Ja.«
»Die von den Mitarbeitern Ihrer Behörde auch?«
»Ja. Die wird schon allein dadurch registriert, dass ich ihre Unterschrift auf dem Fragebogen, den ich im Anschluss an die Akteneinsicht ausfülle, einholen muss.« Die Behördenleiterin zog ihre Tasse zu sich heran. Während sie ihren Kaffee trank, sah sie Friederike über den Rand ihrer Tasse prüfend an.
Auch Friederike nahm ihre Tasse, trank einen Schluck und behielt die Tasse in beiden Händen. Ihr Instinkt sagte ihr, dass sie die weiteren Fragen zu diesem Thema auf einen späteren Zeitpunkt verschieben musste. »Ich konnte es damals kaum glauben.« Sie lächelte. »Aber damit dürfte sich der Bericht von Herrn Griebenow bestätigt haben. Es gibt weder eine Akte zu Stefanie Heech noch ist über das Verbrechen an ihr ausführlich berichtet worden.«
»Leider ist es so. Hier ist noch die Akte von Manfred Jürwitz. Auch darin ist nichts über Stefanie Heech zu finden. Das ist aber normal, denn schließlich ist die Akte schon sechzehn Jahre vor ihrem Verschwinden archiviert worden.«
»Das habe ich auch schon in der Ermittlungsakte lesen können. Herr Griebenow hat sich die sogenannte Abverfügung kopieren lassen.«
»Sie meinen diese hier?« Die Behördenleiterin schlug die

letzte Seite der Akte auf und drehte sie in Friederikes Richtung.
»Ja. Den Inhalt kenne ich.« Friederike drehte die Akte wieder um und schob sie über den Tisch zurück. »Sie schreiben, dass sich Manfred Jürwitz unter Alkoholeinfluss dekonspiriert und über seine Verbindung zur Stasi öffentlich gesprochen hat.«
»Das stimmt.« Die Behördenleiterin nickte Friederike anerkennend zu. »Sie bescheinigen ihm zwar gute informelle Arbeit, aber sie haben bei ihm übermäßigen Alkoholmissbrauch und intime Verbindungen zu mehreren Frauen festgestellt. Das hat ihn für eine weitere Zusammenarbeit wertlos gemacht. Aus diesem Grund haben sie dann nicht mehr mit ihm zusammengearbeitet.«
»Könnte es sein, dass sie die Zusammenarbeit zu einem späteren Zeitpunkt wieder aufgenommen haben? Es könnte doch sein, dass er zur Einsicht gekommen war«, kam es Friederike in den Sinn.
»Nein. Dann hätten wir einen Hinweis darauf gefunden.«
»Ja? Und wie?«
»Die zuständige Sachbearbeiterin sucht nicht nur nach Akten.« Die Behördenleiterin öffnete eine dünne Mappe »Sehen Sie hier.« Ihr Finger deutete auf eine Stelle.
Friederike beugte sich nach vorne. ›Wie gut, dass ich gelernt habe, über Kopf zu lesen.‹
»Sie hat nicht nach dem Namen Jürwitz gesucht, sondern den Namen unvollständig in den Computer eingegeben. Sie hat den letzten Buchstaben seines Namens weggelassen. Damit wirft ihr der Computer alles, was mit diesem Wort zusammenhängt aus.«
»Und somit können Sie ausschließen, dass er jemals wieder für die Stasi gearbeitet hat?«
»Ja. Wenn das der Fall gewesen wäre, würden wir etwas davon wissen.« Die Behördenleiterin ließ die Akte von Manfred Jürwitz achtlos neben sich auf den Boden fallen. »Dieser Stapel

betrifft Fritz Hein. Der ist zeitlebens hochkriminell gewesen.« Wieder legte sie ihre Hand auf einen der Aktenstapel. »Das sind Akten aus den sechziger Jahren, die über ihn und seine Straftaten geführt wurden. Sind Sie daran interessiert?«

»Eigentlich nicht.«

»Ich habe mir diese Akten angesehen. Sie haben auch nichts mit dem Heechfall zu tun.« Die Behördenleiterin hob die Akten mit beiden Händen an, beugte sich zur Seite und legte sie neben ihrem Stuhl auf den Boden. Als sie sich wieder aufrichtete, musterte sie Friederike zunächst mit einem bedeutungsvollen Blick, bevor sie einen weiteren Stapel Akten zu sich heranzog. »Das sind seine Akten, die die Straftaten der siebziger Jahre betreffen.« Sie zog eine Akte vom Stapel und schob sie über den Tisch zu Friederike. »Sehen Sie, das ist die Akte mit der Vorgang, als er sich als Offizier der Stasi ausgegeben hatte.«

»Oh, jetzt wird es interessant.« Friederike öffnete die Akte und begann zu lesen. Nach einer Weile sah sie hoch. Ihre Stirn hatte sich in Falten gelegt. »Ich habe mich schon lange gefragt, welches Motiv dahinter steckt, dass er sich als Stasioffizier ausgegeben hat.«

»Nun wissen Sie es.«

»Er wollte eine Frau, mit der er einmal verlobt war und die er in den Wirren des zweiten Weltkrieges aus den Augen verloren hatte, wiederfinden.«

»Unglaublich, nicht wahr?«

»Ja. Vor allem die Art und Weise, wie er vorgegangen ist, ist erstaunlich. Er weiß in etwa, wo sie wohnt, dass sie verheiratet ist und einen anderen Namen trägt.« Friederike schüttelte den Kopf. »Um die Frau zu finden, geht er in dieser Stadt zum Arzt und erzählt, dass der Mann dieser Frau Suizidabsichten habe und dass er eine Waffe besitze, mit der er sie bedrohe.«

»Sich selbst hat er dabei als Stasioffizier ausgegeben und

behauptet, mit der Aufklärung dieser Sache befasst zu sein«, warf die Behördenleiterin ein. »Um sie retten zu können, müsse er schleunigst ihre Adresse in Erfahrung bringen?« Friederike sah die Behördenleiterin fragend an. »Es muss ihm doch damals klar gewesen sein, dass er mit so einer Geschichte auf die Nase fällt.«
»Ich glaube nicht, dass ihn das wirklich gestört hat. Sehen Sie sich sein Vorstrafenregister an. Er müsste damals so um die fünfzig Jahre gewesen sein. Zu diesem Zeitpunkt waren schon dreiundzwanzig Jahre Gefängnisstrafen gegen ihn verhängt worden. Von denen hat er über zwanzig Jahre abgesessen. Da kam es ihm auf ein oder zwei Jahre auch nicht mehr an.«
»Er hat zwei Jahre ohne Bewährung für diese Straftat bekommen.« Friederike blätterte langsam Seite für Seite um. Mit einem Mal hielt sie inne. »Hier steht das Datum, an dem er entlassen worden ist.«
»Und was macht Sie so nachdenklich?«
»Er ist gerade einmal zwei Monate, bevor Ursula Heech verschwand, entlassen worden. Irgendetwas stimmt da nicht?«
»Würden Sie mich in ihre Gedanken einweihen?«
»Selbstverständlich.« Friederike nickte. »In der Ermittlungsakte von Ursula Heech befanden sich zwei von ihr geschriebenen Briefe, in denen sie erklärte, dass sie Fritz Hein über alle Maßen liebe, ihn niemals im Leben hergeben und mit allen ihr gegebenen Mitteln um ihn kämpfen werde. Außerdem bestehe die Möglichkeit, dass sie schwanger sei.«
»Nun, ja. Wie heißt es so schön? Wo die Liebe hinfällt… «
»So heißt es. Aber, als sie dieses schrieb, war er noch nicht einmal zwei Monate aus dem Gefängnis entlassen worden.«
»War sie denn tatsächlich schwanger?«
»Die Leiche, die als Ursula Heech beerdigt worden ist, nicht.«
»Sie sagen das mit so einem eigenartigen Unterton in der Stimme.« Wieder musterte die Behördenleiterin Friederike

mit einem interessierten Blick.
»Ich habe so meine Bedenken, dass es sich wirklich um die Leiche von Ursula Heech handelt. Aber in Kürze wird Klarheit darüber bestehen«, antwortete Friederike wahrheitsgemäß.
»Ja? Inwiefern?«
»Ihre Exhumierung ist von der Polizeibeamtin, die in der Sache ermittelt, bereits beantragt worden. Jetzt muss nur noch ein Richter darüber entscheiden«
»Darf ich fragen, aus welchem Grund?«
»Schon wenn man ihre Ermittlungsakte liest, fällt einem ins Auge, dass da etwas nicht stimmen kann. Damals gab es ein Formular, das ausgefüllt werden musste, wenn jemand vermisst wurde. Hein hat sie als vermisst gemeldet. Die Angaben zu Ursula Heech stammen also von ihm. Das sind Angaben dazu, wann und wo sie geboren ist und auch solche, wo ihre Eltern wohnen. Und das nach einem Verhältnis von nur maximal zwei Monaten? Sie müssten sich dann schon bei oder kurz nach seiner Entlassung aus dem Gefängnis kennen und lieben gelernt haben.« Friederike verschränkte ihre Arme, beugte sich vor und legte sie auf den Tisch. »Gut. Diese Angaben kann auch der Polizist eingeholt haben, aber von dem stammen mit Sicherheit nicht ihre Personenbeschreibung und die Beschreibung ihrer Sachen, die sie an dem Tag angehabt hat, an dem sie verschwand. Hein konnte sich noch an ihre blaue Silastikhose, ihren weißen Rollkragenpullover und ihre braunen Schuhe erinnern. Er konnte sogar eine Beschreibung ihres schwarzen Anoraks liefern und sich erinnern, dass der am Kragen und an den Ärmeln Pelzbesatz hatte.«
»Für einen Mann bemerkenswert.« Die Behördenleiterin sah aufmerksam in Friederikes waches Gesicht.
»Er konnte zwar detailliert Angaben zu ihrer Oberbekleidung machen, nicht jedoch zu ihrer Unterwäsche. Und das bei

einem intimen Verhältnis?«
»Da gebe ich Ihnen Recht. Damals hatte man bestimmt nicht solche Auswahl an Dessous wie heute.«
»Und genau in der von ihm beschriebenen Bekleidung ist die Leiche aufgefunden worden.«
»Aber was lässt Sie dann zweifeln, dass es Ursula Heech ist?«
»Es gibt in dem Protokoll eine Rubrik, in der Aussagen zu früheren Knochenbrüchen getroffen werden. Unter der ist zu finden, dass der linke große Zeh von Ursula Heech blau gewesen sein soll.«
»Also doch ein intimes Verhältnis?«
Friederike zuckte mit den Schultern. »Dahinter ist vermerkt, dass sie deshalb krankgeschrieben war.«
»Das wäre aber nichts Ungewöhnliches oder doch?«
»Nein. Eine Krankschreibung bei einer Verletzung sicher nicht. Ungewöhnlich ist nur, dass Ursula Heech von ihren Kolleginnen an diesem Tag trotzdem zur Arbeit abgeholt worden sein soll.« Friederike lehnte sich zurück. »Wobei das ja auch nicht stimmt.« Sie hielt ihre Arme noch immer verschränkt. »Sie haben Ursula Heech zum Arzt und Steffi in den Kindergarten gefahren. Der Arzt will ihr eine Entziehungskur empfohlen haben, die sie aber abgelehnt hat. Dann ist sie anstatt zur Arbeit wieder nach Hause gegangen.«
»Und? Hat sie dort wieder getrunken?«
»Bei der Obduktion fanden sich weder Alkohol noch Tabletten in ihrem Blut. Sie ist also bei klarem Verstand und mit einer gut bestückten Handtasche unter dem Arm, von zu Hause weg in den Tod gegangen. Nicht jedoch, ohne vorher zwei Flaschen Schnaps neben sich drapiert zu haben, eine leere und eine halbleere.« Die Behördenleiterin schüttelte verständnislos ihren Kopf und strich sich die Haare hinter ihre Ohren. »Was heißt gut bestückte Handtasche?«
»Gut genug bestückt, um jegliche Zweifel an der Identität der

Leiche, die man auffinden würde, auszuräumen.«
»Wieso? Was hatte sie denn alles mitgenommen?«
»Die Versicherungskarte von sich und ihrer Tochter, einen Konsumausweis, eine Kohlenkarte, einen Postabholerausweis, Busfahrscheine und Kontoauszüge. Dazu fand man noch ihre Geldbörse, die neben DDR-Geld auch noch Westgeld enthielt, von den anderen üblichen Damenutensilien wie Spiegel, Kämme, Kugelschreiber ganz abgesehen.«
»Aber trotz alledem. Sie haben Zweifel.«
»Ja«, erwiderte Friederike und beugte sich wieder nach vorne. Sie legte ihre Arme auf den Tisch und faltete die Hände. »Bis zum heutigen Tag habe ich gedacht, dass die Stasi ihr eine neue Identität gegeben hat.«
»Tut mir leid. Dann hätten wir einen Hinweis darauf gefunden.«
»Diese Möglichkeit halten Sie tatsächlich für ausgeschlossen?«
»Ja. Leider. Wir haben alle Suchkriterien abgefragt und nichts gefunden. Wenn es tatsächlich etwas in dieser Richtung gegeben hätte, wäre ihr Name irgendwo aufgetaucht.«
Nachdenklich stützte Friederike ihren Kopf in die Hand. »Kann es sein, dass jemand ihre Akte vernichtet hat?«
»Nein.«
»Aber als die Verwaltungen der Stasi durch die Bürgerbewegung gestürmt wurden, hat man doch davon gesprochen, dass Stasimitarbeiter Akten vernichtet haben.«
»Nicht diese.«
»Nicht diese?« fragte Friederike erstaunt. »Welche denn?«,
»Akten, die die Zusammenarbeit des Ministeriums für Staatssicherheit mit anderen Geheimdiensten dokumentierten.«
Friederikes Augen wurden größer. »Auch auf die Gefahr hin, dass Sie mich für naiv halten, aber was heißt andere Geheimdienste?«
»Alle anderen der sogenannten sozialistischen Bruderländer hatten auch Geheimdienste, die sie Staatssicherheit nannten.«

»Ich bin wirklich naiv.« Friederike lachte auf. »Ich habe ernsthaft angenommen, dass es neben der Stasi nur den KGB gegeben hat. Weiß man, was die Akten beinhalteten?«
»Nein. Sogar mir hat man damals den Hinweis gegeben die Finger davon zu lassen.« Die Behördenleiterin lächelte nachsichtig. »Die Mitarbeiter dieser Geheimdienste haben ihre Unterlagen tonnenweise abtransportiert. Was aber die Unterlagen der Stasi der ehemaligen DDR angeht, die sind uns erhalten geblieben, und die Akte von Ursula Heech haben Sie ja schon beim letzten Mal eingesehen. Etwas anderes zu ihr ist nicht zu finden.« Sie zog die Akte zu sich heran und schlug sie auf. »Die Eintragungen über Ursula Heech enden neun Jahre vor ihrem Tod.«
»Zu welchem Zweck ist die Akte über sie überhaupt angelegt worden?«
»Alles was ich Ihnen dazu sagen könnte, ist pure Vermutung. Zu welchem Zweck diese Akte angelegt worden ist, kann man nicht sagen.«
»Und welche Vermutung haben Sie?«
»Es sieht schon so aus, als ob man sie für eine Zusammenarbeit gewinnen wollte.« Die Behördenleiterin nickte bedächtig mit dem Kopf. »Ich schließe das daraus, weil ihre gesamte Verwandtschaft durchleuchtet worden ist.«
»Das habe ich gelesen. Sie haben sogar die Nazivergangenheit ihres Vaters durchleuchtet. Die ist ihm bestimmt auf die Füße gefallen, als er nach dem Krieg eine Zulassung als Bodenschätzer beantragt hatte.«
»Schon möglich. Aber mal unter uns gefragt. Meinen Sie ernsthaft, dass der, der einmal ein überzeugter Nazi war, jemals seine Einstellung geändert hat?« Als die Behördenleitern Friederikes fragenden Gesichtsausdruck bemerkte, setzte sie nach: »Ich beschäftige mich zurzeit gerade mit der Geschichte der Juden vor dem und im Dritten Reich.

Ich denke, dass Sie mir bestätigen, dass nach dem Krieg die Aufarbeitung dieser Angelegenheit sowohl in Ost als auch in West unterblieb. Dieses Thema wurde, wie auch einige andere, einfach tabuisiert. Denken Sie, dass sich nur durch das Kriegsende und die Bestrafung derer, deren man habhaft wurde, ein Wandel in den Köpfen der Allgemeinheit vollzog?«
Nur flüchtig registrierte die Behördenleiterin Friederikes Kopfschütteln. Sie hatte sich in Rage geredet.
Ihre Worte rauschten ungehört an Friederikes Ohren vorbei. Die Frage der Behördenleiterin hatte Friederike an das erinnert, was sie sich selbst in den Nächten, in denen der Heechfall sie aus dem Schlaf gerissen hatte, nicht beantworten konnte. Friederikes Gehirn funktionierte wie ein Uhrwerk. ›Und warum sind dann noch heute ehemalige Stasimitarbeiter in einer Behörde beschäftigt, die sich mit der Aufarbeitung von Stasiunterlagen befasst? Was machen die mit den so geheimen Akten? Wer garantiert, dass sich in deren Köpfen eine Wandlung vollzogen hat? Wer garantiert, dass sie alles pflichtgemäß bearbeiten und nicht Akten zum Schutz der Identität von Personen vernichten?‹ Friederike antwortete nicht sofort, nachdem Die Behördenleiterin verstummte. Laut hörbar atmete sie ein und wieder aus. »Ich würde Ihre Frage von gerade eben mit einer Gegenfrage beantworten. Können Sie sich vorstellen, dass jemand, der hundertprozentiger Verfechter des Systems der DDR war, jetzt genauso für die heutige Gesellschaftsordnung brennt?«
»Nein. Ich persönlich glaube, dass sich ohne Aufarbeitung in den Köpfen der Menschen überhaupt nichts ändert.«
Friederike nickte zustimmend und lächelte der Behördenleiterin zu. »Mit dieser Antwort sind alle meine Fragen mehr als beantwortet. Ich danke Ihnen sehr, dass Sie sich Zeit für mich genommen haben.«

31
KAPITEL

»Was lange währt, wird gut. Bitte nehmen Sie doch Platz.« Eigentlich hatte Anjuta nicht die alte Volksweisheit, sondern die Aufklärung des Heechfalls im Sinn, als sie Henry Kaput einen der Besucherstühle vor ihrem Schreibtisch anbot. Sie lehnte sich entspannt in ihrem Schreibtischstuhl zurück und lächelte ihn freundlich an, als er wie entschuldigend sagte: »Ja. Schön, dass es endlich einmal geklappt hat. Ich bin auf dem Weg zu einer Tagung. Da bin ich halt ein bisschen früher losgefahren und habe einen kleinen Umweg gemacht. Nun bin ich hier.« Er stellte seinen Aktenkoffer ab, setzte sich und lächelte freundlich zurück.

›Da bist du halt ein bisschen früher losgefahren?‹ Anjutas Lächeln gefror. ›Du liebe Güte. Auch das noch.‹ Es war ihr egal, dass sie gegen ihre gewohnten Umgangsformen verstieß.

»So, was machen Sie denn beruflich, dass Sie zu einer Tagung reisen?«, fragte sie unhöflich gerade heraus.

»Ich bin Pharmareferent.«

»Oh. Schon immer?« Ein dezentherber Parfümgeruch stieg in Anjutas Nase. ›Er hat zwar einen sauberen Geruch, aber er sieht eher aus wie ein Staubsaugervertreter‹, dachte sie boshaft.

»Nein. Ich habe eine Lehre als Chemiefacharbeiter in einem pharmazeutischen Werk gemacht. Das ist mit der Wende abgewickelt worden. Dann musste ich mich beruflich neu

orientieren und so bin ich jetzt halt Pharmareferent.« Der Stolz in der Stimme ihres Besuchers war unüberhörbar.
Nun wusste Anjuta, wie sie sein Vertrauen gewinnen konnte.
»Na. Da haben Sie sich aber auch keinen einfachen Beruf ausgesucht«, entgegnete sie scheinbar mitfühlend. »Sicher ist es nicht leicht für Sie, stundenlang in den Wartezimmern der Ärzte zu sitzen und darauf zu warten, dass die endlich Zeit finden Sie anzuhören.«
»Da haben Sie Recht. Aber das gehört halt nun einmal zu meinem Job.« Sein Tonfall ließ erkennen, dass er weiter bemitleidet werden wollte.
»Also, ehrlich gesagt. Ich möchte Ihren Job nicht haben. Ich hatte schon viel mit Ihren Kollegen zu tun. Daher weiß ich, dass es auch vorkommt, dass Sie, selbst wenn Sie einen Termin vereinbart haben, warten müssen, bis die Halbgötter in Weiß sich endlich herablassen, Sie zu empfangen.«
»Daran gewöhnt man sich. Viel schwieriger ist es, überhaupt einen Termin zu bekommen.«
›Wahrscheinlich liegt es daran, dass es ein Gräuel ist, dir zuzuhören. Nicht umsonst heißt es, dass der Schuster bei seinem Leisten bleiben soll.‹ Anjuta betrachtete ihren Besucher. Aus ihrer Akte wusste sie, dass der nur unwesentlich jünger als sie selbst war und doch hätte sie ihn älter geschätzt. Seinen Kopf hatte er rasiert, um seine Halbglatze zu kaschieren. Starke dunkle Augenringe, eine ungesunde weiße Gesichtsfarbe und gelbe Fingerkuppen ließen auf einen starken Raucher schließen. Henry Kaput war hochgewachsen und schlank. Er trug ein gestreiftes Hemd unter einem einfarbigen grünen Jackett. Anjuta musste zugeben, dass es sich bei ihrem Gegenüber um eine gepflegte Erscheinung handelte. ›Den Ossi erkennt man doch immer wieder daran, wie er seine Krawatte bindet. Sie ist viel zu kurz und auch zu grell‹, mäkelte sie im Stillen an dem Äußern ihres Besuchers herum. ›Sicherlich hat ihm

noch niemand gesagt, dass eine Krawatte im Gürtelbereich enden sollte. Aber was geht mich das an.‹ Sie richtete sich auf, nahm ihr Diktiergerät in die Hand und drückte den Aufnahmeknopf. »Ich arbeite nicht allein an diesem Fall. Damit nichts von dem, was wir besprechen, verloren geht, werde ich unser Gespräch ab jetzt aufzeichnen.« Anjuta legte das Gerät auf ihren Schreibtisch. »Sie haben doch nichts dagegen?« Wie immer, wenn sie ihren Willen durchsetzen wollte, duldete ihr Ton keinen Widerspruch.

Sein »Nein« klang wenig überzeugend.

»Kommen Sie auch wirklich klar damit?«, vergewisserte sich Anjuta, bemüht die Spielregeln der Kanzlei einzuhalten.

»Nun, etwas ungewöhnlich ist das schon«, gab er zu. »Man ist im ersten Moment ein wenig gehemmt.«

»Doch nicht Sie«, schmeichelte ihm Anjuta.

»Oh doch. Aber ich werde das Gerät halt übersehen.«

»Gut. Dann lassen Sie uns geradewegs zur Sache kommen. Erzählen Sie mir etwas von Stefanie Heech. Sie waren befreundet?«

»Ja. Wir sind zusammen eingeschult worden und waren in einer Klasse. Kurz vor ihrem Verschwinden sind wir umgesetzt worden. Zum Schluss haben wir uns eine Schulbank geteilt.«

»Dann haben Sie sie also noch besser als andere Mitschüler gekannt?«

»Da man in den Pausen zwischen den Schulstunden mehr miteinander spricht, ergibt sich das halt zwangsläufig.«

»Wie sah es vor und nach dem Unterricht aus?«, wollte Anjuta wissen.

»Ich erinnere mich noch daran, dass wir vor Beginn der Schule immer weniger miteinander geredet haben.«

»Hatte das einen Grund?«

»Ich selbst habe in dem Dorf, in dem sich auch die Schule befand, gewohnt. Steffi kam immer mit ihrem Fahrrad. Sie musste jeden Tag fast zwei Kilometer fahren. Trotzdem war sie immer vor mir in der Schule. Ich bin halt immer erst kurz vor dem Unterrichtsbeginn gekommen. Da blieb dann keine Zeit mehr zum Erzählen.«

»Wie sah es nach dem Unterricht aus?«

»Da war sie meistens mit Kathleen Scriba, ihrer besten Freundin, zusammen.«

»Und wie sah es bei Ihnen aus?«

»Ich hatte damals auch so etwas wie einen besten Freund.«

»Sie sagen das so sarkastisch«, provozierte Anjuta.

»Nein. Das täuscht«, rechtfertigte sich Henry Kaput schnell. »Wahrscheinlich klang es so, weil es im späteren Leben eher ungewöhnlich ist, einen besten Freund zu behalten.«

»Meinen Sie, dass man sich auseinander lebt?«

»Auch. Ich habe mehrfach die bittere Erfahrung machen müssen, dass freundschaftliche Beziehungen durch Neid halt auseinander gehen.«

»So?« Fragend sah Anjuta ihrem Gast in die Augen.

»Ich verdiene eine Menge Geld, fahre ein großes Dienstauto und habe mir vor Kurzem ein Haus gebaut. Ich bin in meinem Beruf halt recht erfolgreich.« Es sollte sicher wie eine Entschuldigung klingen, doch in seiner Stimme schwang unüberhörbarer Stolz mit. »Als wir eingezogen waren, haben meine Frau und ich einige unserer besten Freunde eingeladen. Das war das erste und zugleich auch das letzte Mal.«

»Was ist passiert?«, fragte Anjuta mehr aus Höflichkeit als aus Interesse.

»Heute glaube ich, dass sie nur kamen, um das Haus anzusehen«, antwortete ihr Besucher voller Bitterkeit. »Kurze Zeit später kam es zu einem Streit. Eine Nichtigkeit war der Anlass, aber sicher nicht die Ursache. Die habe ich erst viel später erfahren. Einer meiner Freunde wollte halt genau den Bauplatz, auf dem wir gebaut haben.« Er lachte ein bitteres

Lachen. »Ich wusste es nicht.«
»Und wenn Sie es gewusst hätten? Was wäre dann passiert? Hätten Sie aus Rücksicht verzichtet?«
»Ich denke nicht.«
»Na also«, sagte Anjuta schnippisch, »damit erübrigen sich wohl auch alle weiteren Gedanken an diese neidischen Freunde.«
»Aber es waren über zwanzig Jahre, in denen wir Freud und Leid geteilt haben.« Henry Kaput sank in sich zusammen. »Nach diesem Streit hat uns niemand die Möglichkeit gegeben, darüber zu reden. Alle haben sich ein Urteil gebildet ohne uns anzuhören.«
»Und wenn schon. Dann müssen die zeitlebens mit ihrem oberflächlichen Urteil klarkommen. Denen müssen Sie doch nun wirklich nicht auch noch nachtrauern. Richtige Freunde waren das nun bestimmt nicht. Sie werden neue Freunde finden.«
Seine Augen wurden größer. »Ich staune über mich selbst. Sie sind eine wildfremde Frau. Was ich Ihnen so alles erzähle?« Er schien über sich selbst verwundert zu sein. »Wir waren aber bei meinem Schulfreund Torsten stehen geblieben. Mit dem hatte ich in den Sommerferien am alten Müllplatz eine Höhle aus Brettern gebaut.«
»In welchen Sommerferien?«
»Die, bevor Steffi verschwand.«
»Und wo befand sich der Müllplatz?«
»Wenn Steffi mit ihrem Fahrrad den Landweg zur Schule gefahren ist, musste sie halt an diesem Müllplatz vorbei. Sie konnte die Höhle vom Weg aus sehen. Wir hatten eine weiße Plane darüber gedeckt. Steffi war, wie auch alle anderen aus der Klasse, des Öfteren in der Höhle.«
Mit Genugtuung registrierte Anjuta, dass das Eis zwischen ihnen getaut war.
Henry Kaput zupfte nervös an seinen Fingern. »Darf man bei

Ihnen im Büro rauchen?«
»Leider nein. Ich hätte zwar nichts dagegen«, heuchelte Anjuta, »aber das gesamte Haus ist Nichtraucherzone.«
»Na ja. Ist auch nicht so schlimm. Ich rauche halt sowieso zu viel.« Er wusste mit seinen Händen nichts anzufangen. Deshalb knackte er mit seinen Fingern. »Zwei oder drei Tage, bevor Steffi verschwand, erzählte sie mir, dass sie einen fremden Mann gesehen hat, der von unserer Höhle kam.«
»Können Sie sich noch erinnern, was genau sie gesagt hat?«
»Ja. Sie sagte so sinngemäß, dass ihr dieser Mann halt nicht geheuer vorkam.« Der Blick von Henry Kaput ging durch Anjuta hindurch. »Warum ihr der nicht geheuer vorkam, sagte sie nicht. Sie machte auch überhaupt keinen ängstlichen Eindruck.« Seine Augen suchten jetzt Anjutas Blick. »Eher so, weil mir diese Höhle gehörte.« Er unterbrach sich und sah auf seine Hände. »Sie kannte den Mann nicht und hatte ihn auch noch nie gesehen.«
»Das wissen Sie genau?«
»Ja.«
»Hat sie Ihnen den Mann näher beschrieben?«
»Sie sagte mir, dass dieser Mann halt klein und ein bisschen dick war und dass er einen Stoppelbart trug. Ich habe sie daraufhin gefragt, ob das vielleicht der Herr Böke, ein damaliger Nachbar von uns, gewesen sei. Der fiel mir halt bei ihrer Beschreibung sofort ein.«
»War er es?«
»Nein.« Henry Kaput schüttelte energisch seinen Kopf. »Sie hätte ihn auch vom Ansehen her kennen müssen.«
»Hat sie noch etwas zu seinem Alter oder zu seiner Person gesagt?«
»Nichts. Sie sprach nur davon, dass der Mann so einen komischen Hut aufgehabt hat.«
»Hat sie wirklich von einem komischen Hut gesprochen?«

»Sie können einem aber auch Fragen stellen. Das ist jetzt mehr als fünfzehn Jahre her«, antwortete Henry Kaput mit gespielter Entrüstung. »Aber warten Sie mal. Vielleicht fällt es mir noch ein.« Er schlug seine Beine übereinander und stützte den Ellbogen auf sein Knie. Während er das Kinn auf drei Finger seiner geschlossenen Faust stützte, klopfte er mit dem Zeigefinger gegen seine Lippen. Sein Blick wanderte langsam und ziellos an der Zimmerdecke umher. Dann richtete er sich wieder auf. »Das mit dem komischen Hut könnte von mir sein. Wenn ich mich nicht irre, sagte sie, dass seine Schapka so komisch aussah.«
»Sie verwendete das russische Wort für Mütze? Also kann es auch sein, dass er eine Mütze auf dem Kopf hatte?«
»Ja, natürlich. Sie hat mir halt die Mütze oder den Hut nicht näher beschrieben.«
»Können Sie sich heute noch erinnern, ob sie Ihnen erzählte, wann sie diesen Mann gesehen hat?«
»Ist das wirklich heute noch von Bedeutung?«
Anjuta zuckte mit den Schultern. »Das weiß ich jetzt selbst noch nicht so genau. Könnte sein, aber vielleicht auch nicht.«
»Dürfen Sie mir verraten, in welchem Zusammenhang das von Bedeutung sein könnte?«
»Ja.« Anjuta nickte. »Stefanie Heech hat sich vor irgendjemandem oder vor irgendetwas gefürchtet. Aus diesem Grund hat sie ihre Verwandte aufgefordert, sie genau an dem Tag, an dem sie verschwand, auf dem Schulweg zu begleiten. Bis heute weiß nur niemand, wovor sie eigentlich Angst hatte.«
Henry Kaput beugte sich erneut vor. Wieder stützte er den Ellbogen auf sein Knie. Dieses Mal legte er seine Stirn in die Handfläche. Ein minutenlanges Schweigen zog in den Raum. Dann sah er auf, schüttelte den Kopf und sagte: »Sie sagte mir zwar nicht, wann sie diesen Mann gesehen hat. Meiner Meinung nach kann das aber nur am Nachmittag des Vortages

gewesen sein.«
»Wenn das zwei, drei Tage vor ihrem Verschwinden war, also am Nachmittag des Dienstags oder des Mittwochs?« Anjuta fixierte ihn. »Sind Sie sicher, dass es am Nachmittag war?«
»Ja. Es gab nur den einen Weg zur Schule, den Steffi mit ihrem Fahrrad befahren konnte. Wenn sie den Mann auf dem Weg zur Schule gesehen hätte, hätte sie es mir schon vorher erzählt.«
»Sie haben in dieser Zeit nichts Ungewöhnliches in der Höhle oder der Umgebung bemerkt?«
»Nein.«
»Nur mal so aus Neugier.« Anjuta beugte vertraulich ihren Oberkörper über den Tisch, um die Entfernung zu Henry Kaput zu verringern. »Wenn die Höhle auf dem Schulweg lag, liegt es doch nahe, dass sich Stefanie Heech in der Höhle versteckte, möglicherweise, um sich vor der Schule zu drücken.«
»Nein. Ausgeschlossen. Sie gehörte zu den besten Schülerinnen der Klasse, wenn sie nicht sogar die beste war. Sie hatte halt nie schlechte Zensuren und auch sonst keinen Ärger in der Schule. Also, warum sollte sie schwänzen?«
»Es könnte einen Grund außerhalb der Schule gegeben haben.« Anjuta hatte ihre Sitzhaltung beibehalten, um trotz der Entfernung zwischen ihnen Nähe herzustellen. »Hat man denn die Höhle überhaupt nach ihr durchsucht?«
»Sie meinen die Polizei? Nein. Ich war am nächsten Tag dort. Zwar war die Plane ein wenig zur Seite geschoben, aber eine Spurensicherung oder so etwas hat dort nicht stattgefunden.«
»So? Woher wollen Sie das denn so genau wissen?« Anjuta lehnte sich lässig in ihren Stuhl zurück. »Sie waren doch gar nicht dabei, als die Gegend durchkämmt worden ist.«
»Das stimmt.« Er sah ihr geradewegs in die Augen und lächelte. »Ich rauche seit meinem zwölften Lebensjahr.« Es klang wie eine Entschuldigung.

»Haben Ihre Eltern das nicht gerochen?«
»Nein. Mein Vater war halt selbst ein starker Raucher. Dem habe ich immer Zigaretten aus seiner Schachtel geklaut. Er hat es nie gemerkt. Zumindest hat er halt nie etwas gesagt. Mit vierzehn hat mich meine Mutter dann einmal beim Rauchen erwischt. Da war es halt offiziell. Sie haben mir dann zum Geburtstag eine Schachtel Zigaretten geschenkt. Die habe ich offen hingelegt.« Er wackelte mit dem Kopf. »Konnte ich auch, denn sie war dank meines Vaters halt immer gefüllt.«
Anjutas Arbeitstag neigte sich dem Ende zu. Sie fühlte sich kraftlos und ohne ihre gewohnte Energie. Edzard Korritter schmollte noch immer. Einmal hatte sie seine Nummer gewählt. Er hatte das Gespräch weder entgegengenommen noch hatte er sie zurückgerufen. Je länger er sie über den Fortbestand ihrer Beziehung im Unklaren ließ, um so häufiger wechselte Anjutas Stimmung. Sich wieder anzubiedern, war sie zu stolz. Jetzt war die Reihe an Edzard Korritter, den ersten Schritt zu machen. Henry Kaput begann sie zu ermüden. ›Warum verwendet er eigentlich in jedem zweiten Satz das Wörtchen halt? Welche Bedeutung hat dieses Wort überhaupt?‹ Als Anjuta bemerkte, dass ihre Gedanken abschweiften, sah sie wie unabsichtlich, jedoch so, dass er es bemerken musste, auf ihre Uhr.
Er hatte es bemerkt. »Ich wollte Sie nicht langweilen.« Er hatte ein jungenhaftes spitzbübisches Lächeln. Sicher lag das an seinen Grübchen.
Anjuta sah auf ihr Diktiergerät und antwortete nicht.
»Was ich Ihnen damit sagen wollte, ist, dass ich mich mit Zigaretten damals bereits auskannte.«
»Ach, ja?«, fragte Anjuta mehr floskelhaft, als aus Höflichkeit.
»Deshalb wusste ich auch, dass ein Raucher in der Höhle gewesen sein musste.«
»Wann und vor allem wie haben Sie das festgestellt?« Mit

einem Mal war Anjuta wieder hellwach.
»Sagte ich doch. Einen Tag, nachdem Steffi verschwand. Es lagen mehrere Zigarettenkippen in der Höhle.«
»Ihre?«
»Nein.«
»Woher wissen Sie das denn so genau. Sicher haben Sie selbst doch auch in der Höhle geraucht oder?«
»Klar. Aber es waren trotzdem keine Zigaretten, die von mir oder einem meiner Freunde stammten.« Jetzt lehnte sich Henry Kaput zurück, überkreuzte die Beine und verschränkte die Arme. »Erstens haben sie fürchterlich gestunken und zweitens hat der Raucher sie auf eine andere Art als wir ausgemacht.«
»Das müssen sie mir ein bisschen genauer erklären.«
»Ich denke heute, dass diese Zigaretten nicht in der DDR hergestellt worden waren. Alle damals herkömmlichen Marken kannten wir. Diese Zigaretten oder zumindest die Stummel davon rochen anders.«
»Ich habe keine Ahnung von Zigaretten. Wie rochen die denn?«
»Wir haben damals gesagt wie Machorka, also russischer Knaster. Wissen Sie, was Knaster bedeutet?«, fragte Henry Kaput spöttisch.
»Ich sehe vielleicht nicht so aus, aber ich weiß es«, gab Anjuta in gleichem Tonfall zurück. »Als Knaster bezeichnet man umgangssprachlich schlechten Tabak.«
Henry Kaput grinste und nickte. »Wir hatten zwar keine Ahnung wie der riecht, aber dass der besonders streng riecht, war damals allgemein bekannt. Jedenfalls stanken diese rechtwinklig ausgedrückten Stummel fürchterlich.« Henry Kaput verzog dabei angewidert das Gesicht. »Wenn die Polizisten die Höhle durchsucht hätten, hätten sie diese Kippen bestimmt mitgenommen und auf Spuren untersucht.«
»Da bin ich mir nicht sicher. Ich weiß nicht, ob tatsächlich gründlich ermittelt worden ist.«

»Nein?«
»Nein.«
»Und wie kommen Sie darauf?«
»All das, was Sie mir gerade erzählt haben, hätte man damals von Ihnen erfragen müssen. Das war aber damals nicht Bestandteil Ihrer Vernehmung.«
»Da gebe ich Ihnen Recht. Das war für die Polizisten nicht so interessant. Denen ging es mehr um Steffis Fahrrad.«
»Da geben Sie mir das Stichwort.« Anjuta räkelte sich lässig in ihrem Stuhl. »Können Sie sich an das Fahrrad von Stefanie Heech erinnern?«
»Ja. Ein ganz normales Damenrad, wie sie damals halt produziert wurden.«
»Ist Ihnen im Zusammenhang mit ihrem Fahrrad irgendetwas in Erinnerung geblieben.«
Henry Kaput lachte. »Ja. Sie erzählte mir einmal, dass sich jemand einen Jux mit ihr mache. Ihr Fahrrad hänge öfters im Baum.
»Bitte was?« Anjuta fuhr hoch.
»Ja. Ich fand das halt komisch und lachte auch darüber. Nur deshalb kann ich mich heute noch daran erinnern.«
»Hat sie gesagt, wann und wo das Fahrrad hing oder womit und ob es überhaupt befestigt worden war? Hat sie Ihnen Einzelheiten erzählt?«, bohrte Anjuta jetzt unerbittlich weiter.
»Nein. Ich habe aber auch nicht gefragt.«
Anjuta starrte ihren Gast eine Weile an und beobachtete, wie er zunehmend unruhig wurde. Nach kurzer Zeit wechselte er seine Sitzhaltung. Dann fragte sie in die Stille hinein: »Wo bewahrte sie eigentlich ihr Frühstücksbrot auf?«
»In einem der Außenfächer ihrer Schultasche.«
»Kam es vor, dass sie es auch einmal vergaß und ohne etwas zu essen in die Schule kam?«
»Nein. Ich habe das nie gesehen. Sie hatte immer etwas zu

essen dabei.«
»Hat sie auch immer aufgegessen?«, fragte Anjuta mit schulmeisterlichem Ton.
»Nein.«
»Hat sie das Brot weggeworfen, wie es bei Kindern in dem Alter üblich ist?«
»Nie. Wenn sie keinen Hunger hatte und mal abgebissen hatte, steckte sie es halt wieder ein und sagte, dass sich die Hühner wieder freuen würden.«
Anjuta nickte huldvoll. »Nochmals zum Thema Angst. Können Sie sich erinnern, dass Steffi eine Zeit lang mit einem Küchenmesser in die Schule kam?«
»Nein.«
»Sie haben nie ein Messer in ihrer Schultasche gesehen?«
»Nicht, dass ich wüsste.«
»Sind Ihnen Veränderungen in Stefanie Heechs Verhalten aufgefallen, kurz bevor sie verschwand?«
»Nein. Der Tag vorher hat sich mir eingeprägt.« Henry Kaput griff in die Tasche seines Jacketts und förderte ein blütenweißes Taschentuch zu Tage. Damit tupfte er die Schweißperlen, die sich auf seiner Oberlippe gebildet hatten, ab. »Wir hatten am Freitagnachmittag noch Unterricht in der Produktion. Mein Freund Holzi und ich mussten einen Traktor auf Vordermann bringen. Die Mädchen schaufelten zuerst Kohlen. Als sie damit fertig waren, kamen sie zu uns und schauten uns zu. Wir haben herumgealbert und waren lustig. Holzi hat Steffi gefragt, ob sie im Anschluss noch in die Höhle will.«
»Und was hat sie gesagt?«
»Sie hat ›nein‹ gesagt. Das war aber normal, da es halt schon spät am Nachmittag war. Steffi sagte, dass sie noch in den Konsum musste. Sie wollte sich noch ein paar leere Hefte kaufen und dann Hausaufgaben machen. Nach dem Unterricht hat sie sich verabschiedet und ist dann mit ihrem Fahrrad

den besagten Weg nach Hause gefahren.« Henry Kaput sah Anjuta an, zuckte mit den Schultern und verstummte.
»Zumindest ein weiteres Indiz dafür, dass sie sich nicht selbst umgebracht hat.«
»Das verstehe ich nicht.«
»Ich meine nur, dass sie, wenn sie lebensmüde gewesen wäre, wohl kaum noch ein paar leere Hefte gekauft hätte.« Anjuta drückte auf den Knopf und schaltete das Aufnahmegerät aus.
»Stimmt. War es das für heute?«
»Für heute war es das. Haben Sie eine Visitenkarte?« Anjuta bemerkte den fragenden Blick ihres Besuchers und beeilte sich zu ergänzen: »Nur für den Fall, dass mir noch ein paar Fragen einfallen.«
Henry Kaput beugte sich zur Seite, öffnete seinen Aktenkoffer und griff hinein. »Bitte schön. Für Sie und Ihre Sekretärin.« Er legte seine Visitenkarte auf Anjutas Tisch und daneben eine Handvoll Kugelschreiber. »Das sind Werbegeschenke meines Unternehmens.«
»Das ist aber nett von Ihnen. Vielen Dank, auch im Namen meiner Mitarbeiterin.« Anjutas Freude schien echt zu sein, als sie einen der Kugelschreiber in die Hand nahm, noch einmal auf ihre Uhr sah und liebenswürdig sagte: »Die hat zwar schon vor einer Weile ihren wohlverdienten Feierabend angetreten. Aber ich denke, dass sie morgen früh genauso begeistert davon ist wie ich jetzt.«

32
KAPITEL

Das aufgeregte Treiben auf dem Flughafen blieb den Gästen der Lounge verborgen. Auf dem Tisch vor den Rechtsanwälten der Kanzlei Dr. Eweleit, Korritter und Kadgien perlte in den Gläsern edler Champagner. Sie hatten auf die Verlängerung des Vertrages mit einem ihrer zahlungskräftigsten Mandanten angestoßen.
Edzard Korritter räkelte sich in einer der weichen Sitzecken, die für gut betuchte Reisende bereitgehalten wurden. Während er mit der hübschen Bedienung den Augenkontakt intensivierte, beobachtete er nebenher unauffällig seine Partner. Der ihm gegenüber sitzende Burghard Eweleit las in einer Tageszeitung und Arnulf Kadgien war wie immer mit einer seiner Akten beschäftigt.
»Sag mal Burghard, welchen Stand hat denn eigentlich der Fall des Jahres?«
Burghard Eweleit faltete sorgsam seine Zeitung zusammen und legte sie neben sich auf den Sitz. »Das Allerneueste ist, dass Herr Heech einen Hellseher beauftragt hat.«
»Er hat was getan?« In Edzard Korritters Gesicht spiegelte sich ehrliche Ungläubigkeit wider.
»Du hast richtig gehört. Ich denke, dass er nach jedem noch so kleinen Strohhalm greifen würde, um das Schicksal seiner Tochter aufzuklären, denn es ist nicht das erste Mal.«

»Aber das bringt doch nichts. Das ist doch sowieso alles Scharlatanerie.«
Burghard Eweleit schürzte die Lippen und wiegte seinen Kopf. »So würde ich das nicht sehen.«
»Sag mal«, Edzard Korritter richtete sich auf, »du willst mir doch nicht allen Ernstes weismachen, dass du an diesen Hokuspokus glaubst?«
»Nun, ich denke, dass es Dinge zwischen Himmel und Erde gibt, die man rational nicht erklären kann.«
»Dazu kommt, dass wir nicht davon ausgehen können, dass es Dinge, die wir nicht kennen, auch nicht gibt«, mischte sich Arnulf Kadgien in das Gespräch ein. Er klappte seine Akte zu und steckte sie in seine Tasche.
Edzard Korritter bedachte ihn mit einem bösen Blick.
Burghard Eweleit, der Edzard Korritter beobachtet hatte, fiel es schwer ein spöttisches Lächeln zu verbergen. Schnell griff er zu seinem Glas und trank einen winzigen Schluck. Als er sein Glas wieder abstellte, fragte er wie beiläufig: »Vielleicht interessiert dich ja, was der Hellseher zu sagen hatte?«
Und ob Edzard Korritter das interessierte. Zwar herrschte zwischen ihm und Anjuta immer noch Eiszeit, aber das würde ja nicht so bleiben. Ihr Auftreten, der Flirt mit diesem jungen Schönling von Staatsanwalt, hatte das Ego von Edzard Korritter zutiefst verletzt und ihn bis ins Mark getroffen. Schließlich hatte sie ihm dadurch wieder einmal deutlich vor Augen geführt, dass er keinerlei Ansprüche an sie stellen konnte. Zuerst hatte Edzard Korritter innerlich ohnmächtig getobt. Dann war sein Ärger dem Kummer über die aussichtslose Perspektive ihrer Beziehung gewichen. Als Anjuta den ersten Schritt unternommen hatte, um sich wieder mit ihm zu versöhnen, hatte er dieses zwar mit Genugtuung zur Kenntnis genommen, aber all ihre Versuche, den Kontakt zu ihm wieder herzustellen, vereitelt. Sie sollte fühlen, wie verletzt er war

und dass er nicht bereit sein würde, ihre gefährlichen Spiele mitzuspielen. Schon die Vorstellung, sie mit ihrem Mann teilen zu müssen, trieb ihn an den Rand der Verzweiflung. Dennoch hatte er sich im Laufe der Jahre damit abgefunden. Vielleicht lag es daran, dass er Birger Hohmuth verachten konnte. Edzard Korritter betrachtete seinen Nebenbuhler nicht als ebenbürtig, denn was war das schon für ein Mann, der sich von seiner Frau aushalten ließ. Er war überzeugt davon, dass Birger Hohmuth von dem Verhältnis seiner Frau zu ihm wusste. Sicher ist es nur das Geld, was ihn bei ihr hält. Wie armselig. Jedenfalls würde er, Edzard Korritter, einen weiteren Mann in ihrem Leben auf gar keinen Fall dulden. Und genau das sollte Anjuta spüren. Das musste ein für alle Male geklärt werden, selbst, wenn er sich dafür selbst bestrafte, indem er eine Zeit lang auf ihre Nähe verzichtete. Edzard Korritter war sich sicher: Der Zeitpunkt, sich wieder mit ihr zu vertragen, würde kommen und die Versöhnung dann umso intensiver sein. In Vorfreude auf dieses Ereignis lächelte er der Bedienung verträumt zu und sagte betont beiläufig, in Richtung seines Partners: »Du weißt doch, dass mich alles, was zum Fall des Jahres gehört, interessiert.«
Die Antwort, die er aus den Augen der Bedienung hinter dem Tresen las, war eindeutig. Sie noch immer lächelnd taxierend, setzte er, ohne seinen Partner anzusehen, spöttisch hinzu: »Und wenn es noch so ein Blödsinn ist.«
»Der von Herrn Heech beauftragte Hellseher hat herausgefunden, dass das Mädchen gleich nach dem Verlassen des Hauses in etwa fünfzig bis achtzig Meter Entfernung von einer weiblichen Person angesprochen wurde.«
»So? Konnte er auch sagen, um welche Person es sich handelte?«
»Nein. Natürlich nicht. Er hat diese Person aber dem Umfeld ihrer Mutter zugeordnet. Nach seinen Ermittlungen soll es sich um eine der Mutter bekannte Person handeln, die sie

aus mindestens zwei unterschiedlichen Bereichen der damaligen DDR kannte.«
»Oh. Das hat er ermittelt?«, ätzte Edzard Korritter. »Wie mysteriös. Wie hat er das denn ermittelt?«
»Er hat gependelt.«
Edzard Korritter riss seinen Blick von der Bedienung los und wandte sich an Arnulf Kadgien, der aufmerksam zugehört hatte. »Sag mal! Glaubst du diesen Humbug?«
»Ob es tatsächlich Unsinn ist, wird sich zeigen, wenn der Fall aufgeklärt ist. Auf jeden Fall finde ich es spannend zu hören, was er gesagt hat«, gab Arnulf Kadgien trocken zur Antwort, bevor er sich in Richtung Burghard Eweleit drehte. »Erzähl weiter.«
Der nickte bedächtig. »Nach seiner Aussage traf diese Frau auf Steffi und erklärte ihr, ihr einen Wunsch erfüllen zu wollen und zwar im Auftrage ihrer Mutter.«
»Jetzt wird es wirklich spannend«, ereiferte sich Edzard Korritter. »Im Auftrag ihrer Mutter aus dem Jenseits?«
Seine beiden Partner ignorierten die zynische Bemerkung.
»Die Analyse des Hellseher ergab, dass das Mädchen etwas Textiles erhalten sollte.«
»Wenn ich an die Mangelwirtschaft denke, die in der ehemaligen DDR herrschte, wäre ein schönes Kleidungsstück bestimmt etwas, was das Mädchen gelockt haben könnte«, sagte Arnulf Kadgien. »Das ist etwas, worüber wir überhaupt noch nicht nachgedacht haben. Wir sind bisher immer davon ausgegangen, dass sie mit Fremden nicht mitgegangen wäre. Dabei haben wir aber mögliche Begehrlichkeiten des Mädchens völlig außer Betracht gelassen.«
»Jedenfalls ist sie nach den Feststellungen des Hellsehers mit einem Auto gefahren. Er hat sogar die Richtung angegeben, in der das Auto gefahren ist. Ob es in dieser Ortschaft ein Textilgeschäft gab, das Steffi Heech bekannt war, hat er aber

offen gelassen.«
»Wie kryptisch. Phh.« Edzard Korritter blies die Wangen auf und seinen Atem hörbar aus. »Morgens um kurz nach sieben lockt eine unbekannte Person ein ansonsten pflichtbewusstes Mädchen mit der Begründung, ihr im Auftrag ihrer toten Mutter einen Wunsch zu erfüllen, weg? Darf ich mal wissen, wie sich das für euch anhört?«
»Nicht außerhalb des Möglichen«, konterte Arnulf Kadgien und trank einen Schluck Champagner aus seinem Glas.
»Wie kam sie überhaupt in das Auto? Sie hatte doch ihr Fahrrad dabei.«
»Das stimmt.« Eine Durchsage aus dem Lautsprecher unterbrach Burghard Eweleit. »Sie gingen zusammen den Weg zu einer Brücke. Die führte über einen fließenden Bach. Dort stellte Steffi Heech Fahrrad und Schultasche ab.«
»Auch das würde dem Pflichtbewusstsein des Mädchens zuwider laufen.«
»Da gebe ich dir Recht, Edzard.« Arnulf Kadgien nickte zustimmend.
»Ja, ohne Zweifel. Auch für mich passt das nicht«, bestätigte Burghard Eweleit, »und zwar schon deshalb nicht, weil Steffi Heech, selbst nach den Aussagen des Hellsehers, vorhatte, zum Haus der Seiffes zu gehen.« Er unterbrach sich, um nachzudenken. Als er wieder zum Reden ansetzte, hatte er die Denkerstirn aufgesetzt, die seinen Partnern bestens bekannt und für die er in den Gerichtssälen so gefürchtet war. Wie immer, wenn sein Gesicht diesen Ausdruck annahm, gab Burghard Eweleit eine seiner brillanten Überlegungen preis, denen meist weder seine Kollegen noch die Staatsanwälte so schnell, wie er sie aussprach, folgen konnten. »Es sei denn, dass sie selbst davon ausging, diese nicht mehr zu brauchen.«
Edzard Korritter und Arnulf Kadgien sahen sich an und fragten dann wie aus einem Munde: »Wie meinst du das?«

Ohne die Frage seiner Partner zu beantworten, sprach Burghard Eweleit weiter. »Die Analyse des Hellsehers ergab, dass sich in dem Auto noch ein Mann befand, vermutlich der Fahrer.«
»Und trotzdem stieg das Mädchen ein?«, fragte Arnulf Kadgien verwundert.
»Er hat auch dafür eine Begründung geliefert.«
»Und die wäre?« Wieder sah Edzard Korritter an seinem Partner vorbei, um mit seinem Blick der jungen Frau zu folgen. Die ließ ihn ihrerseits, auch während sie die anderen Gäste bediente, nicht aus den Augen.
»Wenn die weibliche Person Steffi Heech etwas von ihrer Mutter erzählt hat, das sie selbst aus eigenem Erleben wusste, konnte sie das Vertrauen des Mädchens gewinnen.«
»Was heißt zunächst?«
»Dass Steffi Heech, als sie im Wagen saß, Angst hatte.«
»Kann ich verstehen«, erwiderte Edzard Korritter und schürzte die Lippen. »Wahrscheinlich spätestens dann, als sie merkte, dass es nicht zum Einkaufen, sondern woanders hinging.« Er lächelte der Bedienung zu und winkte sie heran. »Was sagte er denn, wohin die Fahrt ging – oder hat sein Pendel dazu geschwiegen?«
»Nein, es sprach auch dazu«, gab Burghard Eweleit spöttisch zurück.
»Haben die Herren noch einen Wunsch?«, wurde er von der freundlichen jungen Frau unterbrochen. Sie hielt mit Edzard Korritter Blickkontakt.
»Viele«, entgegnete Burghard Eweleit vergnügt. »Nur leider keinen, den Sie erfüllen könnten.«
»Ich möchte bitte noch ein Kännchen Kaffee«, zwinkerte Edzard Korritter ihr zu.
»Gerne.« Sie drehte sich zu Arnulf Kadgien. »Und Sie?«
»Für mich nichts. Danke schön.«
Wieder ertönte aus dem Lautsprecher eine Durchsage. Die

drei Rechtsanwälte beobachten, wie sich einige der Passagiere hektisch von ihren Plätzen erhoben, ihre Sachen ergriffen und eilig zum Ausgang strebten.

Als Erster unterbrach Burghard Eweleit ihr Schweigen. »Als eigentliches Ziel der Aktion war die Mitnahme von Steffi Heech in ein südöstliches Land geplant. Der Hellseher sagte, dass sie in ein Hotel gebracht werden sollte.«

»Aber dazu ist es nicht gekommen?«, fragte Arnulf Kadgien interessiert.

»Nein. Nach seinen Angaben hat sie die DDR nicht verlassen.«

»Er hat sicher auch dafür eine Erklärung.«

»Ja. Das hat er«, erwiderte Burghard Eweleit mit einem winzigen Anflug von Ärger, »und zwar eine sehr einfache. Sie hatte keinen Ausweis.« Doch dann blitzte in seinen Augen wieder der gewohnte Schalk. »Aber das wissen wir ja bereits, dazu hätte er nicht das Pendel fragen müssen.«

»Nun, wenn sie nicht außer Landes gebracht werden konnte, was machte man dann mit dem Mädchen?«, wollte Arnulf Kadgien wissen.

»Ja. Was sprach das Pendel?«

Dieses Mal ignorierte Burghard Eweleit Edzard Korritters Spott. »Nachdem ihre Mitnahme scheiterte, soll sie vergiftet worden sein«, erwiderte er nachdenklich.

»Bitte schön. Ihr Kaffee.«

Die drei Anwälte sahen auf. Sie waren so in ihr Gespräch vertieft gewesen, dass sie die freundliche junge Frau erst bemerkten, als sie bei ihnen am Tisch stand.

»Danke schön.« Edzard Korritters begehrlicher Blick streichelte ihre Brüste.

Sie lächelte. »Haben Sie noch einen Wunsch?«

»Vorerst nicht. Vielen Dank«, erwiderte er charmant und sah ihr nach, als sie sich wieder entfernte.

»Wenn wir einmal unterstellen, dass sich alles so abgespielt hat wie der Hellseher es Konrad Heech mitgeteilt hat, fällt mir sofort die Nachbarin ein, die vorher in der Wohnung der Heechs wohnte und dann mit ihrem Lebensgefährten, dem DDR-Grenzer, illegal in den Westen geflohen ist«, nahm Arnulf Kadgien das Gespräch wieder auf.

»Da gebe ich dir Recht«, antwortete Burghard Eweleit. »Welche Rolle diese Nachbarin im Leben von Ursula Heech spielte, ist nie so richtig aufgeklärt worden. Bekannt ist nur, dass beide Frauen eng befreundet waren und dass die Heechs nach ihrer Flucht die Wohnung bekamen.«

»Des einen sein Tod ist des anderen sein Brot«, bemühte Edzard Korritter ein Sprichwort, bevor er genüsslich seinen Kaffee schlürfte.

»So einfach war das auch nicht«, tadelte Burghard Eweleit in Edzard Korritters Richtung. »Die Wohnung gehörte damals dem Gesundheitswesen. Herr Heech hat mir erzählt, dass sie diese Wohnung nur zugewiesen bekommen konnten, weil beide Frauen in diesem Bereich arbeiteten.«

»War diese Nachbarin nicht Zahnärztin?«

»Ja. Warum fragst du?«

»Der Hellseher sagte, dass sich die Frau und Ursula Heech aus zwei verschiedenen Bereichen kannten. Wenn wir die Wahrheit seiner Aussage nicht in Zweifel ziehen, bemerke ich auch hier eine Übereinstimmung.« Arnulf Kadgien nahm sein Glas, prostete Edzard Korritter zu und frotzelte trocken: »Darauf trinke ich.« Nachdem er einen langen Zug getan hatte, sagte er: »Ihr werdet mir recht geben, dass doch nicht ausgeschlossen werden kann, dass Ursula Heech im Zusammenhang mit der Vernehmung der Nachbarn von der Stasi angeworben wurde.«

»Genau«, bekräftigte Burghard Eweleit die Aussage seines Partners. »Sie passte durchaus in ein entsprechendes Anforderungsbild für inoffizielle Mitarbeiter. Das würde auch

erklären, warum die Stasi ihre Familie durchleuchtet hat.«
»Siehst du, du sagst es. Ich habe mir neulich den Bericht von Frau Jalaß angesehen. Aus der Akte, die die Stasi über Ursula Heech geführt hat, ergibt sich nicht, zu welchem Zweck die überhaupt angelegt worden ist. Da kann es doch durchaus möglich sein, dass sie sie auf ihre Zuverlässigkeit überprüft haben. Sicher wollte die Stasi ausschließen, dass eine Person der Angehörigen ein Risiko darstellt. «
»Der Brief, mit dem Ursula Heech darum bat, gut auf ihre Tochter aufzupassen, deutet auch auf keinen spontanen Entschluss, sich unter Alkoholeinfluss umzubringen. Ich vermute dahinter eine Absicht, ein geplantes Handeln. Was immer es auch gewesen sein mag, es bleibt alles offen.« Burghard Eweleit lehnte sich bequem zurück. »Der Detektiv, der im Auftrag von Konrad Heech tätig war, hat die Vermisstenmeldungen in der Presse von damals analysiert.«
»Und?« mischte sich Edzard Korritter, der das Gespräch seiner Partner eine Weile schweigend verfolgt hatte, wieder in die Unterhaltung ein.
»Seine Analyse ergab, dass Vermisstenanzeigen sowohl von Kindern als auch von Erwachsenen immer nach ungefähr acht bis zehn Tagen erfolgten. Regelmäßig sind diese Vermisstenanzeigen im überörtlichen Teil der Zeitung veröffentlicht worden, niemals nur im Lokalteil.«
»Jetzt kann ich eurer Diskussion zum ersten Mal wieder folgen.« Edzard Korritters Zynismus war für seine Partner unüberhörbar.
Allerdings dachten beide nicht im Entferntesten daran, darauf einzugehen.
»Im Fall von Ursula Heech wichen die Veröffentlichungen wesentlich von den üblichen ab«, fuhr Burghard Eweleit unbeirrt fort. »Die erste Meldung darüber, dass sie vermisst wird, erfolgte über einen Monat nach ihrem Verschwinden – und

zwar nur im Lokalteil der örtlichen Zeitung. Drei Wochen später haben sie dann in der gleichen Zeitung Gerüchte dementiert, nach denen Ursula Heech bereits aufgefunden worden sei.«

»Wieder nur im Lokalteil?«, fragte Arnulf Kadgien.

Sein Partner nickte. »Das Erstaunlichste aber ist, dass sie bereits zwei Tage nach dem Auffinden der Leiche schrieben, dass sie diese als Ursula Heech identifiziert hätten.«

»Das ist wirklich erstaunlich«, musste selbst Edzard Korritter einräumen.

»Zumal die Journalisten schrieben, dass nach den polizeilichen Ermittlungen eindeutig eine Selbsttötung vorläge. Es bleibt also die Frage offen, warum die Veröffentlichungen im Fall von Ursula Heech von den sonst üblichen abwichen.«

»Hat der Detektiv an dieser Stelle seine Ermittlungen abgebrochen?«, wollte Edzard Korritter, mit einem Male wieder sichtlich interessiert, wissen.

»Ja. Allerdings hat er noch herausgefunden, dass Hein, nennen wir ihn einmal den Bekannten von Ursula Heech, nach ihrem Verschwinden nach Berlin fuhr.«

»Was wollte er denn da?«

»Nach der Pressemeldung tauchten im Wohnort der Heechs Gerüchte auf, nach denen Ursula Heech Republikflucht nachgesagt wurde. Offensichtlich hatte Hein einen Grund, sie dort zu suchen.« Burghard Eweleit presste seine Lippen zusammen. »Bedenkt man, dass kein Angehöriger die Leiche von Ursula Heech identifizieren durfte, obwohl sie selbst durch die Obduktion nicht zweifelfrei identifiziert werden konnte, sind gewisse Zweifel darüber, dass sich Frau Heech ins Ausland abgesetzt hat, durchaus berechtigt.«

»Wenn das der Fall gewesen sein sollte, liegt es nahe, dass sie ihre kleine Tochter nicht mitgenommen, sondern gewartet hat, bis die etwas größer war. Das Risiko, bei Rückkehr in die DDR erkannt zu werden, war viel zu groß, zumal ihre Tochter in einem kleinen Dorf wohnte«, gab Arnulf Kadgien daraufhin laut seine Gedanken preis. »Wenn sie in Verbindung mit dieser Nachbarin geblieben ist, könnte diese den Kontakt zu Steffi Heech aufgenommen haben, so wie der Hellseher es beschrieben hat.«

»Ich denke, dass es uns ganz gut zu Gesicht stehen würde, wenn wir uns über unseren Beitrag Gedanken machen, anstatt die Lösung dieses Falls hellseherischen Fähigkeiten zu überlassen«, fiel Edzard Korritter, mit säuerlichem Gesicht, seinem Partner ins Wort. »Die objektiven Fakten passen hinten und vorne nicht zum Geschwätz von diesem Quacksalber. Schaltet mal euren Verstand wieder ein.« Edzard Korritter funkelte seine Partner böse an. »Wenn das tatsächlich die Nachbarin war, ist es schon möglich, dass sich das Mädchen noch an sie erinnerte. Damit wäre zu erklären, warum sie sich ins Auto setzte. Aber dann frage ich mich doch sofort, warum Stefanie Heech hartnäckig darauf bestand, dass die andere Kleine mit ihr genau an diesem Tag zur Schule fährt?«

»Tja, Edzard. Wenn wir das wüssten, hätten wir zumindest einen Anhaltspunkt dafür, wovor sie sich gefürchtet hat«, erwiderte Arnulf Kadgien gleichmütig. »Für mich steht fest, dass es mit Sicherheit keine der Personen war, die im Haus der Seiffes lebte. Schließlich fuhr sie jeden Morgen dort vorbei, um die andere Kleine abzuholen. Hätte sie sich gefürchtet, hätte sie mit Sicherheit einen Bogen um das Haus gemacht. Die scheiden für mich daher gänzlich aus.«

»So absolut würde ich das aber nicht sagen. Schließlich war der alte Seiffe wegen Kindesmissbrauch vorbestraft. Er hat dafür vier oder fünf Jahre gesessen. Ob er in den fünfziger Jahren ein Mädchen ermordet hat, ist niemals aufgeklärt worden. Außerdem hatten die beiden Alten vor und nach der Tat ein merkwürdiges Verhalten gezeigt. Schon, als Steffi morgens nicht wie verabredet kam, hat das offenbar niemand aus der

Familie interessiert«, gab Burghard Eweleit zu bedenken.
»Das ist doch normal. Vielleicht haben sie gedacht, dass das Mädchen die Verabredung vergessen hat.« Edzard Korritter sah auf seine Uhr und von dort auf die Anzeigetafel, auf der die Ankunfts- und Abflugzeiten zu sehen waren.
»Selbst wenn, dann liegt es doch nahe, dass die Mutter der anderen Kleinen auf ihrem Rückweg im Hause der Heechs nachfragt oder Undine Seiffe in oder nach der Schule nach Steffi Heech Ausschau hält. Jedenfalls ist mir das Nichtstun dieser Familie ein Rätsel.« Burghard Eweleit leerte sein Glas und winkte der Bedienung.
»Es heißt doch auch, dass der alte Seiffe ohne die Begleitung eines Familienmitglieds seither nicht mehr in seinen Garten ging«, setzte Arnulf Kadgien hinzu.
»Nicht nur das. Herr Heech hat mir neulich erzählt, dass es sehr auffällig war, dass seine Tante, also Wilhelmine Seiffe, sehr interessiert den Fortgang der Ermittlungen verfolgte. Sie soll nicht nur bei ihren Schwestern immer sehr begierig alle Neuigkeiten erfragt, sondern auch sehr ausfällig reagiert haben, als sie von einem fremden Spaziergänger zu dem Verschwinden von Steffi Heech befragt wurde.« Burghard Eweleit unterbrach sich. Die freundliche Bedienung war erschienen.
»Ich hätte bitte die Rechnung.«
»Selbstverständlich, gerne.« Sie nickte. Aus dem Lautsprecher ertönte der Aufruf, sich zum Abflug bereitzuhalten. Bevor sie sich umdrehte, lächelte sie Edzard Korritter noch einmal zu. Er sah ihr hinterher. Ihr enger Rock ließ die Formen eines knackigen Hinterteils erahnen. Sie hatte wohlgeformte, schlanke Beine. Edzard Korritter dachte an Anjutas seidige Haut und spürte seine Erregung. In diesem Augenblick wurde ihm klar, dass er sich mit seiner Unnachgiebigkeit nur selbst bestrafte. ›Ich muss mich so schnell wie möglich mit ihr versöhnen.‹
In die allgemeine Aufbruchsstimmung hinein sagte Burghard

Eweleit: »Sicher wissen wir heute, dass Steffi Heech Angst vor einem Mann hatte. Es ist zu vermuten, dass es sich bei diesem Mann, der den Auftritt der Klasse verfolgt hat und dem, den sie bei der Höhle gesehen hat, um ein und dieselbe Person handelt. Sicher sollte ihr Messer ihr als Schutz vor diesem Mann dienen.« Er unterbrach sich, stand auf, zückte seine Geldbörse und ging zum Tresen, um die Rechnung zu bezahlen. Auch Edzard Korritter und Arnulf Kadgien erhoben sich langsam von ihren Sitzen und griffen nach ihren Taschen und Mänteln.

»Habt ihr alles?« fragte Burghard Eweleit seine Kollegen. Während er die Rechnung in seiner Tasche verstaute, registrierte er das wortlose Nicken seiner Partner. »Dann lasst uns aufbrechen.« Er griff nach seinem Aktenkoffer und nahm die Zeitung vom Sitz an sich. »Wenn dieser Mann zu den Personen gehörte, die sich in dem konspirativen Stasiobjekt trafen, ist ein möglicher Zusammenhang zwischen den damaligen staatlichen Sicherheitsbedürfnissen oder persönlicher Angst vor einer Enttarnung und dem Verschwinden von Steffi Heech nicht auszuschließen.«

›Das ist noch ein weiterer Gedankengang, den man nicht außer Acht lassen sollte‹, dachte Edzard Korritter und fragte, während sich die drei Anwälte auf den Weg zum Abflugportal machten, seinen Partner scheinheilig: »Sag mal Burghard, mit dem, was du da gerade gesagt hast, gehst du da nicht ein bisschen zu weit?«

»Nicht, wenn man bedenkt, dass die Stasi eine wesentliche Rolle bei den Ermittlungen spielte und trotz der vorhandenen Spuren ihre gesamten Ermittlungen und das Auffinden von Steffi Heech erfolglos blieben«, lautete die trockene Antwort von Burghard Eweleit.

33
KAPITEL

Als Silvia Dyba die Tür öffnete und der Besucher Friederikes Büro betrat, wusste sie, dass Konrad Heech seinen Cousin nicht besser hätte beschreiben können.
Wilhelm Seiffe sah genauso aus, wie sie sich ihn vorgestellt hatte. Silvia Dyba rollte hinter dem Rücken des Besuchers mit den Augen und rümpfte die Nase. Dann zog sie, ohne ein Wort zu sagen, die Tür leise hinter sich zu.
»Guten Tag, Herr Seiffe.« Friederike ging ihm entgegen. Sie schüttelten sich die Hand. »Bitte nehmen Sie Platz.« Sie wies auf die Besucherstühle vor ihrem Schreibtisch. »Schön, dass Sie unserer Einladung gefolgt sind.« Aufmerksam beobachtete sie, wie sich ihr Besucher schwerfällig auf einem ihrer Stühle niederließ. Als sich ihre Blicke begegneten, sah Friederike in zwei hellblaue, kalte Augen, die tief in einem dicken teigigen Gesicht eingebettet waren. Obwohl Wilhelm Seiffe noch kein einziges Wort gesagt hatte, empfand Friederike in seiner Gegenwart Unbehagen. »Hatten Sie ohnehin in der Stadt zu tun oder sind Sie extra wegen unseres Gesprächs hergekommen?«, fragte sie höflich.
»Sie haben um dieses Gespräch gebeten und ich bin gekommen.« Er zog seine Mundwinkel herunter. »Nein, ich habe hier nichts weiter zu tun.«
»Dann möchte ich mich recht herzlich für Ihre Mühe, hierher

anzureisen, bedanken.«
»Keine Ursache. Schließlich handelt es sich bei Stefanie um die Tochter meines Cousins. Sie gehörte sozusagen zur Familie. Es ist doch selbstverständlich, dass man hilft, wenn man helfen kann.«
Als er lächelte, bemerkte Friederike, dass Wilhelm Seiffe eine Vielzahl von Zähnen fehlte. Sie holte ihr Aufnahmegerät aus der Schreibtischschublade und legte es auf den Tisch. Dann lächelte sie zurück und sagte: »Eigentlich sind schon sämtliche Anwälte dieser Kanzlei mit dem Heechfall befasst. Selbstverständlich können die heute nicht alle anwesend sein. Daher bin ich beauftragt worden, das Gespräch mit Ihnen zu führen.« Sie drückte forsch die Aufnahmetaste. »Ich gehe davon aus, dass Sie keine Einwände dagegen haben, dass ich unser Gespräch mitschneide.«
Wieder schüttelte er seinen Kopf, der mit dem Doppelkinn und dem Hals eine Einheit bildete. Seine Hautmasse wabberte.
»Nein, habe ich nicht.«
»Gut. Dann lassen Sie uns beginnen.« Friederike legte beide Ellenbogen auf die Tischplatte. »Bin ich richtig informiert, dass die Polizeibeamten Sie damals im Zusammenhang mit dem Verschwinden von Stefanie Heech nicht vernommen haben oder hatten Sie seinerzeit doch Kontakt mit der Polizei?«
»Das stimmt. Ich bin nie vernommen worden. Wobei das so auch nicht richtig ist. Bei mir waren einmal zwei Detektive und haben mich zu der ganzen Geschichte mit Steffi befragt.«
»Waren die von Herrn Heech beauftragt worden?«
»Hmm, ja. Sie haben mir gesagt, dass sie im Auftrag von Konrad unterwegs sind. Ich weiß noch, dass ich sie nebenbei gefragt habe, wie der das bezahlt. Da haben sie gesagt, dass sie mehrere Fälle bearbeiten und er dadurch nicht alles allein zu bezahlen braucht.«
Friederike bemerkte im Verhalten von Wilhelm Seiffe einen

Umschwung. Seine anfängliche Schweigsamkeit wich nun einer Redseligkeit. »Und was haben die Detektive Sie so alles gefragt?« Sie schlug bewusst einen hemdsärmeligen Ton an.
»Sie haben mich zu den Umständen von Steffis Verschwinden befragt, was da so alles los gewesen ist. Ich habe dann eben erzählt, wie das war und wann ich davon erfahren habe.« Wilhelm Seiffe redete schnell. In seinem Eifer begann er zu schwitzen. »Das war Sonntagfrüh. Ich bin mit dem Trabant meines Vaters zum Haus meiner Eltern gefahren. Mein Vater wollte nämlich nicht mehr mit seinem Auto fahren, weil er damit einmal einen Unfall gehabt hatte. Mein Sohn war auch dabei. Als wir eintrafen, haben wir mit gesucht, bis dann die Polizeibeamten mittags das Fahrrad von Steffi gefunden haben.«
»Waren Sie dabei, als das Fahrrad gefunden worden ist?«
»Nein. Wir haben am Vormittag nach der Suche eine Mittagspause gemacht. Danach ging die Suche weiter. Haben Sie sich das Dorf schon einmal angesehen?«
Friederike nickte.
»Dann kennen Sie das alte Forsthaus oder, genauer gesagt, das, was davon noch übrig ist? Es ist ja jetzt nur noch eine Ruine.«
»Ja.«
»Von dort aus sind wir wieder in den Wald gegangen. Auf einmal kam ein Polizist aus dem Wald gelaufen. Ich habe gehört, dass er seinem Vorgesetzten gemeldet hat, dass sie das Fahrrad und den Schulranzen von Steffi gefunden haben. Danach kam die Anweisung von der Polizei, dass die Suche für alle abgebrochen ist. Ich bin dann noch eine Weile bei meinen Eltern geblieben.« Mit seiner Mimik wollte Wilhelm Seiffe wohl Mitgefühl zum Ausdruck bringen. Er schürzte die Lippen als Ausdruck des Bedauerns. »Man konnte ja nichts mehr machen.«
»Ist die Suche nach Steffi dann gänzlich abgebrochen worden?«
»Nein, natürlich nicht«, erwiderte er mit einem vorwurfsvollen

Blick auf Friederike. »In der darauf folgenden Woche musste ich arbeiten. Ich habe dann von Arbeitskollegen oder von anderen Leuten gehört, dass die Polizei intensiv weitergesucht hat, mit dem Hubschrauber und mit Polizisten. Ich habe auch gehört, dass sie Teiche ausgepumpt und den Schlamm durchsiebt haben.« Wilhelm Seiffe strich sich über das Haar. Durch die Nässe auf seiner Kopfhaut klebten die dünnen Haarsträhnen wie gegelt an seinem Kopf. »Sie haben noch lange weitergesucht. Ich war dann im Nachhinein ab und zu bei meinem Vater. Der hat mir auch erzählt, dass Polizisten mit speziell ausgebildeten Hunden da waren. Gefunden worden ist aber nichts, weil längst alles zertreten war.« Seine Augen, in der Farbe von gefrorenem Eis, schienen Friederike durchbohren zu wollen. »Dann war noch ein speziell ausgebildeter Hund da. Der ist durch die Häuser geführt worden und hat da überall gesucht. Aber gebracht hat das auch nichts.«

Friederike hatte den Redefluss von Wilhelm Seiffe bisher nicht unterbrochen. Doch jetzt schien es ihr an der Zeit eine Frage zu stellen. »Wer hat Sie eigentlich damals über das Verschwinden von Steffi informiert?«

»Daran kann ich mich noch sehr genau erinnern. Ich sagte ja schon, dass es ein Sonntagvormittag war. Wir waren gerade aufgestanden. Da kam meine Schwägerin, die Cornelia, mit dem Moped zu uns. Ihre Tochter Undine war auch dabei.« Wilhelm Seiffe strich sich wieder über sein lichtes Haar. »Die Cornelia erzählte uns, dass Steffi normalerweise mit Undine zusammen zur Schule fährt. Damals war noch samstags Schule. An diesem Morgen, also am Samstagmorgen, hat es geregnet und die Steffi kam nicht. Daraufhin hat sie Undine mit ihrem Moped zur Schule gefahren. Als sie dann mittags nach Hause kamen, wurde bekannt, dass Steffi überhaupt nicht in der Schule gewesen ist. So begann die Suche nach ihr.« Er lehnte sich zurück und faltete die Hände über seinem massigen Bauch. »Cornelia sagte, dass sich die Dorfbewohner und die Bewohner des Nachbardorfs bereits versammelt hätten und Steffi suchen wollten. Selbstverständlich habe ich mich sofort bereit erklärt, mit zu suchen. Ich habe meinen Sohn mitgenommen und bin losgefahren. Als ich ankam, waren alle sehr aufgeregt. Die Suche hatte bereits begonnen.« Die beiden Daumen von Wilhelm Seiffe begannen nervös umeinander zu kreisen. »Die Polizeibeamten hatten sich in der Schule einquartiert. Da sollte mein Bruder Winfried auch hinkommen. Der war sehr aufgeregt. Er hatte vorher zwei Cognac getrunken und konnte deswegen nicht mehr fahren. Da musste ich ihn noch schnell hinfahren. Hinterher habe ich dann mit gesucht.«

»Hat es damals im Gespräch unter den Leuten oder auch in den darauf folgenden Jahren Vermutungen gegeben, wer der Täter gewesen sein kann? Gab es irgendwelche Gerüchte?«, unterbrach Friederike seinen erneuten Redefluss.

Wilhelm Seiffes Gesicht glänzte. Er wischte mit dem Handrücken Schweißtropfen, die sich auf seiner Stirn und seiner Oberlippe befanden, weg, bevor er antwortete. »Für Sie klingt es vielleicht blöd, aber ich sage mir bis heute immer noch, dass Steffi nicht tot ist. Ich begründe das damit, dass es damals die Geschichte mit ihrer Mutter gab. Die Ursula kenne ich selber auch noch. Das war eine hübsche Frau und ich kann nichts Schlechtes über sie sagen. Ich kenne die Geschichte nur vom Erzählen. Es heißt, dass sie Selbstmord begangen haben soll. Man hat sie irgendwie am Baum hängend gefunden. Es kann aber auch im Sumpf gewesen sein. Sie soll schon so verwest gewesen sein, dass man sie eigentlich gar nicht mehr identifizieren konnte. Sie soll auch nur durch ihre Zähne identifiziert worden sein.«

»So hat man das erzählt?« Friederike tat verwundert.

Wilhelm Seiffe nickte. Wieder wackelten sein Doppelkinn

und der fette Hals. »Meine Mutter hat dazu erzählt, dass es dort in der Gegend noch eine zweite vermisste Frau gegeben hat.« Er lehnte sich entspannt in den Besucherstuhl. Seine Windjacke öffnete sich und gab den massigen Bauch frei, über dem sich ein kariertes Hemd spannte. »Nicht, dass es dort noch eine Verwechslung gegeben hat?« Er fuhr mit den Daumen seiner schweren Hände unter die breiten Hosenträger, durch die seine braune Cordhose gehalten wurde.
Friederike betrachtete seine fetten Hände mit den ungepflegten, schmutzigen Fingernägeln und dachte: ›So sehen also Hände aus, die mit dem Daumen und dem Zeigefinger ein kleines Tier totquetschen können.‹
Bilder aus ihrer Kindheit tauchten vor ihrem inneren Auge auf. Sie sah sich als kleines Mädchen im Park stehend, die Hände schützend um ein benommenes Vögelchen gelegt. Sie erinnerte sich an den angstvollen Herzschlag und das aufgeregte Flattern an ihren Handflächen. Unwillkürlich musste sie an ihre Tochter denken. Staunend hatte sie den hämmernden Herzschlag in der Brust ihrer Tochter gefühlt, als sie ihr das erste Mal in den Arm gelegt wurde. Auch später, als sie den Schlaf ihres Kindes bewachte und dabei den Pulsschlag an seinem zarten Hals beobachtete, war Friederike die kindliche Verletzbarkeit bewusst geworden. Was mochte Steffi Heech an jenem Morgen gefühlt haben? Abscheu und Ekel stiegen in ihr auf.
Ihre Gedanken wurden durch die helle Stimme von Wilhelm Seiffe, die so gar nicht zu seinem massigen Körper passen wollte, unterbrochen. »Ich glaube, dass sie die Ursula offiziell für tot erklärt haben, und dass sie aber doch noch lebt.« Er starrte Friederike an. Ihr schien es, als wollte er ihr seine Worte einhämmern. »Für mich ist das einfach so erklärbar, dass die Ursula vielleicht da gewesen ist und Steffi mitgenommen hat.« Es war das verschlagene Grinsen von Wilhelm Seiffe, durch

das Friederike erneut ein Unbehagen beschlich. »Wie kommen Sie denn auf so eine Idee?«

»Vielleicht deshalb, weil damals die Polizisten sagten, dass das Fahrrad und der Ranzen abgedeckt worden sind. Das soll so ausgesehen haben, als hätte eine Frau das zugedeckt.« Seine Finger trommelten auf seiner Brust. »Ja, ja. Das ist alles etwas komisch.« Er beugte sich vor, um mit vertraulicher Stimme und in einem leisen, eindringlichen Ton fortzufahren. »Es soll ja auch so gewesen sein, dass mein Cousin damals um das Erziehungsrecht für Steffi gekämpft hat. Angeblich hat seine Frau das Geld versoffen und mit anderen Kerlen durchgebracht. Wie gesagt, will und kann ich hier nichts Schlechtes über sie sagen.« Wilhelm Seiffe beugte sich wieder zurück und grinste das widerwärtigste, schlüpfrigste Lächeln, dass Friederike jemals gesehen hatte, als er ihr im vertraulichen Ton zuraunte: »Aber vielleicht hat es da doch irgendetwas gegeben. Es war neunundachtzig und da war alles möglich. Vielleicht haben irgendwelche Männer in Ursulas Auftrag die Steffi geholt und mit in den Westen genommen.«

»Woraus schließen Sie das denn?« Friederike lehnte sich zurück, um den Abstand zwischen sich und ihrem Besucher zu vergrößern. Der Geruch, der von ihm ausging, begann unerträglich für sie zu werden. Sie dachte: ›Sowie er das Zimmer verlassen hat, werde ich das Fenster aufreißen und lüften.‹

»Es hieß damals, dass aus ihrem Ranzen das Frühstücksbrot fehlt und ihr Tagebuch. Dass es mitgenommen worden ist, finde ich sehr komisch. Schließlich war da ja eigentlich bloß ihr Name drauf. Vielleicht hat sie aber irgendetwas drin stehen gehabt, was für sie wichtig war oder so. Keine Ahnung.« Der Blick von Wilhelm Seiffe wanderte in Friederikes Ausschnitt. Sie neigte ihren Kopf und bannte mit ihren Augen seinen Blick. Mit einem wissenden Lächeln fragte sie: »Sie glauben also, dass sie noch lebt?«

»Ja.« Wilhelm Seiffe war klar, dass Friederike seinen anzüglichen Blick bemerkt hatte. Verlegen nestelte er an dem Kragen seines karierten Hemdes und öffnete den oberen Knopf. »Ich sage mir immer noch, dass die Steffi lebt. Andersrum sagen natürlich auch Leute zu mir, dass sie sich längst gemeldet hätte, wenn sie noch leben würde. Sie könnte jetzt um die Dreißig sein und vielleicht selber schon Kinder haben.« Wilhelm Seiffe sah Friederike Mitleid heischend an. »Vielleicht haben die Leute recht. Sie hätte sich sicher bei den Familienangehörigen, die noch leben, gemeldet. Viele sind es nicht mehr, die noch leben. Auch von meiner Familie nicht. Meine Eltern sind gestorben. Mein Bruder ist gestorben. Ihre Oma ist auch mittlerweile gestorben. Eigentlich leben bloß noch ich, dann ihr Vater und ihre beiden Onkel.« Wilhelm Seiffe sah aus, als ob er gleich weinen wollte. Seine Mundwinkel hingen herunter und ließen seine Wangen noch feister erscheinen. »Es ist auch so, ich will hier jetzt natürlich nichts Schlechtes über meinen Cousin sagen, aber er hat die Steffi schon streng erzogen. Wenn die in der Schule mal eine Drei bekam, gab es schon Stress zu Hause. Er hat sie dann immer ausgeschimpft.«

Friederike hatte ihm aufmerksam zugehört. »Was glauben Sie, warum war Ihr Cousin so streng mit seiner Tochter?«

»Er sagte immer, sie soll was Besseres werden.« Wilhelm Seiffe schüttelte verständnislos den Kopf. »Sie war gegenüber Erwachsenen ein sehr ruhiges, verschlossenes Mädchen. Mit den Kindern hat sie sehr schön gespielt. Aber man merkte ihr schon an, dass sie traurig war, wenn er sie zu sich geholt hat. Eigentlich wollte sie von ihrer Oma nicht weg. Schließlich ist sie da aufgewachsen.«

Friederike nickte. »Das kann ich mir vorstellen. Sicher fühlte sie sich bei ihrer Großmutter gut aufgehoben.« Sie beugte sich ein wenig vor, um den Abstand zwischen sich und Wilhelm

Seiffe wieder zu verringern. Er sollte das Gefühl einer gewissen Vertrautheit erhalten. »Andererseits war es im Dorf aber recht einsam und wenig abwechslungsreich für so ein junges Mädchen. Ist Ihnen etwas darüber bekannt, dass sich Steffi Heech vor irgendjemand oder vor irgendetwas fürchtete?«
Wilhelm Seiffe nickte und überlegte kurz, bevor er zögernd antwortete: »Meine Eltern und auch ihre Oma haben sich einmal darüber unterhalten, dass Steffi in der Schule von einem Mann erzählt hat, der immer hinter dem Kastanienbaum gestanden haben soll.«
»Haben sie auch von Einzelheiten erzählt?«
Wilhelm Seiffe drehte sich zur Seite und legte seinen Ellenbogen auf Friederikes Schreibtisch. »Der Mann soll einen Bart gehabt haben. Ich habe gehört, dass die Polizei nach ihm gesucht hat.«
»Hat man ihn gefunden?«
»Ja, das hat man. Er ist von der Polizei identifiziert worden. Allerdings hat der wohl ein Alibi gehabt. Er hat da immer auf seinen Arbeitskollegen gewartet, und wenn Regen war, hat er sich eben untergestellt. Aber der soll das nicht gewesen sein.«
Wilhelm Seiffe fuhr mit seiner Hand fahrig über Friederikes Tischplatte. »Dann gab es noch einen Herrn Handtke. Den Vornamen weiß ich nicht mehr. Am Ende hat er wohl zugegeben, dass er die Steffi umgebracht hat. Aber er hat wohl immer ein bisschen zu viel getrunken. Er sollte zeigen, wo er die Steffi vergraben hat. Aber das konnte er nicht, weil er das ja auch nicht gewesen ist.«
»Meinen Sie den Rolf Handtke aus dem Nachbardorf?«
»Ja, ja. Den Rolf meine ich.« Wilhelm Seiffes Zeigefinger schien Friederike durchbohren zu wollen. Sie stellte sich seine feuchte Handfläche vor. Sein dumpfer, säuerlicher Geruch wehte erneut herüber und stieg ihr in die Nase. Sie nahm dieselbe Sitzhaltung wie er ein und zwang sich, sich

zu konzentrieren. »Sagen Sie mal Herr Seiffe, existiert der Trabi Ihres Vaters eigentlich noch?«
»Nein. Ich habe mir nach der Wende ein neues Auto gekauft. Den Trabi habe ich damals an irgendeinen aus der Stadt verkauft. Ich kann heute nicht mehr sagen, wer das gewesen ist. Ich weiß aber noch, dass er mir irgendwann später erzählt hat, dass der Trabi auseinander gebrochen ist. Er hat ihn dann verschrottet. Also, der existiert auf jeden Fall nicht mehr.« Er stockte. »Aber warum fragen Sie danach?« Aufmerksam starrten seine kalten Augen Friederike an.
»Ach«, sie winkte ab, »von allen, die damals vernommen wurden und die ein Auto besaßen, sind auch die Autos untersucht worden. Ich habe gerade darüber nachgedacht, dass die Polizeibeamten Sie damals nicht vernommen haben. Eigentlich habe ich mir schon gedacht, dass Ihr Auto nicht untersucht worden ist. Ich wollte nur sicher sein und von Ihnen noch einmal die Bestätigung darüber haben.«
Er nickte schweigend.
»Kennen Sie die Stelle, an der Fahrrad und Ranzen gefunden wurden?«
»Nein, die kenne ich nicht «, antwortete er einsilbig.
Friederike hakte nach. »Könnte einer der Dorfbewohner diese Stelle beschreiben?«
»Nein. Wir haben uns nur zusammengereimt, dass sie die Dinge da, wo wir gesucht haben, nicht gefunden haben können.«
»Haben die Polizeibeamten denn nicht gemeinsam mit den Dorfbewohnern gesucht?«
»Nein.« Wilhelm Seiffe sah an Friederike vorbei, als er antwortete. »Nachdem bekannt wurde, dass das Fahrrad und der Ranzen gefunden worden sind, hat sich auch keiner mehr in den Wald getraut, um da etwas zu machen.«
»Und warum nicht?«
»Ganz einfach.« Er biss sich auf die Lippe. »Das Dorf war

Treffpunkt für Leute von der Stasi. Mit denen wollte sich keiner anlegen.«
»So? Können Sie mir das ein bisschen genauer erklären?«
Wilhelm Seiffe nickte. »Es geht um das Haus, in dem meine Tante Lina wohnte. Das Haus gehörte damals eigentlich der Forst. Meine Tante hatte dort eine Wohnung gemietet. Von ihr wusste ich auch, dass die Stasi in ihrer Wohnung ein Zimmer hatte.« Als Wilhelm Seiffe diese Frage beantwortete, kehrte seine Selbstsicherheit zurück. »Zu der Zeit hat auch noch der Zapfenpflücker dort gewohnt. Ich glaube, der hieß Petrussow oder so ähnlich. Er hatte damals Zapfenpflücker gelernt, war dann aber wohl doch als etwas anderes eingestellt. Er war zu der Zeit auch noch nicht verheiratet, hatte aber schon eine Tochter. Später ist er dann geschieden worden. Ich weiß nicht, ob er jetzt noch im Dorf wohnt. Das kann ich nicht sagen. Meine Tante wollte zu der Geschichte mit der Stasi in ihrem Zimmer auch nie viel erzählen. Sie hat wohl Angst gehabt, dass sie Ärger bekommt, wenn das rauskommt. Deshalb hat sie bloß immer so ein paar verdeckte Namen fallen lassen.« Wilhelm Seiffe hob den Arm, um sich am Hinterkopf zu kratzen.
Wieder stieg Friederike sein ranziger Körpergeruch in die Nase.
»Wenn es kalt war und so ein Treffen der Mitarbeiter der Stasi stattfinden sollte, musste sie heizen. Dann wurde vorher Bescheid gesagt, dass sie kommen. Ich glaube, die haben sich jeden Mittwoch oder jeden zweiten Mittwoch getroffen. Manchmal, wenn es warm war, saßen sie auch draußen. Wenn man vorbeifuhr, haben sie sich immer das Gesicht zugehalten.«
»Hat Ihre Tante Ihnen jemals erzählt, was dort in dem Haus geschehen ist? Was die Stasi dort gemacht hat?«
»Nein, hat sie nie gesagt. Ich weiß nur, dass sie oben unter dem Dach ein Zimmer hatten. Was da geschehen ist, weiß ich nicht.«

»Wie war der Kontakt von Steffi zu der Tante Lina?«
»Ganz normal.«
»Fallen Ihnen sonst noch irgendwelche wichtigen Dinge ein, die uns weiterhelfen könnten?«Friederike bedachte ihren Besucher mit einem fragenden Gesicht.
»Ich habe schon auf der Herfahrt überlegt, aber so richtig fällt mir nichts ein. Es war damals eine schlimme Zeit, vor allem für meine Eltern.« Wilhelm Seiffe sah Friederike wieder mit einem Mitleid heischenden Blick an. »Die sind nämlich ganz schön hart angefasst worden. Vor allem mein Vater ist damals verdächtigt worden, ewig lange und wohl auch sehr hart vernommen worden. Ansonsten fällt mir hierzu nichts ein.«
Friederike schwieg und starrte ihn durchdringend an. Offensichtlich verunsicherte sie ihren Besucher damit. Wilhelm Seiffe begann unruhig auf seinem Stuhl umher zu rutschen und ihrem Blick auszuweichen. Plötzlich sagte er: »Eine Geschichte fällt mir aber doch noch ein. Die mag sich für Sie bestimmt sehr komisch anhören.« Er lehnte sich zurück und wippte unmerklich mit seinem Oberkörper. »Ich habe vor ein paar Jahren wieder im Nachbarort gewohnt. Ich wollte in die Nähe meiner Eltern zurück. Zu diesem Zeitpunkt hatte ich einen Hund, den ich inzwischen leider ins Tierheim geben musste.« Er unterbrach sich und rieb sich mit der Handaußenseite seine Wange. Wegen der eintretenden Stille konnte Friederike das kratzende Geräusch vernehmen, das seine grauen Bartstoppeln verursachten. Als Wilhelm Seiffe fortfuhr, ging sein Blick durch Friederike hindurch. »Eines Tages war ich mit meinem Hund unterwegs, und zwar wollte ich zu Fuß zu meinen Eltern. Da gibt es so eine Stelle, wo kleine Eichen angepflanzt worden sind. Genau dort habe ich auch immer schöne Steinpilze gefunden.« Er befeuchtete mit der Zunge seine Lippen und schmatzte. Offensichtlich lag gerade der Geschmack eines Pilzgerichtes in seinem Mund. Sein Blick

kehrte zu Friederike zurück. »Ich bin jedenfalls da rein und wollte Pilze suchen. Da ging auf einmal mein Hund wie eine Furie auf mich los. Er ist mich angesprungen und hat mich aus dem Waldstück raus gedrängt. Ich fragte mich natürlich, was das soll und habe das gleich noch einmal ausprobiert. Und was soll ich Ihnen sagen?« Die Stimme von Wilhelm Seiffe schwoll an. Er riss seine Augen auf. Ohne eine Antwort von Friederike abzuwarten, fuhr er fort. »Er hat mich wieder raus gedrängt.« Wilhelm Seiffe ließ seine Hand wie zur Bestätigung auf sein Knie klatschen. »Ich bin ein Stück weiter noch einmal in den Wald gegangen. Da hat er nichts gemacht.«
Friederike sah ihn zweifelnd an.
Er bemerkte ihren skeptischen Blick. »Sie können mir das glauben. Ich habe das später dann noch mal ausprobiert und es war immer dasselbe. Auch meiner Tochter habe ich das vorgeführt. Die fand das auch sehr verwunderlich. Es war immer nur diese eine Stelle.«
Friederike schwieg noch immer.
»Ich habe das auch noch anderen Leuten erzählt und vorgeführt. Sie fanden das alle erst komisch, aber keiner hatte dafür eine Erklärung.«
Friederike betätigte nachdenklich die Taste ihres Aufnahmegerätes. »Vielen Dank für das Gespräch. Ich wünsche Ihnen eine gute Heimfahrt.«

34
KAPITEL

Als Anjuta Edzard Korritters Büro betrat, wäre sie am liebsten an seiner Sekretärin vorbei direkt in sein Zimmer gestürmt. Stattdessen stand sie nun mit einem Teil der Akte des Heechfalls im Arm vor dieser ältlichen, vertrockneten Dame und sagte in übertriebener Höflichkeit: »Würden Sie bitte so freundlich sein und den Kollegen Korritter fragen, ob er kurz Zeit für mich hat?«

Beide Frauen maßen sich mit den Augen. Demonstrativ langsam setzte Edzard Korritters Sekretärin die Kopfhörer ab und legte sie neben dem Computer auf ihren Schreibtisch. »Er wollte nicht gestört werden.«

Trotz ihrer Aufregung ergriff Anjuta nun die Ungeduld. Sie hatte Edzard Korritter seit ihrem Streit nicht mehr gesehen. Sämtliche Versuche, die sie unternommen hatte, um sich wieder mit ihm auszusöhnen, waren gescheitert. Er war hartnäckig geblieben. »Ich glaube nicht, dass ich hier wäre, wenn es nicht dringend wäre. Also seien Sie so nett und fragen Sie ihn.« Anjutas Ton ließ wieder einmal keinen Widerspruch zu. Mit einem Blick, aus dem Verachtung sprach, fügte sich Edzard Korritters Sekretärin. Wiederum betont langsam nahm sie den Hörer ihrer Telefonanlage ab und drückte eine Taste. »Frau Hochmut lässt fragen, ob Sie kurz Zeit für sie hätten?«

»Mein Name ist Hohmuth«, fuhr Anjuta sie an.

Sie legte auf. »Entschuldigung. Ich habe mich versprochen.« Ihr hämischer Blick strafte ihre Worte Lügen. »Augenblick. Er sagt gleich Bescheid.« Sie setzte sich ihren Kopfhörer wieder auf, wies auf einen Stuhl und sagte betont freundlich: »Aber bitte, nehmen Sie doch solange Platz.«

»Nein. Ich stehe lieber«, erwiderte Anjuta mit hochrotem Hals. Sie presste ihre Lippen zusammen.

»Wie Sie wünschen.«

Anjutas Wangenmuskulatur zuckte wie immer, wenn sie sich ärgerte. Sie hätte diesem Weib am liebsten ihre Akte an den Kopf geworfen. Während sie sich ein falsches Lächeln abquälte, fragte sie sich, was Edzard Korritter an dieser hässlichen Frau fand.

Scheinbar ungerührt nahm Edzard Korritters Sekretärin ihre Arbeit wieder auf. Ihre Finger flogen in Windeseile über die Tastatur.

Die Minuten verstrichen. Anjuta kochte. Endlich klingelte das Telefon. Mit einer abgebrühten Ruhe nahm die Sekretärin den Hörer auf. »In Ordnung. Brauchen Sie mich dann noch? Gut. Dann bis morgen.« Betont langsam legte sie den Hörer wieder auf. »Bitte schön.« Ihre Hand wies zur Tür. »Herr Korritter erwartet Sie. Den Weg kennen Sie ja.«

Ohne ein Wort zu erwidern und ohne sie eines weiteren Blickes zu würdigen, marschierte Anjuta mit erhobenem Kopf an ihr vorbei zu Tür. Sie musste nicht klopfen. Edzard Korritter hätte sie nicht gehört. Hinter der Außentür verbarg sich eine weitere dick gepolsterte Tür.

Als Anjuta die erste Tür öffnete, hämmerte ihr das Herz bis zum Hals, denn sie wusste nicht, in welcher Stimmung er sie erwartete. Dann sah sie Edzard Korritter. Er stand dicht hinter der zweiten Tür. Sie drehte sich um. Eigentlich hatte sie nur die Tür schließen wollen. Da bemerkte sie den wissenden Blick von Edzard Korritters Sekretärin, der sie bis in sein Büro

verfolgt hatte. Anjuta sah ihr fest in die Augen. Ihr wurde schlagartig klar, dass sich dieser Frau Edzard Korritters und ihr Geheimnis längst offenbart hatte. Sie trat wieder einen Schritt heraus und lächelte ihr eiskalt ins Gesicht. Die Sekretärin senkte die Augen. Anjuta hatte gewonnen. Nach einem letzten verächtlichen Blick schloss sie endgültig die Türen.
»Was war das denn gerade?«
»Nichts.« Sie strahlte ihn an. »Dein Drachen da draußen wollte nur ein bisschen mit mir spielen.«
»So?« Edzard Korritters Blick wanderte von ihren Augen zu der Akte unter ihrem Arm und zurück. »Das hätte ich in den vergangenen Wochen auch gewollt«, sagte er böse. Ohne eine Regung im Gesicht und ohne Anjuta zu berühren, drehte er sich um und setzte sich an seinen riesigen Besprechungstisch. Mit einer lässigen Handbewegung lud er sie ein, sich ebenfalls zu setzen. Irritiert über seine scheinbare Gleichgültigkeit trat Anjuta heran und ließ ihre Akten neben Edzard Korritter auf den Tisch fallen. Dann drehte sie sich um und lehnte sich gegen den Tisch.
Edzard Korritter rollte mit seinem Stuhl etwas zurück, sah sie kalt an und fragte ungerührt: »Also, was führt dich her?«
Anjuta, bemüht, ihre Fassungslosigkeit zu verbergen, erwiderte höflich: »Hast du schon von den Neuigkeiten im Heechfall gehört?«
»Ehrlich gesagt, ich habe die Sache nicht weiter verfolgt.«
»Das soll ich dir wirklich glauben?« Anjuta beugte sich langsam zu ihm herunter, um in seine Augen zu sehen.
»Dir wird nichts anderes übrig bleiben.« Er hielt ihrem Blick stand.
Anjuta richtete sich wieder auf. »Nun, dann kann ich dir ja jetzt das Neueste erzählen.«
»Ich bin gespannt.«
Anjuta rutschte auf den Tisch. Wie zufällig schob sich ihr

Rock dabei hoch und gab ihre schlanken Beine frei. »Es gibt einen Gerichtsbeschluss, in dem die Exhumierung von Ursula Heech angeordnet worden ist.« Sie hatte sich aufgestützt und hielt sich mit beiden Händen an der schweren Tischplatte fest.
»Sag nur.« Sein gespielt gleichgültiger Ton verriet Edzard Korritter.
Anjuta nickte, streifte die hochhackigen Pumps ab, ließ ihre Beine baumeln. Dabei beobachtete sie aus den Augenwinkeln, wie die Spitze ihrer halterlosen Strümpfe mit jeder ihrer Bewegungen hervor blitzte. »Nun, dass sie exhumiert wird, war ja zu erwarten.« Anjuta lächelte zufrieden. »Wesentlich interessanter ist die Begründung des Beschlusses.« Sie stellte, wie unabsichtlich, ein Bein auf Edzard Korritters Stuhl.
»Ja, nachdem du dich so in der Heechsache engagiert hast, konnten sie gar nichts anderes tun, als die Exhumierung anzuordnen.« Abrupt stand Edzard Korritter auf und ging zu seinem Schreibtisch.
Anjuta musste sich abfangen, um ihr Gleichgewicht nicht zu verlieren.
»Wer könnte deinem Charme auch schon widerstehen.« Der beißende Unterton in seiner Stimme verriet, dass Edzard Korritter den Streit zwischen ihnen noch immer nicht vergessen wollte.
»Du bist tatsächlich eifersüchtig auf den Staatsanwalt?« Obwohl Anjuta eine undefinierbare Angst beschlich, spielte sie die Erstaunte.
Edzard Korritter erwiderte nichts. Es war nur ein verächtliches Schnaufen zu hören, als er sich einen Stapel Akten von seinem Schreibtisch nahm, ihn unter den Arm klemmte und in sein Vorzimmer ging. Die Türen ließ er einen Spaltbreit angelehnt.
Anjutas Stirn legte sich in Falten. Dann rutschte sie von der Tischplatte, schlüpfte in ihre Pumps und strich sich den Rock glatt. Mit verschränkten Armen gegen den Tisch lehnend,

wartete sie auf Edzard Korritters Rückkehr. Sie lauschte auf die Geräusche, die aus dem Nebenzimmer drangen und beschloss, sein Büro nicht eher zu verlassen, bevor sie sich wieder versöhnt hatten.
»Also, noch mal einen schönen Abend.«
Offenbar war seine Sekretärin noch nicht gegangen.
»Den wünsche ich Ihnen auch.«
»Ich gehe dann.«
»Ja, bis morgen.«
Anjuta horchte auf das Klappen der Außentür und beobachtete den Zeiger von Edzard Korritters antiker Uhr in der Mitte vom Tisch. Langsam ließ sie ihren Blick durch das Zimmer schweifen. Alles in diesem Büro war edel und teuer. ›Sogar die Ausstattung von Burghard Eweleits Büro bleibt hinter der von Edzard Korritters zurück‹, stellte sie neidvoll fest, als sie an ihr eigenes Büro dachte. Sie war sich sicher, dass eines Tages sie hier sitzen würde. Wenn sie ihn dazu heiraten müsste, würde sie ihn schon dazu bringen, sie zu heiraten. Seine lächerliche Eifersucht auf diesen verstaubten Staatsanwalt zeigte ihr nur, dass er sie über alles begehrte und sie mit niemandem teilen wollte. Birger zählte für sie beide ohnehin nicht. Anjuta lächelte. Schließlich würde Edzard Korritter nicht ewig praktizieren können. Er war mehr als zwanzig Jahre älter als sie. Sie seufzte und dachte: ›Es ist alles nur eine Frage der Zeit.‹
Edzard Korritter schien keine Eile zu haben.
Anjuta vernahm das Rascheln, das das Papier beim Umblättern verursachte. Dann endlich war es soweit. Sie hörte, wie sich die schweren Türen hinter ihrem Rücken schlossen und fragte spitz, ohne sich nach ihm umzudrehen: »Und hast du für heute alle Arbeiten erledigen können?«
Edzard Korritter antwortete nicht. Schweigend kam er auf sie zu, schob seine Arme unter Anjutas Achsel und hob sie wieder

auf den Tisch. Dann zog er ihren Kopf zu sich heran. Während er sie hart auf den Mund küsste und sich an sie presste, drückte er ihre Beine auseinander. Seine Hände schienen mit einem Mal überall an Anjutas Körper zu sein. Sie glitten von ihren Wangen, öffneten die Knöpfe ihrer Bluse, schoben ihren BH hoch und streichelten über ihre Brüste. Edzard Korritter stöhnte, als er an ihren aufgerichteten Brustwarzen saugte. Anjuta lächelte teilnahmslos und gab keinen Laut von sich. Sie hatte ihre Arme um seinen Hals geschlungen und sah ihn an. »Du Biest«, keuchte Edzard Korritter, als er bemerkte, dass sie jede seiner Bewegungen aufmerksam registrierte. Er ließ seine Hände über ihre Beine gleiten. Als er die Spitze ihrer Strümpfe fühlte und bemerkte, dass Anjuta unter ihrem Rock keinen Slip trug, stöhnte er wieder. Er nahm ihre Hand und führte sie an seine Hose.

Anjuta spürte sein hartes Glied. Sie dachte nicht daran, seine Hose zu öffnen. Während Edzard Korritters Finger in sie eindrang, verharrte sie noch immer ohne jegliche Regung.

Er hielt kurz inne, sah in ihr Gesicht und lächelte sie an, bevor er sie zärtlich küsste. Als sie sich entschloss, seinen Kuss zu erwidern, zog er ihr Gesäß zum Tischrand, drückte ihre Beine auseinander, kniete sich vor sie hin und begann, sie zu liebkosen. In diesem Moment gab Anjuta ihren Widerstand vollends auf, legte sich auf den Rücken und ließ sich treiben. Edzard Korritter genoss seine Macht über sie. Er hörte erst auf, als ihr ganzer Körper zuckte und unterdrückte Schreie aus ihrer Kehle drangen. Dann öffnete er seine Hose und drang in sie ein. Nach kurzen harten Stößen war sein wollüstiges Gurgeln zu hören. Er verweilte noch einen kurzen Augenblick, bevor er sich langsam über Anjuta beugte und sie liebevoll küsste. »Ich kann den Gedanken an einen anderen Mann in deinem Leben nicht ertragen.« Er sah ihr ernst in die Augen. Während sie beide die Spuren des Geschehenen beseitigten,

lächelte Anjuta Edzard Korritter tiefgründig an und sagte: »Das musst du auch nicht. Ich gehöre dir und du gehörst mir.« Nachdem sie sich mit letzen Handgriffen die Kleidung glattgestrichen hatte, ließ sie sich entspannt in einen seiner bequemen Sessel fallen.
»Du wolltest mit mir über den Heechfall reden.« Edzard Korritter setzte sich neben sie.
»Ja. Ich stecke in einer Sackgasse und befürchte, dass ich da allein nicht mehr herauskomme.«
»Erzähle.«
»Der Richter begründet die Exhumierung von Ursula Heechs Leiche damit, dass die Stasi zwar offiziell ermittelt hat, Akten hierzu aber trotz intensiver Suche nicht aufgefunden werden konnten.«
»Ich habe es gelesen. Er sprach von der Möglichkeit, dass eine gezielte Vernichtung stattgefunden hat...«
»Ich wusste es«, unterbrach ihn Anjuta und boxte ihn scherzhaft in die Rippen.
Edzard Korritter grinste und ergänzte: »Was ihn veranlasste anzunehmen, dass Mutter und Tochter noch leben können.«
»Allerdings fällt es mir schwer, mich seiner Meinung anzuschließen.«
»Warum?«
»Das kann ich dir sagen«, erinnerte sich Anjuta an die Worte ihres Mannes, »und zwar deshalb, weil die Stasi hervorragend getarnt und überall gegenwärtig war. Im Volksmund nannte man sie nicht umsonst die Firma ›Horch und Guck‹. Wenn Ursula Heech unter einer neuen Identität gelebt hätte, hätten sie es gewusst. Hauptamtliche Mitarbeiter der Stasi waren überall eingesetzt. Sie arbeiteten beispielsweise als wissenschaftliche Mitarbeiter in größeren Betrieben.«
»Ja, vielleicht auch in dem Forstbetrieb, den es dort gab.« Edzard Korritter verwendete fast die gleichen Worte wie

damals Anjuta im Gespräch mit ihrem Mann.
»Genau. Dazu haben sie zu ihrer Außensicherung und damit die inoffiziellen Mitarbeiter sich konspirativ treffen konnten, Objekte geschaffen. In so einem Haus wohnte die Lina Seegert, eine der Schwestern von Hilde Heech. Der Umgang mit solchen Objekten ist bestimmt immer sehr gewissenhaft dokumentiert worden. Man hätte zumindest in diesen Unterlagen etwas gefunden.« Anjuta zuckte mit den Schultern. »Ich denke also, dass die Stasi und damit auch Ursula Heech nichts mit dem Verschwinden von Stefanie Heech zu tun haben.«
»Nach der Exhumierung werden wir es genau wissen.« Edzard Korritter griff nach Anjutas Hand. »Aber sag mal, der eine Tatverdächtige arbeitete doch in der Forst.«
»Ja. Der Petrussow. Er und seine frühere Frau haben es abgelehnt, mit uns zu reden. Genau wie Handtke, der andere Verdächtige.«
»Das ist ihr Recht.«
»Du sagst es. Wenn tatsächlich einer von ihnen der Täter wäre, hätten wir damit keine Chance ihn durch seine Aussage zu überführen. Wir wären faktisch am Ende unserer Möglichkeiten und müssten warten, bis die Ermittlungen durch Polizei oder Staatsanwaltschaft gegen sie wieder aufgenommen werden.« Anjuta entzog ihm sanft ihre Hand und stützte den Ellenbogen auf die Stuhllehne. Dann sah sie Edzard Korritter nachdenklich an. »Allerdings glaube ich auch nicht, dass beide etwas damit zu tun haben.«
»So?« Edzard Korritter strich Anjuta eine lose Haarsträhne aus der Stirn. »Auf wen tippt mein kleines Mädchen dann?«
»Auf eine Person aus der Familie Seiffe.«
»Wie kommst du denn darauf«, fragte Edzard Korritter sichtlich überrascht.
»Ich habe die Freundin von Stefanie Heech zu der Familie Seiffe befragt.«

»Das habe ich gelesen.«
Anjuta nickte. »Der Onkel von Herrn Heech muss ein komischer Mensch gewesen sein. Kathleen Scriba, also die Freundin von Stefanie Heech, hat mir erzählt, dass der Großvater seine Enkelin Undine beim Fernsehen auf seinen Schoß geholt hat.«
»Wusste sie das von Stefanie Heech?«
Anjuta nickte wieder. »Dabei soll er seine Hand in ihren Schritt gelegt und sie da wie unabsichtlich angefasst haben. Kathleen Scriba sagte, dass Steffi den Onkel Lorenz immer ein wenig sonderbar fand. Ihre Oma hatte nur eine Außentoilette am Haus. Sie fühlte sich da öfter von ihm beobachtet.«
»Davon steht aber nichts in der Akte.«
»Nein, dazu ist Kathleen Scriba auch nie befragt worden. Ich habe sie dann noch gefragt, ob ihre Freundin Steffi jemals über die Söhne der Seiffes gesprochen hat.«
»Und?«
»Den Vater von Undine Seiffe, also den Winfried mochte sie ganz gerne. Seinen Bruder Wilhelm dagegen nicht.«
»Richtig. Den hat die Jalaß doch unlängst befragt.«
Anjuta rollte mit den Augen, als Edzard Korritter von Friederike sprach. »Jedenfalls hatte sie vor dem Wilhelm immer Angst. Den mochte sie nicht. Kathleen Scriba hat mir erzählt, dass Stefanie Heech sich vor seinem Blick fürchtete. Er soll sie immer so komisch angesehen haben.«
»Was heißt komisch?«
»Angeblich hat er auf ihre Brüste gestarrt. Ihre Freundin hat sie gefragt, ob sie das ihrer Oma erzählt hat.«
»Und?«
»Nein, denn sie wusste nicht, wie die reagieren würde. Schließlich war seine Mutter die Schwester ihrer Oma. Aber da fällt mir doch gleich wieder die seltsame Geschichte ein, die er unserer lieben Kollegin erzählt hat.«
»Welche meinst du?«

»Er hat ihr erzählt, dass er vor ein paar Jahren wieder im Nachbarort gewohnt habe, weil er in die Nähe seiner Eltern ziehen wollte.«
»Ach, du meinst die Geschichte mit dem Hund, den er inzwischen ins Tierheim gegeben hat. Er hat erzählt, dass er gerade Pilze suchen wollte, als auf einmal sein Hund auf ihn losging. Angeblich ist der Hund ihn angesprungen um ihn aus dem Waldstück raus zu drängen.« Edzard Korritter nickte.
»So jedenfalls steht es im Bericht deiner Lieblingskollegin.«
»Und das gleich mehrmals. Er hat gesagt, er habe das auch noch anderen Leuten erzählt und vorgeführt.«
»Und warum meinst du, dass er ihr das erzählt hat?«
»Er will damit auf etwas aufmerksam machen. Ich denke, dass ihn etwas belastet und er sein Gewissen erleichtern will«, antwortete Anjuta voller Überzeugung.
»Meinst du?«, fragte Edzard Korritter zweifelnd.
»Ja.«
»Aber das Mädchen muss sich doch vor irgendetwas gefürchtet haben. Wenn das mit dieser Familie zu tun hat, warum soll Stefanie Heech in der Woche, bevor sie verschwand, ausgerechnet von ihrer Freundin verlangt haben, dass sie sie auch an diesem Sonnabend begleiten soll. Sie hat ihr sogar Schläge angedroht, um ihre Forderung durchzusetzen.«
»Wer sagt das?«, wurde er unwirsch von Anjuta unterbrochen.
»Denk mal daran, wie Stefanie Heech ihre Forderung gegenüber dem Kind begründet hat.«
»Sie sagte, dass es besser wäre, zu zweit zu sein, wenn einer kommen würde. Der andere sollte dann Hilfe holen«, wiederholte Edzard Korritter Friederikes Worte, mit denen sie damals ihre Kollegen informiert hatte und setzte hinzu: »So ist es von Undine Seiffe gesagt worden.«
»Ich habe den Schulfreund von Stefanie Heech gefragt, wo sie eigentlich ihr Frühstücksbrot aufbewahrt hatte. Der

erzählte mir, in einem der Außenfächer ihrer Schultasche. Dann fragte ich ihn, ob es vorgekommen sei, dass sie es auch einmal vergessen hatte und ohne etwas zu essen in die Schule gekommen sei?«

»Und?«

»Nein. Er hat das nie gesehen. Sie hatte immer etwas zu essen dabei«, entgegnete Anjuta. »Der Schulfreund von Stefanie Heech kannte also ihre Schultasche und konnte sich noch bestens daran erinnern. Daraufhin habe ich ihn befragt, ob er sich daran erinnere, dass Steffi eine Zeit lang mit einem Küchenmesser in die Schule kam?«

»Und?«

»Nein. Er hat nie ein Messer in ihrer Schultasche gesehen? Soviel zum Thema Angst.«

»Du glaubst ihm?«

»Ich wüsste nicht, warum er mich belügen sollte«, erwiderte Anjuta erstaunt und sah Edzard Korritter verständnislos an. »Die Frage ist doch, ob Undine Seiffe die Wahrheit gesagt hat. Sie war damals erst neun Jahre. Die Aussage hätte ihr auch von ihrer Familie so in den Mund gelegt worden sein können.«

»Du stellst ihre Aussage in Frage?«

»Ja, das tue ich«, antwortete Anjuta. Dann beugte sie sich nach vorne, zog ihre Akte zu sich heran und begann zu blättern. Als sie die Stelle, nach der sie suchte, gefunden hatte, begann sie laut zu lesen. »Beim Abendbrot habe ich noch ein Gespräch mit meiner Mutter geführt. Als ich ihr erzählte, dass Steffi doch gesagt hat, dass sie mich am Sonnabend abholen wird, nickte sie nur. Ich habe ihr daraufhin erzählt, dass Steffi mir eine scheuert, wenn ich nicht mitkomme. Meine Großmutter mischte sich ein und sagte daraufhin, dass Steffi dann eine gescheuert bekomme. Ich sollte selber entscheiden, ob ich fahre oder ob meine Mutter mich hinbringt.« Sie sah zu Edzard Korritter auf und fragte: »Fällt dir was auf?«

Er schüttelte den Kopf. »Ich weiß nicht, was du meinst.«
»Das ist die Aussage von Undine Seiffe. Falls die stimmt, hat die ganze Familie gewusst, dass sie am nächsten Tag von Stefanie Heech abgeholt wird.«
»Da hast du Recht. Zumindest Großmutter und Mutter haben es dann gewusst«, bestätigte Edzard Korritter und beugte sich zu Anjuta.
Sie beobachtete ihn, während er die Aussage von Undine Seiffe selbst noch einmal las und setzte hinzu: »An diesem Tag wird Undine Seiffe letztlich doch von ihrer Mutter zur Schule gebracht, weil Stefanie, trotz der getroffenen Verabredung, nicht erschien. Erst nach dem Schulschluss fällt auf, dass Stefanie in der Schule nie ankam.« Sie unterbrach sich und sah Edzard Korritter in die Augen. »Einerseits bescheinigen sie ihr, dass sie ihre Freundin immer abgeholt hat. Dann kommt sie trotz ihrer ausdrücklichen Verabredung nicht und niemand stört das? Da stimmt doch etwas nicht.«
Edzard Korritter richtete sich wieder auf.
»Erinnere dich an die Überlegungen, die Burghard Eweleit in der Anwaltskonferenz angestellt hat. Stefanie verschwand im Januar. Sie sollte im Februar ihren Personalausweis erhalten. Was ist, wenn ihre kleine Freundin zu Hause erzählt hat, dass Stefanie Heech demnächst mit ihrem Vater zur Polizei müsse und den Grund nicht genannt hat?« Aus Anjutas Blick sprach Nachdenklichkeit.
»Du meinst, dass einer aus der Familie es mit der Angst zu tun bekommen hat?«
»Das meine ich. In ihrer Befragung sagte Undine Seiffe uns, dass sie an diesem Tag auf Steffi gewartet hat. Als die nicht kam, soll ihre Mutter die Oma gefragt haben, ob Steffi schon da gewesen sei.«
»Das würde bedeuten, dass ihre Großmutter schon aus der Haustür gesehen haben muss«, schlussfolgerte Edzard Korritter.

»Genau. Egal, wer von den Seiffes an diesem Tag die Haustür geöffnet hat. Diese Person hätte beim Türöffnen Stefanie Heech auf dem Weg zum Haus sehen müssen. Somit müssen sie etwas mit der Tat zu tun haben.«
»Ist denn festgestellt worden, wer an diesem Tag die Haustür aufgeschlossen hat?«
»Undine Seiffe wusste nicht mehr, ob es die Großmutter oder ihre Mutter war.«
»Könnte es auch der Vater oder der alte Seiffe gewesen sein?«
»Angeblich hat sie ihren Vater an diesem Morgen nicht gesehen, weil er noch schlief. Der von Herrn Heech beauftragte Hellseher sprach von einem Mann und einer Frau.«
»Und was ist mit ihrem Großvater?«
»Der kam in dem Augenblick, als sie das Haus verließen, im Nachthemd aus dem Schlafzimmer. So sagt es jedenfalls Cornelia Seiffe in ihrer damaligen Vernehmung. Allerdings könnte sie das auch nur gesagt haben, um ihn zu schützen. Wie soll man ihr heute noch das Gegenteil nachweisen?«
»Es scheint wirklich, als ob der Fall in eine Sackgasse geraten ist.« Edzard Korritter, runzelte die Stirn und verstummte. Während beide schwiegen und ihren Gedanken nachhingen, wurde die Stille im Raum nur von dem Ticken der schönen alten Uhr unterbrochen.

35
KAPITEL

»Sehen Sie sich seine Hände an.« Friederike zeigte auf Wilhelm Seiffe. »Wenn er keine Skrupel besitzt, mit seinem Daumen und dem Zeigefinger den Hals eines hilflosen winzigen Vögelchens oder den einer wehrlosen kleinen Maus zu zerquetschen, dann ist er auch in der Lage, Stefanie Heech so lange zu würgen bis sie erstickt ist. Für diese grausige Tat verdient er die Höchststrafe. Ich beantrage, ihn lebenslang zu verurteilen.« Als sie sich setzte, sah sie in die regungslosen Gesichter der Richter. Sie konnte nicht das geringste Anzeichen von Zustimmung erkennen. Ärger stieg in ihr hoch. Wütend sah sie hinüber zu dem Rechtsanwalt. Der schüttelte provozierend langsam seinen Kopf und verzog seinen Mund zu einem hämischen Grinsen, bevor er seine Akte schloss und sich langsam erhob. »Es sind die Umstände in ihrer Gesamtheit«, begann er bedeutungsvoll. »Schon die Fundorte ihrer Schultasche und des Sportbeutels lassen darauf schließen, dass beide Gegenstände keinesfalls im Dunklen dorthin gebracht worden sind. Wir haben festgestellt, dass diejenige Person, die sie dort hingebracht hat, eine natürliche Bodenvertiefung gewählt hat.« Mit einer theatralischen Bewegung drehte er sich in die Richtung von Friederike. »Für das Fahrrad des Mädchens wählte die Person eine hochstehende ausgebrochene Baumwurzel. Das Finden solcher Stellen im Wald setzt vorhandene Sicht voraus.

Daraus folgt, « arrogant stützte er sich mit den Spitzen seiner zehn Finger auf die Tischplatte, »dass diese Gegenstände nach dem eigentlichen Ereignis dort hingebracht wurden, wenn das Mädchen, wie gewohnt, um kurz nach sieben das Haus verlassen hat. Auch wegen der geringen Entfernung der Häuser können wir ausschließen, dass der Täter zu diesem Zeitpunkt die Tat begehen und gleich im Anschluss die Gegenstände verstecken konnte. Es war schließlich dunkel.«
»Und der Dynamo an dem Fahrrad befand sich nicht in Funktionsstellung«, rief Friederike laut dazwischen. Erschrocken über sich selbst nahm sie die bösen Gesichter der Richter zur Kenntnis.
Der Rüffel kam sofort. »Sollten Sie den Rechtsanwalt noch einmal unterbrechen, müssen wir Ihr ungebührliches Verhalten Ihrem Dienstherrn melden.«
Der Rechtsanwalt zog herablassend seine Mundwinkel herunter und fuhr, nachdem er Friederike mit einem verächtlichen Blick bedacht hatte, fort: »Festgestellt ist auch, dass von den Fundsachen ihr Schulbrot und das Hausaufgabenheft fehlen. Wir gehen davon aus, dass sie beides bei sich hatte, als sie am Morgen ihres Verschwindens das Haus verließ. Durch diesen Umstand könnte man an einen möglichen Situationsfehler des Täters denken.«
»Also ehrlich gesagt, ich habe vergessen, was ein Situationsfehler ist. Damit kann ich überhaupt nichts anfangen«, entfuhr es Friederike erneut.
»Ich ermahne Sie nur noch ein letztes Mal«, donnerte es von der Richterbank.
»Nun, die Frage ist doch«, der Rechtsanwalt lächelte mitleidig zu ihr herüber, »welcher sexuell motivierte Täter entnimmt schon dem Gepäck seines Opfers Schulbrot und Hausaufgabenheft?«
Friederike wollte etwas erwidern, doch ihr fielen die passenden

Worte nicht ein. Sie schwieg und begann zu schwitzen.
»Na, sehen Sie. Keiner. Weder ein Fremder noch ein Beziehungstäter. Also kann es Wilhelm Seiffe überhaupt nicht gewesen sein.«
»Natürlich war er es.«
»Frau Staatsanwältin. Ich habe es Ihnen gesagt. Unser Gerichtssaal ist kein Rummelplatz. Wir müssen Sie für Ihr ungebührliches Verhalten bestrafen.«
Was hatte der Richter da gerade gesagt? Wie konnte es ihm passieren, dass er sie für eine Staatsanwältin hielt? Hatte er sich versprochen? Er wusste doch, dass sie Rechtsanwältin war. Friederike wollte ihn fragen, doch ihr versagte die Stimme. Sie brachte keinen Ton heraus. Was ist nur los mit mir? Sie wollte aufstehen, doch ihre Beine versagten. Sie saß auf dem Stuhl wie festgeklebt. Die Gesichter der Richter lösten sich auf. Das Letzte, was sie sah, bevor alles in dickem Nebel versank, war die höhnische Fratze des Rechtsanwaltes. Er riss seinen Mund auf. Aus seiner Kehle drang im metallisch verzerrten Ton: »Wilhelm Seiffe war es nicht. Nein, er war es nicht.« Er wiederholte es wieder und wieder. Doch dann wurde seine Stimme leiser und wich einem anderen Geräusch.
Friederike lauschte. Was war das für ein Geräusch? Dann wusste sie es. Um Himmelswillen. Die Alarmsirene. Panik ergriff sie. Wo war der Ausgang aus dem Gerichtssaal? Sie konnte nicht sehen. Der Nebel war zu dicht. Sie wollte schreien, doch sie brachte keinen einzigen Ton heraus. Die Sirene wurde lauter...
Keuchend wachte Friederike auf. Der Wecker auf dem Nachttisch ihres Mannes klingelte unerbittlich und kündigte den neuen Tag an.
Noch ganz benommen von dem schrecklichen Albtraum schlang Friederike den Arm um ihren Mann, küsste seinen Nacken und murmelte: »Ulli, du musst aufstehen.«
Schlagartig war er wach. Während er den Wecker ausstellte,

sagte er: »Ich wünschte, dass ich heute frei hätte.«
»Das wünschte ich auch. Dann könntest du mit uns in den Tierpark kommen.«
»Ich wüsste nicht, was ich lieber machen würde, als meine beiden Mädchen zu begleiten.« Er schnaufte. »Stattdessen trete ich einen Vierundzwanzig-Stunden-Dienst an. Ich muss verrückt sein, euch alleine losziehen zu lassen.« Ullrich Jalaß drehte sich zu seiner Frau herum und küsste sie.
»Wir werden dir schon nicht weglaufen.« Friederike streichelte das Gesicht ihres Mannes.
»Das weiß ich. Sonst könnte ich auch nicht in Ruhe arbeiten.« Er lachte. »Hast du gut geschlafen?«
Friederike schüttelte den Kopf. »Nein, ich habe einen Albtraum gehabt.«
»So?«
»Ja, ich habe vom Fünfzigtausend-Euro-Fall geträumt.«
»Wie könnte es auch anders sein.« Ullrich Jalaß sprang auf. »Das musst du mir gelegentlich in Ruhe erzählen. Ich muss jetzt los. Sonst komme ich zu spät. Versuch noch ein bisschen zu schlafen.« Noch schlaftrunken schlurfte er ins Bad.
»Ich will es versuchen. Gib mir trotzdem noch einen Kuss, bevor du gehst.« Friederike lächelte, zog sich die Decke über die Schulter und kuschelte sich gemütlich in ihr Kissen. An Schlaf war allerdings nicht zu denken. Ihr ging der Traum nicht aus dem Sinn. Was, wenn der Staatsanwalt Recht hat? Sie hörte Silvia aus der Vernehmung von Hilde Heech vorlesen. Was hatte die noch gesagt? ›Ich schnitt eine Scheibe Brot ab und bestrich diese mit Butter und Teewurst. Diese Scheibe halbierte ich dann, klappte sie zusammen und wickelte sie in einen Bogen Butterbrotpapier. Das Brot legte ich auf den Küchentisch. Steffi nahm es von dort weg und ging damit in die Stube. Dort stand ihre Schultasche. Ich nehme an, dass sie das Brot eingesteckt hat, denn ich habe es später nicht

mehr gefunden.‹ Friederike drehte sich auf den Rücken, starrte die Decke an und dachte: ›Für mich steht damit fest, dass sie ihr Frühstücksbrot dabei hatte. Ich gehe also einmal davon aus, dass nicht der Täter, sondern sie selbst das Frühstücksbrot gegessen hat. Am besten, ich fange von ganz vorne an.‹ Sie schloss die Augen und sah sich Burghard Eweleits Büro betreten. Mitfühlend, mit Rücksicht auf Konrad Heech, hatte der Kanzleichef seine Stimme gesenkt, als er auf den Berg Akten auf seinem Schreibtisch zeigte. ›Diese gesamten Unterlagen betreffen den Vorgang Stefanie Heech. Stefanie ist die Tochter unseres Mandanten. Sie ist kurz vor Vollendung ihres vierzehnten Lebensjahres im wahrsten Sinne des Wortes spurlos verschwunden. Es gab seit dem Tag, an dem sie verschwand, kein Lebenszeichen mehr von ihr‘, waren die Worte gewesen, die er gewählt hatte. Dann hatte er mit besorgtem Blick auf Konrad Heech hinzugefügt: ›Man hat weder ihre Leiche gefunden noch gibt es Anhaltspunkte dafür, ob sie noch lebt oder nicht.‘

Friederike wälzte sich auf die Seite. Ilga Möckel kam ihr in den Sinn: ›Steffi steckte voller Ideen und hatte für gewisse Sachen auch Talente. Sie war intelligent und lebenslustig‹, lautete die Antwort der Frau mit den großen dunklen Augen, die immer ein wenig traurig in die Welt sahen, auf Friederikes Frage nach Steffi Heech. ›Glauben Sie an einen Selbstmord?‹, war Friederikes nächste Frage gewesen. ›Nein. Steffi war ein lebensfrohes Menschenkind und konnte jede Situation meistern. Außerdem hatte sie Pläne. Sie freute sich auf ihre Jugendweihe‹, hatte Ilga Möckel erwidert.

›Wenn sie aber trotzdem ausgerissen wäre, zu wem wäre sie dann gegangen?‹ Mit dieser Frage hatte Anjuta Stefanie Heechs beste Freundin genervt. ›Keine Ahnung. Warum sollte sie ausreißen? Sie hatte eine gute Familie. Sie liebte ihren Vater und ihre Oma. Ihre Onkel hätten alles für sie getan. Die waren wie ihre großen Brüder. Einen Freund, mit dem sie durchbrennen konnte, hatte sie nicht.‹ So lautete die Antwort von Kathleen Scriba. Zumindest stand es so in Anjutas Protokoll, das sie über ihr Gespräch mit der Frau, die einst die beste Freundin von Stefanie Heech gewesen war, gefertigt hatte.

»Also kommt ein Selbstmord nicht in Betracht?«, sagte Friederike laut zu sich selbst.

»Was ist denn mit dir los?« Erschrocken sah Ullrich Jalaß auf seine Frau. Er hatte sich leise ins Zimmer geschlichen, um sich von seiner Frau zu verabschieden. Sie hatte ihn nicht kommen hören.

Friederike öffnete die Augen. »Mich beschäftigt immer noch der Fünfzigtausend-Euro-Fall«, antwortete sie lachend und streckte ihrem Mann die Arme entgegen.

Ullrich Jalaß beugte sich zu seiner Frau herunter: »Na, dann ist ja alles in Ordnung. Mach's gut, meine Süße.«

Sie küssten sich.

Nur schwer löste er sich aus ihren Armen. An der Tür drehte er sich um. »Gib Karo einen Kuss von mir und ruf mich an.«

»Zu Befehl.« Friederike warf ihm ein Kusshändchen zu und lauschte, wie er leise die Treppe herunterging. Noch mit dem Geräusch des sich entfernenden Autos im Ohr, waren ihre Gedanken schon wieder bei dem Heechfall.

›Heute, nach Lage der Akten, würde ich sagen, dass sie freiwillig mitgegangen ist‹, waren ihre eigenen Worte gewesen, als Burghard Eweleit sie in ihrem Büro besucht hatte.

›Worauf stützen Sie Ihre Annahme?‹, hatte er Friederike daraufhin gefragt.

›Als das Fahrrad gefunden wurde, war der Dynamo ausgeschaltet. Dass sie ohne Licht fuhr, ist wegen der Dunkelheit am Morgen eher unwahrscheinlich. Schließlich befuhr sie einen Sandweg. Dann fanden sich an sämtlichen Gegenständen, also

auch an den Ästen, mit denen das Fahrrad und der Schulranzen bedeckt waren, nur Geruchsspuren, die von Steffi Heech stammen‹, hörte sich Friederike antworten.
›Sie könnte doch gezwungen worden sein, den Dynamo auszuschalten und Äste über das Fahrrad zu legen‹, gab der Kanzleichef zu bedenken.
Friederike runzelte die Stirn. Edzard Korritter fiel ihr ein.
›Dann muss wohl jetzt geklärt werden, was es mit dem Verschwinden von Stefanie auf sich hat. Fiel sie einem Gewaltverbrechen zum Opfer oder wurde sie entführt?‘, hatte der in die Runde der Anwälte gefragt und war dann im schulmeisterlichen Ton fortgefahren: ›Ich gehe davon aus, dass im Januar der Waldboden gefroren war. Wenn das Mädchen also ermordet worden wäre, hätte man ihre Leiche nicht einfach so im Wald vergraben können. Mit Sicherheit wäre so eine Stelle auffällig gewesen und gefunden worden.‹ Dann hatte er Friederike angesehen und sie hochnäsig gefragt: ›Was sagt uns das, liebe Kollegin?‹
Friederike stützte ihren Kopf in die Handfläche und sah auf den Wecker. An Schlaf war nicht mehr zu denken.
›Es besteht zwar die Möglichkeit, dass Stefanie entführt wurde, aber vielleicht ist sie auch freiwillig in ein Fahrzeug eingestiegen‹, erinnerte sie sich an ihre Antwort, auf die Frage von Edzard Korritter.
Friederike trommelte mit den Fingern der anderen Hand auf ihre Bettdecke. »Wenn ich nur wüsste, in welches?«
›Ich habe mich hier schon mit einem Hellseher getroffen und bin mit ihm durch das Gelände gelaufen‹, waren die Worte von Konrad Heech gewesen, als er sich mit Friederike und Anjuta im Dorf getroffen hatte.‹
›Was hat er Ihnen gesagt?‹, war es darauf wie aus der Pistole geschossen von Anjuta gekommen.
›Am Telefon hat er gesagt, dass Steffi noch lebt. Er meinte,

dass in dieser Sache eine Frau und ein Mann eine Rolle spielen‹, rief sich Friederike die Antwort von Konrad Heech in ihr Gedächtnis.
Nehmen wir also an, dass der Hellseher Recht hat. Wer ist die Frau und wer ist der Mann?
»Ich halte die Möglichkeit, dass der Täter an diesem Tag zufällig vorbeikam, jedenfalls für sehr unwahrscheinlich, sogar für ausgeschlossen«, wiederholte Friederike laut die Worte ihrer Sekretärin.
›Ich glaube, dass die Ursula offiziell für tot erklärt haben, und dass sie aber doch noch lebt. Für mich ist das einfach so erklärbar, dass die Ursula vielleicht da gewesen ist und Steffi mitgenommen hat‹, gellte mit einem Mal die helle Stimme von Wilhelm Seiffe in ihren Ohren.
»Ob sie es war, wird sich in Kürze zeigen.« Friederike legte sich hin, schloss die Augen und stellte sich Ursula Heech vor. Was war sie für eine Frau gewesen?
›Obwohl sie gerne feierte und dann immer Alkohol im Übermaß trank, ist das Erziehungsrecht für Steffi ihr zugesprochen worden. Sie war eine lebenslustige Frau, die nichts anbrennen ließ‹, hatte ihr Konrad Heech erzählt und der musste es wissen.
Friederike sah sich im Elternhaus von Ursula Heech sitzen und das Gespräch ihrer Mutter und ihrer Schwester verfolgen.
›Ich denke wirklich, dass er Ulla über den Tod hinaus liebt.‹
›Dabei waren sie eigentlich grundverschieden.‹
›Kordi, du weißt doch, dass Gegensätze sich anziehen.‹ Der nachdrückliche Ton, in dem die Mutter daraufhin ihre Tochter belehrt hatte, war Friederike allzu gut in Erinnerung geblieben.
Die Zwillingsschwester von Ursula Heech war dennoch unbeeindruckt geblieben. ›Das fing schon bei ihrer Weltanschauung an. Er ist streng katholisch erzogen worden und sie lebte den sozialistischen Trend.‹
›Inwiefern?‹, hatte Friederike von Kordula Srama wissen wollen.

›Sie hatte Ideale und wollte die Welt verändern.‹
›Allerdings war sie kurz vor ihrem Tod recht desillusioniert‹, warf die alte Frau damals ein.
›Mutter, fang doch nicht schon wieder davon an‹, empörte sich ihre Tochter in diesem Moment. ›Was wahr ist, muss wahr bleiben.‹ Kordula Srama hatte Friederike über den Rand ihrer Kaffeetasse zugelächelt. ›Meine Schwester lebte das sozialistische Gedankengut. Sie brannte für die Ideen von Marx und Engels, bis sie sich mit ihrer Nachbarin anfreundete.‹
»Irgendwo in diesen Gesprächen liegt die Lösung des Falls.« Friederike schlug die Bettdecke zurück und stand schwungvoll auf. Sie beschloss, sich ein weiteres Mal die Akte anzusehen. Als sie vor dem Spiegel stand und sich die Zähne putzte, kehrten ihre Gedanken unweigerlich zu ihrem Gespräch im Elternhaus von Ursula Heech zurück.
›Nach der Flucht der Nachbarin kam die Stasi und hat alle Nachbarn im Haus befragt. Ulla haben sie besonders in die Zange genommen. Irgendwer von den anderen Nachbarn hatte verraten, dass Ulla mit ihr befreundet war. Weißt du noch, wie sie sich bei uns darüber beschwert hat, dass ihr die Stasi-Mitarbeiter untersagen wollten, den Kontakt zu dieser Frau aufrechtzuerhalten?‹, hatte die Mutter ihre Tochter gefragt.
›Ja. Sie haben ihr sogar den Haftbefehl für ihre Freundin gezeigt und ihr gesagt, dass damit ihre Rückkehr in die DDR endgültig ausscheidet. Gleichzeitig haben sie ihr angedroht, dass es auch für sie Konsequenzen haben würde, wenn sie weiterhin den Kontakt mit ihrer Freundin aufrechterhält‹, war deren Antwort gewesen.
›Ließ sie sich dadurch beeinflussen?‹, wollte Friederike damals wissen.
›Nicht unsere Ulla. Sie dachte nicht daran, den Kontakt abzubrechen, sondern schrieb und telefonierte regelmäßig mit ihrer Freundin.‹

»Ich bin in einem Labyrinth.« Friederike stellte ihren Zahnputzbecher weg und sah nachdenklich in den Spiegel. »Wenn sie nicht daran dachte, sich nach den Weisungen der Stasi zu richten, ist ausgeschlossen, dass sie für die gearbeitet hat. Nur, wenn sie nicht für die Stasi gearbeitet hat, wie konnte sie dann zu einer neuen Identität kommen?«

»Mami, mit wem erzählst du da?«

Friederike fuhr herum. »Guten Morgen, Karo. Ich denke nur laut nach.« Sie gab ihrer Tochter einen Kuss und war froh über die Ablenkung, als die Kleine, während sie beide ihre Morgentoilette beendeten, munter auf sie einredete.

»Mami, bist du mir böse?« Karo hielt inne und sah mit großen fragenden Augen ihre Mutter an, »oder bist du krank?«

»Aber nein, mein Liebling. Wie kommst du denn darauf?«

»Du bist schon den ganzen Morgen so still und deinen Kaffee trinkst du auch nicht.« Karo rührte mit dem Löffel in ihren Cornflakes.

Erst jetzt bemerkte Friederike, dass der Kaffeebecher, den sie zwischen beiden Händen hielt, noch voll war und sich schon kalt anfühlte. Sie schob ihn von sich und lächelte ihre Tochter an. »Dass ich so still bin liegt daran, dass ich heute Nacht einen schlechten Traum hatte.«

»Ja, was hast du denn so Schlimmes geträumt?«

»Ich habe von einem kleinen Mädchen geträumt, das entführt worden ist.« Friederike seufzte. »Das Schlimme daran ist, dass das nicht nur ein Traum ist. Ihr Vater hat mich beauftragt, sie zu suchen und ich kann ihm nicht helfen. Das Mädchen ist spurlos verschwunden. Ich kann sie einfach nicht finden. Du siehst, das verfolgt mich jetzt bis in den Traum.«

Karos Augen weiteten sich. »Arme Mami.« Sie legte ihren Löffel hin und kam um den Tisch. Während sie sich auf Friederikes Schoß schob, schlang sie ihre Arme um den Hals ihrer Mutter. »Das Mädchen hat bestimmt große Angst gehabt.«

»Was hast du da gerade gesagt?« Friederike löste brüsk die Arme ihrer Tochter von ihrem Hals und schob sie ein Stückchen von sich. Sie sah, wie sich Karos Gesicht verdunkelte.
»Das Mädchen hat bestimmt große Angst gehabt«, wiederholte die Kleine nun selbst mit einem ängstlichen Blick auf ihre Mutter.
Das runde Gesicht von Undine Seiffe tauchte vor Friederikes innerem Auge auf.
›Es ist aber bekannt, dass sie eine Zeit lang mit einem Küchenmesser im Ranzen zur Schule fuhr‹ hatte Anjuta ihr vorgehalten.
›Ach so. Ja. Das war die Zeit, als die Leute im Dorf erzählt haben, dass sich hier in der Gegend ein Sowjetsoldat aufhält, der abgehauen sein sollte‹, war deren Antwort auf Anjutas Frage gewesen.
»Du sagst es. Das ist es.« Friederike zog ihre Tochter zu sich heran und überhäufte sie mit Küssen. Dann erhob sie sich und stellte Karo sanft auf die Erde. »Mach dich fertig, meine Süße. Wir beide verreisen heute.«
»Aber wir wollten doch in den Tierpark gehen.«
»Wir gehen in ein Aquarium. Das ist fast so schön wie unser Tierpark.«
»Oh«, rief Karo freudig aus »und was können wir da sehen?«
Friederike erinnerte sich an einen Prospekt und antwortete: »Einheimische Fischarten. Du wirst staunen.« Sie sah aus dem Fenster. »Sei so lieb und räume bitte schnell den Tisch ab.« Sie schien es mit einem Mal eilig zu haben. »Und zieh die Wetterjacke an, falls es regnet.«
»Und was machst du?«, rief Karo ihrer Mutter nach.
»Ich muss mal schnell telefonieren.«
Die Angst von Stefanie Heech war die Lösung des Falles.
Friederike stand in ihrem Arbeitszimmer und blätterte in der Akte, die sie wie immer am Wochenende mit nach Hause

genommen hatte. »Da ist es«, murmelte sie halblaut vor sich hin, als sie das Protokoll gefunden hatte. Während sie sich selbst laut vorlas, wie um sich das Gespräch zwischen Anjuta und Kathleen Scriba einzuhämmern, glitt ihr Zeigefinger über die Zeilen.

»Hat sie sich denn vor irgendwas gefürchtet?«

»Nicht in der Zeit, als sie verschwand.«

»Davor?«

»Ja. Ungefähr zwei Jahre früher. Es ging das Gerücht herum, dass sich im Dorf ein Sowjetsoldat herumtreibt. Steffi hatte Angst vor einer Begegnung. Sie hat in der Zeit immer ein Küchenmesser bei sich gehabt. Aber ich glaube, das hat sie später wieder gelassen. Ich habe es dann jedenfalls nicht mehr bei ihr gesehen. Steffi ist ihm ja auch nie begegnet.«

Friederikes Hände zitterten, als sie eine der Telefonnummern, die Silvia Dyba vorne in der Akte notiert hatte, wählte.

»Guten Morgen. Friederike Jalaß am Apparat. Sie erinnern sich an mich?«

»Natürlich«, erwiderte die Stimme am anderen Ende der Leitung.

»Ich glaube, dass Sie über den Heechfall mehr wissen, als Sie gesagt haben. Aus diesem Grunde werde ich Sie heute noch einmal besuchen. Dann können wir unser Gespräch fortsetzen.« Friederikes Ton ließ keinen Widerspruch zu. Sie lauschte in den Hörer.

»Ich habe Ihren Anruf schon früher erwartet.«

Nach einer Weile der Stille, die Friederike endlos erschien, hörte sie, wie die Stimme am anderen Ende der Leitung sagte: »Ich muss heute Nachmittag arbeiten. Sie wissen ja, wie Sie mich erreichen können. Wir treffen uns um sechzehn Uhr.«

Es knackte in der Leitung.

Friederike sah auf das Ziffernblatt der Uhr und atmete befreit tief durch. Mit einem Mal freute sie sich, dass es noch so

früh am Tag war. Sie spürte es. Noch heute würde sie wissen, welches Schicksal Stefanie Heech ereilt hatte. Die Lösung des Falls war von Anfang an zum Greifen nahe gewesen. Sie alle hatten sie einfach übersehen.
Gutgelaunt nahm sie, wie gewohnt, wenn sie in Eile war, zwei Treppenstufen auf einmal.

36
KAPITEL

Als sich die Tür öffnete, sah Silvia Dyba voller Erwartung von ihrer Arbeit auf. »Hallo Rike. Das hat aber gedauert.« Sie sprang auf. »Ich sitze hier wie auf glühenden Kohlen. Erzähl mal, wie ist es gelaufen?«
»Frag lieber nicht.« Aus Friederikes Gesicht schien jegliche Farbe gewichen zu sein. Ohne ein weiteres Wort ging sie an Silvia Dyba vorbei in ihr Büro. Dort angekommen, warf sie die Akte auf ihren Schreibtisch, ließ sich in ihren Stuhl fallen und starrte in eine imaginäre Ferne.
»Um Himmelswillen, was ist passiert?« Silvia Dyba war hinter Friederike hergegangen und stand nun unschlüssig vor ihrem Schreibtisch. Sie begann mit den Nägeln ihrer Finger zu knipsen. Das unangenehm knackende Geräusch unterbrach die Stille in Friederikes Büro.
Offensichtlich unbeeindruckt von der Nervosität ihrer Sekretärin hatte Friederike ihren Blick an die Zimmerdecke geheftet. Dann schloss sie die Augen.
»Rike, um Himmelswillen, nun erzähl doch endlich, was passiert ist.« Silvia Dyba setzte sich ungebeten auf einen der Besucherstühle.
Der angstvolle Tonfall in ihrer Stimme schien zu Friederike durchzudringen. Langsam, als ob sie aus dem Schlaf erwachte, öffneten sich ihre Lider. Müde, mit einem traurigen Gesicht,

sagte sie: »Anjutas E-Mail, die den Bericht mit der Lösung des Heechfalles enthielt, war ungefähr eine Stunde früher bei Doc Eweleit als meine.«
»Das glaube ich nicht.« Fassungslos sah Silvia Dyba ihre Chefin an. Der Schreck fuhr ihr in die Glieder.
»Tja. Ob du es glaubst oder nicht. Es war so.«
»Nein, du machst Scherze.«
»Sehe ich so aus, als ob ich Scherze mache?«, fragte Friederike tonlos.
»Nein.« Silvia Dyba sank in sich zusammen. Während sie ihre Hände knetete, zogen sich ihre Augenbrauen zusammen. »Aber wie ist das möglich? Du warst es doch, die den Fall aufgeklärt hat. Es ist doch unmöglich, dass sie genau in dem Augenblick, in dem du den Fall aufgeklärt hast, ebenfalls die Lösung findet.« Empört sah sie zu Friederike.
Die zuckte nur müde mit den Schultern. »Tja.«
»War sie denn vor dir bei Renate Wiehle?«
»Nein.«
Silvias Dybas Augen weiteten sich. »Nein?« Es klang wie ein ohnmächtiger Schrei. »Aber wie ist es dann möglich, dass sie zur gleichen Zeit die Lösung des Falls präsentieren kann?« Sie verstummte.
Friederike schloss wieder ihre Augen.
Während Friederike, die beim Anblick eines Krankenhauses regelmäßig ein Gefühl des Unbehagens verspürte, immer einsilbiger wurde, hatte Karo ununterbrochen auf ihre Mutter eingeredet.
Friederike ließ den Redefluss ihrer Tochter gerne über sich ergehen. Zu viele Eindrücke waren auf die Kleine eingeströmt, als sie sich beide stundenlang im Süßwasseraquarium aufgehalten hatten. Karo liebte Tiere über alles. Friederike war jedes Mal von Neuem fasziniert, mit welcher Furchtlosigkeit ihre Tochter Tieren aller Art begegnete. Nie würde sie den

Moment ihrer eigenen Unachtsamkeit vergessen, als Karo, die damals dreijährige, aus der Reihe der Kinder, die darauf warteten, auf dem Rücken des Zirkuselefanten fotografiert zu werden, verschwunden war. Friederike hatte sie furchtlos, unter dem riesigen Zirkuselefanten, ihm sanft den Rüssel streichelnd, wiedergefunden.

Friederike lächelte mit geschlossenen Augen und schien die Gegenwart ihrer Sekretärin völlig vergessen zu haben.

Dieses Mal erwartete Renate Wiehle sie schon, als sie mit Karoline an der Hand im Strom der Besucher auf den Eingang des Krankenhauses zusteuerte. Nach der Begrüßung hatte sich Karo still neben sie in die Besucherstühle gesetzt. Während sich ihre Mutter mit Renate Wiehle unterhielt, hatte sie begonnen, in ihrem neuen Buch über die einheimischen Fischarten zu blättern.

»Warum nehmen Sie an, dass ich noch mehr über Ursula Heech weiß, als ich gesagt habe?« Mit dieser Frage hatte Renate Wiehle ihr Gespräch eröffnet.

»Ich denke, dass Ursula Heech nicht tot ist und ich glaube, dass Sie das ebenfalls nicht nur glauben, sondern wissen.«

»So? Wie kommen sie denn darauf?« Wie schon beim ersten Zusammentreff griff Renate Wiehle in ihre Kitteltasche und holte ein Päckchen Zigaretten hervor. »Meine Aussage damals kann es doch wohl nicht gewesen sein.«

»Doch, genau durch unser damaliges Gespräch und durch die Feststellungen, die wir in unseren weiteren Ermittlungen getroffen haben, bin ich darauf gekommen.«

»Da bin ich aber gespannt.«

»Ja. Sie erzählten uns damals, dass Sie zusammen mit dem Auto bis vor die Poliklinik gefahren sind, in der der Arzt von Ursula Heech praktizierte. Sie sagten, dass sie das Kind nur flüchtig geküsst hat, dann ausgestiegen ist und sich nicht einmal mehr umgedreht hat.«

Renate Wiehle hörte Friederike mit regungslosem Gesicht zu. »Als meine Kollegin Sie fragte, ob Sie sich daran überhaupt noch erinnern können, antworteten Sie, dass der Fahrer und Ihre Kollegin vorne im Auto saßen, Ursula Heech, Steffi und Sie auf dem Rücksitz. Sie sprachen damals davon, dass Ursula Heech Sie kurz vor dem Aussteigen so hilflos angesehen hat und als sie dann ausstieg, ohne sich noch einmal umzudrehen, dachten Sie, dass sie beleidigt sei.«

Wortlos nahm sich Renate Wiehle eine Zigarette aus der Packung. Anstatt sie anzuzünden, drehte sie sie gedankenverloren zwischen ihren Fingern.

»Frau Hohmuth hat Sie dann gefragt, warum Ursula Heech sich denn beleidigt gefühlt haben sollte? Ihre Antwort darauf war, dass Sie gezwungen wären, sie als Hilfsköchin einzusetzen, wenn sie weiterhin der Arbeit fernbleiben würde.« Während Friederike wieder auf die rissigen, von der schweren Arbeit verbrauchten Hände von Renate Wiehle sah, sprach sie weiter. »Dann kam in unserem Gespräch die Rede darauf, dass sie dadurch doch weitaus weniger Verantwortung gehabt hätte, sodass das möglicherweise überhaupt keine Strafe für sie gewesen wäre.«

»Ich erinnere mich.« Renate Wiehle lächelte jetzt wissend. »Ich habe zu Ihrer Kollegin gesagt, dass Ulla das Abitur und den Abschluss als Diätassistentin hatte und dass sie eine kluge Frau war. Ihre Kollegin hat mich angesehen, als ob ich nicht wüsste, wovon ich redete. Deshalb habe ich gesagt, dass sie immer zum Übersetzen geholt wurde, wenn wir Sowjetsoldaten im Krankenhaus hatten.« Sie nickte Friederike zu. »Ulla sprach wirklich schon damals ausgezeichnet russisch.« Dann zündete sie sich mit dem geübten Griff einer Raucherin ihre Zigarette an. Nach einem tiefen Zug an ihrer Zigarette sagte sie mit ihrer dunklen Stimme: »Als mich Ihre Kollegin dann fragte, ob Ulla ihren Abschluss in Moskau erhalten hat, erschrak ich und dachte schon damals, dass es jetzt wohl an der Zeit wäre, Farbe zu bekennen. Mich hat die ganze Sache sehr belastet und ich fand mein Schweigen auch Konrad gegenüber unfair. Schließlich hatte sich jahrelang keiner um den Fall gekümmert.« Wieder inhalierte sie einen tiefen Zug. »Doch dann habe ich mich über den Ton und das Verhalten Ihrer Kollegin mir gegenüber geärgert. Also habe ich weiter geschwiegen.«

»Trotzdem hatten Sie bereits an dieser Stelle ein wesentliches Puzzleteil preisgegeben.«

»So?«

»Ja. Sie erzählten uns, dass sich Ihre Freundin einmal sogar in einen der Sowjetsoldaten verliebt hatte. Er sagte zu ihr immer Malenkaja und sie zu ihm Saschenka.« Friederike registrierte ein wohlwollendes Nicken von Renate Wiehle. »An dieser Stelle nun zurück zu Stefanie Heech. In einem sind sich alle, die mit ihrem Fall befasst waren, einig. Es ist eine Beziehungstat. Für einen Mord gibt es keinerlei Anhaltspunkte. Es gibt keine Spuren und es gibt keine Leiche. Wenn es aber keine Leiche gibt, dann muss sie noch leben.«

An dieser Stelle hatte Karo aufgesehen und interessiert eine Zeit lang schweigend den Worten ihrer Mutter gelauscht, bevor sie sich wieder ihrem Buch widmete.

»Alle, die das Mädchen kannten, waren sich darüber einig, dass sie nie mit Fremden mitgegangen wäre. Also muss eine Person, die sie kannte oder der sie vertraute, Stefanie Heech an jenem Sonnabend mitgenommen haben. Wer aber sollte das sein?« Friederike beugte sich nach vorne und sah Renate Wiehle prüfend in die Augen. »Aus der Familie ihres Vaters kommt dafür niemand in Frage. Die Familie ihrer Mutter glaubt bis heute daran, dass es Ursula Heech ist, die begraben in ihrem Grab liegt. Also scheidet auch diese Möglichkeit aus.« Sie richtete sich wieder auf. »Ich habe mir die Sache immer und immer wieder durchdacht. Jedes Mal bin ich dann über all die Ungereimtheiten im Zusammenhang mit dem angeblichen Tod von Ursula Heech gestolpert. Ich bin dann zwar jedes Mal aufs Neue zu dem Ergebnis gekommen, dass sie es gewesen sein muss, die ihre Tochter geholt hat. Bloß, wo sollte ich suchen?«

Wieder lächelte Renate Wiehle und sog wortlos an ihrer Zigarette.

»Zuerst war ich der Annahme, dass die Stasi etwas mit der Angelegenheit zu tun hat.« Friederike lehnte sich in ihren Stuhl und beobachtete die Freundin von Ursula Heech. »Aber ich fand nur eine Akte über sie, die lange vor ihrem Verschwinden endete.« Die Reaktion von Renate Wiehle hatte sie schon einmal gesehen. Lächelnd fuhr Friederike fort: »Erst dachte ich, dass ihre Akte nach der Wende gesäubert wurde.«

»Das halten Sie für möglich?«

»Warum nicht? Denken Sie, dass gelebte Ideologien von heute auf morgen aus den Köpfen der Menschen verschwinden, nur weil es eine politische Veränderung gab?«

»Nein.«

»Sehen Sie, ich auch nicht. Ich bin lange davon ausgegangen, dass der Stasi alles über Ursula Heech bekannt war und später, nach der politischen Wende, ihr Weg verwischt worden ist.«

»Und das glauben Sie jetzt nicht mehr?«

»Nein.«

»Warum nicht?«

»Ich habe, weil die Verwaltungen der Stasi durch die Bürgerbewegung gestürmt wurden und Akten von den Stasimitarbeitern vernichtet wurden, gedacht, dass sich unter den vernichteten Akten vielleicht auch die von Ursula Heech befand.«

»Von Aktenvernichtungen hat man im Fernsehen berichtet.« Renate Wiehle hatte Friederike aufmerksam zugehört. Nun betrachtete sie ihre Zigarette, deren Asche auf die Erde zu fallen drohte. Sie beugte sich zur Seite und zog den Aschenbecher, der neben ihrem Stuhl stand, zu sich heran. Sorgsam streifte sie die Asche ab.

»Es waren aber keine Akten, die die Stasi über Bürger geführt hat.«

»Nein. Welche denn?«

»Akten, die die Zusammenarbeit des Ministeriums für Staatssicherheit mit anderen Geheimdiensten dokumentierten.«

»So, also andere Geheimdienste.«

»Als ich erfuhr, dass die anderen der sogenannten sozialistischen Bruderländer auch Geheimdienste hatten, die sie ebenfalls Staatssicherheit nannten, war ich wesentlich überraschter als Sie. Ich habe ernsthaft angenommen, dass es nur den KGB gegeben hat.«

»So, so, den KGB.« Renate Wiehle ließ sich nicht aus der Ruhe bringen. Genüsslich inhalierte sie den Rauch ihrer Zigarette.

»Es war die Leiterin der Behörde für die Stasiunterlagen, die mir den nächsten Tipp zur Lösung gegeben hat.«

»Ja?«

»Ja. Von ihr erfuhr ich, dass die Mitarbeiter dieser Geheimdienste ihre Unterlagen tonnenweise abtransportiert haben. Aber die Unterlagen der Stasi der ehemaligen DDR sind erhalten geblieben.«

Friederike verstummte. Ihr Blick wanderte zu Karo. Die Kleine sah auf. Mutter und Tochter lächelten sich an. Unvermittelt sprang die Kleine auf und gab ihrer Mutter einen Kuss. Dann flüsterte sie etwas in Friederikes Ohr. Immer noch lächelnd streichelte Friederike ihre Tochter. »Ein kleines Weilchen musst du dich noch gedulden.« Ohne zu murren, rutschte Karo wieder auf ihren Platz und vertiefte sich erneut in ihr Buch.

»Wenn also die Stasi Ursula Heech keine neue Identität verschafft hatte, wer dann?«, nahm Friederike das Gespräch wieder auf. »Es lag nahe, sich auf ihr Umfeld zu konzentrieren,

um das herauszufinden.«
»Und welche Vermutung haben Sie?«, fragte Renate Wiehle mit interessierter Miene und drückte ihre Zigarette aus. Sie schlug ihre Beine übereinander, stützte den Ellbogen auf ihr Knie und sah erwartungsvoll zu Friederike.
»Es waren weder ihre Westverwandtschaft noch ihre Nachbarin, die mit Kind und Freund über die Elbe geschwommen sind. Es können nur Saschenka oder seine Towarischtschs gewesen sein.«
»Saschenka oder seine Genossen«, übersetzte Renate Wiehle Friederikes Worte, laut für sich selbst. »Schon als ich Sie und Ihre Kollegin das erste Mal sah, war mir klar, dass, wenn überhaupt einer den Fall aufklärt, Sie es sind.« Ihre Mundwinkel zogen sich zu einem Grinsen herab. »Ihre Kollegin ist viel zu sehr von sich eingenommen und nicht in der Lage, anderen Menschen zuzuhören.«
»Das ist aber eigentlich ihr Beruf«, antwortete Friederike nachdenklich.
»Nun, um gute Arbeit zu leisten, sollte man sich zu seinem Beruf vielleicht auch berufen fühlen. Aber darum geht es nicht.« Renate Wiehle winkte ab. »Erzählen Sie mir lieber, wie Sie die übrigen Puzzleteilchen gefunden haben.«
»Ursula Heech alleine kann ihre Tochter nicht geholt haben.«
»Sie hat sich umgebracht, nachdem sie schwer alkoholabhängig war.« Der spöttische Ton von Renate Wiehle war unüberhörbar.
»Ursula Heech schreckte vor nichts zurück, um als alkoholabhängig zu gelten. Als ihr Zahnarzt ihr beim Kauf von Alkohol begegnete, erzählte sie ihm sogar, dass dieser zum Kuchenbacken bestimmt sei. Aber durch unsere Ermittlungen haben wir herausgefunden, dass keiner sie irgendwann einmal im Übermaß Alkohol hat trinken sehen, nicht die Nachbarn, nicht ihre Verwandten, auch nicht einmal ihr Mann. Sie liebte ihre Tochter und sie lebte sozialistische Ideale. Sie wollte die Welt

verändern. Zwar ist das noch nicht bewiesen, denn die Leiche in ihrem Grab ist noch nicht exhumiert worden. Trotzdem bin ich mir sicher: Ursula Heech hat sich ganz sicher nicht umgebracht. Sie lebt.«

»Stimmt.«

Die beiden Frauen sahen sich fest in die Augen.

»Ohne Hilfe konnte sie ihre Tochter nicht zu sich holen, denn sie lief Gefahr, erkannt zu werden. Der Täter kannte Steffis Tagesablauf. Wenn er nicht aus ihrem Umfeld stammte, musste er sie beobachten, um den richtigen Zeitpunkt für seine Tat herauszufinden«, fuhr Friederike unbeirrt fort.

»Also haben Sie sich darauf konzentriert.«

»Das war nicht sonderlich schwer. Schließlich spielte sich das Leben von Steffi Heech in einem überschaubaren Umfeld ab. Aber sind jetzt nicht langsam Sie dran, mir etwas zu erzählen?«

»Erst will ich Ihre Geschichte zu Ende hören.«

»Gut. Meine Kollegin hat sich mit der besten Freundin von Steffi unterhalten und gefragt, ob sie sich denn vor irgendwas gefürchtet hat?«

»Und?«

»Ja, sie hat sich gefürchtet und zwar ungefähr zwei Jahre, bevor sie verschwand. Es ging das Gerücht herum, dass sich im Dorf ein Sowjetsoldat herumtreibt. Steffi hatte Angst vor einer Begegnung. Sie hat in der Zeit immer ein Küchenmesser bei sich gehabt.«

»So?«

»Dann wusste die Freundin von Steffi noch von einer anderen Sache zu berichten. Es muss so um die Weihnachtszeit des Jahres, bevor sie verschwand, gewesen sein. Da erzählte Steffi ihr, dass sie mit ihrem Onkel im Wald gewesen sei und ein Auto gesehen habe, in dem mehrere Personen saßen. Steffi vertraute ihrer Freundin an, dass ihr dadurch ganz unheimlich wurde und sie weg wollte.« Friederike betrachtete ihre

Tochter, bevor sie sich wieder ihrer Gesprächspartnerin zuwandte. »Frau Hohmuth hat auch mit einem Mitschüler von Steffi gesprochen. Auch der berichtete von einer Person, die Steffi beobachtete.«

»Was war das für eine Person?«

»Eine mit einem komischen Hut, den Steffi als Schapka bezeichnete und den ihr Schulfreund als Raucher von Machorka beschrieb. Kein Wunder, dass sie seitdem ein verändertes Verhalten zeigte und nur in Begleitung ihrer kleinen Spielgefährtin zur Schule wollte. Vermutlich wusste oder spürte Steffi, dass sich etwas anbahnte, was ihr Leben verändern würde und hatte Angst. Sie hat mich darauf gebracht.« Friederike zeigte mit ihrem Kopf in die Richtung ihrer Tochter. Ihre Augen bannten den Blick von Renate Wiehle als sie fortfuhr. »Die Stasi war in dem Dorf, in dem Steffi lebte, präsent. Zu den Aufgaben der Stasimitarbeiter gehörte auch, einen Feldflugplatz zu sichern. Dort landeten sowjetische Militärflugzeuge. Ich habe nie gehört, dass diese Flugzeuge oder deren Insassen von DDR-Behörden kontrolliert worden wären. Sie etwa?« Friederike lächelte.

»Nein.«

»Sehen Sie, theoretisch ist es damit doch denkbar, dass kurz vor dem Zeitpunkt des Verschwindens von Ursula Heech mit einem dieser Flugzeuge eine weibliche Leiche in einem Zinksarg eingeflogen worden ist. Das würde auch die Fettwachsbildung erklären, die der Arzt an ihr bei der Leichensektion festgestellt hat.«

»Ich verstehe nicht.«

Friederike sah prüfend in das ratlose Gesicht von Renate Wiehle. »Eine Fettwachsbildung erfolgt dann, wenn die Leiche luftdicht abgeschlossen lagert und nicht mit Sauerstoff in Berührung kommt. Unwahrscheinlich, wenn es tatsächlich Ursula Heech gewesen wäre. Die Leiche ist am Rand eines

Tümpels gefunden worden. Sie lag also nicht in Wassertiefen, in denen kein Sauerstoff mehr vorhanden ist. Außerdem hatte man die Zähne von Ursula Heech und die der Leiche nicht ordnungsgemäß verglichen.«

»Ich verstehe schon wieder nicht.«

»Ganz einfach. Die Leiche hatte einen Zahn im Gebiss, der bei Ursula Heech nachweislich schon gezogen worden war.«

»Anstelle dieser Leiche hatte das Flugzeug auf dem Rückweg Ulla an Bord, wollen Sie damit sagen?«

Friederike brauchte ihre Frage nicht zu beantworten, denn in diesem Augenblich hatte Renate Wiehle die Antwort selbst gegeben. »Ich habe sämtliche Akten mehrmals gelesen. Alles, was ich zur Lösung des Falls brauchte, stand darin schon geschrieben. Doch erst jetzt kann ich das Puzzle zusammensetzen.«

»Ich fürchte, dass Ihnen die endgültige Fertigstellung nie gelingen wird.«

»So?« Friederike war überrascht.

Renate Wiehle lachte ein hartes Lachen, bevor sie spöttisch sagte: »Ehrlich gesagt, weiß ich nicht, ob selbst dann, wenn die deutschen Behörden an der Aufklärung dieses Falles ernsthaft interessiert wären, ihr Atem lang genug wäre, um eine lückenlose Aufklärung zu erreichen. Ich kann mir kaum vorstellen, dass der KGB für irgendwen seine Akten öffnet. Aber Sie können es ja mal versuchen.« Dann sah sie auf ihre Armbanduhr und griff in ihre Kitteltasche. Friederike nahm schon an, dass sie sich noch eine Zigarette anzünden wollte. In diesem Augenblick stand sie auf und sagte: »Tut mir leid. Aber ich muss weiterarbeiten.« Sie hielt Friederike eine Postkarte hin. Die Karte war nicht unterschrieben und trug auch keinen Absender. An der Briefmarke und am Poststempel konnte sie erkennen, dass die Karte in Zürich abgestempelt worden war. »Diese Schrift dürfte Ihnen bekannt vorkommen.«

Es war nicht die Schrift, die Friederike wieder erkannte. Es war die Zeichnung. Ursula Heech liebte es, ihre Nachrichten mit kleinen Malereien zu versehen. Auf der Karte hatte sie die Freiheitsstatue gemalt.
»Diese Ansichtskarte ist das letzte Lebenszeichen, das ich von ihr habe. Danach hat sie sich nie wieder gemeldet. Ich denke, dass sie es so will. Verstehen kann ich es zwar nicht, aber ich akzeptiere ihren Wunsch. Deshalb habe ich auch solange geschwiegen. Sie können die Karte behalten, denn jetzt habe ich keine Verwendung mehr dafür. Ich habe sie heute Morgen, als sie anriefen, noch schnell eingesteckt. Ich wünsche Ihnen viel Glück.« Mit diesen Worten und einem freundlichen Zwinkern zu Karo hatte sich Renate Wiehle verabschiedet.
Friederike hatte ihr noch hinterher gesehen, bis der lange Krankenhausflur ihre schmale Gestalt geschluckt hatte.
»Mami, was steht da drauf?«, wurde sie von Karo mitten aus den Gedanken, die auf sie eingestürmt waren, gerissen.
»Liebe Reni, viele Urlaubsgrüße von Mutter und Tochter. Wir hoffen, dir geht es genauso gut wie uns. Wir leben am schönsten Ort der ganzen Welt. In Liebe und Dankbarkeit.«
Friederike sah nachdenklich auf.
»Welches ist der schönste Ort der ganzen Welt?«
»Das kann ich dir auch nicht so genau sagen.«
»Und warum nicht?« Karo zog ihrer Mutter die Karte aus der Hand, drehte sie um und zeigte mit dem Finger auf den Eifelturm. »Ist das der schönste Ort der Welt?«
»Sicher für viele Menschen.«
»Auch für die, die die Karte geschrieben haben?«
»Das glaube ich nicht. Die werden irgendwo auf der Welt leben, vielleicht sogar in Amerika. Aber keiner weiß wo, denn sie möchten nicht, dass man sie findet.«
Karo hatte nicht weiter gefragt, aber dem Blick ihrer Tochter

konnte sie entnehmen, dass die Kleine den Inhalt der Worte ihrer Mutter nicht verstanden hatte.
Friederike lächelte und öffnete die Augen. Als sie in das besorgte Gesicht ihrer Sekretärin sah, wurde ihr Lächeln noch breiter. »Da stand der Jäger auf, öffnete die sieben Rachen und sprach: ›Wo sind die sieben Zungen des Drachen?‹ Da erschrak der Marschall, ward bleich und wusste nicht, was er antworten sollte. Endlich sagte er in der Angst: ›Drachen haben keine Zungen.‹ Sprach der Jäger: ›Die Lügner sollten keine haben, aber die Drachenzungen sind das Wahrzeichen des Siegers‹, und er wickelte das Tuch auf, da lagen sie alle siebene darin, und dann steckte er jede Zunge in den Rachen, in den sie gehörte, und sie passte genau.«
»Friederike, was ist los mit dir?« Die Ratlosigkeit in Silvia Dybas Gesicht wich nun blankem Entsetzen.
»Wenn du mich Friederike nennst, komme ich mir vor, als ob ich etwas ausgefressen hätte. Dabei habe ich dir doch bloß mit einer Stelle aus einem Grimmschen Märchen erzählt, was passiert ist.« Friederike lachte befreit. Damit kehrte die Farbe zurück in ihr Gesicht. »Das war eben eine Stelle aus dem Märchen ›Die zwei Brüder‹. Das musste ich Karo gestern vor dem Einschlafen vorlesen. Ich bin froh, dass das Märchen nicht ›Die beiden Schwestern‹ heißt. Das wäre zu makaber gewesen.« Sie lachte wieder. Diesmal war es ein bitteres Lachen. »Du wolltest wissen, warum das so lange gedauert hat. Ich erzähle es dir.«
Friederike beugte sich vor und stützte ihre Ellenbogen auf den Tisch. »Die Sitzung ist damit eröffnet worden, dass Doc Eweleit allen Partnern mitgeteilt hat, wie sich der Heechfall aufgeklärt hat.«
»Dann hat Anjuta ihm den gleichen Bericht geschickt wie du?«
»Der Inhalt war der gleiche. Sie hat ihn nur anders als ich formuliert.«

»Aber du hattest doch die Postkarte.«
»Nicht mehr. Nach dem Gespräch mit Frau Wiehle haben Karo und ich gleich im Anschluss Konrad Heech besucht, ihm alles erzählt und ihm die Postkarte gegeben.«
»Sicher hat er wieder geweint?«, fragte Silvia Dyba voller Mitgefühl.
»Nein. Er hat es sehr gefasst aufgenommen und gesagt, dass er jetzt aufhören könne, um beide zu trauern. Er sprach davon, dass er die Entscheidung seiner Frau akzeptieren könne. Was seine Tochter angehe, würde er sie zwar gerne wiedersehen, aber er denke, dass es ihr gut gehe und sie irgendwo auf der Welt ein sorgenfreies Leben führe.«
»Schön.« Silvia Dyba atmete erleichtert auf, nestelte an ihren Sachen und machte Anstalten, sich zu erheben.
Friederike beobachtete aufmerksam ihr Gesicht. Sie wusste, dass nur das Taktgefühl Silvia von der Frage abhielt, die noch offen war. Sie zog die vom vielen Gebrauch schon leicht zerfledderte Heechakte zu sich heran, begann darin zu blättern und sagte wie nebensächlich: »Möchtest du auch noch wissen, wie es Anjuta gelungen ist, mich auszuknocken?«
»Ja.«
»Herr Korritter hat unseren Computerspezialisten unter Druck gesetzt.«
»Nein.« Silvia Dyba plumpste mit fassungslosem Gesicht zurück in ihren Stuhl. »Du meinst, er hat ihn erpresst?«
»So heißt das wohl unter Juristen. Der arme Kerl musste meine Mail an Doc Eweleit abfangen und sofort an Edzard Korritter weiterleiten. Anjuta hat den Bericht dann umgeschrieben und an Doc Eweleit verschickt. Eine Stunde später haben sie dann meine Mail abgeschickt.«
»Ich glaube das nicht. Wie ist Doc Eweleit denn dahintergekommen?«
»Durch das Abschlussgespräch mit Konrad Heech. Doc Eweleit

legte ihm beide Berichte vor und sagte, dass nach der Uhrzeit Anjuta das Rennen gemacht hätte. Daraufhin holte Herr Heech die Ansichtskarte aus der Tasche und berichtete ihm über unseren Besuch.«

»Da hat sich Doc Eweleit sicher gefragt, wie Anjuta den Fall lösen konnte.«

»So ist es. Er ist misstrauisch geworden und hat mich gefragt, wann ich meine Mail abgeschickt habe. Ich wusste es noch genau, weil Karo zu der Zeit einen Film sehen wollte. Doc Eweleit sagte, dass die Mail aber erst Stunden später bei ihm eingegangen sei. Darum ist er der Sache auf den Grund gegangen. Unser Kollege hat gar nicht erst versucht zu schwindeln.«

»Und was wird nun?«

»Meinst du, was mit Edzard Korritter wird?«

»Ja.«

»Sicher ist das Vertrauen weg. Aber er ist der Seniorpartner. Ob sie sich trennen werden?« Friederike zuckte mit den Schultern. »Keine Ahnung. Du weißt ja, wenn Anwälte sich trennen, geht es meistens um viel Geld.«

»Und was ist mit Anjuta?«

»Das kann ich dir genauso wenig sagen.« Die Seiten der Akte raschelten in Friederikes Hand. Plötzlich hielt sie inne. »Eines aber kann ich dir genau sagen. Nämlich, was mit uns ist.«

»Ja?«

»Wir bekommen beide einen Scheck.« Friederike hatte einen Scheck aus der Akte gezogen und wedelte damit vor Silvia Dybas Gesicht. Sie hielt ihn so, dass die zwar ihren Namen, nicht aber den Betrag erkennen konnte.

»Der ist ja auf mich ausgestellt.« Ungläubig schüttelte Silvia Dyba ihren Kopf.

»Du sagst es. Herr Heech hat darauf bestanden, dabei zu sein, wenn Doc Eweleit mir den Scheck überreicht. Er hat im Büro gewartet. Als er gehört hat, dass ich das Honorar mit dir teilen

werde, hat er sogar noch unsere Abgaben übernommen. Also sind wir beide mit dem heutigen Tag um je fünfundzwanzigtausend Euro reicher.« Friederikes letzte Worte gingen unter im Freudenschrei ihrer Sekretärin.
Silvia Dyba sprang auf und umarmte ihre Chefin, die längst zu ihrer Freundin geworden war.
Ein zufällig eintretender Besucher hätte nicht feststellen können, ob Friederike in diesem Moment Tränen der Rührung, der Freude oder des Zorns in die Augen schossen.